LE DERNIER DES VALERII

HENRY JAMES

LE DERNIER DES VALERII

ET AUTRES NOUVELLES

Traduit de l'anglais par
LOUISE SERVICEN

Préface de
MARCEL BRION

de l'Académie française

ÉDITIONS ALBIN MICHEL
22, RUE HUYGHENS, 22
PARIS

ISBN 2-226-02169-8

PRÉFACE

Henry James a dit du roman qu'il était la plus libre, la plus plus souple et la plus prodigieuse des formes littéraires ; il faut entendre le roman en tant que récit, considéré sous ses différents aspects, parmi lesquels, naturellement, le court récit, qu'on l'appelle conte ou nouvelle. Il n'y a pas de différence, en soi, entre le roman et la nouvelle : seulement le facteur temps *agit de façons diverses dans l'un et l'autre cas et conditionne un comportement particulier en présence du problème psychologique. Que Henry James ait également excellé dans toutes les formes du roman, alors que son échec au théâtre ne fut pas dû uniquement à l'indifférence du public et à l'incompréhension des critiques, cela prouve qu'il posssédait la vocation naturelle et spontanée du conteur, que le « métier » assagit, instruit et améliore, mais qui est, à l'origine, un « don » de la qualité la plus rare et la plus précieuse.*

Les romans de Henry James ont subi, quelque temps, une éclipse dans la faveur des lecteurs : on y revient aujourd'hui, conscient que l'on est de leur excellence, dans l'éclairage différent que propose la comparaison avec les romans contemporains. Pour les mêmes raisons, une plus équitable évaluation de l'œuvre de Hawthorne rend justice à un très grand écrivain trop souvent sous-estimé. Les nouvelles, au contraire, ont toujours été regardées comme des œuvres d'art d'une perfection que l'on voudrait dire inégalable s'il n'y avait pas aussi les meilleurs récits de Tchekhov et quelques pages de Maupassant. Contrairement à ce qui se passe dans l'élaboration du roman qui se meut dans le temps, et dans lequel la durée elle-même reste un principe vital, la nouvelle s'enroule sur elle-même et progresse en spirale, se resserrant de plus en plus autour de ce point qui est le foyer d'émotion.

Ce point central n'est pas toujours d'une évidence immédiate ; il nous faut quelquefois le chercher avec la patiente et lucide ténacité qu'apportent les personnages d'une nouvelle célèbre à découvrir « le motif dans le tapis ». Chaque récit comporte un angle de vision difficile à trouver parfois, non que l'écrivain ait dissimulé intentionnellement des énigmes, mais tout simplement parce que, pour lui-même, tout était énigme ; dans les sentiments et dans les actions des individus il percevait cette large zone de clair-obscur dans laquelle se perdent les harmoniques des passions, et où s'éveillent d'étranges échos.

Henry James n'a pas cultivé l'énigme pour elle-même, quoiqu'il ait eu, plus que quiconque, le goût et l'art de progresser du connu jusqu'à l'inconnaissable ; il l'a rencontrée à chaque pas dans ses investigations de psychologue, et s'il l'a aimée c'est justement pour cette curiosité aiguë qu'elle excitait en lui, pour cette ardeur qu'elle éveillait à travailler sur un problème, à devenir le problème lui-même, car il n'est de solution valable que celle qui s'accomplit en nous-mêmes.

Ce travail de construction de la nouvelle se développe en énergie et en finesse à partir du moment où l'incitation à créer a été déposée chez l'auteur, comme une graine, par le récit d'un fait réel que sa mémoire enregistre, et qui travaille d'une façon singulière, probablement inconsciente même, jusqu'au moment où le sujet de l'histoire est « mûr » et se montre à lui, complet, total. Le mot mûrir*, si caractéristique de sa manière de créer, revient souvent dans les notes de James. Combien de temps cette maturation, ce mûrissement, peuvent-ils durer ? Très longtemps, quelquefois. Il a fallu quinze ans pour que l'idée initiale de* Une tournée de visites *se présentât à lui, entièrement achevée, prête à être écrite.*

Lorsqu'on étudie la manière de travailler qu'avait Henry James, on est surpris de constater que plus la graine est petite, plus sa germination et son éclosion sont fécondes. Il a décrit lui-même « les suggestions qu'éveillent le hasard, le mot errant, le vague écho au contact duquel l'imagination du romancier tressaille comme à la piqûre d'une pointe aiguë ». Une des raisons pour lesquelles il aimait le monde était que, dans cette société cosmopolite qu'il fréquentait, si variée et cependant si pareille à elle-même à Londres, en Amérique ou à Paris, des conversa-

tions originales et raffinées lui apportaient à profusion ces pointes *qui, immédiatement, mettaient en mouvement le mécanisme de l'imagination et de l'analyse. Il écarte l'ostensible et l'évident, qui ne l'amusent pas, qui n'éveillent en lui aucun écho, et ce n'est pas non plus la singularité qui-crève-les-yeux qui le séduit ; ce qui l'intéresse c'est cela justement que l'artiste doit ajouter au réel afin que ce réel atteigne sa totalité. Il faut aussi que son attention soit éveillée d'une façon détournée, afin de provoquer, à cet instant déjà, l'angle singulier qui donne sa valeur à la chose : ce qu'il appelle « le virus de la suggestion ». Et l'on songe à la démarche de Proust, à cette avance à la fois tortueuse et sans erreur à travers le labyrinthe de la création littéraire, lorsqu'on lit ceci : « Toute insinuation directe que nous recevrions nous apporterait trop, et à coup trop sûr. Notre sujet tient dans la simple graine, la goutte de vérité, de beauté, de réalité à peine visible à l'œil du vulgaire — car, j'en suis persuadé, rien n'est moins commun qu'un œil perspicace, capable de discerner un sujet. »*

Dans une nouvelle de Henry James, l'intérêt que l'on porte à l'histoire elle-même se prolonge et s'amplifie considérablement lorsqu'on veut goûter le plaisir exquis de découvrir les cheminements de la création, et de savoir comment cela *a été fait. L'œuvre d'art apparaît alors pareille à un être vivant dont il est passionnant de voir se dérouler la vie, depuis le minuscule germe jusqu'à la floraison plénière. Henry James nous a donné le schéma du processus de construction, qui n'est pas le même absolument pour chaque nouvelle, on le comprend, puisque le sujet commande la technique, mais qui relève cependant de la même esthétique ; je voudrais dire, de la même fonctionnalité. « Prendre l'idée communiquée, happée au passage et réduire presque au néant la forme, l'aspect de la parcelle de vie disjointe et lacérée qu'il nous a été donné de capter par hasard. » Le passage de l'événement à l'œuvre d'art, du fait réel à la fiction parfaite, consiste dans la destruction de l'élément réaliste, de l'anecdote. Il faut que ce grain-là aussi* meure.

« La vie étant toute inclusion et confusion, et l'art discrimination et sélection, ce dernier, en quête de la valeur latente et durable qui seule lui importe, flairera cette substance avec un instinct aussi sûr que le chien flairant la présence d'un os enterré. La différence étant ici toutefois, que si le chien convoite son os pour le détruire, l'artiste trouve dans sa minuscule pépite,

lavée de ses alluvions gênantes, et martelée jusqu'à la dureté sacrée, la matière même d'une affirmation nette, la plus heureuse chance de réaliser l'indestructible. »

Retenons les mots-clefs de cette dernière phrase, dureté sacrée, l'indestructible. *L'imagination de l'artiste emploie le marteau du forgeron plutôt que le pinceau du peintre, car il faut amener la fragilité du réel à l'inaltérable solidité et pureté de la fiction, de l'œuvre d'art. Le problème majeur des nouvelles de James c'est par le travail minutieux et patient de l'analyse et de l'écriture, métier d'orfèvre si l'on veut, créer le monumental. De la courte nouvelle au long récit qui serait presque un roman de dimensions mineures, les conditions de la technique changent, à mesure aussi que se modifient les points de vue esthétiques de l'écrivain et que se succèdent les périodes de crise dont certaines affectèrent durement son œuvre. Sans vouloir établir un parallélisme entre les événements de sa vie et la création des nouvelles rassemblées dans ce recueil, il convient de signaler qu'entre la plus ancienne et la plus récente, quarante années presque se sont écoulées et l'on sait combien la conception artistique même de Henry James s'est transformée pendant ce temps, quel mûrissement s'est achevé dans sa pensée et dans son écriture, et combien sa notion même de l'œuvre d'art s'est tout à la fois amplifiée et précisée.*

Chronologiquement, le conte intitulé Le dernier des Valerii *est aussi le premier puisqu'il a été écrit en 1875. Henry James avait alors trente-deux ans, il résidait à Paris, il avait acquis une expérience profonde de l'Italie et il pouvait, à tous égards, se considérer comme l'Européen qu'il devait devenir de plus en plus. Sa conscience, pourtant, aiguillonnée par les lettres de son frère William qui lui faisait un devoir de retourner aux Etats-Unis, lui présentait comme une trahison cette tentation qu'il éprouvait de renoncer à l'Amérique et de vivre dans le Vieux Monde.*

Celui-ci pourtant ne le fascinait pas au point de l'aveugler sur les dangers qu'il pouvait y rencontrer, et ces dangers sont présentés, en partie du moins, dans le conte, que l'on peut considérer comme allégorique, du « dernier des Valerii ». La lutte entre l'épouse américaine et la Junon de marbre est typique du combat qui se livre dans l'esprit même de Henry James ; céder aux prestiges de l'antique Europe, s'abandonner au vertige d'un retour dans un passé chargé d'ivresse païenne, ce serait, si peu puritain que fût James, un grave péril pour l'intégrité de sa personnalité.

James redoutait l'Amérique, mais, à cette époque-là, il redoutait tout autant l'Europe : il ne savait pas encore de quelle façon pouvait se réaliser en lui une union harmonieuse entre ces deux mondes antagonistes, croyait-il, mais il porte à l'excès, dans cette nouvelle, l'incompatibilité spirituelle des deux époux en faisant du dernier des Valerii un adorateur des divinités païennes. Chez le jeune Romain, en effet, ressuscite la pitié profonde de ses ancêtres : cette pitié qui se manifeste par de longues méditations nocturnes dans le pavillon où la déesse de marbre, baignée par le clair de lune, étincelle, puis par les libations de vin, et, enfin, par des sacrifices sanglants. Ceux-ci révèlent tout à coup à quel point peut être paradoxal, scandaleux, morbide, et — qui sait — criminel, ce retour au paganisme qui semble s'opérer si naturellement, si normalement *serait-on tenté de dire, chez un Romain d'aujourd'hui, dont le christianisme peut être battu en brèche par la simple découverte d'une statue antique.*

Le lecteur remarquera la discrétion avec laquelle Henry James a défini la nature de séduction exercée par cette statue, et précisé que cette séduction est éminemment religieuse. Les ouvriers occupés à bouleverser le jardin du Palais Valerio auraient-ils trouvé une Vénus nue, au lieu d'une Junon chastement drapée, le problème se serait posé d'une façon toute différente ; on aurait pu penser à un attrait grossièrement sensuel, aboutissant à une perverse rivalité entre l'épouse de chair et l'Aphrodite marmoréenne. Au caractère pieux du culte rendu par Valerio se serait ajouté un élément trouble et équivoque, que James a nettement et délicatement écarté, en habillant sa statue d'une déesse renommée pour ses vertus conjugales. L'intouchable pureté de Diane ou de Minerve aurait pu être aussi provocante pour un adorateur d'aujourd'hui que la volupté vénusienne. Devant sa Junon, Valerio ne peut éprouver aucun autre sentiment que celui qu'un fidèle porte à sa divinité, et si même amour il y a, cet amour reste prodigieusement purifié et préservé par la distance.

J'entends distance spirituelle et distance matérielle même. On peut imaginer un Valerio éperdu de délire païen caressant une statue nue, malgré l'inquiétude du sacrilège, quelle que soit la notion de sacrilège que puisse avoir un chrétien du XIXe *siècle à l'égard des divinités antiques. J'imagine que la nature de cette latrie offerte à la Junon du pavillon inquiète plus encore la jeune épouse américaine que n'exciterait sa jalousie la tentation — si limitée ! — offerte par une Vénus ; sur le plan féminin, la femme de chair reprendrait aisément, dans l'intimité conjugale tous ses avantages. Mais comment lutter contre une déesse qui n'est même pas femme, et dont la solennelle majesté intimide et éloigne l'adorateur en même temps qu'elle l'attire ?*

Tel qu'il est posé dans Le Dernier des Valerii, *le problème paraît donc beaucoup plus grave du fait même qu'il suppose un bouleversement profond de l'attitude religieuse du Romain moderne, et une fragilité très vulnérable de son christianisme d'éducation et de tradition. Se peut-il que vingt siècles — ou presque — d'accoutumance chrétienne n'aient pas suffi à couper les amarres secrètes qui rattacheraient encore aux dieux d'autrefois une Italie peut-être superficiellement évangélisée, et non point totalement convertie ? Henry James, lui-même, connaissant les défauts et les faiblesses de l'Europe en faveur de laquelle il est prêt à déserter, définitivement peut-être, son pays natal, ne considère-t-il pas à la veille d'y céder, cet envoûtement exercé par le vieux continent, comme la séduction morbide de la Junon de marbre ? L'ensevelissement symbolique de la statue, avec le consentement de son adorateur dégrisé, le retour de la déesse maléfique à cette vieille terre italique où le paganisme banni mûrit encore en secret ses venins et ses maléfices, la victoire de l'Américaine d'aujourd'hui sur la Romaine antique, tout cela signifie, dans un langage allégorique, que James se convertit à l'Europe sans lui abandonner son âme, non sans esprit de retour, et, pour ainsi dire,* sous bénéfice d'inventaire.

Ce conte avait ainsi de quoi rassurer William le positiviste sur le péril d'une trop entière adhésion de son frère à ce monde toujours un peu suspect aux yeux d'un philosophe américain qui, de son côté, avait subi la fascination de Cambridge et nourrissait peut-être, sans se l'avouer, avec des remords et un peu de honte, le désir de se convertir, lui aussi, à l'Europe. Les objurgations fraternelles eurent déjà ce résultat qu'elles lui firent quitter l'Italie, et s'installer à Paris, puis à Londres, ce qui était, qui sait ? pour un positiviste, un pas fait dans la direction du retour vers l'Amérique.

Quoi qu'il en soit et si énergiquement qu'il ait marqué la préférence qu'il avait pour la vie en Europe, Henry James n'a jamais été aveuglé par une partialité systématique en faveur de celle-ci. Ce parfait psychologue pour lequel l'objectivité faisait loi, se refusait le luxe d'un attachement trop évidemment sentimental. L'ironie qu'il dépense à regarder agir et s'agiter, comme des bêtes d'une étrange espèce, ses compatriotes lâchés en liberté sur le Continent, lui a inspiré un grand nombre de romans et de nouvelles, dont celle qui a pour titre Une liasse de lettres *est très caractéristique de la liberté avec laquelle, en 1880, il regardait l'Europe avec les yeux des Américains (plus particulièrement des Américaines) et observait, entomologiquement, la faune spéciale des étrangers résidant à Paris. La touche comique se pose sans égratigner, et choisit le mode d'expression le plus direct, celui dans lequel la subjectivité du conteur semble s'effacer totalement et disparaître, et qui présente les personnages tels qu'ils sont dans ce qu'ils racontent : leurs lettres.*

Le vieux thème de l'Américain à Paris, capable de perpétuels renouvellements, de James à Gershwin, propose le conflit de deux mondes, sur un plan beaucoup moins grave, heureusement que celui décrit dans Le dernier des Valerii. *Pour les jeunes pensionnaires de madame de Maisonrouge, il ne s'agit que d'une européanisation superficielle qui n'implique nullement une* conversion : *tout au plus d'une acclimatation provisoire à un pays étranger destiné à devenir, pour quelque temps, la patrie occasionnelle de ces voyageuses. En feuilletant cette « liasse de lettres », nous constatons, par surcroît, qu'il n'y est pas uniquement question de l'adaptation plus ou moins rapide (et sur quels* plans *différents) de ces hôtes de passage aux mœurs et aux idées du pays qui les accueille, mais de leurs rapports aussi, les uns envers les autres, et les plus difficiles semblent être précisément ceux de deux jeunes filles américaines entre lesquelles des différences d'origine, de classe, de fortune, d'éducation, dressent des barrières aussi difficilement franchissables que celles qui les séparent des Européens, et qui les sépareraient même d'Eskimos ou de Patagons.*

Le problème de l'adaptation psychologique et surtout biologique à un milieu étranger, et surtout de l'Américain à l'Europe, est sous-jacent à une partie considérable de l'œuvre de James : un grand roman comme Les Ambassadeurs *en est la meilleure explication. Il ne s'agit pas toutefois des simples difficultés d'acclimatation : ce serait trop simple. La question posée est, essentiellement, celle de l'*étrangeté, *je veux dire des communications malaisées entre peuples et entre individus, des incompatibilités qui survivent parfois à l'amitié et à l'amour. Cette por-*

tion d'inconnaissable qui subsiste en chaque homme et que le psychologue essaie, vainement, souvent, d'expliciter, entoure d'une sorte de désert, plein de dangers et d'embûches, toute personnalité, et celle-là même qui paraîtra la plus simple, la plus transparente. Ainsi le problème de la solitude, inévitablement lié au problème du malentendu se trouve-t-il être la source de ces tragédies de la séparation que Henry James résume dans une nouvelle de ce volume : Le Banc de la Désolation.

Elle a été écrite en 1910, dans cette période où le romancier sexagénaire éprouve pour les marionnettes humaines qu'à l'instar du Destin il fait manœuvrer capricieusement, non plus cet éloignement ironique et distant des années précédentes, mais une sorte d'attachement humain, fait de tendresse et de pitié. Le fait lui-même se condense avec une brutalité dramatique, au début, qui chez tout autre que lui serait presque vulgaire. Imaginez une des « petites ironies de la vie » de Thomas Hardy, mais plus dure, plus amère encore, avec, à l'arrière-plan, cette qualité de grandeur à la fois sauvage et sacrée des tragédies grecques. L'histoire serait banale de ce pauvre libraire qui se ruine pour payer à une fille qu'il ne veut pas épouser l'indemnité réclamée par celle-ci à titre de réparation pour la rupture d'une promesse de mariage. Ce serait un fait divers sordide, mais avec une nuance de comique âpre et déchirant, si quelques années après, la fille ne reparaissait devant son ancien fiancé, qui entre temps s'est marié, a perdu sa femme et ses enfants, et, progressivement, est tombé dans la misère. Ils se retrouvent sur le même banc de cette promenade au bord de la mer où, aux temps de leurs incertaines amours, ils se donnaient rendez-vous ; elle revient, après tant d'années, ayant fait fructifier — elle ne dit pas comment... —, d'une façon fabuleuse, la somme extorquée à l'ancien fiancé. Il devient manifeste alors que le geste ne fut pas ignoble et cupide, mais, au contraire d'une étrange et presque invraisemblable générosité ; elle voulait l'arracher à la médiocrité de sa vie, à sa veule insignifiance, en le contraignant à gagner de l'argent pour payer l'indemnité, elle voulait lui révéler sa personnalité cachée, en lui montrant qu'il était capable d'un tel effort, d'un tel succès. En réalité elle l'a seulement jeté dans la misère, elle a détruit sa vie et la vie des siens ; que vaut, aujourd'hui, la fortune qu'elle lui apporte, et qu'il acceptera probablement, tant la pauvreté a usé et élimé son amour-propre, et peut-être parce qu'il comprend l'immense preuve d'amour que lui a donnée, jadis, par cet acte qu'il méprisait, la femme qu'il écartait de sa vie, la femme avec laquelle il se serait certainement réalisé.

Cette histoire, qui est la dernière des courtes nouvelles qu'il écrivit, lui avait été inspirée par une anecdote qu'il avait entendue en 1908, et qu'il avait aussitôt notée dans ses carnets, y reconnaissant selon ses propres termes « une bonne petite donnée pour une nouvelle du type orthodoxe ». Ce fait est caractéristique de la façon qu'avait Henry James de travailler, enregistrant les événements singuliers et frappants qui présentaient pour lui des « cas » psychologiques dignes d'intérêt, qu'il présentait ensuite dans toute la nudité du fait brut. L'exceptionnelle qualité des nouvelles de Henry James, — et c'est aussi une des raisons de la fascination qu'elles ont pour le lecteur —, est que la vie s'y déroule, telle quelle, sans jamais essayer de s'expliquer, de se justifier.

L'irrésistible autorité avec laquelle Kate Cookham reprend possession de son ancien soupirant, qu'elle n'avait jamais cessé de posséder d'ailleurs même lorsqu'il était éloigné d'elle et marié à une autre femme puisque chaque livre sterling du « magot » qu'elle amassait pour lui était un anneau de plus à sa chaîne, accentue ce caractère viril de la femme, si évident dans presque toutes les œuvres de James que l'on pourrait presque dire que le monde créé par lui est un monde matriarcal. C'est la femme, en effet, qui a le plus de volonté, d'énergie, de décision. Elle possède ainsi mille manières différentes d'exercer son despotisme, et Le gant de velours *présente dans un curieux mélange de comique et de tragique l'insistance de la femme du monde-écrivain à réclamer une préface de l'auteur célèbre, qui la lancerait.*

Cette exquise combinaison de charmes féminins et de vertus masculines que nous rencontrons si souvent chez les héroïnes de Henry James, est un des résultats les plus convaincants de la lucidité de cette analyse qui dissocie les éléments d'une personnalité avec une implacable délicatesse. Le regard de ce conteur est, le plus souvent, un regard dur ; s'il montre quelque sympathie pour ses personnages, c'est pour l'œuvre d'art qu'ils sont devenus à travers lui, plutôt que pour ce qu'ils étaient originellement. Il ne permet jamais qu'entre eux et lui la distance diminue, ce qui serait favorable à une intimité qu'il redoute pour ce qu'elle risquerait d'entamer son détachement, son objectivité. Il leur refuse sa connivence, respectant en cela aussi la dureté sacrée *à laquelle il a déjà été fait allusion, et cette* objectivité de l'éloignement, *qui est pour lui une des conditions nécessaires de l'œuvre d'art. Même lorsqu'il se penche avec ravissement sur une des femmes adorables qu'il crée, c'est pour admirer le mécanisme subtil de la personnalité, et s'il lui arrive de partager l'émotion de ses créatures, il s'en fait aussitôt grief.*

On reconnaîtra dans cette esthétique de l'objectivité, qui prend aussi la valeur d'une éthique, la parenté qui existe entre Henry James et les écrivains dont il a avoué l'influence qu'ils eurent sur lui, Flaubert, Tourgueniev, Maupassant. Il les avait connus à Paris, il avait été admis dans leur intimité, et la sympathie qui s'était établie entre eux et lui reposait, pour une grande part, dans cette communauté d'idéal artistique qui les liait. Henry James, en effet, commença d'écrire en pleine période réaliste, et, tout naturellement, il se rapprocha des romanciers et des conteurs qui avaient la même façon que lui de regarder la vie, d'enregistrer la vérité et de la représenter dans cette simplicité transparente et essentielle qui est le ressort majeur de son art.

Un dimanche du mois de mai 1889, James avait déjeuné à l'Hôtel Bristol avec Taine et George du Maurier, et il avait été très frappé de ce que l'auteur de la Philosophie de l'Art *lui avait dit de l'art du récit, et de l'admiration qu'il portait à Tourgeniev pour la perfection que celui-ci avait atteinte dans ce domaine. Il avait goûté la singularité et la justesse du mot de Taine, disant que « Tourgueniev tranchait à la perfection le cordon ombilical qui le reliait à l'histoire », et il s'était vu confirmé et renforcé dans les raisons qu'il avait d'aimer et d'admirer le romancier russe. Ce sont surtout les réflexions que fait James, à cette occasion, sur sa propre technique et sur son art de la courte nouvelle qui comptent, et qu'il n'est pas inutile de rapporter ici :*

« Je voudrais noter tout particulièrement ici l'hommage qu'il[1] rend à Tourgueniev, à sa profondeur, sa variété, sa forme, aux petites choses parfaitement achevées qu'il a laissées et qui vivront à cause de leur objectivité accomplie, etc. Il place T. très haut, plus haut encore sous le rapport de la forme, que je ne le faisais moi-même. Mais l'entendre parler de lui m'a été infiniment bienfaisant, en ranimant, rafraîchissant, confirmant, consacrant, pour ainsi dire, le souhait et le rêve qui ces derniers temps, sont devenus en moi plus forts que jamais, — le désir que

1. Taine. Cette page figure dans l'édition française des *Carnets* de Henry James par Matthiessen et Murdock, traduction Louise Servicen, publiée par les Editions Denoël en 1954.

l'héritage littéraire que je pourrai léguer, tel qu'il est, pauvre chose, puisse consister en un grand nombre d'œuvres parfaites, brèves, *de* nouvelles *et contes illustrant tant et tant d'aspects variés de la vie — la vie telle que je la vois, la connais et la sens — et toutes les profondeurs et les délicatesses, et Londres, et l'art, et tout ; et que ces œuvres soient belles, rares, fortes, pleines de sagesse, et éventuellement peut-être même appréciées. »*

L'idéal littéraire formulé ici avec cette netteté et cette finesse est au centre même de l'œuvre entier du romancier américain, mais plus précisément de cette partie de son œuvre que constituent les nouvelles, « belles, rares, fortes, pleines de sagesse » comme il souhaitait qu'elles fussent. Son adhésion à Tourguéniev, comme à Maupassant, souligne les impératifs et les ambitions d'un art dans lequel la réalité naît d'une addition de nuances, de demi-teintes, à l'opposé de l'esthétique fauve *— pourrait-on dire par anticipation — de Zola avec ses tons purs et ses lourdes taches de couleurs.*

Cette aspiration notée à la suite de la conversation avec Taine (*« regain de mon sentiment de la haute supériorité de la conversation française »*), *n'est pas tant littéraire, à proprement parler, que morale. Elle accepte l'équivoque et l'ambiguïté comme des éléments inévitables de la vérité, et peut-être même comme des éléments plus révélateurs, plus exacts, comme informant davantage, et avec plus d'acuité, la connaissance psychologique. Elle veut que le* fait dramatique *soit présenté dans sa parfaite nudité, dans son impeccable totalité. Etre complet, cela fait partie au plus haut point de son idéal, parce que c'est aussi une preuve de la sincérité de l'investigateur et de la profondeur de l'analyse. C'est après avoir trouvé et expliqué la matérialisation de cet idéal chez des écrivains aussi différents que Dumas, Jane Austen, Flaubert et Dickens, que James énonce cette injonction : « Rappelez-vous que votre premier devoir est d'être aussi complet que possible, — de faire une œuvre parfaite. »*

Il disait aussi : « Un roman, dans sa définition la plus large, est une impression directe, personnelle, de la vie. » L'importance que prend pour lui la donnée venue de l'extérieur, l'histoire réelle qu'on lui a racontée (comme dans le Banc de la Désolation), *vient de ce qu'elle est comme il le dit, le* petit grain de blé *autour duquel son imagination et sa raison travaillent simultanément. Lui aussi il a, comme un de ses person-*

nages, voulu être quelqu'un pour lequel rien n'est perdu. *Que signifie exactement cette phrase-clef ; c'est en examinant ses nouvelles que l'on en saisira le sens, la valeur et la portée. L'addition des détails faisait partie de l'outillage des romanciers naturalistes, qui se vantaient d'être un regard qui marche, de promener un œil neuf devant tous les spectacles du monde ; la minutie et la précision des « touches » dans l'art de Henry James, font penser tantôt aux Impressionnistes, tantôt à Seurat, lorsque nous lui cherchons des références dans l'art de son temps, qui ne lui était certainement pas étranger, puisqu'il a traité dans ses nouvelles les problèmes de l'artiste, du peintre et du sculpteur, sous un angle qui prouve qu'il avait conscience des différents courants esthétiques de la fin du XIX*^e^ *siècle ; je ne crois pas qu'il soit allé au delà, quoiqu'il soit mort en 1916. Tout naturellement il pensait aux peintres avec lesquels il possédait le plus d'affinités, probablement Monet et Sisley, peut-être Whistler.*

Ce qui compte pour lui, dans cette construction de l'ensemble, c'est d'abord l'emplacement et la valeur du ton : *j'entends ce mot dans la multiple acception qu'il peut avoir en littérature, en peinture et en musique. On verra un admirable exemple de l'exactitude du ton dans* La Chose authentique, *où il est question justement d'un peintre, surtout un illustrateur de livres, auquel un couple de gens du monde ruinés, d'une suprême élégance, d'une exquise distinction, viennent proposer de poser pour lui. Le problème qui se présente à l'artiste réside alors dans l'adéquation de la chose peinte à la chose réelle, de l'image au modèle, et la nouvelle conclut, avec une suprême ironie, à l'inaptitude de ce couple qui incarne si parfaitement — croirait-on — la « chose authentique » à en donner un reflet sur le papier, alors qu'un domestique italien et un petit modèle tout à fait* peuple, *trouvent, en posant, le ton juste que désirait l'artiste.*

Il ne s'agit pas seulement ici du passage de la réalité à l'œuvre d'art et de la nécessaire transposition, ou transmutation, que réclame ce passage, mais d'une vérité psychologique d'une grande finesse : qu'à force de représenter avec une exactitude sans défaut la chose authentique, dans la minutie de tous les détails, cet homme et cette femme du monde en ont perdu l'essentielle signification, qu'ils se sont vidés de tout contenu pour ne plus être que des mannequins aux belles attitudes, aux vêtements exquis. Celui qui personnifie *véritablement, c'est, chez le modèle du peintre comme chez le comédien, celui qui d'instinct, naturellement, et parce qu'il possède une nature protéique, devient spontanément, inconsciemment cela que l'artiste veut qu'il soit. Transposez cet apologue sur le plan de la passion, et vous verrez la profondeur que l'anecdote réaliste acquiert en laissant transparaître les arrière-plans du conte philosophique que Henry James n'a pas voulu écrire, qu'il n'a pas écrit, mais qu'il a laissé entrevoir, et rendu* possible.

Le talent du conteur s'appliquer aussi à définir les différents angles de vision constituant les points de vue, *si importants, sous lesquels les personnages du récit se regardent réciproquement, et sous lesquels il les regarde, chacun dans son propre éclairage. L'art de Henry James est un art de la profondeur, non pas seulement dans l'acception psychologique du mot, mais plus encore peut-être dans la façon dont il situe spatialement ces personnages, dont il les fait se mouvoir dans l'espace, modifiant en même temps les lumières et les ombres qui les silhouettent, les modèlent et les définissent. Cette spatialité jointe à la volonté de corporéité qui est un des impératifs du roman réaliste, accentue les trois dimensions dans lesquelles ils évoluent. Le roman romantique crée son propre espace fictif, féerique, fabuleux ; le roman classique se contente d'un espace bi-dimensionnel. Pour le roman réaliste, au contraire, ce qui compte c'est la masse d'air que déplacent les personnages quand ils remuent, et leur épaisseur, leur densité. Henry James admirait chez Flaubert cette façon que ses héroïnes ont de laisser derrière elles une traîne de parfum et de poser, pour toujours, dans notre mémoire visuelle, une tache de couleur inséparable d'elles, ou une allusion tactile qui les immortalise.*

Le romancier américain oppose ainsi, volontiers, le conflit moral, ou psychologique, et le conflit des corps ; je veux dire la présence effective, matérielle, d'une substance charnelle très évidente, et les fluctuations parfois évasives des consciences déroulant entre elles un étrange ballet. La Note du Temps, *qui parut dans le Scribner's Magazine en novembre 1900, place entre deux femmes, qui ne se connaissent pas, mais qui ont probablement été aimées par le même homme, cet homme dont nous ne connaissons que le portrait, et dont il n'est jamais dit explicitement qu'il a vraiment existé.*

Le premier problème réside dans une incertitude psycholo-

gique, qui semble relever de l'absurde ; en effet, lorsque ce sujet s'est offert à l'écrivain, il n'y a vu d'abord que l'occasion d'une brève arabesque ironique ; ce n'est qu'en le travaillant qu'il a vu s'approfondir les arrière-plans dramatiques possibles, et que la superficialité initiale de ce « mystère » a cédé la place à une analyse tragique des deux caractères de femmes, l'artiste qui reçoit, par la personne interposée du narrateur, commande du tableau, et celle qui, pour un motif inexpliqué, désire le portrait d'un très bel homme, qui ne doit pas être nécessairement le portrait de tel homme, mais plutôt d'un homme idéalisé, d'un bel-homme-type.

Lorsqu'on compare les notes des Carnets relatives à cette histoire et remontant au mois de mai 1898, c'est-à-dire de deux ans et demi antérieures à la publication, on observe le travail qui se fait dans le laboratoire psychologique du conteur, et, simultanément, l'épaississement des personnages, et la complication de l'espace spirituel qui les enveloppe. L'attitude de Henry James à l'égard de cette histoire est singulière. Elle ne figure pas dans ses Œuvres Complètes *dont il a lui-même établi le plan, et, pourtant, il y a travaillé avec d'autant plus de zèle et de passion qu'elle était plus difficile à traiter, et que de nouvelles perspectives se découvraient à mesure qu'il écrivait. Le « petit grain de blé » auquel il a déjà été fait illusion, est ici un cas un peu absurde. L'héroïne de* la Note du Temps *n'est, au début, à en juger d'après les notes de 1898, qu' « une femme qui voudrait avoir* été *mariée* — être devenue veuve. *Elle pourrait venir trouver le peintre, à la Gualdo, pour commander un portrait — le portrait de son mari...* (*L'extraordinaire vieille fille est riche*) [1] ».

Voici une situation tragi-comique, James concevant son héroïne expressément à cette époque comme une vieille fille, une femme qui voudrait avoir été mariée, pour des motifs qui ne sont pas analysés, que le lecteur débrouillera à l'aide de sa propre sagacité, sans que l'écrivain le guide dans son enquête. L'espace se transforme brusquement lorsque se déchaîne entre celle qui veut le tableau et celle qui le peint, une jalousie présente qui est peut-être le réveil d'une jalousie ancienne. Se peut-il que ces deux femmes jetées dans ce conflit par un pur hasard, aient été réellement amoureuses de cet homme, ou bien l'artiste

1. C'est James qui souligne.

à fait à part en tant qu'aventure-de-rêve, fondée sur un acte de cogitation et de comparaison, le plus profond, le plus rapide et le plus clair, un acte vraiment d'une énergie salvatrice de ma vie, aussi bien qu'accompli dans un état d'inexprimable terreur, fut la poursuite soudaine, à travers une porte ouverte, tout le long d'un immense salon, par une figure vaguement dessinée, qui recula soudain, effrayée devant mon assaut et ma poussée (réaction inspirée par ma peur irrésistible mais pleine de honte), hors de cette salle, qu'un moment auparavant je défendais, désespérément, en appuyant mon épaule sur la porte violemment, irrésistiblement poussée de l'autre côté... » Le récit de la victoire de l'enfant se poursuit dans une atmosphère d'exaltant triomphe parmi les splendeurs de la Galerie d'Apollon, mais ce qui nous intéresse le plus, mais non pas pour les mêmes raisons qui intéresseraient les spécialistes, c'est cette porte contre laquelle s'arc-boutent et pèsent, chacun de son côté, l'enfant et le fantôme, jusqu'au moment où, la porte cédant, le monstre fait irruption pour être, un instant plus tard, repoussé, rejeté... La poursuite du fantôme en retraite, le long de la Galerie, met le comble à cette joie de la victoire qu'éprouve le rêveur au moment où il expulse le démon du rêve.

Le thème de la porte fermée est un ressort essentiel de l'œuvre de James, infiniment varié dans les nouvelles et les romans, allant de la barrière qui sépare l'ici-bas et l'au-delà, jusqu'à cette invisible mais impénétrable muraille se dressant entre les êtres, et que l'amour même a tant de peine à traverser, ou à contourner. Dans le présent recueil, une autre nouvelle donne accès à un fantôme, aussi, mais celui-ci, tout en jouant un rôle tragique dans l'aventure de Owen Wingrave, n'en est pas un personnage important.

Le sujet d'Owen Wingrave *sort d'une lecture des* Mémoires *de Marbot que Henry James, grand amateur de souvenirs et d'autobiographies pour ce qu'il y touchait directement le document humain, lisait en mars 1892. Le problème de la* porte *se présente ici dans les malentendus que crée entre Wingrave d'une part, et d'autre part le monde, la société, c'est-à-dire ses camarades de l'école militaire, sa famille fière de vieilles traditions guerrières, sa fiancée qui tremble à la pensée que l'homme aimé d'elle pourrait être un lâche, la répugnance qu'il éprouve pour le métier auquel le contraignent les traditions familiales. Afin de justifier les bonnes raisons qu'il a de ne pas vouloir être officier, que ne dicte pas la lâcheté mais plutôt l'héroïsme de faire front à tout ce qui le pousse vers un choix qu'il refuse, Wingrave démontrera son courage en allant passer une nuit dans une chambre hantée où on le retrouvera mort.*

La conclusion ironique de cette tragique aventure est que l'absurde décision de braver le surnaturel attestera le courage du jeune homme aux yeux du monde, alors qu'il se manifestait bien davantage et de façon plus noble dans sa résistance aux pressions de sa famille et de ses amis. Le courage du refus, *de l'acceptation du blâme social et du plus honteux soupçon, était beaucoup plus beau et plus noble que ce dérisoire défi, mais c'est ainsi que sont les hommes, inconnaissables les uns aux autres, entourés de déserts d'incompréhension, et d'abîmes par-dessus lesquels l'amitié, l'amour, l'affection familiale, sont incapables de jeter un pont solide.*

*Au contraire d'*Owen Wingrave *où le revenant n'est que l'occasion du dénouement, le deus ex machina des vieux opéras,* La vraie chose à faire *est dans ce recueil, la démonstration de la puissance effective et efficace des fantômes. Alors que le jeune James mettait en fuite le démon onirique de la Galerie d'Apollon, la présence post-mortem, invisible mais invincible, de l'écrivain mort, interdit à sa veuve et au disciple ambitieux de devenir son biographe, l'accès à ses papiers. Deux thèmes s'entrecroisent dans ce récit : le thème des rapports entre vivants et fantômes, et le thème des rapports entre l'artiste et son entourage, ce dernier étant un sujet très souvent traité par James, qui a composé sur cette donnée initiale, les variations les plus brillantes et les plus pathétiques. Rappelons seulement* Le motif dans le tapis, La mort du lion, Le gant de velours, Nona Vincent, *tantôt sur le mode tragique, tantôt en empruntant un accent d'humour et de comédie qui laisse cependant apercevoir le drame en transparence.*

Le comique souverain avec lequel Henry James traite les bizarres coïncidences de la vie a pour but d'écarter l'inquiétude qu'entretiendrait en nous la matérialisation d'énigmatiques concordances, si nous leur prêtions trop de crédit. Il y a une sorte de bouffonnerie dans la situation de l'écrivain qui a trouvé par hasard un paquet de lettres compromettant un homme célèbre, qui est tenté d'en tirer argent, et qui en est empêché par l'amour qu'il porte à une jeune femme sans savoir que celle-ci est la propre fille de Sir Dominick Ferrand et de la pauvre fille abandonnée par celui-ci. L'énigme est ici une situation de comédie, presque de farce, mais le choix est lourd de conséquences graves, douloureuses, et l'attente du dénouement prolongée avec un art savant, un sens exquis de ce suspens, que l'on se croit obligé d'appeler aujourd'hui « suspense ».

Car il y a un autre aspect du conteur, encore, qui n'est pas négligeable, et qui est celui où le romancier laisse voir qu'il fut aussi un écrivain de théâtre. Le théâtre, cependant, ne rendit pas à James l'amour que celui-ci lui portait. Que lui manqua-t-il pour remporter sur la scène les mêmes succès que l'auteur de Nona Vincent ? *C'est un autre problème. Les romans de James prouvent qu'il possédait le don du dialogue le plus vif, le plus délié, et que l'art de la conversation, dans ses livres — parfois même avec une prolixité dont la virtuosité pourrait lasser... —, est porté presque aussi haut, et d'une façon moins voulue, moins systématique, que dans les comédies d'Oscar Wilde. Il serait amusant de retrouver parfois dans tels dialogues de romans, le ton de la comédie de boulevard pour laquelle il éprouvait une prédilection marquée. Il était, en tout cas, très préoccupé, techniquement et esthétiquement, des problèmes de l'écriture de théâtre et de la mise en scène, et la conduite même de certaines courtes nouvelles présente un* côté théâtre *assez évident. La spatialité de Henry James est quelquefois celle de la scène, délimitée entre les portants, la toile de fond, et la rampe, mais il y manque ce gouffre d'ombre et d'orage, parfois aussi d'un irrésistible appel d'air, qu'est la salle elle-même, vide ou pleine peu importe ; le quatrième mur est remplacé, dans le récit par la paroi de verre contre laquelle le lecteur appuie son visage.*

Car c'est presque toujours une paroi de verre, et, après avoir parlé de l'espace dans lequel se meuvent les personnages de James et de celui dans lequel l'auteur les rencontre et se mêle à eux, il faudrait analyser la nature et la force de la distance qui s'établit entre ses héros et nous-mêmes, et de la qualité de communion que nous pouvons — ou ne pouvons pas — avoir avec eux. Ce problème est, essentiellement, le problème de la sympathie, de l'adhésion, de cet échange qui peut aller jusqu'à l'osmose, et de communication devenir communion. Dans quelle mesure sommes-nous tenus à l'écart *de ce qui se passe dans les récits de James par un trop scrupuleux souci de composition et d'écriture qui cristallise l'atmosphère d'un roman ou d'une nou-*

velle, mais en même temps la durcit, la rend intraversable ?

Dans une lettre à Hugh Walpole, James a dit qu' « il n'y a rien de plus déplorable qu'un ouvrage dans lequel il y a une fuite dans l'intérêt qu'il entretient... » Il faisait grief à Tolstoï et à Dostoievsky d'être sujets à de telles fuites, *et l'on ne peut qu'admirer le talent et l'ardeur qu'il met, lui, à boucher les trous par lesquels l'intérêt risquerait de s'enfuir. Il ne supporte en effet aucun temps mort, aucun relâchement de la tension, que ce soit dans ses romans, ses longues ou ses courtes nouvelles ; partout la matière est égale et lisse, avec quelque chose d'un émail, un sentiment ingresque de la ligne et de la couleur.*

La traduction de mademoiselle Louise Servicen suit avec une remarquable fidélité toutes les inflexions de l'écriture de James, qui se modèle sur le sujet de la nouvelle avec une surprenante plasticité. Elle acquiert une simplicité « classique », et presque une gravité romaine dans le Dernier des Valerii, *elle se contourne en arabesques précieuses dans* le Gant de Velours, *elle a pour peindre* le Banc de la Désolation *les couleurs d'une marine de Bonington. Ces nuances, ces changements de rythmes dans le récit, se reflètent dans le langage, et Henry James module en virtuose ces qualités musicales et plastiques de la langue anglaise, qui « passent » si rarement en français. Tout cela nous est restitué dans la version de mademoiselle Servicen avec une exactitude et une sensibilité qui méritent de grands éloges.*

Une préface ne peut être qu'une introduction ; elle signale les principales voies d'accès à l'œuvre, et les angles favorables à l'étude des perspectives, mais ce plaisir de la découverte, qui était si grand pour Henry James et qu'il ménageait à ses lecteurs, serait amoindri par trop d'explications préalables. S'il importe d'épargner au lecteur les malentendus, il est nécessaire toutefois que chacun entende ces récits comme des messages à lui particulièrement destinés. Que chacun, donc, reçoive ces messages dans cette féconde solitude avec l'œuvre où l'histoire revit une fois de plus en celui qui la lit ; et lire, sur un certain plan, c'est à sa manière, et pour soi-même, créer.

MARCEL BRION.

Le dernier des Valerii

J'avais souvent déclaré que si ma filleule épousait un étranger, je refuserais de la conduire à l'autel. Pourtant, quand le jeune comte Valerio me fut présenté à Rome comme son amoureux attitré (et son promis), après un bref étonnement, je considérai l'heureux garçon avec une certaine bienveillance paternelle, en me disant que, du point de vue pictural, tous deux (elle avec ses boucles blondes et lui avec ses boucles brunes) formaient un couple remarquablement assorti. Mi-fière, mi-timide, elle me l'amena en le poussant devant elle et, avec un de ses regards de colombe, me pria de me mettre en frais de courtoisie. Je ne sache pas que je manque de civilité à l'ordinaire, mais la gloire de son fiancé l'impressionnait tellement qu'elle croyait impossible qu'on lui rendît assez d'honneurs. La gloire du comte Valerio ! Pour une jeune Américaine qui avait l'air et presque les habitudes d'une princesse, il n'y avait certes pas là de quoi sonner la fanfare ! Mais elle était passionnément éprise et son imagination s'était enflammée aussi bien que son cœur. Extrêmement beau, son masque admirable exprimait une tendresse latente et son sourire grave et lent, s'il n'indiquait pas un esprit très vif, attestait du moins une constance virile, de bon augure pour le futur bonheur de Martha. L'urbanité légère, facile, de ses compatriotes lui faisait défaut et son regard décelait une sorte de sincérité stupide. Il semblait différer ses réponses jusqu'à ce qu'il fût sûr de vous avoir compris. De toute évidence, il était un peu obtus. « Il est bon, fort et brave » m'affirma néanmoins la jeune fille et je la crus volontiers. Fort, le comte Valerio l'était sans aucun doute. Sa tête et son torse rappelaient certains bustes du Vatican. Mes yeux, accoutumés depuis si longtemps à contempler les choses sous l'angle artistique, souffraient de voir un pareil cou émerger de la cravate blanche alors à la mode. Ce cou soutenait une tête ronde et massive comme celle du buste célèbre de l'empereur Caracalla, casquée de la même toison de boucles denses et sculpturales (admirablement plantée, les Romains de jadis devaient avoir eu la même au temps où ils parcouraient le monde, tête nue et bronzés). Elle formait un arc parfait au-dessus d'un front bas, clair, et se prolongeait sur la joue et le menton en une barbe courte, drue, point durcie par le rasoir. Le nez et le menton n'étaient pas délicats mais puissants, bien modelés, virils. Nulle émotion ne semblait jamais devoir altérer son teint olivâtre, lumineux, et ses grands yeux brillants vous fixaient comme une paire d'agates polies. De taille moyenne, on s'attendait presque à ce que le souffle égal de son torse généreux fît craquer ses vêtements. Pourtant, avec son sourire simple, humain, il n'avait pas plus l'air d'un jeune taureau que d'un gladiateur. Sa voix puissante, un peu rude, eut, pendant sa longue et cérémonieuse réponse à mon compliment, la sonorité des discours civiques de l'époque d'Auguste. J'avais toujours considéré ma filleule comme une petite personne très américaine dans toute l'acception honorable du terme, et doutais si ce solide jeune Latin comprendrait l'élément transatlantique de sa nature, mais il ferait assurément un amant loyal et ardent. Dans sa beauté nuancée, elle m'apparaissait si tendre, si séduisante, si captivante, que je me refusais à le croire moins sensible à son charme qu'à la fortune — tout aussi belle — dont j'étais pourtant ennuyé de me dire qu'en bon Italien il avait dû calculer l'importance. Ses biens terrestres à lui consistaient en une villa ancestrale dans l'enceinte de Rome, que son impécuniosité avait livrée à une sombre décrépitude. « Elle est éprise de la villa autant que du comte, me confia sa mère. Elle rêve de le convertir, et c'est très bien ; mais surtout, de restaurer la villa. »

Je crois que les tapissiers y furent lâchés en liberté avant le mariage même, dans un grand branle-bas, balayage de salons et sarclage des allées. Martha s'y rendait souvent en tournée d'inspection ; un jour, à son retour, elle entra dans mon atelier d'un air horrifié qui m'égaya. Elle avait trouvé les ouvriers occupés à décaper le sarcophage de la grande allée d'yeuses, à le dépouiller de la sainte patine verte du temps ! (C'était là leur conception d'un aménagement confortable des lieux.) Elle leur avait fait aussitôt transporter le sarcophage dans le coin le plus humide possible, car, tout de suite après le sourire — lent à naître et à s'effacer — de son amoureux, elle appréciait par-dessus tout la teinte roussâtre des marbres dont s'enorgueillissait le patrimoine du Comte.

La conversion du jeune homme progressa moins vite et je soupçonne sa fiancée d'y avoir apporté peu de zèle. Elle l'aimait si passionnément qu'aucun changement de confession ne pouvait ajouter à ses mérites, et par amour pour lui, elle eût été prête à faire ses dévotions au Bambino sacré, à la fête de l'Epiphanie. Mais il eut le bon goût de ne point exiger semblable sacrifice, et je fus frappé par une scène dont le hasard me fit témoin. Cela se passa à Saint-Pierre, un vendredi après-midi, aux vêpres, dans la chapelle du chœur. J'y rencontrai ma filleule, déambulant avec sérénité au bras de son amoureux, après avoir installé sa mère sur un pliant près de l'entrée. La nef était vide. Quelque chose dans la démarche de la jeune fille, sa façon de serrer les bras de son fiancé, me révéla la plénitude de sa joie.

Ils s'arrêtèrent devant le sombre groupe des confessionnaux polyglottes qui proclament sinistrement le caractère international du péché, et Martha sembla élever une protestation véhémente. Quelques instants plus tard, je les rejoignis.

— Ne pensez-vous pas comme moi, cher ami, dit le comte qui me témoignait toujours la plus affectueuse déférence, qu'avant d'épouser une créature aussi pure et douce, je devrais confesser tous les péchés dont je suis coupable, toutes les vilaines pensées, les impulsions, les désirs de ma nature grossière et mauvaise ?

Martha lui lança un regard mi-désapprobateur, mi-admiratif, qui semblait proclamer que son amoureux était sans défauts et vous supplier de croire que s'il en avait, ces défauts auraient quelque chose de grandiose.

— Ecoutez-le ! dit-elle en souriant. La liste serait longue, et si vous en attendez la fin, il serait trop tard pour le mariage ! Mais si vous me confessez vos péchés, il est juste que je vous avoue les miens. Savez-vous ce que je disais à Marco ? (Elle se tourna vers moi avec la confiance presque filiale qu'elle m'avait toujours marquée, et une lueur rose colora ses joues.) Je voudrais faire pour lui plus que les jeunes filles ne font en général pour leur fiancé, — accomplir un acte immense, courir un risque, enfreindre une loi au besoin ! Je suis prête à changer de religion, s'il le veut. Il y a des moments où je suis lasse de regarder du dehors le catholicisme ; ce me sera un soulagement d'entrer m'agenouiller dans une église. Après tout, elles sont faites pour cela ! Donc, Marco mio, si le fait que je suis une hérétique jette une ombre sur votre cœur, j'irai m'agenouiller devant ce bon vieux prêtre qui vient d'entrer dans son confessionnal là-bas, et lui dirai : « Mon Père, je me repens, j'abjure, je crois ! Baptisez-moi dans la seule vraie foi ! »

— Voilà qui est flatteur pour le comte, dis-je. M'est avis qu'il devrait faire pour toi, en retour, un sacrifice également important.

Elle avait parlé légèrement en souriant, et pourtant avec un arrière-ton d'ardeur juvénile. Le jeune homme la regarda d'un air solennel, surpris, et secoua la tête :

— Ne changez pas de religion, dit-il. A chacun la sienne. Si vous essayiez d'embrasser la mienne, je craindrais que vous ne refermiez les bras sur une ombre. Je ne suis pas bon catholique, bon chrétien ! Je ne comprends rien à ces cérémonies et ces splendeurs ! Enfant, je n'ai jamais pu apprendre le catéchisme. Mon pauvre vieux confesseur a fait de bonne heure une croix sur moi. Il m'a dit que j'étais un brave garçon, mais un païen ! Ne soyez pas plus pieuse que votre mari. Je ne comprends pas davantage votre religion, mais je vous prie de ne pas la troquer contre la mienne. Si elle a contribué à faire de vous celle que vous êtes, elle doit avoir du bon !

Et prenant la main de la jeune fille, il allait la porter tendrement à ses lèvres ; mais se rappelant soudain qu'ils se trouvaient en une enceinte point accordée aux passions profanes, il l'abaissa avec un sourire comique. « Partons, murmura-t-il en se passant la main sur le front. L'atmosphère lourde de Saint-Pierre m'abrutit ! »

Ils se marièrent au mois de mai et nous nous séparâmes pour l'été, la maman de la Comtesse pressée d'éblouir du reflet de sa dignité d'emprunt la parentèle d'outre-Atlantique. A mon retour à Rome en automne, je trouvai le jeune couple installé à la Villa Valeria, à présent en partie remise en état. Je demandai que la main des restaurateurs fût légère, car pour ma part, vieux peintre de ruines et de vestiges antiques, dénué de scrupules et amateur de « sujets », je préférais qu'on laissât crouler à leur guise les choses croulantes. Ma filleule partageait mon sentiment. Elle prisait fort l'antiquité. Discutant des changements projetés, elle se montrait parfois encore plus conservatrice que moi. Souvent, souriant de son zèle archéologique, je déclarais qu'elle avait épousé le comte parce qu'il ressemblait à une statue de la Décadence romaine. Invité à passer mes jours à la Villa, mon chevalet se trouvait planté en permanence dans quelque allée du parc. Je me pris d'une passion de peintre pour ce lieu et me familiarisai avec chaque buisson, chaque arbre tordu, chaque vase habillé de mousse, chaque sarcophage vétuste et les bustes tristes, défigurés d'anciens Romains décharnés. Le domaine n'était pas très vaste mais bien qu'il existât mainte villa plus ambitieuse et plus splendide, aucune ne me semblait plus exquisement romanesque, plus hantée par ces fantômes du passé. Des souvenirs flottaient dans le parfum des fleurs sauvages, dans le bourdonnement des insectes.

La propriété contenait entre autres coins agréables abandonnés, une antique allée d'yeuses où je m'attardais religieusement une demi-heure chaque jour, — une demi-heure étant, je l'avoue, le maximum du temps où je pouvais m'y tenir sans éternuer. Les arbres s'arquaient et s'enchevêtraient sur l'horizon obscur, avec une parfaite symétrie ; et l'allée étant exposée à l'ouest, le soleil à son déclin lui transfusait une sorte de brume dorée et se jouait au travers, — sur les feuilles, les branches noueuses et les marbres moussus. Des fragments de sculptures déterrées — statues anonymes, têtes sans nez, sarcophages grossièrement sculptés — conféraient à ce lieu une délicieuse solennité. Dans l'éternelle pénombre, les statues se dressaient comme des êtres vivants, occupés à méditer leurs observations millénaires. Je m'arrêtais longuement auprès d'elles, attendant presque qu'elles me parlent, me murmurent leurs secrets de pierre, me révèlent dans un chuchotement rauque où étaient enfouies leurs sœurs point encore exhumées.

Ma filleule connaissait un bonheur idyllique et un amour total. Marco était l'original parfait (pas une copie) d'un comte italien et semblait fort content d'être apprécié. Leur vie se passait en un puéril échange de caresses, aussi candide et ingénu que celui du berger et de la bergère d'un poème bucolique. Flâner dans l'allée d'yeuses et sentir le bras de son mari enlaçant sa taille, ou l'épaule de Marco contre la sienne, lui rouler des cigarettes qu'il fumait dans la grande rotonde de marbre, au centre de la maison ; emplir son verre, avec le vin puisé dans une vieille amphore rouge, — ces gracieuses occupations satisfaisaient la jeune comtesse.

Parfois, ils chevauchaient ensemble, à l'ombre herbue des tombes et des aqueducs, et parfois elle admettait qu'il l'exhibât à des dîners romains et à des bals. Elle jouait aux dominos avec lui après dîner, et exécutait, à ses moments perdus, son propos de lui lire les journaux quotidiens. Rite sujet à fluctuations, à cause de l'invincible tendance qu'avait le Comte à s'endormir — une défaillance que sa femme ne chercha jamais à déguiser ou atténuer. Elle restait alors assise, à écarter de lui les mouches, tandis qu'il ronflait, couché dans une pose de statue, et si je me risquais près d'elle, elle posait un doigt sur ses lèvres et murmurait que son époux lui paraissait aussi beau endormi qu'éveillé. A quoi, je l'avoue, je fus souvent tenté de répondre qu'il était du moins aussi divertissant, car le bonheur du jeune homme n'avait pas multiplié ses sujets de conversation. Souvent il s'installait près de moi quand je travaillais et critiquait amicalement mon œuvre. Il avait le goût un peu cru mais excellent et le compas dans l'œil. Toutefois il témoignait d'une étrange réserve ou d'une simplicité plus étrange encore et on l'eût dit dépourvu de tout ce qui ressemblait de loin à une idée. Il n'avait ni croyances, ni espoirs, ni craintes, — rien que des sens, des appétits, des goûts sereinement luxueux. A le voir flâner d'un pas nonchalant, tandis qu'il regardait ses ongles, je me demandais souvent s'il avait une âme à proprement parler et si sa santé et son humeur amène ne constituaient pas la somme de ses avantages. « Quelle chance qu'il ait une nature heureuse, me disais-je, car dans le cas contraire, il ignorerait tout scrupule ! S'il avait les nerfs instables au lieu d'être calmes, il nous étranglerait comme l'enfant Hercule étrangla les pauvres serpentaux ! C'est l'homme-nature ! Par bonheur, sa nature à lui est douce ! Je puis mélanger mes couleurs en paix. »

Je me demandais à quoi il pensait et ce qui occupait son esprit, dans cette oisiveté ensoleillée qui semblait l'exclure du monde de travailleurs moderne dont je me flattais encore de faire partie malgré ma passion de barbouiller de vieux panneaux. J'allais jusqu'à croire que parfois il se retranchait complètement de ce monde. Par moments, sa faculté de perception semblait si lointaine et son esprit si peu réceptif que rien n'avait le pouvoir de le tirer de sa léthargie, sauf quelque nouvelle caresse ou quelque violence soudaine. Même sa tendresse pour sa femme m'inspirait un certain malaise. Que pour sa part il eût une âme ou non, il ne semblait pas soupçonner qu'elle en avait une. Or, en bon parrain, je m'intéressais au développement de l'élément immortel de ma filleule. Je me plaisais à la croire capable d'une vie morale. Mais que devenait sa vie morale, durant cette interminable lune de miel païenne ? Un jour elle se lasserait des *beaux yeux* [1] du Comte et s'adresserait à son esprit. Elle avait élaboré, pour autant que j'en savais, tout un plan d'études, de charités, afin de jouer dignement son rôle de Comtesse Valerio, — situation dont les annales familiales fournissaient des exemples édifiants. Mais si le Comte trouvait les journaux soporifiques, je doutais qu'il tournât très vite les pages du Dante pour sa femme, ou trouvât beaucoup de piquant aux anecdotes de Vasari. Comment pouvait-il la conseiller, l'instruire, la soutenir ? Et si elle devenait mère, comment assumerait-il sa part de responsabilités ? Certes il transmettrait à son fils et héritier une robuste paire de bras et de jambes, une magnifique toison bouclée, et parfois il déposerait sa cigarette pour embrasser une fossette de bébé ; mais j'avais peine à me l'imaginer enseignant au gamin son alphabet ou ses prières ou les rudiments des vertus enfantines.

Je guettais avec une affectueuse jalousie les premiers symptômes indiquant que Martha commençait à s'apercevoir que pour le moins elle était bizarrement mariée. Une ou deux fois, à mesure que passaient les semaines, je crus lire dans ses yeux qu'elle se rappelait certaines conversations où j'affirmais, — aussi véridiquement que vous voudrez — qu'un Français, un Italien, un Espagnol pouvait être un excellent garçon, mais ne respecterait jamais vraiment la femme qu'il prétendait aimer. Au surplus, la plupart du temps, mes inquiétudes, mes soupçons, mon parti pris s'éteignaient aisément dans l'atmosphère enchantée de notre foyer romantique et classique. Nous étions hors du monde moderne et n'avions que faire de modernes scrupules ; le lieu était si lumineux, si calme, consacré au passé silencieux et impassible, qu'un contentement somnolent sem-

1. En français dans le texte.

blait de mise ; parfois, assis à mon chevalet, je voyais mes hôtes passer bras dessus bras dessous au bout d'une des longues perspectives et reprenant ma palette, mes couleurs me semblaient ternies auprès de cette vision radieuse et je me faisais l'effet d'un vieux chroniqueur occupé à l'enluminure d'une légende médiévale.

A l'actif du Comte il fallait noter que cédant aux instances de sa femme il avait entrepris des fouilles systématiques. Les fouilles sont un luxe onéreux et ni Marco ni ses ancêtres n'avaient eu les moyens de sacrifier à une poursuite désintéressée de l'archéologie. Mais sa jeune femme s'était persuadée que le sol battu de la villa regorgeait de trésors enfouis, comme un wedding-cake de raisins, et qu'elle rendrait un bel hommage à l'antique demeure qui l'avait acceptée pour maîtresse, en consacrant une partie de sa dot à mettre au jour ses splendeurs anciennes. Je crois qu'elle se disait aussi que sa libéralité désinfecterait ses dollars yankee, les débarrasserait de leur insolente odeur de négoce. Elle s'inspira de doctes avis et fut bientôt prête à vous jurer, d'après des données irréfutables, qu'une colossale Minerve de bronze doré, mentionnée par Strabon, attendait placidement sa résurrection en un point sis à cent mètres de l'angle nord-ouest de la villa. Elle invita donc à déjeuner une paire de vieux antiquaires asthmatiques qu'elle épuisa par des marches forcées dans les jardins ; et bien qu'ils ne fussent d'accord sur rien au monde, ils l'assurèrent, chacun de son côté, que des fouilles dûment conduites produiraient une moisson de découvertes incomparables. Le Comte s'était montré non seulement indifférent mais hostile au projet. Plus d'une fois il arrêta les allusions complaisantes de sa femme, en disant d'un ton acerbe, inhabituel : « Laissez-les tranquilles, les pauvres dieux déshérités, la Minerve, l'Apollon, la Cérès que vous êtes si sûre de trouver ! Ne troublez pas leur repos ! Que leur voulez-vous ? Nous ne pouvons pas les adorer ! Voudriez-vous les mettre sur un piédestal, pour les regarder bouche bée et les railler ? Si vous ne pouvez croire en eux, ne les dérangez pas ! La paix soit sur eux ! » Je me souviens d'avoir été fortement impressionné par une confession que lui arracha son épouse, laquelle déclara, en réponse à quelques remontrances de ce genre, qu'il était vraiment et foncièrement superstitieux :

— Oui, par Bacchus, je le suis ! s'écria-t-il. Trop, peut-être ! Mais je suis un vieil Italien et il faut me prendre comme je suis ! Des choses ont été vues, ont été perpétrées ici, qui laissent derrière elles d'étranges influences ! Elles ne vous atteignent pas, bien sûr, vous appartenez à une race différente. Mais moi elles m'émeuvent souvent, dans le murmure des feuilles ou l'odeur de moisi du sol, ou les yeux vides des antiques statues. Je ne puis supporter de regarder en face les statues ! Il me semble voir dans leurs orbites vides d'autres yeux étranges et j'ignore ce qu'ils me disent. Elles sont pour moi des fantômes. En conscience, nous en avons déjà assez ici qui nous guettent et nous épient de chaque recoin ombreux. Cessez d'en exhumer d'autres ou je ne réponds plus de ma raison !

Cette peinture des sentiments de Marco parut si extravagante à sa femme qu'elle y vit une plaisanterie ; quant à moi, j'y entrevis davantage, mais il plaisantait si rarement que je n'osai faire passer la pauvre femme du sourire au soupçon. Elle continua donc de sourire, maintint son point de vue et au bout de quelques jours arriva une sorte d'expert en archéologie, escorté d'une douzaine d'ouvriers hérissés de pioches et de pelles. Ces mesures énergiques me contrarièrent en secret, car bien qu'aimant les statues exhumées, je redoutais de voir le sol bouleversé, ou d'entendre les bruits profanes qui désormais troubleraient comme une fausse note le silence somnolent des jardins. J'en avais surtout après le personnage qui dirigeait ces opérations — un petit gnome laid, une sorte de nain à l'image d'un génie du monde souterrain, qui rôdait en furetant dans le parc. Son sourire malicieux suggérait que l'argent du Signor Comte le séduisait plus encore que les marbres et les bronzes escomptés.

Quand la première motte de terre eut été retournée, l'humeur du Comte sembla changer et sa curiosité triompher de ses scrupules. Il humait avec ravissement l'odeur de la terre humide, observait les ouvriers au travail qui creusaient toujours plus profondément, et une sorte d'émerveillement pétillait dans ses yeux. Une pioche sonnait-elle contre une pierre, il poussait aussitôt un cri perçant, et seule l'assurance, donnée par le petit expert, qu'il s'agissait d'une fausse alerte, l'empêchait de sauter dans la tranchée. La perspective d'imminentes découvertes agissait sur ses nerfs, et je le rencontrai plus d'une fois, errant sans repos, par les allées de cèdres, comme s'il avait enfin appris à réfléchir, lui aussi. Il me prenait le bras et m'entraînait avec lui, ayant beaucoup à dire sur la possibilité d'une « trouvaille ». Un peu étonné de cette ardeur subite je me demandai s'il avait l'œil tourné vers le passé ou l'avenir — vers l'intérêt intrinsèque des Minerves ou des Apollons prévisibles ou leur valeur marchande ? Chaque fois que le Comte venait sur les lieux des fouilles, et — très souvent — accusait de fainéantise son escouade de piocheurs, le personnage minuscule qui dirigeait les travaux m'adressait un clin d'œil sarcastique, semblant impliquer que les excavations étaient parfois pleines d'embûches.

Nous fûmes assez longtemps tenus en haleine, car on suivit plusieurs fausses pistes et l'on explora le sol aux endroits impropres. Découragé, le Comte reprit ses siestes. Mais le chef d'équipe qui avait ses idées, continua astucieusement son travail. Assis à mon chevalet, j'entendais le gai tintement des pelles lorsqu'elles heurtaient les pierres remuées. Parfois je m'arrêtais sans pouvoir modérer l'accélération de mon pouls... Qui sait, me disais-je, si quelque chef-d'œuvre de marbre ne s'agite pas là-bas, sous la couche d'argile qui va s'allégeant ? Il reste dans la mer d'aussi beaux poissons que ceux que l'on a pêchés ! Qui sait si l'on ne va pas m'appeler pour saluer quelque nouvel Antinoüs revenu à la gloire — une Vénus, un Faune, un Auguste ?

Un beau matin, j'eus l'impression que depuis une demi-heure l'animation des voix s'était accrue ; absorbé par un travail difficile, je n'allai néanmoins pas aux informations. Soudain, une ombre tomba sur ma toile et je me retournai : le petit chef des fouilles se trouvait à mon côté, l'œil brillant, la casquette à la main, le front baigné de sueur. Au creux de son bras, il tenait un fragment de marbre maculé de terre. En réponse à mon coup d'œil interrogateur il le leva vers moi et je vis que c'était une main de femme, d'un beau modelé. « Venez ! » fit-il simplement et il me conduisit à l'excavation. Les ouvriers formaient un groupe si compact autour de la tranchée béante que je ne vis rien avant qu'il ne les écartât. Alors, en plein soleil et le reflétant par éclairs, j'aperçus calée debout au moyen de pierres, contre un talus, une majestueuse statue de marbre. Elle me parut d'abord colossale mais je m'aperçus ensuite qu'elle avait les proportions d'une femme, il est vrai de taille exceptionnelle. Mon cœur se mit à battre plus fort, car je sentis qu'elle représentait quelque chose d'immense. Sa beauté parfaite lui conférait une apparence presque humaine et ses yeux vides semblaient poser sur nous un regard aussi surpris que le nôtre. Elle s'enveloppait d'amples draperies et je vis que ce n'était pas une Vénus. « Une Junon » dit l'expert péremptoire ; et en vérité elle semblait l'incarnation même de la souveraineté et du repos serein. Sa tête admirable, ceinte d'un bandeau, ne pouvait s'incliner qu'en un geste de commandement. Ses yeux regardaient droit devant elle. Sa bouche était d'une implacable gravité. Une main, tendue, avait tenu sans doute jadis une sorte de sceptre impérial ; le bras dont l'autre main s'était brisée lors de l'exhumation pendait à son flanc avec la plus royale majesté. Le travail de l'artiste témoignait d'une extrême délicatesse, et quoiqu'elle eût peut-être plus qu'à l'ordinaire, une certaine expression personnelle, elle était sculptée dans la manière large et simple de la grande période hellénique. « Le Comte sait-il ? » demandai-je bientôt, car j'éprouvais le sentiment coupable que nos regards lui volaient quelque chose.

— Le Signor Comte fait sa sieste, dit le *padrone* avec son ricanement sceptique. Nous ne voulons pas le déranger.

— Le voici ! cria un des ouvriers, et promptement nous lui livrâmes passage. Sa sieste avait été interrompue en sursaut, car il avait le visage rouge, et les cheveux en désordre.

— Ah, mon rêve... mon rêve avait raison ! s'écria-t-il et il tomba en arrêt devant la statue.

— Que rêviez-vous donc ? demandai-je car sa figure trahissait plus de consternation que de plaisir.

— Qu'ils avaient trouvé une merveilleuse Junon, qu'elle se levait et passait sa main de marbre sur la mienne. Est-ce cela ? dit le Comte avec agitation.

L'un des ouvriers qui écoutait laissa échapper un « *Santissima Vergine !* » frappé de terreur.

— Oui, *Signor Comte,* c'est bien la main ! dit le surveillant, en tendant le parfait fragment. Mais je l'ai ici en sûreté depuis une demi-heure, de sorte qu'elle ne peut pas vous avoir effleuré !

— Vous avez sans doute raison de croire que c'est une Junon, dis-je. Admirez-la tout à votre aise.

Sur quoi je me détournai, car sachant le Comte superstitieux, je ne désirais pas l'embarrasser en l'observant. Je regagnai la maison pour porter la nouvelle à ma filleule que je trouvai assoupie — sans rêves semblait-il — sur un grand in-octavo archéologique. « Ils ont touché le fond ! dis-je. Ils ont découvert une œuvre de Phidias ou Praxitèle, pour le moins ! » Elle laissa tomber son livre et sonna pour qu'on lui apportât une ombrelle. Je décrivis la statue mais sans précision, je le crains, car Martha eut une petite grimace ironique.

— Un long peplum à plis creux ? dit-elle. Que c'est bizarre ! Je ne la crois pas belle.

— Elle est assez belle pour te rendre jalouse, *figlioccia mia,* répliquai-je.

Nous trouvâmes le Comte les bras croisés, perdu en contemplation devant la déesse ressuscitée. Il semblait remis de l'impression produite par son rêve, mais je crus déchiffrer sur son visage une émotion plus profonde encore. Très pâle, il ne répondit pas à l'affectueuse pression du bras de sa femme. Je ne suis d'ailleurs pas sûr que l'attitude de Martha ne fût pas un hommage plus grand encore à la perfection de la statue. Elle avait ri de mon lyrisme, chemin faisant, et je m'étais rappelé avoir lu quelque part que les femmes n'ont pas la perception de la beauté pure. Martha, du moins, sembla lentement mesurer l'infinie majesté de notre Junon. Elle la regarda longuement en silence, appuyée contre son mari, puis s'avança un peu timide, sur les pierres qui formaient un socle grossier. Elle posa ses deux mains roses, dégantées, sur les doigts de marbre de la déesse et les garda quelques instants, dans la chaude étreinte de ses paumes, tout en fixant ses yeux de vivante sur les orbites aveugles. Enfin elle se retourna, la prunelle embuée de la larme que provoque parfois l'admiration profonde et que son mari, trop absorbé, ne remarqua point. Il avait, apparemment, donné des ordres pour qu'on régalât d'une barrique de vin ses ouvriers. La barrique apportée fut aussitôt mise en perce, et le petit expert, ayant rempli le premier verre, s'avança chapeau bas pour le présenter obséquieusement à la Comtesse. Elle ne fit qu'y tremper ses lèvres et le passa à son mari. Il le porta machinalement aux siennes. Soudain, il s'arrêta, le leva un instant, et en répandit le contenu lentement, solennellement, aux pieds de la Junon.

— Mais c'est une libation ! m'écriai-je.

Il ne répondit pas et s'en fut d'un pas lent.

Ce jour-là on ne travailla pas davantage. Les ouvriers s'étendirent sur l'herbe, contemplant avec un plaisir de Romains authentiques un beau morceau de sculpture, mais sans gaspiller leur vin en cérémonies païennes. Dans la soirée, le Comte fit une nouvelle visite à la Junon et donna l'ordre de la transférer le lendemain au « casino ». Le casino était un pavillon de plaisance abandonné, construit à l'imitation (assez gracieuse) d'un temple ionique, où les ancêtres de Marco avaient dû souvent se rassembler pour boire des sirops frais dans des verres de Venise, écouter des madrigaux ou autres « concetti ». Il abritait quelques poussiéreux fragments de sculpture antique, mais ses dimensions assez vastes lui permettraient d'accueillir la collection plus riche dont je me plaisais à croire que la Junon formait le noyau. Cette belle créature y fut placée, droite et sereine. Un cippe funéraire renversé lui servit de socle suffisamment solide. Le petit surveillant, qui semblait connaître tous les rites de la restauration, la frotta, la décapa avec un art mystérieux, effaça ses terrestres souillures, lui restitua l'éclat de sa beauté. La ferme et belle surface marmoréenne sembla irradier une pureté et un épanouissement nouveaux ; et n'eût été la main brisée, on eût cru qu'elle venait à peine de recevoir le dernier coup de ciseau de l'artiste. Sa présence ne fut bientôt plus un secret. Deux ou trois jours plus tard, une demi-douzaine de curieux accoururent et demandèrent audience. Je me trouvai présent quand le premier de ces messieurs (un Allemand à lunettes bleues avec une serviette sous le bras) se présenta à la Villa. Le Comte, entendant sa voix, s'avança et le toisa froidement.

— Votre nouvelle Junon, Signor Comte, commença l'Allemand, doit plutôt être, selon moi, une certaine Proserpine...

— Je n'ai ni Junon ni Proserpine dont je puisse discuter avec vous, dit le Comte d'un ton sec. On vous a mal renseigné.

— Vous n'avez pas exhumé une statue ? s'écria l'Allemand. Quelle scandaleuse plaisanterie !

— Aucune qui mérite votre docte attention. Je regrette que vous ayez pris la peine d'apporter votre petit carnet de notes si loin.

Voilà que le Comte faisait tout à coup de l'esprit !

— Mais vous avez sûrement trouvé quelque chose ! Le bruit en court par toute la ville de Rome !

— Au diable les bruits ! cria avec violence le Comte. Je n'ai *rien* — vous avez compris ? Ayez l'obligeance de le répéter à vos amis !

Sur cette réponse péremptoire, le pauvre archéologue s'en fut, en agitant sa crinière couleur de chanvre. J'eus pitié de lui et me risquai à adresser un reproche au Comte. — Si personne ne doit la voir, elle serait aussi bien sous terre, dis-je.

— Je la verrai, *moi* ! Et cela suffit ! répliqua-t-il avec la même brusquerie inhabituelle. Au bout d'un moment, s'apercevant que, troublé et surpris, je le regardais de travers :
— Sa grande serviette de cuir m'a inspiré de l'horreur ! Il s'apprêtait à faire d'elle quelque dessin hideux !

— Ah, vos paroles me touchent au vif, dis-je. Je projetais moi-même un petit croquis...

Après un silence, il se retourna et me saisit le bras, avec moins d'irritation mais une gravité extraordinaire :

— Allez au pavillon vers minuit, me dit-il, et restez une heure à la regarder. Je crois que vous renoncerez à votre croquis. Dans le cas contraire, mon bon vieil ami, à votre guise !

Je suivis son avis, et, en tant qu'ami, renonçai à mon croquis, mais un artiste est un artiste et, en secret, je grillais de l'envie de faire une esquisse. Des ordres sévères, en accord avec l'algarade du Comte à notre visiteur allemand, furent donnés aux domestiques qui forts de leur conscience italienne et de leur gracieux don latin de persuasion, assurèrent les curieux par la suite qu'il s'agissait d'un déplorable malentendu. Nul doute pour moi que — faute d'une meilleure occasion — ils s'arrangèrent pour rendre leurs condoléances lucratives. Toute nouvelle opération fut désormais suspendue, comme constituant un affront à l'incomparable Junon. Les ouvriers s'en allèrent, mais le petit archéologue continua de hanter les lieux et de sonder le sol, pour son agrément personnel. Un jour il vint à moi, avec son habituelle grimace ambiguë :

— Et la main de la Junon, murmura-t-il, qu'est-elle devenue ?

— Je ne l'ai pas revue depuis que vous m'aviez appelé pour la voir. Je me souviens que lorsque je suis parti, elle gisait sur l'herbe, près de l'excavation.

— Où je l'avais placée moi-même. Après cela, elle a disparu. *Pare impossible !*

— Suspecteriez-vous l'un de vos ouvriers ? Un fragment pareil lui rapporterait plus de *scudi* que la plupart d'entre eux n'en ont sans doute vu de leur vie.

— Quelques-uns sont peut-être plus chapardeurs que les autres. Mais si je faisais venir le plus fieffé brigand de la bande et l'accusais, le Comte interviendrait.

— Il doit pourtant apprécier cette belle main.

Mon ami le résurrecteur regarda autour de lui et cligna de l'œil.

— Il l'apprécie tellement qu'il l'a chipée lui-même. J'en suis convaincu, et m'est avis que moins nous en parlerons, mieux cela vaudra.

— Chipée, cher Monsieur? Après tout, c'est sa propriété.

— Pas tant que ça ! Une créature aussi belle appartient plus ou moins à tout le monde. Nous avons tous le droit de la regarder. Mais le Comte la traite comme une sacro-sainte image de la Madone ! Il la tient sous clef et lui rend des visites solitaires. Et que fait-il, après tout ? Avec une belle femme de pierre, que peut-on faire sinon la regarder ? et que fait-il de la précieuse main ? Il la conserve dans un coffret d'argent — il en a fait une relique ! » Sur quoi ce personnage cynique fit entendre un ricanement grotesque, et s'éloigna.

Il me laissa mal à l'aise, songeur, à me demander ce que diantre il entendait au juste. Le Comte tenait certainement à envelopper de mystère sa Junon, mais on y pouvait voir la conséquence naturelle de la première ivresse de la possession. J'étais tout disposé à attendre sa permission d'approcher la déesse et entre temps me réjouis que l'apathie congénitale de mon hôte connût des limites. Mais les jours passèrent et je constatai que sa joie, loin d'être communicative, le rendait étrangement froid, sombre et taciturne. Qu'il admirât une déesse de marbre n'était pas une raison pour dédaigner le genre humain. Pourtant, il semblait établir entre nous des comparaisons désobligeantes. De ce ridicule ostracisme, sa charmante femme n'était pas préservée. Aux moments où j'essayais de me persuader que son humeur n'était ni pire, ni meilleure qu'à l'ordinaire, l'expression de ma filleule contredisait cette opinion superficielle. Elle ne soufflait mot, mais sur son visage se peignait une perplexité touchante. Elle restait parfois assise, les yeux fixés sur lui, avec une sorte de curiosité implorante — comme si elle était trop surprise pour se fâcher. Sur ce qui se passait entre eux dans le privé, je n'avais, bien entendu, pas licence de m'informer. Je soupçonnai qu'il ne se passait rien, voilà le malheur ! Autre malheur, le Comte demeurait impénétrable à nos coups d'œil muets, et regardait par-dessus la tête de sa femme, d'un air de superbe distraction. Parfois il semblait s'aviser que je ne comprenais rien à son état, moi non plus, et son œil morne lançait un éclair — un peu, eût-on dit, chargé d'une sinistre ironie, et un peu mû par le désir, étrangement refréné aussitôt, de se justifier. Mais il détournait inexorablement son visage, de sa femme ; et quand elle l'approchait, esquissant une timide caresse, il la recevait avec un frisson mal déguisé. La situation me paraissait fort bizarre et j'en vins à haïr le Comte et tout ce qui lui appartenait. « J'avais mille fois raison ! m'écriai-je. Un comte italien peut être très raffiné, mais il ne résiste pas à l'usage ! Donnez-moi un jeune gaillard, sain, de notre sang, qui ne nous jouera pas de ces farces propres au vieux monde crépusculaire ! Tout artiste que j'aie voulu être, jamais plus je ne me ferai l'avocat d'un mari bourré de traditions ! »

Je cessai de prendre plaisir à la Villa, aux ombres violettes et aux lumières ambrées, aux marbres moussus et aux Monts Albains longuement profilés. Je cessai de peindre, et tout me sembla laid. Auprès de ma palette, j'avais l'impression de mélanger de la boue à mes couleurs. De mornes pensées m'obsédaient. Un poids insupportable me pesait sur le cœur. Le pauvre Comte devint pour mon imagination une sombre efflorescence des germes maléfiques que l'histoire avait implantés dans sa lignée. Rien d'étonnant qu'il fût prédestiné à être cruel. La cruauté n'était-elle pas de tradition pour ceux de sa race, et le crime un exemple ? Les passions effrénées de ses ancêtres revivaient, indomptables, dans sa nature indisciplinée et demandaient sourdement à se faire jour. Quel lourd héritage, me disais-je, et dans mes rêveries mélancoliques j'évoquais l'interminable filière des aïeux du Comte. Je remontais à la renaissance des arts et des vices, à la sanglante mêlée des guerres médiévales, traversant la longue ténèbre des premiers âges, coupée de brusques éclairs, jusqu'à la noble origine de sa souche, dans le solide Etat romain. — A travers l'obscurité de l'histoire, elle s'étendait, perdant tout droit à ma sympathie au fur et à mesure de son développement. De telles annales contenaient leur malédiction en soi, et l'on aurait voulu que ma chère fille s'en accommodât avec aisance et reconnaissance, comme d'une plume à son chapeau ?

Combien de temps se prolongea cette situation pénible ? Je l'ignore. Elle me sembla plus longue encore, à cause de la persistante réserve de ma filleule, et de mon impuissance à lui offrir une consolation. Une femme sensible, déçue par le mariage, épuise les ressources de son ingéniosité avant de prendre conseil d'autrui. Les préoccupations du Comte, quelles qu'elles fussent, faisaient qu'il ne tenait plus en place. Il allait, venait, au hasard, avec une brusquerie nerveuse ; chevauchait seul pendant des heures, et je crois prenait rarement la peine de s'en excuser auprès de sa femme. Pourtant, bien que le temps passât, il n'était pas plus près d'expliquer son énigme. Au bout de quelques mois, néanmoins j'avoue que mon anxiété se tempéra de compassion. Si j'avais craint qu'il ne sacrifiât à ses inexorables ancêtres en perpétrant quelque méfait, j'éprouvais une sorte de gratitude hargneuse, de ce que sa nature honnête semblait leur avoir refusé cette satisfaction. Un homme ne pouvait pas être assez diaboliquement affligé qu'il n'eût besoin de sympathie si peu qu'il le confessât. Il m'avait toujours témoigné de la déférence et je me dis qu'il accepterait peut-être que j'essaye d'alléger son tourment. Un soir, ayant pris congé de ma filleule et lui ayant dispensé dans un baiser silencieux, ma bénédiction — assez inefficace — je sortis et trouvai le Comte assis au jardin à la douce clarté des étoiles, occupé à contempler un Hermès dégradé, planté dans un buisson de lauriers-roses. Je m'assis auprès de lui et lui signifiai que sa conduite requérait une explication. Il tourna à demi la tête et sa pupille sombre brilla un instant.

— Je comprends, dit-il, vous me croyez cinglé ! Et il se tapa le front.

— Pas cinglé, mais malheureux. Et l'excès de détresse impose une grande tension à l'esprit.

Après un silence : — Je ne suis pas malheureux ! s'écria-t-il tout à trac. Je suis extrêmement heureux ! Vous ne sauriez croire combien je jouis de la contemplation de ce vieil Hermès dégradé ! Autrefois il me faisait peur ! Sa moue me rappelait un vieux prêtre aux sourcils broussailleux qui m'enseignait le latin et me lançait des regards terribles quand j'écorchais mon Virgile. Mais à présent il me semble l'être le plus aimable du monde et me suggère des images délicieuses ! Il a connu les anciennes fêtes, les têtes couronnées de roses, penchées sur les coupes de vin, le culte, les anciens fidèles et les dieux anciens. Quand je m'assieds ici, il me parle à sa façon muette et me les décrit. Non, non, mon ami, je suis le plus heureux des hommes !

Je protestai que je ne l'avais jamais cru atteint de folie, mais à part moi commençai soudain à l'en soupçonner, ne trouvant rien de rassurant dans ce singulier enthousiasme. L'Hermès, par miracle, avait conservé son nez ; et quand je songeai que ma chère Comtesse était négligée pour ce bloc païen, je me promis tout bas de revenir armé d'un marteau et de lui assener un coup qui le rendrait désormais trop ridicule pour un *tête-à-tête* [1] sentimental. Cependant l'engouement du Comte ne prêtait pas à rire, et après une pause, j'exprimai ma conviction sincère, en lui conseillant de voir un prêtre ou un médecin.

Il éclata d'un rire sonore. — Un prêtre ? que ferais-je de lui, ou que ferait-il de moi ? Ma confession effrayerait le pauvre homme au point de lui faire perdre l'esprit. Quant à un médecin, je ne me suis jamais mieux porté de ma vie ; et à moins » — il se leva brusquement et me regarda de travers, « que vous ne vouliez m'empoisonner, je vous engage à me laisser tranquille, par charité chrétienne !

Décidément, le Comte ne jouissait pas de toute sa raison et je n'eus pas le cœur, durant quelques jours, de retourner à la villa. Comment le traiterais-je, quelle figure ferais-je, quel comportement exigeaient le bonheur de Martha et sa dignité ? J'errais dans Rome, retournant ces questions dans ma tête, et un après-midi me trouva au Panthéon. Nul monument romain ne conserve une empreinte plus profonde de la vie de jadis, nul ne reflète davantage les croyances d'une époque antique où les temples étaient plus nobles que les dieux. L'immense dôme obscur semblait conserver un vague reflet du culte païen, comme un coquillage ramassé sur la grève enferme le bruit de la mer. Trois ou quatre personnes étaient disséminées devant les divers autels. Une autre se tenait près du centre, sous l'ouverture percée dans le dôme. En m'approchant, je reconnus le Comte. Planté là, les mains dans le dos, il levait d'abord les yeux vers les lourds nuages de pluie qui passaient au-dessus du grand œil-de-bœuf, puis les abaissait sur le cercle éclaboussé d'eau du dallage. A cette époque, le pavement était rugueux, craquelé, magnifiquement vétuste et ce vaste espace en communion avec l'air libre était devenu aussi moussu et verdoyant que le sol d'un jardin. Une herbe tendre jaillissait entre les crevasses des dalles et les pousses minuscules scintillaient sous la pluie. Un grand courant d'air passait par la voûte découverte et amortissait les odeurs habituelles de l'encens et des cierges. Le Comte semblait en avoir subi l'influence. Son visage exprimait une indéfinissable extase, si absorbé qu'il me remar-

1. En français dans le texte.

qua au bout d'un moment seulement. Au dehors, le soleil luttait contre les nuages, bien qu'une fine pluie tombât toujours, gouttant dans notre triste enceinte comme une poussière d'eau lumineuse. Le Comte l'observait, de l'œil fasciné d'un enfant devant une fontaine. Puis il se détourna, pressant de la main son front, et gagna l'un des autels qui semblaient n'être là que pour la forme. Sa contemplation reprit, mais au bout d'un instant il revint à sa précédente place. A ce moment il me reconnut et remarqua sans doute mon regard curieux fixé sur lui. De la main, il me salua et enfin s'avança vers moi, en proie à une exaltation nerveuse qu'il s'efforçait de masquer sous un air dégagé.

— C'est le plus bel endroit de Rome, murmura-t-il. Il vaut cinquante Saint-Pierre ! Mais savez-vous que j'y suis venu l'autre jour pour la première fois ? Je le laissais aux *forestieri*. Ils circulent, avec leurs guides rouges sous le bras et leurs jumelles, et à force de lire ce qu'il y est dit de ceci ou cela, ils s'imaginent le connaître ! Ah, il faut le *sentir* ! — sentir la beauté et l'harmonie de ce grand œil-de-bœuf découvert ! Non seulement le vent et la pluie, le soleil et le froid pénètrent par là ; mais jadis... jadis, » il me toucha le bras et m'adressa un étrange sourire, « les dieux et les déesses descendaient par cette ouverture et prenaient place sur leurs autels. Quelle procession, si l'on pouvait la voir avec les yeux de la foi ! Et voilà ce qu'ils nous ont donné au lieu de cela ! » Il eut un haussement d'épaules apitoyé. « Je voudrais arracher leurs tableaux, renverser leurs chandeliers et empoisonner leur eau bénite !

— Mon cher Comte, fis-je avec douceur, vous devriez tolérer les honnêtes convictions des gens. Voudriez-vous renouveler l'Inquisition, au bénéfice de Jupiter et de Mercure ?

— Les gens ne toléreraient pas mes convictions à moi, s'ils les soupçonnaient ! s'écria-t-il. On a beaucoup parlé des persécutions païennes ; mais les chrétiens eux aussi, ont persécuté et les anciens dieux ont été adorés dans des cavernes et des forêts, aussi bien que les nouveaux ! Ils hantaient les cavernes, les bois, les torrents, la terre, l'air et l'eau ! Et là... et ici aussi, un fils de la vieille Italie peut encore les retrouver !

Il avait dit plus qu'il n'en voulait dire, et son masque était tombé. Je le regardai avec attention et éprouvai pour lui le brusque élan de compassion que nous inspire toute créature irresponsable, surexcitée. Il me sembla que je touchais à la source de son tourment, et grand fut mon soulagement, car ma découverte me donnait envie d'éclater de rire. Je me contentai d'un sourire bénin. Il me retourna mon regard, d'un air soupçonneux, comme pour juger s'il s'était trahi ; et dans sa prunelle je discernai vaguement malgré tout, la présence d'une conscience, sur laquelle nous pourrions avoir prise. Dans ma gratitude, j'étais prêt à rendre grâce à tous les dieux qu'il voudrait. — Prenez garde, prenez garde, dis-je, vous tenez des propos qui, si le sacristain les entendait et les répétait !...

Et glissant ma main sous son bras, je l'entraînai.

J'étais saisi, choqué, mais aussi amusé et réconforté. Le Comte devenait tout à coup pour moi un phénomène délicieusement curieux et je passai le reste de la journée à méditer sur ce que les caractères raciaux ont d'étrangement ineffaçable. J'avais qualifié un jour le pauvre Marco de solide jeune Romain et il l'était encore plus, ma foi, que je ne le rêvais ! La discrétion n'étant plus de mise, je m'en ouvris le lendemain à ma filleule. Elle espérait depuis quelque temps, je crois, que je lui donnerais l'occasion de s'épancher, car elle fondit en larmes et avoua qu'elle était malheureuse.

— Au début, dit-elle, je croyais à des imaginations de ma part, et que ce n'était pas son affection qui diminuait mais mes exigences qui augmentaient. Mais tout à coup, s'est abattue sur mes épaules comme un froid mortel, la conviction qu'il ne se soucie plus de moi, que quelque chose s'interpose entre nous. Et le plus bizarre, c'est l'absence de tout motif puisé dans ma propre conduite ou de tout signe indiquant qu'une autre femme est en cause. Je me suis retourné l'esprit pour découvrir ce que j'avais fait, dit ou pensé qui pût lui déplaire ! Et pourtant, il se comporte comme un homme trop atteint pour se plaindre. Il n'a pas eu un mot dur pour moi, pas un regard de reproche. Simplement, il a renoncé à moi. Je suis sortie de sa vie.

Sa voix eut un petit frémissement si pathétique que je faillis lui dire que j'avais deviné l'énigme et me trouvais à mi-chemin de la victoire. Mais je craignis son incrédulité. Mon hypothèse était si fantastique, en apparence si absurde, que je résolus d'attendre une preuve concluante. Je continuai donc à surveiller le Comte à la dérobée et prudemment, mais avec une vigilance que ma curiosité désintéressée avivait encore.

Je retournai à ma peinture et ne négligeai aucun prétexte pour rôder dans les jardins et aux alentours du « casino ». Le

Comte, je crois, devinait mes desseins ou du moins mes soupçons, et eût bien voulu se rappeler ce qu'il s'était laissé aller à me dire au Panthéon. Mais l'intérêt que m'inspirait son extraordinaire situation s'augmentait du fait que — dans la mesure où je pouvais déchiffrer son visage sombre et songeur — il semblait, un peu dédaigneusement, m'avoir pardonné. Il me jetait parfois au passage un regard, où une sorte de désir d'aide informulé luttait, eût-on dit, avec la conviction qu'un être comme moi ne le comprendrait jamais. Je l'aurais volontiers aidé, mais le cas était épineux et je souhaitais d'abord en connaître tous les symptômes. Entre temps, je travaillais, attendais et m'étonnais. J'avais beau retourner mon idée, je ne parvenais pas à m'y faire. Parfois elle m'offrait une fascination perverse qui m'ôtait tout désir d'intervention. Le Comte m'apparaissait alors comme le sujet d'une précieuse étude psychologique, et la délicatesse me commandait un tendre respect pour sa chimère. J'enviais son imagination et fermais parfois les yeux, avec le vague souhait, quand je les rouvrirais, de trouver Apollon en face de moi, sous un arbre, baisant nonchalamment sa flûte, ou Diane avançant à longues foulées dans l'allée d'yeuses. Mais le plus souvent, mon hôte me faisait simplement l'effet d'un jeune malheureux, affligé d'une obsession morbide qu'il importait de dissiper au plus tôt. Si le remède devait être à la hauteur du mal, il faudrait une dose extraordinaire !

Un soir, ayant pris congé de ma filleule, je regagnais à pied mon logis du Corso, quand, au bout de cinq minutes, je m'aperçus que j'avais oublié mon monocle, — dont je me servais constamment. Je me rappelai aussitôt qu'en peignant j'avais cassé le ruban qui l'attachait à mon cou et l'avais fixé provisoirement à la branche d'un amandier en fleurs, près de moi. Peu après, rassemblant mes effets, je m'étais retiré sans plus y penser. A présent, comme j'avais besoin du monocle pour lire le journal du soir au Caffè Greco, il ne me restait plus qu'à revenir sur mes pas, le cueillir sur sa branche. Je le repérai sans difficulté et m'attardai un peu devant le curieux aspect nocturne du paysage que j'avais étudié de jour. La nuit était magnifique, embaumée du parfum d'un début de printemps romain. La lune montait rapidement et dessinait des damiers d'argent sur les lourdes masses d'ombre. Tout en observant ses jeux, je continuai ma promenade et soudain me trouvai en vue du « casino ».

A ce moment, un rayon blanc effleura une petite figure de marbre ornant le pied du pavillon. La façon dont ce marbre jaillit en plein relief, me suggéra un spectacle rare tout proche, et que la même magnifique clarté devait grandement embellir la Junon captive. La porte du « casino » était verrouillée comme d'habitude, mais le clair de lune coulait si généreusement par les hautes fenêtres que ma curiosité obstinée se fit inventive. Je traînai un banc du *portico,* le dressai, parvins à me hisser dessus et arrivai à la hauteur d'une des fenêtres. Le châssis céda sous ma pression et me montra ce que j'attendais : une transfiguration. La belle statue baignée dans le froid éclat lumineux brillait d'une pureté qui affirmait sa divinité. Si de jour sa riche pâleur suggérait l'or poli, elle avait à présent une carnation d'argent légèrement mat. L'effet était presque terrible. On avait peine à croire qu'une beauté si expressive fût inanimée. A quelque distance de son socle, dans la frange d'ombre, j'aperçus sur le pavement une forme, prosternée avec ferveur. Je ne saurais dire combien cette présence ajoutait au caractère impressionnant de la scène. Elle marquait la statue resplendissante comme une déesse véritable et semblait jeter une sorte d'orgueil conscient sur son masque de pierre. Dans ce gisant en prières, je reconnus aussitôt le Comte, et tandis que je m'arrêtais, comme pour m'aider à déchiffrer la pleine signification de son attitude, le clair de lune se déplaça, couvrant sa poitrine et sa face. Je vis alors qu'il avait les yeux fermés, qu'il était assoupi ou évanoui. A l'observer attentivement, je perçus son souffle égal et jugeai toute inquiétude injustifiée. La lune blanchissait son visage, déjà pâle de lassitude. Venu vers la Junon, pour obéir à cette passion fabuleuse dont les symptômes m'avaient donné tant de sujets d'étonnement, épuisé soit d'avoir cédé à son désir, soit pour y avoir résisté, il s'était affaissé aux pieds de la déesse, dans un sommeil hébété. L'influence lunaire l'éveilla d'ailleurs bientôt. Il murmura quelques mots confus et se leva, un peu hagard. Enfin, prenant conscience de sa situation, il resta un instant l'œil fixé sur la brillante image, avec une expression, me sembla-t-il, point entièrement faite de ferveur inconditionnée. Il proféra des mots entrecoupés dont le sens m'échappa, puis, après une autre pause et un long gémissement mélancolique, il se tourna avec lenteur vers la porte. Aussi rapidement et silencieusement que possible, je descendis de mon poste d'observation et me glissai derrière le

« casino » ; bientôt j'entendis le bruit de la serrure refermée et des pas qui s'éloignaient.

Le lendemain, rencontrant au jardin le chef des fouilles, je le menaçai du doigt avec une gravité hostile. Il se borna à ricaner, tel le malicieux gnome de la terre auquel je l'avais toujours comparé et retroussa sa moustache comme s'il prenait ma menace pour une bonne plaisanterie. — Si vous creusez de nouveaux trous ici, lui dis-je, je vous ferai fourrer dans le plus profond, avec des pelletées de terre sur votre tête. Vous avez fait assez de découvertes, nous ne voulons plus de statues ! Votre Junon nous a presque anéantis.

Il éclata de rire.

— Je m'y attendais. J'avais mon idée.

— Quelle était votre idée ?

— Que le *Signor Comte* commencerait à lui faire ses dévotions.

— Miséricorde ! Le cas est-il si fréquent ? Pourquoi vous y attendiez-vous ?

— Au contraire, le cas est rare. Mais j'ai si longtemps fouillé le monstrueux héritage de l'antiquité que j'ai appris une foule de secrets, et aussi que les anciennes reliques peuvent opérer des miracles modernes. Il y a un élément païen en nous tous — je ne parle pas de vous, *illustrissimi forestieri,* — et les anciens dieux ont encore leurs fidèles. L'antique esprit palpite toujours çà et là et le *Signor Comte* en a sa part. C'est un brave garçon, mais entre nous, un paroissien impossible !

Et le singulier personnage eut un nouvel accès d'hilarité.

— Si vos prévisions étaient si nettes, vous auriez dû m'en toucher un mot, dis-je. J'aurais envoyé promener toute votre équipe d'ouvriers.

— Ah, mais la Junon est si belle !

— Le diable emporte sa beauté ! Me direz-vous ce qu'est devenue la Comtesse ? Pour rivaliser avec la Junon, elle est en train de tourner au marbre elle-même !

Il haussa les épaules.

— Ah, mais la Junon vaut 50.000 scudi !

— J'en donnerais cent mille pour qu'elle fût détruite ! Peut-être après tout, vous demanderai-je de creuser une nouvelle fosse.

— A votre service, répondit-il avec une courbette, tandis que je lui tournais le dos.

Deux jours plus tard, je dînais, comme il m'arrivait souvent, avec mon hôte et mon hôtesse ; pour la première fois, je me retrouvai face à face avec le Comte depuis sa prostration du « casino ». Il en portait la trace, et se montra taciturne et absent plus qu'à l'accoutumée. J'eus l'impression que le chemin de la foi antique n'était point semé de roses et que la Junon devenait de jour en jour une maîtresse plus dure à servir. Le dîner à peine fini, il se leva de table et prit son chapeau. En passant près de sa femme il hésita, s'arrêta et lui lança — pour la première fois, j'imagine, — ce regard vaguement implorant qu'il m'avait souvent adressé. Elle remua les lèvres, en une sympathie muette et tendit les mains. Il l'attira à lui, l'embrassa avec une violence presque brutale et sortit à grands pas. L'occasion me parut propice, et tout nouvel atermoiement superflu.

— Ce que j'ai à te révéler est fort étrange, dis-je à la Comtesse, très improbable, invraisemblable. Mais peut-être ne trouveras-tu pas la chose aussi terrible que tu ne le craignais ! Il y a bien une femme sous roche ! Ton ennemie est la Junon. Le Comte — comment m'exprimer ? — le Comte la prend *au sérieux* [1].

Elle se taisait ; mais au bout d'un instant, son bras effleura ma main, et je compris qu'elle voulait dire que j'avais exprimé sa propre conviction.

— Tu admires son antique simplicité. Tu vois combien elle va loin ! Il est retourné à la foi de ses pères ! Endormie durant tant de siècles, cette impérieuse statue l'a silencieusement réveillée. Il croit aux origines fabuleuses, enseignées dans les manuels de mythologie, que tu essayais d'apprendre par cœur. En un mot, chère enfant, Marco est un anthropomorphe. Sais-tu ce que cela veut dire ?

— Je suppose que je vais vous choquer terriblement, répliqua-t-elle, si je vous dis qu'il est libre de pratiquer n'importe quelle foi, pourvu qu'il la partage avec moi ! Je croirais même en Jupiter s'il me le commandait ! Là n'est pas le motif de ma tristesse : laissez mon mari être lui-même ! Je suis triste à cause du gouffre de silence et d'indifférence qui s'est creusé entre nous. Sa Junon est la réalité, moi je suis la fiction !

— Ces derniers temps j'ai pris mon parti de ce gouffre de silence, et du fait que pendant un temps tu avais perdu ton

1. En français dans le texte.

importance. Après la fable, la morale ! Le pauvre garçon n'a succombé qu'à moitié. L'autre moitié de lui-même proteste. L'homme moderne est resté au dehors dans les ténèbres, avec sa femme irréprochable. Comment ne sentirait-il pas, ne serait-ce que vaguement, grossièrement, mais à chaque pulsation de son cœur, — que tu es une expérience de la nature beaucoup plus raffinée, un fruit du temps plus mûr que ces êtres primitifs pour qui Junon était un objet de terreur et Vénus un modèle ? Il te fait le compliment de te croire irrésistiblement moderne. Il a franchi l'Achéron mais il t'a laissée derrière lui, comme un gage au présent. Nous le ramènerons pour chercher ce gage. Les vieux fantômes ancestraux devraient être apaisés quand une jolie créature comme toi a sacrifié le meilleur de sa vie. Il a prouvé qu'il était un Valerii de jadis ; nous veillerons à ce qu'il soit le dernier, et que cependant son trépas laisse le comte Marco en excellente santé.

Je parlais avec une confiance que je ressentais en partie car il me semblait que si le Comte pouvait être touché, ce serait par le sentiment que son étrange incursion spirituelle ne lui valait pas l'inimitié de sa femme. Nous causâmes longtemps et finîmes sur une note d'espoir, car avant mon départ ma filleule exprima le désir d'aller voir la Junon.

— J'ai eu peur d'elle presque dès le début, dit-elle et je l'ai à peine vue depuis qu'elle a été placée au « Casino ». Peut-être puis-je tirer d'elle un enseignement — peut-être devinerai-je par quoi elle le charme !

Un instant j'hésitai, de crainte de troubler les dévotions du Comte. Puis comme une expression fugitive de la pauvre femme révélait qu'elle aussi y pensait et éprouvait l'impulsion soudaine de cueillir la victoire au cœur du danger, je lui offris bravement le bras. La nuit était chargée de nuages et en cette circonstance la déesse triomphante n'aurait apparemment à compter que sur son propre éclat. Mais en approchant du Casino, je vis la porte entrebâillée, et de la lumière à l'intérieur. Une lampe accrochée devant la statue, nous révéla que le lieu était vide, mais de toute évidence le Comte y était venu récemment. Devant la Junon se dressait un grossier autel improvisé, composé d'un informe fragment de marbre antique, où se gravait une inscription presque illisible. Nous semblions vraiment être dans un temple païen et tandis que nous contemplions la déesse sereine, je crois que chacun de nous sentit passer, une seconde, un souffle de superstition. Il aurait dû s'amplifier, je suppose, mais il s'arrêta net à la vue d'un curieux scintillement de la plaque du bas autel. Un second regard nous révéla que c'était du sang !

Ma compagne, pâle d'horreur, me regarda et se détourna avec un cri. Un flot de hideuses conjectures se pressèrent dans mon esprit et un instant j'eus le cœur soulevé. Enfin je me rappelais qu'il y a sang et sang, et qu'à la plus belle époque, les Romains de jadis ne sacrifiaient pas de victimes humaines.

— Sois certaine que c'est très innocent, dis-je. Quelque agneau, un chevreau, un veau nouveau-né !

Mais pour sa conscience et ses nerfs, c'en était assez de cet égouttement pourpre et elle revint à la Villa, en proie à une agitation extrême. Le reste de la nuit ne fut point propre à lui rendre le calme. Le Comte n'était pas rentré et elle veilla pour l'attendre, heure après heure. Je restai auprès d'elle, à fumer mon cigare avec tout le sang-froid possible ; mais à part moi, je me demandais avec horreur ce qu'il avait pu devenir. Peu à peu, comme le temps s'égrenait, j'en arrivai à une vague interprétation de ces étranges pratiques, une interprétation qui pour être relativement optimiste n'en était pas moins plausible ni agréable. Les gouttes de sang sur l'autel, me dis-je, représentaient la dernière échéance de sa dette et la fin de son illusion. Heureuse obligation, car après tout, c'est un être trop généreux pour ne pas se détester de les avoir versées, pour ne pas abhorrer une idole si cruellement exigeante. Il avait dû s'en aller à l'aventure, afin de se ressaisir dans la solitude, il nous reviendrait contrit et repentant. J'aurais néanmoins cru tout cela plus fortement si j'avais entendu son pas dans le vestibule. Aux approches de l'aube, le doute menaça de s'insinuer avec la lumière grise et je me rendis non sans inquiétude au *portico*. Au bout de quelques instants, je le vis traverser la pelouse d'un pas lourd, couvert de boue et manifestement recru de fatigue. Il avait dû marcher toute la nuit et son visage révélait que son esprit avait connu la même agitation que son corps. Il passa devant moi et avant d'entrer dans la maison s'arrêta, me regarda, puis me tendit la main. Je la serrai chaleureusement et elle me sembla palpiter de tout ce que j'étais incapable de formuler.

— Verrez-vous votre femme ? demandai-je.

Il se passa la paume sur les yeux et secoua la tête.

— Pas maintenant... pas encore... Le moment n'est pas venu, répondit-il.

Bien que déçu, je réussis, je crois, à la convaincre qu'il avait exorcisé le démon. Elle sentit, pauvre fille, un désir excusable de célébrer l'événement. Je retournai à mon logis, restai toute la journée à Rome et revins à la villa au crépuscule. On me dit que la Comtesse était dans les jardins. Je la cherchai, d'abord avec précaution, pour ne pas risquer d'interrompre les conséquences naturelles d'une réconciliation ; mais faute de la rencontrer, je me dirigeai vers le Casino et me trouvai nez à nez avec le petit expert narquois.

— Votre Excellence a-t-elle par hasard vingt mètres de corde solide sur elle ? demanda-t-il gravement.

— Vous voulez vous pendre, à cause du trouble que vous avez fomenté ? répliquai-je.

— C'est un cas pendable, je vous le promets. La Comtesse a donné des ordres. Vous la trouverez au Casino. Malgré sa voix douce, elle sait se faire obéir !

A la porte du Casino, se pressaient une demi-douzaine d'ouvriers, l'air vaguement solennel, comme la haute domesticité à un grand enterrement. La Comtesse était à l'intérieur, dans une attitude qui expliquait les paroles énigmatiques du surveillant, — debout, les yeux rivés sur la Junon qui, descendue de son socle, avait été couchée dans toute sa magnifique longueur, sur une rude litière.

— Comprenez-vous ? dit-elle. Elle est belle, elle est noble, elle est précieuse, mais il faut qu'elle s'en retourne ! Et d'un geste passionné, elle sembla désigner une tombe.

Grandement ravi, je crus discret de me caresser le menton et de prendre l'air scrupuleux :

— Elle vaut 50.000 *scudi* !

Elle secoua tristement la tête.

— Si je la vendais au Pape et distribuais l'argent aux pauvres, cela ne nous servirait à rien. Il faut qu'elle s'en retourne ! qu'elle s'en retourne ! Il nous faut ensevelir sa beauté dans la terrible terre. J'ai presque l'impression qu'elle est vivante ; mais la nuit dernière, quand mon mari est rentré et a refusé de me voir, j'ai compris avec une force foudroyante qu'il ne sera pas lui-même aussi longtemps qu'elle, elle sera sur terre. Pour trancher le nœud, il nous faut l'enterrer ! Si seulement j'y avais pensé plus tôt !

— Pas plus tôt ! dis-je en secouant la tête à mon tour. Que le Ciel récompense à présent notre sacrifice !

Le petit expert, quand il reparut, ne semblait guère l'agent des influences célestes, mais il était habile, actif, ce qui nous servait davantage. De temps en temps, il exhalait une lamentation inarticulée, pour protester contre la cruauté de la Comtesse ; mais je vis qu'en secret il observait la statue couchée, d'un œil qui semblait prendre une joie maléfique à repérer un certain point, non marqué, du gazon et à ricaner de façon déconcertante. Il avait rapporté une grande quantité de corde et, à l'aide de ses acolytes, il souleva vigoureusement le brancard et ouvrit le chemin jusqu'à l'excavation primitive restée béante à cause des fouilles ultérieures que l'on avait projetées. Quand nous arrivâmes au bord de la fosse, le soir tombait et la beauté de notre victime de marbre s'enveloppa d'un linceul d'obscurité. Nul ne parlait, par un sentiment sinon de honte, du moins de respect. Quelle que fût notre détresse, notre acte semblait du moins monstrueusement profane. Les cordes s'ajustèrent, la Junon fut lentement descendue dans son lit terrestre. La Comtesse prit une poignée de terre qu'elle laissa solennellement tomber sur sa poitrine.

— Puisse-t-elle lui être légère, mais la couvrir pour toujours ! dit-elle.

« Amen ! » cria le petit surveillant avec une intonation étrange, railleuse. Il nous salua en s'en allant, ce qui trahissait son agréable certitude de savoir où 50.000 scudi se trouvaient enfouis. Les hommes burent une nouvelle barrique de vin, en suite de quoi leur conscience s'abolit et il y eut une irréparable confusion quant à l'endroit où ils avaient posé leurs pelles.

La Comtesse n'avait pas encore vu son époux qui apparemment était retourné communier avec le grand Pan. Je répugnai à lui laisser affronter seule les conséquences de son acte mémorable. Elle regagna sa chambre, feignit de travailler à une broderie, en réalité pour se préparer bravement à l' « explication ». Je pris un livre qui ne retint guère mon attention. Comme le soir avançait, je perçus un mouvement sur le seuil et vis le Comte soulever la tapisserie masquant la porte et regarder en silence sa femme. Ses yeux brillaient, mais non de colère. Il avait constaté la disparition de la Junon — et dû pousser un grand soupir. La Comtesse gardait les paupières baissées sur son ouvrage et tirait ses aiguillées de soie, image de la sérénité domestique. Ce spectacle sembla le fasciner. Il avança lentement, presque sur la pointe des pieds, alla à la cheminée, y resta un moment sans cesser de lui accorder une attention intense. Ce qui s'était passé, ce qui se passait dans son esprit, à vous de l'imaginer. La main de ma filleule tremblait en montant et en s'abaissant, et une onde de couleur envahit ses joues. Enfin elle leva les yeux et soutint le regard dans lequel semblait concentrée toute la foi retrouvée de son mari. Il hésita un instant, comme si le pardon même de sa femme maintenait ouvert le gouffre entre eux, puis tomba aux pieds de ma filleule et posa la tête sur ses genoux. Je m'en fus comme le Comte était entré : sur la pointe des pieds.

Il n'est jamais devenu un homme absolument moderne, si l'on veut ; mais un jour, bien des années plus tard, lorsqu'un visiteur à qui il montrait sa vitrine l'interrogea au sujet d'une main de marbre, suspendue dans un recoin intérieur, il prit l'air grave et ferma le meuble à clef.

— C'est, dit-il, la main d'une belle créature qu'autrefois j'ai beaucoup admirée.

— Aha ? — Une Romaine ? demanda le visiteur avec un sourire insinuant.

— Une Grecque, fit le Comte en fronçant le sourcil.

Le roman de quelques vieilles robes

I

Vers le milieu du XVIIIe siècle vivait dans la Province de Massachusetts une veuve de bonne famille, mère de trois enfants, qui s'appelait Mrs. Veronica Wingrave. Elle avait perdu de bonne heure son mari et s'était consacrée aux soins de sa progéniture qui grandit et se développa de façon à récompenser sa tendresse et à justifier ses plus audacieux espoirs. L'aîné était un fils, baptisé Bernard, du nom de son père, les autres des filles, nées à trois ans d'intervalle. La beauté était de tradition dans la famille et ce trio juvénile ne risquait pas de déroger. Le garçon pouvait s'enorgueillir de ce teint clair, coloré, cette carrure athlétique qui à l'époque, comme de nos jours, révèlent une bonne souche d'ascendants anglais. C'était un jeune homme franc, affectueux, un fils déférent, un frère vigilant, un ami fidèle. Quant à l'intelligence, il n'en avait mie, l'esprit de la famille étant principalement échu en partage à ses sœurs. Feu Mr. Wingrave avait été grand lecteur de Shakespeare en un temps où cette occupation impliquait plus de liberté de pensée qu'à notre époque, et dans une communauté où il fallait beaucoup de courage pour patronner l'art dramatique, fût-ce dans le secret de son cabinet de travail. Désireux de proclamer son admiration pour l'insigne poète, il avait, lors du baptême de ses filles, puisé dans ses pièces préférées, et octroyé à l'aînée le nom romantique de Rosalinde, à la cadette celui de Perdita, en souvenir d'une petite fille née entre les deux et qui n'avait vécu que quelques semaines.

Lorsque Bernard atteignit sa seizième année, sa mère s'arma de courage pour exécuter la dernière volonté de Mr. Wingrave.

Il avait exprimé le désir formel qu'arrivé à l'âge convenable, son fils fût envoyé en Angleterre pour parachever son éducation à l'Université d'Oxford où lui-même avait acquis le goût des belles-lettres. Bien qu'elle fût persuadée que le gamin n'avait pas son pareil dans les deux hémisphères, Mrs. Wingrave était néanmoins imbue des vieilles traditions d'obéissance absolue. Elle ravala donc ses larmes, fit la valise de son garçon, emballa ses simples frusques provinciales et l'envoya poursuivre sa route au-delà des mers. Bernard se présenta au collège de son père, passa en Angleterre cinq ans, sans grand honneur il est vrai mais avec beaucoup de plaisir et sans s'attirer aucun discrédit. Après son départ de l'Université, il fit le voyage de France. Enfin, en sa vingt-quatrième année, il prit le bateau pour rentrer au bercail, s'attendant à trouver la pauvre petite Nouvelle-Angleterre (car la Nouvelle-Angleterre était fort petite en ce temps-là) un lieu de séjour très morne et dépourvu d'élégance. Mais des changements s'étaient produits au foyer, tout autant que dans les opinions de Mr. Bernard. La maison de sa mère lui sembla fort habitable, et ses sœurs grandies, devenues deux très charmantes jeunes ladies, avaient les talents d'agrément et les grâces des jeunes femmes de Grande-Bretagne, outre une certaine originalité sauvageonne du terroir, qui si elle ne constituait pas un talent d'agrément, les parait certainement d'un attrait de plus.

Bernard assura sa mère entre quatre yeux que ses sœurs étaient à la hauteur des jeunes personnes les plus distinguées de la vieille contrée. Sur quoi la pauvre Mrs. Wingrave, n'en doutez point, leur enjoignit de tenir haut la tête.

Telle était l'opinion de Bernard, et telle fut, bien plus encore, celle de Mr. Arthur Lloyd. Ce gentleman, ancien condisciple de Mr. Bernard à l'Université, était un jeune homme de famille honorable, bien tourné et promis à un bel héritage qu'il se proposait d'investir quelque jour dans le commerce de la florissante colonie. Lui et Bernard s'étaient juré amitié, avaient traversé ensemble l'Océan, et le jeune Américain s'empressa de le présenter au foyer de sa mère, où il produisit une impression aussi bonne que celle qu'il avait reçue.

Les deux sœurs étaient à cette époque dans toute la fraîcheur de leur épanouissement juvénile. Chacune manifestait d'ailleurs son éclat naturel à la façon qui lui seyait le mieux. Elles différaient par l'apparence autant que par le caractère. L'aînée,

Rosalinde, à présent dans sa vingt-deuxième année, grande et blanche, avec ses calmes yeux gris et ses tresses fauves, ne ressemblait point à la Rosalinde de la comédie shakespearienne, que j'imagine sous les traits d'une brune, si vous voulez, mais d'une créature mince, aérienne, mue par les impulsions les plus tendres et les plus vives.

Miss Wingrave, avec la blondeur un peu lymphatique de son teint, ses beaux bras, son port majestueux, son lent débit, n'était pas taillée pour les aventures. Elle n'aurait jamais enfilé une veste ni une culotte masculines, et d'ailleurs, beauté plantureuse, peut-être d'autres motifs que sa pudeur naturelle eussent-ils provoqué cette répugnance. Perdita, de son côté, eût très bien pu troquer la douce mélancolie de son nom contre un autre mieux accordé à son physique et son humeur. Elle avait la joue d'une gitane et l'air d'une enfant avide, la taille la plus fine et le pied le plus léger de ce pays de Puritains. Lui adressiez-vous la parole, elle n'était jamais en reste d'une réponse comme sa jolie sœur qui vous regardait de son bel œil froid ; et vous n'aviez pas encore exprimé votre pensée qu'elle vous donnait le choix entre une douzaine de reparties.

Ces demoiselles furent ravies de revoir leur frère, mais trouvèrent le moyen de réserver une part de leur attention à son ami. Parmi les jeunes gens de leur entourage, la *belle jeunesse* de la colonie, on comptait beaucoup d'excellents garçons, plusieurs soupirants dévoués et deux ou trois qui passaient pour des séducteurs et des don Juan ; mais les talents provinciaux et la galanterie un peu exubérante de ces honnêtes coloniaux furent complètement éclipsés par la tournure avantageuse, les beaux vêtements, la courtoisie attentive, l'élégance parfaite, la vaste information de Mr. Arthur Lloyd. Au vrai, ce n'était pas un parangon, mais un jeune homme capable, honorable, courtois, riche de livres sterling, de santé, de complaisance, et d'un petit capital d'affection disponible. C'était un gentleman très bien de sa personne, il avait fait des études, voyagé, parlait français, jouait de la flûte et déclamait des vers avec infiniment de goût. Autant de bonnes raisons pour qu'aux yeux de Miss Wingrave et de sa sœur, leurs autres connaissances fissent piètre figure auprès d'un homme aussi accompli. Les anecdotes de Mr. Lloyd en apprirent beaucoup plus long à nos petites jeunes filles de la Nouvelle-Angleterre sur les us et coutumes des capitales européennes et des gens du bel air, que le narrateur ne s'en doutait lui-même. C'était un délice de rester assises à les écouter, lui et Bernard, parler des personnes élégantes et de leurs beaux souvenirs communs. Ils prirent l'habitude de se réunir autour du feu après le thé, dans le petit salon lambrissé, et les deux jeunes gens, à travers la largeur du tapis de foyer, se renvoyaient l'un à l'autre les échos de telle ou telle aventure. Rosalinde et Perdita auraient souvent donné gros pour savoir de quoi il s'agissait au juste, quand la chose s'était passée, qui y assistait, et ce que les dames portaient. Mais en ce temps-là, une jeune personne bien élevée n'était pas autorisée à s'immiscer dans la conversation de ses aînés ou à poser trop de questions ; aussi les pauvres filles restaient-elles palpitantes, retranchées derrière la curiosité plus languissante — ou plus discrète — de leur mère.

II

Que toutes deux étaient de fort jolis brins de fille, Arthur Lloyd ne devait pas tarder à s'en apercevoir, mais il lui fallut un bout de temps pour décider laquelle il préférait, de la grande sœur ou de la cadette. Il éprouvait le violent sentiment — une émotion trop joyeuse pour se pouvoir qualifier de pressentiment — qu'un jour il était destiné à conduire à l'autel l'une de ces demoiselles ; mais il n'arrivait pas à déterminer ses préférences, et pour une cérémonie de ce genre, une préférence assurément s'imposait, car Lloyd charriait dans ses veines un sang trop juvénile pour faire son choix en tirant à la courte paille, et se frustrer ainsi du plaisir de tomber amoureux. Il résolut donc de prendre les choses comme elles viendraient et de laisser parler son cœur. Entre temps, il vivait sur un pied fort agréable. Mrs. Wingrave manifestait, à l'égard de ses « intentions » une indifférence très digne. Si elle ne négligeait pas l'honneur de ses filles, en revanche elle ne marquait nulle âpre impatience de provoquer la déclaration d'Arthur — impatience qu'en sa qualité de beau parti, il n'avait que trop souvent rencontrée chez les matrones de ses îles natales. Quant à Bernard, tout ce qu'il souhaitait, c'était que son ami traîtât ses sœurs comme les siennes ; et pour les pauvres filles elles-mêmes, malgré tout leur désir que le visiteur fît ou dît quelque chose de « décisif », elles conservaient un maintien modeste et une attitude enjouée.

Toutefois, dans leurs rapports réciproques, elles étaient un peu sur l'offensive. Assez bonnes amies en général, et la nuit compagnes accommodantes (elles partageaient le même lit à colonnes) il avait fallu plus d'un jour pour que les germes de la jalousie se développent et portent des fruits ; mais elles sentirent que ces germes avaient été semés, dès l'instant où Mr. Lloyd entra dans la maison. Chacune à part soi résolut que si elle était dédaignée, elle subirait son chagrin en silence et sans que nul ne s'en avisât jamais ; car si elles étaient fort ambitieuses, leur dose de fierté passait leur ambition ; mais chacune priait le ciel en secret pour que le choix flatteur tombât sur elle. Il leur fallut beaucoup de patience, d'empire sur soi, de dissimulation. A cette époque, une jeune fille bien élevée ne pouvait faire aucune avance, à peine avait-elle licence de répondre à celles qu'on lui faisait. Elle était censée rester coite, sur sa chaise, les yeux fixés sur le tapis, à guetter l'endroit où peut-être tomberait le mouchoir mystique. Le pauvre Arthur Lloyd fut donc contraint de faire sa cour dans le petit salon lambrissé, sous les yeux de Mrs. Wingrave, du fils de la maison et de sa future belle-sœur. Mais la jeunesse et l'amour sont si habiles que mille signes et gages de tendresse se purent échanger, sans qu'aucune de ces trois paires d'yeux ne les surprît au passage. Les deux jeunes filles étant presque toujours ensemble avaient beaucoup de chances de se trahir. Le fait que chacune se savait observée par l'autre ne changea rien aux menus services qu'elles se rendaient mutuellement, ni aux devoirs ménagers qu'elles remplissaient en commun. Aucune des deux ne flancha ni ne se troubla sous la batterie silencieuse des regards de sa sœur. Le seul changement apparent dans leurs rapports habituels fut qu'elles eurent de moins en moins de choses à se dire. Il eût été impossible de parler de Mr. Lloyd et ridicule de parler d'un autre sujet. Par un accord tacite, elles arborèrent leurs plus beaux atours, et se mirent à combiner, sous forme de rubans, de cravates et de mouchoirs, ces petits engins de séduction que sanctionnait une incontestable réserve. De la même façon tacite, elles conclurent un contrat de loyauté dans ce jeu excitant. « Est-ce mieux ainsi ? » arrivait-il à Rosalinde de demander en attachant un nœud sur son sein et en se détournant de son miroir vers sa sœur. Alors Perdita levait gravement les yeux de dessus son ouvrage, et examinait la parure. « Je crois que vous feriez bien d'ajouter encore une coque, répondait-elle, d'un ton très solennel, en fixant sur sa sœur un regard dur qui semblait dire : « Oui, sur ma foi ! » Ainsi, elles ne cessaient de tirer l'aiguille et de garnir leurs jupons, de repasser leurs mousselines, de se procurer des lotions, onguents et cosmétiques, tout de même que les dames de la maisonnée du curé de Wakefield. Trois ou quatre mois s'écoulèrent. Vers le milieu de l'hiver, Rosalinde connut que si Perdita ne pouvait pas plus qu'elle inscrire à son actif une marque de faveur, elle n'avait guère à redouter cette rivale. Mais à ce moment-là, cette même Perdita, la charmante Perdita, sentit que son secret était devenu dix fois plus précieux que celui de sa sœur.

Un après-midi, Miss Wingrave assise seule — événement insolite — devant sa psyché, s'occupait de peigner ses longs cheveux. L'obscurité devenant trop profonde pour que l'on y vît clair, elle alluma les deux bougies des appliques encadrant le miroir et alla vers la fenêtre pour tirer les rideaux. C'était un soir gris de décembre, avec au dehors un paysage nu, désolé, un ciel de nuages chargés de neige. Au bout du grand jardin sur lequel donnait la fenêtre de Miss Wingrave, s'élevait un mur percé d'un portillon qui s'ouvrait sur une avenue. La porte était entrebâillée, et dans les ténèbres épaissies, Rosalinde eut la vague impression de la voir bouger tout doucement, comme si quelqu'un l'actionnait du dehors. Sans doute quelque servante revenant d'un rendez-vous avec son galant. Mais comme elle allait laisser retomber le rideau, Rosalinde vit sa sœur entrer dans le jardin et se hâter le long du sentier qui menait à la maison. Elle lâcha aussitôt la lourde draperie, en ménageant simplement une petite fente par où couler son regard. Tandis que Perdita remontait l'allée, elle semblait examiner quelque chose qu'elle serrait dans sa main et tenait tout près de ses yeux. Arrivée à la maison, elle s'arrêta un instant, regarda intensément l'objet mystérieux et le pressa contre ses lèvres.

La pauvre Rosalinde regagna lentement sa chaise et s'assit devant le miroir où un regard moins distrait que le sien aurait vu ses jolis traits tristement défigurés sous l'effet de la jalousie. L'instant d'après, la porte s'ouvrit derrière elle et sa sœur entra, essoufflée, les joues empourprées par l'air froid.

Perdita sursauta : — Ah ! dit-elle. Je vous croyais auprès de notre mère. » Ces dames étaient conviées à un thé et en ces circonstances il était de rigueur que l'une ou l'autre des filles aidât leur mère à sa toilette. Au lieu de pénétrer dans la chambre, Perdita s'attarda sur le seuil.

— Entrez, mais entrez donc ! dit Rosalinde. Il nous reste

encore plus d'une heure. J'aimerais bien que vous me donniez quelques coups de brosse. » Elle savait que sa sœur cherchait à s'esquiver et que dans le miroir aucun de ses mouvements ne lui échapperait. « Non, aidez-moi simplement à me coiffer, dit-elle, et j'irai chez maman.

Perdita avança à contre-cœur et prit la brosse. Dans la glace elle vit le regard dur de sa sœur, fixé sur ses mains. Elle n'avait pas fait trois mouvements que Rosalinde abattit sa paume droite sur la gauche de sa sœur et bondit : « De qui tenez-vous cette bague ? » s'écria-t-elle avec violence, en l'attirant vers la lumière.

A l'annulaire de la jeune fille brillait un mince anneau d'or, enrichi d'un très petit saphir. Perdita sentit qu'elle n'avait plus lieu de garder le secret, mais qu'elle devrait faire son aveu en affectant la hardiesse.

— Elle est à moi, dit-elle fièrement.

— Qui vous l'a donnée ? cria l'autre.

Perdita hésita une seconde : — Monsieur Lloyd.

— Voilà monsieur Lloyd bien généreux tout à coup !

— Ah non, s'écria Perdita avec feu, pas tout à coup ! Il me l'a offerte, il y a déjà un mois.

— Et vous avez eu besoin d'un mois de supplications pour l'accepter ? dit Rosalinde en regardant le petit bijou, point particulièrement élégant, encore qu'il représentât le maximum de ce que pouvait fournir le joaillier de la province. Moi, je ne l'aurais pas accepté en moins de deux !

— Il ne s'agit pas de la bague, répliqua Perdita, mais de sa signification.

— Elle signifie que vous n'êtes pas une fille modeste ! protesta Rosalinde. Ma mère est-elle au courant de votre intrigue, s'il vous plaît ? Et Bernard ?

— Ma mère a approuvé mon intrigue, comme vous l'appelez. Mr. Lloyd a demandé ma main, et maman la lui a accordée. — Auriez-vous voulu qu'il s'adressât à vous, ma chère sœur ?

Rosalinde lança à sa compagne un long regard chargé d'envie passionnée et de tristesse, puis elle baissa ses paupières aux longs cils sur ses joues pâles et se détourna. Perdita sentait tout le déplaisant de cette scène, mais la faute en incombait à sa sœur. Néanmoins l'aînée recouvra promptement sa fierté et se retourna de nouveau. — Je vous offre mes meilleurs vœux, fit-elle avec une grande révérence. Je vous souhaite tout le bonheur du monde, et très longue vie.

Perdita eut un rire amer. — Ne me parlez pas sur ce ton ! s'écria-t-elle. J'aimerais mieux que vous me maudissiez ouvertement. Voyons, Rosy, ajouta-t-elle, il ne pouvait pourtant pas nous épouser toutes les deux !

— Je vous souhaite de très grandes joies, répéta automatiquement Rosalinde en s'asseyant devant son miroir, une vie très longue et beaucoup d'enfants.

Ces paroles rendaient un son qui ne fut pas du tout au goût de Perdita.

— M'accorderez-vous au moins une année de vie ? demanda-t-elle. En un an, je peux avoir un petit garçon — ou tout au moins une petite fille. — Passez-moi de nouveau votre brosse et je vais vous coiffer.

— Grand merci ! dit Rosalinde. Vous feriez mieux d'aller chez maman. Il ne sied point qu'une jeune personne en puissance d'un futur époux serve une fille qui n'en a point.

— Non, dit Perdita avec bonne humeur, moi j'ai Arthur pour me servir. Vous avez besoin de mes services plus que moi des vôtres.

Mais sa sœur lui fit signe de sortir et elle quitta la pièce. A peine fut-elle partie, la pauvre Rosalinde tomba à genoux devant sa table de toilette, et enfouissant sa tête entre ses mains, fondit en larmes. Cette explosion de chagrin la soulagea grandement. Au retour de sa sœur, elle insista pour l'aider à s'habiller — et pour que Perdita revêtît sa plus belle robe. Elle l'obligea même à accepter un bout de dentelle qui lui appartenait et déclara qu'à présent que sa sœur allait se marier, elle devait faire de son mieux pour justifier le choix de son amoureux. Rosalinde s'acquitta d'ailleurs de ces bons offices dans un silence sévère ; mais tels quels, ils devaient lui tenir lieu d'excuse et de réparation, car elle n'en fit jamais d'autre.

A présent que Lloyd était agréé dans la famille en qualité de prétendant, il ne restait plus qu'à fixer la date des noces. On fit alors choix du mois d'avril suivant, et dans l'intervalle, des préparatifs diligents s'effectuèrent en vue du mariage. Lloyd, de son côté, s'occupait de tractations d'affaires, et d'entrer en correspondance avec la grande maison de commerce à laquelle il était attaché en Angleterre. Il ne fréquentait donc plus chez Mrs. Wingrave aussi assidûment qu'au temps de son indécision, aussi la pauvre Rosalinde eût-elle moins à souffrir qu'elle ne le craignait, au spectacle des cajoleries réciproques du couple amoureux. Au sujet de sa future belle-sœur, Lloyd avait la conscience fort tranquille. Il n'y avait pas eu le moindre échange galant entre eux, et le jeune fiancé ne soupçonnait pas le coup terrible qu'il avait porté. Il se sentait fort aise, la vie semblait riche de promesses, tant sous le rapport familial que financier. La grande révolte des Coloniaux n'était pas encore dans l'air et il eût été absurde, voire impie, de redouter que sa félicité conjugale pût connaître un dénouement tragique.

Chez Mrs. Wingrave, on entendait plus que jamais froufrouter les soieries, cliqueter les ciseaux et voler les aiguilles. La bonne dame avait décidé que sa fille emporterait le trousseau le plus aristocratique que son argent pût procurer ou le pays fournir. Toutes les sages matrones de la province furent convoquées et présidèrent au choix de la garde-robe de Perdita. A ce moment la situation de Rosalinde n'eut rien d'enviable. La pauvre fille joignait la passion des chiffons au goût le plus exquis du monde, et sa sœur le savait fort bien. Rosalinde était grande, imposante, majestueuse, faite pour porter des brocarts raides et des cascades de lourdes dentelles comme il sied à l'épouse d'un homme riche. Or Rosalinde se tenait à l'écart, ses beaux bras croisés et la tête détournée, tandis que sa mère, sa sœur et les susdites personnes vénérables s'agitaient et se tourmentaient parmi les étoffes, accablées par l'abondance de leurs ressources. Un beau jour arriva une superbe pièce de soie blanche tramée de bleu ciel et d'argent, envoi du fiancé lui-même — car en ce temps-là il n'était pas jugé malséant que le futur époux contribuât au trousseau de sa fiancée. Perdita ne parvint pas à imaginer quelle coupe ou quelle mode rendrait suffisamment honneur à la magnificence du tissu.

— Le bleu est votre couleur, ma sœur, plutôt que la mienne, dit-elle avec un regard suppliant. Quel dommage que cette étoffe ne vous soit pas destinée ! Vous sauriez quel usage en faire.

Rosalinde se leva, regarda le tissu luisant, étalé sur le dossier d'une chaise, puis elle le prit entre ses mains, le palpa — avec amour, comme Perdita put s'en apercevoir — et se tourna vers le miroir. Elle le déroula jusqu'à ses pieds, glissa l'autre pan par-dessus son épaule, et de son bras blanc, dénudé jusqu'au coude rassembla les plis autour de sa taille. Rejetant la tête en arrière, elle contempla son image, et une tresse de sa chevelure fauve tomba sur la somptueuse surface de la soie. Cela composait une vision éblouissante. Les femmes debout autour d'elle profèrent un petit « regardez ! regardez donc ! » d'admiration. « Oui, vraiment, dit Rosalinde avec calme, le bleu est ma couleur. » Mais Perdita comprit que son imagination s'échauffait et qu'à présent elle se mettrait au travail et résoudrait tous les problèmes ès soiries qui se poseraient. En effet, elle se comporta fort bien, comme fut prête à l'attester Perdita qui connaissait son goût insatiable des fanfreluches. D'innombrables aunaies de soie et de satin chatoyant, de mousselines, de velours et de dentelles, passèrent entre ses doigts habiles sans qu'un seul mot d'envie ne s'échappât de ses lèvres. Grâce à son ingéniosité, le jour du mariage, Perdita se trouva parée en vue des vanités de ce monde, mieux que toute autre jeune épousée palpitante que bénît jamais un prêtre de la Nouvelle-Angleterre.

Il avait été convenu que le couple irait passer les premiers jours de sa vie conjugale dans la propriété de campagne d'un gentleman anglais — homme de haut rang et excellent ami d'Arthur Lloyd. C'était un célibataire, et il se déclara charmé de mettre sa demeure « sous le signe d'Hyménée ». Après la cérémonie au temple, — célébrée par un prêtre anglais — la jeune Mrs. Lloyd regagna en hâte la maison de sa mère pour troquer sa robe nuptiale contre un costume d'amazone. Rosalinde l'aida à se changer, dans la petite pièce où elles avaient passé en commun leurs premières années. Perdita sortit alors précipitamment pour faire ses adieux à sa mère, laissant à Rosalinde le soin de l'escorter.

La séparation fut brève. Les chevaux piaffaient à la porte et Arthur était impatient de se mettre en route. Mais Rosalinde n'ayant pas suivi sa sœur, Perdita se dépêcha donc de regagner sa chambre et ouvrit la porte brusquement. Rosalinde, à son habitude, se tenait devant le miroir, mais dans une attitude qui fit que l'autre s'arrêta, confondue. Parée du voile de mariée et de la couronne que venait d'ôter Perdita, elle avait enroulé autour de son cou le sautoir de perles que la jeune fille avait reçu de son mari en cadeau de noces. Perdita avait hâtivement rangé ces choses qui devaient attendre les décisions de leur maîtresse, à son retour de la campagne. Ainsi revêtue de ces atours insolites, Rosalinde se dressait devant le miroir, plongeant un long regard dans ses profondeurs, et y découvrant Dieu sait quelles visions audacieuses. Perdita resta sidérée devant cette hideuse image de leur rivalité ressuscitée. Elle fit un pas vers sa sœur comme pour lui arracher voile et fleur, mais surprenant son regard dans la glace, elle s'arrêta.

— Adieu mon cœur, dit-elle. Vous auriez du moins pu attendre que je sois hors de la maison ! » Et elle quitta en coup de vent la chambre.

Mr. Lloyd avait acheté à Boston une maison qui, selon les canons du goût de l'époque, semblait offrir le maximum d'élégance et de commodité, et il ne tarda pas à s'y installer avec sa jeune femme. Une distance de vingt milles les séparaient de la résidence de sa belle-mère. Vingt milles, en cette ère de routes médiocres et de moyens de locomotion primitifs, c'était une affaire aussi sérieuse que cent milles de nos jours et Mrs. Wingrave ne put guère voir sa fille durant les premiers douze mois du mariage. Elle souffrit d'autant plus de l'absence de Perdita que Rosalinde était tombée dans une noire mélancolie et rien ne semblait pouvoir l'en tirer, sinon un changement d'air et de milieu. La véritable cause de la tristesse de cette jeune personne, le lecteur sera prompt à la soupçonner. Toutefois Mrs. Wingrave et les commères de son entourage prirent son mal pour une simple carence physique et ne doutèrent point de l'efficacité du remède mentionné ci-dessus. En conséquence sa mère lui proposa de rendre visite à certains parents du côté paternel établis à New York, qui depuis longtemps se plaignaient de voir trop peu leurs petites cousines de la Nouvelle-Angleterre. Rosalinde fut donc expédiée à ces braves gens, sous l'égide d'un chaperon, et passa chez eux quelques mois. Dans l'intervalle son frère Bernard qui s'était inscrit au barreau et commençait à exercer, s'avisa de prendre femme. Rosalinde revint pour le mariage, en apparence guérie de sa peine de cœur, le visage fleuri de roses éclatantes et de lis — et un sourire altier aux lèvres. Arthur Lloyd, de son côté, vint de Boston assister aux noces de son beau-frère, mais sans sa femme qui devait, dans un proche avenir, le gratifier d'un héritier. Environ une année s'était écoulée depuis que Rosalinde ne l'avait vu. Elle se réjouit, — sans trop savoir pourquoi — que Perdita fût restée chez elle. Arthur avait la mine d'un homme heureux, mais paraissait plus grave et important qu'avant son mariage. Elle lui trouva l'air « intéressant », car si le mot, dans son acception moderne, n'était pas encore inventé, nous pouvons être sûrs que l'idée avait déjà cours. Au vrai, il s'inquiétait tout simplement de sa femme et de l'épreuve prochaine. Néanmoins il ne manqua pas de remarquer la beauté et la splendeur de Rosalinde, ni d'observer combien elle éclipsait la pauvre petite mariée. La somme allouée naguère à Perdita pour ses toilettes avait été transférée à sa sœur qui en tirait un merveilleux parti. Le lendemain des noces, il fit mettre une selle de dame sur le cheval du valet qui l'avait escorté depuis la ville, et partit en promenade avec la jeune fille. C'était une âpre et claire matinée de janvier. Le sol était dur, dénudé, les chevaux en bonne forme — sans parler de Rosalinde, charmante sous son chapeau à plumes, dans son amazone bleu foncé garnie de fourrure. Ils chevauchèrent toute la matinée, s'égarèrent, et furent obligés de s'arrêter dans une ferme pour dîner. Le hâtif crépuscule d'hiver tombait déjà lorsqu'ils regagnèrent la maison. Mrs. Wingrave les accueillit, avec une mine longue d'une aune. Un messager de Mrs. Lloyd était arrivé à midi ; elle commençait à ressentir les premières douleurs et demandait le retour immédiat de son mari. Le jeune homme, à la pensée d'avoir perdu plusieurs heures, et que s'il était rentré à bride abattue il serait déjà auprès de sa femme, lâcha un juron furieux. A peine s'il consentit à avaler une bouchée du souper, après quoi il enfourcha le cheval du messager et partit au galop.

Il regagna sa maison à minuit. Sa femme venait de mettre au monde une petite fille. « Ah, pourquoi n'étiez-vous pas auprès de moi ? dit-elle quand il s'approcha de son chevet.

— J'étais sorti, quand le domestique est arrivé. J'étais avec Rosalinde, dit Lloyd innocemment.

Mrs. Lloyd poussa un petit gémissement et se détourna. Elle allait néanmoins mieux et durant une semaine sa santé fit des progrès, mais hélas, à la suite de quelque imprudence ou quelque écart de régime, l'amélioration subit un brusque arrêt, et l'état de la pauvre femme ne fit qu'empirer. Lloyd était au désespoir. Il fut bientôt évident qu'elle allait rendre le souffle. Mrs. Lloyd sentant sa fin approcher, se déclara réconciliée avec la pensée de sa mort. Le surlendemain de sa rechute, elle dit à son mari qu'elle ne passerait point la nuit, congédia ses servantes et pria aussi sa mère de se retirer — car Mrs. Wingrave était arrivée la veille. Elle fit placer l'enfant sur le lit auprès d'elle, et resta couchée sur le flanc, serrant la petite fille contre sa poitrine et tenant les mains de son mari. Les lourds rideaux du lit dissimulaient la veilleuse, mais la lueur rouge de l'immense feu de bois qui brûlait dans l'âtre éclairait la pièce.

— Il semble étrange qu'un feu semblable ne parvienne pas à vous réchauffer et à vous ramener à la vie, dit la jeune femme qui chercha à esquisser un faible sourire. Si seulement j'avais un peu de ce feu dans mes veines ! Mais j'ai donné toute ma flamme à cette petite étincelle de mortalité ! » Et elle baissa les yeux sur son enfant, puis, les levant, elle observa son mari, d'un long regard pénétrant. Le dernier sentiment qui subsistât en son cœur était un soupçon. Elle ne s'était pas remise du choc que lui avait infligé Arthur en lui disant qu'à l'heure de son supplice, il se trouvait en compagnie de Rosalinde. Elle se fiait à son mari à peu près autant qu'elle l'aimait, mais au moment de le quitter pour toujours, elle éprouvait une froide horreur à l'égard de sa sœur. Au fond de son âme, elle sentait que Rosalinde n'avait jamais cessé d'envier sa bonne fortune, et une année de sécurité heureuse n'avait pas effacé l'image de la jeune fille vêtue de sa robe de noces et souriant avec une affectation de triomphe. A présent qu'Arthur allait rester seul, qui sait ce que Rosalinde ne tenterait pas ? Elle était belle et séduisante. De quels artifices n'userait-elle pas, quelle impression ne produirait-elle pas sur le cœur affligé du jeune homme ? Mrs. Lloyd regardait son mari en silence. Pourtant, il semblait difficile de mettre en doute la constance d'Arthur. Des larmes emplissaient ses beaux yeux, l'étreinte de ses mains était ardente et passionnée. Qu'il semblait noble, et tendre, fidèle et dévoué ! Non, pensa Perdita, il n'est pas fait pour une fille comme Rosalinde. Jamais il ne m'oubliera. Pas plus, d'ailleurs, que Rosalinde ne tient vraiment à lui, elle n'aime que les frivolités, la toilette et les bijoux. » Et elle abaissa les paupières sur ses mains blanches que la libéralité de son mari avait couvertes de bagues, et sur les ruchés de dentelle qui ornaient sa chemise de nuit. « Elle convoite mes bijoux et mes dentelles plus qu'elle ne convoite mon mari ! »

A ce moment, la pensée de la rapacité de sa sœur lui sembla projeter une ombre obscure entre elle et la forme désarmée de sa petite fille. « Arthur, dit-elle, vous m'ôterez mes bagues. Je ne veux pas être enterrée avec elles. Un jour ma fille les portera — mes bagues, mes dentelles et mes satins. Je les ai fait chercher, je me les suis fait montrer aujourd'hui. C'est une garde-robe magnifique, elle n'a pas sa pareille dans toute la Province, je peux le dire sans vanité, maintenant que je n'en ai plus que faire. Ce sera un grand héritage pour ma fille lorsqu'elle deviendra jeune femme. Il y a là des choses qu'un homme n'achète pas deux fois, et si elles se détérioraient, vous n'en verriez jamais plus de semblables. Donc, veillez bien sur elles. J'ai légué une douzaine d'effets à Rosalinde, je les ai désignés de vive voix à ma mère. Je lui ai donné ma robe bleue et argent, elle lui était destinée, moi, je ne l'ai portée qu'une fois, elle ne m'avantageait pas. Mais le reste devra être pieusement conservé pour cette petite innocente. Quelle chance qu'elle ait mon teint, elle pourra porter mes robes, elle a les yeux de sa mère. Vous savez que les mêmes modes reviennent tous les vingt ans. Elle pourra donc porter mes toilettes sans y rien changer. En attendant qu'elle soit assez grande pour les mettre, ces robes resteront couchées là, enveloppées dans du camphre et des feuilles de rose, et conserveront leurs couleurs, dans la douce obscurité parfumée. Elle aura les cheveux noirs, elle portera mon satin incarnat. Vous me le promettez, Arthur ?

— Vous promettre quoi, ma chérie ?

— Promettez-moi de conserver les anciennes robes de votre pauvre petite femme.

— Vous craignez que je ne les vende ?

— Non, mais elles pourraient se détériorer, être dispersées. Ma mère les fera convenablement emballer, et vous les serrerez sous double cadenas. Vous connaissez le grand coffre du grenier, avec les bandes de fer ? On n'imagine pas tout ce qu'il peut contenir. Vous pourrez y faire placer toutes mes affaires. Ma mère et l'intendante s'en chargeront, et vous remettront la clef. Et vous la serrerez dans votre secrétaire, et ne la donnerez jamais à personne d'autre qu'à votre enfant. Vous me le promettez ?

— Mais oui, je promets, dit Lloyd, étonné de la véhémence de sa femme.

— Voulez-vous le jurer ? répéta Perdita.

— Oui, je le jure.

— Bien — j'ai confiance en vous... je me fie à vous... dit la pauvre femme en plongeant dans ses yeux un regard où, s'il avait soupçonné ses vagues craintes, il eût pu lire une prière tout autant qu'une affirmation.

Lloyd porta son deuil de façon normale et virile. Un mois après la mort de sa femme, des affaires imprévues lui donnant l'occasion d'aller en Angleterre, il profita de la circonstance pour se changer les idées. Pendant son absence qui dura près d'un an, la petite fille fut tendrement soignée et gardée par la grand-mère. A son retour, il fit rouvrir sa maison et annonça son intention de mener le même train que du vivant de sa femme. On ne tarda pas à prédire qu'il se remarierait bientôt et il y eut une bonne douzaine de jeunes personnes dont on peut dire que ce n'est pas leur faute si la prédiction ne se réalisa point. Durant cet intervalle, il continua de laisser sa petite fille à Mrs. Wingrave, car celle-ci lui affirmait qu'un changement de résidence à un âge si tendre mettrait en péril la santé de l'enfant. Enfin il déclara pourtant que son cœur se languissait de sa fille et que la petite devait rentrer au bercail. Il envoya sa voiture et sa gouvernante pour la quérir. Mrs. Wingrave fut terrifiée à la pensée qu'un accident pourrait lui arriver en route, et Rosalinde s'offrit aussitôt à l'accompagner, ajoutant qu'elle pourrait rentrer le lendemain. Elle partit donc pour la ville avec sa petite nièce et Mr. Lloyd vint l'accueillir sur le seuil de sa demeure, confondu de tant de bonté et éperdu de joie paternelle.

Au lieu de retourner chez elle le lendemain, Rosalinde resta toute la semaine ; et quand elle revint au logis, ce ne fut que pour y chercher ses effets. Arthur ne voulait pas entendre parler de son départ, pas plus que le bébé. Cette petite personne pleurait et suffoquait dès que Rosalinde la quittait, et à la vue de son chagrin, Arthur perdait la tête et jurait qu'elle allait mourir. Bref, pour leur complaire, il fallait absolument que la tante restât jusqu'à ce que la petite nièce se fût habituée à des visages étrangers.

Deux mois ne furent pas de trop pour amener ce résultat, car ce n'est qu'au bout de ce laps de temps que Rosalinde prit congé de son beau-frère. L'absence de sa fille avait fait jeter les hauts cris à Mrs. Wingrave, elle protestait que ce n'était pas convenable, que tout le pays en jasait. Elle s'y était résignée uniquement parce que durant la visite de la jeune fille, la maisonnée put jouir d'une trêve de paix inhabituelle. En effet, Bernard Wingrave avait amené sa femme au foyer maternel, et entre elle et sa belle-sœur les rapports n'étaient rien moins que tendres. Rosalinde n'avait peut-être pas les vertus d'un ange, mais dans la vie courante c'était une assez bonne fille, et si elle se disputait avec Mrs. Bernard, ce n'était pas sans provocation. Néanmoins elle se disputait, au grand dam de son adversaire, et aussi des deux spectateurs de leurs perpétuelles chamailles. Son séjour chez son beau-frère eût donc été délicieux, ne fût-ce que parce qu'elle évitait ainsi tout contact avec l'objet de son antipathie ; mais il l'était doublement, et même dix fois plus, parce qu'il la maintenait près de l'objet de ses premières amours. Les soupçons de Mrs. Lloyd avaient donc été assez fondés. Passionné dès le début, le sentiment de Rosalinde ne cessait de l'être. Bientôt Mr. Lloyd ne tarda pas à sentir les effluves de chaleur qui émanaient de cette passion, d'ailleurs tempérés pour s'accorder à la sensibilité meurtrie du jeune veuf. Lloyd, je l'ai déjà laissé entrevoir, n'avait rien d'un Pétrarque moderne. Il n'était point dans sa nature de pratiquer une constance idéale. Sa belle-sœur n'était pas sous son toit depuis plusieurs jours qu'il commençait déjà à se dire que, pour employer le langage de l'époque, c'était une femme « d'une diabolique beauté ». Quant à savoir si Rosalinde usa des artifices insidieux dont sa sœur avait été tentée de lui attribuer l'emploi, inutile de le demander. Il suffit de dire qu'elle s'arrangea pour paraître à son plus extrême avantage. Assise tous les matins devant la grande cheminée de la salle à manger, elle travaillait à sa tapisserie, tandis que sa petite nièce prenait ses ébats sur le tapis à ses pieds ou sur la traîne de sa robe, et jouait avec ses pelotes de laine. Lloyd eût été un garçon fort stupide s'il était resté insensible aux riches suggestions de ce charmant tableau. Il adorait son enfant, ne se lassait pas de la prendre dans ses bras, de la faire sauter et coqueriquer de joie. Très souvent cependant, il se risquait à prendre des libertés, plus grandes que la petite personne ne le tolérait, et soudain elle poussait des cris de rage. Rosalinde alors, laissant tomber sa tapisserie, tendait ses belles mains, avec le grave sourire de la jeune fille à qui son imagination vierge a révélé tous les secrets de l'art guérisseur d'une mère. Lloyd lui abandonnait l'enfant, leurs regards se rencontraient, et Rosalinde étouffait les sanglots de la petite, dans les plis neigeux du fichu croisé sur son sein. Sa dignité était parfaite, et rien ne pouvait être plus discret que sa manière d'accepter l'hospitalité de son beau-frère. On pourrait presque dire qu'il y avait quelque chose de dur dans sa réserve. Lloyd éprouvait le sentiment provocant qu'elle était dans la maison et cependant inabordable. Une demi-heure après le souper, dès le début des longues soirées d'hiver, elle allumait sa chandelle, faisait au jeune homme une respectueuse révérence et allait se coucher. Si c'étaient là des artifices, Rosalinde en usait en grande artiste. Mais leur effet fut si doux, si graduel, calculé pour agir sur l'imagination du jeune veuf par une progression si finement nuancée que, le lecteur l'a vu, plusieurs semaines s'écoulèrent avant que Rosalinde n'acquît la certitude que les gains couvriraient la mise. Lorsqu'elle en fut moralement convaincue, elle prépara sa malle et regagna la maison de sa mère. Elle attendit trois jours. Le quatrième, Mr. Lloyd fit son apparition — prétendant respectueux, mais pressant. Rosalinde l'écouta jusqu'au bout avec une grande humilité et l'accepta avec une infinie modestie. Il est difficile d'imaginer que Mrs. Lloyd eût pardonné à son époux ; mais si quelque chose avait pu émousser son ressentiment, c'eût été la parfaite et cérémonieuse retenue de cette entrevue. Rosalinde n'imposa à son amoureux qu'un bref temps d'épreuve. Ils se marièrent, comme il convenait, dans la plus stricte intimité, presque en secret, peut-être avec l'espoir — comme quelqu'un le fit plaisamment remarquer — que la défunte Mrs. Lloyd n'en serait pas informée.

Le mariage fut heureux, selon toute apparence, et chaque partie contractante obtint ce qu'elle désirait — Lloyd une femme « d'une beauté diabolique » et Rosalinde... mais dans les désirs de Rosalinde, le lecteur l'aura constaté, il entrait beaucoup de mystère.

Deux ombres, il est vrai, troublaient leur bonheur, encore que le temps fût peut-être appelé à les dissiper. Durant les trois premières années de son mariage, Mrs. Lloyd ne réussit pas à être mère, et son époux, de son côté, subit de lourdes pertes d'argent. Ces revers de fortune entraînèrent une certaine compression de ses dépenses, et Rosalinde fut forcément un tantinet moins élégante que ne l'avait été sa sœur. Elle parvint néanmoins à se maintenir sur le pied d'une femme à la mode. Depuis longtemps, elle avait acquis la certitude que la garde-robe bien montée de sa sœur avait été séquestrée au profit de la petite fille, et moisissait dans l'ingrate ténèbre d'un grenier poussiéreux. Elle s'indignait à la pensée que ces étoffes exquises devaient attendre le bon plaisir d'une bambine à présent assise sur une haute chaise et qui mangeait sa bouillie au lait, avec une cuiller de bois. Rosalinde eut néanmoins le tact de ne point effleurer ce sujet avant que plusieurs mois ne se fussent écoulés. Enfin elle l'aborda timidement avec son mari. N'était-ce pas une pitié que tant de belles toilettes se détériorassent, — car elles se détérioreraient, leurs couleurs se faneraient, les mites les mangeraient, sans parler des fluctuations de la mode ! Mais Lloyd lui opposa un refus si brusque et péremptoire qu'elle comprit que toute attaque serait vaine pour le présent. Six mois passèrent, apportant de nouveaux besoins et des visions nouvelles. L'imagination de Rosalinde s'acharnait avec amour, sur les souvenirs laissés par sa sœur. Elle montait au grenier et regardait le coffre où ils gisaient captifs. Un défi morose émanant de ces grandes serrures et de ces pentures de fer, ne fit qu'aviver sa convoitise. L'immobilité en quelque sorte incorruptible de ce coffre avait quelque chose d'exaspérant. Il ressemblait à un vieux serviteur farouche et chenu, qui garde sa mâchoire scellée sur un secret de famille. Et puis, ses vastes dimensions faisaient augurer un contenu important, et lorsque Rosalinde le frappa de la pointe de son petit soulier, il rendit un son dense et plein, qui la fit rougir de désir frustré. « C'est absurde ! s'écria-t-elle, c'est scandaleux, c'est criminel », et elle résolut de revenir à la charge auprès de son mari. Le lendemain, après qu'il eut siroté son vin, elle attaqua hardiment. Mais il l'interrompit avec une grande sévérité.

— Une fois pour toutes, Rosalinde, dit-il, c'est hors de question. Je serais extrêmement mécontent si vous reveniez sur ce sujet.

— Très bien, dit Rosalinde. Je suis fort aise d'apprendre en quelle estime on me tient. Grands dieux, s'écria-t-elle, je suis vraiment une femme très heureuse ! Il est agréable de se sentir sacrifiée à un caprice !

Des larmes de colère et de dépit emplirent ses yeux.

Comme tout homme débonnaire, Lloyd avait horreur de voir pleurer une femme et il essaya de... — je peux dire, il condescendit à — s'expliquer.

— Ce n'est pas un caprice, ma chérie, c'est une promesse, dit-il. Un serment.

— Un serment ? Beau sujet de serment ! Et à qui, s'il vous plaît ?

— A Perdita, fit le jeune homme qui baissa un instant les yeux mais les releva aussitôt.

— Perdita — ah, Perdita !

Et les larmes de Rosalinde ruisselèrent. De lourds sanglots

soulevaient sa poitrine — des sanglots qui étaient la suite longtemps différée de la violente crise de pleurs à laquelle elle avait cédé, le soir où elle avait appris les fiançailles de sa sœur. Elle avait, dans ses meilleurs moments, espéré surmonter sa jalousie ; mais son humeur, en cette circonstance, avait été marquée d'un pli indélébile.

— Et s'il vous plaît, de quel droit Perdita disposait-elle de mon avenir ? s'écria-t-elle. Quel droit avait-elle de vous contraindre à l'avarice et à la cruauté ? Ah, j'occupe une place très digne, et je fais belle figure ! Je serai autorisée à prendre les restes de Perdita... les restes de Perdita ! et qu'a-t-elle laissé ? Jusqu'à présent, je ne savais pas combien c'était peu de chose ! Rien, rien, rien !

C'était d'une piètre logique, mais très réussi en tant que scène. Lloyd passa le bras autour de la taille de sa femme et essaya de l'embrasser, mais elle se dégagea de son étreinte avec un magnifique dédain. Pauvre garçon, il avait convoité une femme « diaboliquement belle » et l'avait obtenue. Son mépris lui fut intolérable. Il se détourna, les oreilles bourdonnantes — indécis, éperdu. Devant lui se trouvait son secrétaire, et à l'intérieur, la clé sacrée qu'il avait, de sa propre main, fait tourner dans la triple serrure. Il alla vers le meuble, l'ouvrit, prit dans un tiroir secret la clef enveloppée dans un petit paquet qu'il avait scellé. « *Je garde* » [1], disait la devise. Mais il eut honte de la remettre à sa place. Il la jeta sur la table à côté de sa femme.

— Reprenez-la ! s'écria-t-elle. Je n'en veux pas ! J'en ai horreur !

— Je m'en lave les mains, s'écria son mari. Dieu me pardonne !

Mrs. Lloyd eut un haussement d'épaules indigné et sortit majestueusement de la pièce, cependant que le jeune homme se retirait par une autre porte. Dix minutes plus tard, Mrs. Lloyd revint et trouva la chambre occupée par sa petite belle-fille et la nurse. La clef n'était plus sur la table. Sa petite nièce, perchée sur une chaise, tenait le paquet entre les mains. De ses doigts menus, elle avait elle-même rompu le cachet. Mrs. Lloyd prit hâtivement possession de la clef.

A l'heure du souper, Arthur Lloyd rentra de son bureau.

1. En français dans le texte.

On était au mois de juillet et le repas était servi à la lueur du jour. Les mets furent disposés sur la table, mais Mrs. Lloyd ne se montrait toujours pas. La servante que son maître envoya à sa recherche revint en affirmant que sa chambre était vide, et les femmes l'informèrent qu'elle n'avait pas paru depuis le dîner. Elles avaient, à la vérité, remarqué que leur maîtresse était en larmes, et la croyant enfermée dans ses appartements, avaient évité de la déranger. Son mari l'appela à grands cris par tous les coins et recoins de la maison, sans recevoir de réponse. Enfin, il s'avisa qu'il pourrait la trouver en prenant le chemin du grenier. Cette pensée lui causa un étrange malaise, et il ordonna à ses domestiques de ne pas le suivre, car il ne voulait pas que sa quête eût de témoin. Il atteignit le pied de l'escalier qui menait au dernier étage, et s'arrêta, la main sur la rampe, prononçant le nom de sa femme. Sa voix tremblait. Il appela de nouveau, plus fort, et avec plus de fermeté. Le seul bruit qui troublât le silence absolu fut le faible écho de sa voix, doublant son appel sous les grandes poutres. Néanmoins il se sentit irrésistiblement poussé à monter les marches. L'escalier donnait sur une large salle bordée d'armoires de bois, et aboutissant à une chambre orientée vers l'ouest, qui accueillait les derniers rayons du soleil. Devant la fenêtre se dressait le grand coffre. Et devant ce coffre, à genoux, le jeune homme vit avec horreur et stupeur la forme de sa femme. En un instant, il traversa l'espace qui les séparait — la parole lui manqua.

Le couvercle du coffre, béant, exposait à la vue, entre leurs serviettes parfumées, son trésor d'étoffes et de joyaux. Rosalinde agenouillée était tombée à la renverse, une main appuyée au plancher et l'autre pressée sur son cœur. Ses membres avaient une rigidité cadavérique, et son visage, à la lueur déclinante du soleil, exprimait la terreur de quelque chose de plus que la mort. Ses lèvres s'écartaient dans un mouvement d'imploration, d'effroi, de désespoir, et sur son front et ses joues pâlies brillaient les marques de dix blessures hideuses, faites par deux mains de spectre, deux mains vengeresses.

Une liasse de lettres

I

Miss Miranda Hope, Paris, à Mrs. Abraham C. Hope, Bangor, Maine (U.S.A.).

5 septembre 1879.

Ma chère Maman,

Je n'ai cessé de vous écrire, jusqu'à mardi dernier, et bien que ma lettre n'ait encore pu vous parvenir, j'en commence une autre pour ne pas laisser les nouvelles s'accumuler par trop. Je suis contente que vous les communiquiez à toute la famille car j'aime que les nôtres soient au courant de mes faits et gestes et ne puis écrire séparément à chacun, même en m'efforçant de satisfaire aux exigences raisonnables. Il y en a beaucoup de déraisonnables, comme vous le savez sans doute — pas les vôtres, ma chère Maman, car je dois convenir que vos exigences à vous n'ont jamais été que fondées. Vous voyez que vous récoltez votre récompense : je vous écris avant d'écrire à toute autre personne. J'espère que vous ne montrez aucune de mes lettres à William Platt. S'il a envie de voir la couleur de mon encre, il sait la bonne manière de procéder. Je ne voudrais pour rien au monde qu'une de ces épîtres destinées à circuler dans la famille tombe sous ses yeux. S'il en veut une pour lui, il n'a qu'à prendre la plume. Qu'il écrive le premier, et je verrai si je lui répondrai. Vous pouvez lui faire voir ces lignes, si vous voulez — mais ne lui montrez rien de plus, ou je ne vous écrirai plus de ma vie.

Je vous ai raconté la dernière fois mes adieux à l'Angleterre, ma traversée de la Manche et mes premières impressions de

Paris. J'ai beaucoup pensé à cette belle Angleterre depuis que je l'ai quittée, et à tous les lieux historiques fameux que j'ai visités ; mais j'en suis venue à la conclusion que ce n'est pas le pays où j'aimerais me fixer. La condition des femmes ne m'y semble pas du tout satisfaisante et c'est là, vous le savez, un point qui me tient à cœur. Je trouve qu'en Angleterre leur rôle est fort effacé et celles avec qui j'ai causé ont un ton, comme qui dirait de personne fouettée, un air morne et même obtus ; comme si elles avaient l'habitude d'être brimées et tyrannisées et y *prenaient plaisir.* J'avais souvent envie de les secouer sérieusement. Il y a dans cet ordre d'idées, ici en Europe, une quantité de gens — et de choses aussi — que j'aimerais traiter de même. Je voudrais secouer l'empois qui fige les uns et la poussière qui recouvre les autres. Je connais chez nous à Bangor au moins cinquante jeunes filles qui bien plus que ces jeunes ladies d'Angleterre correspondent à mon idéal de l'attitude qui convient à une femme vraiment noble. Mais elles ont le plus doux parler, comme si c'était leur seconde nature, et les hommes sont d'une beauté *remarquable.* (Vous pouvez montrer ceci à William Platt si le cœur vous en dit.)

Je vous ai donné mes premières impressions de Paris, qui a répondu à mon attente malgré tout ce que j'avais entendu dire et lu sur cette ville. Les sujets d'intérêt y abondent, le climat est merveilleusement gai et ensoleillé. M'est avis que la situation des femmes ici est sensiblement plus élevée, bien qu'elle n'atteigne en rien au niveau américain. Sous certains aspects, les coutumes de ce peuple sont extrêmement bizarres, et je m'y sens enfin vraiment à l'étranger ; c'est néanmoins une ville tout à fait élégante (bien plus majestueuse que New York) et j'ai passé beaucoup de temps à visiter les divers monuments et palais. Je ne vous rendrai pas compte de tous mes vagabondages, encore que j'aie été infatigable ; car je tiens, je vous l'ai déjà dit, un journal tout à fait détaillé que je vous octroierai la faveur de lire à mon retour à Bangor. Je me débrouille remarquablement, et j'avoue que je suis un peu étonnée de ma bonne fortune. Cela prouve simplement ce qu'un peu d'énergie et de jugeote de Bangor peut accomplir, partout où on l'emploie. Je ne me suis heurtée à aucune de ces critiques que suscite la vue d'une jeune demoiselle voyageant seule en Europe et qu'on nous cornait aux oreilles avant mon départ ; et je ne crois pas que j'en susciterai, car je n'ai certes pas l'intention de les provoquer. Je sais ce que je veux et je fonce toujours dessus.

J'ai reçu beaucoup de marques de politesse parfois très chaleureuses et n'ai subi aucun mécompte nulle part. J'ai noué d'agréables relations au cours de mon voyage, tant avec des dames qu'avec des messieurs, et j'ai eu plusieurs conversations intéressantes et franches, en dehors de toute convention. J'ai enregistré un grand nombre de faits remarquables — j'ai idée qu'à Bangor, nous ne savons pas absolument tout — mais pour ces faits je vous renvoie à la lecture de mon journal. Je puis vous affirmer que ce journal sera le magnifique tableau d'une jeune vie sérieuse. J'agis exactement comme à Bangor et j'estime que j'agis parfaitement bien. D'ailleurs, peu m'importe si ce n'est pas bien. Je ne suis pas venue en Europe pour y mener une vie de pur formalisme, car alors, autant rester à Bangor. Vous savez que chez nous je me suis toujours refusée au conformisme et il n'y a pas de raison pour qu'ici je me mette à adorer de faux dieux. Aussi longtemps que je réaliserai mes aspirations et que je ferai durer mon argent, je considérai mon voyage comme une réussite. Parfois je me sens un peu seule, surtout le soir. Mais en général je me débrouille pour m'intéresser à quelque chose ou à quelqu'un. Le plus souvent je lis, le soir, des ouvrages se rapportant aux spectacles intéressants que j'ai vus dans la journée, ou j'écris mon journal. Parfois je vais au théâtre, ou je joue du piano dans le salon commun. Ce salon de l'hôtel n'a rien d'extraordinaire, mais le piano est meilleur que l'effroyable vieille casserole du Sebago House. D'autres fois je descends et je cause avec la dame qui tient les livres — une vraie dame française, d'une politesse remarquable. Elle est très jolie bien que d'une façon singulièrement française, et porte toujours une robe de coupe admirable. Elle parle un peu l'anglais, elle m'a dit l'avoir appris pour pouvoir converser avec les Américains qui affluent en si grand nombre à cet hôtel. Elle m'a donné des tas d'aperçus sur la situation des femmes en France et semble croire que dans l'ensemble il y a de l'espoir ; mais elle m'a révélé en même temps des choses que je n'oserais pas vous rapporter — surtout si mes lettres doivent circuler dans la famille. Je vous assure qu'on m'a l'air ici de parler de sujets qu'il ne nous viendrait jamais à l'esprit d'aborder à Bangor, fût-ce avec nous-mêmes ou avec nos intimes ; et je me suis avisée que les gens de là-bas, dans notre Maine, sont plus boutonnés les uns vis-à-vis des autres que l'on ne semble l'être ici. En tout cas, cette dame brillante m'a tout l'air de penser qu'elle peut traiter n'importe quel sujet de conversation avec moi sous prétexte que je lui ai dit voyager pour enrichir ma culture générale. Eh bien, c'est vrai, j'ai un tel appétit de savoir qu'il me semble parfois que je voudrais savoir presque tout ; et pourtant, je soupçonne qu'il y a des choses qui ne contribuent pas à notre perfectionnement moral. Quoiqu'en général, tout soit passionnément intéressant. Je ne fais pas seulement allusion à ce que me raconte cette charmante femme, mais à tout ce que je vois et j'entends moi-même. Je ne doute pas d'arriver à mes fins.

Je rencontre ici beaucoup d'Américains et suis forcée de convenir que la plupart ne se montrent pas aussi polis avec moi que les gens d'ici. Ici tout le monde, surtout les messieurs, vous témoigne beaucoup plus ce que j'appellerais une amabilité accablante. Je ne sais si les Américains sont plus sincères — je ne me suis pas encore fait une opinion à cet égard. Une seule ombre au tableau : les Américains s'étonnent parfois que je me sois lancée seule dans ce périple. Vous voyez donc que cette critique n'est pas formulée par des Européens. Je tiens toujours ma réponse prête : « Je voyage pour parfaire ma culture générale, apprendre les langues et voir l'Europe par moi-même » et cela semble, d'habitude, les rassurer. Chère Maman, je fais très bien durer mon argent, et tout ceci est vraiment passionnant.

II

De la même à la même

16 septembre.

Depuis ma dernière lettre, j'ai quitté mon charmant hôtel et suis venue loger dans une famille française — d'ailleurs charmante, elle aussi. C'est une sorte de pension et en même temps d'école. Seulement, ça ne ressemble pas plus à une pension qu'à une école américaine. Il y a quatre ou cinq personnes venues pour apprendre la langue — non pour prendre des leçons mais pour avoir l'occasion de converser. Je suis ravie d'être dans un milieu pareil car je constatais que je ne faisais pas en français des progrès aussi rapides que je l'avais rêvé. N'allais-je pas me sentir honteuse d'avoir passé deux mois à Paris sans mieux m'assimiler la langue du pays ? J'ai toujours tant entendu vanter l'art de la conversation française et je trouvais que je n'avais guère plus d'occasion de la pratiquer qu'à Bangor. En fait, je parlais beaucoup plus souvent cet idiome à Bangor avec les Canadiens français qui venaient chez nous pour déblayer la glace, que dans l'agréable hôtel où il n'y avait à lutter pour rien — car pour que je sois dans mon élément, il me faut un agréable motif de lutte, n'importe lequel. La dame qui tient les livres semblait dévorée d'envie de me parler anglais, pour s'exercer, elle aussi, je suppose. Elle aspirait à la lutte, comme moi. Ce n'est pas seulement chez nous dans le Maine qu'on a des aspirations. Tant et si bien que je n'osais pas lui marquer ma répugnance. La femme de chambre était irlandaise, tous les serveurs allemands, de sorte que je n'ai jamais entendu un traître mot de français. J'imagine qu'on pourrait en entendre dans les magasins, mais comme je n'achète rien — préférant réserver mon argent pour des objectifs culturels — je n'ai pas cet avantage.

J'ai vaguement pensé à prendre un professeur, mais je possède déjà assez à fond la grammaire, et ici en Europe les professeurs n'ont pas l'air de considérer qu'il est de leur intérêt de vous faire faire des progrès rapides. Plus vous jetez d'étincelles et prenez conscience de votre puissance de travail, moins ils ont à vous enseigner. J'étais donc assez perplexe, car je n'aurais pas voulu m'en aller sans avoir acquis au moins une notion de la conversation française. Le théâtre vous en donne un assez bon aperçu et comme je vous le disais dans ma précédente lettre, je fréquente volontiers les lieux les plus animés, où l'on s'amuse. Je ne suis nullement gênée d'y aller seule et l'on m'y témoigne toujours la courtoisie que — je vous le répète, car je tiens à ce que vous soyez rassurée à cet égard — je rencontre partout de la part des gens tout à fait bien. Je vois une quantité d'autres dames seules — la plupart, françaises — et le plus souvent elles ont l'air de s'amuser autant que moi. Mais sur la scène tout le monde parle si vite que j'ai à peine le temps de m'y reconnaître. En outre, on y emploie beaucoup d'expressions vulgaires qu'il est inutile d'apprendre. C'est néanmoins cette expérience qui m'a mise sur la bonne voie. En effet, le lendemain du jour où je vous ai écrit pour la dernière fois, je suis allée au *Palais-Royal,* qui est un des plus importants théâtres de Paris, très petit mais très célèbre et dans mon guide, marqué de deux astérisques, ce qui est un indice d'importance, uniquement accolé aux objets intéressants, de tout premier ordre. Mais au bout d'une demi-heure, je me suis aperçue que je ne comprenais goutte à la pièce, tant les acteurs déblayaient rapidement le texte et employaient des expressions singulières. Grandes furent ma déception et ma contrariété — j'ai vu que je n'atteindrais pas le résultat que je rêvais, mais pendant que je réfléchissais, j'entendis deux gentlemen qui causaient derrière moi. C'était pendant l'entracte et je n'ai pu m'empêcher de tendre l'oreille. Ils parlaient anglais mais je devine qu'ils étaient américains.

— *Well,* disait l'un, tout dépend de ce que vous poursuivez. Moi, c'est le français. Voilà mon but.

— *Well,* dit l'autre, moi, mon but c'est l'art.

— *Well,* dit le premier, moi aussi mon but c'est l'art ; mais c'est avant tout la connaissance du français.

Alors, ma chère Maman, je regrette de dire que le second a lâché un mot malsonnant. Il a dit : « Ah, je me fiche du français. » — « Non, je ne me fiche pas du français, a dit son ami. J'y passerai maître, voilà ce que je ferai. Je vais entrer tout droit dans une famille.

— Dans quelle famille ?

— Une famille française bien. C'est la seule façon de s'en tirer : aller dans un endroit où l'on sera obligé de parler. Si vous avez en vue exclusivement l'art, attachez-vous aux musées ; visitez à fond le Louvre, salle par salle ; faites une salle chaque jour, ou quelque chose d'approchant, mais si vous voulez apprendre le français, débrouillez-vous pour trouver une famille qui en a à revendre — c'est généralement le cas — qui en a plus qu'elle n'en peut consommer à elle toute seule. Comment ces gens pourraient-ils avoir l'emploi de la somme de français qu'ils semblent détenir ? Il faut bien qu'ils écoulent leur trop-plein. Eh bien, ils le déverseront sur vous. Il y en a des tas, qui sont prêts à vous prendre en pension et à vous donner des leçons. Ma cousine issue de germaine — la jeune fille dont je vous ai parlé — s'est mise en rapports avec un milieu de ce genre et on l'a chauffée à blanc pendant trois mois. Ils l'ont accueillie chez eux et ils lui ont ingurgité la langue — à force. Voilà ce qu'il vous faut. Ils vous prennent à zéro et ils vous parlent. Vous êtes obligé de les comprendre ou de périr. Alors, vous sortez votre français, par réaction de légitime défense ; vous ne pouvez pas faire autrement. La famille chez qui était ma cousine a émigré quelque part ailleurs, sinon j'essayerais d'y entrer. C'étaient des gens vraiment très vivants. Après leur départ, ma cousine a correspondu avec eux en français. On est forcé d'en passer par là aussi, si l'on tient à faire des progrès. Moi j'ai l'intention de découvrir un autre groupe français, même si ça me donne un tracas du tonnerre...

J'écoutais avec grand intérêt et quand il a parlé de sa cousine j'ai failli me retourner pour demander l'adresse de la famille en question, mais comme il a dit que ces gens avaient émigré ailleurs, je me suis tenue coite. L'autre monsieur, cependant, ne semblait pas impressionné de la même façon que moi.

— Soit, a-t-il dit, suivez cette ligne-là si vous voulez. Moi je veux me consacrer aux tableaux. Je doute que le français soit jamais très demandé aux Etats-Unis ; mais je peux vous promettre que d'ici une dizaine d'années, il y aura une grande demande d'Art. Et elle ne sera pas temporaire !

Remarque peut-être très exacte mais je ne me soucie pas du tout de l'offre et de la demande. Je veux savoir le français pour lui-même. L'Art pour l'Art, dit-on. Moi, je dis : le français pour le français ! Je ne voudrais pas avoir passé tout ce temps ici sans avoir pénétré la langue... Pas plus tard que le lendemain, j'ai demandé à la préposée aux registres de l'hôtel si elle connaissait une famille qui puisse me prendre en pension et me faire profiter de sa conversation. Elle a levé les bras au ciel avec de petits cris aigus — selon l'étrange habitude des Français — et m'a affirmé que sa meilleure amie tenait une maison de ce genre. Si elle avait su que j'en cherchais une, elle m'en aurait informée plus tôt. Elle n'en avait pas pris l'initiative parce qu'elle ne voulait pas faire du tort à l'hôtel en me dirigeant sur une autre maison. Elle m'a assuré que c'était une famille charmante qui avait souvent reçu des dames américaines et autres, y compris trois Tahitiennes désireuses de se perfectionner dans la langue. Elle ne doutait pas que je raffolerais de ces gens-là. Elle m'a donc communiqué leur adresse et offert de m'accompagner chez eux pour me présenter, mais j'étais si pressée que je m'y suis rendue seule et les ai facilement trouvés. Ils étaient assis comme s'ils m'attendaient et c'est tout juste s'ils m'ont laissée retourner prendre mes bagages. Ils semblaient avoir, comme l'avait dit le monsieur du théâtre, largement de quoi satisfaire à la demande et je sens maintenant que je n'ai plus de bile à me faire à cet égard.

Je me suis installée ici il y a environ trois jours et me voici tout à fait acclimatée. Le prix de pension m'a paru assez élevé et je dois me rappeler quelle chance de progresser s'y trouve incluse. J'ai une très jolie petite chambre, sans tapis mais pourvue de sept miroirs, deux pendules et cinq rideaux. J'ai été néanmoins assez déçue de trouver déjà ici plusieurs autres Américains, tous également désireux de faire des progrès rapides. Il y a 3 Américains et 5 pensionnaires anglais, comme on les appelle, et aussi un monsieur allemand — celui-là n'a pas du tout l'air d'être en retard. Je ne m'étonnerais pas si nous formions une véritable classe, avec bonnes et mauvaises notes ; j'ai idée que je ne serai pas parmi les dernières, mais je n'ai pas encore eu le temps d'en juger. J'essaye de causer tant que je peux avec Mme de Maisonrouge (la maîtresse de maison) et la famille à strictement parler ne se compose d'ailleurs que d'elle et de ses deux filles. Elles sont assez futées et j'ai idée que nous deviendrons très bonnes amies. Je vous donnerai un surcroît de détail dans ma prochaine lettre. Dites à William Platt que je me soucie de ce qu'il fait comme d'une guigne !

III

Miss Violet Ray, Paris, à Miss Agnès Rich, New York

21 septembre.

A peine étions-nous arrivés ici que Père a reçu une dépêche le rappelant d'urgence à New York. Il s'agissait de ses affaires — je ne sais exactement quoi — vous savez que je n'entends rien à ces choses et n'ai pas la moindre envie de les comprendre. Nous venions tout juste de nous installer à l'hôtel, dans des chambres charmantes ; et Mère et moi, vous l'imaginez, avons été fort contrariées. Père est très faiseur d'embarras, vous le savez, et son premier mouvement, quand il a su qu'il devait rentrer, a été de nous emmener avec lui. Il a déclaré qu'il ne nous laisserait jamais seules à Paris et que nous devions le suivre, quitte à revenir plus tard. Je ne sais de quels dangers il nous croyait menacées ! Je suppose qu'il redoutait des dépenses extravagantes. Père prétend que nous accumulons les factures, alors qu'un peu d'observation lui prouverait que nous portons les mêmes nippes pendant des mois ! Mais Père n'a aucun esprit d'observation — rien que des théories aveugles. Mère et moi, néanmoins, nous avons par bonheur beaucoup de pratique et nous avons réussi à lui faire comprendre que nous ne bougerions pas de Paris et nous ferions hacher en morceaux plutôt que de retraverser ce misérable océan. Si bien qu'à la fin il s'est décidé à partir seul et à nous laisser ici encore trois mois. Mais pour vous montrer combien il est tracassier, il nous a refusé l'autorisation de séjourner à l'hôtel et a insisté pour que nous allions dans une famille ! Je ne sais ce qui lui a fourré en tête pareille lubie, si ce n'est quelque annonce cueillie dans un des journaux américains publiés ici. Ne croyez pas qu'on peut leur échapper, où qu'on soit.

Il y a ici des familles qui reçoivent chez elles des Américains et des Anglais sous prétexte de leur enseigner le français. Vous voyez d'ici ce que peuvent être ces gens — je veux dire, les familles elles-mêmes ! Mais les Américains qui choisissent cette façon particulière de voir Paris doivent être, dans leur genre, tout aussi mal. Mère et moi, nous étions horrifiées — nous avons déclaré que seule la force brutale pourrait nous arracher de l'hôtel. Mais père a une manière d'en venir à ses fins plus efficace encore que la violence. Il se tracasse et s'obstine ; il vous grignote, comme nous disions à l'école. Quand mère et moi nous sommes rongées jusqu'à l'os, son triomphe est assuré. Mère se laisse plus facilement réduire que moi et finit par se ranger à son avis, de sorte que lorsqu'ils font bloc, mon pauvre petit moi n'a évidemment plus qu'à succomber. Vous auriez dû entendre avec quel acharnement Père poursuivait ce projet « familial ». Il en parlait à tout venant. Il allait chez son banquier et s'en ouvrait aux personnes qu'il rencontrait. Il prenait pour confidents jusqu'aux employés du bureau de poste, amorçait des échanges de vues avec les serveurs de l'hôtel, disait que ce serait plus sage, plus respectable, plus économique ; que j'enrichirais mon vocabulaire, que mère s'initierait à la conduite d'un intérieur français ; qu'il se sentirait plus à l'aise, et que nous-mêmes y prendrions plaisir une fois que nous en aurions fait l'expérience. Arguments sans queue ni tête, mais rien n'y a fait. Il est cruel de nous corner aux oreilles que nous devons être économes, quand tout le monde sait que les affaires en Amérique ont repris leur essor, que la crise est passée et que d'immenses fortunes s'édifient chaque jour. Nous nous sommes privées des nécessités les plus élémentaires pendant ces cinq derniers mois et je supposais que nous venions à l'étranger pour récolter le bénéfice de cette frustration.

Quant à mon français, il est déjà bien meilleur que celui de la plupart de nos malheureux compatriotes, lesquels ne rougissent pas d'en ignorer les premiers rudiments. Je vous assure que je suis souvent surprise de ma volubilité et quand j'aurai davantage la pratique des accents circonflexes, des genres et des idiotismes, je tiendrai très bien ma partie. Bref, comme d'habitude, père a eu gain de cause. Mère m'a lâchement abandonnée au dernier moment et après avoir résisté toute seule pendant trois jours, j'ai capitulé. Père a raté trois bateaux pour rester à Paris et discuter avec moi. Lui et Mère sont allés passer en revue près de dix-sept familles — dont ils s'étaient procuré l'adresse je ne sais où — tandis que je me retirais sur mon sofa en refusant de m'en mêler. Enfin, ils ont conclu des accords et j'ai été transportée, comme chargée de chaînes, à l'établissement d'où je vous adresse ces lignes, — du sein d'un « ménage » parisien — des profondeurs d'une pension de second ordre.

Père n'a quitté Paris qu'après nous avoir vues ce qu'il appelle « confortablement installées » et avoir informé Mme de Maisonrouge, la maîtresse de céans, qu'il désirait qu'on surveille particulièrement ma prononciation. Or la prononciation se trouve être mon fort. Encore s'il avait parlé des genres ou des subjonctifs et des idiotismes, il y aurait eu un certain sens à cela ; mais pauvre Père n'a aucun tact inné et cette déficience saute aux yeux depuis que nous sommes en Europe. Il sera absent 3 mois et Mère et moi nous respirerons plus librement. La situation sera moins tendue. J'avoue que nous respirons d'ailleurs mieux que je ne m'y attendais dans cet endroit où nous sommes depuis une semaine. J'étais convaincue que l'établissement serait de la plus basse catégorie ; mais je conviens que sous ce rapport je suis agréablement surprise. L'esprit français sait parer d'une sorte de grâce même un charlatanisme de cet ordre. Evidemment, la promiscuité avec des étrangers est fort désagréable, mais après tout, si nous n'habitions pas chez Mme de Maisonrouge, je ne me prélasserais pas au Faubourg Saint-Germain et je ne vois donc pas que, sous le rapport des salons exclusifs, j'y perde grand-chose.

Nos chambres sont très joliment meublées et la table est remarquable. Maman trouve tout cela (tables, gens, us et coutumes) très amusant ; mais elle est capable de se laisser duper par n'importe quelle supercherie. Quant à moi, vous le savez, tout ce que je demande est qu'on me laisse tranquille, qu'on ne m'impose pas la société d'autrui. Je n'ai jamais été en peine d'une société de mon choix et ne le serai jamais je pense, tant que je resterai en possession de mes facultés. Toutefois, je le répète, cet endroit est passable et j'arrive à en faire à ma tête, ce qui, vous le savez, a toujours été mon propos le plus cher. Mme de Maisonrouge a beaucoup de tact — bien plus que pauvre Père. C'est ce qu'on appelle ici une grande belle femme ; autrement dit, elle a les épaules hautes, le buste court et elle est littéralement hideuse, mais elle a une sorte de type — du chiqué, d'ailleurs — pas mal de robes, quelques-unes assez affreuses, mais des manières parfaites, toujours les mêmes et usées jusqu'à la corde, mais censément du meilleur ton. Bien qu'elle soit une assez bonne imitation de la femme du monde, je ne la vois jamais trôner à la table du dîner, sourire, s'incliner et faire des plongeons à mesure que les gens entrent (quand en réalité elle surveille des yeux les plats et les serveuses) sans penser à une « dame de comptoir » fleurissant au coin d'une boutique ou d'un restaurant. Je suis sûre qu'en dépit de son beau nom elle a été jadis caissière professionnelle. Egalement sûre que malgré ses sourires et les jolis discours qu'elle trousse pour chacun, elle nous déteste tous et aurait envie de nous tuer. C'est une Française dure, habile, qui aimerait bien s'amuser et jouir de son Paris, et elle doit être furieuse de devoir passer son temps à sourire à des spécimens de races stupides qui lui baragouinent un français petit-nègre. Un jour, elle versera du poison dans la soupe ou le vin rouge mais j'espère que ce ne sera pas avant notre départ, à Maman et à moi. Elle a deux filles, pâles imitations de leur Mère — sauf que l'une est nettement jolie.

Pour le reste, la famille se compose de quelques-uns de nos chers compatriotes et d'Anglais encore plus chers. Il y a un Anglais et sa sœur qui semblent assez convenables. Lui, remarquablement beau, mais fort affecté et protecteur, surtout avec nous autres Américains, et j'espère bien avoir une chance de lui river son clou d'ici peu. La sœur est très jolie et apparemment très gentille mais son costume fait d'elle l'incarnation même de Britannia. Il y a un très plaisant petit Français — quand ils se mêlent d'être gentils, ils sont charmants — et un docteur allemand, un grand blond qui a l'air d'un grand taureau blanc ; et outre Maman et moi, deux Américains. L'un est un jeune Bostonien, un esthète qui emploie des expressions comme « c'est une vraie journée à la Corot » et une jeune personne, — une jeune fille, une femelle, comment la qualifier ? originaire de Vermont, de Minesota ou d'un endroit dans ce goût-là. Cette créature est le plus extraordinaire spécimen de provincialisme pédant que j'aie jamais rencontré ; c'est vraiment trop horrible et humiliant. J'ai été trois fois chez Clémentine pour votre jupon, etc...

IV

Louis Leverett, Paris, à Harvard Tremont, à Boston

25 septembre.

Mon cher Harvard,

J'ai exécuté le projet dont je vous avais touché un mot dans ma dernière lettre et mon seul regret est de ne l'avoir pas fait plus tôt. Après tout, ce qu'il y a de plus intéressant sur terre, c'est la nature humaine et elle ne se révèle qu'au chercheur vraiment sérieux. Or le sérieux fait défaut dans cette vie d'hôtels et de trains que tant de nos compatriotes se contentent de mener dans cet étrange et riche monde, l'aîné du nôtre, et j'ai été navré de constater combien je m'étais laissé entraîner sur ce chemin poudreux et battu. Toutefois, j'ai toujours eu le désir de me détourner vers des sentiers moins fréquentés — de plonger sous la surface et voir ce que je découvrirais. Mais l'occasion m'a manqué, je ne sais comment il se fait que jamais ne se présentent pour moi ces circonstances qui nous sont connues par ouï-dire ou par les livres — toutes ces choses qui arrivent aux gens dans les romans ou les biographies. Et pourtant, je suis sur le qui-vive, prêt à profiter de toute conjoncture qui se présenterait ; toujours en quête d'expériences, de sensations — je dirais presque d'aventures.

L'essentiel est de vivre, de sentir, d'être conscient de nos virtualités, de ne pas traverser la vie machinalement et insensiblement comme une lettre traverse le bureau de poste. Parfois, mon cher Harvard, je me crois vraiment *capable de tout* [1]

1. Les mots en italique sont en français dans le texte.

comme on dit ici, des pires excès comme du plus grand héroïsme. Oh, pouvoir se dire que l'*on a vécu* — comme on dit ici ! — cette idée exerce sur moi un indicible attrait. Peut-être me répondrez-vous que rien n'est plus facile à dire. Seulement, il s'agit d'en convaincre les autres — avant tout, de s'en convaincre soi-même. Et puis, foin des sensations de seconde main ! Je veux la connaissance qui vous marque, qui laisse derrière elle d'étranges cicatrices et des taches, d'ineffables rêveries et des arrière-goûts. Mais je crains de vous choquer ou peut-être de vous effrayer.

Si vous répétez mes réflexions à l'un des membres de notre cercle de West Cedar Street, ayez soin de les tempérer dans la mesure où vous le suggérera votre tact. Quant à vous, sachez que j'ai toujours eu le vif désir de connaître un peu de la vraie vie française. Vous savez ma grande sympathie pour les Français, ma tendance naturelle à apprécier la façon si suprêmement belle dont ils explorent la conscience personnelle en général. Je sympathise avec le tempérament artiste, je me rappelle que vous insinuez parfois que vous trouvez mon propre tempérament trop artiste. Il ne semble point que ce genre-là soit très en faveur à Boston. Nous y avons tendance à tout juger sous l'angle éthique. Et puis, à Boston, impossible d'exister, *on ne peut pas vivre,* comme on dit ici. Je n'entends point qu'on ne peut y résider — un grand nombre de gens y parviennent — mais on ne peut vivre au sens esthétique — je me risquerai presque à dire qu'on ne peut y vivre sensuellement. Voilà pourquoi j'ai toujours été tellement attiré par les Français, si esthètes, si sensuels, si absolument vivants. Je suis bien fâché que ce cher Théophile Gautier ait quitté ce monde ; j'aurais tant aimé aller le voir et lui dire combien je lui suis redevable. Il vivait encore à mon dernier séjour ici mais, vous le savez, à cette époque j'accompagnais les Johnson, qui sont dépourvus du sens esthétique et ils me faisaient honte de mon culte et de mon besoin de beauté. Si j'étais allé voir le grand apôtre de cette religion, j'aurais dû le faire clandestinement, *en cachette,* comme on dit ici ; et cela n'est pas dans ma nature ; j'aime agir franchement, librement, naïvement, au grand jour. Voilà l'essentiel — être libre, être franc, être naïf, Matthew Arnold ne le dit-il pas quelque part — ou bien serait-ce que je confonds avec Swinburne ou Pater ?

Avec les Johnson, tout était superficiel, et pour ce qui est de la vie, tout se trouvait ramené à la question du bien et du mal. Ils étaient sempiternellement didactiques ; et qu'est la vie, sinon le plus beau des arts ? Pater a si bien exprimé cela quelque part. Avec les Johnson, je crains d'avoir laissé perdre bien des occasions ; leur angle de vision, en général, ou du moins l'ambiance générale, leurs sentiments, leurs appréciations, tout cela était gris et cotonneux ; je dirais presque laineux. Quoi qu'il en soit, maintenant, comme je vous l'ai dit, je suis décidé à prendre les choses en main, à sonder la vie européenne et à la juger sans préjugés johnsoniens. J'ai transporté mes pénates dans une famille française, un milieu bien parisien. Vous voyez que j'ai le courage de mes opinions, je n'hésite pas à mettre en action ma théorie, selon laquelle l'essentiel est de vivre.

Vous savez que je me suis toujours passionné pour Balzac, qui n'a jamais reculé devant la crudité et ses descriptions presque grossières de la vie parisienne m'ont souvent hanté au cours de mes pérégrinations à travers les vieilles rues à l'aspect mal famé de l'autre côté du fleuve. Je regrette seulement que mes nouveaux amis, mes hôtes français, n'habitent pas la vieille Cité, *au cœur du vieux Paris* comme on dit ici. Ils logent tout bonnement Boulevard Haussmann, ce qui est un compromis, mais malgré cela ils ont beaucoup du ton balzacien. Mme de Maisonrouge appartient à l'une des plus anciennes et des plus orgueilleuses familles de France, mais des revers de fortune l'ont contrainte à ouvrir une pension où elle accueille un nombre restreint de voyageurs las des ornières battues, qui redoutent les grands caravansérails et ont le culte de la tradition et de la vieille hospitalité française — elle l'explique elle-même, elle l'exprime si bien ! — bref, elle a été obligée d'ouvrir un « select boarding-house ». Je ne vois pas pourquoi, après tout, je n'emploierais pas cette expression, c'est l'équivalent du terme « pension bourgeoise » dont se sert Balzac dans le *Père Goriot*. Vous vous rappelez la pension bourgeoise de Mme Vauquier née de Conflans ? Mais cet établissement-ci ne lui ressemble pas du tout et n'a rien de bourgeois ; je ne sais pas très bien comment la sélection s'opère, mais nous avons tous l'indéniable sentiment d'être sélectionnés. La pension Vauquier était sombre, terne, sordide, graisseuse. Ici, la note est toute différente ; hautes fenêtres claires drapées de rideaux légers, et plusieurs meubles ou objets Louis XVI, assez beaux héritages de famille, explique Mme de Maisonrouge. Elle me rappelle Mme Hulot

— vous vous souvenez de la belle Mme Hulot dans *Les Parents Pauvres*. Elle a un grand charme — quoiqu'un peu artificiel, un peu fané et flétri, qui suggère que sa vie recèle des événements cachés, mais j'ai toujours été sensible à la séduction qui se dégage d'une lassitude équivoque.

Je suis un peu déçu, je l'avoue, par la société que je rencontre ici, elle ne présente pas un caractère aussi richement autochtone, n'éveille pas une résonance aussi ethnique que je l'eusse souhaité. A parler franc, elle n'a rien d'autochtone, encore que d'autre part elle soit fortement cosmopolite, ce qui me séduit aussi, à mes heures. Nous sommes des Français et des Anglais, des Américains et des Allemands ; je crois que l'on attend également quelques Espagnols et des Hongrois. L'étude des types raciaux m'intéresse vivement. J'aime comparer, relever les contrastes, saisir le fort et le faible, identifier la note dominante, essentielle de chacun, si dissimulée soit-elle sous l'hypocrisie. Il est intéressant de déplacer notre angle de vision, de nous dépouiller de nos stupides préjugés, de nous assimiler des conceptions de vie étranges, étrangères.

Les divers types d'Américains, je regrette de le dire, ne s'affirment pas avec force ni plénitude et à part le mien (et qu'est-ce que le mien, mon cher Harvard, je vous le demande ?) ils sont tout à fait négatifs et féminins. Nous sommes de mince contexture — dire que je suis forcé de faire un aveu pareil !... — nous sommes pâles, nous sommes chétifs, nous sommes plats. Il y a en nous quelque chose d'étriqué, notre ligne manque de rondeur, notre substance de richesse. Le tempérament nous fait défaut. Nous ne *savons pas vivre*, comme on dit ici. Ledit tempérament est représenté céans — sans parler de moi, car je pense souvent que mon tempérament n'est nullement américain — par une jeune fille avec sa mère et une autre jeune fille sans sa mère ni aucun parent ou chaperon ni personne qui l'accompagne. Ces inévitables personnes offrent un certain intérêt, elles ont un certain cachet, mais elles sont également décevantes. Elles ne vont pas loin. Elles ne tiennent pas tout ce qu'elles promettent, elles ne satisfont pas l'imagination. Elles sont froides, filiformes, asexuées, leur physique n'est pas généreux, pas plantureux — du moins celui de la jeune fille escortée de sa mère. Ces Américaines sont d'ailleurs assez différentes — nous avons quand même nos petites différences, Dieu merci. L'une d'elles est toute élégance, toute en

« factures payées », et gants de suède extra-frais, elle arrive de New York ; l'autre est une laide et pure vierge aux yeux clairs, à la poitrine étroite, à la démarche rigide, du cœur de la Nouvelle-Angleterre. Pourtant, en même temps, elles ont des traits communs, — elles se ressemblent plus qu'il ne leur plairait d'en convenir — car elles se regardent d'un air hostile et réprobateur à peine déguisé. Toutes deux sont des échantillons de la jeune personne pratique, positive, dénuée de passion, telle que nous la lâchons à travers le monde — et cependant douées d'une certaine finesse et sachant, à votre choix, trop ou trop peu. Avec tout cela, comme je disais, elles ont leur spontanéité, voire leur étrangeté ; bien que ni l'une ni l'autre ne recèle plus de mystère que le prospectus imprimé que l'on vous fourre dans la main au coin de la rue.

La petite de New York est parfois très amusante : elle me demande si tout le monde à Boston s'exprime comme moi — si tout le monde est aussi « intellectuel » que votre humble serviteur. Elle ne cesse de me jeter Boston à la tête. Je ne parviens pas à me débarrasser du pauvre cher petit Boston. L'autre aussi ne manque pas une occasion de m'y faire penser, mais d'une façon différente. Elle semble éprouver à l'égard de notre ville les sentiments du bon Musulman pour La Mecque, et la considère comme un foyer de lumière destiné à éclairer le genre humain. Oui, pauvre petit Boston, que d'absurdités on dit en ton nom ! Mais cette jouvencelle de la Nouvelle-Angleterre est dans son genre une fleur blanche rare ; elle parcourt l'Europe toute seule « pour la voir par moi-même », comme elle dit. Par elle-même ! Que peut faire son moi étrangement serein, devant de telles visions, de telles profondeurs ? Elle regarde tout, va partout, passe son chemin — ses yeux clairs et calmes grands ouverts ; elle côtoie des abîmes d'obscénité sans les soupçonner ; se fraye passage à travers les ronces sans accroc à sa robe ; excite sans le savoir les plus injurieuses suspicions, toujours persévérante, sans une souillure, dépourvue de sens, de crainte, de charme...

En manière de contraste, il y a une ravissante jeune Anglaise aux yeux humides de violette, et à la voix aussi suave. Entre elles, toute la différence du prospectus imprimé, distribué, gratuit, et du timide billet doux que l'on a laissé choir à l'endroit où vous pourrez le ramasser. Elle a une douce tête à la Gainsborough et une grande capeline Gainsborough avec une immense plume par devant qui jette une ombre sur ses calmes yeux britanniques. Elle a une robe d'un vert de sauge, « mystique et merveilleuse » toute brodée d'emblèmes subtils, de fleurs, d'oiseaux et de bêtes aux nuances tendres, très droite et collante devant et ornée par derrière, le long de la colonne vertébrale, de grands, étranges boutons iridescents. Le renouveau du goût, du sens de la beauté en Angleterre m'intéresse profondément. Qu'y a-t-il dans une simple rangée de boutons dorsaux qui fasse songer, et vous *donne à rêver* comme on dit ici ? Je nous crois à la veille d'une grandiose renaissance esthétique où une vive lumière s'allumera en Angleterre, pour illuminer le monde entier. Il y a là des esprits avec lesquels j'aimerais communier. Ils me comprendraient, je crois.

Cette gracieuse damoiselle anglaise, avec ses robes souples et collantes, ses amulettes, ses ceintures, et aussi quelque chose de bizarre et d'anguleux dans sa démarche, de médiéval et de gothique dans les détails de sa personne et de sa toilette, cette jolie Evelyn Vane (n'est-ce pas un beau nom ?) dégage une atmosphère évocatrice, chargée d'associations d'idées et d'allusions. Elle est si féminine, *elle est bien femme,* comme on dit ici ; plus simple, plus douce, plus arrondie, plus riche que les produits courants dont je vous ai parlé. Pas beaucoup de conversation. Un grand silence suave. Puis les yeux de violette, les yeux eux-mêmes, semblent rougir. Et la grande capeline ombreuse qui pare le front de tant de sérénité et l'étrange vêtement ondoyant, historié !... Comme je le disais, c'est un type infiniment gracieux et tendre. Elle est avec son frère, un bel Anglais blond, aux yeux gris, — purement objectif, mais, lui aussi, très plastique.

V

Miranda Hope à sa Mère

26 septembre.

Ne vous inquiétez pas si je ne vous donne pas plus souvent de mes nouvelles ; ce n'est pas que j'aie le moindre ennui, mais parce que tout marche à merveille pour moi. Si j'avais des ennuis, je ne crois pas que je vous l'écrirais. Je me tairais et j'en triompherais toute seule. Mais ce n'est pas le cas à présent et si je ne vous écris pas, c'est que tout ce que je vois ici m'intéresse si passionnément que je n'en trouve pas le temps. C'est la Providence qui m'a amenée dans cette maison où malgré tous les obstacles, j'arrive à faire des progrès. Je me demande comment je trouve moyen de faire tout ce que je fais, mais quand je me rends compte qu'il ne me reste plus qu'un an, j'ai le sentiment que je ne voudrais pas sacrifier une seule heure.

Les obstacles auxquels je fais allusion, c'est que je suis mal placée pour apprendre la langue, entourée que je suis de tant de personnes parlant anglais, et cela, au sein même d'une vraie famille française. On a l'impression d'entendre l'anglais partout ; mais je ne m'attendais pas à le rencontrer dans une maison comme celle-ci. Quoi qu'il en soit, je ne suis pas découragée et je m'exerce tant que je peux, même avec les autres pensionnaires anglais. D'ailleurs je prends une leçon tous les jours avec Mademoiselle, la fille aînée de la maison, l'intellectuelle des deux. Elle a un esprit d'une merveilleuse hardiesse, presque comme mon amie de l'hôtel et tous les soirs, il y a échange de conversation en français au salon, de 8 à 11, avec Madame et des amis à elle qui viennent souvent. Heureusement, son cousin M. Verdier, un jeune monsieur français, habite chez elle et je me fais un devoir de causer avec lui le plus souvent possible. Il me donne des leçons « extra-privées » et souvent je sors me promener en sa compagnie. Un de ces soirs il m'escortera à l'Opéra-comique. Nous avons aussi formé l'intéressant projet de visiter ensemble les musées et de voir les écoles en respectant l'ordre chronologique — car on désigne ici du mot d'école tout autre chose que ce que nous appelons ainsi chez nous.

Comme la plupart des Français, M. Verdier a un débit très volubile et je sens que j'ai réellement beaucoup à apprendre de lui. Il est d'une beauté remarquable (de style français) et très courtois, il fait beaucoup de discours auxquels je crains qu'il ne faille pas accorder trop de foi. Quand je regagnerai le Maine je vous répéterai, je crois, certaines des choses qu'il m'a dites. Je suis sûre que vous les trouverez extrêmement curieuses — très belles dans leur genre français.

La conversation au salon, de 8 à 11, embrasse une quantité de sujets, il me semble parfois qu'elle n'en évite aucun. Et j'aurais souhaité que vous ou quelques-uns des habitants de Boston vous soyez ici pour en faire vos délices. Je pense parfois qu'à Bangor on ne s'exprime pas assez — il est vrai que j'ai l'impression que là-bas on a moins de choses à exprimer. On dirait qu'il y a des choses que les gens de Bangor n'ont jamais essayé de formuler ; mais je viens d'en faire l'expérience en étudiant mon français, vous n'avez pas idée de tout ce que vous pouvez dire, avant d'avoir essayé. A Bangor, on y renonce, quasiment à l'avance. On ne fait aucun effort. (Je ne dis pas du tout cela à l'intention de William Platt en particulier.)

Bref, j'ignore ce qu'ils penseront tous de moi à mon retour. Il me semble qu'ici j'ai appris à donner mon avis sur n'importe quoi. Je suppose qu'on mettra ma sincérité en doute ; mais n'est-il pas plus sincère de dire les choses tout de go que de les sentir dans votre esprit, de les garder en vous sans profit pour personne ? Je me suis liée avec tout le monde dans la maison — ou plutôt (vous voyez que je suis sincère) presque tout le monde. Je n'ai jamais pénétré dans un milieu plus intéressant. Il y a ici une jeune fille américaine, qui me plaît moins que les autres — mais c'est simplement parce qu'elle repousse mes avances. J'aimerais tant avoir de l'amitié pour elle, car elle est extrêmement charmante et séduisante ; mais elle semble se refuser à me connaître ou à sympathiser avec moi. Elle arrive de New York et elle est remarquablement jolie, avec de beaux yeux, une grande délicatesse de traits, une élégance merveilleuse — sous ce rapport, elle supporte la comparaison avec toutes les personnes que j'ai vues ici. Mais on dirait qu'elle s'applique à m'éviter, comme pour établir une différence entre nous. Elle est ce que dans les livres on appelle « altière ». Je n'avais jamais vu une personne comme elle auparavant, une personne qui cherche volontairement à se différencier, et au début j'en ai éprouvé un vif intérêt, elle me faisait l'effet d'une fière demoiselle de roman ; je ne cessais de me répéter à longueur de journée : « altière, altière » ! et je souhaitais qu'elle reste ainsi. Mais elle a continué — continué trop longtemps et alors j'ai commencé à voir là une sorte d'affront. Je ne pouvais imaginer ce que j'avais commis et je persiste à ne pas le concevoir. On dirait qu'elle se fait de moi une idée préconçue ou qu'elle a entendu quelqu'un me dénigrer. De la part d'autres jeunes filles, je n'y ferais pas attention, mais celle-ci est si raffinée, et on sent qu'elle serait si fascinante si on parvenait à la connaître ! Je réfléchis beaucoup là-dessus. Il faut absolument que je découvre la raison de son attitude — bien sûr, elle a une raison. Je suis curieuse de savoir ce que c'est.

Je le lui ai demandé avant-hier. J'ai pensé que c'était ma meilleure solution. Je lui ai dit que je désirais mieux la connaître et que je voudrais aller la voir dans sa chambre — on dit qu'elle a une chambre ravissante — et que si elle avait entendu dire du mal de moi, elle me le répéterait peut-être quand je viendrais. Mais, plus distante que jamais, elle m'a tout simplement éconduite, déclarant qu'elle n'a jamais entendu parler de moi et que sa chambre est trop petite pour recevoir des visites. Peut-être est-ce vrai, mais je suis sûre que malgré tout elle a un motif particulier, une idée quelconque — et je veux être pendue si je tarde à la découvrir, dussé-je interroger tout le monde dans la maison ! Je n'ai jamais pu être heureuse là où je voyais une apparence d'injustice. Trouve-t-elle que je manque de raffinement ? ou aurait-elle appris quoi que ce soit de fâcheux sur Bangor ? Je ne puis le croire. Quand Clara Barnard est allée en visite à New York, il y a trois ans, vous vous rappelez tous les hommages qu'elle a reçus — et vous savez que Clara est Bangor jusqu'à la semelle de ses souliers. Demandez à William Platt — lui qui n'est pas natif de notre ville — s'il ne trouve pas Clara Barnard raffinée ?

A propos (comme on dit ici), à propos de raffinement, il y a dans la maison un autre Américain, un monsieur de Boston qui en est tout farci. Il s'appelle Mr. Louis Leverett (quel nom magnifique !...) et il a environ trente ans. Il est plutôt petit, assez chétif, il souffre de je ne sais quelle affection du foie mais sa conversation vous entraîne très loin — on va vraiment très loin ici ; même nos compatriotes, une fois en Europe, en font autant et à mon retour vous serez peut-être frappée de constater que j'ai appris à marcher à leur allure. Quoi qu'il en soit, ce m'est un ravissement de l'écouter. Il a des idées admirables ! J'ai l'impression que ces instants de joie sont presque illicites, puisqu'ils ne sont pas français ; mais par bonheur Mr. Leverett emploie une quantité d'expressions françaises. Son style n'a pas le brio de M. Verdier, il n'est pas aussi personnel, mais bien plus sérieux, et il dit que le sérieux ne se rencontre plus qu'en France. Il adore les tableaux et m'a appris des tas de choses que je n'aurais jamais soupçonnées toute seule. Sans lui, je n'aurais pas su les aborder. Il professe une admiration éperdue pour la peinture. Il estime que nous n'en faisons pas assez cas. Ici, les gens ont l'air d'y attacher grande importance, mais je n'ai pu m'empêcher de lui dire que je doute qu'à Bangor on s'en soucie beaucoup.

Si j'avais de l'argent, j'aimerais acheter quelques tableaux et les rapporter pour les accrocher chez nous. Mr. Leverett dit que ça leur ferait du bien d'être pendus (pas aux tableaux, aux gens de Bangor) quoique parfois on dirait qu'il a envie de les pendre, eux aussi. Il a très bonne opinion des Français et dit que nous ne les plaçons pas assez haut. Je n'ai pu m'empêcher de riposter l'autre jour qu'ils se placent certainement très haut eux-mêmes. Mais c'est très intéressant de l'entendre disserter à ce sujet et j'y trouve mon compte puisque c'est à peu près pour chercher cela que je suis ici. Je lui parle de Boston autant que je l'ose, mais je sens vraiment que c'est mal — un plaisir illicite.

Je pourrai à mon retour acquérir toute la culture bostonienne que je voudrai si je réalise mon projet, le secret de mon cœur, qui est de séjourner à Boston. Il importe qu'à présent je concentre tous mes efforts sur la culture européenne et garde Boston en réserve pour le perfectionnement final, mais je ne puis me défendre d'en prendre un petit avant-goût de temps en temps avec un vrai Bostonien. J'ignore quand il me sera donné d'en rencontrer un second mais s'il y en a beaucoup là-bas comme M. Leverett, je serai comblée. Mr. Leverett est aussi bourré de savoir qu'il en peut contenir, mais c'est curieux de voir combien de différentes sortes de culture il y a.

J'ai rencontré ici deux Anglais que je crois, eux aussi, très cultivés. Pourtant, j'ai beau faire, je doute de m'assimiler leur culture aussi aisément. J'aime beaucoup leur façon de parler et parfois il me semble que je devrais lâcher l'étude du français et m'initier au truc de parler anglais comme eux. Ce n'est pas tant les choses qu'ils disent — bien que souvent assez singulières en soi — mais la douceur de leur débit et leur manière de vous charmer avec des riens. On croirait qu'ils s'appliquent beaucoup pour s'exprimer si mélodieusement, mais point du tout, mes Anglais d'ici n'ont pas l'air de faire le moindre effort, pas plus pour parler que pour quoi que ce soit. C'est une jeune demoiselle et son frère, de famille noble, je crois. J'ai eu souvent des rapports avec eux parce que je me sens la conscience plus tranquille qu'avec les Américains, à cause du langage ; en effet, souvent ils ne comprennent pas le mien et alors je suis comme qui dirait forcée d'apprendre le leur pour me faire entendre.

Je ne me doutais pas, en quittant Bangor, que je venais en Europe pour faire des progrès dans notre vieille langue — et pourtant, je vois que c'est possible. Si je parviens à réaliser ce que je pourrais faire, j'ai idée que vous aurez peine à me comprendre à mon retour, et je doute que vous vous rendiez bien compte de mon point de vue ; je serais joliment critiquée si je parlais comme cela à Bangor. Mais en vérité, je soupçonne que Bangor est le plus grand nid de critiques du monde. Rien de tel ici. Pour en revenir à cette jeune Anglaise et son frère, j'aurais voulu vous les faire connaître ; elle est jolie, avec son air modeste et réservé. Pourtant, elle s'habille de façon à provoquer l'attention, je n'ai pu m'empêcher de le remarquer un jour que nous étions sorties nous promener ensemble. Elle a attiré beaucoup plus de regards que je n'aurais pensé qu'elle aimerait le faire ; mais elle n'avait pas l'air de s'en soucier et je n'ai pu me retenir de lui en faire la remarque. Mr. Leverett apprécie beaucoup ses toilettes, il les appelle « le costume de l'avenir ». Moi, je dirais plutôt le costume du passé, vous savez combien les Anglais sont férus du bon vieux temps jadis. J'ai répété l'autre jour à Mme de Maisonrouge que Miss Vane porte le costume du passé. — *De l'an passé, vous voulez dire ?* a-t-elle demandé avec sa verve française. (Vous pouvez prier William Platt de vous traduire cela, puisqu'il m'affirmait toujours qu'il savait si bien le français.)

Vous vous rappelez que dans une de mes dernières lettres, je vous disais que j'essayais de me renseigner sur la position des femmes en Angleterre. L'occasion m'a donc paru bonne d'en apprendre un peu plus long par Miss Vane. Je lui ai posé tout un questionnaire à ce sujet, mais elle ne semble guère en mesure de m'éclairer beaucoup. La première fois, elle m'a déclaré que la situation d'une dame dépend du rang de son père, de son frère aîné ou de son mari — donc, toujours de quelqu'un d'autre ; et quant à ces messieurs, pour leur position, ils dépendent également de quelque chose d'extérieur. Elle m'a dit qu'elle jouissait d'une situation privilégiée parce que son père est parent d'un lord — je ne sais plus à quel degré. Elle a l'air de croire que c'est un honneur insigne, voilà qui prouve que leur rang ne doit pas être bien extraordinaire, car en ce cas, il ne serait pas subordonné à celui d'un parent, fût-il très proche. Je ne suis pas très renseignée sur les lords et Miss Vane met ma patience à rude épreuve, bien qu'elle soit douce au possible, lorsqu'elle me parle de l'aristocratie britannique comme s'il allait de soi que je n'ignore rien de ces gens-là.

Je crois de mon devoir de lui demander aussi souvent que possible si elle ne pense pas que tous les hommes sont égaux. Elle proteste toujours, elle avoue qu'elle ne se croit pas l'égale de lady Je ne sais quoi, la femme de ce parent de son père. Je m'évertue à la convaincre qu'elle l'est ; mais on dirait qu'elle n'y tient pas ; et quand je lui demande si cette créature supérieure partage son opinion, elle me regarde avec une douceur ravissante en disant : « Mais comment pourrait-elle penser autrement ? » Quand je lui explique que de la part de cette dame, c'est le comble de l'abomination, elle semble incrédule et se borne à répondre qu'elle est « terriblement charmante ». Je ne la crois pas charmante du tout, sinon elle n'aurait pas ces idées biscornues ! J'explique à Miss Vane qu'à Bangor nous jugeons vulgaires ces préjugés, mais elle prend l'air d'une personne qui n'aurait jamais entendu parler de Bangor. J'ai souvent envie de la secouer, malgré sa douceur. Si elle n'en veut pas aux gens qui lui donnent un tel complexe d'infériorité, moi je m'en irrite pour elle. Je m'irrite aussi contre son frère ; il saute aux yeux qu'elle a très peur de lui, ce qui d'ailleurs projette pour moi de nouvelles lueurs sur ce sujet. Elle place son frère sur un piédestal, trouve naturel de le craindre — non seulement physiquement, car ça, c'est bien naturel, il est d'une stature et d'une force peu communes, avec des poings énormes — mais sous le rapport moral et intellectuel. Elle semble imperméable au moindre argument et me prouve la véracité de ce que j'ai souvent entendu affirmer, à savoir qu'aucun raisonnement ne peut guérir de la timidité.

Mr. Vane, le frère, semble nourrir les mêmes préjugés. Je lui explique — comme je le crois de mon devoir — que sa sœur n'est pas une subalterne même si elle se juge telle, mais son égale et peut-être à certains égards supérieure à lui, et que si mon frère à Bangor me faisait subir le traitement qu'il inflige à cette charmante mais servile créature, qui n'a pas assez de cran pour voir la question sous son vrai jour, il y aurait une protestation collective, indignée, de tous les citoyens, contre une pareille offense à la sainteté de la féminité — bref, quand je lui dis tout cela, au petit déjeuner ou à dîner, il éclate d'un rire si bruyant que les assiettes tintent sur la table.

Dans ces moments-là, quelqu'un semble toujours intéressé par ce que je dis — un gentleman allemand, un professeur, mon voisin à dîner, et dont j'aurai à vous reparler plus longuement. C'est un puits de science mais il veut sans cesse progresser. Il apprécie une quantité de mes réflexions et après le repas, au salon, il s'approche souvent de moi pour me questionner sur ce que j'ai dit. Je suis parfois forcée de réfléchir un peu pour me rappeler mes propos précédents ou ce que je pense vraiment. Il vous prend exactement au point où vous vous étiez arrêtée et il aime la discussion presque autant que William Platt. Il a reçu une merveilleuse éducation, de style allemand, et m'a dit l'autre jour qu'il était un « balai intellectuel ». Ma foi, si c'est vrai, il balaye à fond. Je le lui ai dit. Après avoir causé avec lui, j'ai l'impression qu'il ne reste plus un grain de poussière dans mon cerveau. Quel sentiment délicieux ! Il se dit un observateur sans scrupules, et bien que je ne sache pas au juste ce qu'il entend par scrupules (car une intelligence brillante n'est pas un crime, non ?) je suis sûre qu'il trouve ici des tas de choses à observer. Mais en voilà assez pour aujourd'hui. Je ne sais quelle sera la durée de mon séjour. Je fais maintenant de tels progrès que je pense parfois que je pourrai l'écourter. Je suppose que chez nous le froid a commencé de bonne heure, comme d'habitude et il m'arrive de vous envier. Ici l'automne est très morne, humide, et je souffre souvent de l'absence d'air stimulant.

VI

Miss Evelyn Vane de Paris, à Lady Augusta Fleming,
à Brighton

Paris, le 30 septembre.

Chère lady Augusta,

Je crains de ne pouvoir me rendre chez vous le 7 janvier comme vous aviez bien voulu me le proposer à Hombourg. Je suis vraiment, vraiment navrée, c'est une immense déception. Mais j'apprends à l'instant que maman et les enfants doivent passer à l'étranger une partie de l'hiver et maman désire que je les accompagne à Hyères où le médecin envoie Georgina pour ses poumons. Elle n'a pas été bien du tout ces trois derniers mois et maintenant que la saison humide a commencé, elle est dans un piteux état ; papa a donc décidé la semaine dernière, d'avoir une consultation, et lui et maman l'ont emmenée à Londres où ils ont vu trois ou quatre médecins qui tous ont prescrit le midi de la France, mais sans s'accorder sur l'endroit. Alors maman s'est décidée pour Hyères parce que c'est le coin le moins cher. Je crois que l'on s'y ennuie à périr mais j'espère que cela profitera à Georgina. Je crains d'ailleurs que rien ne lui profite si elle ne consent pas à se ménager davantage. Je suis fâchée de dire qu'elle est très turbulente et indisciplinée, maman m'écrit que durant tout ce mois il a fallu les ordres catégoriques de papa pour l'empêcher de sortir. Elle est furieuse, paraît-il, d'aller à l'étranger et la pensée des frais que papa sera forcé d'assumer semble la laisser très froide. Elle parle avec beaucoup de hargne de la saison de chasses perdue pour elle, de même peut-être que les rendez-vous cynégétiques du printemps. Elle comptait commencer à chasser en décembre et voudrait savoir si quelqu'un a une meute à Hyères. Imaginez cette absurdité, alors qu'elle est trop malade pour monter à cheval ou aller nulle part ! Mais je pense qu'une fois là-bas elle sera contente de se tenir tranquille, puisqu'on affirme que la chaleur y est intense. Cela guérira peut-être Georgina mais je suis sûre que tout le reste de la famille y succombera.

Maman, néanmoins, n'emmènera avec elle à l'étranger que Mary, Gus, Fred et Adélaïde ; les autres resteront à Kingscote, au manoir, jusqu'en février (vers le 3) date à laquelle ils iront passer un mois à Eastbourne avec miss Turnover, la nouvelle gouvernante qui s'est révélée très gentille. Maman emmènera à Hyères miss Travers qui est restée si longtemps avec nous mais n'est qualifiée que pour soigner les plus jeunes des enfants, et je crois qu'elle prendra aussi avec elle quelques-uns des domestiques de Kingscote. Elle a une confiance absolue en miss Travers ; quel dommage que la pauvre fille ait un nom si bizarre. Quand elle est entrée chez nous, Maman comptait lui demander si cela l'ennuierait de le troquer contre un autre, mais papa a pensé que peut-être elle pourrait y répugner. Lady Battledown, elle, exige que toutes ses gouvernantes portent le même nom, elle leur donne 5 livres de plus par an, à cet effet. J'oublie comment elle les appelle, Johnson je crois, ce qui évoque toujours pour moi une femme de chambre. Les gouvernantes ne devraient jamais avoir un nom trop joli — plus joli que celui de la famille où elles sont.

Sans doute aurez-vous su par les Desmond que je ne suis pas rentrée en Angleterre avec eux. Quand il a été question d'emmener Georgina à l'étranger, Maman m'a écrit que je ferais mieux de m'arrêter un mois à Paris avec Harold pour qu'elle puisse me prendre au passage, en allant dans le Midi. Ainsi, on économise les frais de mon voyage aller-retour à Kingscote, et cela me permet de perfectionner un peu mon français.

Vous savez que Harold est arrivé il y a six semaines pour fourbir son français en vue de ces terribles examens qu'il doit passer bientôt. Il loge chez des Français qui reçoivent des jeunes gens (et d'autres personnes aussi) à cet effet. C'est une sorte d'institution, mais dirigée par des femmes. Maman en avait entendu dire du bien, de sorte qu'elle m'a écrit de venir y rejoindre Harold, les Desmond m'ont amenée et ont conclu l'arrangement, ou le marché, enfin je ne sais pas comme ces choses s'appellent. Naturellement, le pauvre Harold n'a pas du tout été content, mais il s'est montré un ange de bonté pour moi. Il fait des progrès magnifiques en français, car quoique je ne pense pas que cet endroit soit aussi bien que papa le supposait, Harold est si extraordinairement intelligent qu'il ne peut guère s'empêcher de progresser. Je suis fâchée de dire que j'apprends beaucoup moins mais par bonheur je n'ai pas d'examen à préparer — à moins que maman ne s'avise de m'en faire passer un elle-même. Mais elle aura bien du souci avec Georgina et j'espère qu'elle n'y songera pas. Sinon j'aurais, comme dit Harold, une terrible frousse.

Ici la maison est moins convenable pour une jeune fille que pour un gentleman et les Desmond ont trouvé extrêmement bizarre que maman ait voulu m'y envoyer. Comme dit Mrs. Desmond, cela tient à ce qu'elle est si peu conventionnelle, mais vous savez que Paris est très amusant et pour peu que Harold s'accommode toujours de ma présence, je me résignerai bien volontiers à attendre ici la caravane — c'est ainsi qu'il appelle maman et les enfants. La personne qui dirige l'établissement, ou enfin de quelque nom que cela s'appelle, est plutôt bizarre et excessivement étrangère mais d'une politesse remarquable et elle envoie tout le temps demander à ma porte si je n'ai besoin de rien. Elle est terriblement prétentieuse et, bien sûr, ce n'est pas une vraie lady. Les domestiques ne ressemblent pas du tout aux nôtres et font irruption chez vous en coup de vent ; le valet — ils n'en ont qu'un — aussi bien que les femmes de chambre, à n'importe quelle heure, de la façon la plus soudaine. Et ensuite, quand on les sonne, il faut des siècles. Certains mets sont assez mauvais. Tout cela manque de confort et je pense que ce sera pire à Hyères où du moins, par bonheur, nous aurons nos gens pour nous servir.

Il y a ici des Américains très bizarres qui ne cessent d'exciter l'hilarité de Harold. L'un est un affreux petit bonhomme à qui il a envie de donner des taloches, toujours assis au coin du feu, à parler de la couleur du ciel. Je ne crois pas qu'il ait jamais vu le ciel autrement qu'à travers le carreau de la fenêtre. L'autre jour il m'a aidée à ôter mon manteau — le vert, que vous trouviez si joli à Hombourg — et m'a dit qu'il lui rappelait le gazon du Devonshire, ce que j'ai trouvé très extraordinaire. Harold croit fermement qu'il est toqué. C'est assez horrible de vivre avec des gens que l'on ne connaît pas — j'entends, pas comme ceux d'Angleterre.

En dehors du toqué, les autres Américains sont deux jeunes filles à peu près de mon âge, l'une d'elles assez gentille. Elle a une mère, mais qui se tient toujours dans sa chambre, ce qui semble vraiment bizarre. J'aimerais que Maman les invite à Kingscote mais j'ai peur que la mère ne déplaise à Maman, elle est terriblement vulgaire et l'autre jeune fille est terriblement vulgaire aussi — croiriez-vous qu'elle voyage toute seule ? Je suppose que c'est quelque maîtresse d'école, de la bourgeoisie moyenne, peut-être congédiée à cause d'un manquement quelconque ; mais l'autre jeune fille (je parle de la plus gentille, celle qui a une mère douteuse) m'affirme qu'elle est plus respectable qu'elle n'en a l'air. Elle professe néanmoins les plus extravagantes opinions — voudrait qu'on supprime l'aristocratie, trouve injuste qu'Arthur devienne le maître de Kingscote après papa, etc... Je ne vois pas ce que ça peut lui faire que ce pauvre Arthur hérite du domaine, ce sera si charmant — sauf pour ce qui est de perdre papa, — mais Harold dit qu'elle aussi est toquée. Il la taquine beaucoup sur son radicalisme et comme il est d'une intelligence inouïe elle ne peut pas lui tenir tête bien qu'elle ait tout un bagage de mots pompeux, des plus extraordinaires.

Il y a aussi un Français, neveu ou cousin ou je ne sais quoi de la personne qui tient la maison — un horrible voyou de bas étage ; et puis, un professeur ou docteur allemand qui mange avec son couteau et qui est un sinistre raseur. Je suis si désolée de devoir renoncer à ma visite chez vous. J'ai peur que vous ne m'invitiez jamais plus.

VII

Léon Verdier, Paris, à Prosper Gobain, Lille

28 septembre.

Mon gros vieux [1],

Il y a longtemps que je ne t'ai donné de mes nouvelles et je ne sais pourquoi je m'avise ce soir de me rappeler à ton bon souvenir. Sans doute est-ce que dans nos moments de bonheur notre esprit se reporte instinctivement vers les anciens compagnons de vicissitudes et *je t'en ai trop dit dans le bon temps*, cher vieux, et tu m'as toujours écouté trop imperturbablement, la pipe au bec et le gilet déboutonné, pour que je ne sois pas sûr de pouvoir compter aujourd'hui sur ta sympathie. *Nous en sommes-nous flanqués des confidences*, en ces jours heureux où ma première pensée, lorsque je voyais *poindre à l'horizon* une aventure, était le plaisir que je prendrais à la rapporter au grand Prosper ? Comme je te l'ai dit, je suis heureux. Décidément, *j'ai de la chance*, et cet aveu te permettra d'induire le reste. Faut-il t'y aider un peu ? Prends trois filles adorables — trois, mon bon Prosper, le chiffre mystique, ni plus ni moins, prends-les et place au milieu d'elles ton insatiable petit Léon. La situation est-elle suffisamment indiquée ou la scène requiert-elle un complément de détails ?

Tu t'attendais peut-être à ce que je t'annonce que j'ai fait fortune ou que l'oncle Blondeau a enfin décidé de rentrer au sein de la nature après m'avoir institué son légataire universel ? Mais ai-je besoin de te rappeler quel rôle les femmes ont tou-

1. Les mots en italique sont en français dans le texte.

jours tenu dans le bonheur de celui qui s'épanche présentement dans ton giron — combien elles ont compté dans ses heurs et plus encore dans ses malheurs ? Mais ne parlons pas de malheur en ce moment. Il en sera bien temps quand le moment viendra, quand *ces demoiselles* auront rejoint les rangs serrés des aimables personnes qui les ont précédées. Ah, mais je comprends ton impatience, il faut que je te dise qui sont *ces demoiselles*.

Tu m'as entendu parler de ma cousine de Maisonrouge, cette *grande belle femme* qui après avoir épousé *en secondes noces* (à la vérité, sa première union avait été quelque peu irrégulière) épousé, dis-je, une vénérable relique de la vieille noblesse poitevine, est restée, à la mort de son conjoint, dans une situation encore compliquée par le contraste entre des goûts dispendieux et un revenu de 17.000 francs, sur le pavé de Paris, avec deux petits diables de filles à élever sur le sentier de la vertu. Elle a réussi en effet à les élever. Mes petites cousines sont farouchement *sages*. Si tu me demandes comment elle s'y est prise, je n'en sais rien, cela ne me regarde pas, et *a fortiori*, toi encore moins. Elle compte à présent 50 ans — elle en avoue 38 — et ses filles qu'elle n'a jamais réussi à caser sont respectivement âgées de 27 et 23 ans (elles en avouent 20 et 17). Il y a trois ans, elle a eu l'idée trois fois bénie d'ouvrir un *asile* bien douillet et d'ailleurs séduisant, pour les barbares patauds qui viennent à Paris dans l'espoir de glaner quelques perles tombées de l'*écrin* de Voltaire, — ou de Zola. L'idée lui a porté bonheur. La maison fait des affaires fructueuses. Jusqu'à ces derniers mois, mes cousines étaient seules à la diriger mais le besoin de quelques agrandissements et améliorations s'est fait sentir. Ma cousine les a entrepris sans regarder à la dépense ; autrement dit, elle m'a convié à venir loger chez elle — gîte et couvert gratis — pour corriger les exercices de conversation de ses *pensionnaires*. L'agrandissement, c'est moi, mon bon Prosper, c'est moi l'amélioration ! Elle a augmenté le *personnel* et je représente cet accroissement. Mon gosier exhale des sons exemplaires que les plus jolies lèvres anglo-saxonnes sont invitées à reproduire. Les lèvres anglo-saxonnes ne sont pas toutes jolies, le ciel m'en est témoin, mais elles le sont en assez grand nombre pour que j'aie une bonne aubaine.

En ce moment, je te le répète, je suis en relations quotidiennes avec trois paires distinctes desdites lèvres. La propriétaire de l'une d'elles prend des leçons privées ; elle les paye extra. Ma cousine ne me donne pas un sou de cet argent mais je ne me considère pas comme perdant dans la combinaison. D'ailleurs, je suis du dernier bien avec les propriétaires des deux autres paires. L'une, une petite Anglaise de 18 ans — une *figure de keepsake* — la plus adorable que tu aies (ou du moins que j'aie) jamais vue, toute caparaçonnée de grains de chapelets, de bracelets et d'amulettes, toute rebrodée comme un échantillon ou un vêtement ; mais son principal ornement consiste en deux yeux gris, les plus doux du monde et presque les plus grands qui se posent sur vous avec une profondeur confiante — une confiance que parfois j'éprouve un peu de remords à trahir. Elle a le teint aussi blanc que cette feuille de papier, à part le milieu de chaque joue où il se mue en un pur et transparent carmin liquide. Parfois ce fluide rosé envahit le reste de son visage — par quoi j'entends dire qu'elle rougit — aussi doucement que la buée de l'haleine sur une vitre.

Comme toute Anglaise qui se respecte, elle se montre plutôt pincée et guindée en public mais il est facile de voir que lorsque personne ne la regarde, *elle ne demande qu'à se laisser aller*. Chaque fois qu'elle en exprime le désir, je suis toujours là et je lui ai laissé entendre qu'elle peut compter sur moi. J'ai des raisons de croire qu'elle apprécie cette assurance bien que l'honnêteté me force à convenir qu'avec elle la situation est un peu moins avancée qu'avec les autres. *Que voulez-vous ?* Les Anglais sont lourds et les Anglaises se meuvent lentement, voilà tout. Pourtant le mouvement est perceptible et une fois ce fait acquis, je peux laisser la soupe mijoter, je peux lui laisser le temps nécessaire car je suis agréablement occupé avec ses rivales qui, elles, ne me font pas languir, je te prie de le croire.

Ces demoiselles sont américaines et l'un des traits du caractère national est de se mouvoir vite : « *All right — go ahead.* » En avant ! J'apprends beaucoup de locutions anglaises, ou plutôt américaines. Et elles vont de l'avant, à une allure si rapide qu'il m'est parfois difficile de les suivre. L'une d'elles est plus jolie que l'autre, mais cette dernière, qui prend des leçons *extra-privées* est vraiment *une fille étonnante. Ah, par exemple, elle brûle ses vaisseaux celle-là !* Elle s'est jetée dans mes bras dès le premier jour, et je lui en voulais presque de me frustrer du plaisir de la gradation, qui consiste à emporter les défenses l'une après l'autre et égale presque en intensité la joie d'entrer dans la place. Croirais-tu qu'au bout de 20 minutes, exactement, elle m'avait donné un rendez-vous ? Dans la galerie d'Apollon, au Louvre, j'en conviens ; mais c'était déjà beau pour un commencement ; et depuis nous en avons eu une douzaine. *Non, c'est une fille qui me dépasse !*

L'autre, la petite personne plus mince mais plus « chic » (elle a une mère quelque part, hors de vue, bouclée dans un cabinet ou une valise) est sensiblement plus jolie mais peut-être pour ce motif, *elle y met plus de façons.* Elle ne se balade pas avec moi à travers Paris pendant des heures ; elle se contente de longs entretiens dans le petit salon, — toutes persiennes à moitié closes — qui commencent à trois heures, quand tout le monde est à *la promenade.* Elle est adorable, *cette petite,* un peu trop immatérielle, avec une ossature plutôt trop accentuée, mais dans l'ensemble, quand on la détaille, très satisfaisante. Et on peut lui dire n'importe quoi. Elle prend la peine de simuler l'incompréhension, mais sa conduite, une demi-heure plus tard, vous rassure complètement — oh, complètement !

Quoi qu'il en soit, c'est la grande bringue des leçons extra-privées qui est la plus remarquable. Ces leçons privées, mon bon Prosper, représentent la plus brillante invention de notre époque et un vrai trait de génie de la part de Miss Miranda. Elles se déroulent également au petit salon mais toutes portes strictement closes, et avec instructions explicites données à tout le monde dans la maison pour que nous ne soyons pas dérangés. Et nous ne le sommes pas, *mon gros,* nous ne le sommes pas. Pas un bruit, pas une ombre n'interrompt notre félicité. Mes cousines ont trouvé le filon — une maison comme celle-ci doit faire fortune — Miss Miranda est trop grande et trop plate avec une certaine absence de coloration, elle n'a pas les *rougeurs* transparentes de ma petite Anglaise ; mais elle a des yeux merveilleux au regard lointain, des dents superbes, un nez modelé par un sculpteur et une manière inouïe de porter haut la tête et de regarder les gens bien en face qui allie une apparente innocence à un complet aplomb. Elle est en train de faire le *tour du monde,* absolument seule, sans même une *soubrette* pour sauver l'honneur du pavillon — afin de voir par elle-même, de savoir *à quoi s'en tenir sur les hommes et les choses* — sur *les hommes* en particulier. *Dis donc, mon vieux,* ça doit être un *drôle de pays,* là-bas, celui où l'on accepte de telles revendications de la part des jeunes aspirantes bourgeoises ? Si nous renversions quelque jour la situation, toi et moi, et si nous traversions l'océan pour aller voir sur place, pour notre compte ? Pourquoi n'irions-nous pas les relancer *chez elles,* plutôt qu'elles viennent nous relancer ici ? *Dis donc, mon gros Prosper...*

VIII

Le Dr Rudolf Staub, de Paris, au Dr Julius, à Gottingue

Mon cher frère en sapience,

Je reprends ces notes hâtives dont je t'avais envoyé la première série il y a quelques semaines. Je t'y disais que j'avais l'intention de quitter mon hôtel, attendu que je n'y trouvais pas vraiment matière à mes investigations, car il était tenu par un Poméranien et tous les serveurs sans exception étaient originaires du Vaterland. J'eusse pu tout aussi bien m'asseoir Unter den Linden avec mon agenda et je sentais qu'étant venu ici pour me documenter ou poser mon doigt précisément sur le pouls social, il importait que je m'intégrasse autant que possible aux conditions qui sont à la fois cause et effet de ses activités et intermittences. J'ai compris qu'il ne saurait y avoir de connaissance bien fondée sans cette opération préliminaire qui me permettrait de voir de près, d'acquérir une vision spontanée de la vie de ce peuple, une vision aussi peu déformée que possible par des éléments dérivés d'une différente combinaison de forces.

En conséquence j'ai loué une chambre dans la maison d'une dame de pure extraction et éducation française, qui supplée aux déficiences d'un revenu insuffisant pour satisfaire aux exigences toujours croissantes du système parisien d'indulgence envers soi-même, en procurant le gîte et le couvert à un nombre limité d'étrangers de distinction. J'eusse préféré ne retenir que ma chambre et prendre mes repas dans une brasserie de très bonne mine que j'ai promptement repérée dans la même rue ; mais cet arrangement, nonobstant mes explications très claires, n'a point agréé à la maîtresse de l'établissement — femme au cerveau organisé pour les mathématiques — et je me suis consolé du surcroît de dépense en concentrant ma pensée sur la chance que cette conformance aux us de la maison me donnerait d'étudier le comportement de mes commensaux et d'observer le tempérament des Français en un moment particulièrement physiologique, celui où la satisfaction du sens gustatif qui est le sens dominant de leur nature, produit une douce exhalaison, une transpiration intellectuelle, laquelle bien que légère et peut-être invisible à un spectateur superficiel, est néanmoins appréciable pour un instrument congrument ajusté. J'ai ajusté de façon très satisfaisante mon instrument — j'entends celui que je porte dans ma bonne tête carrée germanique — et je ne crains point de perdre une seule goutte de ce précieux fluide à mesure qu'il se condensera sur la plaque de mon observation. Une surface préparée, voilà ce qu'il me faut, et j'ai préparé ma surface.

Malheureusement, ici aussi, je trouve l'autochtone en minorité. Il n'y a que 4 Français dans la maison — les individus préposés au fonctionnement de l'établissement, dont trois femmes et un homme. Cette prépondérance du *Weibliche* [1] est néanmoins caractéristique en soi et pour soi, car point n'est besoin de te rappeler quel rôle anormalement développé ce sexe a toujours joué dans l'histoire de France. Quant au spécimen du sexe opposé, c'est ostensiblement, un bipède et apparemment un homme, mais j'hésite à lui accorder le privilège de cette classification supérieure. Il produit sur moi un effet moins humain que simiesque et chaque fois que je l'entends parler, j'ai l'impression de m'être arrêté dans la rue pour écouter le bruit strident d'un orgue de Barbarie auquel les gambades d'un homonculus velu forment un accompagnement.

Je t'ai dit précédemment que mes prévisions d'un mauvais accueil dû à mon teutonisme non déguisé encore que point frivolement agressif, se sont révélées complètement dénuées de fondement. Nul ne semble en avoir indument conscience ou ignorer avec affectation mon si riche arrière-plan berlinois. Au contraire, je suis traité avec la civilité positive qui est le lot de tout voyageur payant sa note sans éplucher de trop près chaque détail. Ceci, je le confesse, n'a point laissé de me sur-

1. Féminin.

prendre et je ne me suis pas encore fait une opinion sur la cause fondamentale de cette anomalie. Ma décision d'élire domicile dans un intérieur français fut en grande partie dictée par la supposition que je serais foncièrement désagréable à ses habitants. Je souhaitais surprendre sur le vif les différentes formes de l'irritation que je devrais naturellement susciter ; car c'est sous l'influence de l'irritation que le caractère français s'exprime le plus à fond. Or ma présence, je l'ai dit, semble les stimuler moins que je n'eusse été en droit de l'espérer et sous ce rapport je suis matériellement déçu. Ils me traitent comme ils traitent tout un chacun, alors que, pour être traité différemment, j'étais par avance résigné à subir un traitement pire. Nouvelle preuve, à défaut d'autres, de ce vaste et comme qui dirait fluide gaspillage que comporte le processus de la sécrétion philosophique (je me suis déjà longuement étendu sur ce sujet avec toi). Je ne me suis pas pleinement expliqué cette contradiction logique, je le répète, mais voici comment j'incline à l'interpréter : les Français sont si exclusivement occupés d'eux-mêmes qu'en dépit de l'image très définie que la personnalité allemande leur a présentée au cours de la guerre de 1870, ils n'éprouvent actuellement aucune appréhension de son existence. Ils ne sont pas très sûrs qu'il existe, concrètement, des Allemands. Ils ont déjà oublié les preuves concluantes qui leur furent offertes il y a neuf ans. Un Allemand était quelque chose de désagréable et de déconcertant, une masse irréductible, qu'ils ont décidé d'exclure de leur conception des choses. J'estime donc que nous avons tort de nous hypnotiser sur l'hypothèse d'une *revanche ;* la nature française est trop superficielle pour que cette grande et puissante plante y puisse fleurir.

Quant aux spécimens de langue anglaise, je n'ai pas voulu négliger non plus cette occasion de les étudier et j'ai accordé une attention spéciale aux variétés américaines dont je trouve ici plusieurs exemples singuliers. Les deux plus remarquables sont un jeune homme qui présente toutes les caractéristiques d'une période de décadence nationale et me rappelle fortement une réduction de Romain hellénisé du IIIᵉ siècle. Il illustre ce stade de la culture où la faculté d'appréciation a acquis une telle prépondérance sur la faculté de production que cette dernière tombe dans une sorte de répugnante stérilité, et l'état mental rejoint celui d'un enfant atteint de paludisme.

J'apprends par lui l'existence d'une quantité d'Américains en tous points semblables à lui, et que la ville de Boston notamment en est presque exclusivement peuplée. Il m'en a fait part avec beaucoup de fierté comme si ce fait contribuait grandement au crédit de son pays natal, loin de se douter de l'impression fâcheuse qu'il produisait sur moi.

Ce qui me frappe, c'est que ce phénomène constitue à ma connaissance — et tu sais l'étendue de mes connaissances — un fait unique et sans précédent dans l'histoire de l'humanité : l'arrivée d'un peuple à un stade d'ultime évolution, sans avoir passé par l'échelon intermédiaire, en d'autres termes le passage d'un fruit de la prématurité à la pourriture, sans l'intervalle d'une période d'utile et décorative maturité. En effet, chez les Américains, la crudité et la pourriture sont identiques et simultanées. Tout comme dans la conversation de ce déplorable jeune homme, il est impossible de faire la part de l'une et de l'autre, car elles se confondent inextricablement. Homonculus pour homonculus, je préfère le Français, du moins plus amusant.

Il est intéressant de déceler ainsi les germes d'extinction si largement développés dans la soi-disant puissante famille anglo-saxonne. Je les relève sous une forme presque aussi discernable chez une jeune personne de l'Etat du Maine, province de la Nouvelle-Angleterre, avec laquelle j'ai de fréquentes conversations. Elle diffère quelque peu du jeune homme sus-mentionné, en ce que la faculté d'affirmation, de productivité, et la capacité d'action sont chez elle moins atrophiées. Elle a en elle plus cette fraîcheur et cette vigueur que nous croyons être l'apanage d'une jeune civilisation. Malheureusement elle ne produit que du mal, ses goûts et ses habitudes sont semblables à ceux d'une dame romaine du Bas-Empire. Elle n'en fait d'ailleurs pas mystère et même elle a élaboré un plan complet d'aventures expérimentales, c'est-à-dire de liberté personnelle, qu'elle s'occupe présentement de mettre à exécution. Comme les occasions que lui offre sa patrie ne lui suffisent point, elle est venue en Europe « pour essayer par elle-même » comme elle dit. C'est la doctrine de l'expérience universelle, « sans parti pris », professée avec un cynisme vraiment inouï et le fait qu'elle s'incarne en une jeune personne d'éducation soignée me semble suffire à stigmatiser une société.

Autre observation qui m'amène à une conclusion identique

(celle que la population américaine est prématurément viciée) : c'est l'attitude des Américains que j'ai sous les yeux, les uns par rapport aux autres. En effet, j'ai devant moi une seconde fleur dudit vaste jardin qui se prétend démocratique, moins anormalement développée que celle que je viens de décrire mais qui porte néanmoins la marque de cette singulière combinaison de l'élément barbare et (pour leur appliquer un de leurs termes favoris) de l' « usé ». Ces trois petits personnages se considèrent mutuellement avec la plus grande méfiance, avec aversion, et chacun m'a plusieurs fois pris à part pour m'assurer qu'il ou elle est le vrai, l'authentique Américain, l'Américain-type. Un type qui s'est perdu avant même de se fixer — que peut-on augurer de lui ?

Ajoute à cela qu'il y a dans la maison deux jeunes Anglais qui abominent les Américains en bloc, sans établir entre eux aucune des discriminations ou comparaisons favorables sur lesquelles ceux-ci insistent, et auxquelles, dans la mesure où elles présupposent la compréhension des nuances et un certain jeu de l'esprit critique, l'intelligence insulaire encore très primitive demeure entièrement inapte ; et tu estimeras, je pense, que je suis fondé à croire qu'entre le déclin précipité et la guerre d'extermination réciproque, la famille de langue anglo-saxonne est destinée à disparaître et qu'avec son déclin, la perspective radieuse d'une conquête organisée victorieusement et d'une expansion incalculable, ininterrompue, va s'ouvrir pour les enfants aux poitrines profondes du *Vaterland.*

IX

Miranda Hope à sa mère

22 octobre.

Ma chère Maman,

Je pars d'ici dans un ou deux jours pour visiter un nouveau pays. Je n'ai pas encore décidé lequel. J'ai satisfait ma curiosité en ce qui concerne les Français et acquis une bonne connaissance de leur langue. J'ai intensément joui de mon séjour chez Mme de Maisonrouge et j'ai même l'impression de quitter un cercle de vrais amis. Tout a marché à souhait jusqu'au bout et tout le monde a été aussi bon et prévenant que si j'étais une sœur, surtout M. Verdier, le monsieur français qui m'a donné plus que je n'avais jamais espéré (en six semaines) et avec qui j'ai promis de rester en correspondance. De sorte que vous pouvez m'imaginer, rédigeant d'une plume coulante les plus vivantes lettres en français, et tout à la fois les plus élégantes ; et si vous ne le croyez pas, je garderai les brouillons pour vous les montrer à mon retour.

Le monsieur allemand est, lui aussi, de plus en plus intéressant à mesure qu'on le connaît davantage, il me semble parfois que je pourrais boire ses idées... J'ai découvert pourquoi la jeune demoiselle de New York ne m'aime pas. C'est parce qu'un soir à dîner j'ai dit que mes visites au Louvre m'emballent. Eh bien oui, au début, à mon arrivée, il me semblait que j'admirais vraiment tout. Dites à William Platt que j'ai reçu sa lettre. Je savais bien qu'il serait obligé de m'écrire et il fallait que je l'y force. Je n'ai pas encore décidé quel pays je visiterai après la France. Il y en a tant qui s'offrent à mon choix. Mais j'aurai soin d'en choisir un bon et de faire une quantité d'expériences nouvelles.

Très chère Maman, je ne suis pas au bout de mon argent et tout ceci est terriblement passionnant !

La chose authentique

I

Quand la femme du portier qui habituellement répondait au coup de la sonnette, annonça : « Monsieur, un monsieur et une dame », j'eus, comme souvent à l'époque, — le souhait engendrant la pensée — l'immédiate vision de clients venus pour poser. Des séances de pose, c'était bien — l'événement le démontra — ce que mes visiteurs venaient me demander, mais non point au sens où je l'eusse préféré. Rien au début ne révéla d'ailleurs qu'ils n'avaient pas l'intention de commander leur portrait. Le monsieur, un quinquagénaire très grand et très droit, arborait une moustache à peine grisonnante et un pardessus gris foncé d'une coupe admirable — deux indices qui, je le notai professionnellement (et par là je n'entends point dire en barbier ni en tailleur) m'eussent frappé comme les attributs de quelque célébrité, si tant est que les célébrités fussent souvent frappantes. De cette vérité, j'avais depuis quelque temps pris conscience : une personne qui présente beaucoup de « façade » ne correspond, si l'on peut dire, presque jamais à une institution sociale. Un coup d'œil à la dame me rappela cette loi paradoxale : car elle aussi semblait trop distinguée pour être une « personnalité ». De plus, il eût été bien rare de tomber simultanément sur deux variétés de ce même genre.

Ni l'un ni l'autre ne prit tout de suite la parole — ils se bornèrent à prolonger le regard préliminaire qui suggérait que chacun voulait laisser une chance à son conjoint. Visiblement timides, ils restaient là, debout, me donnant ainsi le loisir de les enregistrer en moi. C'était, je m'en aperçus par la suite, ce qu'ils pouvaient faire de plus sensé en l'occurrence : car ainsi leur embarras les servait. Certes, j'ai vu des gens répugner douloureusement à exprimer un souhait aussi cru que celui de voir leurs traits fixés sur une toile ; mais les scrupules de mes nouveaux amis semblaient presque insurmontables. Pourtant, le gentleman aurait pu dire : « Je désirerais le portrait de ma femme » et la dame : « Je désirerais le portrait de mon époux. » Peut-être n'étaient-ils pas des conjoints, — ce qui naturellement rendait la situation plus délicate. Peut-être souhaitaient-ils être peints ensemble, auquel cas ils auraient dû amener une tierce personne pour m'en informer.

— Nous venons de la part de Mr. Rivet, dit enfin la dame avec un pâle sourire qui fut comme une éponge humide passée sur une peinture ternie et tout à la fois une vague allusion à une beauté défunte. Aussi grande et droite, dans son genre, que son compagnon, elle portait dix ans de moins. Elle avait l'air triste, dans la mesure où peut l'être une femme au visage dénué de toute expression ; c'est-à-dire, son masque ovale, coloré, présentait des ravages, tout comme une surface exposée présente des traces d'altération. La griffe du temps s'était librement exercée sur elle, mais avait eu pour effet d'effacer ses traits.

Mince et raide, très bien mise, son costume de drap bleu marine agrémenté de revers, de poches et de boutons, décelait qu'elle s'adressait au même tailleur que son mari. Le couple avait cet indéfinissable air prospère des gens habitués à dépenser — de toute évidence, leur argent leur procurait maint plaisir de luxe, et si je devais constituer un de ces luxes, il me fallait congrûment réfléchir au prix que j'allais leur demander.

— Ah, Claude Rivet m'a recommandé ? repris-je en écho. Et j'ajoutai que c'était fort aimable à lui, tout en songeant qu'au surplus, puisque il ne peignait que des paysages, il ne m'avait rien sacrifié.

La dame regarda avec insistance le monsieur, et le monsieur regarda autour de la pièce. Après avoir un moment contemplé fixement le parquet et lissé sa moustache, il posa sur moi ses yeux aimables et remarqua :

— Il a dit que vous étiez précisément la personne qu'il nous fallait.

— Je m'y applique, lorsqu'on désire poser.

— Oui, nous aimerions bien, fit la dame anxieusement.

— Vous voulez dire, ensemble ?

Mes visiteurs échangèrent un coup d'œil.

— Si vous pouviez faire quelque chose de *moi*, je pense que ce serait le double, balbutia le monsieur.

— Ah oui, naturellement, les honoraires sont plus élevés pour deux figures que pour une.

— Nous aimerions que cela soit de bon rapport, avoua le mari.

— Vous êtes trop aimable, répliquai-je, appréciant une sympathie aussi inusitée, — car je supposais qu'il entendait : de bon rapport pour l'artiste.

Une vague lueur d'étonnement sembla s'allumer dans le cerveau de la dame.

— Nous voulons parler des illustrations... Mr. Rivet a dit que vous pourriez nous y faire figurer.

— Figurer... dans... une illustration ?

Mes idées chaviraient.

— Faire un croquis d'après elle, vous savez bien, dit le monsieur en rougissant.

Alors seulement je compris la nature du service que Claude Rivet me rendait ; il leur avait dit que pour des périodiques, des livres de contes, j'exécutais en noir et blanc des croquis de la vie contemporaine et en conséquence avais abondamment l'emploi de modèles. Ces choses étaient vraies, mais, j'en puis faire l'aveu à présent, — soit que mes ambitions m'aient mené à tout, soit qu'elles ne m'aient mené à rien, je laisse au lecteur le soin de le deviner — il est tout aussi vrai que je ne pouvais chasser de mon esprit la pensée des honneurs, sans parler des honoraires, qui sont l'apanage réservé à un grand portraitiste. Mes illustrations me servaient à faire bouillir la marmite. Pour perpétuer ma renommée, j'avais les yeux sur une différente branche de l'art, — de loin la plus intéressante à mon avis. Il n'y avait point de honte à avoir également le souci de la fortune ; mais la perspective de cette fortune reculait dans un avenir encore plus hypothétique dès l'instant où mes visiteurs désiraient être « croqués » gratis. Je fus déçu car au sens pictural, je les avais immédiatement *vus*. J'avais saisi leur type et déjà décidé quel parti j'en tirerais. Que le résultat risquât de ne point tout à fait leur agréer, j'y réfléchis par la suite seulement.

— Ah... vous êtes... vous êtes... un ? commençai-je dès que j'eus dominé ma surprise. Je n'osais articuler le mot sordide de « modèle » si peu adapté à la situation.

— Nous n'avons pas beaucoup de pratique, dit la dame.

— Nous sommes forcés d'avoir une occupation, et nous avons pensé qu'un artiste de votre genre pourrait peut-être faire quelque chose de nous, jeta son mari. Il ajouta qu'ils ne connaissaient guère d'artistes, et qu'ils étaient allés d'abord, au petit bonheur (car c'était un paysagiste, c'est vrai, mais parfois il insérait des personnages dans ses tableaux, peut-être m'en souvenais-je ?) frapper à la porte de Mr. Rivet. Ils l'avaient déjà rencontré quelques années auparavant, dans un coin du Norfolk où il prenait des croquis.

— Nous-mêmes avions l'habitude de crayonner un peu, insinua la dame.

— C'est très gênant mais il nous faut absolument trouver une occupation, continua son mari.

— Evidemment, nous ne sommes plus de première jeunesse, concéda-t-elle avec un faible sourire.

Tout en faisant remarquer qu'autant valait me renseigner un peu mieux sur leur compte, l'époux me tendit une carte extraite d'un portefeuille très soigné — flambant neuf, comme tous leurs effets et accessoires, où s'inscrivaient les mots « Major Monarch » [1]. Pour impressionnants qu'ils fussent, ils ne m'en apprenaient pas beaucoup plus long, mais mon visiteur poursuivit : « J'ai quitté l'armée et nous avons eu la malchance de perdre notre fortune. Le fait est que nos moyens sont terriblement limités.

— C'est bien ennuyeux — un véritable effort à soutenir, dit Mrs. Monarch.

De toute évidence, ils voulaient être discrets et s'appliquaient à ne pas faire sonner qu'ils étaient des gens de qualité. Je les sentis disposés à reconnaître que ce fait constituait un obstacle tout de même que je devinais chez eux le sentiment latent — réconfort dans l'adversité ! — qu'il comportait aussi des avantages. Il en avait à coup sûr, mais ces avantages me parurent plus particulièrement d'ordre mondain ; de ceux qui, par exemple, concourent à donner bon air à un salon. Quoi

1. En Angleterre le grade de Major correspond, on le sait, à commandant ou chef d'escadron (N. T.).

qu'il en soit, un salon est toujours, ou devrait être, une manière de tableau.

A la suite de l'allusion de sa femme à leur âge, le major Monarch observa : « Naturellement, c'est plutôt pour la silhouette que nous pensions nous proposer. Nous pouvons encore nous tenir debout. »

A cet instant, je constatai que leur silhouette était effectivement leur grand atout. Son « naturellement » ne semblait point un signe de suffisance, mais éclairait la question.

« C'est *elle* qui a la meilleure tournure », poursuivit-il en désignant d'un signe de tête sa femme avec cette aimable désinvolture propre aux réunions masculines d'après dîner. Je ne pus que répondre (comme si en fait nous étions assis à siroter nos liqueurs) que cela n'empêchait pas la sienne d'être aussi très avantageuse, ce qui l'amena à répliquer :

« Nous pensions que si vous aviez à dessiner des gens comme nous, eh bien, nous nous rapprocherions beaucoup de l'idéal. Elle en particulier — s'il vous faut une femme du monde, dans un livre, vous savez. »

Je les trouvai si divertissants que pour en tirer davantage je m'appliquai à abonder dans leur sens, encore qu'il fût embarrassant d'apprécier physiquement, comme des bêtes à louer ou des nègres utilisables, un couple que je me serais plutôt attendu à rencontrer dans ces cercles mondains où la critique ne s'exprime pas. Je regardai Mrs. Monarch d'un œil judicieux pour pouvoir déclarer au bout d'un moment avec conviction :

— Oui, une femme du monde, dans un livre.

Elle ressemblait singulièrement à une mauvaise illustration.

— Nous allons nous tenir debout, si vous voulez, dit le Major. Et il se leva de toute sa hauteur, ce qui lui donna vraiment très grand air.

D'un coup d'œil je pris ses mesures — six pieds deux pouces, un parfait gentleman. N'importe quel club en formation soucieux de s'assurer un certain cachet, l'eût avantageusement engagé moyennant salaire pour qu'il se tînt devant la fenêtre principale. Je fus tout de suite frappé de constater qu'en venant chez moi ils avaient manqué leur vocation. Ils eussent incontestablement été d'un meilleur rendement pour des fins publicitaires. Je ne parvenais pas à me représenter la chose en détail, mais je les voyais faisant la fortune de quelqu'un — je ne veux pas dire la leur. Il y avait en eux des ressources dont aurait tiré parti un giletier, un hôtelier ou un marchand de savons. J'imaginais une pancarte : « Nous nous en servons toujours », épinglée sur leur poitrine, du plus mirobolant effet. J'eus la vision du brio avec lequel ils présideraient une table d'hôte.

Mrs. Monarch restait assise en silence, non par orgueil mais par timidité. Enfin son mari lui dit :

— Levez-vous, ma chère, et montrez votre chic.

Elle obtempéra, mais point ne lui fut besoin de se lever pour le faire valoir. Elle alla jusqu'au bout de l'atelier et revint, rougissante, ses yeux troublés fixés sur son partenaire. Cela me rappela un incident dont j'avais par hasard été témoin à Paris où je me trouvais en compagnie d'un ami, un auteur dramatique à la veille de faire jouer une pièce, quand une actrice vint le voir pour lui demander un rôle. Elle avait déployé toutes ses grâces devant lui, allant et venant de long en large, comme Mrs. Monarch. Mrs. Monarch s'en acquitta aussi bien qu'elle mais je m'abstins d'applaudir. Il était bizarre de voir de telles gens solliciter un si maigre salaire. Elle avait l'air d'une femme nantie de dix mille livres de rente. Son mari avait employé le mot qui la peignait toute : elle était, selon le jargon londonien courant, essentiellement et typiquement « chic ». Dans le même ordre d'idées, elle avait une tournure impeccable, et pour une femme de son âge, la taille d'une surprenante minceur ; son coude s'arquait selon la courbe canonique, son port de tête respectait l'angle conventionnel, mais pourquoi s'être adressée à moi ? Elle aurait dû essayer des jaquettes dans un grand magasin. Je craignis que mes visiteurs fussent non seulement impécunieux, mais se piquassent de goûts artistes, ce qui eût été une grande complication. Quand elle se rassit, je la remerciai, en faisant remarquer qu'un dessinateur prisait par-dessus tout, chez ses modèles, la faculté de se tenir tranquille.

— Oh, elle peut se tenir tranquille, dit le Major Monarch. Il ajouta d'un ton badin : Je me suis toujours arrangé pour qu'elle reste tranquille.

— Je ne suis pas une vilaine agitée, non ?

En voyant comment, à la manière d'une autruche, elle cachait sa tête dans le large giron de son compagnon, je fus presque au bord des larmes.

Celui qui avait provoqué cette effusion s'adressa à moi.

— Peut-être n'est-ce pas le lieu d'en parler, car notre entretien devrait se cantonner strictement sur le terrain des affaires, n'est-ce pas. Mais quand je l'ai épousée, elle était connue sous le nom de la Belle Statue.

— Oh, voyons, dit Mrs. Monarch d'un ton lugubre.

— Mais moi, bien entendu, j'aurai besoin d'un peu d'expression, dis-je.

— Oh, bien entendu.

Jamais je n'avais vu pareille unanimité.

— Et puis, vous savez sans doute que vous allez être affreusement fatiguée ?

— Mais nous ne sommes jamais fatigués, s'écrièrent-ils avec empressement.

— Avez-vous déjà une certaine pratique du métier ?

Ils hésitèrent — se regardèrent.

— Nous avons été photographiés — *énormément,* dit Mrs. Monarch.

— Je le conçois. Etant donné que vous êtes si bien de votre personne.

— Je ne sais pas ce que les gens pensaient, mais ils étaient toujours à nous harceler.

— Nous obtenions toujours nos photographies pour rien.

Mrs. Monarch sourit.

— Nous aurions dû en apporter quelques-unes, ma chère, fit remarquer son mari.

— Je ne suis pas sûre qu'il nous en reste. Nous en avons distribué des quantités, m'expliqua-t-elle.

— Avec notre autographe et tout ce qui s'ensuit, dit le Major.

— On peut se les procurer dans les magasins ? demandai-je en guise d'innocente plaisanterie.

— Oh oui, les *siennes* — on en trouvait ordinairement.

— Plus maintenant, dit Mrs. Monarch, les yeux au parquet.

II

J'imaginais sans peine le « genre de chose » qu'ils inscrivaient sous leurs photos dédicacées et ne doutais point qu'ils n'eussent une écriture magnifique. Il est bizarre de constater combien j'eus vite la prescience de tout ce qui les concernait. Si à présent leur pauvreté les réduisait à courir après des shillings et des pence, ils n'avaient jamais dû disposer d'une bien grande marge. Leur physique avantageux avait constitué leur capital et ils avaient, avec bonne humeur, tiré le meilleur parti de la carrière que cette ressource leur ouvrait. On voyait sur leur visage l'expression vide, le profond repos cérébral dû à vingt ans de visites dans les châteaux qui leur avaient donné ces agréables intonations. Je me représentais les salons ensoleillés, avec l'éparpillement des périodiques qu'elle ne lisait pas, où Mrs. Monarch s'était assise avec continuité. Je voyais les bosquets humides où elle avait cheminé, équipée à merveille en vue de chaque exercice. Je voyais les riches battues auxquelles le major avait pris part et l'admirable habit qu'il revêtait pour se rendre, à une heure avancée de la soirée, au fumoir où il dissertait sur ces chasses. J'imaginais leurs leggings, leurs imperméables, leurs savants tweeds et leurs couvertures, leurs rouleaux de cannes, leurs caisses de hameçons et leurs stricts parapluies ; et je parvenais à évoquer jusqu'à l'allure de leurs domestiques et, sur les quais des gares de campagne, la variété de leurs bagages entassés.

Ils donnaient de maigres pourboires mais ils plaisaient. Ils ne faisaient rien par eux-mêmes, mais ils étaient les bienvenus.

Partout, ils se montraient si décoratifs, ils procuraient le plaisir qu'inspirent en général la statue, la carnation et la « forme ». Ils le savaient sans fatuité ni vulgarité, et se respectaient en conséquence. Point superficiels, ils étaient consciencieux et se tenaient bien droits — c'était leur ligne de conduite. Des gens qui ont un tel goût d'activité se devaient d'avoir une ligne de conduite quelconque. Je sentais que même dans un intérieur morne, on pouvait compter sur eux pour y introduire la joie de vivre. A présent, à la suite d'un événement — peu importait lequel — leur petit revenu s'était amenuisé, avait été réduit au minimum, — et ils devaient s'employer pour gagner leur argent de poche. Leurs amis, je m'en avisai, pouvaient les aimer bien, sans aimer pour autant les soutenir de leurs deniers. Un je ne sais quoi en eux suggérait le crédit — leurs vêtements, leurs manières, leur type ; mais si le crédit est une grande poche vide où tinte parfois une pièce d'argent, encore faut-il que le tintement soit audible. Ce qu'ils attendaient de moi, c'était de les aider à le faire résonner. Par bonheur ils n'avaient pas d'enfants — je ne tardai pas à le deviner. Peut-être aussi désiraient-ils tenir nos rapports secrets : voilà pourquoi ils posaient « pour la silhouette ». La reproduction du visage les eût trahis.

Ils m'étaient sympathiques — je sentais, tout à fait comme l'avaient dû sentir leurs amis, qu'ils étaient naïfs et s'ils ne faisaient pas mon affaire, je n'avais rien à leur reprocher. Mais je ne sais trop pourquoi, malgré toutes leurs perfections je ne croyais pas trop en eux. Après tout, c'étaient des amateurs, et la haine des amateurs était ma passion dominante. A cela se joignait chez moi une autre perversité : une préférence innée pour l'objet suggéré sur l'objet réel ; le défaut de l'objet réel se trouvait facilement être son manque de vertus suggestives. J'aimai les choses qui semblaient être. Alors, on était sûr. Quant à savoir si elles *étaient* ou non, la question était subsidiaire et presque toujours vaine. D'autres considérations en outre s'imposaient : la première était que j'avais déjà deux ou trois recrues, notamment une jeune personne de Kilburn, aux grands pieds, en robe d'alpaga, qui depuis deux ans venait régulièrement poser pour mes dessins et qui me procurait une satisfaction — peut-être ignoble. J'expliquai avec franchise le cas à mes visiteurs, mais ils s'étaient entourés de plus de précautions que je ne supposais. Ils avaient pesé leur chance, car

Claude Rivet leur avait parlé du projet d'édition de luxe d'un de nos écrivains contemporains — le romancier le plus rare — qui longtemps négligé par le vulgaire et hautement prisé des lecteurs attentifs (est-il besoin de nommer Philip Vincent ?) avait eu l'heur de voir, tard dans la vie, poindre, puis briller d'un vif éclat, la lumière d'une critique plus raffinée ; revirement qui de la part du public semblait un peu une amende honorable. Cette édition préparée par un éditeur de goût était en fait un acte de haute réparation ; les gravures sur bois dont elle devait s'enrichir constituaient l'hommage de l'art anglais à l'un des représentants les plus indépendants des lettres anglaises.

Le Major et Mrs. Monarch m'avouèrent qu'ils espéraient que je pourrais les utiliser dans cette partie. Ils savaient que je devais illustrer le premier volume, « Rutland Ramsay », mais je dus leur expliquer que ma participation au reste de l'affaire — le premier volume étant un essai — dépendrait de la satisfaction que je donnerais à mes employeurs. Si elle était limitée, ils me laisseraient tomber sans autre forme de procès. C'était donc une épreuve décisive pour moi et il va de soi que je m'y préparais tout spécialement, cherchant de nouvelles recrues au cas où elles seraient nécessaires et m'assurant les types les plus caractéristiques. Je concédai néanmoins que j'aimerais me fixer sur deux ou trois bons modèles qui répondraient à tous les besoins.

— Nous faudrait-il souvent... heu... mettre des vêtements spéciaux ? demanda avec timidité Mrs. Monarch.

— Mon Dieu oui — c'est la moitié du travail.

— Et l'on nous demanderait de fournir les costumes ?

— Oh non — j'ai des tas d'effets. Les modèles d'un peintre mettent — ou ôtent — tout ce qu'il leur demande.

— Et vous voulez dire... heu... le même ?

— Le même quoi ?

Mrs. Monarch regarda de nouveau son mari.

— Oh, elle se demandait, expliqua-t-il, si les costumes étaient endossés par n'importe qui, en général ?

Force me fut d'avouer qu'ils l'étaient et j'ajoutai en outre que certains d'entre eux — j'avais toute une défroque authentique du siècle dernier — avaient servi en leur temps, il y avait cent ans, à des vivants qu'avait souillés la vie, à des silhouettes peut-être point tellement éloignées de leur type, dans ce monde évanoui, à des Monarch, *quoi* [1], d'une époque à culottes et à perruque.

— Nous revêtirons n'importe quel habit qui s'ajuste bien, dit le Major.

— Oh, je m'arrangerai — ils s'ajusteront, dans les dessins.

— Je crois que je conviendrais mieux pour des ouvrages modernes. Je viendrai habillée comme vous voudrez, dit Mrs. Monarch.

— Elle a une quantité de vêtements, à la maison — ils pourraient faire l'affaire pour des scènes contemporaines, continua le mari.

— Oh, je puis imaginer des scènes où vous seriez tout à fait au naturel.

Je voyais les variations trop connues d'effets rabâchés, les histoires que j'essayais d'illustrer sans avoir l'exaspération de les lire, dont la bonne dame contribuerait à peupler les sentiers sablés, mais je fus bien forcé de me rappeler que pour ce genre de travail, pour la routine quotidienne, mécanique, j'étais déjà pourvu ; les modèles que j'employais s'acquittaient fort bien de leur office.

— Nous pensons que nous pourrions ressembler à *certains* personnages, dit avec douceur Mrs. Monarch en se levant.

Son mari se leva aussi et me considéra avec une vague mélancolie touchante, chez un si bel homme. « Ne serait-ce pas pour vous un appoint d'avoir parfois un ?... d'avoir... ? » Il s'arrêta. Il voulait que je l'aide à formuler sa pensée. Mais je ne pouvais — je ne la connaissais point. Alors il articula gauchement : « La chose *authentique*, un gentleman, vous savez, ou une dame. » Je m'empressai d'exprimer un assentiment général. Je reconnus qu'il y avait là un grand appoint. Ceci encouragea le Major Monarch à dire, et son imploration s'étrangla dans un hoquet non simulé : « C'est terriblement dur — nous avons essayé de tout. » Le hoquet fut communicatif ; il mit la femme à trop rude épreuve. Avant que j'aie eu le temps de m'y reconnaître, Mrs. Monarch s'était laissée choir sur un divan et fondait en larmes. Son mari s'assit à côté d'elle, en tenant une de ses mains, sur quoi elle sécha prestement ses yeux de l'autre, et grand fut mon embarras quand elle fixa son regard sur moi.

— Il n'y a pas, poursuivit le Major, de sacré travail que

1. En français dans le texte.

je n'aie proposé de faire — attendu — espéré dans mes prières. Vous imaginez sans peine qu'il faut que nous ayons traversé de bien mauvaises passes. Des secrétariats et autres emplois analogues ? Autant solliciter la pairie. Je serais *n'importe quoi* — car je suis robuste — commissionnaire, charbonnier. Je mettrais une casquette galonnée et j'ouvrirais des portières devant le seuil du chemisier ; je rôderais autour d'une gare pour porter des valises ; je serais facteur. Mais ils ne veulent même pas vous gratifier d'un coup d'œil ; des milliers, qui vous valent, sont déjà là avant vous. Des gentlemen, les pauvres diables, qui ont eu leur cave, qui ont possédé des chevaux de chasse !

Je me montrai aussi rassurant que je pus et bientôt mes visiteurs furent de nouveau sur pied, cependant que, pour tenter l'expérience, nous convenions d'une heure. Nous étions en train de la fixer, quand la porte s'ouvrit et Miss Churm entra avec son parapluie mouillé. Miss Churm était forcée de prendre l'omnibus jusqu'à Maida Vale et de faire ensuite à pied un demi-mille. Elle avait l'air assez dépeignée et légèrement crottée. Je ne la voyais presque jamais entrer sans m'ébahir de ce qu'étant si peu de chose en soi, elle pût néanmoins être tant de choses quand elle incarnait une autre personnalité. C'était une chétive petite Miss Churm, mais une multiple héroïne de romans. Elle était une simple faubourienne à taches de rousseur, mais capable de tout représenter, depuis la dame raffinée jusqu'à la bergère ; elle était douée de cette faculté comme elle eût pu avoir une belle voix ou les cheveux longs. Elle ignorait l'orthographe et aimait la bière, mais elle avait deux ou trois « atouts » et de la pratique, et un tour de main, et du bon sens, et une sensibilité fantasque, et l'amour du théâtre, et sept sœurs, et pas une once de respect pour les h aspirées[1]. Du premier coup d'œil mes visiteurs s'aperçurent que son parapluie ruisselait et dans leur perfection immaculée ils frémirent visiblement à ce spectacle. La pluie avait commencé à tomber depuis leur arrivée.

— Je suis trempée comme une soupe ; mais on était des tas de gens dans l'omnibus. Dommage que vous zabitiez pas près d'une station, dit Miss Churm.

1. On sait que les gens du peuple, en Angleterre, négligent de prononcer l'h aspirée. N. T.

Je la priai d'aller se préparer aussi vite que possible et elle passa dans la pièce qui lui servait de vestiaire. Mais avant d'en ressortir elle me demanda en quoi elle serait cette fois.

— C'est la princesse russe, vous ne vous rappelez pas ? répondis-je. Celle aux « yeux d'or », en velours noir, pour la longue machine dans le « Cheapside ».

— Des yeux d'or ! Chouette ! s'écria Miss Churm que mes compagnons examinaient avec une attention soutenue tandis qu'elle s'éclipsait. Les jours où elle était en retard, elle s'attifait avant même de me laisser le temps de me retourner ; et je retins mes visiteurs un peu à dessein, pour qu'en la voyant ils pussent se faire une idée de ce que j'attendrais d'eux. Je leur dis qu'elle correspondait exactement à ma conception d'un excellent modèle. Elle était vraiment très habile.

— Vous pensez qu'elle a l'air d'une princesse russe ? demanda le Major Monarch avec une pointe d'inquiétude.

— Quand je l'interprète, oui.

— Oh, si vous êtes forcé de l'interpréter ! argua-t-il non sans quelque logique.

— C'est tout ce qu'on peut demander. Tant d'autres ne sont pas interprétables !

— En tout cas, voici une dame — et avec un sourire persuasif il passa son bras sous celui de sa femme — qui est déjà toute interprétée.

— Oh, moi, je ne suis pas une princesse russe, protesta Mrs. Monarch un peu froidement. Je compris qu'elle en avait connu quelques-unes et qui n'avaient pas eu l'heur de lui agréer — genre de complication que je n'avais jamais eu à redouter avec Miss Churm.

La jeune personne revint, vêtue de velours noir — une robe un peu élimée et généreusement décolletée sur ses épaules maigres, — tenant dans ses mains rouges un éventail japonais. Je lui rappelai que dans ma scène elle était censée regarder par-dessus la tête de quelqu'un. — J'ai oublié qui c'est — mais peu importe. Regardez par-dessus une tête.

— J'aimerais mieux regarder par-dessus le poêle, dit Miss Churm et elle se plaça près du feu. Elle prit la pose, se déploya pour se donner l'air hautain, imprima à sa tête une certaine inclinaison en arrière, à son éventail un fléchissement en avant, et sembla — du moins à mon avis partial — distinguée, charmante, étrangère et dangereuse. Nous la laissâmes dans cette attitude, cependant que je descendais avec le Major et Mrs. Monarch.

— Je crois que je pourrais en faire à peu près autant, dit Mrs. Monarch.

— Oh, vous la trouvez minable, mais tenez compte de l'alchimie de l'art.

Quoi qu'il en fût, ils partirent sensiblement ragaillardis par leur évident avantage d'être l' « article authentique ». Je les imaginais frémissant au souvenir de Miss Churm. Elle s'exprima sur leur compte avec beaucoup de drôlerie quand je l'eus rejointe, — car je lui fis part de l'objet de leur visite.

— Ma foi, si *elle* peut poser, moi, j'vas me mettre comptable, dit mon modèle.

— Elle est très distinguée, répondis-je, en manière d'innocente aggravation.

— Tant pis pour vous. Ça prouve qu'elle ne saura pas se débrouiller.

— Elle me conviendra pour les romans mondains.

— Ah ouiche, ceux-là, déclara mon modèle avec humour. Sont-ils pas déjà assez moches sans elle ? » Car dans la conversation, je les avais souvent voués aux gémonies devant Miss Churm.

III

Ce fut pour élucider un mystère, dans l'un de ces ouvrages, que je fis mon premier essai avec Mrs. Monarch. Son mari l'accompagnait pour se rendre utile en cas de besoin — de toute évidence il préférait en général venir avec elle. Tout d'abord je me demandais si c'était au nom des « bienséances » — s'il allait se montrer jaloux et inquisiteur. Perspective fort ennuyeuse et qui, si elle s'était révélée exacte, eût tôt fait de mettre un terme à nos relations. Mais je ne tardai pas à m'apercevoir que mes craintes étaient absurdes et que s'il escortait Mrs. Monarch, c'était — outre la chance d'être peut-être employé comme modèle — tout simplement parce qu'il n'avait rien d'autre à faire. Elle absente, il n'avait plus d'occupation, et jamais ils ne s'étaient séparés. Je décelai justement que dans leur embarrassante situation, leur étroite union constituait leur principal réconfort et cette union n'avait pas de point faible. C'était un vrai mariage, un encouragement pour les hésitants, une noix dure à faire craquer pour les pessimistes. Il y avait de l'humilité dans leur façon de m'aborder — je me souviens d'avoir pensé par la suite que c'était leur seul trait réellement professionnel — et j'imaginais sans peine le lamentable logis où le Major se fût morfondu seul. Il pouvait s'y supporter, plus ou moins farouchement, en compagnie de son épouse ; il n'aurait pu y rester sans elle.

Il avait trop de tact pour essayer de se rendre agréable lorsqu'il ne pouvait être utile. Etais-je trop absorbé pour causer, il se bornait à s'asseoir et à attendre. Mais j'aimais l'écouter. Sa conversation stimulait mon travail (quand elle ne l'interrompait pas), elle le rendait moins machinal, moins spécial. L'écouter, c'était combiner l'excitation d'une sortie avec l'économie de rester chez soi. Un seul inconvénient — je ne me trouvais connaître aucune des personnes que ce brillant couple avait fréquentées. Tout le temps que durèrent nos rapports, je crois que le Major se demanda avec un extrême étonnement qui diable je pouvais effectivement connaître. Sa cervelle n'abritait pas une once d'idées, de sorte que nous nous bornions à parler maroquinerie, ou même liqueurs, selliers, culottiers et à commenter les moyens de se procurer à bon compte d'excellent bordeaux — et autres propos comme les « trains commodes » et les habitudes du menu gibier. Son érudition sur ce chapitre était étourdissante, — il arrivait à combiner en lui le chef de gare avec l'ornithologue. Lorsqu'il ne pouvait parler de sujets plus vastes, il se rabattait gaiement sur des sujets minces, et du moment où je ne pouvais le suivre sur le terrain des réminiscences du monde fashionable, il abaissait le ton de la conversation jusqu'à mon niveau.

Un si vif désir de plaire était touchant chez un homme qui aurait pu facilement vous renverser d'une chiquenaude. Il entretenait le feu et émettait son opinion sur le tirage du poêle sans que je l'eusse sollicité. Je m'aperçus qu'il pensait que plusieurs détails de mon installation n'étaient pas au point. Je me rappelle lui avoir dit que si seulement j'étais riche, je lui offrirais un salaire, à seule fin d'apprendre de lui l'art de vivre. Parfois il poussait un soupir qui aurait pu signifier : « Donnez-moi même une vieille baraque comme celle-ci, et j'en tirerai parti. » Quand je voulus l'utiliser comme modèle, il vint poser seul ; fait qui illustre le courage supérieur des femmes ; car son épouse, elle, acceptait de moisir dans la solitude de leur second étage et se montrait en général plus discrète, témoignant par toutes sortes de petites réserves son vif sentiment des convenances qui lui imposait de garder à leurs rapports un caractère strictement professionnel, à ne pas les laisser glisser sur le terrain de la sociabilité. Elle entendait marquer clairement qu'elle et le Major étaient mes employés, mais non de mon milieu, et si elle m'appréciait en tant que patron, qu'on pouvait tenir à distance, elle ne me considéra jamais tout à fait comme un égal.

Elle posait avec une grande application, de toute son âme, capable de rester une heure presque aussi immobile que devant l'objectif du photographe. Il m'apparaissait qu'elle avait été photographiée souvent, mais par on ne sait quel mystère cette habitude même, qui faisait d'elle le modèle idéal pour cet usage, la disqualifiait pour le mien. Au début, sa distinction de femme du monde me ravit ; et en reproduisant les lignes de son corps j'admirais combien elles étaient belles et pouvaient entraîner loin mon crayon. Mais après m'être un peu escrimé, je commençai à la trouver d'une insupportable raideur. J'avais beau m'évertuer, mon dessin ressemblait à une photographie ou à la copie d'une photographie. Sa silhouette n'offrait aucune variété d'expression — elle-même n'avait aucun sens de la variété. Vous pourriez objecter que c'était là mon affaire et qu'il s'agissait simplement de savoir la placer. Mais je la plaçais dans toutes les positions imaginables et elle s'arrangeait pour effacer toutes les différences entre elles. Elle était toujours une dame, et par-dessus le marché, toujours la même dame. Elle était l'article authentique, mais toujours le même article. A certains moments me crispait la sérénité de sa conviction qu'elle était bien la chose authentique. Dans tous ses rapports et ceux de son mari avec moi perçait la certitude que c'est moi qui avais de la chance. Entre temps j'essayais d'inventer des types rapprochés du sien, au lieu de l'amener à transformer son type avec l'adresse dont se montrait capable, par exemple, la pauvre Miss Churm. En dépit de tous mes arrangements et de mes précautions, elle paraissait toujours, dans mes tableaux, trop grande — m'acculait au dilemme d'avoir à représenter une femme séduisante haute de sept pieds — ce qui (peut-être eu égard à mes proportions personnelles beaucoup plus exiguës) était bien loin de l'idée que je me faisais du personnage.

Avec le Major, c'était bien pire. Rien de ce que je faisais ne parvenait à le réduire, de sorte que je ne pus l'utiliser que pour figurer des géants musclés. J'avais le culte de la variété et de la gamme étendue des impressions ; je chérissais les accidents humains, la note illustrative ; je désirais serrer de près le caractère et redoutais plus que tout au monde le danger de devenir esclave d'un type. Je m'étais à ce propos disputé avec quelques-uns de mes amis ; j'avais rompu avec eux, parce qu'ils soutenaient qu'on doit forcément être soumis à un type et que s'il est beau — à preuve Raphaël et Léonard — on ne pouvait que gagner à la servitude. Je n'étais ni Léonard ni Raphaël — je n'étais peut-être qu'un jeune chercheur présomptueux, mais j'estimais que tout devait être sacrifié au caractère. Quand ils prétendaient que la forme qui vous obsède peut facilement en avoir, je répliquais, peut-être frivolement : « Celui de qui ? » Ce ne pouvait être le caractère de tout le monde — cela pouvait finir par ne devenir le caractère de personne.

Après avoir dessiné une douzaine de fois Mrs. Monarch, j'eus plus que jamais la certitude que la valeur d'un modèle comme Miss Churm consistait précisément dans le fait qu'elle n'avait rien de particulier, joint à l'autre fait qu'elle avait bel et bien un curieux et inexplicable talent d'imitation. Son apparence ordinaire était comme un rideau qu'elle pouvait soulever sur demande, pour une performance magistrale. Cette performance était simplement d'ordre suggestif ; mais elle en disait long au connaisseur, elle était vivante et jolie. Parfois, quand Miss Churm était simplement elle-même, je trouvais cela d'une joliesse trop insipide ; je lui reprochais que les silhouettes dessinées d'après elle fussent trop uniformément (*bêtement* comme nous disions) gracieuses. Rien ne pouvait davantage l'irriter, tant elle mettait son orgueil à figurer des personnages qui n'eussent rien de commun entre eux. Dans ces moments elle m'accusait de la perdre de « réputation ».

Cette bizarre multiplicité se trouva un peu réduite, à la suite des visites répétées de mes nouveaux amis. Miss Churm étant très demandée, jamais à court de travail, je n'avais aucun scrupule à la remettre parfois à un autre jour pour pouvoir essayer mes Monarch plus à mon aise. Au début, il fut certainement amusant d'exécuter « la chose authentique » — amusant de reproduire les pantalons du Major Monarch (ils étaient bien l'article authentique, même si celui qui les portait faisait figure de colosse), amusant de reproduire la nuque et le chignon de la dame — si mathématiquement en ordre — et la courbure « chic » de son corset étroit. Elle se prêtait de préférence à des poses qui la montraient le visage détourné ou brouillé ; elle abondait en perspectives de dos distinguées et en profils perdus. Quand elle se mettait debout, elle adoptait tout naturellement une des attitudes dans lesquelles les peintres de cour campent les reines et les princesses ; de sorte que j'en vins à me demander si, pour fixer sur le papier cette prouesse, je ne pourrais décider le directeur du *Cheapside* à publier un roman vraiment royal, « Un Conte de Buckingham Palace ». D'ailleurs parfois la chose authentique et le faux-semblant se trouvaient en contact ; par quoi j'entends que Miss Churm, venue à un rendez-vous ou pour prendre jour en des occasions où j'avais beaucoup de travail sur la planche, rencontra ses haïssables rivaux. Pour eux ce ne fut pas une rencontre, car ils ne lui accordèrent guère plus d'attention que si elle avait été la bonne ; non par hauteur intentionnelle mais simplement parce que professionnellement ils n'avaient pas encore appris à fraterniser comme j'imagine qu'ils l'eussent aimé — eux ou du moins le Major. Ils ne pouvaient pas parler de l'omnibus — car ils venaient toujours à pied ; et ils ne savaient quel autre sujet de conversation entamer — elle ne s'intéressait pas aux trains commodes et au bordeaux bon marché. En outre ils avaient dû sentir — dans l'air — qu'elle se moquait d'eux, secrètement amusée de les voir si imbus de leur compétence universelle. Elle n'eût pas été personne à leur mâcher son opinion, si elle avait eu l'occasion de s'exprimer. En revanche Mrs. Monarch la jugeait débraillée ; sinon, pourquoi eût-elle pris la peine de me dire — c'était déroger à son code, pour Mrs. Monarch — qu'elle n'aimait pas les souillons ?

Un jour que ma jeune demoiselle se trouvait présente avec mes autres modèles — elle entrait parfois en coup de vent, quand cela l'arrangeait, pour bavarder un brin — je la priai de vouloir bien aider à préparer le thé. Elle avait l'habitude de ce service ; il était de ceux que, vivant comme je vivais sur un petit pied et avec de maigres ressources, je demandais souvent à mes modèles. Ils avaient plaisir à manier les objets qui m'appartenaient, à rompre la monotonie de la séance et parfois à briser aussi la porcelaine — cela leur donnait une impression de bohème. La première fois que je revis Miss Churm après l'incident, elle me surprit, en me faisant une scène — elle m'accusa d'avoir cherché à l'humilier. Sur le moment elle n'avait pas ressenti l'insulte, elle s'était montrée obligeante, amusante, goûtant la comédie de demander à Mrs. Monarch, assise en silence, l'air lointain, si elle désirait de la crème et du sucre, et introduisant dans la question un petit rire exagérément minaudier. Elle affectait des intonations choisies — comme si elle aussi cherchait à passer pour la chose authentique — au point que j'eus peur que mes autres visiteurs n'en prissent ombrage.

Oh, ils étaient bien décidés à ne s'offusquer de rien, et leur touchante patience donnait la mesure de leur extrême détresse. Ils restaient assis, des heures durant, sans se plaindre, à attendre leur tour ; ils revenaient avec l'espoir qu'on aurait besoin d'eux, et si la démarche se révélait vaine, repartaient avec bonne humeur. J'avais l'habitude de les reconduire jusqu'à la porte pour voir dans quel ordre magnifique ils battaient en retraite. J'essayai de leur trouver un autre emploi — je les présentai à plusieurs artistes ; mais ils ne « prenaient » pas, pour des raisons que je pouvais apprécier et bientôt j'eus la pénible conscience qu'après des mécomptes de cet ordre ils retombaient encore plus lourdement sur moi. Ils me faisaient l'honneur de penser que j'étais celui qui se rapprochait le plus de leur genre. Ils n'étaient pas assez romanesques pour les peintres, et à cette époque il y avait peu d'illustrateurs sérieux en noir et blanc. De plus, ils ne perdaient pas de vue le grand travail dont je leur avais parlé. Ils avaient secrètement à cœur de me fournir la quintessence voulue, pour la réhabilitation picturale de notre éminent romancier. Ils savaient que pour cette entreprise, je n'aurais pas besoin d'effets de costume, pas de la friperie des âges défunts — qu'en l'occurrence tout serait contemporain, satirique et selon les présomptions, de bon ton. Une fois introduits dans cet ouvrage, leur avenir serait assuré, car le travail serait sans nul doute long, et l'emploi stable.

Un jour Mrs. Monarch vint sans son mari. Elle motiva l'absence du Major en disant qu'il avait dû aller à la City. Comme elle trônait là dans sa nonchalante majesté habituelle, on frappa à la porte un coup où je reconnus aussitôt l'humble appel d'un modèle en chômage. Il fut suivi par l'entrée d'un jeune homme en qui je flairai tout de suite un étranger ; et qui en effet se révéla Italien ; il ne savait pas un traître mot d'anglais, hormis mon nom, qu'il prononça d'ailleurs avec une assurance qui semblait inclure tous les autres vocables. Je n'avais pas encore visité son pays, pas plus que je ne possédais couramment sa langue ; mais il n'était pas de nature assez chétive — quel Italien l'est ? — pour ne dépendre que de ce facteur négligeable ; par une mimique familière mais gracieuse, il m'exprima qu'il cherchait exactement le genre d'emploi que la dame devant moi était en train de remplir. A première vue il ne me frappa point et je continuai à dessiner sans guère lui donner un signe d'intérêt ou d'encouragement. Toutefois, il tint bon — pas de façon importune, mais avec dans ses yeux une fidélité muette, canine, qui équivalait à une innocente impudence, aux manières d'un serviteur dévoué (il eût pu être dans la maison depuis des années) injustement soupçonné. Soudain je m'avisai que cette attitude et cette expression en soi formaient un tableau ; sur quoi je lui enjoignis de s'asseoir et d'attendre que je fusse libre. Son empressement à m'obéir fournit la matière d'un autre tableau, et sans cesser de travailler j'observai qu'il y en eut toute une succession, dans sa façon d'examiner avec étonnement, la tête rejetée en arrière, le haut atelier qui se déployait autour de lui. On eût dit qu'il faisait ses dévotions à Saint-Pierre. Je n'avais pas encore fini que déjà je me disais : « Ce gaillard est un marchand d'oranges en faillite, mais un trésor. »

Quand Mrs. Monarch se retira, il traversa en éclair la pièce pour lui ouvrir la porte et resta là, cloué dans le pur ravissement du jeune Dante en extase devant la jeune Béatrice. Comme je ne tenais aucunement à l'impavidité des domestiques britanniques, je réfléchis qu'il avait les éléments d'un serviteur (et j'en avais besoin sans pouvoir m'en offrir un pour tenir cet unique office) — tout de même que d'un modèle ; bref, je résolus d'adopter mon brillant aventurier s'il consentait à remplir ce double emploi. Il sauta sur mon offre et l'événement ne me fit pas regretter ma précipitation — bien qu'en fait je ne susse rien de lui. Il s'acquitta de ses fonctions de manière sympathique, encore que sans méthode, et avec un merveilleux *sentiment de la pose*[1]. C'était inné, intuitif, une part de cet heureux instinct qui l'avait guidé jusqu'à ma porte et aidé à épeler mon nom sur la carte qui y était clouée. Il n'avait pour autre introduction auprès de moi que sa divination ; à la forme de ma haute fenêtre exposée au nord, aperçue du dehors, il avait pressenti en mon logis un atelier et qui comme tel contiendrait forcément un artiste. Il avait vagabondé en Angleterre à la recherche de la fortune, comme d'autres itinérants, et s'était lancé avec un partenaire et une petite brouette verte, dans la vente des glaces à un penny. Les glaces avaient fondu et son associé s'était dissous dans leur sillage. Mon jeune homme portait un pantalon collant jaune à rayures rouges et s'appelait Oronte. Il était jaunâtre mais blond, et quand je l'eus affublé de quelques vieux vêtements à moi, il eut l'air d'un Anglais. Aussi réussi que Miss Churm qui pouvait à volonté se donner l'air d'une Italienne.

1. En français dans le texte.

IV

Je crus voir le visage de Mrs. Monarch se convulser légèrement quand, à son retour avec son époux, elle trouva Oronte installé. Ahurissement de reconnaître dans ce bout de lazarone un rival à son magnifique Major. Elle fut la première à flairer le danger car le Major était plein d'anecdotes et d'inconscience. Mais Oronte nous apporta le thé, en commettant cent bévues empressées — il n'avait jamais participé à un rite aussi bizarre — et je crois qu'elle prit meilleure opinion de moi dès l'instant où elle constata que j'avais enfin un « personnel ». Ils virent deux dessins que j'avais croqués d'après le « personnel » et Mrs. Monarch insinua qu'elle ne se serait jamais avisée qu'il avait servi de modèle. « Tandis que les dessins que vous faites d'après *nous,* sont exactement comme nous », me rappela-t-elle avec un sourire de triomphe ; et je reconnus que c'était en effet précisément par là qu'ils péchaient. Quand je dessinais les Monarch, je n'arrivais pas à me libérer d'eux — à entrer dans le personnage que je voulais représenter ; et je ne désirais pas le moindrement que mes modèles fussent reconnaissables dans mes dessins. Miss Churm ne l'était jamais et Mrs. Monarch croyait que c'était à cause de sa vulgarité que je la dissimulais. Alors que si sa ressemblance se perdait, c'était à la manière dont se perdent les morts qui vont au ciel — et font un ange de plus.

Mais cette fois j'avais une certaine avance avec « Rutland Ramsay », le premier roman de la grande série projetée, c'est-à-dire, j'avais exécuté une douzaine de dessins, plusieurs avec l'aide du Major et de sa femme, pour les soumettre à l'approbation des éditeurs. Selon mon accord avec ces derniers, on devait me laisser carte blanche pour illustrer l'ouvrage entier à ma guise ; mais la commande de la suite était subordonnée à ma réussite. Il y eut des moments où, à parler franc, ce me fut un réconfort d'avoir « l'article authentique » sous la main ; car certains personnages de « Rutland Ramsay » s'en rapprochaient beaucoup. Il y avait parmi eux des gens vraisemblablement aussi raides que le Major et des femmes aussi élégantes que Mrs. Monarch. Plusieurs passages sur la vie de château, traités, il est vrai, d'une façon finement fantaisiste, ironique et généralisée — et un considérable déploiement implicite de *knickerbockers*, et de kilts. Certains points demandaient à être réglés à l'avance, par exemple, l'aspect physique exact du héros, l'embonpoint et la taille de l'héroïne. Bien entendu l'auteur me fournissait quelques indications mais une marge d'interprétation subsistait. Je m'en ouvris aux Monarch, je leur dis franchement de quoi il retournait, parlai de mon embarras et de mes alternatives. « Oh, prenez-le, *lui !* » murmura suavement Mrs. Monarch en regardant son époux ; et « Que pourriez-vous souhaiter de mieux que ma femme ? » s'enquit le Major avec la confortable candeur qui prévalait à présent entre nous.

Je n'étais pas obligé de répondre à ces remarques — j'étais simplement obligé de camper mes modèles. Mal à l'aise, je remis à plus tard, peut-être un peu timidement, la solution de mon problème. Le livre était une grande fresque, foisonnant de personnages, et je travaillai d'abord à quelques épisodes où le héros et l'héroïne n'étaient point engagés. Une fois introduits, il me faudrait ne plus les lâcher ; je ne pouvais décemment pas gratifier mon jeune homme de sept pieds de haut dans un endroit et le réduire ailleurs à cinq pieds neuf pouces. Dans l'ensemble, j'inclinais pour ces dernières mesures, bien que le Major me rappelât à mainte reprise qu'il avait l'air aussi juvénile que quiconque. Il était, en effet très possible de l'arranger, pour ce qui était de la silhouette, de façon qu'on pût difficilement deviner son âge. Un mois s'était écoulé depuis que l'impulsif Oronte était sous mon toit et quand je lui fis comprendre que son exubérance native constituerait une insurmontable barrière à nos rapports futurs, je me rendis compte de ses capacités d'héroïsme. Il n'avait que cinq pieds sept pouces, mais les pouces supplémentaires étaient latents en lui. J'essayai de le faire poser, d'abord en secret, car j'avais vraiment peur du verdict de mes autres modèles au sujet d'un choix pareil. S'ils considéraient Miss Churm comme à peine mieux qu'un attrape-nigauds, que penseraient-ils d'un garçon aussi loin de « la chose authentique » qu'un marchand ambulant italien, représentant un protagoniste formé dans une grande Ecole ?

Si je les redoutais un peu, ce n'est pas qu'ils fussent trop exigeants, qu'ils eussent pris un ascendant tyrannique, mais parce qu'avec leur décorum vraiment pathétique et leur fraîcheur mystérieusement permanente, ils comptaient tellement à fond sur moi. Je fus donc très heureux quand revint au bercail Jack Hawley, toujours de si bon conseil. Il peignait mal lui-même mais n'avait pas son pareil pour mettre le doigt sur le point vulnérable. Absent d'Angleterre depuis un an, il avait été je ne sais plus où, pour se faire « un œil neuf ». Un organe visuel de ce genre ne laissait pas de m'inspirer une vive inquiétude, mais nous étions de vieux amis, son absence durait depuis des mois et le sentiment d'un vide envahissait lentement ma vie. Depuis un an, je n'avais pas eu un projectile à esquiver !

Il revint avec un « œil nouveau », mais vêtu de sa même vieille blouse de velours noir, et le premier soir qu'il passa dans mon atelier, il fuma des cigarettes jusqu'au petit jour. Pour sa part, il n'avait pas travaillé, il s'était simplement fait l'œil ; ainsi le champ fut libre pour l'exhibition de mes petites choses. Il voulut voir ce que j'avais produit pour le Cheapside mais se montra déçu. Du moins c'est ainsi que j'interprétai deux ou trois grognements compatissants qui s'échappèrent de ses lèvres avec la fumée de sa cigarette, tandis qu'affalé sur mon grand divan, la jambe repliée sous lui, il examinait mes derniers dessins.

— Qu'est-ce qui vous prend ? demandai-je.

— Qu'est-ce qui vous a pris, à *vous* ?

— Rien — sauf que je suis désorienté.

— Vous l'êtes en effet. Vous êtes tout à fait hors de vos gonds. Que signifie cette nouvelle lubie ?

Et il poussa vers moi, avec une irrévérence visible, un dessin où j'avais portraituré mes deux élégants modèles. Je demandai s'il ne le trouvait pas bon, il répliqua qu'il le jugeait exécrable, étant donné le genre d'ambitions que je lui avais toujours semblé nourrir. J'évitai de relever la pointe, tant j'étais anxieux de comprendre exactement sa pensée. Les deux silhouettes de mon dessin semblaient colossales, mais j'imaginais que ce n'était pas de cela qu'il avait voulu parler, d'autant que — pour ce qu'il en savait — rien ne prouvait que je ne m'étais pas proposé un effet de ce genre. Je soutins que je travaillais exactement comme la dernière fois où il m'avait fait l'honneur de me dire que je pourrais peut-être réaliser quelque chose un jour.

— Eh bien, il y a un boulon qui n'est pas bien vissé quelque part, répondit-il, attendez et je le découvrirai.

Je ne doutai point qu'il y réussît ; sinon, où eût été l'œil neuf ? Mais il ne proféra rien de plus fulgurant que : « Je ne sais trop... je n'aime pas vos types. » Piètre argument, de la part d'un critique qui n'avait jamais consenti à discuter avec moi autre chose que la question de facture, la direction des coups de pinceau et le mystère des valeurs.

— Dans les dessins que vous venez de voir, je trouve que mes types sont très bien de leur personne.

— Oh, mais ils ne font pas l'affaire.

— J'ai travaillé avec de nouveaux modèles.

— Il y paraît. C'est *eux* qui ne font pas l'affaire.

— Vous en êtes sûr ?

— Absolument. Ils sont stupides.

— Vous voulez dire que c'est moi qui le suis — car je devrais pouvoir y remédier.

— Vous ne *pouvez* pas, avec des gens pareils. Qui est-ce ?

Je le renseignai dans la mesure où c'était nécessaire et il conclut impitoyablement :

— *Ce sont des gens qu'il faut mettre à la porte* [1].

Je volai à leur défense. — Vous ne les avez jamais vus ; ils sont tout à fait bien.

— Pas vus ? Voyons, votre récent travail fiche le camp à cause d'eux. C'est tout ce que je veux voir d'eux.

— Personne d'autre n'a rien reproché à mon travail. Les gens du « Cheapside » sont contents.

— Les autres sont des ânes et les gens du « Cheapside » les plus grands de tous. Allons, ne feignez pas, à cette heure, d'avoir de jolies illusions sur le public, surtout sur les directeurs de revue et les éditeurs. Ce n'est pas pour ces animaux-là que nous travaillons ; c'est pour ceux qui savent, *coloro che*

1. En français dans le texte.

sanne ; donc, marchez droit pour moi, si vous ne pouvez pas marcher droit pour vous-même ! Il y avait un certain genre de chose que vous essayiez de réussir — et c'était très bien ; mais les platitudes n'en sont pas. » Quand plus tard je m'entretins avec Hawley de « Rutland Ramsay » et de ses successeurs éventuels, il déclara que je devais reprendre les avirons sous peine de sombrer. En bref, sa voix fut la voix de l'avertissement. J'en pris note mais ne congédiai point mes amis. Ils m'ennuyaient beaucoup, mais le fait même qu'ils m'ennuyaient m'incitait à ne pas les sacrifier à un simple mouvement d'humeur, s'il n'y avait vraiment rien à en faire. En jetant un regard rétrospectif sur cette phase, m'est avis qu'ils n'ont pas peu envahi ma vie. Je les revois, la plupart du temps dans mon atelier, assis sur une vieille banquette de velours contre le mur pour ne pas gêner le passage, comme une paire de patients courtisans dans une antichambre royale. Je suis persuadé que durant les semaines les plus froides de l'hiver, ils tinrent bon parce qu'ainsi ils faisaient l'économie d'un feu. Leur fraîcheur perdait son éclat, il leur était impossible de ne pas sentir qu'ils étaient les objets de la charité. Chaque fois que Miss Churm arrivait, ils s'éclipsaient, et après que je fus lancé à fond dans « Rutland Ramsay », Miss Churm arriva assez souvent. Ils trouvèrent moyen de m'exprimer tacitement qu'ils supposaient que j'avais besoin d'elle pour dépeindre la vie des bas-fonds et je le leur laissai croire, puisqu'ils avaient essayé d'étudier l'ouvrage — le livre traînait dans mon atelier — sans s'apercevoir qu'il traitait exclusivement des hautes sphères.

Ils avaient piqué une tête dans le plus brillant de nos romanciers, sans déchiffrer de nombreux passages. Je continuai à leur demander une heure de temps en temps, malgré la mise en garde de Jack Hawley ; il serait toujours assez tôt pour les congédier, si un congé s'imposait, passées les rigueurs de la saison. Hawley avait fait leur connaissance — il avait rencontré le couple au coin de ma cheminée — et l'avait jugé ridicule. En apprenant sa qualité de peintre, ils avaient essayé de l'approcher, de lui montrer, à lui aussi, qu'ils étaient « la chose authentique » mais il les regardait à travers le vaste atelier, comme s'ils eussent été à mille lieues ; ils synthétisaient tout ce qu'il réprouvait le plus dans le système social de son pays. Des gens comme cela, tout en conventions et cuir verni, avec des éructations qui paralysaient la causerie, n'avaient que faire dans un atelier. Un atelier était un endroit où l'on apprenait à voir et comment voir à travers des lits de plumes ?

Le principal inconvénient dont je souffris à cause d'eux fut qu'au début j'étais gêné de leur annoncer que mon habile petit serviteur avait commencé à poser pour mon « Rutland Ramsay ». Ils savaient que j'avais eu l'originalité — ils étaient préparés, à ce moment, à faire la part de la bizarrerie chez l'artiste — de ramasser dans la rue un vagabond étranger alors que j'aurais pu avoir quelqu'un à favoris et à références ; mais un peu de temps s'écoula avant qu'ils n'apprissent combien je taxai haut ses prouesses. Ils le trouvèrent plus d'une fois en train de poser, mais ne doutaient pas que je fusse occupé à représenter un joueur d'orgue de Barbarie. Ils ne soupçonnèrent jamais nombre de choses et l'une d'elles est que pour une scène saisissante du roman, où figurait incidemment un valet de pied, je m'avisai d'utiliser le Major Monarch pour ce rôle subalterne. Je ne cessais d'ajourner cette séance de pose, il m'était désagréable de lui demander de revêtir une livrée — outre la difficulté d'en trouver une à sa taille. Enfin, un jour de fin d'hiver, comme je travaillais avec Oronte le dédaigné qui saisissait mes idées au vol, et que j'étais tout échauffé de me sentir dans la bonne voie, ils s'amenèrent, le Major et sa femme, avec leur rire salonnier à propos de riens (il y avait de moins en moins matière à rire) ; ils s'amenèrent comme des voisins de campagne — ils me faisaient toujours cet effet — qui ont traversé à pied le parc après être allés à l'église et acceptent votre déjeuner. Au vrai, l'heure du déjeuner était passée, mais ils pouvaient rester pour le thé — je me doutais qu'ils en avaient besoin. Néanmoins j'étais en pleine fièvre créatrice et ne pouvais laisser mon ardeur se calmer ni mon travail attendre, avec le jour qui baisserait pendant que mon modèle préparerait le breuvage. Je priai donc Mrs. Monarch de vouloir bien s'en occuper, requête qui fit refluer un instant tout son sang à son visage. Ses yeux consultèrent une seconde ceux de son mari, et une télégraphie muette s'échangea entre eux, mais l'instant d'après, ils surmontèrent leur sursaut grâce à la joviale sagacité de l'époux. Loin de prendre en pitié leur fierté ulcérée, j'ajouterai que mon humeur m'entraîna à leur infliger une leçon aussi complète que possible. Ils s'affairèrent ensemble en tous sens, retirèrent les tasses et les soucoupes et firent bouillir l'eau. Je sais qu'ils avaient l'impression de servir mon serviteur et quand le thé fut prêt je dis : « Il en prendra une tasse, s'il vous plaît — il est fatigué. » Mrs. Monarch lui en apporta une, à l'endroit où il se tenait, et Oronte la lui prit des mains comme un gentleman à une réception, qui écrase un chapeau claque sous son coude.

Je me rendis alors compte qu'ils avaient fait un grand effort pour moi — avec une sorte de noblesse — et que je devais à Mrs. Monarch une compensation. Chaque fois que je la voyais, je me demandais de quel ordre pourrait être la compensation. Il ne m'était vraiment pas possible de faire du mauvais travail à seule fin de les obliger. Oh, mauvais, c'était bien le caractère des œuvres pour lesquelles ils avaient servi de modèles ! A présent Hawley n'était plus seul à le dire. J'envoyai à mon éditeur un grand nombre des dessins exécutés pour « Rutland Ramsay » et je reçus un avertissement encore plus motivé que celui de Hawley. Le conseiller artistique de la maison pour laquelle je travaillais estimait que mes illustrations ne correspondaient pas à ce qu'ils avaient cherché. Or la plupart d'entre elles représentaient des scènes où figuraient les Monarch. Sans entrer dans la question de savoir ce qu'ils avaient en définitive attendu de moi, je fus acculé au fait que de ce train-là je ne recevrais pas la commande des autres ouvrages de la série. Désespéré, je me jetai sur Miss Churm — je lui fis faire tous ses tours. Non seulement j'adoptai publiquement Oronte pour mon héros, mais un matin où le Major vint s'enquérir si je n'avais pas besoin de lui pour finir une figure du « Cheapside », pour laquelle il avait commencé à poser la semaine précédente, je lui dis que j'avais changé d'avis — je ferais le dessin d'après mon domestique. Sur quoi mon visiteur pâlit et resta pantois à me dévisager : « Est-ce là l'idée que vous vous faites d'un gentleman anglais ? » demanda-t-il.

J'étais déçu, j'étais nerveux, je voulais avancer mon travail. Je répliquai avec irritation :

— Oh, mon cher Major, je ne peux pourtant pas me laisser ruiner à cause de vous !

Propos horrible, mais il resta planté là encore un moment, puis sans proférer un mot, il quitta l'atelier. Je poussai un grand soupir de soulagement, car je me disais que je ne le reverrais plus. Je ne lui avais pas positivement notifié que mon travail courait le risque d'être refusé, mais j'étais contrarié qu'il n'eût pas senti la catastrophe dans l'air, ni tiré avec moi la morale de notre stérile collaboration, cette leçon qui est : dans l'atmosphère décevante de l'art, même la plus haute respectabilité peut pécher sous le rapport plastique.

Je ne devais pas d'argent à mes amis ; pourtant je les revis trois jours plus tard et leur retour, étant donné ce qui s'était passé, avait quelque chose de tragique. Il constituait la preuve éclatante que les Monarch ne pouvaient trouver d'autre emploi dans la vie. Ils avaient vidé à fond la question entre eux, dans un lamentable colloque. Ils avaient digéré la mauvaise nouvelle qu'ils ne figureraient plus dans les romans-feuilletons. Du moment où je ne parvenais pas à les utiliser même pour le « Cheapside », leurs fonctions semblaient difficiles à déterminer et je crus au début qu'ils venaient par magnanimité, avec décorum, pour un dernier adieu. Je me réjouis donc en secret de n'avoir guère de loisir à consacrer à une scène, car j'avais groupé mes deux autres modèles dans une pose et je peinais sur un dessin dont j'espérais tirer quelque gloire. Il m'avait été suggéré par le passage de l'ouvrage où Rutland Ramsay, ayant approché sa chaise du tabouret de piano d'Artemise, lui dit des choses extraordinaires alors qu'ostensiblement elle déchiffre un difficile morceau de musique. D'autres fois déjà, j'avais exécuté Miss Churm au piano, attitude où je savais qu'elle s'entendait à mettre une indéniable grâce poétique. Je souhaitais établir entre deux silhouettes l'accord parfait et mon petit Italien était parfaitement entré dans mes vues. Le couple avait une présence vivante devant moi, le piano avait été tiré, c'était un charmant spectacle de jeunesse harmonieuse et d'amour murmuré, que je n'avais qu'à saisir et à fixer. Mes visiteurs restaient debout à le considérer, et je leur jetai quelques mots aimables, par-dessus mon épaule.

Ils ne répondaient pas, mais habitué à leur compagnie silencieuse, je poursuivis mon travail, un peu déconcerté — encore qu'exalté par le sentiment que *ceci* du moins était l'idéal — déconcerté de ne pas m'être débarrassé d'eux malgré tout. Enfin j'entendis la voix douce de Mrs. Monarch dire à côté ou plutôt au-dessus de moi : « J'aurais aimé qu'elle fût un peu mieux coiffée. » Je levai les yeux. Ses prunelles se rivaient avec une étrange fixité sur Miss Churm qu'elle voyait de dos. « Cela vous ennuierait-il que je retouche un instant sa coiffure ? » continua-t-elle, question qui me fit sursauter comme si je craignais d'instinct qu'elle ne se portât à quelque voie de fait sur la jeune personne. Mais elle me rassura d'un coup d'œil que je n'oublierai jamais — j'avoue que j'aurais aimé peindre *cela* — et s'approcha de mon modèle. Elle lui parla à mi-voix, une main sur son épaule et penchée vers elle ; et comme la jeune fille, comprenant, acquiesçait avec gratitude, elle disposa en quelques touches légères ses boucles folles de façon à rendre deux fois plus charmante la tête de Miss Churm. Ce fut là un des plus héroïques services personnels que j'aie jamais vu rendre. Puis Mrs. Monarch se détourna avec un soupir étouffé et regardant autour d'elle, en quête d'une tâche à remplir, se baissa avec une noble humilité et ramassa sur le plancher un chiffon sale tombé de ma boîte à couleurs.

Cependant le Major de son côté avait cherché à s'employer et étant allé rôder à l'autre bout de l'atelier, il vit la vaisselle de mon petit déjeuner, qui traînait encore, abandonnée.

— Ecoutez, ne puis-je me rendre utile *ici* ? me cria-t-il avec un irrépressible chevrotement dans la voix. J'y consentis avec un rire assez embarrassé j'en ai peur, et durant les dix minutes suivantes, tout en travaillant, j'entendis le léger tintement de la porcelaine et le cliquetis des cuillers et du verre. Mrs. Monarch assista son mari. Ils firent ma vaisselle et la rangèrent. Ils s'en furent dans ma minuscule office et je découvris par la suite qu'ils avaient fourbi mes couteaux et que mon mince stock d'argenterie brillait d'un éclat inusité. Quand je me rendis compte de l'éloquence informulée de ce qu'ils faisaient là, je conviens que mon dessin se brouilla un instant, la scène s'embua. Ils avaient accepté leur échec mais ils ne se résignaient point à accepter leur destinée. Ils courbaient avec effarement la tête devant la loi perverse et cruelle en vertu de laquelle la chose authentique pouvait être tellement moins précieuse que la non-authentique ; mais ils ne tenaient pas à mourir de faim. Puisque mes serviteurs devenaient mes modèles, mes modèles deviendraient mes serviteurs. Ils intervertiraient les rôles — les autres pourraient figurer des dames et des gentlemen et *eux* assumeraient le travail. Ils continueraient à hanter l'atelier — c'était une imploration fervente et muette de ne pas les chasser. « Gardez-nous, avaient-ils envie de dire, nous ferons *n'importe quoi.* »

Mon crayon me tomba des mains. La séance de pose fut gâchée et je me débarrassai de mes modèles, eux aussi, de toute évidence assez déconcertés et frappés d'effroi. Resté seul avec le Major et sa femme je connus un moment des plus pénibles. Il formula leur prière en une phrase unique : « Ecoutez donc, vous savez — laissez-*nous* travailler pour vous, rien que cela, vous pourriez, dites ? » Je ne pouvais pas. C'était affreux de les voir vider mes eaux sales ; mais par complaisance je feignis de le pouvoir, environ une semaine. Après quoi je leur donnai une somme d'argent pour s'en aller ; et je ne les revis jamais plus.

J'obtins la commande, mais mon ami Hawley répète que le Major et Mrs. Monarch m'ont causé un tort durable, m'ont aiguillé sur une fausse voie. Si c'est vrai, je suis content d'avoir payé ce tribut — à leur mémoire.

Owen Wingrave

I

— Ma parole ! Vous avez perdu la tête ! s'écria Spencer Coyle, tandis que le jeune homme, livide, répétait, un peu haletant : « Si, vraiment, ma décision est prise ! » et « C'est tout réfléchi, je vous assure ! » Ils étaient pâles tous les deux mais Owen Wingrave souriait, d'une manière exaspérante pour son moniteur qui gardait pourtant assez de discernement pour sentir que sa grimace — un absurde ricanement — trahissait une nervosité extrême et d'ailleurs compréhensible.

— Mon erreur a été de continuer jusqu'à présent, voilà bien pourquoi je sens que je ne dois pas aller plus loin, dit le pauvre Owen. Il attendit machinalement, presque humblement, répugnant aux airs arrogants et n'ayant d'ailleurs nul sujet d'en prendre. A travers la fenêtre, le dur scintillement de son regard se posa sur les stupides maisons d'en face.

— J'éprouve un inexprimable dégoût ! Vous me rendez malade !

En effet, Mr. Coyle semblait chaviré.

— Je le regrette beaucoup ! Seule la crainte de vous déplaire m'a empêché de parler plus tôt !

— Vous auriez dû parler il y a trois mois. Alors, vous changez d'avis d'un jour à l'autre ? demanda l'aîné des deux.

Le jeune homme se contint un moment, puis, d'une voix tremblante, plaida sa cause :

— Vous êtes très fâché contre moi et je m'y attendais. Je vous suis infiniment reconnaissant de tout ce que vous avez fait pour moi, je serais prêt en retour à faire n'importe quoi pour vous, mais ceci, non, c'est impossible ! Bien sûr, tout le monde va me tomber dessus ! J'y suis préparé ! Je suis préparé à tout ! C'est pourquoi il m'a fallu du temps — pour m'assurer que je suis prêt ! Je crois que votre mécontentement est ce que je ressens et regrette le plus ; mais peu à peu, vous en prendrez votre parti, conclut Owen brusquement.

— Vous prendrez le vôtre encore plus vite que moi, j'imagine ! s'écria avec ironie Mr. Coyle, aussi agité que son jeune ami. De toute évidence, ni l'un ni l'autre ne se trouvait en état de prolonger un assaut qui les faisait saigner tous les deux. Mr. Coyle était un moniteur professionnel. Il formait de jeunes candidats à l'armée, n'acceptait que trois ou quatre élèves à la fois et leur insufflait l'irrésistible « allant » qui constituait son secret et la source de sa fortune. Il ne travaillait pas sur une vaste échelle, il aurait dit en parlant de lui-même qu'il n'était point « grossiste ». Sa méthode ni sa santé, ni son tempérament n'auraient pu s'accommoder d'élèves nombreux. Aussi les jaugeait-il, les évaluait-il, refusant plus de postulants qu'il n'en acceptait. Artiste à sa manière, il ne s'intéressait qu'aux sujets d'élite. Capable de sacrifices presque passionnés à un cas particulier, il aimait la jeunesse ardente — certains genres de facilité, de capacité, le laissaient indifférent. Il s'était pris d'une sympathie spéciale pour Owen Wingrave. Les aptitudes hors ligne de ce jeune homme, sans parler de sa personnalité, l'avaient quasiment envoûté et exerçaient sur lui une irrésistible fascination. Les « poulains » de Mr. Coyle accomplissaient en général des prodiges et il aurait pu en présenter une multitude à l'admission. Il avait la stature de Napoléon (le Grand) avec une étincelle de génie dans son œil d'un bleu clair. On disait de lui qu'il ressemblait à un pianiste concertiste. Or, le ton de son élève préféré exprimait en ce moment, d'ailleurs inconsciemment, une sagesse supérieure qui l'exaspérait. La haute opinion que Wingrave avait de lui-même ne l'avait jamais choqué, ses dons éminents semblant la justifier, mais aujourd'hui, tout à coup, elle lui parut intolérable. Coupant court à la discussion, il refusa net de considérer leurs relations comme terminées et conseilla au jeune homme d'aller prendre l'air n'importe où ; mettons à Eastbourne, — la mer le ramènerait à la raison — et de s'accorder quelques jours de congé pour retrouver son équilibre et ses esprits. Owen pouvait bien s'offrir des loisirs étant donné sa situation de fortune privilégiée. Combien privilégiée — à cette seule pensée, Spencer Coyle eut envie de le gifler. Ce grand garçon bâti en athlète n'était pas, physiquement, un sujet qui se prêtât à des raisonnements simplistes. Une douceur inquiète répandue sur son beau visage, un mélange de scrupule et de décision, indiquaient que s'il avait pu en résulter un avantage pour autrui, il eût volontiers tendu les deux joues. Il ne prétendait évidemment pas détenir la quintessence de la sagesse. Simplement, il la présentait comme sienne. Après tout, il s'agissait de sa propre carrière. Pouvait-il se soustraire à la formalité d'essayer d'Eastbourne, ou du moins de se taire, bien que toute son attitude impliquât qu'il faisait cette concession à seule fin de donner à Mr. Coyle une chance de se « remettre » ? Il ne se sentait aucunement surmené ; mais que Mr. Coyle fût à bout, en raison de la tension de leurs rapports, quoi de plus naturel ? Les vacances de son élève permettraient à l'intellect de Mr. Coyle de se reposer.

Mr. Coyle comprit le sens de ses paroles, mais se domina. Il exigea seulement, comme son dû, une trêve de trois jours. Owen y consentit, de l'air de dire que sa conscience souffrait d'entretenir les illusions de son maître. Mais avant de se quitter, le célèbre moniteur reprit : « Tout de même, je crois que je devrais aller voir l'un des vôtres. Ne me disiez-vous pas que votre tante se trouvait de passage à Londres ?

— Mais oui, à Baker Street. Allez donc la voir, dit le jeune homme pour le consoler.

Son maître lui lança un regard aigu.

— Lui avez-vous parlé de cette folie ?

— Pas encore — ni à elle, ni à personne, j'ai trouvé convenable de vous avertir le premier.

— Oh, quant à ce que vous trouvez convenable, vous ! s'écria Spencer Coyle, outré par la profession de foi de son jeune ami. Il ajouta qu'il se rendrait de ce pas chez Miss Wingrave, sur quoi le rebelle vida les lieux.

Owen ne partit néanmoins pas tout de suite pour Eastbourne — il se dirigea vers les Kensington Gardens, assez proches de l'enviable résidence de M. Coyle, lequel était fort dépensier et propriétaire d'une grande maison. Le fameux moniteur hébergeait ses élèves et Owen avait prévenu le maître d'hôtel qu'il rentrerait dîner. La journée printanière échauffait son jeune sang et un livre gonflait sa poche. Après une brève promenade dans les jardins, il se laissa tomber sur une chaise, tira son volume avec ce doux et lent soupir qui prélude à un plaisir différé, et allongeant ses grandes jambes, se plongea dans sa lecture. C étaient des poèmes de Goethe. Depuis plusieurs jours, Owen vivait dans un état d'extrême tension, et à présent, la corde détendue, il se sentait soulagé à proportion. Seulement, trait caractéristique chez lui, la libération prenait la forme d'un plaisir intellectuel. S'il renonçait à une carrière brillante, ce n'était pas pour flâner à Bond Street ou faire parade d'indifférence à la fenêtre d'un club. Au bout de quelques instants, il oublia tout — la terrible insistance, le désappointement de Mr. Coyle, et même sa redoutable tante de Baker Street. Si des observateurs l'avaient surpris, leur exaspération eût été motivée. En effet, nul doute qu'il y eût en lui de la malignité, car le seul choix de son passe-temps prouvait combien d'heures il avait gâchées à piocher son allemand !

— Que diable a-t-il, le savez-vous ? demanda Spencer Coyle, ce même après-midi, au jeune Lechmere, qui n'avait jamais entendu le directeur de l'établissement employer langage aussi relâché devant un élève. Non seulement le jeune Lechmere était le condisciple de Wingrave, mais il passait aussi pour être de ses intimes, voire son meilleur ami, et jouait à son insu, aux yeux de Mr. Coyle, le rôle de repoussoir, en faisant par contraste ressortir les promesses qu'autorisaient les brillantes aptitudes d'Owen. Lechmere était petit, trapu et tout à fait dépourvu d'inspirations d'aucun ordre ; et Mr. Coyle qui ne trouvait pas amusant de croire en lui, ne l'avait jamais jugé moins intéressant qu'en ce moment, où l'on ne pouvait pas plus déchiffrer sur son visage s'il saisissait la pensée de son maître, que l'on ne peut préjuger d'un dîner rien qu'en regardant le couvre-plat. Le jeune Lechmere dissimulait ses facultés de compréhension comme si ç'avaient été des indiscrétions juvéniles. Non, il ne voyait pas ce que son compagnon d'études pouvait avoir de plus qu'à l'ordinaire. Force fut donc à Mr. Coyle de préciser :

— Il refuse de se présenter à l'admission ! Il envoie promener toute la boutique !

La première chose qui frappa le jeune Lechmere fut la verdeur que cette situation impartissait au langage de son Mentor — comme si Mr. Coyle se rappelait soudain un vocabulaire oublié. « Quoi ? il ne veut pas aller à Sandhurst ? [1]

1. L'Ecole militaire (N. T.).

— Il ne veut aller nulle part. Il renonce à l'armée. Il élève des objections, fit Mr. Coyle d'un ton qui faillit couper le souffle au jeune Lechmere, des objections contre le métier militaire !

— Mais voyons ! ç'a été le métier de tous les siens !

— Leur métier ? Dites plutôt leur religion ! Connaissez-vous Miss Wingrave ?

— Oh oui. Elle est terrifiante, n'est-ce pas ? déclara avec candeur le jeune Lechmere.

Son instructeur hésita. — Formidable — si c'est ce que vous entendez dire, et il est bon qu'elle soit ainsi, car dans toute sa personne, toute bonne vieille demoiselle qu'elle est, elle incarne la force, elle représente la tradition, les exploits de l'armée britannique, la puissance d'expansion du peuple anglais. Je crois qu'on peut compter sur la famille d'Owen Wingrave pour le chapitrer, mais il faut mettre en branle toutes les influences possibles. J'aimerais connaître l'étendue de la vôtre. Pouvez-vous quoi que ce soit ?

— J'essayerai de lui porter quelques bottes ! dit le jeune Lechmere en réfléchissant. Mais il sait un nombre de choses effrayant ! Il a les idées les plus extraordinaires !

— Alors il vous en a communiqué quelques-unes ? Il vous a fait des confidences ?

— Je l'ai entendu débiter des sornettes à la douzaine ! (L'honnête garçon sourit.) Il m'a dit qu'il le méprisait !

— Qu'il méprisait quoi ? Je ne comprends pas.

Le plus zélé des pupilles de Mr. Coyle médita un instant, comme conscient d'une responsabilité.

— Eh bien, le métier de soldat, tout simplement, n'est-ce pas. Il dit que nous l'envisageons sous un angle faux.

— Il ne devrait pas vous tenir ce langage, à vous ! C'est corrompre la jeunesse d'Athènes ! Semer la sédition !

— Oh, moi je suis à toute épreuve ! affirma le jeune Lechmere. Et il ne m'a jamais dit qu'il voulait tout plaquer ! J'ai toujours cru qu'il entendait aller jusqu'au bout, puisqu'il y était obligé. Il est capable de soutenir toutes les opinions possibles, et de parler jusqu'à vous brouiller les idées — je dois dire cela en sa faveur. Mais c'est bien dommage — je suis sûre qu'il aurait fourni une carrière magnifique !

— Dites-le-lui ! Plaidez ! luttez avec lui ! — au nom du ciel !

— Je ferai de mon mieux ! je lui dirai que c'est une honte !

— Oui, faites vibrer cette corde. Insistez sur le déshonneur !

Le jeune homme lança à Mr. Coyle un coup d'œil rapide.

— Oh, je suis certain qu'il ne ferait jamais rien de contraire à l'honneur !

— Hum... cela aura tout l'air d'une défection ! Il faut le lui faire sentir. Travaillez-le dans ce sens. Exposez-lui le point de vue d'un camarade — d'un frère d'armes.

— J'espérais bien l'être un jour. » Le jeune Lechmere, très exalté par la mission qui lui était dévolue, se perdit dans une rêverie romantique. « C'est tout à fait un chic type.

— Personne ne le pensera plus s'il se dérobe, dit Spencer Coyle.

— Eh bien, qu'on ne se risque pas à me dire ces choses-là, à moi, répliqua son élève en rougissant.

Mr. Coyle frappé par son accent eut conscience de l'ironie du sort, qui faisait que, bien que ce jeune homme-ci fût un soldat né, les choix devant lesquels il se trouverait placé dans la vie n'éveilleraient jamais aucune émotion, sauf peut-être dans le cœur de la gentille jeune fille avec qui, un jour prochain, il ne manquerait pas de contracter une placide union.

— Vous l'aimez beaucoup ? Vous avez foi en lui ?

L'existence du jeune Lechmere, ces jours-ci, se passait à répondre à des questions terribles, mais il n'en avait jamais subi d'aussi ardues.

— Si j'ai foi en lui ? Et comment !

— Alors sauvez-le !

Le pauvre garçon resta pantois, comme si l'accent passionné de son maître le forçait à voir dans son imploration plus de choses qu'il n'eût semblé à première vue. Et il eut sans nul doute le sentiment d'affronter une situation épineuse, quand au bout d'un instant, les mains dans les poches, il répondit avec confiance, mais sans emphase :

— M'est avis que je réussirai à le retourner.

II

Avant de causer avec le jeune Lechmere, Mr. Coyle s'était décidé à télégraphier à Miss Wingrave, réponse payée, réponse qui lui fut promptement remise et provoqua l'entretien que nous venons de relater. Aussitôt après, il se rendit en voiture à Baker Street où la digne demoiselle annonçait qu'elle l'attendrait et cinq minutes après son arrivée, assis en tête à tête avec la remarquable tante d'Owen Wingrave, il ne cessait de répéter, ulcéré, du haut de son infaillible expérience : « Il est si intelligent... si intelligent... » Il venait de déclarer que l'instruction d'un garçon comme celui-là était un luxe qu'on s'offrait.

— Bien sûr, il est intelligent ! Comment pourrait-il en être autrement ? Nous n'avons jamais eu qu'un seul idiot dans la famille, dit Jane Wingrave. L'allusion fut à la portée de Mr. Coyle et lui rendit sensible un autre motif de la déception, de l'humiliation qu'éprouvaient les bonnes gens de Paramore ; en même temps elle lui donna un exemple de la rudesse consciencieuse qu'en une autre circonstance il avait déjà observée chez son hôtesse. Le pauvre Philip Wingrave, le fils aîné du défunt frère de Miss Wingrave, était tout proprement un crétin, banni de la vue des humains ; difforme, insociable, irrécupérable, relégué dans un asile privé, il ne représentait plus, pour les amis de sa famille, qu'un petit mythe affligeant sur lequel on s'efforçait de faire le silence.

Les espoirs de la maison, du pittoresque Paramore, lieu de séjour mélancolique et continu du vieux sir Philip, où ses infirmités le retiendraient jusqu'à sa fin, se concentraient désormais sur la tête du fils cadet, à qui la nature, comme pour compenser son bousillage précédent, avait dispensé, outre une beauté frappante, une promptitude d'esprit marquée et universelle. Ces deux-là étaient les seuls enfants du fils unique du vieux gentilhomme, fils qui comme tant de ses ancêtres, avait sacrifié sa vaillante jeune vie au service de son pays. Owen Wingrave, le premier du nom, avait succombé à un coup mortel assené à bout portant par un sabre afghan qui lui avait fendu le crâne en deux. Sa femme, qui se trouvait alors aux Indes, allait donner le jour à leur troisième enfant ; et quand l'événement eut lieu dans les ténèbres et la souffrance, elle accoucha d'un enfant mort et ne survécut pas à ses multiples maux. Le second des deux petits garçons restés en Angleterre, à Paramore avec l'aïeul, fut confié à la vigilance de la seule de ses tantes restée célibataire, et durant l'intéressant dimanche que Spencer Coyle, — appelé par une invitation pressante après avoir accepté de former Owen, — avait passé sous leur toit en dépit de ses occupations, le célèbre moniteur avait été très impressionné par l'influence qu'exerçait Miss Wingrave, du moins en intention. En fait, pour ce bout d'homme psychologue, sa brève visite demeura dans son souvenir comme une vision curieuse, celle d'un manoir de l'époque du roi Jacques, appauvri, dégradé et remarquablement sinistre, mais plein de caractère, un heureux décor pour la figure distinguée d'un paisible et vénérable militaire. Sir Philip Wingrave, — une relique du passé plutôt qu'une gloire — était un petit octogénaire alerte aux yeux de braise et à la courtoisie appliquée. Il aimait faire les honneurs de sa maison au train diminué, mais même lorsque d'une main un peu tremblante, il allumait une bougie destinée à la chambre de l'hôte qui se confondait en excuses, on ne pouvait pas ne pas déceler, sous la surface, un vieil homme de guerre implacable. L'imagination du visiteur le replaçait dans son passé oriental fertile en aventures, dans des épisodes où le scrupuleux formalisme de ses manières devait le rendre plus terrible encore. Il avait sa légende et mainte histoire courait sur son compte.

Mr. Coyle se rappelait aussi deux autres figures : une Mrs. Julian fanée et falote, réduite là-bas à un état subalterne pendant les fréquents séjours qu'elle y faisait en sa qualité de veuve d'officier et d'intime de Miss Wingrave — et une jeune fille de dix-huit ans, d'une intelligence remarquable, le rejeton de cette dame, et qui aux yeux du visiteur perspicace semblait faite pour bien d'autres situations. Elle traitait Owen avec beaucoup d'impertinence. Au cours d'une longue promenade en compagnie du jeune homme, et après des entretiens qui confirmèrent la haute opinion qu'il avait de lui, Coyle apprit (car Owen mis en confiance se laissait aller) que Mrs. Julian était la sœur d'un très vaillant capitaine d'artillerie, Hume Walker, tombé lors de la révolte des Cipayes, et qu'entre lui et Miss Wingrave avaient existé autrefois (seule concession connue dans la vie de cette demoiselle) des rapports assez tendres, appelés à finir tragiquement. En effet, après leurs fiançailles, donnant libre cours à sa nature jalouse, Miss Wingrave avait rompu avec lui pour l'envoyer à son horrible destin. Le sentiment poignant d'avoir causé sa perte, un dur et éternel remords, s'emparèrent alors d'elle, et le jour où la malheureuse sœur du capitaine, elle aussi mariée à un militaire, était, par un coup encore plus atroce, restée presque sans ressources, la tante d'Owen s'était farouchement vouée à une longue expiation. Pour se consoler, elle obligeait Mrs. Julian à vivre une partie du temps à Paramore où la veuve éplorée devint une sorte d'intendante non rémunérée mais point à l'abri des rebuffades, et Spencer Coyle soupçonnait Miss Wingrave de puiser le plus clair de son réconfort dans les humiliations qu'elle pouvait lui infliger.

L'impression que lui laissa Jane Wingrave ne fut pas la moindre qu'il rapporta de ce stimulant dimanche — singulièrement teinté pour lui d'un sentiment de frustration, de deuil et de souvenirs, de noms jamais mentionnés, de plaintes lointaines de veuves, d'échos de batailles et de nouvelles funestes. Tout cela créait bien entendu une atmosphère très martiale, et Mr. Coyle frissonnait un peu en pensant à la carrière des armes où il aidait d'innocents jeunes gens à s'engager. En outre, la vue de Miss Wingrave achevait de vous donner mauvaise conscience, tant sa bonne conscience à elle, froide et claire, semblait vous regarder du fond de ses beaux yeux durs et vibrer dans sa voix sonore.

C'était une personne très distinguée, anguleuse mais sans gaucherie — vaste front, abondante chevelure noire disposée comme celle d'une femme qui se croit (à raison peut-être) une tête « noble », à présent sillonnée de mèches blanches irrégulières. Si néanmoins, pour notre ami troublé, elle incarnait le génie d'une race militaire, ce n'est pas qu'elle eût une démarche de grenadier ni un vocabulaire de soudard ; mais toutes ses sympathies se révélaient fortement du fait que sa présence, chacun de ses actes, de ses regards, chacune de ses intonations, était une allusion continue et directe à l'insigne valeur de sa famille. Si elle était martiale, c'est qu'elle était issue d'une lignée militaire et pour rien au monde elle n'eût consenti à être autre chose que ce qu'avaient été tous les Wingrave. Elle tombait presque dans la vulgarité quand il s'agissait de ses ancêtres et quiconque eût voulu lui chercher un défaut en aurait trouvé un bon prétexte dans ce sens erroné des proportions. Mais cette tentation ne vint pas à Spencer Coyle pour qui cette forte personnalité, haute en couleur et en accent, constituait presque un « régal » et qui se réjouit de voir en elle une force exercée au profit de sa propre cause. Il eût souhaité au neveu la même étroitesse d'idées, au lieu de l'affligeante tendance à considérer les choses sous leurs rapports respectifs. Il se demanda pourquoi, à chacun de ses séjours à Londres, elle élisait domicile à Baker Street. Jamais il n'avait entendu parler de Baker Street comme d'un quartier résidentiel et en pensée il n'associait cette rue qu'avec des bazars et des photographes. En Miss Wingrave, il devina une rigide indifférence pour tout ce qui ne constituait pas la passion dominante de sa vie. Rien d'autre ne comptait vraiment pour elle, et elle eût tout aussi bien occupé un appartement à Whitechapel, si cela avait pu servir sa tactique. Elle reçut le visiteur dans une vaste pièce froide et fanée, meublée de sièges branlants et décorée de vases d'albâtre et de fleurs en cire. Seule petite note de confort personnel qu'elle semblât y avoir introduite, un gros catalogue des Magasins de l'Armée et de la Marine s'étalait sur une grande et affligeante couverture de table d'un bleu criard. Le front clair de Miss Wingrave — on eût dit une plaque de porcelaine, un réceptacle à l'usage d'adresses et d'additions — rougit quand le moniteur de son neveu lui apprit l'extraordinaire nouvelle ; mais il constata que par bonheur sa colère l'emportait sur son effroi. Elle avait par essence, elle aurait toujours, trop peu d'imagination pour connaître la peur, et sa saine habitude de faire front contre tout lui donnait l'assurance d'être toujours à la hauteur des circonstances. Il comprit que sa seule crainte, à l'heure actuelle, eût pu être de ne pouvoir empêcher son neveu de faire publiquement l'âne ou pire encore, et qu'à cette crainte elle demeurait imperméable. Sa surprise ne la troublait pas. Elle restait aveugle à tout sentiment futile comme à tout sentiment subtil. Qu'Owen se rendît ridicule pour un temps l'irritait mais ne la déconcertait pas plus que si elle apprenait qu'il avait fait des dettes ou s'était amouraché d'une fille de basse condition. Le fait, la certitude que jamais personne ne l'amènerait, elle, à faire sotte figure, compensait sa contrariété.

— Je ne sais pourquoi je me suis pris d'un tel intérêt pour ce jeune homme, je n'avais jamais ressenti rien de pareil, je crois, depuis que j'ai commencé à former des élèves, dit Mr. Coyle. Il m'est sympathique et je crois en lui. Ce m'a été une joie de constater son allant.

— Oh, je connais bien leur allant !

Miss Wingrave se rengorgea de l'air d'une personne aussi renseignée que si la longue suite des générations anciennes avait passé en éclair devant elle dans un cliquetis de sabres et d'éperons. Spencer Coyle comprit : elle lui signifiait qu'elle n'avait rien à apprendre de qui que ce fût sur la carrière naturelle d'un Wingrave et même ce qu'elle dit par la suite le convainquit qu'après le récit troublé qu'il lui faisait de son échec et ses doléances à propos de son élève, il n'était pour elle qu'un pauvre hère.

Mr. Coyle s'évertua à lui expliquer que le cas était plus compliqué qu'elle ne croyait ; mais il se rendit compte qu'elle ne comprenait pas grand-chose à ses paroles. Plus il insistait sur l'indépendance d'esprit du garçon, plus elle y voyait la preuve irréfutable que son neveu était un Wingrave et un soldat. Ce fut seulement quand il lui dit que Owen décriait la carrière militaire comme un état « trop bas » pour lui, et quand cette lueur plus vive, projetée sur la complexité du problème, retint enfin son attention, qu'elle s'écria après un instant de réflexion stupéfaite : « Envoyez-le-moi tout de suite !

— Justement, je voulais vous en demander la permission, mais j'ai voulu aussi vous préparer au pire, vous faire comprendre qu'il me semble buté et vous suggérer que les plus puissants arguments dont vous disposerez, surtout si vous pouviez en trouver d'ordre pratique, ne seront pas de trop.

— Je crois disposer d'un argument puissant ! — et Miss Wingrave posa sur son visiteur un regard dur. Sans savoir quel pouvait être cet engin formidable, il la pria de l'employer sur le champ. Il lui promit que leur jeune homme se présenterait à Baker Street dans la soirée, ajoutant cependant qu'il lui avait conseillé de passer deux jours à Eastbourne. Ceci amena Jane Wingrave à demander avec surprise quel effet salutaire il atten-

dait d'un remède aussi onéreux et quand il eut répondu :
— L'avantage d'un petit repos, d'un petit changement, un petit réconfort pour des nerfs surtendus, elle répliqua avec angoisse :
— Ah, ne le dorlotez pas ! Il nous coûte déjà assez cher ! Je lui parlerai, je l'emmène à Paramore, on saura le manier là-bas et je vous le renverrai tout à fait remis au pas !

Spencer Coyle en accepta l'augure, avec une satisfaction apparente, mais avant de quitter cette dame irascible, il comprit qu'il venait de se charger d'un nouveau sujet d'anxiété — d'une inquiétude qui lui fit penser, en gémissant : « Oh, cette femme est au fond un grenadier ! Elle manque de tact ! J'ignore quel peut être son argument puissant ! Je crains qu'elle ne soit stupide et ne pousse Owen à bout. Le vieux gentleman vaut mieux — lui, il est capable de tact, bien que ce soit un volcan point tout à fait éteint. Owen le mettra probablement en fureur. Bref, la complication, c'est que ce garçon est le meilleur des trois. »

Ce soir-là, à dîner, il eut de nouveau le sentiment que ce garçon était le meilleur. Le jeune Wingrave qui, il fut content de le constater, n'était pas encore parti pour la mer, parut au repas comme d'habitude, l'air forcément un peu gêné mais point trop extravagant. Il causa très naturellement avec Mr. Coyle, qui dès le début avait vu en lui le plus beau jeune homme qu'il eût jamais reçu ; de sorte que tout l'embarras fut pour le pauvre Lechmere, qui prit grand soin, comme par une profonde délicatesse, d'éviter le regard de son camarade égaré. Spencer Coyle paya néanmoins la rançon de sa propre bêtise, en sentant son trouble augmenter. Il décelait clairement dans son jeune ami une foule de choses que sa famille de Paramore ne comprendrait pas. Même son exaspération se calmait déjà — après tout, ce garçon avait bien droit à des idées personnelles ! — et il se rappela qu'Owen était d'une substance trop fine pour être manié par des doigts grossiers. C'est ainsi que l'ardent petit moniteur, animé d'intentions étranges et de sympathies complexes, était presque toujours condamné à ne pouvoir s'installer confortablement dans ses déplaisirs ni dans ses enthousiasmes, son amour de la vérité ne lui permettant jamais d'en jouir à fond. Après dîner, il parla à Wingrave de l'opportunité d'une visite immédiate à Baker Street, et le jeune homme qui eut un « drôle d'air », lui sembla-t-il (c'est-à-dire souriant de nouveau, avec la perverse bonne humeur appliquée à une mauvaise cause, et déjà manifeste lors de leur récent entretien) s'en fut affronter l'épreuve. Spencer Coyle ne doutait pas qu'il ne fût terrifié. Owen redoutait sa tante ; mais le maître ne vit point là un signe de pusillanimité. Lui aussi, à la place du pauvre garçon, il eût été terrifié et la vue de son élève marchant vers la batterie ennemie en dépit de sa terreur, suggérait positivement qu'il avait un tempérament de soldat. Plus d'un jeune garçon courageux eût flanché devant semblable épreuve.

— Il a vraiment de ces idées !... déclara le jeune Lechmere à son instructeur, après que son camarade eut quitté la maison. Lechmere était effaré et d'humeur assez sombre, ayant une émotion à résorber. Avant dîner, il était allé tout droit voir son ami, conformément à la requête de Mr. Coyle, et s'était fait expliquer que les scrupules d'Owen se fondaient sur son irrésistible conviction de la stupidité, — l'affreuse barbarie, avait dit Owen — de la guerre. Owen déplorait que les gens n'eussent rien inventé de plus intelligent, et s'apprêtait à démontrer, de la seule façon qui fût à sa portée, que pour sa part, il n'était pas une brute obtuse.

— Et il pense que tous les grands généraux méritaient d'être fusillés, et que Napoléon Bonaparte en particulier fut un scélérat, un criminel, un monstre inqualifiable ! riposta Mr. Coyle, complétant le tableau du jeune homme. Il vous a, je le vois, gratifié des mêmes paroles de sagesse que moi. Mais je voudrais bien connaître votre réponse !

— J'ai dit que c'étaient d'affreuses balivernes, fit le jeune Lechmere avec emphase et il s'étonna un peu d'entendre Mr. Coyle partir d'un éclat de rire qui détonnait, après cette pertinente déclaration, puis continuer au bout d'un moment :

— Tout cela est très curieux. J'ose dire qu'il y a un peu de vrai là-dedans. Mais c'est dommage !

— Il m'a dit à quelle époque il avait commencé à voir la question sous ce jour. Il y a de cela quatre ou cinq ans, il a lu un tas de bouquins concernant tous les grands pontes et leurs campagnes — Annibal, Jules César, Marlborough, Frédéric et Bonaparte. Ainsi il a fait une quantité de lectures et il dit qu'elles lui ont ouvert les yeux. Il dit qu'une onde de dégoût l'a soulevé ! Il a parlé de « l'incommensurable misère » des guerres et m'a demandé pourquoi les peuples ne mettent pas en pièces les gouvernements et les dirigeants qui les fomentent ! Il déteste par-dessus tout le pauvre vieux Bonaparte !

— Ma foi, le pauvre vieux Bonaparte était un sacripant, un affreux sacripant !

Après cette affirmation imprévue, Mr. Coyle reprit :

— Mais je suppose que vous vous êtes refusé à l'admettre.

— Oh, évidemment, je ne dis pas qu'il était sans reproche et je suis très content que nous l'ayons culbuté ! Mais l'argument que j'ai soutenu contre Wingrave, c'est que sa propre conduite provoquerait des commentaires sans fin. — Et le jeune Lechmere s'arrêta un instant avant de poursuivre. — Je lui ai dit de s'attendre au pire !

— Naturellement, il vous a demandé ce que vous entendiez par « le pire ».

— Oui, et savez-vous ce que j'ai répondu ? J'ai dit que les gens verraient dans ses scrupules de conscience et son dégoût un simple prétexte ! Et il m'a demandé : « Un prétexte à quoi ? »

— Ah, là, il vous a eu ! répliqua Mr. Coyle avec un petit rire qui déconcerta son élève.

— Pas du tout — car je le lui ai dit !

— Vous lui avez dit quoi ?

Encore une fois, pendant quelques secondes, ses yeux troublés fixés sur les yeux de son moniteur, le jeune homme hésita :

— Eh bien, ce dont nous parlions, il y a quelques heures... Qu'il aurait l'air de ne pas avoir...

L'honnête garçon flancha de nouveau mais finit par articuler :

— Le tempérament guerrier, vous comprenez. Et savez-vous ce qu'il m'a répondu ?

— Le diable emporte le tempérament guerrier ! riposta promptement le moniteur.

Le jeune Lechmere écarquilla les yeux. Le ton de son maître le fit douter si Mr. Coyle attribuait cette phrase à Wingrave ou exprimait une opinion personnelle, mais il s'écria : « Ce sont bien là ses paroles, mot pour mot !

— Il s'en moque ! dit Mr. Coyle.

— Peut-être pas. Mais ce n'est pas chic à lui de nous dénigrer, nous autres ! Je lui ai dit que c'est le plus beau tempérament du monde et que rien n'est aussi magnifique que le cran et l'héroïsme.

— Ah, là c'est vous qui l'avez mis au pied du mur !

— Je lui ai redit qu'il était indigne de lui de décrier une carrière vaillante et splendide ! Je lui ai dit qu'aucun type humain n'égale le soldat qui accomplit son devoir !

— Ah, voilà bien, dans son essence, le type que vous représentez vous-même, mon cher garçon.

Le jeune Lechmere rougit. Il ne pouvait déceler — danger nouveau pour lui — si en ce moment il n'existait qu'en fonction de l'amusement qu'il procurait à son ami, mais il se rassura un peu à cause de la cordialité avec laquelle ledit ami lui posa la main sur l'épaule en disant : Continuez à le harceler. Nous arriverons peut-être à un résultat. En tout cas, je vous suis extrêmement obligé.

Toutefois le jeune Lechmere conçut un autre doute qui resta inapaisé, doute qui l'amena à exploser de nouveau avant d'abandonner le pénible sujet.

— Il s'en moque ! Mais c'est affreusement bizarre qu'il s'en moque !

— En effet, mais rappelez-vous ce que vous disiez cet après-midi — que vous conseillez aux gens d'éviter toute allusion désobligeante en votre présence !

— Je crois que je descendrais d'un coup de poing le gredin qui s'y risquerait ! dit le jeune Lechmere.

Mr. Coyle se leva. La conversation avait eu lieu en tête à tête, après dîner, heure où Mrs. Coyle avait quitté la table et où le directeur de l'établissement administrait à son candide élève, en vertu de principes qui faisaient partie de sa méthode, un verre d'excellent bordeaux. Le disciple, lui aussi debout, s'attarda un instant, non pour un nouvel « assaut » contre la bouteille, comme il l'eût appelé mais pour essuyer sa minuscule moustache avec un soin prolongé et inusité. Son compagnon vit qu'il avait sur le cœur quelque souci qui pour s'exprimer requérait un suprême effort et il attendit, la main sur le bouton de la porte. Alors, tandis que le jeune homme se rapprochait, Spencer Coyle remarqua l'intensité inhabituelle de son visage poupin et ingénu.

Le garçon était nerveux mais tâchait de se conduire en homme du monde. — Bien sûr, ça restera entre nous, balbutia-t-il, et je n'oserais pas en souffler mot à quelqu'un qui ne s'intéresserait pas au pauvre Wingrave autant que vous. Mais... mais... croyez-vous qu'il a la frousse ?

Mr. Coyle le regarda d'un air si dur que le jeune Lechmere eut visiblement peur de ses paroles.

— La frousse ? La frousse de quoi ?

— Mais de ce dont nous parlions — du service !

Le jeune Lechmere avala sa salive et ajouta avec une incompréhension presque pathétique aux yeux de Spencer Coyle :

— Du danger !

— Vous voulez dire, cherche-t-il à sauver sa peau ?

Les yeux du jeune Lechmere s'arrondirent en une imploration et son instructeur vit sur son visage rose quelque chose comme une larme, la terreur d'une déception accablante, proportionnée au degré de la loyale admiration qu'il avait éprouvée jusqu'alors pour Owen.

— Est-il... aurait-il peur ? répéta l'honnête garçon d'une voix tremblante, chargée d'attente.

— Grands dieux, non ! dit Spencer Coyle en lui tournant le dos.

Sur quoi le jeune Lechmere se sentit durement rembarré et même un peu honteux. Mais plus encore, soulagé.

III

Moins d'une semaine plus tard, Mr. Coyle reçut un mot de Miss Wingrave qui avait immédiatement quitté Londres avec son neveu. Elle lui proposait de venir à Paramore le dimanche suivant. Owen se montrait vraiment très difficile. Sur place, dans cette demeure toute pleine d'exemples et de souvenirs, et conjuguant ses efforts avec ceux de son pauvre cher père « terriblement ennuyé », il faudrait peut-être se livrer à une dernière offensive. Mr. Coyle lut entre les lignes que beaucoup d'eau avait coulé sous les ponts depuis qu'à Baker Street Miss Wingrave avait traité son désespoir à la légère. Bien qu'elle ne fût pas quémandeuse de sa nature, elle allait jusqu'à présenter sa requête comme une faveur particulière à accorder à une famille dans l'affliction, et elle exprimait le plaisir qu'elle aurait si Mrs. Coyle, pour qui elle joignait une invitation séparée, voulait bien l'accompagner.

Elle ajoutait que, — avec le consentement de Mr. Coyle — elle écrirait aussi au jeune Lechmere. La présence de ce gentil et mâle garçon pourrait être salutaire à son malheureux neveu. Le célèbre moniteur décida de saisir l'occasion, et tout à coup le plaisir de son invitation céda le pas à l'inquiétude. Tout en rédigeant sa réponse à Miss Wingrave il se surprit à sourire à la pensée qu'au fond il se rendrait à Paramore plutôt pour défendre son ex-élève que pour le trahir. Il dit à son épouse — une blonde, fraîche et nonchalante, qui avait beaucoup plus de « présence » que lui — qu'elle ferait bien de prendre Miss Wingrave au mot, si elle voulait connaître un spécimen extraordinaire, et combien fascinant, de vieille demeure anglaise. Cette allusion contenait un léger sarcasme : il avait plus d'une fois accusé la bonne dame d'être amoureuse d'Owen Wingrave. Elle en convenait d'ailleurs et même tirait gloire de sa passion — preuve qu'entre les époux le sujet était traité dans un esprit libéral. Elle entra donc dans le jeu en acceptant avec empressement l'invitation. Le jeune Lechmere fut ravi d'en faire autant, son moniteur débonnaire considérant que ce petit changement le revigorerait en vue de son prochain coup de collier.

Après une heure ou deux passées dans le beau vieux manoir, notre ami fut frappé de constater que ses habitants prenaient leur souci très au tragique. Cette rapide seconde visite, qui commença le samedi soir, devait former le plus étrange épisode de sa vie. Dès qu'il se retrouva dans le privé avec sa femme — ils s'étaient retirés afin de s'habiller pour dîner — chacun des deux conjoints attira l'attention de l'autre avec effusion et même inquiétude, sur l'atmosphère sombre qui planait dans la maison. Pour admirable que fût la bâtisse avec sa vieille façade grise qui s'avançait en ailes de façon à former les trois côtés d'un quadrangle, Mrs. Coyle ne se fit pas scrupule de déclarer que si elle avait pu prévoir le genre d'impression qu'elle en recevrait, elle n'y aurait jamais mis les pieds.

Elle la qualifia de sinistre, lui trouva l'air étrange, maléfique, et accusa son mari de ne point l'avoir avertie. Il lui avait vaguement dit à quoi elle devait s'attendre, mais tout en s'habillant presque fiévreusement, elle le pressa de questions. Il ne lui avait jamais parlé de la jeune fille, l'extraordinaire jeune fille, Miss Julian — c'est-à-dire, il ne lui avait pas dit que cette jeune personne, qui à parler franc occupait une place subalterne, serait en fait, et par suite de son comportement, la personne la plus importante de la maison. Mrs. Coyle était déjà prête à déclarer qu'elle haïssait les affectations de Miss Julian. Surtout, son mari ne lui avait pas dit qu'ils retrouveraient leur jeune élève vieilli de cinq ans.

— Je ne pouvais l'imaginer, dit Spencer, ni que le caractère de la crise serait si sensible ici. Mais j'ai suggéré l'autre jour à Miss Wingrave la nécessité de peser sérieusement sur son neveu et elle m'a pris au mot. On lui a coupé les vivres, on essaye de le réduire par la faim. Ce n'est pas ainsi que je l'entendais. D'ailleurs, aujourd'hui, je ne sais plus très bien moi-même comment je l'entendais. Owen ressent la pression mais refuse de céder.

Phénomène singulier, depuis son arrivée, le petit professeur rêveur comprenait encore mieux, en fermant les yeux à demi pour s'illusionner, que les événements avaient provoqué en lui une réaction. Au fond, s'il était là, c'est parce qu'il était l'allié du pauvre Owen. Toutes ses impressions, toutes ses appréhensions, se faisaient beaucoup plus profondes depuis qu'il se trouvait sur les lieux. La résistance même du jeune fanatique avait on ne sait quoi qui commençait à le charmer. Son épouse, dans l'intimité de l'entretien que je viens de relater, avait jeté le masque et loué avec extravagance l'attitude de l'élève, assurant qu'Owen était bien trop bon pour devenir un affreux soldat, et combien noble de souffrir pour ses convictions ! N'était-il pas, en vérité, aussi inébranlable qu'un jeune héros, avec la pâleur d'un martyr chrétien ? Ce disant, la bonne dame ne faisait qu'exprimer une sympathie que lui-même avait déjà ressentie en son âme, tout en feignant de considérer son ancien pensionnaire comme un cas rare.

Une demi-heure auparavant, après un thé frivole pris dans le vieux hall brun de la maison, Owen, cet objecteur de conscience, lui avait proposé un tour avant d'aller s'habiller pour le dîner. Tandis qu'ils se dirigeaient vers l'une des extrémités de la terrasse, il passa sa main sous le bras de son compagnon dans un geste implorant, se permettant ainsi une familiarité inusitée d'élève à maître, et destinée à lui montrer qu'il soupçonnait en lui un allié. Spencer Coyle de son côté avait flairé certaines choses et ne fut pas surpris que le garçon eût une confidence à lui faire. Dès son arrivée, il avait senti que chaque membre de l'assistance essayerait de mettre la main sur lui en premier et se doutait qu'à cet instant même, Jane Wingrave guettait derrière l'antique ternissure d'un des carreaux — la maison avait été si peu modernisée que les épaisses vitres dépolies dataient de trois siècles — pour voir si son neveu cherchait à suborner le visiteur.

Mr. Coyle ne perdit donc pas de temps pour rappeler au jeune homme — tout en ayant soin de donner un tour plaisant à sa remarque — qu'il n'était pas venu à Paramore pour se laisser corrompre mais pour lui adresser un dernier appel qu'il espérait ne pas être vain. Owen eut un sourire triste tout en continuant leur promenade et lui demanda s'il lui faisait l'effet de quelqu'un qui s'apprête à lâcher pied.

— Je vous trouve l'air singulier, je vous trouve l'air défait, dit très franchement Spencer Coyle.

Ils s'étaient arrêtés au bout de la terrasse.

— Il m'a fallu déployer une grande force de résistance et cela vous brise un peu.

— Ah ! mon cher garçon, je souhaiterais que votre grande force — car évidemment vous en avez de reste — s'exerçât pour une meilleure cause !

Owen Wingrave sourit de haut au professeur bien pris dans sa petite taille :

— Je ne crois pas.

Après quoi il se lança dans des explications : — A supposer que vous ayez la bonté de penser du bien de mon caractère, ne souhaitez-vous pas me voir employer au maximum ma force, dans quelque direction que ce soit ? Eh bien, je veux l'exercer dans ce sens-là !

Il avoua qu'il avait passé quelques heures terribles avec son grand-père qui l'avait couvert d'insultes, en des termes dont le souvenir lui faisait dresser les cheveux sur la tête. S'il avait pensé que les siens n'apprécieraient pas, mais pas du tout sa décision, il ne prévoyait pourtant pas un pareil scandale. Sa tante, elle, s'était montrée différente, mais tout aussi blessante. Elle l'accusait de déshonorer publiquement leur nom, d'être le seul à se dérober, le seul depuis trois siècles. Tout le monde savait qu'il se destinait à la carrière militaire, et maintenant tout le monde saurait qu'il n'était qu'un jeune hypocrite qui soudain simulait des scrupules. Ils parlaient de ses scrupules comme d'un dieu de cannibales. Son grand-père le flétrissait de noms infamants.

— Il m'a traité de... traité de...

Ici Owen se troubla et la voix lui manqua. Il avait la mine aussi hagarde qu'il était possible à un jeune homme en si belle santé.

— Je m'en doute ! dit Spencer Coyle avec un rire gêné.

Le regard embué de son compagnon se posa un instant sur un objet lointain, comme s'il suivait l'étrange et ultime prolongement de la situation. Enfin il croisa le sien et, un instant encore, le sonda : — Ce n'est pas vrai ! Non, pas vrai ! Ce n'est pas cela, mon mobile !

— Je ne l'ai jamais pensé, voyons ! Mais que comptez-vous mettre à la place ?

— A la place de quoi ?

— De la stupide solution que constitue la guerre. Si vous

la supprimez, vous devriez au moins suggérer par quoi la remplacer ?

— C'est l'affaire des dirigeants, des gouvernements et des cabinets, dit Owen. Ils trouveront vite une solution si on leur fait comprendre qu'en cas contraire ils seront pendus haut et court et écartelés. Faites-en un crime capital ! Voilà qui stimulera l'esprit de messieurs les ministres !

Ses yeux brillaient tandis qu'il parlait et il prit l'air rassuré, exalté. Mr. Coyle poussa un triste soupir de défaite — décidément la conviction d'Owen tournait à l'idée fixe. Il vit le moment où le jeune homme lui demanderait si lui aussi le jugeait lâche, mais fut soulagé de constater, soit que son ex-élève le croyait incapable d'un tel soupçon, soit qu'il hésitait à poser la question. Spencer Coyle eût voulu lui marquer sa confiance, mais comment ? L'assurance directe qu'il ne mettait pas son courage en doute eût été un compliment trop grossier — presque comme de lui dire qu'il ne doutait pas de sa probité. La difficulté fut d'ailleurs évitée car Owen poursuivit : « Mon grand-père ne peut disposer du manoir qui est un majorat, mais je n'aurai rien sauf ce domaine qui est petit, vous le savez, et au train où vont les loyers, le revenu est insignifiant. Grand-père a quelque argent, pas grand-chose, mais il me raye de son testament. Ma tante en fait autant, elle m'a notifié ses intentions. Elle devait me laisser six cents livres de rente. Tout était réglé, mais maintenant il est clair que je ne toucherai pas un radis si je renonce à l'armée. J'ajoute pour être franc que je possède du chef de ma mère trois cents livres par an. Et je vous dis la simple vérité en affirmant que je me soucie comme d'une guigne de cette perte matérielle !

Le jeune homme prit une longue et lente inspiration, comme tous ceux qui souffrent. Il ajouta : — Ce n'est pas là ce qui me trouble !

— Mais qu'allez-vous faire, si vous n'embrassez pas la carrière militaire ? demanda son ami sans autre commentaire.

— Je l'ignore. Peut-être rien. En tout cas, rien de grand. Seulement, quelque chose de pacifique !

Owen eut un sourire las, comme si, tout soucieux qu'il fût, il appréciait l'humour de cette déclaration dans la bouche d'un Wingrave ; mais son hôte leva les yeux vers lui avec le sentiment qu'il n'était pas, après tout, un Wingrave pour rien, qu'il possédait le calme du soldat sous le feu — et mesura l'exaspération où cette profession de foi, le comble de l'infamie pour les siens, avait dû jeter son grand-père et sa tante. « Peut-être rien ! » alors qu'il eût pu continuer la glorieuse tradition familiale ! Pourtant il n'était pas faible et il avait une nature intéressante, mais de toute évidence irritante à certains égards. « Qu'est-ce donc qui vous trouble ? demanda Mr. Coyle.

— Oh, la maison... son aspect, son atmosphère ! Il y a ici des voix étranges qui semblent me murmurer des reproches... chuchoter des choses terribles sur mon passage. Il plane ici une sorte de conscience collective et qui réprouve mon acte. Bien sûr, cela ne m'a pas été facile ! Je n'ai pas pris ma décision de gaieté de cœur !

Avec une lueur aux yeux qui semblait un appel à la justice, Owen se pencha de nouveau vers son bout de professeur. Il reprit :

— J'ai réveillé tous les vieux fantômes ! Les portraits mêmes me regardent avec colère du haut des murs ! Il y en a un, celui de mon trisaïeul dont vous connaissez l'extraordinaire histoire, le vieux gentleman accroché sur le second palier du grand escalier. Il s'agite presque sur sa toile, il se dresse quasiment lorsque j'approche. Comme je suis forcé de monter et de descendre les escaliers, c'est assez gênant ! Ma tante les appelle le cercle de famille et ils sont assis là, d'un air farouche, à me juger. Le cercle s'est formé ici, c'est une sorte de présence terrible, exigeante, il s'étend dans le passé et quand je suis rentré l'autre jour, ma tante Wingrave m'a dit que je n'aurais pas l'impudence de tenir un pareil langage, parmi eux tous ! J'ai pourtant dû les dire, ces choses, à mon grand-père ! Mais une fois dites, la question me semble close. Je veux m'en aller — peu m'importe de ne revenir jamais !

— Ah, mais vous êtes un soldat ! Vous devez mener la lutte jusqu'au bout ! Mr. Coyle se prit à rire.

Sa légèreté sembla déconcerter le jeune homme, mais comme ils revenaient sur leurs pas, Owen eut à son tour un pâle sourire et répliqua : — Ah, nous sommes tous contaminés !

Ils marchèrent en silence jusqu'à mi-chemin du vieux portique. Là, l'aîné des deux hommes s'arrêta et s'étant assuré qu'ils étaient hors de portée de voix de la maison, il posa soudain une question : — Qu'en dit Miss Julian ?

— Miss Julian ?

Owen rougit imperceptiblement.

— Je suis sûr qu'elle ne vous a pas caché son opinion !

— Oh, c'est l'opinion du cercle de famille, dont elle fait partie naturellement. Et du reste elle a aussi la sienne.

— Sa propre opinion ?

— Sa propre famille.

— Vous voulez parler de sa mère... cette dame patiente ?

— Je pense plutôt à son père, tombé en combattant. Et à son grand-père, et au père de celui-ci, et à ses oncles et grands-oncles. Tous sont tombés devant l'ennemi.

Mr. Coyle, le visage bizarrement crispé, réfléchit.

— Le sacrifice de tant de vies ne lui suffit-il pas ? Pourquoi voudrait-elle sacrifier la vôtre ?

— Oh, elle me hait ! déclara Owen. Sur quoi ils se remirent en marche.

— Ah, la haine des jolies filles pour les beaux garçons ! s'écria Spencer Coyle.

Il n'y croyait pas mais sa femme, elle, y croyait, ainsi qu'il apparut quand Coyle lui fit part de cette conversation, tandis que, selon le rite que nous avons déjà décrit, ils s'habillaient pour le dîner. Durant la demi-heure passée dans le hall, Mrs. Coyle avait déjà découvert que rien ne pouvait être plus vilain que l'attitude de Miss Julian à l'égard du malheureux jeune homme. De l'avis de cette dame, il fallait avoir les yeux dans sa poche pour ne pas voir qu'elle essayait de coqueter outrageusement avec le jeune Lechmere. Quel dommage qu'on eût amené ce dadais ! En ce moment, il était en bas, dans le hall, avec la créature !

A Spencer Coyle, la situation apparaissait sous un angle différent, il croyait y discerner des éléments plus nobles. La jeune fille occupait dans la maison une place inexplicable si elle n'était pas promise au neveu de Miss Wingrave. Sans doute, en tant que nièce de l'infortuné fiancé de Miss Wingrave, celle-ci la destinait-elle à effacer, par un mariage avec le jeune espoir de leur race, la tragédie qui avait séparé leurs aînés ; et si l'on pouvait objecter qu'une fille ayant du caractère devait répugner à être dirigée en matière d'affection, le perspicace ami d'Owen tenait en réserve une riposte toute prête ; une jeune fille de la condition de Miss Julian serait-elle jamais assez folle pour négliger une chance aussi insigne ? Familière de Paramore, elle s'y sentait à l'abri ; aussi s'amusait-elle peut-être à faire semblant de pouvoir choisir. Tout cela n'était que simagrées et innocentes roueries. Certes un charme singulier émanait d'elle, mais il eût été vain de prétendre que l'héritier de la maison ne représentait pas un assez brillant parti pour une fille de dix-huit ans, si intelligente fût-elle. Mrs. Coyle rappela à son mari que leur ancien élève, précisément, n'était plus de la maison. Cette question n'avait-elle pas été débattue entre les deux hommes tantôt, pendant qu'ils se promenaient sur la terrasse ? Spencer révéla alors à sa femme la terreur que le portrait du trisaïeul inspirait à Owen. Il le lui montrerait en descendant, puisqu'elle ne l'avait pas remarqué.

— Pourquoi celui de son trisaïeul plutôt que d'un autre ?

— Oh, parce qu'il est le plus redoutable. C'est le seul qui apparaisse quelquefois.

— Il apparaît... où ? Mrs. Coyle se retourna avec un sursaut.

— Dans la chambre où il a été trouvé mort, la chambre blanche, comme on continue à l'appeler.

— Quoi ? La maison est hantée par un vrai fantôme ? cria presque Mrs. Coyle. Tu m'as amenée ici sans m'avertir ?

— Je ne t'en ai rien dit après ma première visite ?

— Pas un mot. Tu n'as parlé que de Miss Wingrave.

— Oh, j'étais plein de mon sujet... Tu as dû l'oublier.

— Alors tu aurais dû me le rappeler !

— Même si j'y avais pensé, j'aurais tenu ma langue — car tu ne serais pas venue !

— Je regrette bien d'être venue ! s'écria Mrs. Coyle. Mais, ajouta-t-elle aussitôt, quelle est donc cette histoire ?

— Oh, il s'agit d'un acte de violence, perpétré ici il y a des siècles. Je crois que c'était au temps de George II que le Colonel Wingrave, un de leurs ancêtres, a frappé dans un accès de fureur l'un de ses enfants, un jeune garçon en pleine croissance. Il lui a assené sur la tête un coup si terrible que le pauvre enfant en mourut. On fit le silence sur l'affaire et l'on accrédita une autre version de l'incident. Le corps du malheureux garçon fut étendu dans une des pièces de l'autre aile, et les obsèques furent célébrées en toute hâte, parmi d'étranges rumeurs que l'on s'efforça d'étouffer. Le lendemain matin, quand la maisonnée s'assembla, le Colonel Wingrave manquait à l'appel. On le chercha en vain. Enfin quelqu'un s'avisa qu'il se trouvait peut-être dans la chambre d'où était parti le convoi de son enfant. Ce quelqu'un frappa sans recevoir de réponse et finit par ouvrir la porte. L'infortuné gisait, mort, sur le plancher, tout habillé, comme s'il était tombé à la renverse, sans une blessure, sans une marque, sans rien dans son aspect indiquant qu'il eût lutté ou souffert. C'était un homme vigoureux, florissant de santé. Rien ne justifiait un tel événement. On pense qu'il s'est rendu dans la chambre pendant la nuit, juste avant de se coucher, en proie à une sorte de crise, victime d'une contrainte ou d'une attirance mêlée d'épouvante. Après cela seulement, la vérité concernant le jeune garçon se fit jour. Mais personne n'a jamais plus couché dans cette chambre.

Mrs. Coyle avait blêmi. — Je l'espère bien ! Grâce au ciel, ils ne nous ont pas installés là !

— Nous sommes à bonne distance, je connais le théâtre de l'incident.

— Tu veux dire que tu es entré ?...

— Oh, pour quelques instants. Ils sont assez fiers de cette pièce et notre jeune ami me l'a montrée à ma précédente visite.

Mrs. Coyle ouvrit de grands yeux : — Et de quoi a-t-elle l'air ?

— Simplement d'une chambre à coucher morne et vide, démodée, assez grande, avec un mobilier de style. Elle est lambrissée du haut en bas et il est évident qu'autrefois les panneaux étaient peints en blanc ; mais les siècles ont assombri leur couleur et il y a en outre aux murs trois ou quatre bizarres broderies anciennes au petit point, encadrées, sous verre.

Mrs. Coyle regarda autour d'elle en frissonnant.

— Je suis heureuse qu'il n'y ait pas de broderies au petit point, sous verre, ici ! Ce sont de ces choses qui vous mettent les nerfs en boule ! Descendons dîner.

Dans l'escalier, son mari lui montra le portrait du Colonel Wingrave, effigie point dépourvue de force ni de style étant donné le lieu et l'époque, d'un gentleman au beau visage dur, en habit rouge et perruque. Mrs. Coyle lui trouva une remarquable ressemblance avec son descendant sir Philip ; et Mr. Coyle se dit, tout en gardant ses réflexions pour lui, que si l'on avait le courage de parcourir la nuit les vieux couloirs de Paramore, on aurait des chances de rencontrer une silhouette qui lui ressemblerait, errant avec l'agitation d'un spectre, la main dans la main d'un grand garçon. Tout en se dirigeant vers le salon avec sa femme, il se prit soudain à regretter de n'avoir pas insisté davantage pour que son élève allât à Eastbourne. Toutefois la soirée sembla lui démontrer l'inanité de ces fantastiques prémonitions, car le caractère farouche du cercle familial, tel qu'il le prévoyait, se trouva mitigé par la présence de « voisins ».

Les convives du dîner se composaient de deux couples joviaux dont l'un formé par le pasteur et son épouse, et d'un jeune homme taciturne venu pour la pêche. Ce fut un soulagement pour Mr. Coyle qui commençait à se demander ce que l'on attendait de lui, pourquoi il avait commis la folie de venir, et pressentait à présent qu'au moins durant les prochaines heures, il n'aurait pas à intervenir directement. Au surplus il trouva, comme à sa première visite, un emploi suffisant de ses dons subtils d'observateur à déchiffrer les symptômes divers que présentait cette scène mondaine.

Le lendemain s'annonçait comme une journée éprouvante, il prévoyait les difficultés d'un long dimanche figé dans le décorum et aussi que les théories de Jane Wingrave dans toute leur sécheresse lui seraient exposées au cours d'une pénible conférence. Elle et son père lui feraient comprendre qu'ils comptaient sur lui pour réaliser le miracle, et s'ils essayaient de l'associer à une politique trop dénuée de tact, il finirait peut-être par leur dire leur fait — éventualité qui n'avait d'ailleurs pas besoin de se produire pour que sa visite constituât une lamentable erreur ; mais ce soir, de toute évidence, le cher vieux gentilhomme se proposait de donner à leurs amis la preuve tangible de leur parfait accord. La présence du grand moniteur de Londres semblait garantir sa foi dans le succès de l'interrogatoire imminent. A la surprise du visiteur de marque, on avait obtenu qu'Owen n'interviendrait en rien pour rompre la concorde apparente. Le jeune homme accepta donc les allusions à son « dur métier », et se taisant sur ses affaires, causa avec les dames aussi aimablement que s'il n'avait pas été « déshérité ». Une ou deux fois, quand Mr. Coyle lui lança un coup d'œil à travers la table, il croisa son regard chargé d'une indéfinissable passion et décela sur son visage rieur une expression étrange et pathétique. Comment se défendre d'avoir le cœur serré, devant ce jeune agneau si manifestement marqué pour le sacrifice ? « Le diable l'emporte ! Quel dommage, il est si bien taillé pour les combats ! » soupira Mr. Coyle à part lui, avec un manque de logique qui n'était d'ailleurs qu'apparent.

Cette pensée l'eût absorbé davantage encore si Kate Julian n'avait requis la majeure partie de son attention. Assise à présent en face de lui, elle lui fit l'effet d'une jeune femme remarquable et peut-être intéressante. Cet intérêt n'était d'ailleurs pas suscité par une beauté extraordinaire. Jolie, certes, elle l'était, avec ses longs yeux d'Orientale, sa magnifique chevelure et une originalité indomptable, mais il avait vu des carnations plus rares et des traits plus à son goût. Elle l'intéressait plutôt parce qu'elle lui donnait l'impression d'être exactement le genre de personne que sa position, des considérations générales, la prudence et peut-être même la bienséance lui auraient commandé de n'être point. Elle était ce que l'on appelle vulgairement une protégée, sans le sou, tolérée par condescendance. Or toute son attitude exprimait que si elle occupait une situation subalterne, son esprit, en revanche, s'élevait au-dessus des précautions ou des soumissions. Non qu'elle se montrât agressive, elle était trop indifférente pour cela. On eût dit plutôt que n'ayant rien à gagner ni à perdre, elle s'offrait le luxe d'agir à sa fantaisie. Spencer Coyle pensa que pour elle l'enjeu était peut-être plus grand qu'elle ne semblait l'imaginer ; en tout cas, quelle que fût la somme d'imagination qu'elle possédât, il n'avait jamais vu jeune femme si peu soucieuse de prudence. Il en vint à s'interroger sur la nature des rapports entre Jane Wingrave et une pensionnaire de cet acabit ; mais pareilles questions s'ouvraient sur des profondeurs insondables. Peut-être la fine mouche dominait-elle jusqu'à sa protectrice. Lors de son précédent séjour à Paramore, il lui avait semblé qu'avec sir Philip à ses côtés, cette fille pouvait lutter, comme qui dirait adossée à un mur. Elle amusait sir Philip. Elle le charmait, et il aimait les gens qui n'avaient pas peur. De lui et de sa fille, on voyait clairement lequel des deux était le chef de file. Miss Wingrave considérait beaucoup de choses comme acquises et par-dessus tout, la rigueur de la discipline et le sort des vaincus et des captifs.

Entre leur brillant Owen et l'originale compagne de son enfance, quels bizarres liens avaient pu se former ? Ce ne pouvait être de l'indifférence — encore moins de l'aversion, entre deux jeunes êtres si heureux et si beaux. Sans être Paul et Virginie, ils devaient pourtant avoir en commun leur printemps et leur idylle. Un si séduisant jeune homme pouvait-il déplaire à une si séduisante jeune fille, à moins qu'elle ne lui fît grief d'être insensible à ses charmes ? Mais quel séduisant jeune homme aurait pu résister à ce voisinage ?

Mr. Coyle se rappela tenir de Mrs. Julian que ledit voisinage n'était d'ailleurs pas constant, à cause des séjours en pension de sa fille, sans parler des absences d'Owen ; à cause aussi des visites de Kate à quelques amis qui avaient la bonté de « se charger d'elle » de temps en temps ; et de ses séjours à Londres « si difficiles à combiner », mais réalisés tout de même, grâce à Dieu, pour lui permettre d'acquérir des talents d'agrément — le dessin, le chant, surtout le dessin ou plutôt la peinture à l'huile, qui lui valait de grands éloges ; mais la bonne dame avait également mentionné que les jeunes gens étaient comme frère et sœur, — ce qui tout de même rappelait un peu Paul et Virginie. Or, Mrs. Coyle disait vrai, Virginie se mettait en frais manifestes pour le jeune Lechmere.

La conversation étant assez languissante, notre critique n'eut pas à faire effort pour réfléchir à ces choses. Le ton de la réunion, peut-être grâce aux autres convives, ne semblait pas dévier de son cours et tendait à la répétition des mêmes anecdotes, à la discussion des fermages, sujets qui se pressaient les uns contre les autres comme des bêtes inquiètes. Il s'en rendait compte, ses hôtes souhaitaient passionnément que la soirée se déroulât comme si de rien n'était et cela lui donna la mesure de leur secrète irritation. Avant la fin du dîner, il éprouva une pointe d'inquiétude à propos de son second élève. Le jeune Lechmere, depuis qu'il faisait des armes, lui avait donné entière satisfaction ; toutefois son instructeur ne s'aveuglait pas sur le fait que dans ses moments de détente, il était aussi ingénu qu'un bébé. Mr. Çoyle avait pensé que les divertissements de Paramore lui seraient peut-être un coup de fouet et le comportement de l'infortuné garçon attestait la justesse du pronostic. Le coup de fouet, il l'avait assurément reçu sous la forme d'un coup de foudre. La lumière qu'irradiait le front du jeune Lechmere révélait avec une candeur qui appelait presque la compassion, ou du moins le préservait du ridicule, qu'il n'avait jamais rien vu de comparable à Miss Julian.

IV

Au salon, après dîner, la jeune fille trouva moyen de s'approcher de l'ex-précepteur d'Owen. Elle resta devant lui un moment, souriante, ouvrant et refermant son éventail, puis tout à trac dit en levant sur lui ses yeux étranges : — Je sais pourquoi vous êtes venu, mais vous perdez votre temps.

— Je suis venu vous contempler un instant. Est-ce là du temps perdu ?

— Très aimable. Mais ce n'est pas le problème de l'heure. Vous ne ferez rien d'Owen.

Spencer Coyle hésita : — Et vous, que voulez-vous faire de son jeune ami ?

Elle prit l'air étonné et regarda autour d'elle.

— Mr. Lechmere ? Oh pauvre petit bonhomme ! Nous parlions d'Owen. Il l'admire tant !

— Moi aussi, je dois vous le dire.

— Nous l'admirons tous. Voilà bien pourquoi nous sommes au désespoir.

— Alors pour votre part, vous voudriez qu'il soit soldat ? demanda le visiteur.

— Je prends la chose très à cœur. J'adore l'armée et j'ai beaucoup d'affection pour mon ancien camarade de jeux, dit Miss Julian.

Spencer se rappela la version différente que le jeune homme lui avait donnée de l'attitude de Miss Julian — mais par loyalisme envers Owen, il s'abstint de la provoquer :

— Il serait inconcevable que votre ancien camarade n'ait pas d'affection pour vous. Par conséquent il doit désirer vous plaire et je ne vois pas pourquoi (des jeunes gens intelligents comme vous !...) vous ne réglez pas la question entre vous !

— Désireux de me plaire ! s'écria Miss Julian. Je regrette de dire qu'il ne manifeste aucun désir de ce genre. Il trouve que je suis une insolente chipie. Je lui ai dit ce que je pense de lui, et il me déteste !

— Mais puisque vous en pensez tant de bien ! Vous venez de me dire que vous l'admirez !

— J'admire ses talents, ses possibilités — oui, même son apparence physique, s'il m'est permis d'y faire allusion. Mais pas sa conduite actuelle !

— Avez-vous vidé la question avec lui ? demanda Spencer.

— Oh, j'ai osé être franche, la circonstance semblant m'y autoriser. Il n'a pas dû trouver mes paroles à son goût.

— Que lui avez-vous donc dit ?

La jeune fille réfléchit un moment, ouvrit et referma son éventail.

— Eh bien, étant donné que nous sommes de si bons vieux amis, je lui ai dit que sa conduite commence à être indigne d'un gentleman !

Après ces mots, ses yeux rencontrèrent le regard de Mr. Coyle qui sonda leurs profondeurs ambiguës. — Et que lui auriez-vous donc dit, si ce lien d'amitié entre vous n'avait pas existé ?

— Comme il est étrange que vous posiez une pareille question — et de cette manière ! répliqua-t-elle avec un petit rire. Je ne comprends pas votre point de vue. Je croyais que votre métier était de former des soldats ?

— Ne prenez pas en mauvaise part ma petite plaisanterie. Mais pour ce qui est d'Owen Wingrave, il n'a pas besoin d'être formé, déclara-t-il. A mon avis — et ici le petit moniteur s'arrêta, conscient d'émettre un paradoxe — à mon avis, il est un combattant, dans la plus haute acception du terme !

— Alors qu'il le prouve ! s'écria-t-elle avec impatience et elle se détourna brusquement.

Spencer Coyle la laissa s'éloigner. Quelque chose dans son accent le contrariait et même le choquait sensiblement. De toute évidence, une violente altercation avait eu lieu entre les deux jeunes gens et la pensée que cette histoire ne le concernait en rien ajouta à son trouble. Cette maison était un foyer militaire et Miss Julian en tout cas, une damoiselle qui plaçait son idéal de virilité — les damoiselles ont assurément toujours leur idéal de virilité — dans la personne d'un paladin à ceinturon. Affaire de goût. Mais un quart d'heure plus tard, en se retrouvant auprès du jeune Lechmere en qui s'incarnait ce type guerrier, Spencer Coyle était encore si troublé qu'il s'adressa à l'innocent garçon avec une certaine sécheresse de magister.

— Vous n'êtes pas forcé de vous coucher tard, vous savez ? Je ne vous ai pas amené pour cela.

Les invités prenaient congé et les bougies destinées aux chambres à coucher scintillaient en rangée monotone. Le jeune Lechmere était en proie à une agitation trop agréable pour être sensible à la rebuffade. Une heureuse préoccupation crispait ses lèvres presque en un rictus.

— Je ne suis guère pressé de me mettre au lit. Savez-vous qu'il y a ici une chambre terriblement amusante ?

Coyle se demanda un instant s'il relèverait l'allusion. Enfin sa surexcitation le poussa à demander :

— Sûrement, on ne vous a pas logé là ?

— Non, vraiment ! Personne n'y a passé la nuit depuis des siècles. Mais c'est justement ce que je voudrais faire. Ce serait tout à fait drôle !

— Et vous avez essayé d'obtenir l'autorisation de Miss Julian ?

— Oh, elle dit qu'elle n'a pas qualité pour la donner ; mais elle est persuadée que la chambre est hantée et soutient que personne n'a jamais osé y coucher.

— Personne n'y couchera jamais ! dit Spencer avec décision. Un garçon dans votre situation critique, en particulier, doit passer une nuit tranquille.

Le jeune Lechmere poussa un soupir déçu mais raisonnable.

— Oh, très bien. Mais ne puis-je veiller encore un peu pour livrer un nouveau petit assaut contre Wingrave ? Je ne l'ai pas encore asticoté aujourd'hui.

Mr. Coyle consulta sa montre. — Vous pouvez fumer une cigarette. Une seule.

Il sentit une main sur son épaule et se retourna juste à temps pour voir la chandelle de sa femme répandre de la cire sur son habit. Les dames allaient se coucher et c'était l'heure traditionnelle de sir Philip. Mrs. Coyle confia à son époux qu'après les histoires terrifiantes qu'il lui avait contées, elle refusait absolument de rester seule, dans n'importe quelle partie de la maison. Il promit de la suivre d'ici trois minutes, et après les poignées de mains rituelles, les dames s'éclipsèrent dans un bruissement de jupes. A Paramore, ce soir-là, les formes furent respectées aussi vaillamment que si aucun drame ne déchirait la vieille demeure. La seule personne qui se trahit légèrement fut Kate Julian : elle salua Mr. Coyle d'une inclinaison de tête, sans lui accorder un mot ni un regard et il la vit toiser Owen d'un regard dur. A part sa mère, timide et compatissante, nul n'adressa au jeune homme un salut. Miss Wingrave conduisit au pas militaire les trois dames, en petite procession de chandelles clignotantes, leur fit monter le large escalier de chêne et les fit défiler sous le portrait vigilant du fatal ancêtre. Le valet de chambre de sir Philip parut et offrit le bras au vieux gentilhomme qui tourna le dos au pauvre Owen lorsque le jeune homme esquissa le vague geste de remplir cet office. Mr. Coyle apprit par la suite qu'autrefois, avant la disgrâce d'Owen, lorsqu'il se trouvait au logis, il avait toujours eu le privilège de conduire cérémonieusement le grand-père à son lieu de repos. A présent les habitudes de sir Philip avaient changé et marquaient son mépris. Ses appartements se trouvant au rez-de-chaussée, il s'en fut d'un pas traînant aidé de son valet, après avoir dardé un instant, d'un air significatif, sur le plus responsable de ses visiteurs, l'épais rayon rouge, ardent comme une braise, de ses yeux qui formaient un si bizarre contraste avec l'affabilité de ses manières. Ils semblèrent signifier au malheureux Spencer : « Nous réglerons son compte au jeune chenapan demain ! » On eût cru, à les voir, que le jeune chenapan, qui sans se presser avait gagné l'autre bout du hall, avait pour le moins fabriqué un faux chèque. Son ami l'observa un instant, vit qu'il se laissait tomber nerveusement dans un fauteuil pour se relever ensuite avec agitation. Cette même agitation le ramena à l'endroit où Mr. Coyle donnait ses dernières instructions au jeune Lechmere.

— Je vais me coucher et j'aimerais beaucoup que vous vous conformiez à mes prescriptions. Vous fumerez une seule cigarette avec notre hôte ici présent, après quoi vous regagnerez votre chambre. Attendez-vous à une verte semonce de ma part si j'apprends que cette nuit vous avez voulu vous livrer à des jeux absurdes.

Le jeune Lechmere, les paupières baissées et les mains dans les poches, ne répondit mot. Il se borna à labourer de son orteil le coin d'un tapis ; de sorte que Mr. Coyle, mécontent d'un engagement aussi tacite, poursuivit, en s'adressant à Owen :

— Je dois vous prier, Wingrave, de ne pas faire veiller un sujet aussi impressionnable et même de le mettre au lit et de fermer sa serrure à double tour.

Comme Owen ouvrait de grands yeux, apparemment sans comprendre le motif de tant de sollicitude, il ajouta :

— Lechmere éprouve une curiosité morbide à propos d'une de vos légendes familiales — d'une de vos chambres historiques. Etouffez-la dans l'œuf !

— Oh, la légende n'est pas mal, mais je crains que la chambre ne soit une vaste fumisterie ! Owen se prit à rire.

— Vous savez bien que vous ne le croyez pas vraiment, mon garçon ! répliqua le jeune Lechmere.

— Je ne pense pas qu'il le croie ! Mr. Coyle remarqua la rougeur marbrée d'Owen.

— Il ne se risquerait pas à y passer une nuit lui-même, poursuivit leur compagnon.

— Je sais qui vous a dit cela ! fit Owen en allumant une cigarette à la bougie, d'un air gêné et sans en offrir à ses deux amis.

— Eh bien quoi ? et si elle l'a dit — et après ? demanda le cadet des deux hommes, un peu rouge. Vous les voulez toutes pour vous ? continua-t-il, facétieux, en puisant dans la boîte de cigarettes.

Owen Wingrave fuma en silence. Enfin, il articula :

— Oui... Si elle l'a dit — et après ? Mais elle ne sait pas, ajouta-t-il.

— Elle ne sait pas quoi ?

— Elle ne sait rien ! Je le fourrerai au lit ! dit gaiement Owen à Mr. Coyle qui vit que sa présence, dès l'instant où une certaine note avait résonné, gênait les jeunes gens. Malgré sa curiosité, il s'était toujours piqué, à l'égard de ses élèves, de certaines discrétions et délicatesses — scrupules qui d'ailleurs ne l'empêchèrent pas, tandis qu'il montait l'escalier, de leur recommander de ne pas faire les idiots.

Au haut du palier, il fut surpris de rencontrer Miss Julian qui s'apprêtait évidemment à redescendre. Elle n'avait pas commencé à se déshabiller et ne marqua aucun embarras à sa vue. Toutefois, d'un ton familier qui contrastait avec la rigueur qu'elle avait apportée à l'ignorer dix minutes auparavant, elle laissa tomber ces mots :

— Je descends chercher quelque chose. J'ai perdu un bijou.

— Un bijou ?

— Une assez belle turquoise s'est détachée de mon médaillon. Comme c'est le seul bijou vrai que j'ai l'honneur de posséder... Et elle se mit à descendre les marches.

— Voulez-vous que je vienne vous aider ? demanda Spencer Coyle.

Elle s'arrêta, quelques marches plus bas que lui et de ses yeux d'Orientale, regarda derrière elle. — N'est-ce pas la voix de vos amis que j'entends dans le hall ?

— Ces brillants jeunes gens s'y trouvent en effet.

— Ils m'aideront.

Et Kate Julian passa.

Spencer Coyle fut tenté de la suivre mais se rappelant ses principes de tact, il rejoignit sa femme dans leur appartement. Il tarda néanmoins à se mettre au lit et bien qu'il eût passé dans son cabinet de toilette, ne put se résoudre à se dévêtir. Pendant une demi-heure, il feignit de lire un roman. Après quoi, tout doucement, ou plutôt devrais-je dire avec agitation, il sortit dans le corridor, le suivit jusqu'à la chambre qu'il savait assignée au jeune Lechmere et fut soulagé de trouver la porte close. Une demi-heure auparavant, il avait remarqué qu'elle était ouverte ; il eut donc la certitude que le jeune homme était venu se coucher. Il s'apprêtait à se retirer quand il entendit du bruit dans la pièce. Son occupant s'affairait devant la fenêtre, ce qui lui prouva qu'il pouvait frapper sans risque de l'éveiller. Le jeune Lechmere vint ouvrir en chemise et en caleçon, un peu étonné. Il introduisit son visiteur qui, la porte refermée, lui dit : — Je ne veux pas vous empoisonner l'existence, mais ma conscience me commandait de m'assurer que vous n'étiez pas exposé à des émotions indues.

— Oh, elles ne manquent pas, dit le jeune homme ingénu. Miss Julian est redescendue.

— A la recherche d'une turquoise ?

— C'est ce qu'elle a dit.

— L'a-t-elle trouvée ?

— Je ne sais pas. Je suis monté, je l'ai laissée avec le pauvre Owen.

— Vous avez bien fait ! dit Spencer Coyle.

— Je ne sais pas, reprit le jeune Lechmere mal à l'aise. Je les ai laissés en train de se disputer.

— A quel propos ?

— Je ne comprends pas ! Ils forment un drôle de couple !

Spencer médita ces mots. En dépit de ses principes et de ses pudeurs foncières, il éprouvait dans le cas particulier une curiosité, ou plutôt, pour lui donner le nom qui lui convenait vraiment, une sympathie qui balayait tout scrupule.

— Avez-vous l'impression qu'elle lui fait, elle aussi, une scène de reproches ? se permit-il de demander.

— Et comment ! Elle le traite de menteur !

— Que voulez-vous dire ?

— Mais oui, et devant moi, encore ! Voilà pourquoi je les ai quittés ! Je n'y tenais plus ! J'ai stupidement remis sur le tapis l'histoire de la chambre fatale et dit combien je regrettais que vous m'ayez obligé à vous promettre de ne pas tenter ma chance en y entrant !

— Voyons, vous ne pouvez pas fureter de cette façon indiscrète dans les maisons des autres — on ne prend pas de ces libertés, vous savez ! s'écria Mr. Coyle.

— Mais je suis bien sage, vous le constatez ! Je ne désire même pas m'en approcher ! dit le jeune Lechmere en confidence. Miss Julian m'a dit : « Oh, je crois savoir que vous, vous vous y risqueriez... mais... » Elle s'est retournée en se moquant du pauvre Owen : « Nous ne pouvons pas en attendre autant d'un gentleman qui a adopté son extraordinaire ligne de conduite ! » J'ai vu alors qu'il s'était déjà passé quelque chose entre eux à ce sujet — elle a dû le taquiner ou le défier. Peut-être n'était-ce qu'une plaisanterie mais le fait qu'il abandonne la carrière militaire a remis en question la frousse... je veux dire le cran...

— Et qu'a répondu Owen ?

— D'abord rien. Mais ensuite, il a dit avec beaucoup de calme : « J'ai passé toute la nuit dans ce maudit endroit. » Nous avons alors ouvert de grands yeux, nous nous sommes récriés, et je lui ai demandé ce qu'il y avait vu. Il a répondu qu'il n'avait rien vu, et Miss Julian a répliqué qu'il devrait mieux savoir débiter son petit conte et en tirer un effet. « Ce n'est pas un conte, c'est un simple fait », a-t-il dit et quand elle l'a criblé de railleries en lui demandant pourquoi, s'il avait fait cela, il ne le lui avait pas raconté au matin, puisqu'il savait ce qu'elle pensait de lui : « Je sais, ma chère, mais cela m'est égal », a dit le pauvre diable. Là-dessus elle s'est mise en colère et lui a demandé très sincèrement si cela lui serait égal de savoir qu'elle pensait qu'il essayait de nous donner le change ?

— Ah ! quelle brute ! s'écria Spencer Coyle.

— C'est une jeune fille tout à fait extraordinaire ! Je ne sais quelle idée elle a en tête !

Le jeune Lechmere haletait positivement.

— Extraordinaire en effet. Faire les quatre cents coups à cette heure nocturne, avec des jeunes gens délurés !

Mais le jeune Lechmere tint à préciser sa pensée :

— Je veux dire, je crois qu'il l'aime !

Mr. Coyle fut si frappé par ce symptôme de subtilité imprévue qu'il demanda avec éclat : — Et croyez-vous qu'il lui plaise ?

Son élève perdit toute assurance et poussa un soupir plaintif.

— Je ne sais pas... j'y renonce ! Mais je suis sûr qu'il a vu et entendu quelque chose, ajouta le jeune homme.

— Dans cette chambre absurde ? Qu'est-ce qui vous donne lieu de le croire ?

— Eh bien, à voir sa tête. J'ai idée que ça peut se deviner, dans un cas pareil. Il se comporte comme s'il avait vu quelque chose !

— Mais pourquoi ne le dirait-il pas ?

Le jeune Lechmere chercha et trouva : — Peut-être est-ce trop terrible pour qu'on en parle.

Spencer Coyle se prit à rire : — Vous n'êtes pas content de ne pas y être ?

— Incroyablement.

— Allez vous coucher, grand serin, dit Spencer avec un regain d'ironie nerveuse ; mais auparavant, dites-moi comment il a accueilli l'accusation qu'il cherchait à vous duper ?

— Il a dit : « Menez-moi là-haut vous-même et enfermez-moi » !

— Et l'a-t-elle pris au mot ?

— Je ne sais pas. Je suis monté.

Spencer Coyle échangea un long regard avec son élève.

— Je ne crois pas qu'ils soient dans le hall en ce moment. Où est la chambre d'Owen ?

— Je n'en ai pas la moindre idée.

Mr. Coyle resta perplexe. Il partageait cette ignorance et ne pouvait décemment pas aller frapper à toutes les portes. Il enjoignit au jeune Lechmere de dormir et il sortit dans le corridor. Il se demandait s'il pourrait retrouver le chemin de la chambre qu'Owen lui avait montrée à sa précédente visite et se souvint qu'elle avait, comme beaucoup d'autres pièces, son nom ancien peint sur la porte. Mais les corridors de Paramore formaient un dédale ; en outre quelques-uns des domestiques seraient encore debout et il ne voulait pas faire figure d'espion. Il regagna donc ses quartiers où Mrs Coyle constata bientôt son impossibilité de reposer. Comme elle avoua que pour sa part, dans ce logis affreux, elle éprouvait une sensation de malaise et de terreur grandissante, ils passèrent la majeure partie de la nuit en conversation, de sorte que plusieurs heures de leur veille furent inévitablement charmées par le récit que lui fit son époux du colloque avec le petit Lechmere et de leur échange d'opinions. Vers deux heures, Mrs. Coyle fut si inquiète sur le compte de leur jeune ami persécuté et si hantée par la crainte que la vilaine fille eût profité de l'invite pour lui infliger une abominable épreuve, qu'elle supplia son mari d'aller tirer la chose au clair coûte que coûte, fût-ce au prix de son repos ; mais Spencer, par une perverse contradiction, avait fini, à mesure que le calme parfait de la nuit les enveloppait, par s'hypnotiser jusqu'à admettre vaguement qu'Owen mît de l'empressement à affronter Dieu sait quelle épreuve impie — supplice d'autant plus pénible pour sa sensibilité surexcitée que l'épreuve de la nuit précédente avait déjà appris au pauvre garçon quel terrible effort de volonté il aurait à fournir. « J'espère au contraire qu'il est là-bas, dit Coyle à sa femme. Ce sera une façon de mettre les autres affreusement dans leur tort ! » Toujours est-il qu'il ne put se résoudre à explorer une maison qu'il connaissait si peu. Par une inconséquence singulière, il ne se décida néanmoins pas à se coucher. Il resta tout habillé, assis dans le cabinet de toilette, avec son lumignon et son roman — et attendit jusqu'à ce qu'il en vînt à dodeliner de la tête. Enfin Mrs. Coyle se retourna de l'autre côté, cessa de parler, et il s'assoupit à son tour dans son fauteuil. Combien de temps dormit-il ? Il ne le sut que plus tard en évaluant le temps écoulé. Ce qu'il sut tout d'abord, fut qu'il s'était éveillé en sursaut, confus, frappé par un bruit terrifiant. La conscience lui revint bientôt, suscitée sans doute par un cri d'horreur parti de la chambre de son épouse ; mais il ne s'inquiéta pas d'elle. Déjà il s'élançait dans le couloir. L'appel se répéta. C'était le « au secours, au secours ! » d'une femme en proie à une agonie de terreur. Il partait d'un point éloigné de la maison mais la direction était suffisamment indiquée. Spencer se précipita droit devant lui, avec dans ses oreilles le claquement de portes qui s'ouvraient, des rumeurs de voix alarmées, et dans ses prunelles la pâleur de l'aube. Au tournant d'un corridor, il aperçut une forme blanche, une jeune fille évanouie sur une banquette, et cette brusque révélation lui apprit, tandis qu'il poursuivait sa course, que Kate Julian, frappée trop tard dans son orgueil, saisie de remords devant l'acte qu'avaient provoqué ses sarcasmes, et venue libérer sa victime, était tombée à la renverse, accablée devant une catastrophe provoquée par elle, catastrophe que l'instant d'après Spencer mesura avec désespoir : au seuil d'une porte béante, Owen Wingrave, vêtu comme il l'avait vu la veille, gisait mort à l'endroit même où son ancêtre avait été découvert. Il avait tout du jeune soldat tombé sur le terrain conquis.

Nona Vincent

I

— Je me demandais si vous consentiriez à me la lire ? dit Mrs. Alsager, tandis que tous deux s'attardaient encore un peu au coin du feu, avant qu'il ne prît congé. Le regard baissé vers les flammes, elle ramena légèrement le pan de sa jupe vers elle pour l'écarter de l'âtre. Elle avait fait sa proposition avec une timide sincérité qui rehaussait encore son charme. Ce charme fascinait toujours Allan Wayworth, comme toute l'atmosphère de la maison, qui était une sorte d'émanation d'elle — si apaisante, si séduisante qu'il faisait toujours plusieurs faux départs avant de s'en aller pour de bon. Auprès d'elle, il avait passé de si bonnes heures, et oublié dans son salon chaud et doré une si grande partie de sa solitude et des tracas de l'existence, que ce lieu était devenu pour lui la réponse immédiate à ses aspirations, le remède à ses maux, le havre de grâce pour ses orages. Les tribulations d'Allan Wayworth n'avaient d'ailleurs rien d'inouï, et il possédait en revanche certains avantages qui sans être extraordinaires, ne laissaient pas d'être appréciables, entre autres celui d'être très intelligent pour quelqu'un de si jeune, et très indépendant pour quelqu'un de si pauvre. A vingt-huit ans, il avait déjà beaucoup vécu, et beaucoup d'ambitions, de curiosités et de déceptions bouillonnaient en lui. La chance de causer avec une de ces personnes privilégiées qui résident à Grosvenor Square compensait nettement les immenses inconvénients de Londres, dont le principal consistait, selon lui, dans l'incompréhension que témoignaient les beaux esprits de la capitale à la formule littéraire du dénommé Allan Wayworth. Car il avait une « formule littéraire », ou s'en attribuait une, et le fait que Mrs. Alsager eût l'intelligence de le reconnaître était sa plus douce consolation. Elle était même encore plus littéraire et artiste que lui, car il pouvait souvent donner un exutoire à son trop-plein d'idées (c'était là sa profession, son métier) tandis que cette femme généreuse, foisonnant de pensées belles, mais informulées et inédites, restait là, dans le flux montant, telle la nymphe d'une fontaine dans le jaillissement du bassin de marbre.

L'année précédente, à un dîner dans une grande maison du monde journalistique, il s'était trouvé placé à côté d'elle et ils avaient converti cette heure profondément matérielle en une fête de l'intellect. Il n'y avait aucun motif pour qu'elle lui demandât de venir la voir, sinon qu'il lui plaisait, et il en fut d'autant plus flatté qu'en même temps il s'aperçut qu'elle était exquise. Elle jouissait de l'enviable liberté de suivre l'impulsion de ses sympathies et Wayworth se sentit moins malchanceux en induisant que, pour le moment, il en était l'objet. Il garda la révélation pour lui, et d'ailleurs, l'amabilité d'une femme aimable n'avait rien qui pût lui tourner la tête dans la vie. Mrs. Alsager occupait si absolument tous les terrains dignes de conquête, qu'elle aurait été vouée à l'inaction, si elle n'avait eu pour principe de « donner ». Son mari, de vingt ans son aîné, une personnalité massive de la Cité et d'un poids très lourd à son domicile (où qu'il fût, assis ou debout, il semblait monumental) possédait la moitié d'un grand journal et la totalité de plusieurs autres choses. Il admirait sa femme, bien qu'elle n'eût pas d'enfants et aimait lui voir d'autres goûts que les siens, car cela donnait à leur vie, pensait-il, plus d'envergure. Homme aux appétits presque illimités, il estimait qu'il fallait l'inciter à étendre les limites des siens pour qu'à eux deux leur couple émerveillât les gens par sa puissance de consommation. Ses idées étaient d'une vulgarité prodigieuse mais quelques-unes d'entre elles eurent la chance d'être réalisées par une personne d'une délicatesse parfaite. La délicatesse de Mrs. Alsager lui faisait jouer d'étranges tours à son mari sans qu'il s'en aperçût jamais. Elle le tempérait à son insu, car il se figurait au contraire que c'était lui qui l'avait « agrandie ». Sans elle, il eût d'ailleurs tenu encore plus de place ; la société, respirant plus à l'aise, était pratiquement redevable à sa femme et d'ailleurs — soyons justes — lui témoignait en retour un respect étonné. Mrs. Alsager éprouvait l'impérieux besoin de consacrer sa liberté et ses loisirs aux choses de l'âme — les plus belles qu'elle connût. Elle les trouvait, quand elle apportait du temps à sa quête, dans une centaine d'endroits et surtout dans une région un peu obscure et sacrée, la région de la pitié active, où elle enveloppait sa présence de voiles si épais qu'il eût été impertinent de les soulever. Elle cultivait aussi d'autres passions bienfaisantes et si elle caressait un rêve de beauté, il prenait surtout consistance pour elle aux moments où elle cueillait cette beauté, telle une fleur, dans le jardin de l'art. Elle aimait le travail parfait, elle avait la corde artistique ; mais cette corde ne vibrait qu'effleurée par une main étrangère et sa faculté d'appréciation prenait, dans son esprit, l'intensité accrue d'un regret. Apte à comprendre les joies de la création, elle jugeait assez médiocre de s'entendre dire qu'elle-même créait du bonheur. Elle aurait aimé, en tout cas, choisir sa route ; mais précisément, elle n'était pas libre de le faire. La voix lui faisait défaut — elle n'avait que la vision. Le seul sentiment d'envie dont elle fût capable s'adressait à ceux qui, selon son expression, pouvaient « créer quelque chose ».

Toutefois, comme chez elle tout se résolvait en gentillesse, elle prodiguait une admirable hospitalité aux gens de cet ordre, en tant que classe. Persuadée qu'Allan Wayworth « pouvait créer quelque chose », elle aimait l'entendre parler des moyens par quoi il s'apprêtait à le démontrer. Il n'en parlait à personne, sauf elle — elle le gâtait trop pour qu'il eût d'autres auditeurs. Cette belle femme en fleur, avec sa grâce tranquille, constituait vraiment un public idéal, et si elle lui avait avoué son regret de ne pas griffonner, il eût été en droit de lui demander pourquoi une créature au visage si expressif ne sentait pas qu'elle avait déjà réalisé son rêve. Comment eût-elle pu s'exprimer mieux ? Son visage ne contenait pas moins que ce que l'on trouvait dans Shakespeare et Beethoven. Elle ne s'était jamais montrée plus féminine que le soir où pour répondre à l'invitation que j'ai relatée, il lui apporta sa pièce pour la lui lire. Il lui en avait déjà parlé, et par un sombre après-midi de novembre devant son âtre rougeoyant, plus que jamais le lieu d'élection où fuir la ville et la saison, il s'était écrié en entrant : « Elle est faite ! Elle est faite ! » Elle se fit raconter la chose en détail, y prit un intérêt vraiment minutieux et posa des questions délicieusement pertinentes. Dès le début, elle lui avait parlé comme si la pièce était sur le point d'être jouée, en lui faisant brûler grâce à sa participation toutes sortes de sinistres étapes intermédiaires. Elle aimait le théâtre comme tous les arts d'expression et il l'avait vue faire le voyage de Paris pour assister à certaine représentation. Une fois, il l'y avait accompagnée — la fois où elle avait emmené cette sotte Mrs. Mostyn.

Le sujet de son drame l'avait frappée quand il le lui avait exposé et elle prononça les paroles qui l'aidèrent à croire en lui. Dès qu'il eut abaissé le rideau sur le dernier acte, il se précipita chez elle, après quoi il garda son manuscrit par devers lui pour y pratiquer de nombreuses retouches. Enfin, le jour de Noël, sur rendez-vous, elle s'assit en face de lui pour l'écouter. La pièce, trois actes en prose, relevait plutôt du genre romanesque, bien qu'elle traitât de la vie anglaise contemporaine, et l'auteur se plaisait à croire qu'elle portait la griffe, sinon du maître, du moins de l'élève qui décroche tous les prix.

Allan Wayworth était rentré en Angleterre à vingt-deux ans, après une éducation continentale assez variée. Son père, durant de longues années correspondant d'un important journal de Londres, successivement dans plusieurs pays étrangers, était mort peu après le retour d'Allan en Angleterre, laissant à la mère et à deux autres enfants (des filles sans dot) un très petit revenu qui assurait leur subsistance dans une morne ville d'Allemagne. Le jeune homme connut à Londres des débuts difficiles et les aggrava par sa répugnance pour le journalisme. Les relations de son père dans ce domaine auraient pu le servir mais il se montrait intraitable quant au style, — absurdement, estimaient ses amis à l'exception de Mrs. Alsager. Il pensait que les journaux anglais faisaient fi de « la forme » et il était d'ailleurs incapable de la leur donner au sens où ils l'entendaient. Au surplus, elle n'était très recherchée nulle part, et Wayworth passait de précieuses semaines à polir de petites compositions pour des revues qui ne rémunéraient pas le style. La seule personne qui le rémunérât était au fond Mrs. Alsager. Elle possédait un infaillible instinct de la perfection. Elle le payait à sa manière, et si Allan Wayworth avait été un salarié, il aurait eu le sentiment que, bien qu'il ne reçût pas son dû, parfois une offrande gratuite lui tombait dans la paume. Il avait ses limitations, ses perversités, mais les meilleures parties de lui-même étaient les plus vivaces, il était inquiet et sincère. C'est d'ailleurs l'impression qu'il produisit sur Mrs. Alsager qui nous occupe le plus. Elle lui trouvait non seulement une beauté remarquable mais aussi une parfaite originalité. A certaines bassesses courantes, il ne se commettrait jamais — pour lui il y avait trop de mares interdites dans le chemin de traverse qui mène au succès.

Quant à lui, il n'avait jamais été aussi heureux que depuis qu'il avait entrevu — il se plaisait à le croire — une sorte de maîtrise de la conception dramatique, qui le frappait d'une façon toute différente, à présent qu'il la voyait du dedans. De loin il l'avait méprisée, cet art lui paraissait un joyau terne, enfoui sous un tas de fumier, une chandelle se consumant dans une épaisse atmosphère de vulgarité. Jalonné de pièges et de manœuvres d'approche sordides, il ne valait pas les sacrifices ni la souffrance. L'homme de lettres, en s'y adonnant, devait renier toute littérature. Autant demander à l'héritier d'un noble nom de renoncer à son héritage immémorial. Néanmoins, les aspects changent avec le point de vue. Wayworth s'était éveillé un beau matin tout à fait différent. Inutile de retracer ici l'accident en remontant à sa source. Il eût été beaucoup plus intéressant, pour un spectateur de la vie du jeune homme, de suivre certaines de ses conséquences. Wayworth se sentait tout à coup l'objet d'une révélation spéciale et portait son chapeau comme un homme amoureux. Un ange l'avait pris par la main et le guidait vers le seuil misérable qui s'ouvrait, semblait-il, sur un intérieur à la fois splendide et austère. L'idée dramatique se parait de magnificence, une fois que vous la saisissiez. La forme dramatique avait une pureté qui faisait paraître d'autres formes indignement grossières. Mathématique, architecturale, elle accédait à la haute dignité des sciences exactes, elle vous offrait le rafraîchissement que procurent le calcul et la construction, joint à l'incorruptibilité de la ligne et de la loi. Elle était dépouillée mais droite, pauvre mais noble. Elle le faisait penser à un souverain célèbre pour sa justice, réduit à vivre dans un palais dénudé. Elle comportait une terrible somme de concessions, mais ce que vous conserviez prenait une intensité rare. Vous jetiez constamment du lest pour sauver le bateau — mais quelle impulsion vous donniez à ce bateau quand vous le faisiez voguer sur les vagues, en un mouvement aussi rythmé que la danse d'une déesse !

Au cours de longues promenades dans Londres, Wayworth songeait à ces choses. Londres versait dans ses veilles le puissant bourdonnement de sa suggestion. L'imagination du jeune homme s'embrasait et réduisait en fusion le matériau, ses intentions se multipliaient et transformaient l'air ambiant en une brume dorée. Il voyait, non seulement l'œuvre à accomplir, mais la suivante, et celle d'après. L'avenir s'ouvrait devant lui, il lui semblait marcher sur des dalles de marbre. Plus il s'essayait à la forme dramatique, plus il l'aimait ; plus il la regardait, plus il y découvrait de choses. Au vrai, ce qu'il y percevait, il le percevait à présent partout. S'arrêtait-il, dans le crépuscule londonien, devant quelque devanture flamboyante, elle s'ordonnait aussitôt derrière une rampe, devenait le cadre d'une scène. Il forgeait ses personnages dans la solitude de son logement, il les modelait, modelait leur tabernacle — tel un orfèvre ciselant un coffret et penché dessus, passionné de perfection. Lorsqu'il n'errait pas dans les rues, en proie à sa vision, et ne creusait pas son problème à sa table, il échangeait des idées générales sur sa pièce avec Mrs. Alsager à qui il avait promis de donner, à des heures ultérieures encore plus heureuses, des détails qui l'amuseraient. Elle eut les larmes aux yeux quand il lui lut les derniers mots de l'œuvre achevée et murmura, divinement :

— Et maintenant ! La faire jouer, la faire jouer !

— Oui, en effet, la faire jouer ! Wayworth contempla le feu en roulant lentement son texte dactylographié. C'est du reste un côté de l'affaire très différent et tout à fait secondaire.

— Mais vous désirez évidemment qu'elle soit représentée ?

— Bien sûr. Mais c'est une soudaine dégringolade. J'en éprouve l'envie intense, mais je m'en veux de l'éprouver.

— Ici commencent les difficultés, dit Mrs. Alsager, cessant un peu de se surveiller.

— Comment pouvez-vous dire cela ? C'est ici qu'elles prennent fin !

— Ah, attendez qu'elles aient pris fin !

— Je veux dire, elles seront à présent d'un tout autre ordre, expliqua Wayworth. Il me semble que rien au monde ne peut être plus difficile que d'écrire une pièce qui résiste à un examen serré ; et en comparaison, toutes les difficultés qui surgissent à ce stade sont infiniment moindres.

— Oui, elles n'ont rien d'exaltant, dit Mrs. Alsager. Elles sont décourageantes parce que vulgaires. L'autre problème, le problème d'élaborer l'œuvre elle-même, ressortit à l'art pur.

— Comme vous comprenez bien tout ! Le jeune homme

s'était levé nerveusement, et s'adossait au manteau de la cheminée, les bras croisés, le rouleau de sa copie crispé dans un de ses poings. Il abaissa le regard sur Mrs. Alsager, lui sourit avec reconnaissance et elle lui répondit par un sourire de ses yeux encore charmés et embués de larmes.

— Oui, à présent la vulgarité va commencer, ajouta-t-il.

— Vous allez affreusement souffrir.

— Je souffrirai pour une bonne cause !

— Oh, donner *ceci* au monde ! Il faut que vous me le laissiez, que je le lise et le relise ! implora Mrs. Alsager, en se levant pour s'approcher et lui arracher la copie, sous sa couverture de papier gris vert, qui à présent avait pour lui une identité générique.

« Qui au monde la jouera ? qui au monde sera capable de la jouer ? » continua-t-elle, tout près de lui en tournant les feuillets. Avant qu'il eût pu répondre, elle s'arrêta à l'une des pages et la lui tendit en lui désignant une tirade. « Voilà l'endroit le plus beau — ces lignes sont la perfection même ! » Il y jeta un coup d'œil et elle le pria de les lui relire — il venait de les lire si admirablement. Il les connaissait par cœur et refermant le cahier qu'elle tenait par l'autre bout, il les lui murmura de nouveau — leur cadence lui plaisait — en quêtant avec une complaisance railleuse dont il espéra qu'elle semblerait excusable, l'approbation sur le visage de la jeune femme. « Ah, qui saura prononcer des mots comme ceux-là ? dit avec explosion Mrs. Alsager. Où trouver l'artiste capable de jouer son rôle, à elle ?

— Nous trouverons des gens pour les jouer tous.

— Mais personne qui en soit digne !

— Ils en seront dignes, pour peu qu'ils y mettent de la bonne volonté. Je travaillerai avec eux, je leur serinerai leur rôle.

Il parlait comme s'il avait déjà vingt pièces derrière lui.

— Oh, ce sera intéressant ! fit-elle en écho.

— Mais d'abord, il s'agit de trouver un théâtre. De convaincre un directeur qu'il doit croire en moi.

— Oui — ils sont si bêtes !

— Imaginez quelle patience je devrai déployer et comment je me morfondrai dans l'attente ! dit Allan Wayworth. Me voyez-vous colportant ma pièce à travers Londres ?

— Vraiment pas ! Ce serait odieux !

— Pourtant, j'y serai bien forcé. J'aurai vieilli avant qu'elle ne soit montée.

— Et moi je vieillirai très vite si elle ne l'est pas ! s'écria Mrs. Alsager.

Elle réfléchit : — J'en connais un ou deux...

— Quoi, vous leur parleriez ?

— La question est de les amener à la lire. Je pourrais le faire.

— Je n'en demande pas davantage. Mais malgré cela il me faudra attendre.

Elle posa sur lui un regard fraternel. — Vous n'attendrez pas.

— Ah, chère Madame ! murmura Wayworth.

— C'est-à-dire, vous pourriez attendre, mais moi pas ! Voulez-vous me laisser votre exemplaire ? continua-t-elle en feuilletant à nouveau les pages.

— Certes — j'en ai le double.

Debout près de lui, elle se mit à lire tout bas un passage au hasard ; puis, de sa douce voix, elle en lut quelques-uns à voix haute.

— Ah ! si seulement vous étiez actrice ! s'écria le jeune homme.

— C'est ce que je suis le moins. Il n'y a pas de comédie en moi.

Jamais elle n'avait autant incarné aux yeux de Wayworth son bon génie.

— Y a-t-il de la tragédie ? demanda-t-il avec la légèreté que donne la complète confiance.

A ces mots elle se détourna avec un petit rire étrange et charmant, et répondit : « Ce sera peut-être à vous d'en décider ! » Mais avant qu'il n'eût pu décliner pareille responsabilité, elle lui faisait de nouveau face et parlait de Nona Vincent comme si c'eût été la plus intéressante de leurs amies et si sa situation actuelle appelait irrésistiblement leur sympathie. Nona Vincent était l'héroïne de la pièce et Mrs. Alsager s'était prise d'affection pour elle. « Je ne saurais vous dire combien j'aime cette femme ! » s'écria-t-elle dans un transport de foi rêveuse qui mit du baume sur l'esprit de l'artiste.

— Je suis très heureux qu'elle ait un peu de vie. A mon sentiment, elle vous ressemble beaucoup, fit observer Wayworth.

Mrs. Alsager ouvrit de grands yeux et rougit un peu. De

toute évidence, cette opinion ne lui semblait pas justifiée. Néanmoins elle ne la prit pas à la légère.

— La ressemblance ne me frappe pas. Je ne me vois pas faisant ce qu'elle fait !

— Ce n'est pas tant ce qu'elle fait qui importe, argua le jeune homme en tiraillant sa moustache.

— Mais si, ce qu'elle fait est le point essentiel ! Elle avoue tout simplement son amour ! J'en serais bien incapable !

— Si vous réprouvez sa conduite avec tant d'énergie, comment vous plaît-elle précisément pour cela ?

— Mais ce n'est pas pour cela qu'elle me plaît !

— Alors pourquoi ? Voilà qui est fort caractéristique !

Mrs. Alsager réfléchit, les yeux baissés vers le feu, de l'air d'une personne qui a l'embarras du choix entre une demi-douzaine de raisons. Celle qu'elle énonça fut d'une simplicité imprévue ; peut-être même ne l'invoqua-t-elle que faute d'en pouvoir trouver de meilleure. — Elle me plaît parce que vous l'avez créée ! s'écria-t-elle avec un rire, en s'éloignant de son compagnon.

Wayworth rit encore plus fort.

— C'est un peu vous qui l'avez créée. Je l'ai modelée en pensant qu'elle vous ressemblait.

— Il faudra qu'elle soit beaucoup mieux que moi, dit Mrs. Alsager. Non, bien sûr, je ne me conduirais pas comme elle !

— Non, quelles que soient les circonstances ?

— Je ne me trouverais jamais dans des circonstances pareilles ! Elles forment précisément le sujet de votre pièce et n'ont rien de commun avec une vie comme la mienne. D'ailleurs, continua Mrs. Alsager, son comportement est naturel et non seulement naturel, mais il me semble tout à fait beau et noble ! Je ne saurais admirer le talent et le tact avec lesquels vous faites accepter cette situation et je vous le dis franchement, il est évident qu'un jeune homme capable pour son coup d'essai d'un tel coup de maître est promis à un brillant avenir ! Dieu merci, je puis admirer Nona Vincent aussi ardemment que je suis convaincue de ne pas lui ressembler !

— N'exagérez pas, dit Allan Wayworth.

— Mon admiration ?

— Votre dissemblance. Elle a votre visage, votre air, votre voix, votre allure. Il y a en elle beaucoup de vous.

— Alors elle fera tomber votre pièce ! répliqua Mrs. Alsager.

Ils plaisantèrent un peu là-dessus mais ce ne fut pas sur un ton de plaisanterie que l'hôtesse de Wayworth fit bientôt remarquer :

— Vous avez d'ailleurs un remède à votre disposition. Faites-la jouer par la femme qu'il faut.

— Oh, faites-la « jouer », faites-la « jouer » ! gémit le jeune homme.

— Je vois ce que vous voulez dire, mon pauvre ami. Quel dommage, quand il s'agit d'un rôle si magnifique — une telle chance pour une fille intelligente et sérieuse ! Nona Vincent est en fait à elle seule votre pièce tout entière et il dépendra de l'interprète de la mener très loin ou de la laisser tomber au premier carrefour.

— Charmante perspective, dit Allan Wayworth, pris d'un soudain scepticisme. Ils se regardèrent avec des yeux qui, dans un éclair tragique, contemplaient le pire ; mais avant de se séparer ils échangèrent des vœux et des confidences intégralement dédiées à l'idéal Il ne faudrait d'ailleurs pas supposer que la certitude du concours de Mrs. Alsager ralentit l'activité que Wayworth déploya pour s'aider par ses propres moyens. Il fit ce qu'il pouvait et sentit que de son côté elle n'en faisait pas moins. Mais à la fin de l'année, force lui fut de reconnaître que leurs efforts conjugués avaient simplement abouti à la fine fleur du découragement. A ce terme de l'année, le lustre du chef-d'œuvre inapprécié sembla terni à ses yeux et il se trouva écrire pour un dictionnaire biographique, de brèves vies de célébrités dont il n'avait jamais entendu parler. Etre imprimé n'importe où, n'importe comment, représentait une forme de gloire pour un homme aussi incapable de se faire jouer ; et être payé, fût-ce à des tarifs « encyclopédiques », eut pour conséquence de le rendre résigné et verbeux. S'il ne pouvait introduire en contrebande du style dans un dictionnaire, du moins put-il se dire qu'il s'était employé de son mieux, pour apprendre qu'un drame constitue presque partout une grossière impertinence. Il avait frappé à la porte de tous les théâtres de Londres et, à un taux ruineux, multiplié les copies dactylographiées de *Nona Vincent* pour remplacer les transcriptions soignées, déjà descendues dans le gouffre des metteurs en scène. Sa pièce ne fut même pas refusée — jamais il n'eut la preuve flatteuse qu'on l'avait lue. Ce que les directeurs feraient pour

Mrs. Alsager ne l'intéressait plus guère, car la certitude s'imposait que ces messieurs ne feraient rien pour lui. La charmante femme se sentait affreusement humiliée tant elle avait peu trouvé audience auprès des puissances sur lesquelles elle comptait. Lui et elle, à présent, ne parlaient plus jamais de la pièce, mais il s'appliquait à lui témoigner une amitié encore plus raffinée, pour qu'elle ne pensât pas qu'il lui reprochait une défaillance.

Il continuait à errer dans Londres avec ses rêves, mais à mesure que les mois se succédaient et qu'il laissait l'année dernière lui, ce furent des rêves de revanche plutôt que de succès. Le succès lui semblait bien pâle pour récompenser sa patience. Il lui fallait quelque chose de plus féroce, de plus violent, quelque chose de sanglant. La pensée de la scène restait pourtant sa suprême consolation. Alors seulement il découvrit à quel point il en était féru. Quand une seconde année se fut écoulée, il chérit d'autant plus cette faculté stérile, à cause du dérivatif qu'elle apportait à sa souffrance. A ses meilleures heures, il vivait dans un monde de sujets et de situations. Il écrivit une nouvelle pièce, aussi différente de la première qu'il se pouvait pour une œuvre aussi remarquable. Remarquable, elle l'était peut-être, mais quand il l'eut confiée aux limbes du théâtre, le sort niveleur ne tint aucun compte de la différence. Enfin la possibilité s'offrant à lui de quitter l'Angleterre pour trois ou quatre mois, il alla en Allemagne, rendre à sa mère et à ses sœurs une visite longtemps différée.

Peu avant l'époque fixée pour son retour, il reçut de Mrs. Alsager un télégramme ainsi conçu : « Loder vous réclame. Met immédiatement *Nona* en répétitions. » Il passa les quelques heures précédant son départ à embrasser sa mère et ses sœurs qui en savaient assez long sur Mrs. Alsager pour se réjouir de l'absence de cette respectable dame en puissance d'époux, — soulagement d'ailleurs accompagné de regards supputateurs tournés vers Londres et vers l'avenir.

Loder, notre jeune homme le savait, lui ouvrirait les portes de la nouvelle « Renaissance », mais bien qu'il eût regagné ses pénates dans la soirée, ce ne fut pas à ce théâtre moderne et confortable qu'il se rendit tout d'abord. Il passa avec Mrs. Alsager une heure tardive, palpitante, consacrée à des calculs. Elle lui dit que Mr. Loder était charmant, il avait simplement lu sa pièce dans l'ordre de réception des manuscrits, et au surplus il plaçait en lui des espoirs qu'un pessimiste invétéré lui-même eût qualifiés d'enthousiastes. Les rôles avaient été distribués — compte tenu des objections possibles — et Violet Grey devait jouer l'héroïne. Elle avait fait du bon travail en l'absence de Wayworth dans un vétuste théâtre, le « Légitime » où la pièce en cours n'était qu'un *réchauffé* [1] maladroit ; mais elle, Violet, du moins, y avait introduit de la fraîcheur. Wayworth se rappelait Violet Grey. N'avait-il pas pendant deux ans, en vertu d'une agréable politique de prévoyance, hanté les théâtres londoniens pour y choisir ses futurs interprètes ? Il n'en avait pas encore choisi beaucoup et cette jeune personne, en tout cas, ne s'était jamais débattue dans ses filets. Jolie et singulière, certes, mais il n'avait jamais incarné en elle sa Nona Vincent ni éprouvé une attirance vers ce que, se sentant déjà assez lancé dans le métier, il appelait « sa personnalité artistique ». Mrs. Alsager ne partageait pas son avis. Certains accents de la jeune actrice, déclara-t-elle, l'avaient beaucoup frappée. Cette fille se montrait intéressante dans le navet que l'on jouait au Légitime et Mr. Loder qui avait l'œil sur elle, la décrivait comme ambitieuse et intelligente, passionnée de progrès, alors que parmi ces dames, il y en avait de si paresseuses. Wayworth manifesta son scepticisme — il avait vu Miss Violet Grey, artiste terriblement itinérante, dans une douzaine de théâtres, mais toujours sous un seul et même aspect. Nona Vincent, elle, avait une douzaine d'aspects — mais un seul théâtre. Avec quelle curiosité fébrile le jeune homme se promit d'observer l'actrice, le lendemain ! Sa conversation avec Mrs. Alsager lui sembla déjà l'équivalent d'une répétition. La perspective d'être bientôt joué fit qu'il réprima la moindre question. Il désirait marcher sur la pointe des pieds jusqu'à la première, sans rien exiger sauf que les acteurs récitent leur rôle, et sentait qu'il ne sourcillerait même pas si le décorateur le gratifiait d'une vieille chambre lambrissée de chêne.

Il se rendit compte, le lendemain, que le danger viendrait d'un autre côté et pourtant il n'aurait su en définir la nature. Danger il y avait incontestablement — du danger partout, dans la sphère de l'art et plus encore dans la sphère du commerce ; mais pour l'instant il n'entendait, lui semblait-il, que le bruit des ailes de la victoire. Rien ne pouvait supprimer ce bruit,

1. En français dans le texte.

puisque le fait d'être joué était à lui seul une victoire. Etre mal joué constituerait déjà une victoire — réflexion qui ne l'empêcha d'ailleurs pas, dans son optimisme courtois, de bannir de son vocabulaire le mot « mauvais ». Ce mot ne s'appliquait à rien, pas même à sa pièce, qu'il semblait avoir laissé derrière lui et pour laquelle il prévoyait qu'il éprouverait de fréquentes inquiétudes, alternant avec des bouffées d'estime. Quand il se rendit au théâtre obscur, faiblement éclairé, qui s'arqua au-dessus de lui comme le temple de la Renommée, Mr. Loder, aussi charmant que l'avait annoncé Mrs. Alsager, lui fit l'effet du génie de l'hospitalité. Le directeur se mit en devoir d'expliquer son long silence ; mais c'était à présent le cadet des soucis de Wayworth et par la suite il ne parvint jamais à se rappeler les raisons que Mr. Loder invoqua. Il prit plaisir aux discussions et aux préparatifs, même aux choses dont il pensait qu'elles lui déplairaient et jouit infiniment de celles dont il avait prévu qu'elles lui plairaient. Ce soir-là il observa Violet Grey d'un œil pénétrant qui cherchait à sonder ses virtualités. Elle en avait certainement quelques-unes — des qualités de voix, de visage, peut-être même d'intelligence. En tout cas, il suivit son jeu avec une attention encourageante, cajolante, en se répétant avec autant de conviction qu'il put, qu'elle n'était pas banale — fait d'autant plus à son honneur que le rôle lui sembla l'être désespérément. Il s'aperçut en outre que c'était cela qui plaisait aux spectateurs et devina qu'ils goûtaient le rôle plus qu'ils n'appréciaient l'actrice. Une peur panique l'envahit brusquement : s'ils aimaient cette formule-là, comment pourraient-ils aimer la sienne ? Sa « formule artistique » lui semblait à présent son idéal suprême. Quand la soirée s'acheva, certains traits de Violet Grey, sa façon de tourner la tête, une certaine vibration de sa voix, s'inséraient pour lui dans la même catégorie artistique : l'artiste intéressante, distinguée. En tout cas, il l'avait acceptée, ce qui revenait au même. Mais il quitta le théâtre ce soir sans lui parler, mû (un peu à son propre étonnement) par un bizarre sentiment d'atermoiement. Le lendemain il devait lire ses trois actes à la troupe, et il aurait alors beaucoup à dire. Pour l'instant il éprouvait une vague répugnance à s'engager. De plus il s'irritait un peu d'avoir essayé pendant toute la soirée de voir Nona Vincent dans la personne de Violet Grey, alors que l'image qui subsistait en lui était simplement celle de Violet

Grey dans le personnage de Nona. Or, il n'eût pas voulu avoir de l'actrice une vision aussi directe, aussi simple, et l'effort avait été très fatigant de se représenter Nona à la fois à travers le jeu de Miss Grey et la pièce du « Légitime ». Avant de se coucher, il mit à la poste un mot pour Mrs. Alsager. « Elle n'a rien de vous mais j'ose espérer que j'arriverai à la rendre passable. »

Le lendemain, la façon dont l'actrice écoutait, à la séance de lecture, lui plut. Beaucoup de choses d'ailleurs lui plurent pendant cette séance, et surtout la lecture en soi. Cette formalité lui fit grande impression, il la magnifia et en enregistra les moindres détails. Il jouit d'être installé dans le grand théâtre un peu obscur et creux, plein d'échos des « passages à effet » et d'une bizarre odeur de gaz et de succès. Tout cela ressemblait à une toile préparée pour son tableau. Pour la première fois de sa vie, il « disposait de ressources », la locution lui était connue mais il n'avait jamais supposé connaître un jour par expérience ce sentiment. Il s'étonna de tout ce que Loder semblait disposé à faire, bien qu'il se rappelât la nécessité de ne pas marquer de surprise. Il prévit que l'effort artistique de monter une pièce comportait deux éléments bien distincts : une bonne part d'angoisse et une bonne part d'amusement. Plus tard il lui sembla que la séance de lecture avait été le meilleur moment, parce que c'est alors que la pièce lui avait vraiment donné l'impression d'être jouée. Ce qui vint par la suite était l'œuvre des autres ; mais ceci, avec ses imperfections et ses manques, était entièrement de lui. Le drame, en tout cas, prit vie durant cette heure, avec une intensité qu'il ne devait pas tarder à perdre dans l'indigence et la précarité des répétitions. Wayworth put voir cette vie reflétée d'une manière qui lui fut douce, dans le silence du petit demi-cercle d'acteurs attentifs et fermés, en imperméables et en chaussures crottées de boue. Mais Violet était celle à qui il avait le plus de choses à dire et il s'efforça aussitôt, à travers la scène sordide, de lui rendre sensible l'âme du rôle. Elle l'écoutait dans une attitude gracieuse, mais bien qu'elle semblât concentrer toutes ses facultés auditives, son visage restait parfaitement vide. Wayworth d'ailleurs n'en fut pas découragé et l'en aima davantage parce qu'elle ne marquait pas de hâte intempestive. Ses camarades, par des réactions évidentes, saluèrent les passages de haute comédie, mais même à cette minute, Wayworth pardonna à l'actrice de demeurer inexpressive. Elle tenait manifestement avant tout à bien comprendre.

Plus encore que de l'importance des sacrifices auxquels M. Loder se déclarait prêt, il s'ébahit de découvrir que certains des acteurs n'aimaient pas leur rôle et son courage fléchit tandis qu'il se demandait ce qu'il pourrait tirer de gens qui se montraient si niais. Ce fut sa première déception. Il avait vaguement espéré que chacun d'eux, éperdu de gratitude, prendrait aussitôt conscience de la chance qui lui était échue, et ce calcul se révélait faux. Il se sentit désemparé, ou du moins prévit de nouvelles déceptions. Impossible de déceler ce qui plaisait ou déplaisait au directeur du théâtre, il se gardait de tout jugement, de tout commentaire. Son acceptation de la pièce et son avis sur la façon de la monter avaient apparemment fait de lui une figure voilée, mystérieuse. Wayworth parvint à comprendre que désormais ils allaient tous se mouvoir dans une atmosphère plus haute et plus âpre que celle des compliments et de la confiance. Lorsqu'il causa avec Violet Grey après la lecture, il la trouva vraiment plutôt obtuse : quelle meilleure preuve en pouvait-elle donner que de ne pas proclamer avec transport combien sa grande chance la ravissait ? Cette réserve ne trahissait d'ailleurs aucune prétention de sa part. Elle ne cherchait pas à lui en imposer, à se faire passer pour une personne éminente, réfractaire aux enthousiasmes faciles. Il soupçonna au bout d'un moment qu'elle était intriguée, même un peu effrayée — dans une certaine mesure, elle n'avait pas compris. Rien ne pouvait séduire l'auteur plus que l'occasion d'éclaircir pour elle les points obscurs au cours d'un examen où il ne tarda pas à découvrir que dans la mesure où elle avait compris, elle avait compris de travers. Si elle était mal dégrossie, raison de plus pour causer avec elle. Il ne cessait de lui dire : — Interrogez-moi, interrogez-moi ! Demandez-moi tout ce qui vous passera par la tête !

Elle l'interrogea, elle l'interrogeait sans cesse, et aux premières répétitions — informes et vides au point que Wayworth douta s'il assistait à la mort d'une expérience ou à l'aube d'un succès — ils se livrèrent, dans un coin du plateau, à de longues palabres qui du moins eurent pour effet de le convaincre qu'elle prenait son rôle au sérieux. Il sentait de plus en plus que son héroïne était la pierre angulaire de l'édifice et l'actrice partageait son avis avec empressement. Mais quand il rappela à la jeune personne qu'en fait tout le succès dépendait d'elle, elle en fut alarmée et un peu scandalisée. Elle blâma plus d'une fois cette manière de construire une pièce, trouvant injuste que l'on fît porter le poids de sa chute ou de son triomphe à une pauvre fille inquiète. Elle était presque maladivement consciencieuse, et si en théorie ces scrupules plaisaient à Wayworth, en pratique il s'impatienta à trois ou quatre reprises, à cause de toutes les choses qu'elle pouvait faire — ou ne pas faire. A ces moments, les yeux de Violet Grey se mouillaient mais elle s'empressait de l'assurer que ses larmes étaient provoquées par sa propre stupidité et non par le ton qu'il employait à son égard, toujours bienveillant en toute circonstance. Sa sincérité la rendait belle, et il souhaitait de tout son cœur qu'elle pût — ah ! plût au ciel ! — communiquer un peu de cette sincérité à Nona Vincent. Une fois, cependant, les reproches de Wayworth l'affectèrent et la troublèrent au point qu'il en eut lui-même un instant les larmes aux yeux. Et le hasard fit que, se retournant, il se trouva nez à nez avec M. Loder. Le directeur eut l'air ébahi, jeta un regard à l'actrice qui se détourna ; puis, souriant à Wayworth, il s'écria avec l'humour d'un homme qui entend le poulailler rire tous les soirs :

— Eh bien !... mais dites donc !

— Qu'y a-t-il ? demanda Wayworth.

— Je suis heureux de voir que Miss Grey se donne tant de mal avec vous !

— Oh oui ! elle me mettra à la porte ! dit le jeune homme gaiement.

Il sentait que tout le monde se rendait compte qu'il ne traitait pas « Nona » à la légère ; bien décidé au cours des répétitions, à ne pas sacrifier une once de conscience professionnelle à des considérations étrangères.

En fin d'après-midi il allait souvent demander à Mrs. Alsager une tasse de thé en la remerciant d'avance pour la détente qu'elle lui procurait, et lui disait combien l'intéressaient les répétitions (— à la façon dont *eux* les pratiquaient ! — précaution oratoire). Mrs. Alsager, de plus en plus son bon génie et son ange gardien, comme il ne cessait de le lui répéter, le fortifiait dans cette politique supérieure et l'incitait à toutes les formes de la ferveur artistique. Naturellement, jamais elle ne s'était davantage intéressée à son travail. Elle s'enquérait des moindres détails, le traitait comme un homme ployant sous le poids d'une fatigue héroïque, le bourrait de coûteux toniques, bref lui préparait un lit de feuilles de roses. Plus que jamais, au coin du feu, ils parlaient de la vie artistique — il lui confiait ses espoirs et ses craintes, ses expériences et ses anxiétés au sujet de celle qui devait incarner Nona. Elle s'intéressait énormément à la jeune personne et le prouvait en louant tout le temps une loge — (elle avait déjà vu Violet une demi-douzaine de fois) pour étudier ses capacités à travers l'écran de son rôle actuel. Comme Allan Wayworth, elle ne la trouvait pleine de promesses que par à-coups, car l'actrice, à certains moments, se montrait carrément mauvaise. Bien qu'intelligente, son manque de formation était criant et son intelligence n'y pouvait suppléer que fort partiellement. Elle était comme un couteau sans tranchant — un acier de bonne trempe mais jamais aiguisé. Elle tailladait en quelque sorte, au figuré, sa dure miche de pain dramatique, sans parvenir à obtenir des tranches lisses.

II

— Assurément ma jeune première ne sera pas une Nona qui vous ressemble beaucoup ! fit observer un jour lugubrement Wayworth à Mrs. Alsager. Certains jours, cette perspective semblait le terrifier.

— Tant mieux ! Il n'y a aucune raison pour qu'elle me ressemble.

— J'aurais tant aimé que vous la formiez un peu — vous le pourriez si facilement, continua le jeune homme. Sur quoi Mrs. Alsager le pria de ne pas se moquer d'elle aussi cruellement. Mais elle se montrait curieuse de tout ce qui concernait la jeune fille, s'informait de son caractère, de sa situation de famille, voulut savoir comment et où elle vivait, en un mot elle semblait désireuse de sympathiser avec Violet. Wayworth n'était peut-être pas très renseigné sur la vie privée de Miss Grey, mais au bout de trois semaines de répétitions, il se trouva en mesure de fournir tous les renseignements demandés. C'était une jeune personne charmante, exemplaire, instruite, cultivée, aux goûts ultra-modernes, excellente musicienne. Orpheline, restée très seule dans la vie, elle avait pour toute famille, aux Indes, une sœur mariée à un fonctionnaire civil dont le poste comportait de lourdes responsabilités, et une chère petite tante à l'ancienne mode, — en réalité une grand-tante, avec qui elle habitait Notting Hill, qui écrivait des livres pour enfants et avait jadis, paraît-il, composé une pantomime pour la Noël. C'était un vrai foyer artistique, évidemment pas à la hauteur de celui de Mrs. Alsager (comment comparer l'infime et le superlatif ?) mais extrêmement raffiné et honorable. Wayworth alla jusqu'à insinuer que ce serait très gentil et « humain » à Mrs. Alsager d'aller les voir — elles seraient si touchées d'une visite de sa part ! Elle avait si souvent obéi à ses suggestions qu'il avait pris l'agréable habitude de compter sur sa docilité. En la conseillant, il éprouvait un sentiment de sage responsabilité. Mais ce conseil-ci n'éveillant aucune réponse, il préféra laisser tomber le sujet. Néanmoins, Mrs. Alsager retourna au « Légitime ». Il s'en aperçut en l'entendant affirmer tout à coup le lendemain :

— Oh, elle sera très bonne, elle sera très bonne ! » Lorsqu'elle disait « elle » ces jours-là, il s'agissait toujours de Violet Grey, bien qu'ils fissent semblant, la plupart du temps, de croire qu'il s'agissait de Nona Vincent.

— Oh oui, approuva Wayworth, elle le désire tellement !

Mrs. Alsager, après un silence, demanda, un peu hors de propos, comme si elle sortait d'une rêverie :

— Le désire-t-elle tant que cela ?

— Terriblement. Il paraît que le rôle l'a fascinée de prime abord.

— Alors, que ne l'a-t-elle dit ?

— Oh, parce qu'elle est si singulière !

— Oui, elle est singulière, dit Mrs. Alsager d'un air songeur. Et elle ajouta : — Elle est amoureuse de vous.

Wayworth ouvrit de grands yeux, s'empourpra et se prit à rire : — Qu'y a-t-il là de singulier ? demanda-t-il ; mais avant que son interlocutrice pût le satisfaire sur ce point, il demanda comment elle le savait. Elle commença par se dérober un peu, avec grâce, puis expliqua que la veille au soir, au « Légitime », Mrs. Beaumont, femme de l'acteur-directeur, était venue la voir dans sa loge. Au cours de leur bref bavardage, elle s'était trouvée lui dire qu'elle n'avait jamais visité les coulisses. Mrs. Beaumont ayant offert de l'y mener sur-le-champ, la fantaisie l'avait prise d'accepter l'invitation. Elle s'y était divertie un moment, et c'est ainsi que sa conductrice l'avait, sur sa demande, présentée à Miss Violet Grey qui derrière un portant attendait une de ses entrées. Mrs. Beaumont fut appelée ailleurs pour quelques minutes et durant ce laps de temps, face à face avec l'actrice, elle avait découvert le secret de la pauvre fille. Wayworth qualifia la découverte d'absurde, mais tint à savoir sur quels indices elle se basait. Mrs. Alsager trouva sa question bien superficielle pour un peintre des cœurs féminins ; et il n'y remédia guère en faisant remarquer irrévérencieusement qu'un chien a bien le droit de regarder un évêque et que ces choses étaient bonnes à savoir. Même sur ce terrain, Mrs. Alsager le menaça de ses foudres, affirmant que ce n'était peut-être pas un sujet de plaisanterie pour la pauvre fille. Comme Wayworth à présent proclamait qu'il détestait parler des passions qu'il pouvait inspirer, force lui fut de répondre qu'il avait voulu dire que tout cela ne pouvait offrir aucun intérêt pour Mrs. Alsager.

— Comment savez-vous ce qui m'offre de l'intérêt ? demanda la dame avec une froideur insolite et une hauteur vraiment remarquable pour une personne si douce.

Ce soir-là, lorsqu'il vit Violet Grey au théâtre, ce fut elle qui la première lui fit part de sa rencontre avec une amie à lui.

— Elle est amoureuse de vous, déclara l'actrice quand il eut feint l'ignorance, n'est-ce pas la nommer ?

Il rougit plus encore que Mrs. Alsager ne l'avait fait rougir, mais répliqua, assez vite et avec à-propos, que des centaines de femmes, bien sûr, se mouraient pour lui.

— Oh, ça m'est égal, car vous, vous n'êtes pas amoureux d'elle, continua la jeune fille.

— Vous a-t-elle dit cela aussi ? demanda Wayworth, — mais à ce moment, elle fut forcée de le quitter.

Posté dans un endroit d'où il pouvait la voir, il eut l'impression ce soir-là qu'elle introduisait dans sa scène, — la meilleure qu'elle eût dans la pièce — plus de brio que jamais, un talent capable de se jouer des difficultés. Elle avait sans cesse des trouvailles, en dehors des répétitions, et ce soir-là, dans la pièce de cet autre homme, elle en eut deux ou trois dont il aurait souhaité de tout cœur que Nona Vincent pût bénéficier à son tour. On eût dit qu'elle pouvait faire ces choses pour tout le monde sauf Nona. A ces moments, il découvrait en lui un sentiment singulier, nouveau, mêlé (ce qui formait une part de sa singularité) à un autre très naturel et relativement ancien, et qui, sous sa forme la plus définie, se traduisait par une sourde souffrance, le regret que la mauvaise étoile de cette jeune personne l'eût fait monter sur les planches. Dans ses heures de grand malaise, il eût souhaité que, sans aller plus loin, elle renonçât au théâtre. Pourtant ce malaise se calmait lorsqu'il se rappelait les raisons qu'il avait d'espérer qu'elle irait assez loin pour faire de Nona un succès éclatant. Il y eut des instants étranges et pénibles où en tant qu'interprète de Nona, il la détestait presque ; après quoi, d'ailleurs, il s'assurait à lui-même qu'il exagérait et que son aversion, à ses moments de nervosité, ne lui semblait grande que par contraste avec le sentiment sans cesse accru que sur un autre plan, tout à fait différent, elle lui plaisait. Elle lui plaisait à cause de son charme, par ses sincérités et ses perversités, par les sautes et les surprises de son caractère, par certains heureux traits de sa personne. Dans le privé, elle avait pour lui des yeux tristes et la voix rare. Il frémissait de songer qu'elle risquait une humiliation, une déception, il eût voulu lui venir en aide, la sauver, la transplanter ailleurs. Pour la sauver, il fallait tâcher que, pour autant que cela dépendait de lui, la pièce fût un triomphe — ou, si bizarre cela semblât-il, il fallait presque souhaiter que la pièce fût un échec. Car alors, à l'avenir, ce serait la sécurité et la paix. Non la paix de la mort mais la paix d'une vie différente. Ajoutons que notre jeune homme s'accrochait à la première de ces deux solutions dans la mesure où la seconde le tentait davantage. Il était inquiet, de plus en plus, intolérablement, mais le remède immédiat consistait à travailler de plus en plus et surtout à faire travailler Violet Grey. Quelques-uns des camarades de l'actrice reprochaient à Wayworth de s'occuper uniquement de la diriger, comme si tout dépendait d'elle. A quoi il répondait qu'eux pouvaient supporter d'être négligés, puisqu'ils excellaient dans leurs rôles respectifs. Elle était la seule intéressée qu'il ne flattât point.

L'auteur et l'actrice travaillaient avec tant d'acharnement qu'elle n'eut guère le temps de lui reparler de Mrs. Alsager. Elle semblait d'ailleurs l'avoir écartée de sa pensée. Wayworth lui fit remarquer un jour que Nona Vincent était « supposée » ressembler beaucoup à sa charmante amie. Mais elle émit un « Supposée par qui ? » d'une voix neutre, en suite de quoi il n'aborda jamais plus le sujet. Comme par le passé, il confiait librement ses appréhensions à Mrs. Alsager qui comprenait aisément qu'il avait des motifs d'inquiétude assez complexes.

La tension anxieuse du jeune homme variait d'intensité d'heure en heure, mais même lorsqu'il connaissait un répit, ses angoisses restaient multiples et d'ordres différents. Un après-midi — le jour de la première représentation approchait —

Mrs. Alsager lui dit en lui offrant sa tasse de thé, lorsqu'il déclara n'avoir pas fermé l'œil la nuit précédente :

— Vous devez en effet vivre dans un état terrible. L'anxiété pour le compte d'une autre est pire que l'anxiété que l'on éprouve pour soi.

— Pour le compte d'une autre ? répéta Wayworth en la regardant par-dessus le bord de sa tasse.

— Mon pauvre ami, vous êtes inquiet pour Nona Vincent, mais vous l'êtes encore infiniment plus pour Violet Grey !

— Mais Nona Vincent, c'est elle !

— Non, elle ne l'est pas — elle ne l'est pas du tout, dit Mrs. Alsager à brûle-pourpoint.

— Vous le pensez vraiment ? s'écria Wayworth, en répandant son thé, dans son émotion.

— Ce que je pense ne signifie rien, du moins ce que je pense à ce propos. Je voulais dire que, si grandes que soient votre attente et votre angoisse au sujet de la pièce, votre angoisse au sujet de votre interprète est plus grande encore.

— Je ne puis que le répéter, mon interprète est toute ma pièce.

Mrs. Alsager examina d'un air songeur le fond de la théière.

— Votre interprète est votre...

— Ma quoi ? demanda le jeune homme d'une voix un peu tremblante, comme son hôtesse s'arrêtait.

— Votre amie très chère. A présent, vous êtes amoureux d'elle.

Et avec un cliquetis sec, Mrs. Alsager laissa le couvercle retomber sur le récipient odorant.

Son visiteur se prit à rire :

— Pas encore ! Pas encore !

— Vous le serez si elle vous tire d'affaire.

— Vous venez d'affirmer qu'elle ne me tirera pas d'affaire.

Après un silence, Mrs. Alsager murmura doucement : — Je prierai pour elle.

— Vous êtes la plus généreuse des femmes ! s'écria Wayworth qui rougit ensuite comme si ces mots n'avaient pas été heureux. En effet, ils n'auraient guère fait honneur à un homme doué de tact.

Le lendemain il reçut cinq lignes hâtives de Mrs. Alsager. Appelée tout à coup à Torquay auprès d'une parente très malade, elle y serait retenue plusieurs jours, mais espérait être rentrée à temps pour assister à sa première. En tout cas elle lui offrait ses bons vœux sans restriction. Elle lui manqua beaucoup car ces derniers jours furent pour lui chargés d'une tension terrible et l'on ne pouvait guère puiser de réconfort auprès de Violet Grey, encore plus inquiète que lui et si pâle, si défaite qu'il craignait qu'elle ne fût pas en état de jouer. Ils avaient décidé, par un accord tacite, que chacun d'eux aggravant la nervosité de l'autre, Wayworth ferait mieux de laisser Violet seule. A force de disséquer Nona, plus rien ne semblait subsister d'elle, il fallait lui donner le temps de se recomposer. Le jeune homme évita donc Violet Grey dans la mesure du possible, mais elle tenait mal sa promesse ; car elle l'assaillait de questions nouvelles, l'attendait pour lui exposer des doutes anciens, et le soir de la générale, une demi-heure avant le lever du rideau, elle lui proposa une interprétation de l'héroïne totalement différente. Cet incident donna à Wayworth un sentiment d'insécurité si grand qu'il tourna le dos à son interprète sans dire un mot, s'élança dans la rue, longea le Strand avec agitation et marcha jusqu'à la Tamise. Là, il sauta dans un *hansom* et revint vers l'ouest. Lorsqu'il regagna le théâtre, la représentation touchait à sa fin. Il fut très déçu de ne pas la trouver assez mauvaise pour justifier le vieil et consolant adage des coulisses : « Les pires générales font les meilleures premières. »

Le lendemain, un mercredi, était le jour fatidique. Le théâtre avait fait relâche le lundi et le mardi. Le mercredi, chaque artiste s'appliqua à laisser ses camarades en paix mais tous échouèrent dans cette tentative. Bien que d'un commun accord la journée jusqu'à sept heures dût être consacrée au repos, tout le monde, sauf Violet Grey, se trouva sur le plateau. Wayworth regardait Mr. Loder et Mr. Loder détournait les yeux ; ce fut la seule amorce de conversation échangée entre eux. Très agité, incapable de manger, de dormir ou de rester tranquille, parfois en proie à des crises de terreur, Wayworth à son habitude ne trouvait l'apaisement que dans un mouvement perpétuel — il essayait de fuir son anxiété. L'après-midi il se dirigea vers Notting Hill mais réussit à respecter son serment de ne pas s'occuper de l'actrice. Elle était comme une acrobate posée sur une boule glissante : qu'il l'effleurât, elle basculerait. Il passa trois fois devant sa porte et pensa à elle trois cents fois. Ce fut l'heure où il regretta le plus l'absence de Mrs. Alsager. Il s'était rendu chez elle et avait appris qu'elle prolongeait son séjour à Torquay. Il s'en étonna, et plus encore de constater qu'elle ne lui avait pas écrit, mais après tout il n'était pas sûr d'avoir raison, car ayant complètement perdu toute faculté de juger sa pièce, son jugement lui semblait obnubilé en général. Lorsqu'il rentra chez lui, un télégramme de la dame de Grosvenor Place l'attendait : « Pourrai venir — serai en ville vers sept heures. » A huit heures et demie, par le petit trou du rideau de la « Renaissance », il la vit dans sa loge, entourée d'un groupe d'amis, suprêmement belle et bienfaisante. La chambrée était magnifique — trop belle pour sa pièce, se dit-il, trop belle pour n'importe quelle pièce. A présent, tout lui semblait trop beau — décor, meubles, robes et jusqu'aux programmes. Il s'accrocha à l'idée que c'était probablement aussi le cas pour l'interprète de Nona : elle était tout simplement trop bien. Il avait arrêté avec la jeune fille leur conduite respective pour la soirée et bien qu'ils eussent modifié leurs autres dispositions, ils s'étaient promis de tenir bon sur ce point. Ils s'étaient d'ailleurs promis un nombre prodigieux de choses : il lui donnerait le signal d'entrée en scène, l'accompagnerait jusqu'à l'extrême limite des coulisses puis quitterait le théâtre pour ne reparaître que juste avant la fin. Elle le conjura de rester éloigné — elle se sentirait infiniment plus à l'aise. Il vit qu'elle était mise avec un goût exquis. Depuis la veille elle avait apporté à sa toilette une ou deux améliorations et cette pensée lui donna un sujet concret à tourner et retourner dans son esprit embrumé, tandis qu'il roulait dans le fiacre brimbalant où, à quelques pas de la sortie des artistes, il s'était réfugié dès le lever du rideau. Comme il habitait à quelque trois kilomètres de l'endroit, il avait choisi une vieille guimbarde pour faire passer le temps.

Rentré chez lui, il trouva son feu éteint, sa chambre froide, et s'étendit sur le sofa, en pardessus. Il avait donné à sa logeuse un fauteuil de corbeille, exprès pour l'éviter, car elle se répandait en un flot volubile de paroles agrémentées de fautes de syntaxe. La maison lui sembla un vide noir, comme tout à l'heure les rues. Tout le monde — c'était prodigieux ! — assistait donc à sa pièce ? Il se sentit enfin plus calme que durant la quinzaine écoulée et trop faible pour se demander même comment la pièce marchait. Plus tard, il pensa avoir dormi une heure ; mais il était encore trop tôt pour retourner au théâtre.

Il s'assit près de sa lampe et essaya de lire la petite vie abrégée d'un grand homme d'Etat anglais, puisée dans une « série ». Elle lui fit l'effet d'être brillante et intelligente et il se demanda s'il n'aurait pas dû plutôt s'orienter de ce côté-là : pas vers les fonctions d'homme d'Etat, mais vers l'art de l'abrégé biographique. Tout à coup il se rendit compte qu'il lui fallait se dépêcher s'il voulait arriver à temps — la pendule marquait onze heures moins le quart. Il sortit en coup de vent et cette fois héla un *hansom*. Il avait dépensé assez d'argent en voitures ces dernières semaines pour avoir une raison de plus d'espérer que les bénéfices de sa nouvelle profession seraient appréciables. Son anxiété, son sentiment d'attente et d'incertitude se rallumèrent et tandis qu'il brimbalait vers l'est — il roulait vite, à présent — les alternances d'espoir et de désespoir le rendaient malade. Quand il entra au théâtre, la première personne qu'il rencontra, un vague employé, lui cria, hors d'haleine : « On vous demande, Monsieur ! On vous demande ! » Ce ton lui parut de très mauvais augure. Il regarda son interlocuteur dans le blanc des yeux, attendant qu'il se trahît : le réclamait-on pour l'exécuter ? Quelqu'un d'autre le pressa, le poussa presque en avant — déjà il était dans les coulisses. Il entendit un bruit plus ou moins continu, mais faible et lointain, qu'il prit d'abord pour la voix des acteurs derrière leurs cloisons de carton, la belle pièce du décor du troisième acte. Mais les acteurs étaient dans la coulisse, ils l'entouraient. Le rideau était baissé et on l'appelait, *lui*. Des « Allez-y ! Allez-y ! » l'accueillirent. Il resta pétrifié. Impossible d'avancer. Il ne croyait pas à ces applaudissements qui lui semblèrent juste assez bruyants pour révéler un manque d'enthousiasme.

— Cela a marché ? Cela a marché ? fit-il, haletant, à ceux qui l'entouraient. Et il s'entendit répondre : « Un peu ! Un peu ! » pour la forme, voire mensongèrement, lui parut-il, et même avec un rire moqueur, le rire de la défaite et du désespoir. Soudain, — tout ceci ne dura sans doute qu'un moment, — Loder surgi d'on ne sait où, fonça sur lui avec un : « Sacre bleu, ne les faites pas languir, sinon ils s'arrêteraient ! » « Mais je ne peux pas y aller pour *cela* ! » cria Wayworth au supplice. Déjà Loder l'empoignait et l'entraînait de force. Il résista et chercha éperdument des yeux Violet Grey qui peut-être lui dirait la vérité. Un groupe s'était formé dans la coulisse — étranges visages maquillés et grimaçants — mais Violet n'y figurait pas et son absence même l'effraya. Il prononça son nom d'un accent que par la suite il regretta — il les avait ainsi trahis tous les deux, lui sembla-t-il ; et tandis que Loder le bousculait et le projetait devant le rideau, il entendit quelqu'un dire : « Elle est venue saluer, pour son rappel, après quoi elle a disparu. » Donc elle avait eu un rappel — c'était ce qu'il y avait de plus important pour le jeune homme. Un instant debout à la lueur aveuglante des feux de la rampe, il regarda d'un œil aveugle le grand fer à cheval vaguement clouté de têtes. Des acclamations le saluèrent, qui lui semblèrent à la fois plus bruyantes qu'il ne le méritait et plus faibles qu'il ne le désirait. Elles se calmèrent bientôt, mais le temps lui parut long jusqu'à ce qu'il pût reculer, saisir à son tour son « directeur » par le bras et s'écrier d'une voix rauque : « Cela a vraiment marché ? Vraiment ? »

Mr. Loder fixa sur lui un regard dur et répondit au bout d'un instant :

— La pièce est très bien.

— Alors, qu'est-ce qui est très mal ? fit Wayworth suspendu à ses lèvres.

— Il faut absolument faire quelque chose à Miss Grey !

— Pourquoi ? Qu'a-t-elle donc ?

— Elle n'est pas *dans* la pièce.

— Vous voulez dire qu'elle a échoué ?

— Fichtre oui ! — elle a échoué !

Wayworth ouvrit de grands yeux. — Mais alors comment la pièce peut-elle marcher ?

— Oh, nous sauverons la pièce ! nous la sauverons !

— Où est Miss Grey ? Où est-elle ? demanda le jeune homme.

Loder lui saisit le bras, tandis qu'il se détournait pour chercher son héroïne.

— Ne vous occupez pas d'elle — elle sait !

Au même moment s'approcha de Wayworth un monsieur en qui il reconnut un des amis de Mrs. Alsager et qu'il l'avait aperçu dans la loge de cette dame. Mrs. Alsager y attendait l'auteur triomphant ; elle désirait beaucoup qu'il vînt lui parler. Wayworth s'assura d'abord que Violet avait quitté le théâtre. L'une des actrices fut en mesure de lui dire qu'elle l'avait vue jeter sur ses épaules un manteau, sans même changer de robe, et avait appris ensuite qu'elle s'était engouffrée dans un fiacre, après y avoir fait monter précipitamment sa tante. Wayworth aurait voulu inviter à souper une demi-douzaine de personnes, dont Violet Grey et sa parente, mais elle avait refusé de s'engager à l'avance, alléguant que ce serait terrible de devoir tenir l'engagement si elle n'avait pas de succès, et ainsi l'agréable projet était tombé à l'eau. Wayworth l'avait traitée de morbide, sans pouvoir la fléchir. Le messager de Mrs. Alsager lui notifia qu'on l'attendait à souper à Grosvenor Square, et une demi-heure plus tard, il se trouva assis (parmi des personnes complimenteuses et des bouchons de champagne qui sautaient), à faire le premier repas convenable auquel il eût touché depuis une semaine. Mrs. Alsager l'avait enlevé dans sa voiture et les autres invités l'avaient suivi, par leurs propres moyens. Il l'arrêta net dès qu'elle commença à lui dire combien tout le monde avait été frappé par sa pièce : il l'accula au pied du mur, en soulevant la question Violet Grey. Avait-elle gâché la pièce, l'avait-elle coulée ou compromise, avait-elle été franchement mauvaise, ou bonne jusqu'à un certain point ?

— La représentation eût certainement gagné si *elle* avait été meilleure, avoua Mrs. Alsager.

— Et la pièce eût certainement semblé meilleure si la représentation avait été meilleure, dit lugubrement Wayworth, du fond de la voiture.

— Elle fait ce qu'elle peut, elle a du talent, elle est très jolie. Mais elle ne *voit* pas Nona Vincent. Elle ne conçoit pas son type, elle ne voit pas son individualité, elle ne voit pas la femme à laquelle vous avez pensé ! Elle passe à côté, elle vous donne une personne différente.

— Oh, la femme à laquelle j'ai pensé ! s'écria le jeune homme en regardant les réverbères de Londres qui défilaient devant eux. Plût au ciel qu'elle vous eût connue, vous ! ajouta-t-il, comme la voiture s'arrêtait. Une fois entré dans la maison, il dit à sa compagne : — Vous voyez qu'elle ne me mènera pas à la victoire !

— Pardonnez-lui... soyez bon pour elle, implora Mrs. Alsager.

— Je me bornerai à la remercier. Tant pis si la pièce est un four.

— Si c'est un four... si c'est un four ! commença Mrs. Alsager, fixant sur lui son regard pur.

— Eh bien, et après ?

Elle ne put répondre, car le gros de ses invités arrivait ; elle n'eut que le temps de dire :

— Ce ne sera pas un four !

Il partit avant les autres, tourmenté du désir d'aller à Notting Hill ce soir-même, si tardive fût l'heure, hanté par le sentiment que Violet Grey avait mesuré sa chute. Une fois dans la rue, il réfléchit toutefois et changea d'avis. Frapper chez elle à deux heures du matin ne serait guère une façon de la calmer. Le lendemain il consulta six journaux, sans trouver un seul mot encourageant pour elle. Ils étaient assez élogieux pour la pièce, mais unanimes quant à la déception causée par la jeune artiste dont les précédents efforts avaient fait naître tant d'espoirs, et qui portait le poids de si accablantes responsabilités. Ils se demandaient en chœur ce qui lui avait pris et déclaraient à l'unisson que la pièce, non dénuée de promesses, était « handicapée » (tous employaient le même mot) par l'étrange désaccord entre l'héroïne et l'interprète. Wayworth se rendit en voiture de bon matin à Notting Hill, mais sans emporter les journaux, certain que Violet Grey les aurait fait acheter à la première heure et aurait connu le comble de la torture. Elle refusa de le voir, lui fit dire par sa tante qu'extrêmement mal à son aise, il lui serait impossible de jouer le soir si elle ne passait la journée au lit, sans être dérangée. Wayworth resta une heure avec la vieille dame très compréhensive à qui il put parler en toute franchise. Elle lui fit de l'état de sa nièce un tableau que la simplicité des paroles rendit encore plus touchant : « Elle sent qu'elle n'est pas comme elle devrait, vous savez... elle sent qu'elle n'est pas comme elle devrait !

— Dites-lui que peu importe — cela n'a aucune importance ! fit Wayworth.

— Et elle qui est si fière... vous savez combien elle est fière ! continua la vieille dame.

— Dites-lui que je suis plus que satisfait, que je l'accepte avec reconnaissance telle qu'elle est !

— Elle dit qu'elle nuit à votre pièce, qu'elle la coule.

— Elle améliorera infiniment son jeu. Elle se développera jusqu'à incarner son personnage, poursuivit le jeune homme.

— Elle l'améliorerait, si elle savait comment mais elle dit qu'elle ne sait pas. Elle a donné tout ce qu'elle a, et elle ne sait pas ce que l'on demande.

— On demande simplement qu'elle persévère et se fie à moi.

— Comment se fierait-elle à vous quand elle sent qu'elle vous perd ?

— Elle me perd ? s'écria Wayworth.

— Si votre pièce quitte l'affiche, vous ne lui pardonnerez jamais.

— On la jouera six mois ! dit l'auteur.

La vieille dame posa la main sur son bras : — Que ferez-vous pour elle, en ce cas ?

Il regarda un moment la tante de Violet Grey.

— Vous dites que votre nièce est très fière ?

— Trop fière pour sa terrible profession !

— Alors elle ne voudrait pas que vous me posiez la question, répondit Wayworth en se levant.

Rentré chez lui, il s'aperçut qu'il était recru de fatigue et, pour un homme en droit de considérer qu'il avait remporté un succès, il passa une journée remarquablement maussade. Son agitation tombée, la fatigue et la dépression s'emparèrent de lui. Il s'affaissa dans son vieux fauteuil près du feu et resta des heures, les paupières closes. La logeuse entra pour lui apporter son déjeuner et attiser le feu, mais il feignit de dormir pour éviter qu'on lui parlât. Il faut croire qu'à la fin le sommeil le gagna, car vers l'heure où tombait le crépuscule, il eut une impression extraordinaire, une visitation qui, semble-t-il, ne pouvait favoriser aucun être conscient, à l'état lucide : Nona Vincent, avec son visage et sa forme, la vivante héroïne de sa pièce, se dressa devant lui dans la petite chambre silencieuse et s'assit auprès de lui devant son âtre misérable. Ce n'était pas Violet Grey, ni Mrs. Alsager, ni aucune femme qu'il eût déjà vue sur terre, pas plus qu'un déguisement de l'amitié ou de la contrition. Pourtant elle lui semblait plus familière que les femmes qu'il avait le mieux connues, belle ineffablement et consolante. Elle emplissait la pauvre chambre de sa présence apaisante comme un parfum d'encens. Elle était aussi silencieuse qu'une sœur tendre, et qu'elle fût en ce lieu n'avait rien de surprenant. Jamais il n'avait rien vu de plus réel et, par on ne sait quel mystère, rien de plus rassurant. Il sentit la main de Nona se poser sur son épaule et tous ses sens se firent réceptifs pour accueillir le message qu'elle apportait. Phénomène étrange, elle lui parut être à la fois sa création et son inspiratrice, et elle lui apportait l'heureuse conscience de son succès. Si elle était si charmante, à la lueur rougeoyante du feu, dans ses vêtements flous et clairs, c'était parce qu'il l'avait faite ainsi, et si le poids qui accablait l'esprit du jeune homme s'abolissait, c'était parce qu'elle le lui ôtait. Lorsqu'elle baissa sur lui ses yeux profonds, ils semblèrent promettre la sécurité, la liberté, et transformer l'avenir en un jardin verdoyant. Parfois elle souriait et disait : « Je vis — je vis — je vis. » Combien de temps resta-t-il ainsi ? Il n'aurait su le dire, mais quand sa logeuse fit irruption avec la lampe, Nona Vincent n'était plus là. Il se frotta les yeux mais jamais aucun rêve n'avait eu cette intensité. Et lorsqu'il se leva lentement de sa chaise, ce fut avec une joie profonde, silencieuse, la joie de l'artiste à la pensée qu'il avait eu raison, qu'il avait tracé d'elle un portrait exactement conforme à l'original. Elle était venue le lui démontrer. Au bout d'un instant, néanmoins, il fut assez intrigué pour rappeler sa logeuse afin de lui poser une question. Quand la brave femme reparut, il hésita un peu à l'exprimer ; enfin elle prit forme, se traduisit par la demande :

— Une dame est-elle venue ici ?

— Non, Monsieur, aucune dame.

La logeuse parut un peu scandalisée.

— Pas Miss Vincent ?

— Miss Vincent, Monsieur ?

— La jeune personne de ma pièce, vous savez bien ?

— Ah Monsieur, vous voulez dire Miss Violet Grey ?

— Non, pas du tout. — Je crois que je parlais de Mrs. Alsager.

— Il n'est pas venu de Mrs. Alsager, Monsieur !

— Ni personne qui lui ressemble ?

La femme le dévisagea comme si elle se demandait ce qui l'avait pris tout à coup. Enfin elle protesta d'un ton offusqué :

— Pourquoi ne vous aurais-je pas prévenu si vous aviez eu des visites, Monsieur ?

— Vous auriez pu croire que je dormais.

— Mais vous dormiez en effet, quand je suis entrée avec la lampe — et vous ne l'avez pas volé, monsieur Wayworth !

La logeuse revint une heure plus tard pour lui apporter un télégramme. Wayworth commençait à s'habiller pour dîner à son club et aller ensuite au théâtre.

« Regardez-moi ce soir, de la salle, et ne m'approchez pas avant la fin du spectacle. »

C'est en ces termes que Violet Grey lui notifiait ses désirs pour la soirée. Il lui obéit à la lettre et l'observa du fond d'une loge. Il n'était pas en mesure de dire quel effet elle lui aurait produit la veille, mais ce qu'il vit durant ces heures charmées l'emplit d'admiration et de gratitude. Cette fois, elle était bien intégrée à la pièce. Elle s'était ressaisie, installée dans son rôle, elle jouait avec un rare bonheur et gagnait à chaque coup. Ayant eu la révélation toute fraîche de Nona, il put juger en connaissance de cause, et plus il jugeait, plus il exultait. Il se sentit électrisé, transporté, et de surcroît intensément curieux d'apprendre ce qui était arrivé à son interprète, et par quel art mystérieux elle était parvenue en quelques heures à opérer cette transformation radicale. On eût dit qu'elle aussi avait eu la révélation de Nona, tant elle éclairait à présent le tableau d'une lueur convaincante. Il se retint de la rejoindre pendant les entractes, décidé à ne lui parler qu'à la fin. Mais avant la moitié de la pièce, le directeur fit irruption dans sa loge.

— Ce qu'elle fait est prodigieux ! s'écria Mr. Loder, presque plus stupéfait que réjoui. Elle adopte une autre interprétation — elle a un merveilleux rebondissement !

— C'est tout à fait différent ? demanda Wayworth, aussi interloqué que lui.

— Différent ? La même différence qu'entre Hypérion et un satyre ! [1] C'est diantrement bon, mon garçon !

— Diantrement bon, répéta Wayworth, et c'est dans une note tout à fait différente de celle des répétitions !

— Vous tiendrez l'affiche six mois ! déclara le directeur.

Sur quoi il partit comme une flèche pour rejoindre l'actrice, laissant à Wayworth le sentiment qu'elle avait déjà assuré le salut de la pièce. Le public fit à la jeune artiste une immense ovation personnelle.

A la fin du spectacle, lorsque Wayworth alla dans les coulisses, il fut obligé de l'attendre. Elle ne se montra qu'en tenue de ville, prête à quitter le théâtre. Sa tante l'avait rejointe dans sa loge et les deux femmes apparurent ensemble. La jeune fille passa rapidement devant lui et d'un geste lui enjoignit de ne rien dire avant qu'ils ne fussent sortis. Il vit qu'elle était prodigieusement agitée, soulevée au-dessus de son niveau artistique habituel. La vieille dame lui dit : « Vous soupez avec nous, tout est préparé. » Elles avaient une voiture, un *brougham* avec

1. Citation de Shakespeare, *Hamlet,* acte I, scène II (N. T.).

un petit strapontin et il monta avec elles. Un long temps s'écoula avant que l'actrice ne parlât. Renfoncée dans son coin, elle ne donnait aucun signe, sauf qu'elle palpitait encore un peu, comme une mer qui s'apaise, et ses yeux triomphants brillaient dans l'obscurité. La vieille dame gardait un silence terrifié ou du moins discret, et Wayworth se sentait assez heureux pour attendre. Il lui fallut patienter jusqu'à ce qu'ils eussent mis pied à terre, à Notting Hill, où la plus âgée de ses compagnes s'en fut vaquer aux soins du souper.

— J'ai été meilleure !... J'ai été meilleure ! dit Violet Grey, en rejetant son manteau, dans le petit salon.

— Vous avez été la perfection même ! Vous serez ainsi tous les soirs, n'est-ce pas ?

Elle lui sourit : — Tous les soirs ? on ne peut guère espérer le miracle tous les soirs !

— Qu'entendez-vous par un miracle ?

— J'ai eu une révélation.

Wayworth écarquilla les yeux : — A quelle heure ?

— L'heure qu'il fallait — cet après-midi. Juste à temps pour me sauver — et vous sauver.

— A cinq heures ? Voulez-vous dire que vous avez eu une visite ?

— Elle est venue me voir — elle est restée deux heures.

— Deux heures ? Nona Vincent ?

— Mrs. Alsager. — Le sourire de Violet Grey se fit plus profond. — Cela revient au même.

— Et comment Mrs. Alsager vous a-t-elle sauvée ?

— En me permettant de la regarder ! En me permettant de l'entendre parler ! En me permettant de la connaître !

— Et que vous a-t-elle dit ?

— Des choses bienveillantes, encourageantes, intelligentes...

— Ah ! la chère femme ! s'écria Wayworth.

— Il faut que vous ayez de l'affection pour elle — elle en a pour vous. Elle a été pour moi précisément ce qu'il me fallait, ajouta l'actrice.

— Elle vous a parlé de Nona ?

— Elle m'a dit que vous trouviez que Nona lui ressemble. Elle est,.. elle est exquise.

— Elle est exquise, répéta Wayworth. Voulez-vous dire qu'elle a essayé de vous donner des indications ?

— Oh non, elle a seulement dit qu'elle serait heureuse si

sa vue pouvait m'être une aide. Et j'ai senti en effet qu'elle m'aidait. Je ne sais ce qui s'est passé. Elle s'est bornée à rester assise, là, à me tenir la main et à sourire, elle a du tact et de la grâce, et de la bonté, et la beauté, elle a calmé mes nerfs et enflammé mon imagination. C'était comme si, en quelque sorte, elle me donnait tout cela. Je l'ai pris — je l'ai pris ! Je gardais les yeux fixés sur elle, je m'imprégnais d'elle. Pour la première fois depuis que j'étudie mon rôle je voyais mon modèle — je pouvais le copier ! Tout mon courage m'est revenu et d'autres choses encore que je n'avais pas senties jusqu'alors. Elle était différente — elle était exquise ! Je vous le répète, elle a été une révélation ! Avant de partir, elle m'a embrassée... et vous pensez si je l'ai embrassée, moi ! Nous nous sommes quittées dans des termes très affectueux, mais c'est vous qu'elle aime ! dit Violet Grey.

De sa vie, Wayworth n'avait ressenti plus vif intérêt ni sentiment de mystification plus grand.

— Portait-elle des vêtements flous et clairs ? demanda-t-il au bout d'un moment.

Violet Grey ouvrit de grands yeux, se prit à rire et l'invita à venir souper. — C'est vous qui savez comment elle s'habille !

Bien qu'il fût très satisfait, pendant tout le souper il resta silencieux, un peu grave. Il dit qu'il irait le lendemain voir Mrs. Alsager. Ainsi fit-il. On lui annonça qu'elle était repartie pour Torquay. Elle y passa tout l'hiver, tout le printemps, et lorsqu'il la revit, sa pièce avait été jouée deux cents fois et il avait épousé Violet Grey. Ses pièces ont parfois du succès mais sa femme ne figure plus sur l'affiche, elle a renoncé au théâtre. A ces représentations, Mrs. Alsager continue de se montrer assidue.

Sir Dominick Ferrand

I

« Il y aurait diverses objections à élever, mais j'accepterai votre manuscrit si vous y apportez quelques modifications », disait le bref billet de Mr. Locket, et il n'avait pas davantage gaspillé les mots dans le post-scriptum ainsi conçu : « Si vous passez me voir, je vous montrerai ce que j'entends par là. » Ce message arriva aux Jersey Villas par le premier courrier du matin et Peter Baron n'eut pas plus tôt avalé son *muffin* rassis qu'il s'empressa d'obtempérer à l'injonction du directeur de revue. Il savait qu'une telle hâte trahissait de l'impatience et il ne désirait pas marquer un excès d'empressement. C'eût été contraire à son intérêt. Mais comment garder un calme olympien — en eût-on la ferme intention — la première fois qu'une grande revue accepte, fût-ce sous réserve, un échantillon de votre jeune génie ardent ?

C'est seulement quand — tel un enfant l'oreille collée à une conque marine — il commença de percevoir le tumultueux grondement du « fond sonore » que, dans son compartiment de 3ᵉ classe, la cruauté de la clause restrictive pénétra jusqu'à sa conscience, avec un goût d'âcre fumée. Il était vraiment humiliant d'éprouver de l'impatience, lorsqu'on exigeait de vous des « modifications ». Peter Baron essaya de se persuader qu'il ne cherchait pas à se dissimuler l'urgence de ses besoins d'argent et qu'il se hâtait à seule fin de livrer bataille, de défendre les passages d'une hardiesse supérieure qui certainement lui valaient l'ire du directeur de la revue *Mélanges*. Il feignit de croire qu'il s'en indignait — comme pour donner le change au graisseux voyageur, son compagnon de route, assis en face de lui : mais dans le petit œil rond de ce frère en misère encore plus écrasé que lui par la vie, il décela qu'il représentait l'image du succès égoïste. Il aurait aimé se persuader que la revue *Mélanges* lui avait « fait des avances ». Pourtant, quelque jugement qu'à la Rédaction de ce périodique on pût émettre sur certaines de ses « bouffées de fantaisie », Baron soupçonnait parfois nettement qu'il passait là-bas pour un raseur familier. Le seul fait vraiment flatteur, était que *Mélanges* publiait rarement des fictions. On se départait donc pour lui d'une habitude rigide, ce qui compensait, et au-delà, la phrase d'un des innombrables billets précédents de Mr. Locket, phrase qui l'ulcérait encore, où le directeur déplorait de ne relever chez lui aucun indice d'un talent vraiment créateur. « Vous semblez incapable de construire un personnage qui se tient », faisait remarquer ailleurs ce magister impitoyable. Renfoncé dans son coin, tandis que le train stoppait, Peter Baron contempla, à la lueur brumeuse du gaz, l'étalage littéraire d'un kiosque et se demanda lequel de ses personnages n'avait « pas tenu ». Il avait toujours considéré comme suppliciante la fatalité qui fait qu'un esprit créateur n'est pas toujours doublé d'une main créatrice.

Au surplus, disons qu'avant de voler vers Mr. Locket pour remplir sa mission, un incident survenu aux Jersey Villas avait passagèrement retenu son attention. En sortant de chez lui (il habitait au n° 3, dont la porte de devant s'ouvrait sur un jardinet) il avait rencontré la dame qui, la semaine précédente, avait pris possession des chambres du rez-de-chaussée, les « petits salons » pour employer la terminologie de Mrs. Bundy. Il l'avait entendue, et même, de sa fenêtre, à deux ou trois reprises, vue entrer et sortir, et ces observations avaient créé dans sa pensée un vague préjugé favorable à l'inconnue. Préjugé qui, du reste, fut soumis à une épreuve violente : car si de toute évidence, la dame avait le pas léger, on pouvait encore moins se dissimuler qu'elle avait un piano. Elle avait en outre un petit garçon et une voix très douce, dont Peter Baron perçut les accents, non point en l'entendant chanter, car elle se bornait à jouer de son instrument, mais en l'écoutant admonester avec enjouement son fils ; en effet, elle autorisait parfois l'enfant à s'amuser (avec des restrictions proclamées bien haut) dans le petit carré noir qui formait une avant-cour devant chaque maison et passait, dans l'humble rangée des habitations, comme un signe distinctif flatteur. Les Jersey

Villas s'alignaient par paires, à moitié détachées les unes des autres, et Mrs. Ryves — nom sous lequel se présenta la nouvelle locataire — avait été admise dans la maison après avoir décliné sa qualité de musicienne. Mrs. Bundy, l'austère propriétaire du n° 3, qui jugeait ses « petits salons » (d'environ douze pieds carrés) encore plus séduisants que le second étage dont Baron avait dû s'accommoder — Mrs. Bundy, donc, qui se réservait le grand salon pour y confectionner des robes, à l'occasion, avait débattu d'avance le problème de sa nouvelle pensionnaire avec le jeune homme, en lui rappelant que l'affection qu'elle lui portait, à lui Baron, prouvait qu'à conditions égales, elle préférait les locataires intelligents.

C'était le cas de Mrs. Ryves. Elle avait convaincu Mrs. Bundy qu'elle n'était pas une simple pianoteuse. Mrs. Bundy avoua à Peter son faible pour une jolie mélodie et Peter put répondre en toute honnêteté que son oreille, à lui aussi, y était sensible. Tout allait dépendre du « toucher » de leur co-locataire. Le piano de Mrs. Ryves pouvait devenir le fléau de sa vie, si ses mains se révélaient lourdes ou ses choix vulgaires ; mais si elle jouait des choses agréables et les jouait agréablement, elle lui rendrait service, aux heures où il fumait sa pipe pour se mettre en forme. Mrs. Bundy qui désirait louer ses chambres, garantit le talent de premier ordre de l'étrangère, et Mrs. Ryves, qui de toute évidence, connaissait sa partie, n'avait pas infirmé cette prédiction un peu hâtive. Elle ne jouait jamais le matin, aux heures de travail de Baron, et, le reste du temps, il se surprenait à écouter avec plaisir ces accents discrets et mélancoliques. Au fond, il ne s'y connaissait guère et la seule critique qu'il eût pu formuler, est que Mrs. Ryves semblait affectionner les airs tristes. Non qu'ils lui fussent désagréables. Au contraire, ils montaient vers lui comme une sorte de réponse consciente à quelques-uns de ses doutes et à ses humeurs sombres. En conséquence, l'harmonie suprême eût régné, sans l'incroyable mauvais goût du n° 4. En effet, le piano de Mrs. Ryves était placé du côté de la maison dépourvu de mur mitoyen, et Mrs. Bundy estimait que nul n'avait le droit d'élever la moindre objection, hormis son « propre gentleman », lequel se montrait si raisonnable. On n'eût pu en dire autant du gentleman du n° 4 qui n'avait même pas l'excuse d'être un « homme de lettres » comme Mr. Baron. (Il possédait un bull-terrier et cinq chapeaux — toute la rue pouvait les dénombrer) et à écouter Mrs. Bundy, vous auriez cru que des murs, des corridors, des espaces et des obstacles, de structure massive et de fabuleuse étendue, s'interposaient entre lui et l'odieux instrument. Ledit gentleman avait adopté une attitude qui à présent atteignait la phase des échanges de billets et des compromis. Mais de l'avis du voisinage immédiat, son cas n'était point défendable, et si vagues que fussent les notions des Jersey Villas sur tous les autres sujets, elles ne barguignaient pas quant aux droits et aux torts des tenancières de chambres.

Lorsque Peter Baron déboucha de la maison, le garçonnet de Mrs. Ryves était au jardin et sa mère semblait être venue un instant, tête nue, veiller à ce qu'il ne commît aucun dégât. Elle discutait avec lui de la responsabilité qu'il encourrait s'il passait une ficelle à l'un des barreaux de la grille et jouait à conduire « un dada » ; mais à la vue de leur co-locataire, l'enfant eut tout à coup une meilleure intuition de ce que pouvait être un cheval de trait ; il fonça sur Baron en agitant sa bride et cria « hue, dada ! » avec une désinvolture qui plongea sa mère dans un embarras de bon ton. Baron en retour le percha sur son épaule et feignit de caracoler un instant, de sorte qu'aussitôt la performance achevée — elle dura quelques secondes à peine — le jeune homme se sentit pour ainsi dire présenté à Mrs. Ryves. Le sourire de la jeune femme le charma, et une telle impression permet de brûler les étapes. Elle dit : « Oh merci ! mais ne souffrez pas qu'il vous dérange ! » Puis, comme il déposait l'enfant à terre et soulevait son chapeau en s'apprêtant à partir elle ajouta : « Vous êtes très aimable de ne pas vous plaindre de mon piano.

— Mais j'en jouis tout particulièrement ! Vous jouez à la perfection, dit Peter Baron.

— Je suis bien forcée d'en jouer, voyez-vous — c'est tout ce que je sais faire ; mais les gens d'à côté n'aiment pas cela, quoique ma chambre, vous le savez, ne soit pas contiguë à leur mur. Voilà pourquoi je vous remercie de me permettre de leur dire que vous, un locataire de la maison, vous ne me trouvez pas importune.

Elle avait un air de douceur et de vivacité ; et plus les yeux du jeune homme s'attardaient sur sa personne, plus l'indulgence dont elle lui savait gré semblait être le minimum des égards qu'elle pût attendre de lui ; mais il se borna à rire, dit

« non, vous n'êtes pas importune ! » et il eut le sentiment de se trouver de plus en plus présenté à la dame.

Sur ce, l'enfant, un joli petit bonhomme, réclama une nouvelle cavalcade. La jeune femme le souleva à son tour, pour modérer ses transports, et le tint un moment dans ses bras. Le bambin ravageait impétueusement sa chevelure, de sorte que tout en souriant à Baron, elle ne cessait de secouer lentement la tête pour se débarrasser des petits doigts du gamin.

— Si les voisins font un esclandre, je crains d'être forcée de m'en aller, continua-t-elle.

— Oh, n'en faites rien ! s'écria Baron, avec une véhémence si soudaine que le son de sa propre voix lui sembla étranger. Elle eut une vague exclamation et après un salut léger mais qui n'eut rien de farouche, elle rentra dans la maison. L'impression produite sur lui persista jusqu'à son arrivée à la gare. Alors seulement, la pensée de sa discussion imminente avec Mr. Locket reprit le dessus. Ce qui prouve l'intensité de l'intérêt que lui avait inspiré la dame.

L'arrière-goût de ce second entretien fut, lui aussi, intense pour Peter Baron qui sortit de chez le directeur de la revue, son manuscrit sous le bras. Ayant vidé la question avec Mr. Locket, il était en proie à une agitation qui aurait dû être celle du triomphe et qu'au début il réussit à considérer comme telle. Mr. Locket avait été forcé de convenir que sa nouvelle contenait une idée, hommage dont Baron s'appliqua à tirer le meilleur parti. En revanche, certaine scène scandalisait sa conscience de directeur de revue, et le jeune homme dut s'engager à la récrire. Or l'idée que Mr. Locket avait eu la bonté de déceler dépendant, pour être claire, précisément de la scène incriminée, il sautait aux yeux que son objection n'était dictée que par la malignité. Cette supposition mitigeait la joie que Peter Baron ressentait en rapportant chez lui une contribution à la littérature qu'il se complaisait à considérer comme acceptée. Il rentra à pied pour calmer sa surexcitation et réfléchir aux changements à apporter. Il parcourut une assez grande distance sans régler ce point, et comme il commençait à se dépiter, il regarda vaguement les devantures des boutiques pour y chercher des solutions ou des amorces d'idées. Mr. Locket habitait, tout au fond de Chelsea, une aimable petite maison lambrissée et Baron, pour rentrer chez lui, prit par King's Road. La promenade matinale à travers les rues de Londres lui procura un amusement nouveau, avec le spectacle d'une animation toute fraîche. En général, il passait ces heures-là à son écritoire, dans la gênante posture qu'imposait la misérable table, un des meubles branlants du second étage chez Mrs. Bundy, qui servait d'autel à ses sacrifices littéraires. Lui arrivait-il de sortir à la naissance du jour, il s'apercevait que la vie, elle aussi, lui semblait rajeunie. On profitait du regain d'ardeur que les gens apportaient au travail, on voyait de jeunes vendeuses aux joues souvent roses ; l'air des rues était différent, le trafic intense, toutes choses que l'observateur de mœurs pouvait happer au passage. Surtout c'était l'heure où le pauvre Baron faisait ses achats, lesquels étaient d'ailleurs purement du domaine imaginaire. Pour on ne sait quelle raison mystérieuse, ses dépenses fastueuses avaient lieu le matin, et il pressentait que si jamais il devait se ruiner, ce serait avant midi. Ce jour-là, il était en veine de prodigalité, fort de la certitude de ce que *Mélanges* ferait pour lui. Il avait oublié pour le moment ce qu'il devait, lui, faire pour *Mélanges*. Devant les boutiques de livres anciens et de gravures, les vitrines encombrées de bric-à-brac et les alléchantes expositions de meubles en acajou contreplaqué, il avait l'innocente habitude de se livrer à de coûteuses folies. Il remeublait Mrs. Bundy avec une liberté qui ne coûtait rien à cette dame et se perdait en visions d'un second étage métamorphosé.

En ce jour particulier, King's Road se révéla extraordinairement onéreux, et en fait l'occasion différait des précédentes en ce qu'elle contenait le germe d'un danger réel. Pour une fois, il avait mauvaise conscience, éprouvait la tentation de mettre la main à la poche. Il ne voyait jamais un secrétaire commode, avec assez de place pour les coudes, pourvu de tiroirs et d'une belle superficie de cuir soigneusement frappée d'or aux coins, sans que la dégradation des meubles de Mrs. Bundy ne lui revînt en mémoire. Ces sortes de tables abondaient dans King's Road, et semblaient foisonner ce matin-là. Peter Baron leur jeta un coup d'œil à chaque devanture, et devant l'une d'elles, il tomba en arrêt. Elle avait cette noble assurance qui atteste le chef-d'œuvre authentique ; mais quand il entra et pour se donner une contenance, demanda à connaître l'inabordable prix, la somme que mentionna le vendeur empressé sembla bafouer son impécuniosité au-delà même de ses prévisions. Il déclara que c'était beaucoup trop cher et allait achever sa petite comédie par une méditative retraite quand le commis attira son attention sur un autre article du même genre, étonnamment avantageux. Il s'agissait d'une vieille pièce provenant d'une vente à la campagne, on l'avait en réserve depuis assez longtemps, mais elle avait été oubliée, rangée dans un des débarras — ils contenaient des trésors à foison — pour ne reparaître au jour que tout récemment. Peter se laissa conduire à une interminable resserre obscure derrière le magasin et se trouva enfin penché sur l'un de ces bureaux d'acajou carrés et massifs, les deux pieds de devant dressés sur une sorte de socle en retrait pourvu de petits tiroirs, et que de temps immémorial on appelle en anglais des *davenports*. Bien que manifestement usagé, celui-ci avait la solidité des meubles de jadis et il exerça sur Peter une inexplicable fascination.

Avant de l'avoir vu, il aurait dit qu'un tel article correspondait exactement à ce qu'il ne voulait pas ; mais le vendeur lui avança une chaise et une fois assis, les coudes sur la douce pente du grand couvercle solide, il sentit qu'avec une semblable base pour ses essais littéraires, la bataille serait déjà à moitié gagnée. Il souleva le couvercle et examina avec amour l'intérieur profond. Il garda un silence menaçant quand son compagnon laissa tomber ces paroles surprenantes : « Je le convoite personnellement », puis, quand l'homme mentionna le prix dérisoire — on le vendait à perte — il réfléchit que ce serait une fière économie d'avoir un autel littéraire où l'on pourrait vraiment allumer une flamme. Un *davenport* représentait un pis-aller, mais toute la vie n'était-elle pas un pis-aller ? Il pourrait rabattre le prix du vendeur ; et chez Mrs. Bundy, il écrivait sur une précaire table à jeu. Après être resté une minute assis, le nez dans l'aimable pupitre, il eut la bizarre impression que celui-ci pourrait lui révéler un ou deux secrets — quelque secret relatif à la forme artistique ou à de mystérieux rites incantatoires, encore que sa carrière n'eût sans doute été littéraire que dans la mesure où quelque vieille dame rédigeait dessus des invitations à de mornes dîners. Ce réceptacle dégageait une étrange et vague odeur, comme si jadis il avait abrité des objets parfumés, sacrés pour son propriétaire. Lorsqu'il retira sa tête du pupitre, Baron dit au marchand : — Je veux bien vous offrir la moitié de ce prix », des personnes compétentes lui ayant assuré que c'était la manière de procéder. Il se sentit un peu vulgaire, mais le secrétaire arrivait le soir même aux Jersey Villas.

II

« J'espère que ça ira. Il a l'air d'être calme à présent », dit la pauvre locataire des « petits salons » quelques jours plus tard, en parlant de leur voisin agressif et du piano litigieux. Les deux co-locataires avaient noué des relations régulières où le piano entrait pour beaucoup. De même que cet instrument servait de thème à des discussions avec le gentleman du 4, ainsi entre Peter Baron et la « dame des petits salons » il formait une base d'entente particulière, en tout cas un sujet de fréquents entretiens. Mrs. Ryves avait d'ailleurs tant de séduction que, Peter Baron n'en doutait pas, même sans piano il n'aurait pas été en peine d'aliments pour leurs conversations, mais par bonheur ils en avaient un et il en tirait tout le parti possible. A présent, il en savait plus long sur sa nouvelle amie. Elle était veuve et lasse et lorsqu'elle tenait son bel enfant dans ses bras, elle ressemblait vaguement à une jeune Madone moderne. Bien que Mrs. Bundy eût pour trait distinctif une certaine rigueur à l'égard des jeunes femmes décoratives, et une austérité aussi rigide que le règlement affiché dans les meublés, elle avait toute confiance en Mrs. Ryves, convaincue d'avoir affaire à une « dame », et une dame qui lui permettait, à elle Mrs. Bundy, d'honorer une de ces manifestations artistiques qu'elle se piquait d'estimer en toute indépendance. Professionnelle, certes, mais les Jersey Villas pouvaient enfin s'enorgueillir d'une profession qui ne fût pas la mauvaise — car elles en avaient aussi vu de cet acabit-là. Mrs. Ryves possédait un revenu annuel de mille livres (comment Mrs. Bundy le savait-elle ? Baron doutait que Mrs. Ryves lui eût fait des confidences !) et pour le reste elle dépendait de sa délicieuse musique. Baron pensait que sa musique, fût-elle délicieuse, devait être d'un mince apport, guère suffisant pour remplir une salle de concert, et il se demanda tout d'abord si Mrs. Ryves jouait des rondes paysannes à des réunions enfantines ou si elle donnait des leçons à de jeunes personnes qui cultivaient un art au-dessus de leur condition.

Il devait d'ailleurs être abondamment renseigné. Tout se déroula très vite, car le garçonnet était devenu un auxiliaire aussi précieux que le piano. Sidney hantait assidûment le seuil du n° 3. Fort sociable, il avait établi des relations indépendantes avec Peter, et s'aventurait souvent à l'étage supérieur pour rendre visite à des livres d'images (à qui il reprocha au début de n'être point tous des « dadas ») et à des cannes, heureusement plus conformes à ses exigences. La fenêtre du jeune homme avait vue sur celle de sa nouvelle connaissance. A travers un rideau de mousseline empesée, elle lui rendait sa voisine continuellement présente et le faisait assister à ses allées et venues plus qu'il ne s'en sentait le droit. — Il était capable d'une certaine pudeur dans la curiosité qu'elle lui inspirait, et aussi de toutes sortes de petites délicatesses et d'égards muets. Elle donnait en effet quelques leçons, surtout à des élèves du quartier, et il finit par connaître plus ou moins les motifs de ses sorties ou de ses rentrées. Elle ne recevait guère de visiteurs, sauf parfois une ou deux respectables vieilles dames, et tous les jours, la pauvre et terne Miss Teagle, elle aussi une personne d'âge, qui venait avec humilité remplir les fonctions de gouvernante auprès de l'enfant des petits salons. De tout temps la fenêtre de Peter Baron s'était ouverte en quelque sorte sur un morceau de vie et l'une des choses qu'elle lui avait fait constater, c'est que nul n'est si privé de joie qu'il ne puisse, moyennant deux pence, s'assurer les services de quelqu'un d'encore plus privé. Mrs. Ryves était une lutteuse (Baron répugnait à y songer) mais elle trônait sur une cime aux yeux de Miss Teagle, qui avait vécu dans une nursery aristocratique pour tomber ensuite dans une phase de diplômes et d'humiliations.

Mrs. Ryves sortait parfois, comme Baron lui-même, des manuscrits sous le bras, et toujours comme Baron, elle les rapportait la plupart du temps. Ses vaines avances s'adressaient à des éditeurs de musique. Elle essayait de composer — de fabriquer des chansons à succès. Un air en vogue constituait un revenu, elle le confia à Peter l'une des premières fois qu'il ramena Sidney *blasé* [1] et somnolent à sa mère. Une autre fois qu'il était venu sans meilleur prétexte que la simple envie de lui rendre visite (après tout, elle l'avait virtuellement invité) elle lui dit qu'une chanson sur mille réussissait et que la terrible difficulté consistait à trouver les paroles justes. Cette « justesse » n'était qu'un vulgaire tour de main — beaucoup de paroles vraiment spirituelles ne servaient parfois à rien. Peter dit en riant qu'il supposait que celles qu'il chercherait à composer seraient certainement trop spirituelles, mais trois semaines après sa première rencontre avec Mrs. Ryves, il s'assit devant son délicieux bureau (très conscient que des tâches plus urgentes le requéraient) et s'efforça d'enfiler bout à bout des rimes assez idiotes pour faire la fortune de sa voisine. Il ne doutait pas de la finesse de son talent musical — elle avait la note touchante. La note touchante se retrouvait dans sa personne aussi.

Le bureau était délicieux après six mois passés devant son branlant prédécesseur et ce renfort apporté au style littéraire du jeune homme ne fut pas amoindri par le sentiment qu'il avait de se l'être procuré d'une façon un peu illicite. En effet, il l'avait acheté, escomptant l'argent qu'il attendait de Mr. Locket, mais la libéralité de ce dernier serait en fonction de l'ardeur au travail de son collaborateur, qui à présent avait à compter avec les conséquences d'un optimisme téméraire. Car son œuvre, le fruit de son labeur, offrait un caractère incorruptible et n'admettait aucune compromission. Elle semblait le regarder avec reproche, dans tout l'éclat de sa perfection et lui dire : « Comment as-tu pu faire une promesse aussi vile et t'engager à me mutiler, à me déshonorer ! » Les changements réclamés par Mr. Locket étaient inadmissibles, et dégradantes ses concessions à la platitude, à l'idée qu'il se faisait de la mentalité du public. La mentalité du public ! Comme si le public avait une mentalité ou une faculté de perception autre que le regard fixe et hébété d'un troupeau de moutons ? Peter Baron se sentait placé devant l'alternative de décider s'il n'était pas assez intelligent, ou simplement pas assez abject pour récrire son histoire. Il eût pu, en vérité, avoir moins

1. En français dans le texte.

d'orgueil s'il avait eu plus d'habileté et plus de discernement s'il avait eu plus de pratique. L'humilité, dans le métier des lettres, constituait la moitié de la pratique, et la résignation, la moitié du succès. Le pauvre Peter rougit de chagrin en constatant qu'elle ne représentait pas un succès, cette prose glacée dont lui d'une part, et son éditeur de l'autre, ne savaient que faire. La vérité relative à sa malencontreuse nouvelle lui parut d'autant plus amère que durant quelques jours il s'était arrangé pour la trouver douce.

Assis, sombre et désemparé, à mordre sa plume et à se demander ce que signifiait l'expression « les récompenses de la littérature », il finissait en général par repousser la composition déflorée par Mr. Locket, pour s'essayer à la sorte de niaiserie que Mrs. Ryves réussirait peut-être à mettre en musique. Le succès dans ce domaine ne serait pas « une récompense » d'ordre littéraire, mais pourrait bien devenir un travail d'amour. Il s'accommoderait volontiers de cette expérience, pour peu qu'elle fût au goût de son indéchiffrable voisine. C'est ainsi qu'il la qualifiait en pensée, car peu à peu il en avait appris assez long sur son compte pour deviner combien il lui restait à apprendre encore. Passer ses matinées à lui chercher des rimes faciles, c'était assurément esquiver le problème immédiat ; mais à certaines heures, il jugeait ce problème trop ardu et se disait qu'autant périr par le fer que par le feu.

D'ailleurs il abordait quand même la question par la bande, en pensant qu'il ne serait pas complètement un raté s'il parvenait à fabriquer des chansons que les accompagnements de Mrs. Ryves mettraient en circulation. Il n'avait encore rien osé lui montrer, mais un matin où le petit garçon se trouvait dans sa chambre, il lui sembla que l'inspiration le visitant, il arrivait à un heureux moyen terme (ce qui est un art en soi) entre le son et le sens. Si le sens était intelligible, c'était parce que le son lui était devenu si familier.

Au petit Sidney à qui il avait offert en sacrifice du sucre d'orge (pour sa part il ne l'aimait pas, mais ces jours-ci il en avait toute une provision) il recommanda d'attendre un instant, ajoutant qu'il lui confierait quelque chose de joli à remettre à sa maman. Sidney s'était découvert des occupations absorbantes et tandis que Peter recopiait la chanson de sa plus belle écriture, il tournaillait dans la pièce, tout glougloutant et poisseux. Il se glissa ainsi dans la partie postérieure du bureau, à quelques pas de l'embrasure de la fenêtre, et comme il aimait battre la mesure pour scander ses grandes joies, il se mit à tambouriner dessus avec un coupe-papier ramassé par terre. Au moment où il se livrait à ces violents transports, son grand ami avait soulevé le couvercle du pupitre et, la tête enfouie dedans, fourrageait dans des papiers pour trouver une enveloppe. « Eh bien, eh bien, mon garçon !... » s'écria-t-il, inquiet pour l'éclat de son meuble chéri. Sidney s'arrêta une seconde mais pendant que Peter cherchait toujours son enveloppe, cette fois carrément désobéissant, il administra une nouvelle tape. Peter l'entendit de l'intérieur, et la bizarrerie du bruit le surprit au point que laissant un instant à l'enfant la démoralisante impression de l'impunité, il attendit, curieux, la répétition du coup. Elle se produisit aussitôt et le jeune homme qui tenait enfin son enveloppe et s'exclamait : « tiens ? ce meuble a un double fond ? » bondit et s'empara de son jeune visiteur. Du bras gauche il le plaqua contre son genou tandis que de sa main libre il inscrivait le nom de Mrs. Ryves.

Comme Sidney aimait les commissions, il fut facile de se débarrasser de lui. Après son départ, Baron s'arrêta devant la fenêtre et tout en faisant tinter des sous et des clefs dans ses poches, il se demanda si la charmante musicienne trouverait sa chanson aussi bonne ou en d'autres termes aussi mauvaise qu'il la jugeait lui-même.

Ses yeux, lorsqu'il se retourna, se posèrent sur le dos en bois du secrétaire où il déplora de relever trois ou quatre vilaines éraflures laissées par les assauts de Sidney. « Le diable emporte la petite brute ! » s'écria-t-il avec le sentiment de voir un autel profané. Il se rappela néanmoins l'observation que ce sacrilège l'avait amené à faire, et pour en avoir le cœur net, tambourina du poing sur le bois. Le son lui parut assez ordinaire mais ses soupçons se confirmèrent quand, debout à côté du pupitre, il fourra la tête sous le couvercle levé et prêta l'oreille, tandis que de son bras tendu il cognait énergiquement au même endroit. De toute évidence, le dos du meuble sonnait creux. Un espace séparait les parties intérieures et extérieures, — il put le mesurer — si large qu'il se traita d'idiot pour ne l'avoir pas remarqué plus tôt. Etant donné la profondeur du secrétaire, on avait pu sacrifier beaucoup de place sans attirer l'attention, mais ce sacrifice ne pouvait avoir qu'un but — la création d'un casier secret.

Peter Baron était resté assez enfant pour se sentir très excité, d'autant que toute indication de la cachette avait été adroitement dissimulée. Les gens du magasin ne s'en étaient pas aperçus, sinon ils auraient attiré son attention sur cette particularité propre à rehausser la valeur du meuble. Son répertoire de légendes lui ayant appris qu'il existait toujours un ressort caché, il fureta et chercha avec ardeur le point sensible. Mais le meuble était vraiment une merveille d'agencement. Tout s'ajustait avec une précision qui donnait le change.

Il fallut quelques minutes à Baron pour continuer son examen et il en vint à se dire que les gens du magasin n'étaient pas si bêtes après tout. De leur aveu même, cette épave de respectabilité, perdue dans la multiplicité de leurs trésors, avait été mise au rebut. Il se rappela que le vendeur avait proposé de l'astiquer avant de le lui envoyer, et que, satisfait, quant à lui, de son honorable apparence et hostile en général aux meubles luisants, il avait, dans son impatience, refusé d'attendre que l'on procédât à cette opération, de sorte que le secrétaire était parti pour les Jersey Villas deux ou trois heures après sa visite, emportant avec lui son secret. Ce secret, il semblait fort capable de le garder. Peter trouvait absurde d'être mystifié, mais pas moyen de découvrir le ressort. Il percuta, examina, ausculta, mesura de nouveau, inspecta chaque joint, chaque fissure, ce qui accrut sa certitude de l'existence d'un tiroir et aussi sa conviction que son *davenport* était une rareté. Non seulement un casier se dissimulait dans le double dos du meuble, mais ce casier contenait évidemment quelque chose ! Peut-être un manuscrit perdu — quelque jolie histoire de tout repos, à l'ancienne mode, à laquelle Mr. Locket n'aurait rien à objecter ? Peter revint à la charge, se disant qu'il n'avait pas suffisamment exploré les petits tiroirs qui en deux rangées verticales — il y en avait six de différentes dimensions — s'inséraient dans les parois latérales de la structure qui formait le support du pupitre. Il les retira de nouveau, vérifia minutieusement l'état des charnières, avec l'heureux résultat qu'il découvrit un petit panneau à glissière dans le creux où s'enchâssait le troisième tiroir de gauche. Derrière le panneau, sous sa pression, un ressort plat comme un bouton céda avec un déclic et aussitôt se détacha l'une des pièces de l'étagère qui surmontait le bureau, — pièces qui s'emboîtaient avec la plus fallacieuse précision.

Celle-ci se trouva être, elle aussi, un panneau à glissière qui, poussé, révéla l'existence d'un plus petit casier, une boîte longue et étroite dans le dos postiche. De contenance limitée, si elle ne pouvait renfermer beaucoup de choses, elle pouvait du moins en abriter de précieuses. Voyant avec quelle ingéniosité on l'avait dissimulée, Baron comprit que sans le hasard du tambourinage du petit Sidney au moment même où il avait la tête enfouie dans le pupitre, il aurait pu rester des années sans en soupçonner l'existence. C'eût été sans doute une perte, car il avait deviné juste en pensant que le casier n'était pas vide. Son contenu — précieux ou non — avait du moins valu la peine que quelqu'un le cachât. C'était une collection de petits paquets, des liasses de lettres eût-on dit, enveloppées de papier blanc et soigneusement cachetées. Ni armoiries, ni initiales ne timbraient les cachets, les paquets pouvaient être là depuis une éternité. Baron les compta — neuf en tout, de formats différents. Il les tourna et les retourna, les palpa avec curiosité, flaira leur vague relent de moisi qui l'affecta comme la mélancolie d'une voix humaine étouffée. Ces petites liasses ne portaient ni nom ni numéro, pas un mot d'écriture sur leurs enveloppes mais elles contenaient manifestement d'anciennes lettres, triées et assemblées par dates et par auteurs. Elles racontaient quelque vieille histoire morte — c'étaient les cendres de feux éteints.

Tandis que Peter Baron maniait ses découvertes les unes après les autres, il se sentit pénétré d'une étrange émotion qui n'était pas de la joie et encore moins de la pure souffrance. Il avait fait une trouvaille, mais elle lui créait une sorte de responsabilité. Il était en présence d'une chose intéressante mais (il n'eût pu définir pourquoi) elle représentait soudain un danger. La perception de ce danger le retint de céder à son impulsion de faire sauter les cachets. Il les examina tous de près, attentif à ne point les rompre et se demanda avec trouble si le contenu du compartiment secret pouvait, en toute équité, être la propriété des gens de King's Road ? Il avait payé le secrétaire argent comptant, mais avait-il du même coup acheté ces papiers enfouis ? Il fut néanmoins conscient que son frisson indéfinissable était la rançon de sa nature trop sensible, rançon qu'il avait déjà souvent payée. C'était comme si insidieusement se présentait l'occasion de sacrifier à quelque belle superstition, telle que l'honneur, la bonté ou la jeunesse, ou peut-être quelque chose de plus beau encore, un difficile déchiffrement de son devoir, une sagesse inaccessible, un supplice de Tantale. Devant son trésor équivoque, hanté par le sentiment de complications futures, soudain un léger coup rapide à la porte de son salon le fit sursauter. Instinctivement, avant de répondre, il écouta, dans l'attitude de l'avare en train de compter son précieux pécule. Il répondit : « un instant, s'il vous plaît », glissa le petit tas de paquets dans le plus grand des tiroirs du secrétaire resté ouvert. L'ouverture du dos postiche béait toujours mais il n'eut pas le temps d'actionner le déclic. En toute hâte, il la masqua avec un gros livre puis alla ouvrir la porte.

Elle lui présenta une vision qui pour être imprévue n'en fut pas moins agréable, la figure gracieuse et agitée de Mrs. Ryves. Si visible était son trouble qu'il crut qu'un malheur était arrivé à l'enfant et qu'elle se précipitait chez lui pour lui demander assistance, le prier de courir chercher le médecin. Mais il se rendit ensuite compte que son émoi devait être en connexion avec les vers désespérés qu'il lui avait envoyés un quart d'heure auparavant. Effarée et ravissante, on eût dit qu'en faisant irruption chez son co-locataire elle se départait d'une coutume rigide mais sentait du moins l'énormité de sa démarche et n'arrivait pas à la prendre à la légère. La légèreté incomba donc à Peter Baron qui s'efforça d'ailleurs d'enrober de respect sa familiarité. Il avança le fauteuil d'honneur et répéta qu'il se réjouissait d'une pareille aubaine. La visiteuse entra, laissant la porte entrebâillée. Une minute s'écoula pendant laquelle, pour l'aider à se ressaisir, il l'accusa d'être venue lui dire qu'il devrait rougir de lui envoyer de pareilles pauvretés. Enfin elle recouvra assez de sang-froid pour balbutier que la chanson correspondait exactement à son attente, et qu'après l'avoir lue, une impulsion extraordinaire, irrésistible, l'avait poussée à remercier en personne l'auteur, et sans plus tarder.

— Cette impulsion partait d'un bon naturel, fit-il, et je ne saurais vous dire le plaisir qu'elle me cause.

Elle refusa de s'asseoir et affecta de n'être venue que pour quelques instants. Elle regardait avec confusion le lieu où elle se trouvait et quand ses yeux croisèrent ceux de Baron, ils lui parurent chargés d'anxiété et d'imploration. De toute évidence, elle ne songeait pas du tout à sa chanson, encore qu'elle en célébrât les mérites à trois ou quatre reprises. — Voilà, je voulais simplement que vous le sachiez, et maintenant, il faut que je m'en aille, ajouta-t-elle, mais elle s'attardait sur le tapis du foyer, si désemparée que le jeune homme en fut presque attristé pour elle.

— Je pourrais peut-être l'améliorer si elle ne vous convient pas, dit-il. Je serai ravi de faire pour vous tout mon possible.

— Il y aura peut-être un mot ou deux à changer, répondit-elle, un peu distraite. Il faut que j'y réfléchisse, que je vive un peu avec elle. Mais elle me plaît, et c'est tout ce que je voulais vous faire savoir.

— Charmante pensée ! je ne suis pas du tout occupé, dit Baron.

De nouveau, elle le regarda avec une intensité troublée, puis elle demanda tout à trac :

— Y a-t-il quelque chose qui cloche pour vous ?

— Qui cloche pour moi ?

— Je veux dire, êtes-vous souffrant, ou avez-vous des ennuis ? Une idée subite m'est venue tout à coup ; et c'est là, je crois, le vrai motif de ma visite.

— Je n'ai rien qui cloche, je suis parfaitement bien. Mais vos idées subites sont des inspirations !

— Je suis absurde. Excusez-moi. Adieu, dit Mrs. Ryves.

— Quelles sont les paroles que vous voudriez changer ? questionna Baron.

— Aucune — du moment où vous allez bien. Adieu, répéta sa visiteuse, les yeux soudain fixés sur un objet qui avait attiré son attention. Il regarda dans la même direction et s'aperçut que dans sa hâte à escamoter les paquets que recelait le bureau, il en avait oublié un, qui s'étalait, revêtu de ses cachets. Un instant il se sentit démasqué, comme surpris en train d'accomplir un acte honteux, et à la réflexion seulement il se dit que l'incident dont ce paquet formait un épisode ne pouvait guère concerner Mrs. Ryves. Le regard gêné de la jeune femme revint vers le sien comme pour le sonder, et l'instinct qui poussait Baron à garder pour lui sa découverte fit tout à coup place à la conjecture assez ahurissante qu'avec une rare intuition, elle avait deviné quelque chose et que sa divination (presque surnaturelle, eût-on dit) était le vrai motif de sa visite. Une sympathie secrète l'avait fait vibrer, l'avait touchée, lui avait appris qu'il avait mis au jour quelque chose. Au bout d'un instant, il vit qu'elle devinait aussi la réflexion qu'il faisait, et cela lui donna le vif désir, le désir reconnaissant, heureux, de sembler n'avoir rien à dissimuler. Quant à elle, elle y vit une raison de plus de mettre fin à sa visite passagère. Mais avant qu'elle n'eût franchi le seuil, il s'exclama :

— Bien ! Comment pourrait-on être autrement, quand on vient de faire semblable trouvaille !

Elle s'arrêta et demanda d'un air grave :

— Qu'avez-vous donc trouvé ?

— D'anciens papiers de famille dans un casier secret de mon bureau. — Il souleva le paquet qu'il avait omis de serrer, et le lui montra. — Un tas de choses de ce genre !

— Qu'est-ce ? murmura Mrs. Ryves.

— Je n'en ai pas la moindre idée. Ils sont scellés.

Elle revint sur ses pas.

— Vous n'avez pas rompu les cachets ?

— Pas eu le temps. C'est arrivé il y a dix minutes à peine.

— Je le savais ! dit Mrs. Ryves, à présent un peu plus gaiement.

— Vous saviez quoi ?

— Que vous subissiez une épreuve.

— Vous êtes extraordinaire ! Je n'ai jamais rien entendu d'aussi prodigieux ! Deux étages plus bas !

— Etes-vous vraiment perplexe ? demanda la visiteuse.

— Oui, au sujet de savoir si je dois les restituer. Peter Baron lui sourit et de la paume tapota le paquet. Que me conseillez-vous ?

Elle sourit à son tour, les yeux sur la liasse scellée. — Les restituer à qui ?

— A l'homme à qui j'ai acheté la table.

— Ah ? Ils ne proviennent donc pas de votre famille ?

— Non, le meuble qui les recelait ne me vient pas de mes aïeux. Je l'ai acheté d'occasion — il est vieux, vous le voyez — l'autre jour à King's Road. Le vendeur m'a évidemment vendu plus qu'il ne se figurait. Il ne soupçonnait pas (ce qui de sa part était idiot) l'existence d'un tiroir secret, ou la présence de documents mystérieux. Devrai-je aller le lui dire ? Voilà un assez joli problème.

— Sont-ce des papiers de valeur ? demanda Mrs. Ryves.

— Je l'ignore — mais je peux m'en assurer en brisant un cachet.

— N'en faites rien ! s'écria Mrs. Ryves avec beaucoup d'énergie. Elle reprit, l'air grave :

— C'est assez tentant — un peu un problème, continua Baron en retournant sa liasse.

Mrs. Ryves hésita : — Voulez-vous me montrer ce que vous tenez là ?

Il obéit, elle regarda le paquet et le flaira un instant. — Il a un bizarre, charmant parfum ancien, dit-il.

— Charmant ? Il est horrible !

Elle le lui rendit en ajoutant d'un ton encore plus péremptoire :

— Ne faites pas cela !

— Ne pas rompre les cachets ?

— Ne rendez pas les papiers !

— Est-il honnête de les garder ?

— Bien sûr ! Ils vous appartiennent autant qu'aux vendeurs ! Ceux-ci ont eu ample occasion de les découvrir. Ils ne l'ont pas fait — tant pis pour eux !

Peter Baron réfléchit, amusé par son accent passionné. Elle était pâle, les yeux presque ardents. — Ce meuble est chez eux depuis des années.

— Preuve que personne ne s'est aperçu de leur disparition.

— Laissez-moi vous montrer la cachette.

Il lui fit voir l'ingénieux casier et manœuvra le singulier dispositif. Très intéressée, elle s'anima et se fit familière. Elle l'implora encore de ne pas commettre la sottise de livrer les papiers qu'il aligna en rangées devant elle, dans leurs enveloppes vierges et impénétrables.

— Mais on pourrait retrouver leur trace, leur histoire, le nom du propriétaire ! argua-t-il. A quoi elle riposta que c'était précisément pourquoi il devait se taire. Il déclara que les femmes n'avaient pas le moindre sentiment de l'honneur, à quoi elle répliqua qu'en revanche elles avaient des intuitions plus délicates que les hommes. Il reconnut que ce pouvaient être des papiers sans importance, elle concéda que rien n'était plus probable, mais quand il offrit de s'en assurer sur-le-champ, elle le retint par le poignet, avouant que, si absurde cela fût-il, elle était inquiète. Finalement elle ramena le débat à une simple affaire de complaisance. Elle le priait de garder sa trouvaille et de se taire, simplement pour lui faire plaisir. Raison suffisante. Ses agréables relations avec Baron firent de grands progrès pendant qu'ils discutaient la question. Un élément de franchise amicale s'y introduisit.

— Je ne comprends pas ce que cela peut vous faire, ni pourquoi vous prenez même la peine d'en parler, argua le jeune homme.

— Moi non plus. Un simple caprice.

— Bien sûr, si vous le désirez le moins du monde, je ne dirai rien au magasin.

— Vous êtes charmant et je vous suis très obligée. Je vois maintenant à quelle inspiration j'ai obéi en montant chez vous — c'était pour les sauver !

Et Mrs. Ryves se dirigea vers la sortie, en ajoutant que, le sauvetage opéré, elle n'avait plus qu'à se retirer.

— Mais les sauver pour quoi, s'il m'est interdit de rompre les cachets ? demanda Baron.

— Je ne sais pas — pour un sacrifice généreux.

— Pourquoi serait-il généreux ? quel est l'enjeu ? demanda Peter, appuyé contre le chambranle de la porte, tandis qu'elle s'attardait sur le seuil.

— Je ne sais pas, mais j'ai l'intuition que quelque chose est en danger. Brûlez-les ! s'écria-t-elle, les yeux brillants.

— Ah, vous m'en demandez trop ! Ils piquent tellement ma curiosité !

— Soit, je ne veux pas être trop exigeante, et je vous remercie de m'avoir du moins promis de garder le silence. Je compte sur votre discrétion. Adieu.

— Ma discrétion, vous devriez bien la récompenser ! dit Baron sur le palier.

Mrs. Ryves, déjà au milieu de l'escalier, s'arrêta, s'accouda à la rampe et leva la tête pour lui sourire :

— Mais je vous ai déjà récompensé par l'honneur de ma visite !

— Qui fut exquise dans une certaine mesure. Mais que m'accorderez-vous si je brûle les papiers ?

Mrs. Ryves réfléchit un instant. — Brûlez-les d'abord et vous verrez !

Sur quoi elle descendit en toute hâte et Baron à qui la réponse semblait insuffisante et la tractation fort peu équitable sous cette forme, regagna sa chambre. L'intérêt que Mrs. Ryves marquait pour une question qui à première vue ne la concernait en rien, l'étonnait, l'amusait et le charmait irrésistiblement. Quelle femme délicate, imaginative, inflammable, prompte à sentir, prompte à agir ! Non qu'il s'en plaignît — il aimait les femmes de ce genre ; mais pour le moment, il n'avait pas pris l'engagement de livrer aux flammes ses papiers. Il les rangea donc dans le casier secret et sortit tout agité et surexcité. Encore une journée de perdue pour le travail — l'affreuse besogne à exécuter pour Mr. Locket se trouvait de nouveau remise aux calendes !

III

Dix jours après la visite de Mrs. Ryves, il alla voir sur rendez-vous le directeur de *Mélanges*. Il le trouva dans sa petite maison lambrissée de Chelsea, qui avait, se dit Baron, la patine brune d'une vieille pipe culottée. Mr. Locket trônait, entouré des emblèmes de ses fonctions — piles de paperasses, haies d'encyclopédies, galerie photographique de collaborateurs en vogue — et Peter se promit au début de n'accaparer que fort peu d'un temps qui semblait si précieux. Mais Mr. Locket lui-même prolongea l'entretien, après avoir découvert que le pauvre Baron allait lui communiquer un fait plus intéressant que celui de n'avoir pu rafistoler son conte. Peter avait commencé par là, expliqué respectueusement que ses habitudes et ses principes s'y opposaient ; puis voyant combien son audace laissait froid le petit Locket, il se sentit faible et un peu niais, dégonflé de son héroïsme. Il s'était armé en vue d'une lutte et voilà que *Mélanges* ne protestait même pas ! Il ne lui restait donc plus qu'à battre en retraite sans aucune chance de retour, si par hasard il n'avait dit brusquement, hors de propos, en se levant :

— Vous intéressez-vous le moins du monde à Sir Dominick Ferrand ?

Mr. Locket, également debout, le regarda à travers ses lunettes.

— Vous parlez de feu sir Dominick ?

— Le seul. Vous savez que la famille est éteinte ?

Mr. Locket lança à son jeune ami un autre regard aigu,

réponse silencieuse à cette faconde péremptoire. — Tout à fait éteinte, en effet. J'ai peur que de nos jours le sujet n'offre guère d'intérêt.

— En êtes-vous bien sûr ? demanda Baron.

Mr. Locket se pencha en avant, les pointes de ses doigts appuyées sur la table, dans l'attitude de quelqu'un qui met fin à une audience. — Je ne pourrais prendre la chose en considération que sous un certain angle...

Il se tut une minute, d'une façon qui excluait de cet angle le pauvre Peter ; mais croisant de nouveau le regard du jeune homme il demanda : — Songeriez-vous... heu... à me proposer un article sur lui ?

— Pas précisément — parce que je tâtonne encore ; mais l'idée me séduirait assez.

Mr. Locket émit le truisme indiscutable que l'éminent homme d'Etat avait été une figure marquante de son temps. Il ajouta : — Vous venez de l'étudier ?

— J'ai un peu fureté dans sa vie.

— Je crains fort qu'il ait perdu toute actualité, dit Mr. Locket en rassemblant ses papiers.

— Moi, je crois que je pourrais lui en redonner une, déclara Peter Baron.

Mr. Locket ouvrit de grands yeux. Il ne put retenir un : « Vous ? » discret.

— Je dispose d'éléments nouveaux ! dit le jeune homme en rougissant un peu. Cela donne souvent un regain de fraîcheur à une vieille histoire.

— Ou parfois, cela l'enterre. Ce n'est souvent qu'une nouvelle pierre tombale.

— Tout dépend de la nature des documents. Au surplus, ajouta Peter, ceux dont je parle constitueraient un monument écrasant.

Mr. Locket hésita, glissa un nouveau coup d'œil sous ses lunettes. — Vous faites allusion à... des révélations ?

— Fort curieuses.

Mr. Locket, toujours debout, était resté incliné. Il lui fut donc facile de ployer son corps un peu plus, pour s'enfouir dans son fauteuil avec un geste de la main vers le siège que Baron avait occupé. Notre jeune homme en reprit donc possession et l'entretien rebondit sur une nouvelle base qui malgré l'obtention d'un tel privilège restait assez humiliante pour lui.

En effet, il n'avait pas prémédité de livrer son secret à Mr. Locket, le but réel de sa visite étant de lui annoncer sa décision relative à la nouvelle à laquelle il venait de consacrer en pure perte tant d'activité littéraire. Au cours des journées précédentes — journées de pénible hésitation — il s'était en pensée adressé au directeur de *Mélanges,* tout de même qu'il invoquait d'autres sources de consolation ; mais des scrupules l'avaient assailli de toute part. Point résolu à lui cacher son étrange découverte, il avait toutefois laissé à l'impulsion du moment le soin de décider comment il aborderait le sujet. En fait, il était trop énervé pour rien résoudre. Il sentait seulement que pour le repos de son esprit, il lui fallait parler de sa trouvaille à quelqu'un. Il désirait un avis, une impression étrangère, et même la présence intensément professionnelle de Mr. Locket, à peine eut-il commencé son étrange récit, lui fit sentir que son fardeau s'allégeait de moitié. L'histoire était très bizarre, il s'en rendait compte en la relatant, mais sa bizarrerie même ne militerait-elle pas pour elle auprès de *Mélanges* ?

— ... Evidemment, ces lettres peuvent être apocryphes, dit enfin Mr. Locket.

— Je ne doute pas que bien des gens le diront.

— Ont-elles été soumises à un expert ?

— Mais non. Personne ne les a vues.

— En avez-vous quelques-unes sur vous ?

— Non. J'ai craint de les emporter.

— Dommage. J'aurais aimé me fier au témoignage de mes yeux.

— Il ne tient qu'à vous de l'avoir si vous passez chez moi. Sinon, si vous ne voulez pas vous déranger sans plus amples garanties, je vous en copierai quelques passages.

— Choisissez le plus scabreux ! Mr. Locket se prit à rire. L'inquiétante révélation de Baron l'avait humanisé et rendu plus amène. Mais au bout d'un instant, il ajouta d'un ton plus sec : — Vous savez qu'une expertise est indispensable.

— C'est bien ce que je crains, dit Peter.

— Sans cela, les lettres n'ont aucune valeur pour moi.

Peter se recueillit profondément avant de dire : — Et si elles sont authentiques, quelle valeur auront-elles, pour *moi* ?

Mr. Locket se tortilla dans son fauteuil. — Je demande à les examiner avant de répondre.

— J'ai été au British Museum où se trouve une partie de

sa correspondance. J'ai demandé à la voir, j'ai tout confronté avec soin. J'exclus la possibilité d'un faux. Aucun des signes d'authenticité ne manque. Un faussaire n'aurait pu inventer certains détails, jusqu'aux cachets postaux. En outre, qui aurait eu le moindre intérêt à le faire ? Un travail d'une difficulté énorme, et en vue de quel profit ? Il y a beaucoup de lettres — vingt-sept en tout.

— Grands dieux, quel imbécile ! s'écria Mr. Locket.

— Ce sera une des plus étranges révélations posthumes que l'histoire ait enregistrées !

Mr. Locket, redevenu grave, tourmentait avec un coupe-papier la fissure d'un tiroir. — C'est très étrange. Mais pour avoir de la valeur, ces documents doivent être soumis à une critique sévère relevant du genre historique.

— Certes. Ce sera la tâche de l'écrivain chargé de les présenter au public.

Mr. Locket réfléchit de nouveau, puis leva la tête en souriant : — Vous feriez bien de renoncer aux compositions originales et de vous consacrer à l'achat de vieux meubles.

— Vous voulez dire que ce serait plus rémunérateur ?

— Pour vous, je crois que la composition originale ne saurait être d'un pire rendement. La faculté créatrice est si rare...

— Je suis très tenté de tourner mon attention vers des héros réels, riposta Peter.

— J'avoue que Sir Dominick Ferrand n'en a jamais été un pour moi. Brillant par à-coups, rusé, médiocre — voilà comment je le vois. Au reste, nul n'ignore que sa vie privée comportait des faiblesses. Non, je le comparerais plutôt à une flambée dans une poêle à frire !

— Il parle à l'imagination des gens de ce pays, fit Baron.

— Il leur parlait ; mais sa voix, la voix de son prestige, n'est guère perceptible aujourd'hui.

— Si, ils continuent à être fiers de certaines mesures qu'il a prises jadis au Foreign Office — le fameux « échange » avec l'Espagne, en Méditerranée, qui a surpris l'Europe et l'a indisposée, surtout quand il est apparu que nous en étions les grands bénéficiaires. Ensuite le brusque déploiement de force grâce auquel il a imposé aux Etats-Unis notre version de cet ennuyeux traité... je n'ai jamais compris au juste de quoi il retournait. Au fond, personne ne se souciait de ces deux questions mais il a donné à chaque Anglais l'impression d'y être directement intéressé. Toute la nation a applaudi à sa façon de jouer ses cartes, pour le moins inhabituelle. Il a été l'un des rares hommes d'Etat contemporains à étonner l'Europe et l'Amérique et à leur donner un petit saisissement. Et le reste du pays appréciait sa hardiesse, c'était un agréable changement, car le monde entier avait pris l'habitude de prévoir à coup sûr ce que nous allions faire dans toute situation donnée et qui consistait le plus souvent à ne rien faire du tout. Dites ce que vous voudrez, sir Dominick Ferrand est encore un grand nom. Peut-être aussi pour d'autres raisons : son succès rapide, sa mort prématurée, son « culot » politique, son esprit, jusqu'à son physique car il était incontestablement beau, et cet ascendant personnel, fort à la mode en son temps et dont on s'accorde à dire que le genre a disparu avec lui. Il avait été deux fois au Foreign Office — fait déjà remarquable pour un homme qui est mort à quarante-quatre ans. Alors, que pensera le pays, en apprenant qu'il était vénal ?

Peter Baron n'en voulait d'ailleurs pas à Sir Dominick Ferrand, lequel était devenu simplement pour lui un très curieux sujet d'étude psychologique. Depuis une semaine il lisait fiévreusement tout ce qui se rapportait à son héros. Mais il entrait aisément dans les sentiments de la fraction du public douée d'assez bonne mémoire pour être choquée dans son patriotisme. Par bonheur, depuis déjà quelques lustres, le pays n'avait pas manqué d'hommes désintéressés, capables de conduire les affaires publiques, mais les extraordinaires documents dissimulés au creux d'un meuble d' « occasion », acheté de seconde main par un obscur plumitif — aventure aussi fantastique qu'un cauchemar — lui porteraient rétrospectivement un coup sensible dans l'opinion publique. Baron en eut la perception très vive : une fois divulguées ces reliques du passé, le scandale, l'horreur et les clabaudages seraient immenses. Immense aussi, la contribution à la vérité, la rectification historique. Depuis plusieurs jours il sentait — d'où sa nervosité — qu'il tenait dans sa main la clef de l'attention du pays.

— Il y a trop de points à élucider, continua Mr. Locket, et la singulière provenance de vos papiers serait un argument contre eux, même si les autres objections tombaient. Il faudrait remonter à l'origine de ces papiers, établir la filière, tâche sans doute très ardue. Comment ont-ils échoué dans votre secrétaire, depuis combien de temps s'y trouvent-ils ? Quelles mains les détenaient ? quelles mains, et par quel miracle, les ont gardés et préservés ? quelles sont les personnes citées ? quels correspondants, quels partenaires mêlés à ces fâcheuses transactions ? Vous dites qu'elles semblent de deux sortes — les unes se rapportant à des affaires publiques, les autres impliquant d'obscures relations personnelles ?

— Un trait leur est commun, dit Peter Baron : elles témoignent d'une inquiétude, parfois de pénibles alarmes de la part du scripteur, qui craint une dénonciation. — Dans l'un des cas, je crois, il redoute qu'on apprenne qu'il profite de sa situation officielle pour encourager des entreprises (travaux publics et autres) où il pourrait avoir un enjeu matériel. La crainte d'une révélation que trahit l'autre lot de ces lettres est différente, et celles-là sont les premières en date. Elles sont adressées à une femme, de qui il avait évidemment reçu de l'argent.

Mr. Locket essuya ses lunettes :

— Quelle femme ?

— Je n'en ai pas la moindre idée. Il y a des tas de questions auxquelles je ne suis pas en mesure de répondre, bien sûr ! — des quantités d'identités à établir, de lacunes à combler. Mais je suis certain de deux points : les papiers en ma possession sont authentiques et ils sont compromettants.

Ce disant, Peter Baron se leva, assez vexé de s'être laissé aller à battre la grosse caisse pour son trésor (afin de réagir contre le scepticisme, très naturel, de son interlocuteur) car il sentait qu'il s'était mis dans une fausse position. Sous le détachement affecté de Mr. Locket, il décela l'obscure fermentation de ces mêmes velléités dont il avait, d'ailleurs sans succès, prié le ciel de le délivrer.

Mr. Locket restait assis. Il regarda Baron qui alla quérir son chapeau et son parapluie.

— Evidemment, la question se posera de savoir à qui légalement ces documents appartiennent. Il faut tenir compte des héritiers, descendants, exécuteurs testamentaires.

— Dans une certaine mesure, peut-être. Mais je m'en suis un peu occupé. Sir Dominick Ferrand n'avait pas d'enfants et n'a laissé ni frères, ni sœurs. Sa femme lui a survécu, mais elle est morte depuis dix ans. Il ne peut avoir ni héritiers, ni exécuteurs testamentaires, car il n'a rien laissé.

— Voilà qui est à son honneur et va à l'encontre de votre théorie.

— Je n'ai pas de théorie. Il a laissé beaucoup de dettes, ajouta Peter Baron. Sur quoi Mr. Locket se leva, tandis que son visiteur poursuivait :

— A ma connaissance, bien que mon enquête ait forcément été très rapide et superficielle, il n'existe aucune personne vivante, directement ou indirectement apparentée au personnage en question, qui puisse souffrir d'une publicité donnée à ces documents. C'est un des rares exemples d'une vie qui n'avait, comme qui dirait, aucun prolongement. Du moins aucun qui soit perceptible à ce jour.

— Je comprends, je comprends, dit Mr. Locket. Mais je ne crois pas que votre article m'intéresserait beaucoup.

— Quel article ?

— Celui que vous semblez désireux d'écrire sur ce nouveau sujet.

— Oh, mais je ne désire pas l'écrire ! s'écria Peter qui voulut prendre congé de son hôte.

— Au revoir, dit Mr. Locket. Notez bien que je ne prétends pas qu'il n'y ait rien là-dedans.

— Vous en seriez persuadé, si vous voyiez mes documents.

— J'aimerais voir le casier secret, riposta le journaliste. Copiez-moi quelques extraits.

— A quoi bon, s'il n'est pas question qu'ils vous servent à quelque chose ?

— Je n'ai pas dit cela. J'aimerai peut-être avoir les lettres elles-mêmes.

— Les lettres ?

— Pas pour en tirer un papier, simplement pour les publier — pour faire sensation.

— On s'arracherait votre numéro !

Et Baron se prit à rire.

— Décidément j'aimerai les examiner, concéda Mr. Locket au bout d'un moment. Quand puis-je vous trouver chez vous ?

— Ne vous dérangez pas, dit le jeune homme. Je ne vous fais aucune offre.

— C'est peut-être moi qui vous en ferai une, insinua le directeur.

— Ne vous dérangez pas en pure perte. Je vais sans doute les détruire.

Sur cette flèche du Parthe, Peter Baron s'en fut et guetta un instant, au premier tournant de la rue, comme s'il attendait un fiacre en maraude (qu'il se serait d'ailleurs bien gardé de héler). Il pensait que Mr. Locket courrait peut-être après lui mais Mr. Locket semblait avoir d'autres occupations, et Peter Baron regagna à pied les Jersey Villas.

IV

Le soir de cette rencontre sans résultat apparent, il eut un entretien plus concluant avec Mrs. Bundy. Il avait mainte fois exprimé, et à la brave femme elle-même, combien il appréciait sa conception de la vie à la fois rusée et philosophique. Mrs. Ryves s'étant subitement envolée pour Douvres, sa situation aux Jersey Villas créait en lui le besoin d'un soutien moral ; et une sorte d'énergie familiale qui émanait de Mrs. Bundy semblait, en général, la prédestiner à ce rôle. Il l'avait priée d'entrer chez lui, mais on lui avait répondu qu'elle se trouvait momentanément absente ; sur quoi, d'un geste machinal, il se mit en devoir de ficeler son manuscrit déshonoré, — dont Mr. Locket avait été trop stupide pour goûter l'ingénieuse fiction — en vue de le lancer vers des aventures nouvelles et des défaites probables. Il passa un après-midi agité, sans pouvoir travailler, à se demander si son génie n'était qu'une horrible illusion, à guetter par la fenêtre quelque chose qui n'arrivait pas, quelque chose qui lui semblait tantôt être la venue d'un Mr. Locket persuasif, et tantôt, après une absence encore plus décevante que celle de Mrs. Bundy, le retour de son intéressante voisine. Son énervement, son abattement l'empêchèrent même de se concentrer sur la rédaction de la note qui nécessairement devait être jointe au manuscrit, en vue de ses pérégrinations ultérieures. Trop nerveux pour manger, il oublia même de dîner. Il oublia d'allumer ses bougies, laissa son feu s'éteindre, et ce fut dans la mélancolique fraîcheur d'une fin de crépuscule que Mrs. Bundy, entrant enfin avec une lampe, le trouva étendu, maussade, sur son sofa. Ayant appris qu'il désirait lui parler, elle coiffa le malodorant luminaire d'un abat-jour de carton vert huileux et exprima l'amical souhait que « rien ne clochait, côté santé ».

Le jeune homme se leva, se ressaisit assez pour répondre qu'il se portait fort bien mais qu'il traversait une crise d'humeur noire. Il fut très tenté de « tirer les vers du nez » à Mrs. Bundy au sujet de Mrs. Ryves, et eut la vive conviction qu'il n'aurait pas à la presser beaucoup pour qu'elle lui en dît plus long même qu'elle n'en savait. Cependant il répugnait à s'ingérer dans les secrets de son amie absente ; discuter d'elle avec leur logeuse empressée ressemblait trop à un clabaudage avec une servante bavarde, sur le compte d'un patron qui n'en sait rien. Néanmoins il n'avait pas prévu à quel point Mrs. Bundy connaissait les mystères du cœur humain mais grâce à cette noble faculté de la logeuse, les barrières furent vite rompues, après qu'il se fut dit pour se rassurer qu'il ne commettait nulle indiscrétion en essayant de découvrir si pour une observatrice aussi perspicace, Mrs. Ryves était heureuse. Crûment, brusquement, rougissant un peu, il posa à Mrs. Bundy la question, ce qui en entraîna aussitôt une autre qui pesait tout aussi lourd sur son esprit (les deux questions formant en fait deux aspects du même problème). La brave femme répondit avec feu : « Si elle trouverait que vous prenez une trop grande liberté en allant la retrouver pour quelques heures ? Si elle le croit, cher Monsieur, envoyez-la-moi, elle aura affaire à moi ! »

Quant au chapitre du bonheur, elle rappela à Baron que c'était trop demander à une jeune dame victime de tant d'épreuves, et avant qu'il eût le temps de s'y reconnaître il se trouva, sans que sa responsabilité fût le moins du monde engagée, écouter docilement la version que Mrs. Bundy lui fit de ces épreuves. Description intéressante, encore qu'elle eût ses défauts, ayant jailli à l'origine du cerveau virginal de Miss Teagle. Amplifié, orchestré, embelli par le génie plus riche de Mrs. Bundy qui y introduisait généreusement de copieuses interpolations empruntées au roman personnel de Miss Teagle, ce récit donna à Peter Baron de quoi réfléchir, sans satisfaire tout à fait sa curiosité quant aux causes de la vague étrangeté de cette femme charmante. Il tenta de faire vibrer cette note aux oreilles de Mrs. Bundy mais vit qu'elle n'éveillait aucun écho dans son imagination. La logeuse ne soupçonnait aucunement sous quelles couleurs Baron désirait voir Mrs. Ryves et fut donc incapable de juger en quoi le portrait qu'elle en traçait agaçait Baron. Elle ne se faisait vraiment aucune idée exacte des exigences intellectuelles d'un jeune homme amoureux ! Elle ne sut pas lui dire pourquoi leur parfaite amie était si isolée, si dénuée de relations, si nerveusement, si farouchement fière. D'autre part, elle put lui apprendre (il le savait déjà) que Mrs. Ryves avait passé des années à acquérir ses talents d'agrément, en un haut lieu de sapience aussi éloigné que Boulogne, et qu'en outre Miss Teagle avait connu intimement feu Mr. Everard Ryves, un jeune homme « d'avenir » de la Cité, lequel ne gagnait pas moins de douze mille livres sterling bon an mal an. « Maintenant qu'il n'est plus là, sa veuve éplorée ne peut plus vivre comme si elle les avait, n'est-ce pas ? » demanda Mrs. Bundy.

Baron n'était pas préparé à soutenir le contraire ; mais il rêva pour elle à un autre genre de vie, le lendemain, installé dans le train brimbalant qui le menait à Douvres. A mesure qu'il approchait, le site lui apparaissait riant et éventé par une douce brise. Il n'avait jamais voyagé assez loin ni assez souvent pour trouver insipide cette côte au relent faubourien. Bien entendu, grâce à Mrs. Bundy, il détenait l'adresse désirée, et en sortant de la gare il s'apprêtait à demander son chemin quand l'agitation autour d'un bateau en partance attira son attention. Sa claustration londonienne avait été assez longue pour que le seul fait de tourner son visage vers Paris le revigorât. Il erra sur le quai, en compagnie de touristes plus heureux, et, appuyé à un parapet, contempla d'un œil d'envie les préparatifs, l'affairement inséparables d'un voyage à l'étranger. Il eut pendant quelques instants un avant-goût des expéditions aventureuses. Mais hélas, quand en connaîtrait-il la vraie saveur ? En poussant ce soupir interrogateur il se détourna et aperçut à l'autre bout du quai, un groupe formé de deux dames et d'un petit garçon qui semblaient éprouver un peu la même mélancolie pensive. Le petit garçon jeta un coup d'œil autour de lui, et avec la promptitude de son âge inquisiteur, il reconnut en notre jeune homme une source de plaisirs dont il avait été ces derniers temps frustré. Il s'élança au cri irrépressible de « Dada » ! et Peter le souleva de terre pour l'embrasser. Mais lorsqu'il le remit sur le sol, le pèlerin des Villas Jersey eut à affronter une Miss Teagle raisonnable et sévère qui avait suivi son élève. « Qu'a donc cette vieille fille ? » se demanda-t-il en lui offrant une main qu'elle traita comme une quantité négligeable. Par une réaction naturelle chez une loyale suivante, elle s'associait au sentiment de sa patronne à qui il tira un grand coup de chapeau, d'assez loin car Mrs. Ryves n'avait pas avancé d'un pas et le regardait, pétrifiée, un peu pâle, lui sembla-t-il. En réponse à son salut, Mrs. Ryves changea de position et parut de nouveau absorbée par le bateau de Calais. Peter Baron, néanmoins, ne lâcha pas l'enfant que Miss Teagle, par des voies artificieuses, essayait de lui arracher. Le loyalisme rude mais instinctif de Sidney le seconda dans sa tactique : à sa grande joie, son petit ami jubilant l'entraîna dans la direction même où il souhaitait aller depuis tant d'heures. Mrs. Ryves se retourna à son approche et dans le doux sourire contraint qu'elle eut en lui demandant s'il s'embarquait pour la France, il lut que si elle lui en avait voulu de l'avoir suivie, son mécontentement s'était vite dissipé.

— Non, je reste ici ; mais l'idée m'est venue que vous, vous partiez peut-être et voilà pourquoi je me suis hâté de venir vous rattraper avant votre départ.

— Ah, nous ne pouvons pas nous en aller et c'est bien dommage ! Mais pourquoi, si nous le pouvions, s'enquit Mrs. Ryves, voudriez-vous nous en empêcher ?

— Parce que j'ai d'abord quelque chose à vous demander, quelque chose qui peut-être prendra du temps.

Il voyait à présent que son embarras n'était pas du mécontentement, mais un malaise frémissant, comme l'émotion que procure un plaisir inattendu. « Voilà pourquoi, hier soir, sans vous en demander la permission, j'ai décidé de vous faire une petite visite — pour cela et aussi pour faire encore une partie de cheval avec Sydney. Oui, je suis venu vous voir, continua Peter Baron, et je ne vous cache pas que j'espère que vous subirez de bonne grâce l'épreuve et me consacrerez tout votre temps. La journée est admirable et je suis prêt à proclamer que l'endroit est aussi beau que la journée. Laissez-moi m'en repaître, vider la coupe, comme un homme qui n'a pas quitté Londres depuis des mois. Laissez-moi cheminer avec vous, causer avec vous et déjeuner avec vous — je rentrerai cet après-midi. Bref, accordez-moi toutes vos heures pour qu'elles vivent dans ma mémoire, comme l'un des plus doux souvenirs de ma vie !

L'éjection de vapeur du paquebot français faisait un tel bruit que Baron put exhaler sa passion dans l'oreille de la jeune femme sans scandaliser aucun spectateur ; et le charme qui peu à peu se répandit sur cette visite fugitive fut réellement dû à l'influence combinée de toutes les conditions qu'il venait d'énoncer. — Que vouliez-vous me demander ? questionna Mrs. Ryves. Il répliqua qu'il le lui dirait dès qu'elle aurait éloigné Miss Teagle et Sydney. Miss Teagle, qui attendait toujours le mot d'ordre, feignait de tourner les yeux vers la lointaine France, et il fut facile de l'inciter à rentrer plus tôt à la maison et à assumer la responsabilité d'une discussion chez le boucher. Elle dut néanmoins s'en aller sans Sidney qui s'accrochait à sa proie récupérée, de sorte que le reste de l'entretien fut assaisonné pour Baron par les pinçons importuns d'une menotte fraîche et grassouillette. Les amis cheminèrent ensemble, d'un air conjugal, Sidney entre eux, et suivirent longuement des yeux la silhouette effilée du bateau de Calais. Ils le regardèrent s'éloigner dans un silence qui semblait un aveu (d'autant que l'instant suivant, leurs yeux se croisèrent), l'aveu que ce spectacle éveillait en eux la même tendre nostalgie. La présence de l'enfant ne les empêchait pas de causer avec une affectation de franchise. Peter Baron dit à sa compagne pourquoi il avait fait le voyage et il mit quelque temps pour surmonter sa déception en constatant qu'elle s'attendait à un motif plus important. Elle sembla déçue quoique indulgente, en apprenant qu'il avait simplement voulu savoir si elle ne le condamnait pas férocement pour n'avoir pas respecté certains cachets sans tenir compte de sa prière.

— Jusqu'où me soupçonniez-vous d'avoir poussé la férocité ? questionna-t-elle.

— Eh bien, jusqu'à quitter la maison tout de suite après !

Ils s'attardaient encore sur le grand quai de granit quand il aborda ce sujet, et elle s'assit à l'extrémité tandis que la brise, chaude de soleil, plissait la mer empourprée. Elle rougit un peu et parut troublée, mais au bout d'un moment reprit d'un ton interrogateur :

— Tout de suite après ?

— Dès que je vous ai avoué ce que j'avais commis. J'ai été très scrupuleux en cela, vous vous le rappellerez, je suis descendu immédiatement chez vous, me confesser. Vous vous êtes détournée, sans rien dire — je ne pouvais imaginer... je continue à ne pouvoir imaginer pourquoi cette question semblait tant vous toucher. Je suis sorti pour une affaire quelconque, et à mon retour vous aviez quitté la maison. J'ai eu l'impression de vous avoir offensée, et que vous souhaitiez vous éloigner de moi. Vous ne m'avez même pas laissé le temps de vous dire comment, malgré votre avis, je me suis décidé à inventorier moi-même ma découverte ! Pour être équitable, vous devez entendre mes raisons !

Mrs. Ryves se leva et lui demanda, comme une faveur particulière, de ne plus lui reparler de cette découverte. Cela ne la regardait en rien et elle n'était pas chargée de fureter dans ses secrets. Elle regrettait beaucoup d'avoir été assez absurde pour s'en donner l'apparence et s'excusait humblement de son ingérence. Sur quoi elle reprit sa marche, une charmante rougeur aux joues, tandis qu'il partait d'un bruyant éclat de rire, encore que la versatilité capricieuse des femmes le plongeât dans l'effarement. Par bonheur l'incident ne gâcha pas le plaisir de l'heure qui leur apporta d'autres sources de satisfaction, et ils se dirigèrent vers le logement de Mrs. Ryves avec d'agréables petites haltes et des détours qui permirent à la jeune femme de lui montrer les curiosités de Douvres. Elle le laissa s'arrêter chez un marchand de vins où il acheta une bouteille pour le déjeuner ; le moment venu, ils dégustèrent le contenu avec un pudding de l'invention de Miss Teagle, qu'ils avalèrent hypocritement en échangeant un regard de complaisante intimité. Ils ressortirent ensuite et pendant que Sidney creusait des trous dans le sable de la plage, restèrent égoïstement assis sur la Parade, au grand dam de Miss Teagle, qui espérait un fiacre et une visite « distinguée » du château. Baron gardait l'œil sur sa montre, — forcé de songer au train, au lugubre retour et à d'autres sujets mélancoliques ; mais la mer, sous cette lumière d'après-midi, offrait une image plus séduisante. Le vent était tombé, la Manche se ponctuait de nombreux bateaux, avec leurs voiles blanches découpées sur les lointains pourpres.

Le jeune homme avait demandé à sa compagne (il lui avait déjà posé la question) quand elle rentrerait aux Jersey Villas et elle avait répondu qu'elle resterait sans doute encore une semaine à Douvres. Ce séjour, d'ailleurs affreusement onéreux, faisait le plus grand bien à l'enfant, et si Miss Teagle pouvait aller à Londres leur chercher quelques effets, elles s'arrangeraient probablement pour en prolonger la durée. Un peu plus tôt, elle avait dit qu'elle ne reviendrait peut-être jamais aux Jersey Villas, ou tout au plus pour donner congé à Mrs. Bundy. A un autre moment, elle avait envisagé une date rapprochée, une réoccupation presque immédiate des merveilleux salons. Baron vit qu'elle n'avait pas de projet arrêté, pas de raisons valables, qu'elle restait dans le vague, et, en secret préoccupée et inquiète, dans l'attente de quelque chose qui ne dépendait pas d'elle. Un silence de plusieurs minutes tomba entre eux, tandis qu'ils suivaient des yeux les voiles étincelantes. Mrs. Ryves y mit fin en s'écriant tout à coup, mais sans achever sa phrase :

— Ah, si vous étiez venu me dire que vous les aviez détruits !...

— Ces terribles papiers ? J'aime la façon dont vous parlez de les « détruire » ! Vous ne connaissez même pas leur contenu.

— Je ne veux pas le connaître ! Ils me mettent dans tous les états !

— Quel genre d'état ?

— Je ne sais pas. Ils me hantent.

— Ils m'ont hanté, moi aussi. Voilà pourquoi un beau matin, brusquement, je n'ai pu m'empêcher d'y toucher. Je vous avais dit que je n'y toucherais pas. Je m'étais incliné devant votre caprice, votre superstition (ou qu'était-ce ?) mais à la fin ils ont été les plus forts. J'avais passé une nuit blanche, agitée, avec un prurit de curiosité. J'en devenais malade, les nerfs à vif, ma faculté de travail abolie. Au petit jour, j'éprouvai une sorte d'obsession, d'idée fixe, l'idée qu'il n'y avait rien dans ces ridicules reliques du passé et que mes scrupules exagérés faisaient de moi un imbécile. Dix chances contre une à parier que ces paquets étaient du fatras, qu'ils étaient sans valeur, qu'ils étaient vides — peut-être même s'agissait-il d'une farce jouée à la postérité par quelque gentleman oisif et faible d'esprit, l'ancien possesseur du bureau. Plus je les entourerais de précautions, plus je serais leur dupe, mais dès que j'aurais mis à nu leur insignifiance, je pourrais retourner à mes occupations habituelles. Cette conviction fit que je ne pus retenir ma main et au matin, avant le petit déjeuner, je fis sauter l'un des cachets. Quelques minutes me suffirent pour m'assurer que le contenu n'était pas du fatras : la petite liasse se composait de vieilles lettres — de vieilles lettres très curieuses.

— Je sais, je sais. « Privé et confidentiel ». Alors vous avez rompu aussi les autres cachets ?

Mrs. Ryves le regarda avec l'étrange appréhension qu'il avait vue dans ses yeux lorsqu'elle était apparue sur son seuil, au moment de sa découverte.

— Vous le savez déjà, puisque je vous l'ai avoué une heure plus tard, bien que vous ne m'ayez pas laissé vous dire grand-chose.

En rencontrant son regard chargé d'une expression singulière, Baron s'efforça de lui sourire, pour lui cacher qu'il souffrait du léger reproche impliqué dans l'intonation de ses dernières paroles ; mais elle semblait capable de tout deviner, car elle lui rappela qu'elle n'avait pas eu à attendre ce matin-là qu'il descendît pour savoir ce qui s'était passé là-haut, et qu'elle lui avait prouvé comment elle en avait eu conscience une heure auparavant, comment elle avait de son côté passé la même nuit de tourments que lui et avait dû exercer un extraordinaire contrôle sur elle-même pour ne pas se précipiter dans sa chambre pendant qu'il examinait les paquets défaits. « Vous êtes une telle sensitive, et douée de si mystérieuses antennes, que vous en devenez inquiétante, déclara Baron.

— J'ai la perception de ce qui se passe au loin, voilà tout.

— On croirait qu'un être que vous aimez est en danger.

— Je vous ai dit que c'était bien là mon impression, le jour où je suis montée chez vous.

— Oh, mais vous ne me portez pas tant d'amitié que cela ! objecta Baron en riant.

Elle hésita : — Non, pas que je sache.

— Alors, ce devait être pour le compte d'un autre — de l'autre personne intéressée. D'ailleurs, vous n'avez pas voulu que je vous dise le nom de cette personne.

Mrs. Ryves se leva brusquement. — Je ne veux pas le connaître ! Ce n'est pas mon affaire.

— Non, heureusement, je ne crois pas, répliqua Baron en lui emboitant le pas. Elle tenait à présent Sidney par la main, et le jeune homme marchait de l'autre côté. Ils se dirigèrent vers la gare (elle lui avait offert de le reconduire une partie du chemin). Mais avec votre faculté prodigieuse, c'est miracle que vous ne l'ayez pas deviné.

— Je ne devine que ce que je veux, dit Mrs. Ryves.

— Voilà qui est bien commode, s'exclama Peter vers qui Sidney revenait à présent. Seulement, si vous restez ainsi dans le noir, il est difficile de comprendre pourquoi vous souhaitiez la destruction des papiers ?

Mrs. Ryves réfléchit, les yeux rivés au sol.

— Je pensais que vous l'auriez fait pour m'obliger.

— Trouvez-vous qu'une telle exigence, formulée dans de telles conditions, est raisonnable ?

Mrs. Ryves s'arrêta net et tourna vers lui la clarté embuée de ses yeux.

— Et que comptez-vous en faire ?

Ce fut au tour de Peter Baron de réfléchir, ce qu'il fit, sur l'asphalte de la Parade encore déserte (car la « Season » de Douvres n'avait pas encore commencé), où leurs ombres s'allongeaient dans la lumière de l'après-midi. Il subissait l'envoûtement d'un charme tel qu'il n'en avait encore jamais connu et il aurait passionnément voulu lui dire : « Je ferai tout ce que vous voudrez, pour peu que vous m'aimiez. » Ces mots, néanmoins, eussent engagé sa responsabilité et constitué ce qu'on appelle vulgairement une offre. L'offre de quoi ?... se demanda-t-il aussitôt comme il se l'était déjà demandé après avoir, en pensée, exécuté d'autres bonds hardis dans la même direction. L'offre de quoi, sinon de sa pauvreté, son obscurité, ses efforts avortés, ses capacités dont il ne pouvait fournir aucune preuve tangible ? La vie de Mrs. Ryves n'était pas précisément une réussite, mais elle avait réussi mieux que Peter Baron. Si pauvre fût-il, il haïssait le sordide (il savait qu'elle ne l'aimait pas non plus) et faisait figure trop chétive pour oser parler mariage. Il ne posa donc pas la question dans les termes qu'il eût été heureux de s'entendre formuler, mais se résolut à un compromis et avec un sursaut d'irritation juvénile, il dit : Que ferez-vous pour moi si je les détruis ?

Elle secoua la tête avec tristesse — c'était le plus gracieux de ses mouvements : — Je ne peux rien promettre ! oh non, je ne peux promettre ! Il faut nous séparer maintenant, ajouta-t-elle. Vous allez manquer votre train.

Il consulta sa montre, prit la main qu'elle lui tendait. Elle la lui retira vivement, et il ne lui resta plus qu'à soulever Sidney de terre et à le serrer affectueusement jusqu'à ce que l'enfant poussât un petit cri. En rentrant à Londres, pendant le trajet, sa situation lui parut absurde.

V

Il en fut si tourmenté le lendemain matin qu'après plus ample réflexion, il se sentit quelques griefs. L'intervention de Mrs Ryves l'avait beaucoup troublé car elle exerçait sur lui une pression sans pour autant lui reconnaître des droits égaux. Elle lui imposait son influence et refusait son concours, elle exigeait de lui certaines choses sans lui révéler quel avantage il en retirerait. Elle aurait dû, soit avoir moins à lui dire, soit être disposée à lui en dire plus long. Pourquoi devait-il être le jouet de ses caprices, la victime de ses mystères ? Il trouvait étonnant ce don qu'elle avait d'intervenir au bon moment, mais justement, cette apparente infaillibilité l'irritait. Pourquoi ne s'établissait-elle pas tout de suite voyante extra-lucide professionnelle, pour se tailler avec plus de succès un petit revenu ? Dans la vie privée, une faculté de ce genre était déconcertante. En tout cas, ses divinations, ses réticences troublaient la tranquillité de Peter.

Ce qui le troubla plus encore, fut la visite que lui fit de bon matin Mr. Locket, lequel, sans lui laisser d'illusions sur les motifs qui lui valaient cet honneur, fit observer, à peine entré dans sa chambre, — ou plutôt, alors qu'il soufflait encore sur le second palier et que la bonniche débraillée ouvrait la porte de Baron, — qu'il avait accepté l'invitation de son jeune ami, pour examiner lui-même les lettres de Sir Dominick Ferrand. Peter les exhiba avec une promptitude destinée à montrer qu'il reconnaissait le caractère commercial de la visite et sans marquer avec quelle inconséquence il revenait sur la décision qu'il avait exprimée à Mr. Locket. Il lui montra le secrétaire, le casier secret et fuma une cigarette en fredonnant à mi-voix avec une impression de triomphe inusité, tandis que le méfiant directeur de revue, assis en silence, manipulait les papiers. En dépit de toute sa prudence, Mr. Locket ne put réprimer une lueur plus chaleureuse de son œil inquisiteur, quand il dit enfin à Baron avec un laconisme aimable, sur un ton qui considérait beaucoup de choses comme acquises : — Je les emporte chez moi — ils requièrent une grande attention.

Le jeune homme le regarda un moment.

— Vous les tenez pour authentiques ?

Il n'entendait point se moquer, mais ses paroles résonnèrent à ses propres oreilles comme une raillerie et il vit que Mr. Locket les jugeait telles.

— Je suis incapable d'en décider. Il me faudra les étudier à loisir, voilà pourquoi je vous demande de me les prêter.

Il avait rassemblé les papiers d'un geste irrité, comme s'il s'apprêtait à les fourrer dans une petite serviette noire apportée avec lui. Posé à présent sur le bureau, cet objet fit à Peter, qui le regarda de travers, l'effet d'un attribut sinistrement caractéristique d'un directeur de revue. Notre jeune homme en conçut quelque appréhension. L'avantage qu'il avait conscience de posséder allait soudain, en un tournemain, être transféré à une personne qui déjà disposait d'assez d'atouts. Bref, le cœur de Peter Baron se serra d'anxiété sans pouvoir s'en expliquer au juste la cause. Décidément Mr. Locket se croyait par trop maître de la situation. Or le découvreur des indélicatesses de sir Dominick Ferrand se rappelait nettement sa propre répugnance à trafiquer de sa trouvaille. Il demanda donc à son visiteur à quelles fins il désirait emporter les lettres. D'une part, plus question de publier dans *Mélanges* un article révélant leur existence ; et d'autre part lui Peter, leur propriétaire, éprouvait mille insurmontables scrupules à les mettre en circulation.

Mr. Locket le regarda par-dessus ses lunettes comme par-dessus les créneaux d'une forteresse. — Je ne songe pas aux fins, je songe au commencement. Un rapide examen m'a suffi pour voir que ces documents doivent être soumis à un œil expert.

— Oh, mais il ne faut les montrer à personne ! s'écria Baron.

— Vous me trouverez présomptueux, mais l'œil auquel je fais allusion...

— Est celui qui est si terriblement fixé sur moi en ce

moment ? interrompit en riant Peter. Oh, il serait intéressant, je l'avoue, de connaître l'impression produite par ces documents sur un homme doué d'un flair comme le vôtre ! » L'idée lui venait que par cette concession, il se concilierait peut-être un arbitre littéraire jusqu'alors implacable. S'il n'était pas douteux que Mr. Locket était prêt à publier Sir Dominick Ferrand, peut-être, en reconnaissance des services rendus, prendrait-il l'habitude de publier Peter Baron ? « Combien de temps pensez-vous les garder ? » s'enquit-il d'une façon qui incita Mr. Locket à fourrer les papiers dans sa serviette. Ce que voyant, Peter se rapprocha, posa la main sur la serviette béante et pressa doucement un de ses bords contre l'autre. Les deux hommes restèrent ainsi quelques secondes, si proches qu'ils se touchaient, dressés dans une attitude presque hostile, à se regarder durement dans le blanc des yeux.

Toutefois, l'atmosphère se détendit à cause de la rougeur de surprise qui monta au front de Mr. Locket. Le journaliste recula de quelques pas, d'un air de dignité offensée, comme s'il protestait contre un acte de violence. « Vraiment, cher Monsieur, à voir votre attitude, on croirait que vous mettez ma bonne foi en doute ! Vous pensez que je veux voler ces maudites lettres ? »

A cette mise en demeure, Peter ne put que répondre précipitamment qu'il n'était coupable d'aucun soupçon aussi désobligeant ; il désirait seulement que l'on fixât une date pour ne négliger aucune précaution contre un accident possible. Mr. Locket admit le bien-fondé de la demande, l'assura qu'il lui restituerait les lettres d'ici trois jours, et avec l'aide de Peter, s'arrangea pour les emporter discrètement. Une fois prêt et la perfide serviette toute bosselée de ses trésors, il jeta un long regard au bureau inscrutable. — Ce qui m'intrigue, c'est la façon dont ils sont entrés là-dedans !

— A la suite d'un enchaînement de circonstances qui semblerait sans doute naturel si on l'expliquait, mais il faudrait pour le découvrir remonter le courant du temps. Pour ma part, je suis décidé à ne faire aucune déclaration ni enquête au magasin. J'accepte simplement le mystère, dit Peter avec quelque noblesse.

— Si vous vous avisiez d'adopter cette solution dans une de vos nouvelles, dit Mr. Locket en souriant, ce serait une façon assez vulgaire d'esquiver la difficulté.

— Oui, aussi me garderai-je de vous l'offrir, cette nouvelle ! Je ne me tiendrai pas d'impatience jusqu'à ce que j'aie revu mes papiers ! cria le jeune homme derrière son visiteur qui descendait l'escalier.

Ce soir-là, par le dernier courrier, il reçut une lettre timbrée de Douvres et qui n'émanait pas de Miss Teagle. Lettre un peu confuse, mais fort amicale, écrite le matin après le breakfast. Son but ostensible était de le remercier pour son aimable visite, d'exprimer le regret qu'éprouvait la scriptrice d'avoir semblé se mêler d'une affaire qui ne la regardait pas, et de lui annoncer que la veille au soir, après son départ, elle avait dans un instant d'inspiration, entrevu une idée vraiment musicale, un accompagnement parfait pour la chanson qu'il avait bien voulu lui donner. Suivaient, à titre d'échantillon, quelques mesures griffonnées au bas de son billet, des signes mystiques, ironiquement musicaux, inintelligibles pour son correspondant. Toute la lettre témoignait d'un désir inquiet, mais assez superflu en l'occurrence, de rester en communication avec lui. En lui répondant, ce qu'il fit le soir même avant de se coucher, il insista sur les séduisantes perspectives qu'ouvrait leur collaboration et les avantages qu'elle comporterait pour leur avenir à tous deux. De cet avenir, il parla avec une éloquence qu'il eût été prêt à jurer sincère et il en traça une image d'une extravagante noblesse.

Le lendemain matin, il allait s'atteler à des tâches trop négligées depuis quelque temps. Il éprouvait une sorte de soulagement de n'être plus en contact aussi étroit avec Sir Dominick Ferrand, lequel était devenu terriblement envahissant. Mais au moment où, comme à l'accoutumée, il s'apprêtait à invoquer sa Muse, il fut troublé par l'arrivée d'une dépêche qui le mandait d'urgence chez Mr. Locket. Pour le pauvre Baron qui était dans la dèche, cela représentait le sacrifice d'une nouvelle matinée, mais il ne s'avisa même pas qu'il aurait pu imposer l'horaire de son choix au directeur de *Mélanges*, détenteur des clefs de la renommée. Baron avait la ductibilité du collaborateur. Il congédia donc sa Muse, en sentant qu'elle rougissait de honte pour lui et se trouva un peu plus tard installé dans le propre fauteuil de Mr. Locket, devant la table de ce seigneur des lettres, — table infiniment plus noble que les courbes glissantes de son bureau à lui — en train de supputer avec une prompte ardeur, dans l'éblouissement de certaines paroles de son hôte, la somme de bonheur et d'indépendance que pouvaient représenter une centaine de livres.

Oui, c'était bien cela. Mr. Locket, en quarante-huit heures, avait découvert tant de choses dans les écrits posthumes de Sir Dominick que son visiteur recevait bel et bien une offre. On lui payerait comptant cent livres ce jour-là, sur l'heure, sans qu'aucune question ne fût posée ou reçût de réponse. « J'assume tous les risques, j'assume tous les risques ! » répétait le directeur de *Mélanges*. Les lettres s'étalaient sur la table, Mr. Locket se dressait sur le tapis de la cheminée, tel un orateur sur son estrade et Peter, impressionné par ce brusque ultimatum, s'était affaissé, sans forces, dans le fauteuil le plus proche, qu'il se mit à faire pivoter dès qu'il s'aperçut que c'était un siège à pivot, de façon à darder sur son tentateur un regard qu'il voulait glacial. Ce qui l'ahurissait, c'était que Mr. Locket, au sujet de la publication des lettres, adoptât justement la politique la plus inattendue de sa part.

« Etouffons l'affaire ! Un scandale pur et simple, un crime irréparable, est ce qui justifie le moins la publicité », voilà à peu près le langage que Peter eût trouvé naturel de la part d'un homme qui passait sa vie à peser des questions de bienséance et, l'autre jour encore, au nom de cette vertu, avait censuré une œuvre ressortissant à l'art le plus raffiné. Mais l'auteur de ce chef-d'œuvre intangible avait mis dans le mille en disant à son interlocuteur, lors de sa dernière visite, que les errements de Sir Dominick imprimés dans *Mélanges* assureraient l'épuisement du tirage. Mr. Locket n'eut pas besoin de réitérer à son jeune ami sa phrase sur la « sensation prévisible ». S'il désirait acheter les « droits », comme disent les gens de théâtre, ce n'était pas pour protéger une réputation illustre ni les mettre sous le boisseau. La formule de Baron l'avait séduit et la revue connaîtrait certainement plus d'un seul tirage.

Peter laissa les lettres à la rédaction et après avoir quitté le directeur, marcha longtemps le long du fleuve en proie à des impressions contradictoires. Des possibilités le troublaient, dont jusqu'alors il niait l'existence. Il avait consenti à laisser les papiers à Mr. Locket un ou deux jours de plus, pour avoir le temps de réfléchir aux conditions auxquelles il accepterait éventuellement de s'en séparer. Cent livres ? Ce monsieur n'avait pas dit son dernier mot. En discutant le chiffre, Peter ne se montrait ni déraisonnable ni intraitable. Il soupira, sans prendre garde au spectacle des péniches — soupira, parce que tout cela pourrait lui rapporter quelque argent. Il avait amèrement besoin d'argent. Il en devait à des créanciers importuns. Mr. Locket lui avait exposé l'étendue de ses responsabilités : il lui incombait de venger la vérité altérée, d'ajouter un chapitre à l'histoire d'Angleterre ! « Vous n'avez pas le droit de supprimer des faits aussi importants ! » déclarait l'avide petit directeur en songeant comment les numéros de sa revue (il répartirait les lettres sur trois numéros) défraieraient toutes les conversations de la ville. Avec l'argent, les chemins de la passion, du bonheur, s'ouvraient à Peter. Mr. Locket avait dit, sans doute assez justement, que si l'on osait jouer cette partie risquée, beaucoup d'épineuses questions se poseraient. Ces problèmes troublants, dangereux, par exemple le danger d'un parent irascible du défunt surgissant tout à coup, lui Locket les acceptait sans réserve et s'exposerait aux attaques pour les résoudre. Ne pas oublier que les papiers se trouvaient discrédités, viciés par leur provenance absurde, leur origine invraisemblable, suggérant comme il l'avait déjà insinué, la faible ingéniosité d'un romancier de troisième ordre, et Mr. Locket devrait donc se soumettre à l'obligation gênante de rester muet à cet égard. Mieux valait ne point s'expliquer à ce sujet que de s'exposer au ridicule qu'un tel récit ne manquerait pas de provoquer. Ne les imaginait-on pas à l'avance, les commentaires spirituels, mordants, des journaux et des hebdomadaires ? Peter Baron avait son côté naïf, mais, tandis qu'il brandissait une canne qui lui apprenait que les parapets de la Tamise étaient en granit, il se dit qu'il n'était pas assez sot pour ne pas savoir comment Mr. Locket « orchestrerait » le mystère de sa merveilleuse découverte. Rien ne le servirait mieux auprès du public, que l'impénétrabilité du mystère qui s'y rattachait. Si seulement Mr. Locket pouvait faire assez d'obscurité sur les circonstances qui avaient guidé sa main, sa fortune était faite. Peter pensa que cent livres n'étaient guère, mais se demanda comment néanmoins *Mélanges* pouvait lui offrir cette somme, si importante comparée aux rémunérations littéraires dont le jeune homme avait l'habitude. L'explication de cette anomalie était, bien entendu, que le directeur entrevoyait une douzaine de façons de rentrer dans ses débours. Par la suite, la « sensation » suscitée en Angleterre justifierait la publication du volume en gros caractères — le livre du jour ;

et Mr. Locket, dans ses calculs, tenait également compte des bénéfices de ce volume scandaleux, ou si l'on préférait, de cette révélation d'une grande fraude historique à une postérité impartiale, et de la somme que tout éditeur entreprenant serait prêt à débourser pour s'assurer les droits. Bref, Peter se trouverait frustré de la possibilité de négocier directement avec ledit éditeur. Il eut un rire triomphant et se félicita de n'avoir pas, sur l'heure, dans le *repaire* [1] qu'il venait de quitter, succombé à la tentation que représentait l'offre d'un chiffre équivalant à peu près à toute sa fortune sur terre.

Tout en s'acheminant vers son logis, il se dit que, par bonheur, il n'avait guère de chances de subir jamais un nouvel assaut de ce genre.

1. En français dans le texte.

VI

Quand, une demi-heure après, il approcha des Jersey Villas, il trouva la porte de la maison ouverte et arrivé à la grille, vit dans l'encadrement surgir une présence imprévue : Mrs. Ryves, en chapeau et jaquette, regardait au dehors comme si elle attendait quelque chose — comme si elle avait arpenté le vestibule, pour guetter. Mais quand il lui exprima sa joie d'un si charmant accueil, elle répondit qu'elle avait espéré voir passer un fiacre. Baron s'offrit aussitôt à lui en chercher un mais il apparut qu'après tout elle n'avait pas besoin de voiture. Il entra avec elle dans son salon où elle lui notifia qu'au bout de deux jours, elle s'était mieux rendu compte de ce qu'elle avait à faire : décidée à quitter les Jersey Villas, elle n'était revenue que pour déménager, et s'occupait justement d'emballer ses effets.

— Je vous ai écrit hier soir une lettre charmante en réponse à la vôtre, dit Baron. Vous ne m'annonciez pas votre retour.

— Ce n'est pas votre réponse qui m'a rappelée ici ! Je ne l'avais même pas reçue quand je suis partie.

— Vous verrez, une fois rentrée, que ma lettre est charmante.

— Je n'en doute pas.

Baron ne remarqua aucun désordre dans la pièce ni rien qui annonçât un prochain départ. Mrs. Ryves vit le regard qu'il jetait autour de lui et, debout devant la cheminée sans feu, les mains croisées dans le dos, elle demanda soudain :

— D'où venez-vous ?

— D'une entrevue avec un ami appartenant au monde des lettres.

— Qu'avez-vous comploté à vous deux ?

— Rien du tout. Nous nous sommes quittés sans tomber d'accord.

— Est-ce un éditeur ?

— Un directeur de revue.

— Eh bien je suis contente que vous ne vous soyez pas entendus. J'ignore ce qu'il veut, mais quoi que ce soit, n'en faites rien !

— C'est lui qui devra faire ce que je veux, moi ! dit Baron.

— C'est-à-dire... quoi ?

— Ah, je vous le dirai quand il aura capitulé ! » Baron la pria de lui faire entendre « l'inspiration musicale » qu'elle annonçait dans sa lettre ; sur quoi elle ôta son chapeau, sa jaquette, s'assit au piano et lui joua l'accompagnement de sa chanson, avec un sentiment qui dès les premières notes électrisa le jeune homme. Elle phrasait avec une douceur estompée, et lui, assis, comme maintenu par une vis de velours, palpitait d'une émotion que jamais plus il ne retrouverait dans sa fraîcheur, l'émotion du jeune artiste pour la première fois en présence de sa « production » — que ce soient les épreuves de son livre, l'accrochage de son tableau, la répétition de sa pièce. Quand elle eut fini, il sollicita la répétition du même enchantement, et encore de la musique, et puis encore ; cela lui faisait un bien immense, le protégeait et l'abritait, en quelque sorte le rassérénait.

Mrs. Ryves abandonna ses essais musicaux et lui fit entendre des œuvres immortelles. Apaisé et charmé, il s'attardait, sentant la sordide petite pièce s'élargir avec le retour de vagues et heureuses possibilités. Brusquement, de son piano, elle s'écria :
— Les papiers... les lettres que vous aviez trouvées... ne sont plus dans la maison ?

— Non, elles n'y sont pas.

— J'en étais sûre ! — Peu importe — c'est très bien », ajouta-t-elle. Elle aussi paraissait détendue — l'inquiétude était une fausse note. Un peu plus tard, il faillit lui demander comment elle savait que les lettres ne se trouvaient plus dans la maison mais il s'en abstint. Ce sujet posait un problème inutile, un rébus qui allait grandissant absurdement, comme une monstruosité entrevue dans les ténèbres, lorsqu'on ouvre les yeux pour mieux la distinguer. Il ferma les paupières — il aspirait à une autre vision. De plus elle lui avait prouvé qu'elle possédait d'extraordinaires facultés d'intuition — son explication eût été plus étrange encore que le phénomène. Du reste, ils avaient d'autres sujets à traiter : il fallait la décider à remettre au lendemain son retour à Douvres, et qu'elle se dispensât jusqu'alors d'étendre sa vigilance sur Sidney. Autre aspect du même problème : dîner avec elle, quelque part, ce soir (comment l'imaginer dînant sans lui ?) et qu'elle acceptât de le suivre à un gentil petit restaurant de Soho, pour introduire une heure de bohème dans leur vie mortellement respectable. Mrs. Ryves refusa que l'on empiétât sur son temps, mais en fait, au moment voulu, dans le gai petit restaurant où elle l'accompagna et où l'on débitait du macaroni et du Chianti, le couple, face à face, mit ses coudes sur la nappe chiffonnée et, une fois écartées les tasses à café vides, et la cigarette du jeune homme allumée sur l'injonction de sa compagne, leur conversation prit un tour de plus en plus confidentiel. Ils allèrent ensuite au théâtre, à des places bon marché, et rentrèrent au logis par l'omnibus, et sous des parapluies.

Sur le chemin du retour, Peter Baron plus troublé que jamais agitait dans son esprit une question : le laisserait-elle entrer cinq minutes dans son salon ? Il se le demandait passionnément, tout vibrant d'impatience et d'attente — et pourtant à quoi servirait cet entretien, sinon à lui faire sentir sa pauvreté ? C'était bien le moment de la lui annoncer, tant son heure de bohème l'avait fauché. Même la vie de Bohème se révélait trop onéreuse, et pourtant, dans le courant de la journée, il avait modifié sa conception du possible et de l'impossible. Aux Jersey Villas, minuit allait sonner, et Mrs. Ryves, en faisant craquer une allumette pour sa chandelle clignotante, avait dit : « Mais oui, entrez une minute si vous voulez ! » Dans son salon de hasard, qui, après les splendeurs de la soirée constituait un retour à la laideur et la réalité, elle le laissa debout, tandis qu'il expliquait qu'il ne possédait encore rien de ce qui menait à la gloire et la fortune, rien, sauf la jeunesse, l'amour, la foi et l'énergie, sans parler, bien entendu, de sa présence à elle, à elle, la suprêmement chérie. Après tout, si les débuts étaient rudes, pourquoi ajouter à la dureté des circonstances en renonçant au rêve qui — si seulement elle daignait l'écouter jusqu'au bout ! — apporterait dans leur vie la différence bénie ?

Mrs. Ryves l'écouta-t-elle jusqu'au bout ou non ? Notre chronique est muette sur ce point ; mais après qu'il eut saisi les deux mains de la jeune femme et exhalé tout près de son visage l'ardeur de son amour (et dans le soulagement et la joie de son aveu, il sentit comme une marée montante qui l'emportait) elle l'arrêta par des arguments plus raisonnables, avec un froid et doux retour sur elle-même où il pressentit quelque chose de mystérieux. Son hochement de tête temporisateur, plus joli que jamais, n'avait encore jamais exprimé tant de craintes et de souci, d'impossibilités, de souvenirs, d'indépendance et de piété, mêlés à une sorte de souffrance muette devant la ruine d'une amitié heureuse. Elle avait éprouvé pour lui de la sympathie — sinon, elle ne le lui aurait pas laissé croire ! — mais elle se défendit de l'avoir « encouragé » au sens vulgaire et odieux du mot. D'ailleurs, le lieu et le moment étaient mal choisis pour parler de ces choses et elle le priait de ne pas lui faire regretter son indulgence, en s'attardant plus longtemps. Sa situation comportait des singularités, des considérations auxquelles on ne pouvait passer outre. Elle se débarrassa de lui avec des paroles bienveillantes et confuses ; une fois sorti dans la morne nuit humiliée, il sentit qu'on l'avait remis à sa place. Les femmes dans la situation de Mrs. Ryves, après avoir aimé et perdu ce qu'elles aiment, continuent de vivre jusqu'à des aurores nouvelles qui chassent les anciens fantômes. Mais dans sa capricieuse voisine, Baron sentait on ne sait quoi de terriblement invulnérable.

VII

« J'ai eu les loisirs d'étudier un peu à fond ce que nous étions disposés à faire, et j'estime qu'en l'occurrence nous accepterions d'aller jusqu'à l'extrême limite des concessions », dit Mr. Locket. Les Jersey Villas, le lendemain matin, eurent l'heur de recevoir à nouveau le directeur de *Mélanges,* assis une fois de plus devant le bureau où se trouvait, bien en vue, l'objet du litige, sous la forme d'un grand amas de papiers en désordre qui manifestement avaient été beaucoup maniés. — Nous irons jusqu'à trois cents livres, mais nous ne saurions faire un seul pas de plus, je puis vous l'assurer !

Peter Baron en robe de chambre et pantoufles, les mains dans ses poches, arpentait en silence la chambre et répétait tout bas, avec des inflexions que pour sa propre satisfaction il s'efforçait de rendre humoristiques : « Trois cents ? trois cents ?... » Son état d'âme n'avait rien d'hilare, il se sentait pauvre, blessé, déçu ; mais il voulait se prouver à lui-même son cran et qu'en général comme en particulier, il était réfractaire au découragement. Le premier spectacle qui avait frappé ses yeux en passant dans son antichambre était un fiacre chargé des bagages de Mrs. Ryves, arrêté devant la porte du n° 3. S'étant permis derrière le rideau un coup d'œil excusable, il vit la dame de ses pensées escortée de Mrs. Bundy sortir de la maison et prendre place dans le modeste véhicule. Après cela, son regard s'attarda longtemps sur le dos de coton à fleurs de la logeuse, qui ne cessait d'agiter devant la glace de la voiture une vieille tête intarissablement moralisatrice.

Mrs. Ryves prenait la fuite — il lui avait rendu le séjour aux Jersey Villas intolérable — mais Mrs. Bundy, avec une magnanimité inouïe dans sa profession, semblait croire à la pureté de ses motifs. Baron sentit qu'entre lui et Mrs. Ryves, la séparation, pour le moment du moins, était chose faite. Sa délicatesse lui commandait de s'effacer.

Mr. Locket parla longtemps. Peter Baron écoutait, et attendait. Il réfléchit que la docilité avec laquelle il suivait ses paroles éveillerait probablement chez son visiteur des espoirs que pour sa part il ne se ferait pas scrupule d'exciter. Il n'éprouvait pas la moindre pitié à l'égard de Mr. Locket ni de son impatience anxieuse et de ses illusions. Il se sentait malade, abandonné, privé de consolation et d'argent. Pourtant, il voyait une sorte d'offense à sa dignité dans cette façon de lui mettre le couteau sur la gorge qu'avait Mr. Locket en lui présentant l'affaire comme un service rendu à la vérité historique. Peut-être était-ce le cas ? Il n'en était pas sûr. Peut-être — question profonde, trop profonde sans doute pour sa sagesse ; mais il fit effort pour ne pas interrompre avec irritation ce verbiage sec, intéressé, la voix hypocrite du Commerce et de la Bienséance. Il regardait tragiquement par la fenêtre et vit la pluie stupide qui commençait à tomber. Par cette journée plus morne encore que son âme, les Jersey Villas prenaient un air sordide et hideux. Comment s'étonner que Mrs. Ryves n'eût pas pu les supporter ? Mais si hideuses fussent-elles, il serait forcé d'avertir Mrs. Bundy dans le courant de la journée qu'il lui fallait chercher un logis plus humble. Brusquement il interrompit Mr. Locket :

— Je pense que si je vous fais cette concession, l'hospitalité de *Mélanges* me sera désormais acquise sans restriction ?

Mr. Locket ouvrit de grands yeux. — Hospitalité ?... acquise ? » Il retournait entre ses doigts la proposition, comme il eût fait d'une pêche trop verte.

— Je veux dire que bien entendu, vous... — par courtoisie, par gratitude — vous ne continueriez plus à refuser mes œuvres ?

— Je leur consacrerai toute mon attention — comme par le passé.

Peter Baron hésita. Fort de l'atout qu'il détenait, un candidat idéalement astucieux aurait eu des chances... mais l'instant d'après, le sang lui monta aux joues, avec la honte que lui causait la pensée d'invoquer en faveur de ses productions littéraires un argument autre que leur mérite. Ce fut comme s'il les avait sottement dépréciées. Néanmoins il ajouta : — Publieriez-vous, par exemple, ma petite nouvelle ?

— Celle que j'ai lue et dont j'ai critiqué certains passages, l'autre jour ? Vous voulez dire... heu... une fois modifiée ? poursuivit Mr. Locket.

— Oh non, sans aucun changement. Les pages que vous voulez modifier contiennent, je vous l'ai clairement expliqué, la *raison d'être* [1] de l'œuvre, et j'estime donc que leur suppression serait une imbécillité de première grandeur.

Peter avait renoncé à l'espoir que son critique comprendrait ce qu'il entendait par là, mais comment ne pas profiter des circonstances et renoncer — luxe qui sans doute ne serait jamais plus à sa portée — à décocher durant un bref instant de folie, ses quatre vérités à un directeur de revue ?

Mr. Locket lui dédia un sourire contraint. — Songez au scandale, Mr. Baron !

— Mais l'autre scandale n'est-il pas précisément ce que vous escomptez ?

— Ce sera un service insigne rendu au public !

— Autrement dit, le scandale sera grand, alors qu'avec ma pauvre nouvelle il serait très petit, et qu'on ne peut monnayer qu'un gros esclandre.

Mr. Locket se leva — lui aussi tenait à sauvegarder sa dignité.

— La somme que je vous offre devrait être suffisante pour couper court à toute revendication.

— Soit — je n'entends pas en élever puisque vous n'aimez pas ce que j'écris. Je prends note de votre offre, poursuivit Peter, et m'engage à vous donner ce soir, par un mot que je déposerai moi-même à votre porte une réponse définitive.

Les gestes de Mr. Locket, affairé autour des souvenirs de l'éminent homme d'Etat, rappelaient ceux d'un père emplumé, battant des ailes au-dessus d'une nichée menacée. Il avait rapporté sa couvée ce matin chez Baron, parce qu'il se sentait assez sûr de conclure le marché pour se permettre d'être aimable. Il riva un œil scintillant sur les papiers et observa qu'avant de les abandonner, il lui fallait recevoir l'assurance

1. En français dans le texte.

que Peter ne les placerait pas en d'autres mains. Sur quoi Peter eut un rire plus âpre qu'il ne l'eût voulu et demanda assez pertinemment de quel droit son visiteur se montrait si exigeant et ce qui l'empêchait, lui Peter, de céder sa marchandise au plus offrant ?

— Sûrement, vous n'allez pas mettre à l'encan des choses pareilles ! s'écria Mr. Locket ; mais sans attendre une réponse ironique de Baron, il ajouta : — Je publierai votre petite histoire.

— Oh, merci !

— Je publierai tout ce que vous m'enverrez, continua Mr. Locket en sortant. Avant son départ, Peter avait virtuellement donné sa parole de ne traiter qu'avec la revue *Mélanges*.

Le reste de la journée, le jeune homme vécut les plus étranges heures de sa vie. Pourtant, par la suite, elles ne lui firent pas l'effet d'une période de tentation, encore qu'il eût été en proie à l'émoi dont s'accompagne la vision intense d'une alternative. La lutte était terminée. Il lui semblait que, si pauvre fût-il, il ne l'était pas assez pour prendre l'argent de Mr. Locket. Il envisageait deux solutions opposées, avec le sang-froid d'un homme qui a fait son choix, mais ce sang-froid constituait en soi la plus exquise des excitations.

C'était en fait une belle réaction et une sorte de noble pitié. Il lui semblait mettre son doigt sur le pouls de l'histoire, être dans le secret des dieux. Il les tenait dans sa main, les tables, les balances et la torche ! Il ne savait peut-être pas camper un personnage « qui se tienne », mais il lui eût été facile de tirer les ficelles pour en détruire un ! C'eût été un « travail créateur » dans son genre — il aurait pu reconstruire le personnage, le peindre de couleurs moins séduisantes, montrer de lui un côté insoupçonné. Mr. Locket lui avait beaucoup parlé de ses responsabilités ; et en vérité, ces responsabilités pesèrent sur lui toute la matinée. Tandis qu'il tournait dans sa cage étroite et observait la giboulée qui criblait ses vitres, il songeait à la sordidité de Douvres vers laquelle Mrs. Ryves s'en retournait en ce moment. Cette obsession prit en fait la forme, revêtit la physionomie du pauvre Sir Dominick Ferrand, à présent aussi perceptible à ses yeux, aussi froidement et étrangement individuel qu'un fantôme revenu pour le hanter et dressé sur la vieille pierre de son âtre. Notre ami s'était habitué à sa compagnie. A force de lui consacrer ses heures, de suivre ses traces au musée, de comparer ses différents portraits, gravures ou photographies, où Sir Dominick semblait fixer sur son dénonciateur des yeux lucides, implorants, leur bizarre intimité était devenue aussi étroite qu'une étreinte. Sir Dominick, tout muet qu'il fût, se montrait terrible malgré sa sujétion et Peter ne lui aurait pas témoigné la moindre curiosité, ne l'aurait rassuré par la moindre marque de déférence, s'il n'avait compris l'impossibilité où il était de se tirer d'un mauvais pas en dénonçant quelqu'un. Peu importait que cet individu fût mort. Peu importait qu'il fût malhonnête. Peter se sentait assez vivant pour souffrir. Il percevait que le rétablissement de la vérité historique si consciencieusement souhaité par Mr. Locket n'était point pour lui une tâche impérative. Il le comprenait nettement, si son succès devait se baser sur un « déboulonnage », quel meilleur baume pour une conscience tranquille, que de renoncer au succès ? Non, non ! dût-il jeûner, il ne pouvait tirer argent du malheur de Sir Dominick ! Il s'étonna presque de la violente horreur que lui inspirait l'idée d'un tel profit, tandis qu'il tournaillait lugubrement dans sa chambre. Après tout, que lui importait Sir Dominick ? Il eût voulu ne l'avoir jamais rencontré sur sa route.

Au cours d'une de ses haltes tristes et mélancoliques devant la fenêtre par où il ne reverrait sans doute jamais plus Mrs. Ryves aller et venir dans le petit jardin, de cette démarche glissante qu'il avait dès l'abord aimée en elle — il s'aperçut que la pluie allait s'arrêter et le soleil faire quelques concessions boudeuses. Ce fut pour Baron le signe qu'il pouvait sortir. Il sentait vaguement qu'il avait des choses à faire : chercher du travail, se mettre en quête d'un logis meilleur marché et d'une nouvelle idée (toutes les idées qui lui étaient chères jusqu'alors l'avaient abandonné) sans parler du petit mot promis, à déposer chez Mr. Locket. Il consulta sa montre et s'étonna de l'heure car au bout de tout ce temps écoulé il n'avait à exhiber qu'une migraine. Il lui fallait s'habiller en toute hâte, mais en passant dans sa chambre à coucher, il avisa la petite pyramide des lettres échafaudée par Mr. Locket sur son bureau. Elles le surprirent et il s'arrêta un instant à les regarder, mi-amusé, mi-contrarié de constater qu'elles existaient encore. Il les avait si complètement détruites par la pensée qu'il considérait que c'était chose faite, et il dut se rappeler les stades successifs par quoi une intention doit passer pour devenir effective. Baron alla donc vers les papiers, en toute sincérité, et dans son âtre vide (privé de feu et d'où il n'eut qu'à déplacer un de ces hideux ornements en papier dont raffolait Mrs. Bundy) il brûla méticuleusement la collection tout entière. En voyant les plus affreuses pages se réduire en cendres indéchiffrables, il se sentit plus heureux — si tant est que le mot de bonheur se puisse appliquer dans ce sens, et à cette opération : la destruction de quelque chose de si crépitant et craquant qu'elle suggérait le froissement de billets de banque en train de se consumer.

Dix minutes plus tard, quand il regagna son petit salon, il eut le sentiment bizarre que son horizon s'était élargi. On eût dit qu'une masse bloquant la vue s'était déplacée et que son regard embrassait une plus grande étendue de ciel et de campagne. Pourtant, les maisons d'en face restaient toujours là, bien entendu, et si le sinistre petit logis semblait plus clair, c'était sans doute uniquement parce que la pluie ne tombait plus et que le soleil l'illuminait. Peter alla ouvrir la fenêtre pour laisser entrer l'air frais et aperçut devant la grille du jardin l'humble guimbarde dans laquelle quelques heures auparavant il avait vu partir Mrs. Ryves. Impossible de s'y tromper, il se rappelait bien le cheval blanc cagneux et n'en fut que plus étonné de constater que les bagages de son amie ne surmontaient plus le véhicule. Peut-être le cocher les avait-il déjà transportés à l'intérieur de la maison ? Juché à présent sur son siège, il fumait une courte pipe et savourait la jouissance que procure l'oisiveté payée. Peter se retourna vers sa chambre, entendit toquer à la porte, et le coup, dès qu'il y eut répondu, s'expliqua par le souffle bruyant de Mrs. Bundy.

— S'il vous plaît, Monsieur, c'est pour vous dire qu'elle est revenue.

— Pourquoi est-elle revenue ? La question de Baron semblait désobligeante, mais il venait de ressentir un nouveau pinçon au cœur et redoutait une blessure nouvelle.

— Je crois que c'est pour vous, Monsieur ? fit Mrs. Bundy. Elle vous recevra dans un moment, si vous le voulez bien, dans le vieux coin habituel.

Peter suivit son hôtesse à l'étage inférieur et Mrs. Bundy l'introduisit, avec son plongeon des grands jours, dans l'appartement qu'elle avait si tendrement qualifié.

— Je suis partie ce matin et ne rentre que pour un instant, dit Mrs. Ryves dès que Mrs Bundy eut fermé la porte. Il la trouva changée. Quelque chose avait dû se passer, qui l'inclinait à l'indulgence.

— Vous avez déjà fait tout le trajet jusqu'à Douvres aller-retour ?

— Non, mais j'ai été à la gare de Victoria. J'y ai laissé mes bagages, et ensuite, j'ai roulé en voiture.

— J'espère que vous y avez pris plaisir ?

— Beaucoup ! J'ai été voir Mr. Morrish.

— Mr. Morrish ?

— L'éditeur de musique. Je lui ai montré notre chanson et il en est enchanté. Il dit que c'est tout à fait ce qu'il lui fallait. Il m'a donné cinquante livres ! Il dit qu'il croit en nous ! » Mrs. Ryves continua, tandis que Baron s'émerveillait du miracle, trop doux pour être réel, lui semblait-il, de la voir là, devant lui, parlant de leur œuvre commune : « Cinquante livres ! Cinquante livres ! » s'écriait-elle en brandissant son chèque. Elle était revenue tout droit pour le lui annoncer, et bien entendu la moitié de cet argent représentait sa part à lui. Toute rose, jubilante, naturelle, elle babillait comme une femme heureuse. Elle dit qu'ils devraient composer plus de chansons, beaucoup, beaucoup plus ! Mr. Morrish avait virtuellement promis d'accepter toutes celles qui seraient aussi réussies. Elle avait gardé sa voiture parce qu'elle devait partir pour Douvres, elle ne pouvait laisser les autres en plan là-bas. C'était un véhicule infirme et inerte mais Baron, au bout de quelque temps, apprécia sa lenteur, car elle avait consenti à ce qu'il l'accompagnât à la gare de Victoria et la vît partir, cette fois pour de bon. Elle n'était revenue que pour lui communiquer la bonne nouvelle, elle le lui répéta à maintes reprises. Ils en parlèrent avec tant de passion que toute autre pensée se trouva bannie pour le moment — les obligations de Baron envers Mr. Locket, le remarquable sacrifice qu'il venait de consommer, et même la singulière coïncidence (en accord avec la bizarrerie des événements précédents) de ce retour de Mrs. Ryves à la maison, comme mue par une de ses fameuses divinations, à l'instant même où les papiers qui étaient à l'origine véritable de leur intimité étaient détruits. Mais elle, de son côté, semblait avoir oublié ces fallacieux papiers ; elle n'y fit jamais plus allusion et Peter ne se vanta jamais de son autodafé. Il se tut pendant un temps, curieux de voir si la fine sensibilité de son amie l'avait avertie ; plus tard, quand ce devint chez lui une habitude permanente, il se cantonna dans le silence, un silence prodigieux, religieux, frémissant, après l'extraordinaire conversation qu'ils eurent ensemble.

Cet entretien eut lieu à Douvres où il se rendit pour lui remettre l'argent touché à la banque de Mr. Morrish en paiement du chèque qu'elle lui avait laissé. Ce chèque, ou plutôt certaines choses qu'il représentait, avait modifié leurs rapports de façon très appréciable et Baron ne pensait plus qu'à cet espoir, qui allait se confirmant, d'une chance de collaboration féconde, propre à justifier un changement aussi prompt. A présent Mrs. Ryves ne parlait plus d'impossibilité — elle ne cherchait plus à le décourager. Seulement, le lendemain du jour où il arriva à Douvres lesté de cinquante livres (car enfin, il avait fini par consentir à les partager avec elle, il ne pouvait pas attendre qu'elle acceptât de lui un cadeau d'argent) il revint sur la question qui avait donné lieu à une petite scène entre eux, le soir de leur dîner en tête à tête. A cette occasion (il avait apporté une valise et devait passer la nuit) elle fit observer qu'elle avait quelque chose de très particulier sur la conscience et tenait à le lui dire avant qu'il ne s'engageât trop. Quand elle aborda le sujet, il vit sur son visage poindre une lueur avertisseuse qui l'effraya, une expression indéfinissable, si étrange qu'un instant Baron retint son souffle. Mais cet éclair chargé de sombres virtualités passa et ce fut avec le geste de prendre encore plus tendrement possession d'elle — geste freiné pourtant par l'air grave, important, qu'elle lui opposa en levant un doigt — qu'il répondit :

— Dites-moi tout ! Parlez !

— Il faut que vous sachiez ce que je suis — qui je suis ; et surtout ce que je ne suis pas ! Cet état a un nom, un nom hideux, cruel ! Ce n'est pas ma faute ! D'autres l'ont su, j'ai été forcée de le révéler — cela a beaucoup pesé sur ma vie. Sûrement vous avez deviné ! » continua-t-elle avec l'ombre d'un frémissement ironique dans la voix, et elle lui permit de prendre sa main. Il la sentit glacée, aussi glacée que le pénible devoir qu'elle s'imposait. « Ne voyez-vous pas que je n'ai pas d'entourage, ni famille, ni amis, rien en ce monde qui soit à moi ? Je n'étais qu'une pauvre fille...

— Une pauvre fille ? Baron déconcerté, touché, désolé, devina vaguement le sens de ses paroles mais dans un grand élan de pitié, il sentit que ce serait une raison de plus pour l'aimer.

— Ma mère... ma pauvre mère... dit Mrs. Ryves.

Elle s'arrêta et ses yeux voilés de larmes rencontrèrent le regard du jeune homme, comme pour le supplier de comprendre. Il comprit et l'attira plus près de lui, mais elle lutta pour se dégager, pour continuer : — C'était une pauvre fille... une simple gouvernante. Elle était seule, elle s'est cru aimée. Il l'a aimée, en effet — je crois que c'est le seul bonheur qu'elle ait jamais connu. Mais elle en est morte.

— Oh, je suis si heureux que vous me le disiez... c'est si noble à vous ! murmura Baron. Alors... votre père ?

Il hésita, comme s'il posait le doigt sur une vieille blessure.

— Il avait ses propres soucis, mais il a été bon pour elle. Tout cela fut un malheur, une folie ! Il était marié — et malheureux — avec de bonnes raisons pour l'être, je crois. Je le sais par des lettres, je l'ai su par une personne qui est morte. Tout le monde est mort à présent — il y a trop longtemps de cela. C'est le seul avantage. Il a été très bon pour moi. Je me souviens de lui, quoique j'aie ignoré, quand j'étais petite fille, qui il était. Il m'a placée auprès de braves gens. — Il a fait pour moi ce qu'il pouvait. Je crois que par la suite sa femme a tout su — une dame qui est venue me voir une fois après sa mort. J'étais une très petite fille, mais je me rappelle bien des choses. Ce qui dépendait de lui, il l'a fait — certaines mesures qu'il a prises m'ont été un secours plus tard et m'aident encore aujourd'hui à vivre. Je pense à lui avec une étrange compassion. — Je le vois ! dit Mrs. Ryves, un faible reflet du passé dans les yeux. Il ne faut pas que vous disiez jamais rien contre lui, ajouta-t-elle, douce et grave.

— Jamais — jamais — car à cause de lui, l'enivrement de veiller sur vous n'en sera que plus grand !

— Il faut que vous attendiez, que vous réfléchissiez. Nous attendrons ensemble, poursuivit-elle. Vous ne pouvez pas répondre de vous, et d'ailleurs, il faut me laisser du temps. A présent que vous savez, tout est bien. Mais il fallait que vous sachiez. N'en sommes-nous pas devenus meilleurs amis ? demanda Mrs. Ryves avec un sourire las qui eut pour effet de reléguer toute l'histoire encore plus loin. L'instant d'après, elle ajouta vivement, comme si elle avait le sentiment que la distance n'était pas encore assez grande : — Vous ne savez pas, vous ne pouvez juger, il faut laisser tout cela se tasser ! Songez-y, songez-y ! Oh ! vous y songerez — et restons-en là. A moi aussi il me faut du temps, il m'en faut ! Oui, vous devez me croire !

Elle se détourna et il resta un moment à la regarder. — Ah, comme je travaillerai pour vous ! s'écria-t-il.

— Vous devez travailler pour vous-même. Je vous aiderai.

Son regard croisa de nouveau celui de Baron et elle ajouta, hésitant, réfléchissant : — Peut-être vaut-il mieux que vous sachiez qui il était.

Baron secoua la tête et sourit avec confiance : — Je ne m'en soucie pas le moins du monde !

— Moi, si — un peu. C'était un grand homme.

— Il devait certainement avoir ses qualités.

— Ce fut une grande célébrité. Vous en avez souvent entendu parler.

Baron s'étonna un instant. — Je ne doute pas que vous ne soyez une princesse ! dit-il en riant.

Elle éveillait en lui une inquiétude.

— Je ne rougis pas de lui. C'était sir Dominick Ferrand.

Baron lut sur son visage qu'elle avait vu quelque chose sur sa figure à lui. Il sut qu'il ouvrait de grands yeux, puis pâlissait sous l'effet d'un choc puissant. Un instant, il resta glacé — comme il l'avait trouvée elle-même, pétrifié par le sentiment du danger, l'horreur confuse d'avoir assené un coup. Mais son cœur recommença de battre normalement avec la conscience, encore plus prompte, de ne pas s'être trahi et tandis qu'il recouvrait son sang-froid, il comprit qu'elle mettait cette émotion au compte d'une violente surprise. Il murmura d'une voix sourde un « ah, c'est vous, mon aimée ! » qui se perdit, tandis qu'il l'attirait à lui et la retenait longuement, dans l'ardeur de son étreinte et l'éblouissement du miracle qui faisait qu'il n'avait pas révélé son secret. Un long moment il se répéta à lui-même, le visage caché : « Ah, qu'elle ne sache jamais, jamais ! »

Elle ne sut jamais. Un jour, l'interrogeant par hasard, elle apprit simplement qu'il avait détruit les vieux documents qui lui avaient inspiré un caprice si bizarre. La sensibilité, la curiosité qu'ils avaient eu l'étrange privilège de susciter en elle, avaient disparu avec l'événement, aussi inexplicablement qu'elles étaient nées, et elle semblait avoir oublié, ou plutôt attribuer à présent à d'autres motifs, son agitation et plusieurs des incidents singuliers qui l'avaient accompagnée. Ces incidents fournirent, bien entendu, à Peter Baron, un surcroît d'aliments à ses méditations intimes. En dépit de ses efforts, son amie les remarqua et crut y voir, lui sembla-t-il, l'effet d'une dépression causée par la longue période d'attente qu'elle avait réussi à lui imposer. Il se montra encore plus patient qu'elle ne pouvait le supposer, malgré toute sa puissance d'intuition ; car si elle le mettait à l'épreuve, lui de son côté ne laissait pas de l'analyser. Baron se rappelait sans cesse que si les documents qu'il avait brûlés prouvaient quelque chose, c'était que les humaines erreurs de sir Dominick Ferrand ne s'étaient pas exercées dans un domaine unique. La femme qu'il aimait était la fille de son père, impossible de négliger ce fait. Mais quand il en vint à la mieux connaître — car ils travaillaient ensemble sous l'égide de Mr. Morrish — il découvrit que son amour l'emportait sur tout le reste. En constatant la droiture foncière de la jeune femme (le mariage avait encore davantage fait ressortir ce trait chez elle) il se demandait parfois si les souvenirs trouvés dans le secrétaire étaient authentiques. Ce fameux meuble lui est toujours aussi utile que le patronage de Mr. Morrish. La plupart de leurs chansons, selon l'expression de ce gentleman, sont extrêmement « demandées ». Baron néanmoins s'essaye aussi à la prose et à présent les revues ne refusent pas toujours ses envois. Mais il n'a jamais plus approché *Mélanges*. Par la suite, ce périodique a publié une étude hautement élogieuse sur la remarquable carrière de sir Dominick Ferrand.

Message ~~personnel~~ → M. WELTER

Comme nous avons demain
~~Mes amis et moi-même ayant~~
une longue route à faire,
nous préférerions partir le plus
tôt possible.

Par conséquent pensez-vous
pouvoir vous trouver à la
maison vers 9 h.

Merci de nous laisser un
message nous indiquant
vos intentions après le signal
sonore.

La vraie chose à faire

I

Trois mois à peine s'étaient écoulés depuis la mort d'Ashton Doyne, quand George Withermore fut pressenti au sujet de la rédaction d'un « ouvrage ». La demande émanait directement de ses éditeurs — lesquels avaient été, bien davantage encore, ceux de Doyne — mais il ne fut pas surpris d'apprendre, au cours de l'entrevue qu'ils lui proposèrent, que la veuve de leur défunt client avait exercé sur eux une certaine pression pour la prompte publication d'une biographie de son époux. A la connaissance de Withermore, les rapports de Doyne avec sa femme avaient formé un chapitre spécial, dont la rédaction se révélerait délicate pour le biographe ; mais le sentiment de ce qu'elle avait perdu, et aussi de ses propres manques, s'était manifesté chez la pauvre femme dès les premiers jours de son deuil, assez pour que tout observateur tant soit peu initié s'attendît de sa part à une attitude réparatrice, une façon presque exagérée de défendre les intérêts d'un nom illustre.

George Withermore sentait qu'il faisait partie du clan des initiés. Pourtant, il s'ébahit d'apprendre qu'elle l'avait désigné comme la personne entre les mains de qui elle placerait le plus volontiers les éléments d'un livre.

Ces éléments — journaux intimes, lettres, memoranda, notes, documents divers, — étaient sa propriété et entièrement sous son contrôle, sans aucune condition attachée à cette portion de l'héritage ; en sorte qu'à présent elle se trouvait libre d'en user à sa guise, ou même pas du tout. Quant à savoir quelles eussent été les intentions de Doyne, s'il avait eu le temps de prendre ses dispositions, l'on ne pouvait se livrer qu'à des conjectures. Sa mort avait été trop prématurée, trop soudaine.

Par malheur, les seules volontés qu'on lui eût jamais entendu formuler restaient muettes sur ce point. Sa vie s'était brisée tout net, voilà, et la fêlure déchiquetée avait besoin d'être limée. Withermore se savait très proche du disparu, mais sentait tout aussi vivement sa propre obscurité relative. Jeune journaliste, critique, besognant au jour le jour, il ne pouvait produire à son actif aucun bagage littéraire sensationnel. Ses écrits étaient rares et peu volumineux, ses relations maigres et vagues. Doyne en revanche avait vécu assez longtemps, et surtout eu assez de talent, pour atteindre à la renommée. Parmi ses nombreux amis également dorés au soleil de la gloire, plusieurs semblaient plus qualifiés que Withermore, et les personnes qui connaissaient la veuve eussent pensé qu'elle recourrait plutôt à l'un d'eux.

Toujours est-il que les préférences de la dame venaient de s'exprimer, et cela, d'une façon pleine d'égards qui laissait à Withermore une certaine latitude. Notre jeune homme eut donc le sentiment qu'il devait à tout le moins la voir et qu'ils auraient beaucoup de choses à se dire. Il lui écrivit aussitôt, elle lui fixa un rendez-vous et ils vidèrent la question ensemble. Mais lorsqu'il sortit de chez elle, son idée de derrière la tête se trouva considérablement renforcée. C'était une femme étrange, qu'il n'avait jamais jugée agréable, et pourtant son zèle bouillonnant et maladroit lui parut assez touchant. Elle tenait à ce livre, à titre de réparation posthume, et celui que dans l'entourage de son mari elle se croyait le plus capable d'influencer, devait, par tous les moyens, l'aider dans son propos. Elle n'avait jamais pris Doyne très au sérieux de son vivant, mais sa biographie la laverait de tout reproche éventuel. Comment ce genre de livre s'écrivait, elle ne le savait guère, mais elle avait regardé autour d'elle et pris des renseignements. Withermore, dès le début, s'effraya un peu de voir qu'elle exigeait un texte copieux. Elle parlait de « plusieurs volumes » mais il avait son opinion là-dessus.

— Ma pensée s'est tournée tout de suite vers vous, comme aurait fait la sienne, avait-elle dit dès qu'elle s'était dressée devant lui dans son grand harnachement de deuil, — avec ses grands yeux noirs, sa grande tignasse noire, son grand éventail noir et ses gants noirs, présence décharnée, d'une laideur tragique mais frappante et à un certain point de vue, « élégante ».

— De ses amis vous étiez le plus cher, oh, de beaucoup.

Il y avait là de quoi tourner la tête à Withermore. Peu importe que par la suite il fût fondé à se demander si après tout elle avait connu Doyle assez à fond pour en être sûre. Même, il inclinait à croire que son témoignage à ce sujet ne comptait guère. Mais enfin, il n'est pas de fumée sans feu. Elle savait du moins ce qu'elle entendait dire, et il n'était pas quelqu'un qu'elle eût intérêt à flatter. Ils montèrent ensemble sans plus tarder, au cabinet de travail vide du grand homme, à l'arrière de la maison qui donnait sur le vaste jardin verdoyant commun à toute la rangée de ces habitations coûteuses — vue belle et inspiratrice qui exalta le pauvre Withermore.

— Vous pourrez parfaitement travailler ici, vous savez, dit Mrs. Doyne. Vous aurez toute la pièce à vous, je vous la donne. Le soir, en particulier, n'est-ce pas, ce sera l'idéal, pour ce qui est du calme et de l'intimité.

L'idéal en effet, car le jeune homme expliqua que remplissant un emploi dans un journal du soir, ses heures matinales étaient régulièrement prises depuis déjà longtemps. Il ne pourrait donc se libérer que la nuit. La pièce était tout imprégnée de leur ami disparu. Tout, ici, lui avait appartenu, tout ce qu'ils touchaient avait fait partie de sa vie. Soudain c'en fut trop pour Withermore — trop d'honneur et aussi une charge trop écrasante. Des souvenirs encore récents lui revinrent, son cœur battit plus vite et ses yeux se mouillèrent, le poids de son loyalisme lui sembla presque trop lourd à porter. A la vue de ses larmes, les paupières de Mrs. Doyne s'humectèrent à leur tour et durant une minute, tous deux se regardèrent. Il s'attendait vaguement à l'entendre s'écrier : « Oh, aidez-moi à éprouver les sentiments que, je le sais, vous savez que je voudrais éprouver !... » Au bout d'un moment, l'un d'eux dit, tandis que l'autre — peu importe lequel — acquiesçait gravement : « C'est ici que nous sommes *avec* lui. » Mais ce fut le jeune homme qui, avant de quitter la pièce, déclara qu'ici *Il* était avec eux.

Dès qu'il eut organisé son temps en conséquence, Withermore commença à venir ponctuellement — et là, sur les lieux, dans ce silence enchanté, entre la lampe et le feu, derrière les rideaux tirés, il prit une conscience plus aiguë de l'ambiance. Il s'évadait du noir novembre londonien, il traversait la vaste demeure muette, montait l'escalier à tapis rouge sans rien voir sur son passage qu'une servante stylée qui s'éclipsait à pas feutrés, ou, par une porte ouverte, le royal caparaçon funèbre de Mrs. Doyne et son visage tragique, approbateur ; puis, poussant la porte bien agencée au déclic si aigu et si agréable, il s'enfermait durant trois ou quatre heures ardentes avec l'esprit de son maître — comme il l'avait péremptoirement déclaré. Il fut assez effrayé de constater, dès la première nuit, qu'au fond, dans toute cette affaire, l'avaient surtout séduit la perspective, le privilège et le luxe de cette sensation. Il réfléchit qu'il n'avait pas définitivement creusé le problème du livre à écrire. Plusieurs scrupules s'imposaient déjà à cet égard. Son affection et son admiration — sans parler de sa vanité flattée — avaient simplement succombé à la tentation que leur offrait Mrs. Doyne.

Après tout, — il commençait à se le demander — comment savoir au juste si ce livre était vraiment souhaitable ? Quelle garantie avait-il jamais reçue d'Ashton Doyne lui-même, permettant d'inférer que l'écrivain l'eût autorisé à l'aborder de façon aussi directe et familière ? Grand était l'art de la biographie, certes, mais il y a vie et vie, sujets et sujets. Il se rappela vaguement d'anciens propos de Doyne, relatifs à des compilations contemporaines, et impliquant que pour sa part il réprouvait l'évocation des héros et le panorama de leur existence. Même — Withermore s'en souvint — parfois son ami soutenait que sauf dans les cas d'un Johnson et d'un Scott, avec un Boswell et un Lockhardt pour les étayer — mieux valait se borner à retracer la carrière « littéraire » d'un écrivain, l'artiste étant tout entier dans son œuvre, rien d'autre.

Cependant, comment un pauvre diable comme lui, George Withermore, n'aurait-il pas sauté sur l'aubaine de passer son hiver dans une intimité aussi enrichissante ? Elle l'avait ébloui — voilà le mot. Ce n'étaient pas seulement les « conditions » des éditeurs, encore qu'elles fussent, comme ils le lui avaient dit à leurs bureaux, « tout à fait convenables », ç'avait été la pensée de Doyne lui-même, de sa compagnie, son contact, sa présence, la perspective de ce qui précisément se réalisait, la possibilité d'un commerce plus étroit que dans la vie même. Par un étrange phénomène, entre la vie et la mort, c'était la mort qui en l'occurrence présentait le moins de mystères et de secrets. La première nuit que notre jeune homme passa seul dans le cabinet de travail, il eut l'impression saisissante que son maître et lui se trouvaient ensemble pour la première fois.

II

Mrs. Doyle, la plupart du temps, mettait de l'ostentation à le laisser seul mais à deux ou trois reprises, elle vint s'enquérir s'il avait tout ce qu'il lui fallait, et Withermore put la remercier sur-le-champ du discernement et du zèle qu'elle apportait à lui aplanir la voie. Elle avait dans une certaine mesure déblayé le terrain et pu rassembler plusieurs groupes de lettres. Dès le début, elle lui avait remis les clefs de tous les tiroirs et bonheurs-du-jour, jointes à d'utiles indications complémentaires, relatives à divers sujets. Bref, elle lui livrait tous les documents possibles et — que son mari eût ou non eu confiance en elle — toujours est-il qu'elle se fiait à l'ami de son mari. Cependant, en Withermore grandissait le soupçon que malgré ses bons offices, elle n'était pas encore rassurée et qu'à sa confiance se mêlait toujours une irrépressible inquiétude.

Bien qu'elle affichât la discrétion, sa présence était constamment sensible. Il la percevait au moyen d'un sixième sens hypersensible que toute cette aventure éveillait en lui, il la sentait rôder, aux heures tranquilles, errant sur les paliers ou de l'autre côté des portes. Au froufroutement silencieux de ses jupes, il la devinait qui guettait et attendait. Un soir qu'à la table de son ami il était plongé dans la correspondance du disparu, il sursauta tout à coup et se retourna, avec le sentiment que quelqu'un était derrière lui. Mrs. Doyne venait d'entrer sans qu'il eût entendu la porte s'ouvrir. Quand il se leva d'un bond, elle eut un sourire forcé.

— J'espère, dit-elle, que je ne vous ai pas fait peur ?

— Un tout petit peu. J'étais tellement absorbé ! Un instant, expliqua le jeune homme, ç'a été comme s'il entrait lui-même !

L'expression étrange du visage de Mrs. Doyne s'accentua tandis qu'elle s'étonnait : — Ashton ?

— Il semble si proche, dit Withermore.

— A vous aussi ?

La phrase naturellement le frappa : — Alors, à vous de même ?

Elle attendit, sans bouger, mais en regardant autour de la pièce comme pour scruter les recoins les plus obscurs.

Elle avait une façon à elle de hausser à la hauteur de son nez le grand éventail noir dont elle ne semblait jamais se séparer et de s'en couvrir le bas du visage, tandis que par-dessus cet écran, le regard de ses yeux assez durs se faisait encore plus énigmatique. — Quelquefois, dit-elle.

— Ici, continua Withermore, c'est comme s'il allait entrer à tout instant. Voilà pourquoi j'ai sursauté. Il y a si peu de temps qu'il entrait encore — c'était hier. Je suis assis dans son fauteuil, je feuillette ses livres, je me sers de ses plumes, j'attise son feu, comme si j'étais venu m'asseoir ici tranquillement en attendant son retour d'une promenade. C'est délicieux, mais étrange.

Mrs. Doyne, l'éventail toujours levé, écoutait avec intérêt. — Cela vous gêne ?

— Non — cela me plaît.

Elle hésita de nouveau. — Avez-vous jamais le sentiment qu'il est... enfin... heu... présent, en personne, dans cette pièce ?

— Mais, fit son compagnon en riant, je viens de vous dire qu'en vous entendant derrière moi, je me le suis figuré ! Après tout, ajouta-t-il, que demandons-nous, sinon de l'avoir avec nous ?

— Oui, comme vous avez dit qu'il y serait — la première fois. » Elle le regarda, avec un acquiescement total. « Il *est* avec nous.

Bien qu'elle s'exprimât de façon un peu sibylline, Withermore accueillit ses paroles avec un sourire.

— Mais alors, il nous faut le retenir. Nous ne devons faire que ce qui lui plaît.

— Oh oui, bien entendu — pas autre chose ! Mais s'il est ici ?... » Par-dessus l'éventail, ses yeux sombres exprimèrent une vague détresse.

— C'est la preuve qu'il est satisfait et veut simplement nous aider. Oui, bien sûr. C'est ce que cela doit prouver.

Elle eut un léger halètement et regarda de nouveau autour d'elle. — En tout cas, fit-elle en prenant congé, rappelez-vous que moi aussi, je n'ai d'autre désir que d'apporter mon aide.

Après son départ, il se convainquit qu'elle était entrée uniquement pour s'assurer qu'il avait tout ce qu'il lui fallait.

Il l'avait en effet, et de plus en plus, lui sembla-t-il par la suite, car plus il s'enfonçait dans son travail, et plus s'augmentait le sentiment de la présence personnelle de Doyne. Dès l'instant où cette impression le hanta, il l'accueillit, la cajola, l'encouragea, la chérit, attendant avec impatience toute la journée qu'elle se renouvelât le soir, et guettant le retour du crépuscule un peu comme un couple d'amoureux attend l'heure du rendez-vous. Les plus infimes incidents le charmaient et le confirmaient dans cette idée. Au bout de trois ou quatre semaines, il en vint à y voir la consécration de son entreprise. Le problème de savoir ce que Doyne aurait pensé de leur tentative ne se trouvait-il pas ainsi résolu ? Ce qu'ils faisaient était bien ce que le disparu aurait voulu qu'ils fissent, et il les autorisait à s'aventurer plus avant pas à pas, sans aucun doute ni scrupule. Par moments, Withermore se réjouissait de cette certitude. Fouillait-il profondément dans certains secrets de Doyne, il lui était singulièrement agréable de se dire que Doyne désirait, en quelque sorte, qu'il en prît connaissance. Il apprenait maintes choses insoupçonnées de lui, soulevait bien des rideaux, forçait bien des portes, déchiffrait bien des énigmes, bref se trouvait informé de presque tous les « dessous », selon l'expression courante. A un brusque tournant, pendant quelques-unes de ses plus obscures incursions « dans les coulisses », soudain il se sentait, d'une façon intime et sensible, face à face avec son ami. En ces instants, il n'aurait guère pu dire si leur rencontre avait eu lieu dans l'étroit couloir et l'étau serré du passé, ou à l'heure et à l'endroit où il se trouvait présentement. S'agissait-il de 1867 ?... ou tout simplement de l'autre côté de la table ?

Quoi qu'il en fût, par bonheur, et même du vulgaire point de vue de la publicité, un fait important se précisait : la façon dont la figure de Doyne « se dégageait » de tout cela. Elle s'en dégageait admirablement, mieux encore qu'un admirateur aussi fervent que Withermore n'eût supposé. Mais comment cet admirateur aurait-il pu dépeindre à quiconque l'état de conscience spécial où il se trouvait ? Ce n'était point là une chose dont on pût parler — on ne pouvait que la ressentir. Il y eut des moments, par exemple, où penché sur les papiers, il sentait le souffle léger de son hôte défunt passer dans ses cheveux, aussi nettement qu'il voyait ses propres coudes posés sur la table devant lui. Il y eut des moments où, s'il avait pu lever les yeux, l'autre côté de la table lui eût présenté l'image de son compagnon aussi nettement que la lueur tamisée de la lampe lui montrait sa page. Qu'il ne pût, en ces circonstances, lever les paupières, c'était son affaire, car la situation, comme de juste, était régie par de profondes délicatesses et de jolies timidités, la crainte d'une prise de contact soudaine et trop grossière. Ce qui était intensément dans l'air, c'est que Doyne se trouvait présent moins pour son propre compte que pour le jeune prêtre officiant à son autel. Il rôdait et s'attardait, il allait et venait, il aurait presque pu être, parmi les livres et les papiers, un bibliothécaire silencieux, discret, remplissant les fonctions particulières et apportant le concours paisible cher aux écrivains.

Withermore lui-même, entre-temps, allait et venait, procédait à des recherches vagues ou définies ; et plus d'une fois, en prenant un livre sur un rayon et en y relevant les marques du crayon de Doyne, d'abord attiré, puis perdu dans sa lecture, tout à coup il entendait le léger froissement de papiers posés sur sa table. Ou bien, à son retour, il découvrait quelque lettre égarée mise en évidence, quelque problème épineux éclairci par le déploiement d'un vieux journal exactement à la date qu'il désirait. Comment aurait-il, en ces occasions, foncé tout droit sur telle boîte ou tel tiroir contenant le document susceptible de l'aider parmi cinquante autres, si son mystique assistant, subtilement prévoyant, n'avait un peu soulevé le couvercle ou tiré le tiroir à moitié, juste assez pour forcer son attention ?

Pourtant cette aide comportait aussi des défaillances et des intervalles où si l'on avait vraiment pu lever les yeux, on aurait vu quelqu'un, debout devant le feu, très droit, l'air un peu détaché — quelqu'un qui vous fixait d'un regard légèrement plus dur que dans la vie.

III

Ces rapports de bon augure existèrent en fait et se poursuivirent durant deux ou trois semaines, nous n'en voulons de meilleure preuve que la détresse de notre jeune homme lorsque à la fin d'une certaine journée, il constata leur relâchement. Il en éprouva une brusque surprise, — à l'occasion d'une merveilleuse page inédite qu'il égara et qui, malgré ses recherches, demeura absurdement irrécupérable. — Il s'aperçut alors que la protection tutélaire dont il jouissait, l'exposait malgré tout à quelque trouble, même à une certaine dépression.

Si au début, pour le plus grand bien de son entreprise, Doyne et lui étaient ensemble, à présent ils cessaient de l'être et la situation durant les quelques jours qui suivirent ses premiers soupçons, s'en trouva étrangement modifiée. Voilà ce qui cloche, pensa-t-il, dès l'instant où, devant ces matériaux accumulés, une impression de masse et de quantité se substitua à l'agréable sentiment qu'il avait eu d'un terrain déblayé et d'un travail rapide. Pendant cinq nuits, il lutta. — Puis délaissant sa table, errant dans la pièce, prenant ses notes pour les poser aussitôt, regardant par la fenêtre, attisant le feu, agitant des pensées étranges et guettant des signes et des bruits, non point tels qu'il les soupçonnait ou les imaginait, mais comme il les désirait et les invoquait en vain, — il céda à la conviction qu'il était, pour le moment du moins, abandonné.

L'extraordinaire est qu'il fut non seulement triste mais au plus haut degré troublé de ne plus sentir la présence de Doyne. Pour étrange que fût cette présence, son absence, par on ne sait quel mystère, semblait plus étrange encore, au point que les nerfs de Withermore en furent affectés, assez illogiquement.

Ils s'étaient adaptés avec facilité à un ordre de chose inexplicable, réservant perfidement leur réaction la plus aiguë pour accueillir le retour à la norme, l'abolition de l'illusion. Withermore avait perdu sur eux tout contrôle. Enfin un soir, après leur avoir résisté une heure ou deux, il finit par quitter la pièce, tout simplement. Pour la première fois, ce lieu lui devenait intolérable. Sans but, mais un peu haletant, comme un homme effrayé, il traversa le corridor et atteignit le palier. De là, il vit Mrs. Doyne le regarder d'en bas, tout à fait comme si elle s'attendait à sa venue, et le plus singulier fut que s'il n'avait pas consciemment songé à recourir à elle et avait été mû par le seul besoin d'évasion, il trouva néanmoins cette rencontre juste, y vit un effet de la monstrueuse obsession qui les hantait tous deux. Phénomène extraordinaire, dans ce hall londonien moderne, entre les tapis de Tottenham, Court Road et les lumières électriques, un sentiment indéfinissable émanait de la grande forme noire et montait vers lui, tout comme il s'irradiait de lui pour descendre vers elle ; le sentiment qu'il savait ce qu'elle voulait dire en le regardant comme si elle pensait qu'il le savait déjà. Il dégringola en hâte les marches, elle entra dans son petit salon du rez-de-chaussée, et là, une fois la porte fermée, toujours silencieux et le visage chargé d'une expression singulière, ils échangèrent des aveux soudains, provoqués par ces deux ou trois mouvements. Withermore eut le souffle coupé, en comprenant pourquoi il avait perdu son ami.

— Alors, il était avec vous ?

Avec ces mots, tout se trouva dit — en ce que ni l'un ni l'autre n'eut à donner d'explication, et quand la phrase « Que pensez-vous qu'il se passe ? » fut prononcée, l'un d'eux sembla l'avoir proférée autant que l'autre. Withermore jeta un coup d'œil autour de lui sur le petit boudoir clos où, nuit après nuit, elle avait vécu sa vie comme il vivait la sienne à l'étage supérieur. La pièce était jolie, douillette, rose ; mais Mrs. Doyne y avait, par alternances, ressenti ce qu'il avait ressenti et entendu ce qu'il avait entendu. Sa silhouette découpée sur un fond rose foncé, emplumée et extravagante dans son noir fantastique, lui fit l'effet d'une gravure « décadente » en couleurs, d'une affiche de la nouvelle école de peinture.

— Vous aviez compris qu'il m'avait abandonné ? demanda-t-il.

Elle chercha manifestement à faire le point :

— Ce soir, oui, j'ai compris.

— Vous saviez — auparavant — qu'il était auprès de moi ?

Elle hésita encore : — Je sentais qu'il n'était pas avec moi. Mais dans l'escalier...

— Oui ?

— Eh bien... il a passé, plus d'une fois. Il était dans la maison. Et à votre porte...

— Eh bien ? insista-t-il comme elle se troublait de nouveau.

— Lorsque je m'y arrêtais, je pouvais parfois distinguer sa présence. Et d'après votre visage, ce soir en tout cas j'ai connu votre état.

— Et c'est pourquoi vous êtes sortie ?

— J'ai pensé que vous viendriez me voir.

Il lui tendit alors la main et durant une minute de silence, chacun étreignit la paume de l'autre. A présent, il n'y avait plus pour eux de présence spéciale, rien de plus spécial que la présence de chacun d'eux par rapport à l'autre. Mais, soudain, ce lieu devenait en quelque sorte consacré et Withermore exprima de nouveau son anxiété. — Mais que se passe-t-il vraiment ?

— Je n'ai d'autre désir que de faire ce qui est vraiment bien, reprit-elle après une pause.

— Et nous ne le faisons pas ?

— Je me le demande ? Le faites-vous pour votre part ?

Il se le demanda aussi — Pour autant que je crois. Mais il nous faut réfléchir.

— Il faut réfléchir, reprit-elle en écho.

Et ils réfléchirent, ils méditèrent intensément le reste de la soirée ensemble, et poursuivirent aussi leurs pensées isolément, — Withermore du moins pouvait l'affirmer pour sa part — durant plusieurs jours consécutifs. Il espaça un peu ses visites et son travail, essayant, d'un œil critique, de se surprendre en train de commettre quelque faute qui eût pu motiver leur trouble. Avait-il, sur un point important, adopté — ou semblé adopter — une ligne de conduite ou une opinion erronée ? Avait-il, quelque part, obscurément déformé, ou insisté à tort ? Il retourna enfin au logis de Doyne, se figurant deviner un ou deux points sur lesquels il risquait peut-être de commettre un impair ; après cela, il traversa, à l'étage d'en haut, une autre période d'agitation, suivie d'un nouvel entretien en bas avec Mrs. Doyne, toujours troublée et rougissante.

— Il est là ?

— Il est là.

— Je le savais ! répliqua-t-elle dans une bizarre explosion de lugubre triomphe. Puis, comme pour s'expliquer : — Il n'est plus revenu auprès de moi.

— Pas auprès de moi non plus pour m'aider, dit Withermore.

Elle réfléchit : — Pas pour vous aider ?

— Je ne peux pas déceler la vérité, je suis désemparé. J'ai beau faire, je sens que j'ai tort.

Drapée dans son deuil pompeux, elle braqua sur lui son regard : — A quoi le sentez-vous ?

— Aux choses qui se produisent. Les choses les plus étranges. Je ne saurais les décrire et vous n'y croiriez pas.

— Ah si, j'y croirais ! s'écria Mrs. Doyne.

— Eh bien, il intervient ! essaya d'expliquer Withermore. Où que je me tourne, je le trouve.

Elle le suivait, très sérieusement. — Vous le trouvez ?

— Je le rencontre. J'ai l'impression qu'il se dresse là devant moi...

Elle ouvrit de grands yeux et attendit un peu.

— Vous voulez dire que vous le voyez ?

— Je sens qu'à tout instant je pourrais le voir. Je suis confondu. Je suis paralysé. Puis il ajouta : — J'ai peur.

— De lui ? demanda Mrs. Doyne.

Il réfléchit. — Enfin... de ce que je fais.

— Mais que faites-vous donc de si terrible ?

— Ce que vous m'avez proposé. J'approfondis sa vie.

Sa gravité actuelle se teinta d'un surcroît d'inquiétude. — Et cela ne vous plaît pas ?

— Cela lui plaît-il, à lui ? Voilà la question. Nous le mettons à nu. Nous le servons tout chaud. Comment dit-on : nous le livrons au monde !

L'infortunée Mrs. Doyne, comme si elle voyait le résultat de sa rude expiation menacé, le regarda fixement un instant d'un air encore plus lugubre.

— Et pourquoi pas ?

— Parce que nous ignorons ses intentions. Il est des natures, il est des vies rétractiles. Peut-être ne le désirait-il pas ? Nous ne lui avons jamais demandé.

— Comment l'aurions-nous pu ?

Il garda un moment le silence. — Soit, nous le lui demandons maintenant. C'est après tout à cela que notre sursaut équivaut. Nous lui avons posé la question.

— Mais... puisqu'il a été avec nous — nous avons reçu sa réponse !

Withermore parlait à présent comme s'il savait à quoi s'en tenir : — Il n'a pas été *avec* nous. Il a été contre nous.

— Mais alors, pourquoi avez-vous cru ?...

— Ce que j'ai cru au début ? qu'il voulait nous témoigner sa sympathie ? Parce que dans ma naïveté primitive, je me suis leurré. J'étais — comment le définir ?... — si électrisé et charmé que je ne comprenais pas. Mais je comprends enfin. Il a voulu simplement communiquer avec nous. Il se penche hors de ses ténèbres, il nous tend les bras du fond de son mystère, il nous fait de faibles signes du fond de l'horreur qu'il éprouve.

— L'horreur ? » — Mrs. Doyne, le souffle coupé, porta son éventail à sa bouche.

— De ce que nous faisons.

A présent, pour Withermore, chaque fragment du problème s'ajustait. — Je vois maintenant qu'au commencement...

— Eh bien ?

— Il s'agissait simplement de nous faire sentir sa présence et que par conséquent il n'était pas indifférent. Et c'est la beauté de la chose qui m'a induit en erreur. Mais il n'était là que pour protester.

— Contre ma « Vie » ? gémit Mrs. Doyne.

— Contre toutes les « Vies ». Il est ici pour préserver sa vie. Il est ici pour qu'on le laisse en paix.

— Alors vous renoncez ? fit-elle, presque en criant.

— Il est ici, comme un avertissement.

Un moment, ils se sondèrent du regard. — Vous avez peur ? exhala-t-elle enfin.

Il en fut affecté, mais insista : — Il est ici, comme une malédiction !

Sur quoi ils se séparèrent, mais pour deux ou trois jours seulement. Les dernières paroles de Mrs. Doyne résonnaient toujours aux oreilles de Withermore, si bien que partagé entre son désir de la satisfaire et un autre impératif qui sera tout à l'heure exposé, il retourna chez elle à l'heure habituelle et la trouva à sa place ordinaire.

— Oui, j'ai peur, annonça-t-il comme s'il avait bien réfléchi et parlait à présent en connaissance de cause. Mais je crois comprendre que vous, vous ne craignez rien.

Elle hésita, réservant sa réponse. — Que craignez-vous ?

— Eh bien, si je continue de le voir...

— Et alors ?

— Oh, alors, dit George Withermore, j'y renoncerai pour de bon !

De son air altier mais grave, elle pesa ses paroles. — Je crois, vous savez, que nous devrions attendre de lui un signe évident.

— Vous désirez que j'essaye encore ?

Elle poursuivit son débat intérieur. — Vous comprenez... tout ce qu'un renoncement... signifierait pour moi.

— Ah, mais vous, vous n'y êtes pas forcée, dit Withermore.

Elle sembla surprise, mais reprit :

— Cela signifierait qu'il ne veut accepter de moi... » mais le désespoir lui coupa la parole.

— Accepter quoi ?

— Rien, dit la pauvre Mrs. Doyne.

Il la dévisagea un moment. — J'ai pensé moi-même au signe indiscutable. J'essayerai encore.

Comme il allait sortir, elle se ravisa soudain : — Je crains que ce soir rien ne soit préparé... ni lampe, ni feu.

— Peu importe, dit-il, au pied de l'escalier. Je me débrouillerai.

A quoi elle répondit qu'il trouverait la porte de la chambre sans doute ouverte ; puis elle se retira pour l'attendre. L'attente ne fut pas longue, quoique — avec sa propre porte béante et toute son attention tendue, — elle n'eût peut-être pas la même notion du temps que son visiteur. Au bout d'un intervalle, elle l'entendit dans l'escalier, et tout à coup il surgit à l'entrée de son boudoir. Bien qu'il fût descendu sans hâte et même, à en juger par le bruit, d'un pas hésitant et indécis, il présentait un visage aussi blême et vide que le sien.

— J'y renonce.

— Alors vous l'avez vu ?

— Sur le seuil. — Il en gardait l'accès.

— Il en gardait l'accès ? — Par-dessus son éventail elle le dévorait des yeux. — Vu distinctement ?

— Immense. Mais vague. Obscur. Terrible, fit le pauvre George Withermore.

Elle continua de s'étonner : — Vous n'êtes pas entré ?

Le jeune homme se détourna : — Il l'interdit !

— Vous dites que je n'y suis pas obligée, reprit-elle au bout d'un moment. Eh bien... y suis-je obligée ?

— De le voir ? demanda George Withermore.

Elle marqua un temps. — De renoncer ?

— A vous de décider.

Pour sa part, il ne put que s'effondrer sur le sofa, le visage caché entre ses mains. Plus tard il ne se rappela jamais combien d'heures ou de minutes il était resté ainsi prostré ; tout ce qu'il sut lorsqu'il reprit conscience de ses entours, c'est qu'il était seul parmi les objets familiers de Mrs. Doyne. Comme il se levait, conscient de cette impression et de la porte ouverte sur le hall, il se retrouva dans la clarté, la chaleur, l'espace rose, confronté avec la grande présence noire et parfumée de la veuve. Tandis qu'elle lui jetait un long regard encore plus sinistre par-dessus le masque de son éventail, un coup d'œil lui suffit pour comprendre qu'elle avait été là-haut. Et c'est ainsi que pour la dernière fois, ils abordèrent ensemble l'étrange mystère.

— Vous l'avez vu ? demanda Withermore.

Plus tard, à la façon extraordinaire qu'elle eut de fermer les yeux et, comme pour reprendre pied, de maintenir ses paupières closes, longtemps en silence, il inféra qu'à côté de l'inexprimable vision d'Ashton Doyne impartie à sa femme, la sienne propre pouvait être considérée comme bénigne. Avant même qu'elle n'eût parlé, il sut que tout était fini...

— J'y renonce.

L'arbre de la connaissance

I

Entre autres convictions secrètes, comme nous en nourrissons tous, Peter Brench considérait comme la plus grande réussite de sa vie, le fait de n'avoir jamais émis un jugement compromettant sur l'*Œuvre* — ainsi l'appelait-on — de son ami Morgan Mallow. A ce sujet nul ne pouvait (du moins le croyait-il), lui attribuer la moindre remarque, ni dire qu'il eût en aucune occasion, si troublante fût-elle, soit menti, soit proclamé la vérité. D'un pareil triomphe, il y avait lieu de s'enorgueillir, fût-on un homme qui avait trouvé moyen d'atteindre la cinquantaine sans tomber dans le piège du mariage, et qui depuis des années aimait Mrs. Mallow sans en souffler mot ; enfin, mieux encore, un homme qui s'était jugé une fois pour toutes. Il s'était même si bien jugé qu'il éprouvait une humilité extrême à être ce qu'il était, encore qu'il fût assez fier de la ligne de conduite qu'il avait réussi à suivre, sans en jamais dévier, à travers ces multiples écueils. Ceux de ses amis en qui il avait le plus confiance étaient précisément ceux avec qui il observait la plus grande réserve — la chose tenait positivement du miracle ! — Il ne pouvait — ou du moins le supposait-il, l'excellent homme — dire à Mrs. Mallow qu'elle était l'unique et adorable cause de son célibat ; et pas davantage avouer au mari que la vue des innombrables marbres ornant l'atelier de ce gentleman lui causait une souffrance dont le temps même n'avait jamais eu raison. Toutefois, en ce qui concerne cette débauche de sculptures, l'admirable n'était pas tant d'avoir su qu'il la déplorait, que de n'avoir point — héroïsme remarquable — cherché à obtenir, pour prix de son silence, une douce compensation d'un autre ordre.

Toute la situation, parmi ces braves gens, donnait vraiment sujet de s'ébahir, et sans doute n'en existait-il pas qui lui fût comparable à plusieurs lieues à la ronde. Peter méprisait les statues de Mallow et adorait sa femme ; et cependant il éprouvait une sympathie marquée pour Mallow à qui, en retour, il était également cher. Les statues faisaient la joie de Mrs. Mallow encore que, poussée dans ses derniers retranchements, elle avouât préférer les bustes ; et son attachement manifeste pour Peter prenait sa source dans l'affection que ce dernier témoignait à Morgan.

En outre, chacun des trois aimait les autres pour la tendresse qu'ils portaient à Lancelot, l'unique et bien-aimé rejeton des Mallow, en qui l'ami de la maison chérissait le troisième de ses filleuls, et incontestablement le plus beau. Déjà lors de sa naissance, aucun d'eux, pas même le bébé si on l'avait consulté, n'eût trouvé personne plus qualifiée que Peter pour le rôle de parrain. Le trio jouissait par bonheur d'une certaine indépendance matérielle ; sinon le Maître n'eût pu passer ses solennelles années d'apprentissage à Florence et à Rome, ni continuer aux bords de la Tamise comme sur ceux de l'Arno et du Tibre, à entasser groupe sur groupe d'œuvres invendues ; ni à modeler de chic (avec une passion tout à fait désintéressée, l'événement le démontra) des têtes fantaisistes de célébrités trop occupées à vivre dans le présent, ou trop mortes et ensevelies dans le passé — bref trop de leur époque ou pas assez — pour lui accorder des séances de pose. Pas plus que Peter, qui venait négligemment presque tous les jours, n'aurait trouvé les loisirs de maintenir par sa seule présence une tradition, un état de choses compliqué.

Lui, le dépositaire de ces mystères, était un homme de carrure massive, mais de caractère débonnaire, tout à fait corpulent et flasque, rougeaud et frisotté, avec des intonations profondes, des yeux profonds, des poches profondes, sans parler de l'usage des longues pipes, des chapeaux mous et des vêtements fanés d'un brun virant au gris, en apparence toujours les mêmes.

On savait que jadis il avait *écrit*, mais il n'en parlait jamais, du moins avec insistance, et, tout portant à croire qu'il continuait de tenir la plume, il semblait poursuivre cette activité littéraire pour avoir un sujet de mutisme de plus — comme s'il en manquait. Au vrai, ses vers et sa prose ignorés de tous lui permettaient d'affirmer à ses propres yeux l'intégrité de son goût et d'établir avec évidence que la renommée est, comme il sied, inversement proportionnelle à la faiblesse. La porte verte de sa propriété s'ouvrait dans un mur de jardin que le stuc décoloré mouchetait de taches. Dans sa petite villa isolée derrière la clôture, tout était vétuste : le mobilier, les serviteurs, les livres et les gravures, les habitudes immémoriales et les améliorations les plus récentes. A dix minutes de chez lui, les Mallow, eux, occupaient le pavillon de Carrara Lodge. L'atelier s'élevait sur un lopin de terre que, dans leur heureuse foi en la grandeur du Maître, ils avaient ajouté à la propriété, à seule fin de construire ce sanctuaire de l'art. Leur bonne (ou peut-être mauvaise) fortune avait voulu que Mrs. Mallow apportât à son mari une dot suffisante pour leur procurer l'aisance et leur permettre de maintenir un certain train de vie ; et ils le maintenaient, en ignorant les difficultés matérielles. Du sculpteur, Morgan avait tout, hormis l'esprit qui animait Phidias — le béret de velours, le seyant *berretto,* l'allure « plastique », les doigts déliés, un bel accent en italien et un vieux factotum importé d'Italie. Il semblait suppléer à tous ses manques lorsqu'il tutoyait Egidio et lui faisait signe d'imprimer une rotation à l'un des socles ronds qui abondaient dans l'atelier. A Carrara Lodge, on voyait beaucoup d'Italiens, et leur présence donnait à Peter, robuste Britannique, la juste part de dépaysement qu'il pouvait supporter. Les Mallow étaient toute son Italie mais c'est, dans une certaine mesure, à cause de l'Italie qu'il les aimait. Son seul souci était que Lance — ainsi appelait-on par abréviation son filleul, — ne se montrât malgré sa fréquentation d'une importante école secondaire, peut-être un brin trop italien. — Morgan, lui, ressemblait à la flatteuse image qu'un artiste peut se faire de lui-même : celle que des pinceaux illustres ont immortalisée dans la grande salle des Uffizi, à Florence. Il faut noter toutefois que le seul regret du Maître était de n'être pas né peintre plutôt que sculpteur, à cause du désir qu'il aurait eu d'ajouter sa propre effigie à cette insigne collection de portraits.

Il apparut avec le temps que Lance, en tout cas, avait la vocation du pinceau. Le garçon allait sur ses vingt ans quand Mrs. Mallow annonça un beau jour à l'ami, confident de leurs problèmes et de leurs soucis les plus intimes, que décidément on serait obligé de lui laisser suivre la carrière de peintre. Comment rester insensible au fait qu'il ne récoltait aucun laurier à Cambridge et que le collège où Peter Brench avait fait autrefois ses études, lui mesurait les semonces uniquement par égard pour le parrain ? Pourquoi s'obstiner dans la vaine tentative de le préparer à l'impossible ? — de toute évidence, l'impossible, c'était que Lance pût être autre chose qu'un artiste.

— Ah ! mon Dieu ! mon Dieu ! soupira le pauvre Peter.

— Comment, vous n'y croyez pas ? demanda Mrs. Mallow qui, la quarantaine passée, avait conservé ses yeux de velours violet, sa peau de satin crémeuse et sa chevelure châtain aux reflets de soie.

— Croire à quoi ?

— Eh bien ! à la passion de Lance.

— J'ignore ce que vous insinuez par *y croire*. Certes, sa disposition à crayonner et barbouiller depuis son jeune âge, ne m'avait pas échappé, mais j'espérais, je l'avoue, que cela lui passerait.

— Et pourquoi — elle eut un suave sourire — cela passerait-il, étant donné sa merveilleuse hérédité ? Une passion est une passion, bien que naturellement vous, cher Peter, n'entendiez rien à ces sortes de choses. Celle du Maître s'est-elle jamais éteinte ?

Peter détourna un moment le regard et selon son habitude familière et désinvolte, émit pendant quelques instants un bruit intermédiaire entre un sifflement étouffé et un fredonnement en sourdine.

— Vous croyez qu'il va devenir un autre Maître ? demanda-t-il.

Elle ne semblait guère préparée à le suivre aussi loin ; toutefois, elle marqua une merveilleuse confiance.

— Je sais ce que vous voulez dire. Sa carrière suscitera sans doute ces jalousies et ces cabales qui, par moments ont été presque trop rudes à supporter pour son père ? Eh bien ! soit, admettons-le, puisque à la triste époque où nous vivons, rien sauf une publicité éhontée ne peut, semble-t-il, assurer le succès ; et si l'on a, par malédiction, reçu au berceau le don du raffinement et de la distinction, on risque fort d'avoir à mendier son pain toute sa vie. Au pis-aller, mettons qu'il aura le malheur de voler si haut que le goût vulgaire de ses compatriotes ne pourra le suivre. Songez, malgré tout, à son bonheur, le même que goûte le Maître ! Il connaîtra...

Peter prit l'air lugubre.

— Ah ? Et que connaîtra-t-il ?

— La joie sereine ! s'écria Mrs. Mallow d'un ton un peu impatienté. Et elle se détourna.

II

Peu après, Peter eut une entrevue avec le jeune homme lui-même et il apprit que pratiquement tout était réglé. Lance ne retournerait plus à l'Université et se rendrait à Paris où, puisque les dés étaient jetés, il trouverait réunis le maximum d'avantages. Peter avait toujours eu l'impression qu'il fallait prendre son filleul comme il était, mais il ne l'avait peut-être jamais, autant qu'en ce jour, trouvé conforme à l'image qu'il s'en faisait.

— Alors, tu abandonnes complètement Cambridge ? N'est-ce pas dommage ?

De l'avis de Peter, Lance eût ressemblé à son père s'il avait eu moins d'humour, et à sa mère s'il eût été plus beau. Pourtant, Peter estimait qu'il tenait assez bien le milieu entre les deux ; car à la façon des jeunes gens modernes, il avait, à première vue, l'air d'un commis d'agent de change plutôt que d'un artiste en herbe. Lance fit valoir que c'était une question de temps. A l'Université, on devait passer par le laminoir, se bourrer le cerveau d'une affreuse quantité de choses. Il avait eu des entretiens avec des camarades et s'était formé une opinion à ce sujet.

— De nos jours, dit-il, ce qui importe, vous comprenez, c'est d'arriver à la connaissance !

Sur quoi son interlocuteur poussa un gémissement.

— Oh ! nom d'une pipe ! Evite de savoir !

Lance s'ébahit.

— Eviter de savoir ? Alors à quoi bon ?...

— A quoi bon quoi ?

— Eh bien, tout ! Vous ne croyez donc pas à mon talent ?

Peter tira un instant en silence sur sa pipe et reprit :

— Ce n'est pas la connaissance, c'est l'ignorance qui, on nous le dit excellemment, nous dispense la félicité.

— Alors vous ne croyez pas que j'ai du talent ? répéta Lance.

Selon son habitude bizarre et bienveillante, Peter passa le bras autour du cou de son filleul et l'étreignit un moment.

— Comment le saurais-je ?

— Ah ! dit le jeune homme, si c'est votre propre ignorance que vous défendez...

Il y eut une nouvelle pause. Sur son sofa, le parrain fumait.

— Ce n'est pas le cas. J'ai le malheur d'être omniscient.

— Oh, alors ! Lance rit de nouveau. Si vous en savez trop long !...

— C'est bien cela, et voilà pourquoi je suis si misérable.

La gaieté de Lance ne fit que croître.

— Misérable, vous ? Allons donc !

— Mais j'oubliais, reprit son compagnon, que tu n'en dois rien savoir. Pour toi aussi, ce serait trop. Seulement, je vais te dire mes intentions. — Et Peter se leva du divan. — Si tu consens à retourner à Cambridge, je t'y défraye de tout.

Lance ouvrit de grands yeux, un peu attristé bien qu'encore plus amusé.

— Oh ! Peter ! Vous désapprouvez donc Paris à ce point-là ?

— Ma foi ! J'en ai peur.

— Ah ! Je comprends.

— Non, tu ne comprends pas... pas encore. Mais tu comprendras... c'est-à-dire, tu risquerais de comprendre, et il ne faut pas.

Le jeune homme recouvra un peu son sérieux :

— Mais notre innocence, déjà...

— ... a reçu des accrocs ? Ah ! peu importe, persista Peter, nous la rafistolerons ici.

— Ici, alors vous voulez que je reste au foyer ?

Peter faillit l'avouer.

— Voyons, nous sommes si bien comme nous sommes, nous quatre, tous ensemble. Tellement à l'abri. Allons, ne gâte pas cela !

Impressionné par le ton pressant de son ami, Lance, qui était devenu grave passa à la consternation.

— Mais alors, que dois-je faire ?

— Je m'en charge. Ecoute, mon vieux, — et Peter implorait presque, — c'est moi qui m'occuperai de toi.

Lance était resté sur le sofa, les jambes allongées, les mains dans les poches et observait son parrain avec des yeux soupçonneux. Puis il se leva :

— Vous pensez que je n'ai pas assez d'étoffe, que je ne réussirai pas ?

— Qu'appelles-tu réussir ?

Lance réfléchit de nouveau.

— Eh bien ! la meilleure réussite, je suppose, consiste à se satisfaire soi-même. N'est-ce pas celle-là que, en dépit des cabales et du reste, connaît, dans son genre spécial, le Maître ?

Tant de choses incluses dans cette question entraînaient une réponse immédiate, que cela mit fin à la discussion ; elle devenait singulièrement difficile, car Peter acquérait une fois de plus la certitude que si l'innocence du jeune homme avait subi des accrocs au cours de ses études, comme il l'affirmait, sa candeur filiale demeurait intacte. C'était d'ailleurs ce que Peter supposait et même souhaitait par-dessus tout ; mais, par on ne sait quelle perversion, l'ingénuité de Lance lui donna le frisson. Le garçon croyait aux cabales et au reste, croyait au *genre spécial* de son père ; en bref, il croyait au Maître.

Un ou deux mois plus tard, il advint ceci : non seulement Lance ne retourna pas à Cambridge aux frais de son parrain, mais quinze jours après son installation à Paris, Peter lui envoya 50 livres sterling.

Entre temps, Peter s'était préparé au pire : et ce pire ne s'était jamais présenté aussi vivement à son imagination qu'un dimanche soir, où étant allé dîner chez ses amis comme d'habitude, la maîtresse de Carrara Lodge l'interrogea anxieusement sur... — parmi tous les sujets du monde ! — sur la fortune des Canadiens ! Elle était sérieuse et même surexcitée.

— Dites-moi... Beaucoup d'entre eux sont-ils *vraiment* riches ?

Force lui fut d'avouer qu'il n'en savait rien. Par la suite, il devait souvent se rappeler cette soirée. La pièce où ils se trouvaient était ornée de nombreuses œuvres du Maître. Elles avaient le mérite, comme Mrs. Mallow l'insinuait fréquemment, d'être d'une dimension « exceptionnellement commode », — dimension en effet point ordinaire pour les créations du ciseau. Elles offraient cette singularité que si les objets et les détails destinés à être petits semblaient trop grands, en revanche les objets et détails destinés à être grands semblaient trop menus. Dans ce cas comme dans les autres, l'idée du Maître demeurait impénétrable à Peter Brench. Les créations qui réussissaient si mal à exprimer sa vie intérieure se dressaient un peu partout sur des sellettes et des supports, des tables et des rayonnages — tout un petit peuple blanc au regard fixe, héroïque, idyllique, allégorique, mythique, symbolique, établi à une échelle hors de toutes proportions, si bien que le square public et le bibelot de cheminée semblaient avoir échangé leurs places : le monumental se faisant exigu et l'exigu monumental. D'ailleurs, les uns et les autres manifestement membres d'une famille où, phénomène singulier, la stature n'offrait aucun rapport avec la fonction, l'âge et le sexe. Comme les Mallow eux-mêmes, ce peuple de statues composait la famille du malheureux Brench, il créait, du moins dans cette mesure, un climat familier. La conjoncture était de celles que Peter avait depuis longtemps appris à reconnaître et à définir : brèves flambées de la faible flamme, douces bouffées d'un air plus clément. Deux fois l'an, régulièrement, le Maître croyait à sa fortune, outre qu'il croyait, toute l'année, à son génie. Cette fois, la fortune devait être assurée par un couple endeuillé, de Toronto, qui venait de passer la plus magnifique commande : l'exécution du tombeau de trois enfants défunts, qu'on désirait commémorer de façon symbolique et originale.

Telle était, naturellement, la portée de la question de Mrs. Mallow. A supposer que ces étrangers fussent riches, on pouvait escompter un futur mécénat, que laissaient prévoir leur admiration et aussi de mystérieuses allusions jetées en passant (ils étaient un peu bizarres) qui annonçaient d'autres commandes dans le style funéraire ; et il apparaissait avec tout autant d'évidence que si le Maître acquérait la moindre notoriété sous ces cieux lointains, une ruée de clients canadiens suivrait fatalement. Peter avait déjà assisté d'autres fois à des ruées de clients, coloniaux ou autochtones, et se rappelait que les groupes d'acheteurs avaient creusé bien peu de vides dans la compagnie marmoréenne qui les entourait ; mais en pareille occurrence, il se gardait de crever la bulle des illusions. Tant qu'elles duraient, leur douceur était un baume à l'amertume des distinctions jamais obtenues, à la longue souffrance des médailles et diplômes attribués chaque fois à un autre. Elles allumaient la lampe destinée à luire jusqu'à la prochaine éclipse. Après tout, et c'était toujours beau à constater, ils vivaient sur un plan transcendant, indifférents aux vicissitudes de l'existence. Parfois, avec une condescendance charmante, ils consentaient à reconnaître que, de temps à autre, le public a du bon, quand il s'agit d'acheter ; mais que seraient-ils devenus sans leur conviction bien ancrée que le Maître était toujours trop supérieur pour se vendre ?

Quoi qu'il en soit, Peter se disait qu'ils étaient admirablement formés pour leur destin ; le Maître débordait d'orgueil, et sa femme, de loyalisme à son égard. Le succès, en privant ces traits de leur innocence, eût diminué leur mérite et leur grâce ; on est toujours charmant lorsqu'on vit sous l'empire d'un charme. Et quand Peter jetait les yeux sur la prospérité du monde extérieur, encore plus déséquilibré et hors de proportions que le musée même du Maître, il se demandait s'il avait jamais connu un autre couple échappant si complètement à la banalité.

— Quel dommage que Lance ne soit pas ici pour se réjouir avec nous ! soupira ce soir-là, à dîner, Mrs. Mallow.

— Nous boirons à la santé de l'absent, répliqua son mari.

Il remplit le verre de son ami et le sien, versa une goutte à leur compagne, et reprit :

— Espérons qu'il se prépare un bonheur moins semblable à notre bonheur de ce soir (d'ailleurs compréhensible, j'en conviens), qu'à cette sérénité que nous avons toujours eue et qui ne dépend pas des circonstances.

Ici, le Maître se rencoigna dans son fauteuil, à la plaisante lueur de la lampe et du foyer, leva son verre et promena son regard sur sa famille de marbre, la monstrueuse progéniture casée tant bien que mal dans toutes les pièces.

— Je parle de la sérénité de l'art pour l'art.

Peter examina son vin d'un air un peu intimidé.

— Hum ! peu me chaut de quel nom vous qualifiez l'artiste qui s'isole dans sa tour d'ivoire, mais il faut que Lance, lui, apprenne à vendre, vous savez ! Je bois dans l'espoir qu'il acquerra le secret d'une basse popularité.

— Oh ! oui, il faudra qu'il vende, lui ! concéda sans fard la mère du garçon qui d'ailleurs, plus encore, était l'épouse du Maître, comme ce cri sembla le révéler.

— Oh ! dit le sculpteur au bout d'un moment. Lance vendra. N'ayez crainte. Il aura appris.

— Voilà précisément, riposta avec gaieté Mrs. Mallow, ce

qui faisait pousser les hauts cris à Peter, quand Lance s'en est ouvert à lui... Au fait, Peter, pourquoi vous êtes-vous montré si vilain ?

Peter, quand la dame de ses pensées le regardait avec une affection teintée de blâme, faveur assez fréquente de sa part, ne pouvait jamais trouver un mot ; mais le Maître, toujours l'aménité et le tact en personne, l'aida à se tirer d'embarras comme il l'avait souvent fait.

— C'est sa marotte, dit-il, vous le savez bien. Nous nous sommes plus d'une fois disputés à ce propos. Il professe la théorie que l'artiste ne doit être qu'impulsion et instinct. Moi, évidemment, je soutiens qu'il faut un peu de métier ; pas trop, mais une proportion congrue. Voilà pourquoi il a protesté, en pensant aux risques que Lance pourrait courir.

— Ah ! bien sûr, et à travers la table Mrs. Mallow tourna ses yeux de violette vers le responsable de ce discours, il n'a eu que de bonnes intentions. N'empêche que si Lance avait suivi son avis, c'eût été horriblement cruel pour notre fils.

Ils avaient une façon de parler de Peter en sa présence, comme s'il avait été en argile, ou tout au plus en plâtre, et le Maître se montrait invariablement généreux. On eût dit qu'il allait, d'un geste, intimer à Egidio l'ordre de le faire pivoter sur son socle.

— Mais le pauvre Peter n'avait pas tellement tort au sujet des réalités que peut-être Lance risque...

— Oh ! rien de fâcheux sur le plan artistique ? insista-t-elle et son visage prit cette expression qui, au pauvre Peter, semblait toujours malicieuse et printanière.

— Eh bien ! ne serait-ce que les petits trucs à la française, dit le Maître. Sur quoi, leur ami, pressé par Mrs. Mallow, dut feindre d'admettre que seule la crainte de ces déplorables méthodes esthétiques avait motivé ses inquiétudes.

III

— Je sais à présent, lui dit Lance l'année suivante, pourquoi vous vous opposiez à mon projet.

Revenu au bercail, censément pour un court laps de temps, il regardait du côté de Carrara Lodge où, en deux ou trois occasions depuis son départ, il avait déjà fait de brèves apparitions. Son présent séjour s'annonçait comme une période de vacances plus prolongées.

— Il m'est arrivé une aventure assez affreuse. Il n'est pas si bon que cela de savoir la vérité.

— Je suis forcé de dire que tu n'as pas la mine très réjouie, convint Peter assez lugubrement. Mais enfin, es-tu bien sûr de savoir ?

— Du moins, j'en sais autant que j'en puis supporter.

Ces remarques s'échangeaient dans l'antre de Peter, et le jeune homme, tout en grillant des cigarettes, s'adossait au manteau de la cheminée. Déjà l'épanouissement de sa jeunesse semblait un peu flétri.

Le pauvre Peter s'étonna :

— Tu as bien compris les motifs particuliers pour lesquels je ne voulais pas que tu ailles à Paris ?

— Particuliers ? — Lance réfléchit. — Il me semble qu'en fait de motifs particuliers, il ne saurait y en avoir qu'un seul.

Un moment, ils se sondèrent mutuellement du regard.

— Tu es tout à fait sûr ?

— Tout à fait sûr d'être un fichu propre-à-rien ? Tout à fait, depuis le temps.

— Ah !

Et Peter se détourna, presque soulagé, eût-on dit.

— Voilà la découverte peu agréable que j'ai faite.

— Oh ! de cela, je n'ai cure, dit Peter en se ressaisissant. Je veux dire, personnellement, je m'en fiche.

— Pourtant vous admettrez que moi, je ne m'en fiche pas ?

— Qu'entends-tu par là ? demanda Peter, sceptique.

Lance dut expliquer comment ses études à Paris lui avaient démontré le caractère contestable de son talent. Elles l'avaient éveillé de telle sorte qu'une lumière nouvelle pétillait dans ses yeux, mais cette lumière avait eu pour effet de lui découvrir trop de choses.

— Savez-vous de quoi je souffre ? D'un excès d'intelligence. Au fond, Paris était le dernier endroit qu'il me fallait. J'ai appris à connaître mon insuffisance.

Le pauvre Peter en resta pantois. C'était un coup de massue ; mais même après un assez long entretien où le jeune homme énonça carrément la dure vérité qu'il venait d'apprendre à ses dépens, son ami ne marqua pas la satisfaction qui en pareil cas s'étale sur le visage de votre interlocuteur et s'accompagne du suave commentaire : « Je te l'avais bien dit ! » Le malheureux Peter, à présent, se targuait si peu de le lui avoir bien dit, que Lance revint à la charge sur un autre point, quelques jours plus tard.

— Au fait, avant mon départ, qu'était-ce donc que vous aviez si peur de me voir découvrir ?

Peter refusa de répondre, arguant que s'il ne l'avait pas déjà deviné, il ne le devinerait peut-être jamais et qu'en ce cas, on ne gagnerait rien à formuler le motif de ses craintes. Lance le dévisagea avec l'insolente curiosité de la jeunesse, comme si lui passaient par l'esprit une ou deux hypothèses plausibles. Toutefois, Peter, tournant de nouveau le dos, ne lui offrit aucun encouragement, et quand ils se quittèrent, le jeune homme donnait des signes d'impatience. A leur rencontre suivante, Peter vit d'un coup d'œil que dans l'intervalle Lance avait tout compris, et pour parler n'attendait plus que l'occasion favorable. Il s'arrangea pour lui ménager bientôt un tête-à-tête, et son filleul éclata à brûle-pourpoint :

— Savez-vous, dit-il, que votre énigme m'a empêché de dormir ? Mais durant mes insomnies, la réponse m'est venue, et ma foi, j'ai failli rire tout haut ! Vous supposiez donc qu'il me fallait aller à Paris pour apprendre *cela* ?

A le voir, même maintenant, rester sur ses gardes avec tant d'héroïsme sublime, le jeune ami de Peter se prit à rire de nouveau.

— Vous ne donnerez pas le moindre signe de compréhension avant d'être sûr ? Admirable vieux Peter !

Enfin Lance proféra :

— Eh bien ! sapristi, il s'agit de la vérité sur le Maître !

Durant quelques minutes, chacun s'ébahit de l'ébahissement de l'autre.

— Mais alors, depuis quand as-tu compris ?...

— La valeur exacte de son œuvre ? Je l'ai décelée, dit Lance en faisant appel à ses souvenirs, dès que j'ai commencé à comprendre quoi que ce soit. Mais je reconnais que les écailles ne me sont complètement tombées des yeux qu'une fois là-bas.

— Miséricorde, miséricorde ! soupira Peter avec une terreur rétrospective.

— Mais pour qui donc me preniez-vous ? Je suis un incurable raté — cela, il a fallu qu'on me l'enfonce dans la tête ! Mais tout de même pas un raté comme le Maître ! déclara Lance.

— Alors pourquoi ne m'as-tu jamais dit ?...

— Que je n'étais pas, après tout, reprit le garçon, toujours resté idiot ? Précisément parce que je n'imaginais pas que vous, vous saviez. Non, je vous demande pardon, je voulais simplement vous épargner la vérité. Et je ne comprends pas comment diable vous avez trouvé moyen de rester bouche cousue pendant si longtemps ?

Peter bredouilla une explication, mais après un peu de retard et avec une gravité point dénuée d'embarras :

— C'était pour ta mère.

— Oh ! fit Lance.

— Et maintenant, le pot aux roses une fois découvert, ce que j'exige de toi, c'est une promesse. Je veux dire, poursuivit Peter avec une sorte de ferveur, un serment de ta part, un serment solennel et tel que tu me le dois, ici, sur-le-champ, le serment de tout sacrifier plutôt que de lui laisser jamais soupçonner, à elle...

— Que j'ai bel et bien deviné ? — Lance se pénétra de ces paroles. — Je comprends. (De toute évidence, après un instant il avait en effet compris beaucoup de choses.) Mais qu'ai-je à sacrifier ?

— Oh ! on a toujours quelque sacrifice à faire.

Lance lui jeta un regard dur :

— Voulez-vous dire que *vous* avez eu ?...

Le regard qu'il reçut en retour fut si évasif qu'il posa bientôt une autre question.

— Etes-vous vraiment certain que ma mère ne se doute de rien ?

Après avoir réfléchi de nouveau, Peter s'en porta garant.

— Si elle sait, dit-il, elle est vraiment par trop extraordinaire !

— Mais ne sommes-nous pas tous des phénomènes ?

— Oui, concéda Peter, mais de façon différente. C'est d'une importance capitale, parce que le public restreint de ton père, tel que tu le connais, se compose... voyons, de combien de personnes ?

— En premier lieu, risqua le fils du Maître, de lui-même. Et en dernier aussi. Je ne vois personne d'autre.

Peter eut une velléité d'impatience.

— De ta mère, je le répète ! Toujours.

— Vous en avez la certitude absolue ?

— Absolue.

— Eh bien ! avec vous, cela en ferait donc trois.

— Oh ! moi... — et Peter avec un hochement de sa vieille tête bienveillante, se récusa modestement. — En tout cas, le groupe est assez restreint pour qu'une dissidence, si elle venait à se produire, se fasse cruellement sentir. Bref, applique-toi, mon garçon, à ne pas te détacher du bloc, voilà tout.

— Il faut que je maintienne la blague ?

— C'est précisément pour te mettre en garde contre les dangers d'une défection de ta part que j'ai saisi cette occasion.

— Et en quoi croyez-vous, demanda le jeune homme, que le danger consiste ?

— Eh bien ! voilà. Dès l'instant où ta mère, capable d'émotions si profondes, soupçonnerait ton secret... eh bien ! dit Peter désespérément, cela mettrait le feu aux poudres !

Lance sembla un instant suivre des yeux la flamme de l'explosion.

— Elle m'abandonnerait ?

— Elle l'abandonnerait, lui.

— Et se rangerait dans notre camp ?

Avant de répondre, Peter se détourna.

— Elle se rangerait dans *ton* camp.

Mais il en avait assez dit pour indiquer, et, ainsi qu'il l'espérait manifestement, éviter l'horrible conjoncture.

IV

Néanmoins durant les six mois suivants, ses craintes se réveillèrent à plusieurs reprises. Lance était retourné à Paris pour un nouvel essai, puis rentré au bercail, il avait eu avec son père, pour la première fois de sa vie, une de ces scènes qui font crépiter des étincelles. Il la décrivit avec beaucoup de force à Peter, envers qui le couple de Carrara Lodge manifestait une réserve inusitée, sans précédent, omettant de s'ouvrir à l'excellent ami sur ce sujet intime. Ce silence provoquait entre les parties l'ombre d'un froid et une légère rupture de leur commerce amical. Pour causer tout à son aise avec son vieux camarade de jeu, Lance devait donc, en général, le voir chez lui. Ainsi s'établirent entre eux des rapports fort étroits sinon joviaux. Le malaise, pour le pauvre Lance, provenait de l'atmosphère qui alourdissait la maison, du fait que son père souhaitait lui voir atteindre tout au moins au stade du succès qu'il avait lui-même connu. Lance n'avait pas *laissé tomber* Paris, bien qu'il eût le très vif sentiment que Paris l'avait laissé tomber. Il y retournerait à cause de la fascination qu'il éprouvait à essayer, à voir, à sonder les profondeurs, en un mot à apprendre sa leçon, cette leçon fût-elle simplement celle de son impuissance à élargir le champ de sa vision ; mais le Maître, isolé dans sa prolifération absurde, que savait-il de l'impuissance et quelle vision digne de ce nom lui avait-elle été impartie au cours de sa vie d'aveugle ? Echauffé, indigné, Lance en appela franchement à son parrain.

Son père l'avait vertement tancé ; il ne lui pardonnait pas de n'avoir rien eu à lui montrer après un si long temps, et espérait qu'à son prochain séjour il aurait suppléé à cette carence. L'essentiel, exposait complaisamment le Maître, consiste, pour tout artiste, fût-il inférieur à lui-même, du moins à « produire ». — « Qu'es-tu capable de produire ? » Voilà tout ce que je te demande !

Pour sa part, lui, le Maître, il avait produit suffisamment, impossible de s'y tromper. Lance eut les larmes aux yeux quand il fallut avouer à son vieil ami combien lui coûtait le sacrifice qu'on lui imposait. Il n'était pas facile d'entretenir une illusion absurde, en fils respectueux de son père, après s'être vu soi-même honni et accusé de croupir dans la médiocrité. Pourtant, une fois au courant de la situation, Peter continua à exiger de lui une noble duplicité ; et pendant un temps son jeune ami, quoique blessé et ulcéré, trouva loyalement le moyen de lui procurer ce réconfort. Cinquante livres sterling récompensèrent, il est vrai, plus d'une fois, tant à Londres qu'à Paris, le loyalisme du jeune ami ; assez rationnellement, sans doute, car cet argent n'était qu'une avance d'hoirie sur une somme rondelette dont depuis longtemps Peter avait déterminé l'ultime emploi. Grâce à ce stratagème, ou pour tout autre motif, le juste courroux de Lance put être endigué, mais durant un temps seulement. Vint le jour où il avertit son compagnon qu'il ne pouvait plus tenir — ou plutôt, se contenir. Carrara Lodge avait entendu une nouvelle mercuriale tombant de très haut ; calamité vraiment trop rude pour qu'un être de chair et de sang pût l'endurer sans riposter ou servir au Maître ses quatre vérités.

— Et je ne comprends pas, observa Lance avec irritation, considérant qu'au bout du compte on lui devait aussi des égards, je ne comprends pas, sapristi, comment vous, du train où vont les choses, vous pouvez maintenir la fiction ?

— Oh ! il me suffit de tenir ma langue, dit Peter placide. Et j'ai mes raisons.

— Toujours ma mère ?

Peter présenta le visage bizarre qu'il avait déjà eu souvent — ou plutôt, le détourna brusquement.

— Que veux-tu ? Je n'ai jamais cessé d'avoir de l'affection pour elle.

— Elle est belle... C'est une femme exquise, bien sûr, concéda Lance ; mais, après tout, qu'est-elle pour vous ?

Peter, qui était devenu cramoisi, hésita un peu.

— Eh bien... c'est tout simplement à cause de ma réaction, à *moi*.

Il y avait maintenant dans la voix de son jeune ami une insistance étrange, voulue.

— Après tout, qu'êtes-vous pour *elle* ?

— Oh ! rien ; mais ça, c'est une autre affaire.

— Elle n'aime que mon père, dit Lance le Parisien.

— Naturellement — et voilà justement pourquoi...

— Pourquoi vous avez voulu l'épargner ?

— Parce qu'elle l'aime si passionnément.

Lance fit un tour dans la pièce, les yeux toujours rivés sur son hôte.

— Vous avez dû avoir pour elle une terrible... affection.

— Terrible. Toujours, dit Peter Brench.

Le jeune homme continua un moment de rêver puis se planta de nouveau en face de lui :

— Vous doutez-vous à quel point elle l'aime ?

Leurs regards se croisèrent, mais Peter, comme si les siens découvraient quelque chose de nouveau en Lance, sembla hésiter, pour la première fois depuis une éternité, avant de répondre qu'en effet il s'en doutait.

— Moi, je ne fais que de l'apprendre, dit Lance. Elle est venue dans ma chambre hier soir, après avoir assisté en silence, les yeux fixés sur moi, à la scène que j'avais eu à supporter de lui. Elle est venue — et nous avons passé ensemble une heure extraordinaire.

Il marqua encore une pause, et de nouveau un instant ils se sondèrent du regard ; puis une lueur soudaine et qui le fit tout à coup pâlir, illumina Peter.

— Quoi ? Elle *sait* ?

— Elle sait. Elle m'a tout avoué, pour me demander, à moi, *rien que cela*, comme elle disait, cela dont elle-même avait été capable. Elle a toujours, toujours su, dit Lance impitoyable.

Peter resta silencieux un long temps pendant lequel son compagnon eût pu l'entendre respirer tout bas, avec effort, et, en le touchant, percevoir en lui la vibration d'un gémissement prolongé. Lorsque enfin il parla, il avait vidé le calice.

— Alors, je vois avec quelle passion...

— N'est-ce pas prodigieux ? demanda Lance.

— Prodigieux, murmura Peter d'un ton rêveur.

— De sorte que si votre effort pour me tenir loin de Paris

n'avait d'autre but que d'entretenir mon ignorance !... s'écria Lance avec une mimique exprimant éloquemment l'inanité de la tentative.

Peut-être fût-ce sur cette inanité que le regard de Peter sembla un instant se concentrer.

— Je crois que cela a été plutôt, sans que je m'en sois rendu très bien compte à l'époque, pour me garder dans l'ignorance, *moi !* répliqua-t-il enfin en se détournant.

La note du temps

J'étais trop heureux du service que je pensais lui rendre en ma qualité d'ancien, de très ancien ami, pour ne pas courir lui porter la nouvelle cet après-midi même. Je savais qu'elle travaillait tard, comme moi d'ailleurs, mais je sacrifiai à notre amitié une bonne heure de lumière d'un jour de février. Conformément à mon attente, je la trouvai dans son atelier où sa carte de visite « Mary J. Tredick » — pas Mary Jane mais Mary Juliana — s'étalait sur la porte selon un usage masculin. Elle me parut un peu lasse, un peu vieillie et sensiblement marquée, mais à peine eus-je franchi son seuil, elle ôta ses vilaines lunettes pour m'accueillir. Pendant qu'elle raclait sa palette et essuyait ses pinceaux, elle ne songea pas à se débarrasser de la blouse maculée qui l'enveloppait de la tête aux pieds et que je lui avais vu bien souvent garder dans des circonstances qui donnaient la mesure de son renoncement à plaire. Du reste, chaque fois que s'offrait à moi une nouvelle occasion de le constater, je me rendais compte qu'elle avait renoncé à tout sauf à son travail et qu'il devait y avoir à cela un motif dans l'histoire de sa vie mais j'étais toujours à cent lieues de le deviner. Elle avait renoncé à trop de choses, voilà précisément pourquoi on avait envie de l'aider. Je lui annonçai que j'avais pour elle une agréable commande en perspective.

— Il s'agit d'un tableau que j'aime vraiment ?

Elle se plaignait, je le savais, de ce que les gens lui passaient des commandes — pour autant qu'ils lui en passaient — aux seules fins de faire copier des œuvres qu'elle n'aimait pas. Mais en l'occurrence il n'était pas question de copier, oh pas du tout, du moins pas au sens ordinaire !

— C'est pour un portrait... Toutefois rien n'est encore décidé.

— Ah ? mais vous êtes vous-même portraitiste ?

— Oui, vous savez, mon genre à moi ne conviendrait pas dans ce cas particulier. On demande un joli portrait.

— Mais de qui ?

— De personne. C'est-à-dire, de n'importe qui. De qui vous voudrez.

Son ébahissement était assez naturel.

— Vous voulez dire que j'aurai à choisir mon modèle ?

— Eh bien, la bizarrerie consiste en ceci qu'il n'y aura pas de modèle.

— Mais alors, qui le tableau représentera-t-il ?

— Ma foi, un bel homme, distingué, agréable, n'ayant pas dépassé la quarantaine, rasé, admirablement mis, le parfait gentleman.

Elle continuait à ouvrir de grands yeux.

— Et c'est moi qui devrai le fournir ?

Le terme qu'elle employait me fit rire. — Oui, tout comme vous « fournissez » la toile, les couleurs et le cadre.

Sur quoi je passai aux explications :

— Je viens de recevoir une visite ahurissante, qui a eu pour effet de me faire penser à vous. Une dame inconnue, sans lettre d'introduction, s'est présentée à mon atelier sur le coup de trois heures. Elle venait chez moi, m'a-t-elle déclaré tout de go, à cause de la flatteuse réputation de votre serviteur et toute l'admiration que lui inspire son œuvre, bref, les compliments d'usage. Bien entendu, j'ai décelé du premier coup, dès qu'elle m'a exposé son affaire, qu'elle n'y entendait goutte. De quoi suis-je capable en ce monde, sinon de reproduire l'impression que je reçois dans un cas donné ? Je ne puis fixer sur la toile que le visage que je vois en réalité.

— Et vous me croyez capable de reproduire un visage que je ne vois pas ?

— Non, mais vous en voyez tellement plus que moi ! Votre imagination et votre mémoire en sont peuplés, ils surgissent pour vous de tous les musées que vous avez hantés, de toutes les grandes œuvres que vous avez étudiées. Je sais que vous saurez trouver celui qu'il faut à ma visiteuse et surtout, car voilà le fin mot de l'histoire, lui conférer la note du temps, la patine...

Elle agita la question dans son esprit. — Et pourquoi en a-t-elle besoin ?

— Précisément pour cela — pour la note du temps. Elle

ne m'en a pas dit davantage, sauf que le tableau est destiné à être suspendu au-dessus de sa cheminée. Mais j'ai idée qu'il sera censé figurer ou symboliser un époux, lequel n'est plus de ce monde ou peut-être n'y fut jamais. Voilà pourquoi elle vous laisse carte blanche.

— Sans rien pour me guider — ni photographies, ni autres portraits ?

— Rien.

— Elle se propose simplement de me le décrire ?

— Même pas. Elle veut que le portrait s'explique par lui-même. La seule condition, c'est qu'il soit très bel homme.

Elle avait enfin commencé à dénouer son tablier d'un air un peu pensif.

— Elle est Française ?

— Je ne sais pas. Je donne ma langue au chat. Elle dit s'appeler Mrs. Bridgenorth.

Mary chercha dans ses souvenirs.

— *Connais pas* [1]. Jamais entendu parler d'elle.

— Le contraire m'eût étonné. Il n'y avait aucune chance pour qu'elle vous soit connue.

— Vous insinuez que c'est un nom d'emprunt ?

J'hésitai : — Je veux dire qu'elle se présente sous une apparence évidente et tangible, impliquant qu'elle payera une somme très évidente et tangible. Il est clair, pour moi, que vous pouvez lui demander le prix que vous voudrez ; et je n'admets pas que vous ratiez pareille aubaine !

Mon amie ne donna aucun signe d'assentiment ni de désapprobation et j'entamai mon récit.

— C'est une femme aux abords de la cinquantaine, peut-être davantage, qui a été très jolie et continue à faire de l'effet avec ses cheveux gris fortement poudrés, autant que j'en puis juger. Elle se présente encore extraordinairement bien. Elle avait la mine à la fois un peu effrayée et détachée, affectant la désinvolture, à cause même de sa timidité. Mais j'ai trouvé qu'elle marquait étonnamment bien, compte tenu de la bizarrerie de sa demande. Cette bizarrerie, elle en est convenue elle-même. D'ailleurs, elle a par avance tellement souligné, la première, l'excentricité de sa proposition, que je m'attendais à Dieu sait quoi. Par moments, elle se mettait à parler français, un français

1. En français dans le texte.

parfait mais point meilleur que son anglais, lequel n'est pas vulgaire, du moins pas plus que celui de tout le monde. Quand on pense aux stupidités que les gens débitent aux artistes !... Elle tenait énormément, je l'ai bien vu, à arriver à ses fins, à ne pas être traitée de folle et elle m'a su un gré infini d'aller au devant de son désir. Elle était habillée à merveille et elle est venue en voiture.

Mon interlocutrice se pénétra de mes paroles, puis très doucement : — Est-ce une personne respectable ? demanda-t-elle.

— Ah, vous voilà bien ! » Je me pris à rire. « Vous savez toujours mettre en lumière le point essentiel, même quand on s'est efforcé de répandre partout une clarté spécieuse. Elle sort de l'ordinaire, repris-je au bout d'un instant, et tout ce qu'elle demande à ce tableau, c'est, je crois, de la rendre un peu moins extraordinaire.

— Mais enfin, qui est-elle ? Qu'est-elle ? continua simplement mon amie.

La question me rejeta tout droit à l'une de mes marottes. — Ah, chère amie, quoi de plus intéressant que la vie ? Surtout quoi d'aussi stupéfiant que Londres ? Londres contient tout au monde, tout, et il n'est rien d'abracadabrant qui ne risque d'y surgir un jour devant vous. Qu'est-ce qu'une femme fanée, bien conservée, jolie, poudrée, mystérieuse, singulière, qui tombe sur vous sans référence aucune, mais avec une voiture et d'admirables vraies dentelles ? Qu'est-ce qu'une personne comme elle, sinon une femme qui pourrait avoir eu des aventures et s'être arrangée pour les rendre lucratives d'une façon ou d'une autre ? Tout cela, d'ailleurs, ne regarde qu'elle. Il n'est guère probable qu'on la questionne jamais à ce sujet. Je voudrais bien voir l'individu qui se permettrait de questionner Mrs. Bridgenorth ! Elle tient à afficher la bienséance, à poser pour la « valeur authentique ». Si je la soupçonne d'être une création de ses propres talents, elle a en revanche beaucoup vu la vie, la chose est évidente. Accepteriez-vous de la rencontrer ?

Mon hôtesse prit un temps. — Non.

— Alors vous ne voulez pas essayer ?...

— Ai-je besoin de la rencontrer pour essayer ? » Et la question me révéla que dans la mesure où elle avait compris, elle commençait à se sentir vaguement séduite.

— Il semble néanmoins étrange, dit-elle rêveusement, d'entreprendre de la satisfaire dans ces conditions. D'entreprendre, ajouta-t-elle, de la satisfaire le moins du monde. Vous avez idée qu'elle n'est pas mariée ? interrogea-t-elle avec un brin d'inconséquence.

— Ma foi, je n'ai eu qu'une heure pour y réfléchir mais je ne sais trop pourquoi, je vois d'ici ce qui se passera. Pas tout de suite, pas le lendemain ni même peut-être dans l'année où le portrait qu'elle réclame sera suspendu au mur, mais avec le temps et si les circonstances s'y prêtent, la transfiguration se produira. « Qui est cet homme si bien de sa personne ? » demandera-t-on. « Oh, c'est une ancienne esquisse représentant mon cher, cher mari. » Parce que je lui ai dit, pour la sonder insidieusement, qu'elle désirait sans doute que le tableau eût l'air ancien et que vous excelliez à donner la note du temps.

— Je le crois, soupira enfin Mary.

— Alors, mettez votre chapeau.

A mon arrivée, je lui avais proposé de venir prendre le thé avec moi et quand je restai seul dans son atelier tandis qu'elle allait se préparer dans sa chambre, je commençai à ne plus douter du succès de ma démarche. La vision de son avenir, qui une heure auparavant m'avait décidé, se précisa, m'apparut plus brillante à mesure que j'errais dans l'atelier et examinais ses tableaux. Il en restait un plus grand nombre qu'on ne l'eût souhaité ; du moins fortifièrent-ils ma confiance, et j'en fus heureux à cause de ma visiteuse de tantôt qui avait accepté sans restriction ma requête en faveur de Miss Tredick. Quatre ou cinq de ses copies de portraits célèbres — ornements de grandes collections publiques ou privées — décoraient les murs. Il me suffit de les revoir pour me sentir rassuré de m'être porté garant de son habileté. J'avais pensé à leur facture moelleuse lorsque j'avais dit à Mrs. Bridgenorth pour excuser ma dérobade : « Oh les choses que je fais, moi, ont l'air d'avoir été peintes demain. » Que les Van Dyck et les Gainsborough de Mary fussent des reproductions et des répliques, peu importait, car maintes fois je l'avais vue se divertir à exécuter un morceau de son cru, comme elle disait. Elle avait bravement copié tant d'œuvres de bravoure, qu'elle maniait son pinceau avec une extraordinaire virtuosité. Elle me répondait toujours qu'il y avait là un habile charlatanisme, rien de plus, mais ce charlatanisme habile correspondait justement aux exigences de notre cliente. Il s'agissait de la satisfaire et pour le reste, on pouvait faire confiance à Mary. Pourtant, à la réflexion, je me fis la remarque qu'il y avait dans toute cette affaire plus que l'œil ne décelait de prime abord, selon l'expression classique, dans la réaction de mon amie. Sans le vouloir, j'avais touché plus d'un déclic, déclenché plus d'une impulsion. J'en fus convaincu lorsqu'elle revint coiffée de son chapeau et en jaquette. Elle était différente, l'idée avait mûri et elle me sourit sous sa voilette bien tendue, cependant qu'elle ajustait sur ses mains fermes et étroites une paire de gants frais, avec une lueur nouvelle dans les yeux. — Veuillez dire à votre amie que je vous suis grandement obligée à tous les deux et que j'accepte la commande.

— Bien. Et vous acceptez aussi de parer le monsieur de toute sa beauté ?

— C'est justement pour cela que j'accepte. Je le ferai suprêmement beau et suprêmement méprisable.

— Méprisable ? fis-je avec hésitation.

— Le gentleman le plus raffiné que vous ayez jamais vu, et le pire des amis.

Je m'étonnai, j'étais interloqué, mais l'instant d'après je partis d'un joyeux éclat de rire. — Ah bien, aussi longtemps qu'il n'est pas mon ami à moi !... Je vois que nous le tenons, fis-je tandis que nous sortions, car vraiment j'avais déclenché un ressort. En fait, j'avais déclenché *le* ressort.

Je devais bientôt en constater partout les répercussions. Fidèle à ma promesse, j'allai rapporter à Mrs. Bridgenorth le résultat de ma mission et bien qu'elle se déclarât enchantée de mon succès, je la vis un peu froissée que Miss Tredick n'eût manifesté aucun désir de causer avec elle au préalable.

— J'imaginais qu'elle aurait aimé me voir, seulement cela, et qu'elle penserait que j'aimerais la voir, elle !

Je lui donnai tous les apaisements possibles.

— Vous la verrez une fois le portrait achevé. Vous la verrez en temps voulu, pour la remercier.

— Et la payer, je suppose ! » Le rire de mon hôtesse eut une pointe d'aspérité après tout compréhensible. « Sera-t-elle très longue à l'exécuter ?

Je réfléchis.

— Elle est tellement imprégnée de son sujet que j'ai l'impression qu'elle va le terminer d'un trait.

— Ah, elle en est imprégnée ? demanda Mrs. Bridgenorth et en apprenant à quel point, encore que je le lui eusse révélé avec discrétion, son admiration éclata : — Vous autres artistes, vous êtes extraordinaires !

Je lui donnai raison, avec un vague sentiment de culpabilité ; elle m'expliqua aussitôt qu'elle faisait allusion à notre sensibilité, à quoi je répondis que je l'entendais bien ainsi. Elle m'emmena alors dans une autre pièce pour me montrer la place réservée au tableau, un large panneau ménagé dans la boiserie blanche au-dessus de la cheminée. Il se trouva correspondre exactement à la description que j'en avais faite à mon amie. C'était dans sa propre chambre, comme elle l'appelait, un boudoir donnant sur l'arrière de la maison d'où la vue s'étendait sur un jardin commun aux occupants de la rangée d'habitations modernes actuellement à la mode. Comme elle le fit remarquer, il ne manquait à la pièce que cette touche finale. Elle exprima sa pensée avec beaucoup de candeur : « Vous ne voyez pas tout ce que cela va ajouter ? » et me regarda d'un air singulier comme pour lire dans mes yeux la preuve que je discernais ce qu'elle ne formulait pas explicitement.

Elle le formulait pourtant, la pauvre femme, et de façon presque si claire que je n'eus aucune peine à comprendre. Encadré avec goût, le portrait du plus beau gentleman que l'on eût jamais vu contribuerait à rehausser le prestige de Mrs. Bridgenorth plus encore qu'à embellir sa chambre.

Disons-le tout de suite, mes observations relatives à Mrs. Bridgenorth n'étaient nullement faites pour me détourner de la marotte dont j'ai déjà parlé. A la lueur de l'impression qu'elle produisait sur moi, la vie me semblait aussi prodigieuse et Londres aussi stupéfiant que je l'avais toujours affirmé. La manière dont tout était vivant mais demeurait tacite entre nous s'accordait à merveille avec mon expérience. Tous deux nous nous maintenions à la surface de la situation avec la ténacité de naufragés cramponnés à une planche. Notre planche, c'était notre regard concentré sur le présent de la dame, à l'exclusion de tout le reste. Nous admettions l'existence de son passé, mais uniquement sous la forme d'une beauté qu'elle avait vaillamment su préserver et à laquelle demeuraient attachées quelques bribes de son identité de jadis. Elle était aimable, distinguée, toujours digne. Par-dessus tout, elle me donnait l'impression d'une femme qui attend. On eût dit une maison si fraîchement et heureusement restaurée que l'on s'étonne de la trouver vide. Elle attendait quelque chose, — ou quelqu'un. Par-dessus tout, elle attendait l'œuvre de Mary Tredick. De toute évidence, elle espérait en tirer un avantage.

Selon mes prévisions, le tableau fut exécuté dans une hâte fiévreuse ; directement, rapidement, surtout si l'on tient compte du résultat. Au début je respectai la solitude de mon amie, je laissai le ferment agir, évitant de l'importuner par des questions et d'aller aux nouvelles. Deux ou trois semaines s'écoulèrent sans que je l'eusse approchée. Enfin, un après-midi, à l'heure où la lumière déclinait, j'entrai chez elle. Elle comprit aussitôt ce que je lui voulais.

— Hé oui, je suis en train de l'exécuter !

— Eh bien, dis-je, je n'ai pas voulu troubler votre ardeur mais je me sens vraiment intrigué.

Peut-être ne serait-il pas exact de dire qu'elle n'avait jamais l'air aussi triste que lorsqu'elle riait, mais en tout cas elle riait toujours lorsqu'elle était triste. Au surplus, pauvre chère, quand donc n'était-elle pas triste, en secret ? Ses petits éclats de gaieté correspondaient à ses pires dépressions. Mais pourquoi en aurait-elle éprouvé juste à cet instant ? « Oh, je connais votre curiosité », me répliqua-t-elle ; et le petit froid que provoqua son hilarité ne me satisfit guère. « Il vient bien, mais je ne peux pas encore vous le montrer. Je devrai débrouiller ça à ma façon. Il a insisté pour être, après tout, à la ressemblance de quelqu'un, ajouta-t-elle, mais personne ne le saura jamais.

— Personne ?

— Aucune personne qu'*elle* fréquente.

— Ah la malheureuse, repartis-je, elle ne m'a pas l'air de fréquenter qui que ce soit.

— Tant mieux. Je vais me risquer. » Je sentis qu'il me faudrait attendre, encore que je fusse soudain impatient, et je continuai à flâner dans l'atelier. Pendant ce temps, elle expliqua : — S'il faut vraiment que ce soit un portrait, la condition requise m'oblige à agir comme je le fais. Si je dois peindre le plus bel homme du monde, je n'en puis peindre qu'un seul !

Nous échangeâmes un regard. Je me pris à rire : — Je doute que ce soit moi, mais, demandai-je, vous arrivez à donner la note essentielle ?

— L'infamie ? Oui, s'il plaît à Dieu.

J'en eus le souffle un peu coupé car pour le moment je ne me sentais guère en droit d'exiger des confidences. Il me restait toujours la ressource de la bonne humeur.

— Non, je faisais allusion à la note du temps.

— Si je parviens à la saisir, mon cher ? Ne l'ai-je pas depuis longtemps ? Est-ce que je n'en porte pas la marque — de la note du temps ? » Soudain elle poussa un étrange soupir et son visage prit une expression que je ne connaissais pas... « Je ne saurais donner à mon modèle un certain ton, mieux que durant toutes ces années, il ne me l'a donné à moi.

A peine discernai-je quelle passion éteinte, quel ressouvenir d'un préjudice subi, quel mélange de joie et de peine mes paroles avaient incidemment ravivés. Ma réaction ne pouvait être qu'une pitié profonde, que d'ailleurs je me bornai à exprimer sous la forme indirecte : — C'est le ton, dis-je avec un sourire, sur lequel vous parlez à présent.

Elle vit malheureusement dans mes paroles un reproche.

— Je n'entendais pas en parler maintenant. » Puis, les yeux sur le tableau : « J'ai tout mis là-dedans ! Revenez, ajouta-t-elle, d'ici trois jours. Il sera terminé.

Il l'était en effet quand je le vis enfin. Mary avait réalisé une œuvre inouïe, une chose merveilleuse, idéalement accordée au rôle qu'elle était appelée à tenir. Ma seule réserve, dès le début, fut que le tableau était trop beau pour sa destination. Une pochade beaucoup moins sincère eût également servi le propos de Mrs. Bridgenorth et le fait d'être relégué dans le boudoir particulier de la dame, quelque sortilège qu'il fût censé y opérer, vouait peut-être le portrait à une cruelle obscurité. Pendant que j'écris ces lignes, il est devant moi et je pourrais le décrire si une description s'imposait. Il représente un homme d'environ 35 ans, dont on ne voit que le buste, mais vêtu, remarquera l'observateur, selon une mode à présent presque désuète et loin d'être en synchronisme avec l'époque où il fut peint. Son haut visage un peu étroit serait peut-être trop aquilin, n'était la beauté du front et la douceur de la bouche. Le charme qu'il dégage émeut encore mon imagination, même après tant d'années. On sent que le peintre a fortement saisi la distinction de ce type sans que néanmoins son pinceau l'ait soulignée avec vulgarité. Les yeux un peu trop rapprochés, mais, par un contraste étrange, tout à la fois indifférents et ardents, les lèvres, la joue, le menton lisses et clairs, d'un dessin admirable, la personne tout entière expriment la jeunesse, la joie et l'orgueil de vivre, le comble de l'allégresse et l'attente d'une grande fortune, avec une insolence inconsciente qui croit que tout lui est dû. Cet homme n'a jamais connu aucune humiliation, aucune déception, et si mon imagination ne s'abuse, la façon dont l'artiste l'a campé garantit qu'il mourra sans avoir jamais souffert. Bref, il est si beau que l'on peut à peine lire dans sa pensée, et si heureux que l'on peut à peine lire dans son cœur.

Le tableau, je m'empresse de l'ajouter, est d'ailleurs d'une facture bien féminine — légère, floue, imparfaitement synthétique — insistante et évasive, surtout aux endroits où il ne le faudrait pas ; néanmoins, la composition est belle, d'une infinie puissance de suggestion.

Surtout, ce qui me frappa à première vue, dans ce morceau de bravoure, c'est la suprême insolence qui consistait à le présenter comme une peinture des années 1850. A cette époque de ténèbres, c'eût été une rare fleur de raffinement. La « note du temps », celle du passé auquel le tableau prétendait appartenir, s'y trouvait presque à l'excès, c'était une patine brunâtre sous laquelle l'image semblait mystérieusement se perdre. A présent le personnage me regarde à travers une plus grande épaisseur d'années et de connaissance, mais mon impression du moment fut que c'était tout à la fois un tour de force triomphal et une évocation plausible. Il me réduisit au silence, je m'en souviens, un silence nuancé de tant de différentes sortes d'effroi que je n'aurais jamais osé demander qui il représentait. Après mes phrases incohérentes, émerveillées du début, sur l'habileté consommée de mon amie, tout ce que je pus articuler fut :

— Et vous êtes arrivée à ce réalisme sans aucun document ?

— Tout dépend de ce que vous appelez des documents.

— Sans notes, sans études, sans croquis ?

— Je les ai détruits, il y a des années.

— Vous en possédiez donc autrefois ?

Elle prit un temps. — Autrefois, j'avais tout.

Cela m'en apprenait à la fois plus et moins que je ne demandais ; assez, en tout cas, pour que ma question suivante semblât un peu sotte, même à mes propres oreilles :

— Alors, c'est entièrement fait de mémoire ?

De l'endroit où elle était, elle regarda encore une fois son œuvre ; après quoi elle la quitta brusquement et, faisant quelques pas, revint vers moi. Il y eut dans son air et sa réponse un accent nouveau, quoique j'eusse déjà surpris en elle bien des expressions nouvelles. — C'est entièrement fait de *haine !* me jeta-t-elle, et elle sortit de la pièce.

Après son départ seulement, j'en compris tout à fait la raison. Bouleversée par l'impression que son tableau avait produite sur moi, elle avait fondu en larmes et voulait me le dissimuler. Elle me laissa seul un moment en tête à tête avec son prestigieux modèle, et de nouveau, en son absence, je fis le point de la situation. Il était mort, il devait l'être depuis des années. La seule humiliation qu'il eût été appelé à connaître jamais, comme je l'ai dit, lui avait été impartie sous cette forme. Quoi qu'il en soit, la toile le fixait avec une tendresse jalouse, comme elle ne fixe que les morts. Par lui, l'artiste avait souffert les pires souffrances qu'une femme puisse endurer et si la blessure restait secrète, elle ne s'était pourtant jamais cicatrisée et le travail l'avait rouverte. Quand mon amie reparut, il ne me restait qu'une chose à dire :

— La beauté, Dieu sait que je la vois, mais je ne vois pas ce que vous appelez l'infamie.

Elle lui accorda un dernier regard — puis se détourna de nouveau.

— Oh, il était ainsi.

Il me souvient d'avoir répliqué : — Eh bien, quel qu'il ait été, je m'étonne que vous puissiez vous en séparer. Ne vaudrait-il pas mieux montrer d'abord le tableau à Mrs. Bridgenorth, ici ?

Elle hésita : — Je ne crois pas que j'aie envie qu'elle vienne.

Je m'ébahis : — Vous répugnez toujours tant à la rencontrer ?

— A quoi bon ? Il est tout à fait impossible que je modifie mon tableau pour lui faire plaisir.

— Oh », je me pris à rire, « elle ne vous le demandera pas ! Elle l'adorera tel quel !

— Vous êtes tellement sûr de votre idée ?

— Qu'il est censé incarner Mr. Bridgenorth ? Ma foi, si je n'en avais été convaincu dès le début, chère Mademoiselle, je le serais à présent. Imaginez-vous qu'elle ne saute pas sur une chance pareille ? Oui, il figurera Mr. Bridgenorth.

— Mr. Bridgenorth ! répéta-t-elle, et son petit rire froid fit paraître grotesque et misérable un tel nom pour un tel personnage. Il aurait pu être un prince et je me demandais d'ailleurs s'il ne l'avait pas été. En tout cas, elle eut une inspiration subite : — Cela vous ennuierait qu'on le fasse porter chez vous pour qu'elle aille le voir ?

J'acceptai, m'inclinai devant ses raisons quelles qu'elles pussent être, et l'arrangement fut aussitôt conclu.

Le lendemain je reçus livraison du tableau et Mrs. Bridgenorth, que j'avais fait prévenir, arriva le jour suivant. J'avais placé le portrait, encadré, sur un chevalet et jamais je n'oublierai le regard ni le cri que cette vue fit jaillir de ses yeux et de ses lèvres. Instant extraordinaire, d'autant plus qu'il me prit au dépourvu — si étonnant qu'au début j'eus peine à comprendre ce qui se passait. Lorsque j'en eus pleinement conscience, d'autres choses encore s'étaient produites et je me ressaisis pour affronter la situation dans sa complexité. Elle avait reconnu sur-le-champ le modèle, voilà l'impression qui primait le reste et semblait particulièrement vive. Ce choc, en un éclair, lui fit soupçonner que le coup lui avait été porté à dessein. Cette pensée lui vint en second lieu et elle rougit comme si elle recevait un soufflet en plein visage. Sa troisième réaction fut son prompt instinct de me dissimuler qu'elle reconnaissait le modèle et de me cacher l'étrange soupçon qui lui venait.

Elle ne put néanmoins, la malheureuse, refréner la violente coloration de son visage ni les larmes qui montèrent à ses yeux. Elle ne put que regarder fixement la toile, haletante, grimaçant, cherchant à gagner du temps. Soit surprise, soit dépit, elle réfléchissait intensément, sentant le danger qu'elle courait de se livrer, et, je m'en rends compte maintenant encore, rien n'était, dans son genre, plus beau que l'effort qu'elle fit pour se maîtriser en un clin d'œil.

Combien de secondes lui fallut-il ? Je ne les comptai pas. Assez toutefois, pour que je pusse les mettre à profit. Je pris les devants et le plus bizarre fut sans doute le calcul instantané auquel je me livrai, guidé par une simple intuition. Puisqu'elle avait connu le patricien représenté sur la toile et qu'elle décidait de feindre l'ignorance, mon loyalisme envers Mary Tredick m'inspirait une prompte contre-manœuvre. Les joues empourprées de la dame m'en offrirent l'occasion. — Ah, vous le connaissiez ?

Je vis qu'elle se demandait un instant si elle ne réussirait pas à mettre son désarroi au compte d'une simple émotion joyeuse, d'une façon naturelle d'accueillir son acquisition. Son trouble était à la fois pathétique et presque comique. Sa ligne de conduite lui imposait de brouiller la piste, le moindre aveu d'une relation passée constituait un danger ; mais sa sécurité exigeait aussi qu'à la faveur de cette étonnante coïncidence, elle apprît à quel point elle était démasquée. Toutefois, elle posa une pétition de principe. Elle sourit entre ses larmes. — Il est magnifique !

Mais, je l'ai dit, je ne lui laissai pas assez de temps.

— Qui est-il ? Qui était-ce ?

Plutôt que mes paroles, mon expression, je crois, la décida. Elle n'hésita qu'un instant, pantelante, riant et pleurant tour à tour, puis s'affaissant dans le fauteuil le plus proche, elle se livra si complètement que j'en fus presque gêné. — Croyez-vous que je vous dirai son nom ? » Le poids des années passées, — effacées, ignorées — revécut dans le son même de ses paroles, comme les accents d'une musique non étudiée mais ressuscitée par un choc. Ces intuitions, néanmoins (l'instant suivant me le prouva) étaient un jeu auquel on pouvait jouer à deux. Il lui suffit de me regarder une seconde.

— Comment, vraiment, vous ne le savez pas ?

Je jugeai la franchise préférable.

— Je l'ignore.

— Alors elle, comment sait-elle ?

— Et vous, comment le savez-vous ? — Je me mis à rire. — Moi, c'est différent.

Une minute, elle tourna et retourna la situation dans sa tête, les yeux rivés sur le tableau. « Cette ressemblance... la ressemblance !... » C'était presque trop.

— Il est donc pris sur le vif ?

— Au-delà de ce que l'on peut imaginer.

Je réfléchis.

— Mais une ressemblance avec un personnage connu — ne va-t-elle pas à l'encontre de vos désirs ?

Elle bondit et protesta avec ardeur : — Ah, personne ne s'en avisera jamais, sauf moi !

Je laissai de nouveau paraître ma crainte, mon amusement.

— Personne, sauf elle et vous ?

— C'est inouï qu'elle ait fait son portrait, à lui !... » Elle restait fascinée par le prodige.

— Vous m'affirmez sur l'honneur qu'elle ne sait pas ?

— Que cette tête est précisément celle que vous auriez

souhaité avoir si vous aviez osé ? Pas le moins du monde ! Comment s'en douterait-elle ? Elle ignore tout — je vous le jure !

Mrs. Bridgenorth continuait à s'émerveiller.

— Elle l'a simplement choisi pour modèle à cause de son type ?...

— Qui correspond à la description que je lui ai faite de ce que vous souhaitiez. Justement.

— Mais comment ? Après tant d'années ? de mémoire ? En tant qu'ami ?

— Comme un souvenir, oui. La mémoire visuelle, voyez-vous, est prodigieuse chez les gens de notre troublante espèce. Donc, vous êtes satisfaite ? ajoutai-je après un petit silence.

Retombée à sa contemplation, elle s'en arracha pour tourner les yeux vers moi, mais je vis qu'incapable de parler, elle ne pouvait que balbutier confusément : « satisfaite ! » et je ne fus guère surpris quand soudain elle éclata en sanglots tout comme Mary. Le don de provoquer les larmes semblait décidément un attribut du modèle. Quoi que le lecteur puisse penser de moi, je ne me sens pas plus dur en relatant cette scène que je n'eus conscience de l'être sur le moment ; mais devant cette femme en pleurs, une inspiration nouvelle me vint pour servir les intérêts de Miss Tredick. Avant que ma compagne ne se fût ressaisie, je devinai la prière qu'elle allait formuler et la provoquai à dessein, voulant en finir une fois pour toutes. J'expliquai donc que je ne soupçonnais aucunement l'identité du modèle, notre artiste ne m'ayant fourni nulle indication. Je n'avais rien pour me guider sauf l'impression qu'elle l'avait jadis connu — connu de près ; mais quels que fussent les éléments utilisés, le fait que Mrs. Bridgenorth l'eût également connu n'était qu'une simple coïncidence. Ce hasard tenait du prodige, — mais de tels prodiges arrivent. Ma visiteuse écouta avec une avidité crédule — rassurée dans une certaine mesure. Enfin je vis poindre la question attendue : — Eh bien, si elle n'a pas idée qu'il a jamais joué un rôle dans ma vie, ni de ce qu'il va être maintenant, je vous demanderai en grâce de ne jamais le lui révéler ! Elle voudra sans doute savoir qu'elle impression m'a faite son œuvre. Vous lui direz bien entendu que j'en suis ravie, puis-je exiger de vous que vous n'ajoutiez rien de plus ?

Son visage m'implorait mais je fus obligé de réfléchir avant de répondre. — Je dois d'abord vous poser des conditions, et l'une est aussi une question mais plus franche que la vôtre : ce personnage mystérieux, frustré par la mort, deviez-vous l'épouser ?

Elle fit bravement front. — S'il avait vécu, certainement.

L'ingénuité de son « certainement » m'amusa.

— Fort bien. Mais alors pourquoi souhaitez-vous que cette coïncidence ?...

— Lui soit dissimulée, à elle ? » (Elle savait bien pourquoi.) « Parce que si elle la soupçonnait, elle ne voudrait pas me laisser le tableau. Aussi, ajouta-t-elle avec décision, faut-il que vous acceptiez que je le paye tout de suite.

— Qu'appelez-vous tout de suite ?

— Je vous enverrai un chèque dès que je serai rentrée.

— Oh, — je me mis à rire, — entendons-nous ! pourquoi pensez-vous qu'elle ne voudrait pas laisser le tableau chez moi ?

Mrs. Bridgenorth me fit un peu attendre, mais sa réponse, quand elle vint, fut parfaitement lucide.

— Parce qu'alors elle comprendrait combien plus encore je dois désirer ce tableau.

— Combien moins, puisqu'une clause de l'accord stipulait que vous préféreriez qu'il n'offre aucune ressemblance avec un être connu.

— Oh ! dit Mrs. Bridgenorth avec impatience, tant pis pour la ressemblance ! Miss Tredick saura tirer ses conclusions toute seule. » Enfin elle formula sa véritable crainte : « Elle sera jalouse !

— Ah, fis-je avec un petit rire. Mais j'étais interloqué.

— Elle me haïra !

Je m'ébahis. — Mais je ne crois pas du tout qu'il lui fût sympathique.

— Non, vous ne croyez pas ?

Elle écarquilla les yeux, me regarda et sembla chercher dans l'écho de mes paroles tout ce qu'elles pouvaient contenir d'informulé. Enfin à court de mots, eût-on dit, elle s'écria :

— Ça par exemple !

Je retrouvai sous un jour presque comique, l'ancienne Mrs. Bridgenorth.

— Mais j'ai cru comprendre par elle qu'il se conduisait mal.

— Eh bien, et elle, alors, qu'était-elle ?

Je n'hésitai qu'une seconde : — Et vous, qu'étiez-vous ?

— C'est mon affaire ! » Et elle se retourna vers le portrait. En tout cas, il lui a plu assez pour qu'elle exécute ceci !

Je me pénétrai, une fois de plus, de ses paroles. Du point de vue artistique, étant donné la facture, c'est une des réussites les plus étonnantes que j'aie jamais vues.

— Une fête pour les yeux, dit la pauvre Mrs. Bridgenorth plus simplement.

En effet, c'en était une — c'en est une, et voilà précisément ce qui rendait le cas si intéressant.

— Pourtant, j'ai l'indéfinissable impression que le portrait n'a pas été exécuté avec amour.

Elle comprit avec une promptitude qui tenait du prodige.

— Il a donc été exécuté avec fureur !

— Mais alors, qu'avez-vous à craindre ?

De nouveau, elle saisit à merveille ma pensée : — Ce qui s'est passé lorsqu'il m'a rendue jalouse, moi ! Au point, déclara-t-elle, que si vous me jurez de garder le silence...

— Eh bien ?

— Eh bien, je doublerai la somme !

— Oh, répliquai-je en faisant un tour dans la pièce, tant l'émotion de cette surenchère m'électrisait, c'est justement ce que j'allais vous proposer, pour mieux servir les intérêts de mon amie.

— Donc, nous sommes d'accord, j'ai votre parole de gentleman.

Elle était si impatiente que l'affaire se trouva pratiquement réglée, bien que j'aie continué d'arpenter l'atelier en tous sens, tandis qu'elle m'observait, suspendue à mes lèvres. L'atmosphère autour de nous, toute vibrante, attestait que par une brusque flambée refoulée elle s'était éprise du tableau et que ces dernières minutes avaient suffi pour ressusciter une liaison très intime. Nul n'ignore qu'un être vraiment serviable usera, pour le compte d'autrui, d'une diplomatie dont il serait incapable pour le sien. Le coup que j'avais risqué en faveur de Mary s'imposait. L'œuvre représentait une valeur bien plus grande que celle prévue par l'acheteuse et du moment où Mrs. Bridgenorth acceptait d'en juger ainsi, cela la regardait. Je me décidai :

— Entendu, et je compte également sur votre parole.

Notre accord était si parfait que nous nous serrâmes la main pour le sceller.

— Et quand puis-je le faire chercher ?

— Je la verrai ce soir. Mettons demain, de bon matin.

— Demain, de bon matin.

Je la reconduisis à sa voiture où ma visiteuse regretta de ne pouvoir sur-le-champ introduire la toile pour l'emporter. Je la consolai en lui faisant observer qu'elle n'aurait pu y tenir — ce qui n'était pas tout à fait vrai.

Je vis Mary Tredick avant le dîner et lui donnait aussitôt la nouvelle, encore que je ne fusse point très sûr de mon terrain : — Elle a été si enchantée que j'ai senti qu'en bonne conscience je devais faire davantage pour vous. Elle n'aura pas le tableau aux conditions prévues. J'ai élevé mes prétentions. Mary s'ébahit.

— Mais de combien ?

— Oh, jusqu'à 400 livres. Vous n'avez qu'un mot à dire et j'essaye d'obtenir 500.

— Oh, voyons, elle ne donnera jamais une pareille somme !

— Je vous demande bien pardon.

— Après l'accord conclu ? Elle prit l'air grave. Je n'aime pas ces sauts et ces bonds.

— Mais, ma chère enfant, vous en êtes responsable ! Vous vous engagez par contrat à lui livrer une babiole décorative et vous produisez un vivant chef-d'œuvre !

Elle réfléchit.

— Est-ce ainsi qu'elle l'a qualifié ? Puis, comme j'hésitais, ayant sujet de réfléchir : — Que sait-elle ? poursuivit Mary.

— Elle sait qu'elle tient à l'avoir.

— Tant que cela ?

A ces mots, je dus me raidir un peu. — Au point qu'elle m'enverra le chèque pas plus tard que cet après-midi et je vous le transmettrai aussitôt ; vous l'aurez par le premier courrier du matin.

— Avant même qu'elle ait pris livraison du tableau ?

— Oh, elle l'enverra chercher demain.

Comme je dînais en ville et devais encore m'habiller, je n'avais pas de temps à perdre. Mary me reconduisit jusqu'à la porte et je renouvelai mon assurance : — Vous recevrez le chèque par le premier courrier. » A quoi j'ajoutai : « Si ce n'est guère pour une dame si désespérément désireuse de se payer n'importe quel mari, convenons que c'est un prix tout à fait dérisoire pour un mari comme celui que vous lui donnez !

J'étais pressé, mais elle me retint :

— Alors, votre idée se confirme ?

— Mon idée ?

— C'est un mari que je lui ai bel et bien donné ?

J'eus soudain l'impression de m'être aventuré trop loin ; mais j'avais gardé mon fiacre et déjà j'y montais :

— Ma foi, m'écriai-je avec un humour affecté, en tout cas vous lui avez donné, à lui, une épouse !

Le soir, quand je rentrai de mon dîner, une fois dans mon poussiéreux atelier, mon premier soin fut de faire de la lumière pour regarder le tableau de Mary. J'eus envie de lui dire bonne nuit ; mais à mon grand étonnement, il n'était plus là. Sa place restait vide. Il avait disparu. Passée ma première surprise, je compris néanmoins et ne fus point sans ressentir quelque soulagement, je l'avoue. Mes gens étant couchés, impossible de les questionner ; mais de toute évidence Mrs. Bridgenorth, dont le billet joint au chèque était posé sur ma table, n'avait pu malgré tout contenir son impatience ; le mot avait été apporté par un commissionnaire, et le silence de la dame quant à ses intentions la dénonçait : son messager avait reçu l'ordre d' « agir » ; venu avec un véhicule, il y avait promptement transporté toile et cadre. Donc, le prix souhaité se trouvait obtenu et l'incident clos. Sans trop savoir pourquoi, je constatai le lendemain matin que j'avais mieux dormi sous l'impression de ces événements et dès que mon valet de chambre entra, je lui demandai des détails. Sa réponse me laissa pantois :

— Non, Monsieur, il n'y avait pas d'homme, elle est venue elle-même. Elle n'avait qu'une voiture de louage mais je l'ai aidée et nous avons pu y introduire la toile. On a eu du mal à la caser, Monsieur, mais elle voulait à toute force l'emporter.

Je m'ébahis. — Une voiture de louage, elle avait une voiture de louage ? Et son valet ne l'accompagnait pas ?

— Non, non, Monsieur, elle est venue comme qui dirait faire le coup toute seule.

— Et même pas dans sa voiture, qui est plus grande ?

Mon serviteur, selon son habitude, pesa mes paroles. — Mais possède-t-elle une voiture, Monsieur ?

— Voyons, celle qui l'a amenée ici hier ?

C'est alors que la lumière se fit. — Ah, Monsieur parle de cette dame-là ? Mais ce n'était pas elle, Monsieur. C'est Miss Tredick qui est venue.

La lumière, dis-je, se fit, mais suivie d'un peu d'obscurité, une obscurité qui, sitôt expédié mon petit déjeuner, me fit reprendre le chemin du logis de mon amie. Là, à sa place primitive, je retrouvai la création de son pinceau ; mais je vis que ce serait une tout autre affaire de l'affronter, elle. Comme si elle m'attendait, elle posa sur une table le chèque que je lui avais retransmis la veille au soir. — Oui, je l'ai emporté ! Et je ne peux pas accepter cet argent.

Je fus désespéré. — Quoi ? vous voulez garder le tableau ?

— Je ne comprends pas ce qui est arrivé.

— Vous lâchez pied, tout simplement ?

— Je ne comprends pas, répéta-t-elle, ce qui est arrivé.

Je m'apercevais au contraire qu'elle le comprenait fort bien et même, en fait, remarquablement. Mon excès de zèle avait dû me trahir et je sentis que j'allais être soumis à un interrogatoire serré. Toute la nuit, elle avait réfléchi avec intensité. La générosité de Mrs. Bridgenorth jointe à l'empressement de la dame, l'avaient mise en éveil. De là — pour une femme nerveuse à l'esprit critique — des suppositions, des visions, des questions. — Pourquoi, en m'écrivant hier soir, considériez-vous comme certain que c'était elle qui s'était précipitée chez vous ? Pourquoi, demanda Mary Tredick, se serait-elle précipitée ?

Si j'étais capable de conclure un marché avantageux pour Mary, je pouvais *a fortiori* proférer un mensonge à son bénéfice.

— Parce que c'est dans sa manière. Elle se précipite ! Elle est impatiente et ne peut se contenir. Et, ajoutai-je avec diplomatie, il y a de votre part quelque affectation à prétendre que vous ne voyez pas de raison à ce qu'elle s'éprenne...

— S'éprenne ?

Elle me coupa brusquement la parole.

— De ce monsieur. Bien sûr. Quelle femme serait insensible à son charme ? Quelle femme y est restée insensible ? Vraiment, je ne trouve pas que vous ayez le droit de vous dédire.

— Je ne me dédirai pas, riposta-t-elle, si vous répondez à ma question : connaît-elle l'homme que j'ai représenté ? Et comme je me taisais : J'ai idée qu'elle le connaît. Cela expliquerait bien des choses, et d'abord l'étrange sentiment que j'éprouve, mais aussi la somme exorbitante que vous avez réussi à lui extorquer.

C'était fâcheux, et j'en rougis (outre que je tressaillis au mot qu'elle avait employé) mais Mrs. Bridgenorth et moi, à nous deux, nous avions manifestement trop élevé le chiffre. « Vous pensez bien, dis-je, que si elle avait reconnu le gentleman, j'en aurais profité, moi, pour lui « extorquer » davantage ?

Elle se détourna et avec une expression à la fois absente et troublée, se mit à marcher d'un air gêné. Enfin elle s'arrêta.

— Je le vois suspendu là-bas. Je l'entends, elle, dire sa petite phrase : le présenter comme le personnage pour lequel vous avez dit qu'elle le ferait passer.

Je feignis niaisement — bien qu'un instant seulement — d'avoir oublié mes propos.

— Son mari ?

— Il ne l'a pas été !

L'instant d'après, je me risquai : — A-t-il été le vôtre ?

Je ne sais à quoi je m'attendais mais son simple et paisible hochement de tête me surprit. — Non.

— Alors pourquoi n'aurait-il pu être...

— Le mari d'une autre ? Parce que j'ai l'absolue certitude qu'il est mort célibataire. » Elle parlait toujours avec le même calme. « Il avait connu beaucoup de femmes, et une, en particulier, avec laquelle il eut une liaison — qui dura longtemps. Un désastre. Elle essayait de l'amener au mariage et il était sur le point de céder. La mort, néanmoins, l'a préservé. Mais elle a été cause de...

— Oui ?

De nouveau je redoutai de sa part une explosion de douleur et je continuai tandis qu'elle se dominait : « Vous l'avez connue ?

— Elle était de celles que j'aurais refusé de connaître ! » Enfin Mary lâcha le paquet : « C'est pour elle qu'il m'a abandonnée !

Son détachement bien joué mais si expressif m'arracha un banal et compatissant « oh » qui marquait ma gêne d'en apprendre — contrairement à mon attente — plus long que je n'en demandais. Tandis que je cherchais comment interpréter sa confidence, elle réitéra, d'une voix changée, sa précédente sommation : « Connaît-elle le modèle du tableau ?

— Je n'en ai pas la moindre idée.

M'étant ainsi acquitté de mon devoir, j'ajoutai, avec ce qui à présent me semble de la frivolité : — Elle ne l'a certainement pas nommé hier.

— Elle s'est bornée à le reconnaître ?

— En ce cas, elle a brillamment dissimulé le fait.

— De sorte que vous n'avez rien tiré d'elle ?

Sa question me donna enfin barres sur Mary : « Je croyais que vous m'accusiez d'avoir trop obtenu ? »

Elle me lança un long regard et je déchiffrai à présent son visage à découvert : — C'est très gentil ce que vous faites là pour moi et vous le faites très joliment. C'est beau — très beau, et je vous remercie de tout cœur ! Mais je sais.

— Et que savez-vous ?

Mary se mit à préparer sa palette. « Ce qu'il a dû être pour elle.

— Vous voulez dire que c'est elle, la femme ?...

— Eh bien, dit Mary en chaussant ses vieilles lunettes, elle aura été l'une d'entre elles.

— Et vous admettez si facilement la stupéfiante coïncidence ?...

— De me trouver, après des années, dans de si extraordinaires rapports avec elle ? Qu'appelez-vous « facilement » ? J'ai passé une nuit de torture.

— Mais qu'est-ce qui vous fait croire ?...

— Que je lui ai aveuglément et étrangement rendu cet homme ? C'est vous qui me l'avez suggéré — hier.

— Et comment ?

— Je ne saurais le définir. Bien sûr, vous n'en aviez pas l'intention — au contraire, mais vous avez semé le germe. La plante après votre départ, ajouta-t-elle en faisant le geste professionnel de tirer son chevalet, la plante a commencé à pousser. Je les ai vus, là, dans votre atelier, face à face.

— Vous avez été jalouse ?

Je me pris à rire.

Elle me lança un nouveau regard à travers ses bésicles qui à partir de ce moment, semblèrent, par leur bizarrerie, l'avoir définitivement reléguée sur l'autre bord du gouffre du Temps où elle se tenait ferme, hors de mon atteinte.

— Je vois qu'elle vous a dit que je serais jalouse.

Sans doute fus-je malhabile à refréner mon sursaut de saisissement, car Mary poursuivit aussitôt : « Vous vous étonnez que j'admette la coïncidence, certes prodigieuse. Pourtant ces choses-là arrivent. Pourquoi n'y croirais-je pas, puisque vous y croyez ?

Je souris. — Est-ce que j'y crois vraiment ?

Elle se mit au travail, en silence, mais bientôt s'écria :

— Je suis contente de ne pas l'avoir rencontrée !

— Je ne comprends toujours pas pourquoi vous vous y refusiez.

— Moi non plus. C'était un instinct.

J'essayai d'ironiser :

— Vos instincts tiennent du miracle.

— Il faut bien, pour être à la hauteur de telles circonstances. Je vous prie donc de bien vouloir lui dire, quand vous lui retournerez son présent, que maintenant que j'ai exécuté ce tableau, je m'avise que je veux le garder pour moi.

— Sans fournir de raison.

Mary continuait à peindre. « Elle comprendra. »

A ce moment, je comprenais, moi aussi. Je savais tant de choses que je crains d'avoir protesté bien faiblement. Si notre extraordinaire cliente n'avait pas été en fait la femme de l'inconnu, il ne fallait pas l'aider à devenir sa femme fictive. J'en savais presque plus long que je ne puis l'exprimer, plus long en tout cas qu'il ne m'était alors loisible de révéler. La pitié la plus élémentaire aurait commandé à cet homme de rester fidèle à mon amie et il l'avait lâchement abandonnée. Voilà ce qui avait fait affleurer les sentiments obscurs dans lesquels je plongeais un regard timide. — Mais même en admettant votre théorie, dis-je, pourquoi lui refuseriez-vous ce portrait ? Vous l'avez peint dans l'amertume !

— Oui. Sinon...

— Il n'aurait jamais été peint ! Précisément. Est-ce donc dans un esprit d'amertume que vous le garderez ?

Elle leva les yeux de dessus sa toile. — Et vous, dans quel esprit le garderiez-vous ?

Je bondis : — Vous voulez dire que vous m'autorisez à le garder ? » Puis j'eus une idée subite : « Je vous en remettrai la contre-valeur ! » m'écriai-je.

Son sourire au-dessous de ses lunettes se para de beauté. — Et ensuite vous le lui céderez, à elle ? Vous l'aurez après ma mort.

Sur quoi elle quitta son chevalet et je vis que je l'empêchais de travailler et que la bienséance me commandait de partir. Je lui tendis la main. — Il m'a fallu... tout ce que vous voudrez imaginer... pour le peindre, dit-elle, mais je le garderai dans la joie.

Incapable de répondre, je dus renoncer à mes doléances. Elle était maîtresse de la situation. Un moment, nous restâmes là, et j'eus à nouveau le sentiment, mélancolique et final, d'une Mary pour ainsi dire lointaine, pétrifiée et fixée dans l'acte qu'elle avait accompli. — Il m'a été enlevé, et durant toutes ces années, il a été préservé. Et voilà qu'elle-même, par un prodige !... » Elle se perdit dans une contemplation émerveillée du prodige.

— Sans le vouloir, elle vous le restitue ?

Un instant, elle ferma les yeux. — Me le restitue.

Ce fut alors que je compris dans quel esprit elle allait le garder. Mais ce fut ma dernière vision. Je fus forcé d'écrire assez piteusement à Mrs. Bridgenorth, que je n'ai jamais revue mais dont j'appris par hasard la mort — précédant de deux ans celle de Mary Tredick.

Ce récit est le récit d'un vieil homme. J'ai hérité du tableau et sa beauté profonde s'enveloppe toujours de mystère. Personne — c'est curieux — n'a jamais reconnu le modèle, mais tout le monde demande son nom. Je ne le sais même pas.

Le gant de velours

I

Il se figurait, le pauvre John Berridge, avoir déjà savouré à satiété les douceurs du succès ; mais rien encore ne l'avait charmé plus que la requête du jeune Lord — ainsi le dénommait-il en pensée, malgré lui, et d'ailleurs très légitimement ; de fait, à Paris, le jeune Lord s'était mis en quête de ce nouvel astre qui venait de poindre dans tout l'éclat de sa lueur vermeille à l'horizon des lettres britanniques, vaste encore que confus. Il avait abordé cet homme célèbre pour lui présenter une requête timide et ingénue en invoquant la haute estime en laquelle on tenait le jugement littéraire de l'écrivain. Et Berridge avait vu dans son comportement l'une des plus bizarres petites manœuvres que son œil amusé eût jamais enregistrée sur la scène mondaine européenne. Pourtant cet œil avait la conscience de laisser échapper le moins possible des spectacles de la comédie humaine en général ; et en particulier, ces derniers temps, d'avoir eu la vision très aiguë d'une large portion de cette comédie qui se jouait devant lui. L'écrivain était fondé à rendre grâces à son destin pour son prodigieux succès. Ce succès procurait à John Berridge des chances rares dont il se proposait — comme il l'eût dit avec une franchise modeste — de tirer le maximum de profit. Tout le monde sous la calotte du ciel (oui, la chose avait pris de telles proportions !...) lisait *Le Cœur d'or,* un volume un tantinet trop épais, ou assistait à la représentation de ce même *Cœur d'or,* sous la forme d'un drame à peine trop long d'un cinquième acte ; et c'est pourquoi l'auteur se trouvait à présent porté par le courant, lui qui aurait hésité à montrer son héros préféré soulevé par cette même marée haute ; et mille choses agréables et intéressantes lui arrivaient, qui toutes, d'une façon ou d'une autre, dérivaient de ce flux doré.

La grande rumeur sans cesse renouvelée, — renouvelée grâce à l'incroyable chance de la pièce — résonnait à ses oreilles sans même qu'il tournât consciemment la tête pour la percevoir. L'étrange univers de sa gloire s'étendait non seulement sur le terrain habituel du « boum » anglo-saxon, mais sur le fond même de l'océan dramatique, à la source de ce flux qui dans l'espace d'un an ou deux avait fait déferler la prose de Berridge devant les rampes allemandes, françaises, italiennes, russes et scandinaves. Pour l'instant, Paris semblait être le centre de ce raz de marée avec des comptes rendus et de grosses ventes, sans parler des agents et des émissaires revenant des capitales de moindre importance. Néanmoins l'écrivain était impatient de regagner Londres où son œuvre n'avait pas eu à triompher de critiques aussi serrées ni à subir des tourments pareils à ceux que lui avait infligés l'autorité suprême, l'autorité française, la seule qui comptât en matière artistique. Si l'intellect de John Berridge avait profité de la leçon, son quatrième acte, en revanche, l'avait pratiquement négligée et continuait de le faire rougir pour le compte du public chaque soir, plus encore que son inimitable feuilleton ne l'avait fait rougir pour son compte personnel.

Mais somme toute, ç'avait été la seule goutte amère de la coupe ; pour le reste, son triomphe pouvait bien être cette fameuse soirée dans l'atelier de Gloriani, et la sollicitation du bizarre et charmant inconnu. A la demande de celui-ci, leur hôtesse le lui avait vaguement présenté, d'un geste honnête, impuissant, cordial de ses doigts grassouillets et gemmés, après quoi elle s'était en quelque sorte « lavé les mains » et désintéressée du nom et de l'identité de ses deux invités, laissant au noble Anglais frais et blond, habituellement si sûr de lui et pourtant si facilement décontenancé, le soin d'exposer sa requête. Ce séduisant inconnu avait on ne sait quoi, qui fit que John Berridge s'ébahit : que pouvait attendre de lui un personnage semblable ? Ce furent en vérité les derniers sursauts de modestie de notre héros. En effet, le brillant jeune homme demanda douloureusement, il demanda, de toute évidence, très anxieusement, il demanda très gracieusement, sembla-t-il à l'imagination ardente, aiguë, de l'écrivain, si l'auteur du *Cœur d'Or* consentirait à jeter un coup d'œil sur le livre d'une sienne amie qu'il croyait fort intelligente, et qu'il avait pour sa part aussi, trouvé charmant. Si vraiment cela n'ennuyait pas trop Mr. Berridge, il serait heureux d'avoir l'avis d'un connaisseur. Son amie était terriblement ambitieuse, et, pensait-il, non sans raison. Bref, pouvait-il se permettre d'envoyer le livre à l'adresse qu'on voudrait lui indiquer ?

Berridge pensait bien des choses, tout en subissant l'assaut du jeune Lord, mais, phénomène bizarre, aucune de ses pensées n'avait trait à la valeur possible de l'ouvrage proposé. Sans doute serait-il de la qualité de tous les livres, sans parler des pièces de théâtre et des scénarios, qui depuis quelque temps gonflaient quotidiennement la sacoche de son facteur. En les examinant, impossible de discerner aucune différence d'un manuscrit à l'autre. Mais ici entrait en jeu un élément nouveau — un élément qui rendait la demande de son co-invité intéressante, et, qui sait, importante, indépendamment de son objet. Vague et amical, il sourit, dit : « Une œuvre d'imagination, je suppose ? » ajouta qu'il ne prétendait pas trancher, qu'il en avait toujours eu horreur, ne s'y connaissait pas plus que le premier venu ; mais il serait heureux d'examiner tout ce que l'on voudrait, s'il pensait par là faire plaisir. Peut-être jamais l'astre de sa gloire ne lança-t-il un scintillement plus vif que la lueur qui éclaira les yeux du jeune Lord devant un si facile acquiescement. Facile, parce que la présence de son interlocuteur réveilla tout à coup en Berridge, avec une netteté d'instant en instant accrue, on ne sait quelle observation récente, certain souvenir, quelque chose, happé quelque part, il y avait de cela des semaines, ou des mois ? quelque chose qui, à ce remuement de feuillets pliés que constituaient ses expériences récentes, soudain palpitait comme une fleur cueillie, fanée, placée entre des pages pour être « pressée », et qui tomberait d'un volume ouvert au hasard.

Il l'avait déjà vu, ce personnage superbe et sympathique, dont la requête n'était nullement le seul titre à sa sympathie ; il l'avait rencontré, sa mémoire l'avait enregistré, il s'était posé des questions à son sujet en imagination, sur le plan intellectuel, pour ainsi dire ; il avait pensé intensément à lui au cours d'une récente circonstance qu'il se rappelait confusément. Cette circonstance provoqua pour lui, durant quelques minutes, des associations d'idées aussi troublantes que vagues et l'obligea à sonder intensément, mais en vain, ce visage qui exprimait toute la gamme des sentiments aimables, sauf celui de le reconnaître. Il ne parvenait pas à se souvenir et le jeune homme, lui, ne se souvenait de rien. Oui, l'hiver précédent, les hasards d'un voyage les avaient mis en présence, quelque part en Italie, en Sicile, dans le Midi de la France, mais Sa Seigneurie n'avait pas fait attention à lui, loin de se douter qu'un jour elle aurait un motif de le rechercher. Trait caractéristique de Berridge, homme à l'identité bien établie ; bien qu'il eût la parfaite conscience d'avoir réussi le plus sensationnel des « boums » dans une atmosphère « bonne conductrice du succès », il s'en étonnait moins que de se trouver à présent l'objet d'une sollicitation de la part du jeune Lord. Tel est le désavantage de l'imagination. Les valeurs secrètes d'autrui vous semblent supérieures aux vôtres, souvent plus éminentes mais relativement familières, et pour peu que vous ayez le sentiment véritable de l'artiste à l'égard de la vie, l'attrait et l'amusement des virtualités ainsi suggérées ont plus de prix pour vous que la suffisance, la quiétude, la félicité de vos certitudes personnelles archi-connues. Bref, intellectuellement, du point de vue artiste, vous êtes assez méprisable si votre curiosité au sens noble du terme, ne pèse pas plus lourd pour vous que votre dignité. Votre dignité, de quoi est-elle faite d'ailleurs, sinon précisément de la persistance de votre curiosité, et quoi de plus abject pour vous que les moments où, sacrifiant à de faux dieux, à des conventions, des traditions et des exemples stupides, vous abjurez cette curiosité constante ? Sa Seigneurie, en tout cas — ô délices — n'avait aucune notion du message qu'apportaient en ce monde les John Berridge et l'écrivain se disait que si le jeune Lord avait été moins admirablement dénué d'esprit et par conséquent moins conforme au type qu'il figurait, lui, Berridge, aurait eu peine à le lui pardonner.

Il représentait, dans son intégrité véritable, la vie vécue dans une joie irraisonnée, et parvenue au plus haut degré de la sécurité organisée et de l'insolence inconsciente. Que valait la terne page d'un récit fictif comparée à l'intime aventure personnelle où le jeune Lord eût été prêt à se lancer presque dans toutes les directions, si stupidement, si vaillamment, si instinctivement et, tout permettait de le croire, si efficacement ? Berridge eût payé de six mois de ses droits d'auteur une heure de cette conscience en léthargie, puisque après tout, soi non plus, on n'était pas un ver de terre, mais un héritier du passé. Mais bien qu'il pressentît l'immense différence qui les séparait, en quoi consistait-elle au juste ? Il n'aurait su le définir. Sa Seigneurie était grande et élancée, mais l'auteur du *Cœur d'Or* l'était, Dieu merci, tout autant, et n'avait pas non plus une « binette » vulgaire ; et le fait peut-être un peu frappant que John eût des sourcils d'un noir insolite, au lieu d'un teint d'aurore, ne constituait pas une infériorité en soi. Pendant que son nouvel ami s'ouvrait à lui, le nôtre essayait en vain de le situer ; le jeune Lord se répandait en un flot de sons mélodieux, encore qu'infatigablement volubiles, avec l'incohérence manifeste d'un heureux mortel toujours requis par de multiples occupations et qui, attendant à chaque instant des relations et des réalisations, avait pris l'habitude de faire en parlant une « course contre la montre », tout à fait dépourvue d'art, mais surtout révélatrice de sa personnalité. Sans doute avait-il toujours des rendez-vous d'un romanesque sublime, impossibles à manquer ; peut-être perdait-il du temps en attentes, à cause de l'inexactitude des gens — encore que l'on se demandât quelle personne pouvait être de qualité assez haute pour faire attendre un personnage si choyé ? Notre jeune analyste s'amusa à se poser la question. Des femmes de qualité, il n'en existait peut-être pas une demi-douzaine dans le monde entier ; notre ami, au bout de quatre minutes, en fut aussi certain que s'il connaissait le problème à fond.

Après avoir annoncé qu'il lui enverrait le livre, le jeune Lord abandonna ce sujet. Il avait demandé à quelle adresse il pourrait faire son envoi, et murmuré « Oh, je retiendrai » lorsque John avait mentionné un hôtel ; mais à cela s'étaient bornées ses incursions dans le domaine littéraire et l'on pouvait parier à 10 contre 1 que l'éminent auteur n'entendrait plus parler dudit volume. Autre trait distinctif de ces augustes existences : on ne leur demandait aucune cohérence, on se contentait de les voir briller dans une circonstance particulière, quelle qu'elle fût, dans un scintillement d'amabilité et de bonheur appelé à laisser une trace suffisante de leur passage. Une cohérence voulue et réalisée n'eût été chez elles qu'un second mouvement, gauche. Comparée à leur air de complète liberté, elle eût pu sembler une difformité. Berridge eut beau s'évertuer, impossible d'associer cette figure de radieuse aisance à un groupement d'individus qui fût à sa hauteur — même parmi celles des relations de l'écrivain dont lui-même s'accommodait à merveille. Ainsi l'auteur du *Cœur d'Or* se sentait fort bien où il était ; l'illustre Gloriani trouvait moyen d'ériger en loi que sa demeure, avec l'éminente situation artistique du maître de céans, était digne de qui que ce fût. Ce soir, en particulier, la réunion se composait de gens charmants, plus charmants que tous ceux que notre ami aurait pu imaginer dans un milieu différent pour former le cortège ou le cercle naturel, si l'on peut dire, d'une telle présence. Un instant il crut avoir repéré ce visage, observé avec émerveillement, comme un modèle d'impassibilité, dans un tintement amorti, à la roulette de Monte-Carlo ; mais cela lui parut bientôt aussi improbable que d'admettre une rencontre avec lui à une vulgaire table d'hôte, ou sur le pont d'un bateau à vapeur, ou dans un troupeau de touristes conduits par un guide, voire de se représenter une loge d'opéra comme cadre à un personnage que l'on lorgnerait des fauteuils. Les jeunes dieux et déesses ne pouvaient siéger que dans l'Empyrée où leur essence divine s'affirmait avec éclat, et tout au plus laissaient-ils tomber jusqu'à vous une lueur chatoyante, à travers un nuage nacré d'argent, telles des apparitions dans un poème épique.

Instant bref et beau, jusqu'au moment où se produisit l'incident qui aux yeux de Berridge lui conféra un prolongement prodigieux, aussi prodigieux que s'il avait vu soudain les nuages d'argent se multiplier et tout l'Olympe s'entrouvrir. Des effluves musicaux, propagés sur la vaste atmosphère, sollicitèrent une attention immédiate et bientôt John Berridge écoutait avec le reste de l'assistance un ténor éminent debout près du piano. Il se rendit compte en même temps que l'Anglais s'était éloigné et que dans la grande et riche pièce ornée de tapisseries (où, malgré l'affluence des invités et le nombre des objets, abondaient les espaces découverts, les vastes perspectives, et les attitudes seyantes), une rapide succession d'invités, attirés par le prélude d'un chant, avaient reflué d'un autre salon. Au début il se borna à le constater et aussi combien certaines jeunes femmes à qui l'on avait offert des chaises semblaient charmantes dans des poses extasiées, tandis que les hommes, pour la plupart debout, s'ordonnaient en groupes silencieux, à peine moins impressionnants, sous les accents ondulants de la voix divine. Cette voix dominait la scène avec une extrême intensité et pourtant le don de perception aigu de notre héros trouva à s'exercer dans le domaine visuel, sans bruit ni mouvement, tandis que le reste de la conscience générale semblait jugulé comme par une main gantée d'argent. C'était, pour l'esprit délié de John, encore plus réussi qu'à l'Opéra. Peut-être l'air chanté était-il wagnérien, mais — il le décela grâce à ses antennes d'observateur — nul Tristan, nulle Iseult, nul Parsifal et nulle Kundry professionnels n'auraient mieux « joué » sur l'accompagnement de cette musique, ni fait de figuration plus spectaculaire que ses chers compatriotes des deux sexes, en train d'écouter (revêtus d'armures bien plus impénétrables que la ferblanterie germanique), assis là, attentifs et inscrutables.

Enchantement général où John à un moment cessa de distinguer les diverses parties. Transporté, il planait aussi haut que la voix du ténor, et le regard perdu vers l'admirable plafond, il oublia tout de la circonstance présente, sauf ce qu'y ajoutait son intellect. Envol si sublime que lorsqu'il baissa les yeux seulement, il s'aperçut qu'un groupe d'auditeurs près de la porte principale s'écartaient pour laisser entrer une retardataire.

Elle se glissa au salon à travers le passage ouvert devant elle et resta quelques minutes exposée à sa vue. Et si parfait était le silence que personne ne bougea pour lui offrir un siège. Son entrée, malgré sa grâce altière, avait fait si peu de bruit qu'elle put rester offerte à tous les regards sans se décontenancer. Pour Berridge, si le spectacle devant lui se confondait avec la musique, cette jeune femme, elle, eût pu incarner précisément l'héroïne avançant vers la rampe pour chanter son air d'opéra. Son intérêt s'accrut d'un frémissement ; et lorsqu'il reconnut en elle la plus belle des femmes présentes, et de beaucoup, tout s'ajusta de façon exquise et lui donna ce qu'il cherchait depuis l'instant où il avait remarqué le jeune Anglais. C'était le maillon manquant de la chaîne. L'arrivée de l'inconnue le projetait soudain en pleine lumière. Olympienne elle-même au suprême degré, elle était venue, elle ne pouvait être venue que pour le seul être présent qui fût de sa race, le récent interlocuteur de notre héros, le jeune Lord dont la démarche flatteuse se pouvait à présent considérer comme une des formes extravagantes et bizarres que prend l'impatience nerveuse. Cette femme charmante, cette femme éblouissante, faisait partie d'un couple que Berridge avait l'intime conviction d'avoir dérangé, l'automne précédent, quand au dernier moment des employés de chemin de fer l'avaient poussé dans un compartiment du train qui devait le conduire de Crémone à Mantoue — où, ratant un arrêt, il avait dû remonter dans le wagon.

L'autre membre du couple dont l'identité pressentie mais non précisée l'avait hanté, était justement le jeune Lord, incarnation inconsciemment insolente d'un bonheur assuré, avec qui il venait de s'entretenir. Berridge avait eu à l'époque le sentiment d'une admirable intimité qui après s'être entourée de précautions, n'avait pas prévu l'irruption d'un étranger, et cette image était restée vivace en lui — sans parler de l'intérêt qu'avait présenté le physique des deux partenaires, marqués au sceau de la rareté, si admirablement différents des occupants habituels des coins-fenêtres capitonnés. A leur sujet, il avait aussitôt échafaudé une construction romanesque, sans pouvoir d'ailleurs l'étayer sur la moindre preuve.

S'il leur avait attribué en pensée des conditions d'existence, c'était là pur jeu de son imagination, cela tenait uniquement à son habitude invétérée de se livrer à des conjectures à perte de vue, d'étirer un centimètre à la longueur du mètre — car autrement, la vie serait-elle tolérable ? A présent, peu importaient les hypothèses auxquelles il s'était diverti. Il estimait d'ailleurs que ses frais d'imagination constituaient, au pis-aller, un hommage à ceux qui les inspiraient. Seul comptait le fait que chacun des membres du couple avait été alors identique à l'image qui s'offrait à présent — c'est-à-dire respirant l'orgueil de la jeunesse, de la beauté, de la fortune et de l'indépendance, quoiqu'en même temps particulièrement absorbé. Absorbé, — entendons-nous — par des occupations et surtout des passions ressortissant à l'Empyrée. Qui étaient-ils, et quoi ? D'où venaient-ils, où allaient-ils, quel lien les unissait, dans quelle aventure s'engageaient-ils, quel bonheur, tempéré par quel danger, goûtaient-ils magnifiquement, dramatiquement ?

Telles avaient été les questions, inévitables et impertinentes, qu'il s'était posées. Délibérément, il avait écarté l'hypothèse d'une banale lune de miel. Au mépris de la morale, il n'avait pas considéré le lien qui les unissait comme un simple lien conjugal consacré par une bénédiction ; et à présent encore, il ne rejetait aucune des conjectures qui flottaient devant lui à nouveau, animées de leur ancienne vie éphémère. La présence de ses deux amis — ne fussent-ils que des amis d'une heure — avec qui il n'avait échangé que le plus vague salut à l'instant où il les débarrassait de sa compagnie — lui permit de se rendre compte que sur le moment il ne leur avait pas rendu pleine justice et que — pour son divertissement supérieur — il pouvait s'attendre encore, de leur part, à bien des surprises.

II

Déjà la surprise approchait à grands pas. A peine dix minutes plus tard, il s'aperçut que le jeune Lord faisait traverser à la Princesse le salon dans toute sa longueur, pour venir lui parler. Berridge n'avait pu voir leur première prise de contact, car le grand ténor, après un autre air, s'était tu, sur quoi Mme Gloriani avait fait battre son cœur à un rythme plus rapide, sinon plus agréable, en surgissant devant lui, cette fois avec l'homme qu'il admirait le plus au monde et qui le regardait par-dessus l'épaule de la maîtresse de céans. L'homme qu'il admirait le plus au monde, le plus grand dramaturge de l'époque — porteur d'un nom gravé, sinon très profondément, du moins en caractères gras et dorés au riche palmarès des auteurs récréatifs, — ce prodigieux personnage souffrit de lui être présenté, par le truchement des mains généreuses mais inefficientes de la bonne dame ; et l'instant d'après, laissé seul avec lui, le dramaturge avait incliné en un salut formaliste sa tête massive, bouclée et spirituelle, si romantique et pourtant si moderne, si artiste et ironique, et tout à la fois si bourgeoise, d'un type si spécifiquement gaulois et on ne sait comment, si universel, cette tête que John n'avait jusqu'alors contemplée que sur une photo signée et encadrée, posée dans un coin consacré de sa table de travail.

Plus tard le pauvre John ne devait rien se rappeler de cette conjonction, sauf que le grand homme l'avait regardé droit dans les yeux et qu'il ne s'était point fait scrupule de lui retourner ce regard avec une avidité non déguisée. Il était improbable, comme il se le dit par la suite, que durant leur brève rencontre, ils se fussent bornés à se dévorer des yeux et à grimacer comme des lutteurs aux prises ; mais ce qui devait surnager en lui, c'était l'heureux souvenir d'avoir conservé assez de sang-froid pour jouir de cette impression. Précieuse et précaire, c'est peut-être à cela qu'elle se résumerait. Quand il fut de nouveau maître de lui, il savoura cette bizarre notion d'un silence ni gêné ni vide ni dur, mais au contraire tout chargé et crépitant, qui avait été sa manière de mettre à profit l'occasion — en fait, une jouissance inoubliable. Entre eux, rien ne s'était-il exprimé par des mots ? Non, il n'y avait eu aucun lamentable murmure d' « hommage » — Dieu merci ! Pourtant, ils avaient bien dû dire quelque chose, pour « enchaîner », selon le terme de théâtre, pour créer la transition qui permît à John de demander au premier de cordée de sa profession avant de se séparer, s'il savait par hasard le nom de la radieuse beauté apparue si tard, vêtue d'une robe jaune pâle d'un ton si étrange, et parée de perles magnifiques. Ils avaient dû se quitter assez vite, notons-le, car avant l'approche du couple, avant sa merveilleuse et éblouissante charge vers lui, John avait aperçu le grand homme à quelque distance, bloquant la vue de cette harmonie d'or mat et de perles — pour ne parler que de celle-là — planté là (illustre dos d'Atlas, en écran devant lui) comme pour communier avec eux. Il avait réussi à tout masquer, tout effacer, et notre ami n'avait rien obtenu, sinon de savoir que la belle dame était la Princesse. Quelle princesse, ou la princesse de quoi ? devait se demander notre jeune homme par la suite. La réponse de son compagnon s'était perdue dans les premières notes de l'explosion vocale d'un autre artiste, qui s'était approché du piano.

Ce fut après cela qu'elle s'avança vers lui, si incroyablement, escortée de son adorateur — car John considérait comme évident que le jeune Lord devait être son adorateur ; d'ailleurs, qui donc ne l'eût adorée ? — sans même attendre, dans sa radieuse simplicité, une forme de présentation quelconque. En un mot, c'est ainsi qu'elle fit la connaissance de notre héros, plaisir dont elle lui déclara sur-le-champ qu'il avait vraiment manqué à son bonheur ces derniers temps : « J'ai tout lu de vous, vous savez, et votre *Cœur d'Or* trois fois ! » — Elle plaça tout de suite l'entretien sur ce terrain, tandis que le jeune Lord à présent souriait à ses côtés, comme s'il pouvait se vanter d'en avoir fait autant. D'habitude l'auteur de *Cœur d'Or* avait peine à tolérer cette éternelle rengaine (qui lui faisait l'effet d'une vaine convulsion vocale) mais il se persuada qu'en l'occurrence, les paroles prononcées par la Princesse échappaient à ce reproche, et qu'une personne comme elle pouvait employer les mots qu'elle voudrait. A moins que ce ne fussent les mots que *lui* voulait ? Cette idée le frappa au beau milieu du prodige, car après tout, dans la gamme des virtualités, aucune n'était moins miraculeuse qu'une autre. La jeune femme admirable venait bel et bien de lui faire une « déclaration », une profession de « sympathie artistique » — car au bout d'un instant elle employa cette expression qui créait à leur usage un vaste éther commun, lumineux. Un élément chaud et rare, dont chacun d'eux pouvait prendre sa part.

Si elle était Olympienne — comme elle lui semblait l'être de plus en plus, dans sa jeune beauté opulente et régulière, celle d'un divin masque grec repeint, mettons, par le Titien — cet art de s'offrir était l'apanage des dieux mêmes. Avec sa longue traîne bruissant à travers la pièce, elle eût pu être Artémis, parée de perles à l'intention de ses adorateurs, mais se plaisant à les déconcerter en arrachant, dans un élan à peine un peu sauvage, la coupe d'or des mains de Hébé. C'était à lui, John Berridge, qu'elle l'offrait ainsi publiquement ! Et son confrère plastronnant de tout à l'heure était l'adorateur le plus déconfit ! Même à cette distance, après que les deux amis l'eurent rejoint, John surprit dans les yeux exorbités et vigilants du grand dramaturge une appréciation profonde, grave, de l'acte si singulier de la Princesse ; et de tout l'incident, ce fut peut-être cela qui en donna à Berridge le sentiment le plus aigu. Ce sentiment qu'il s'agissait d'un *prodige* ne provoqua d'ailleurs en rien, chez lui, la conscience de sa propre indignité — c'est-à-dire, pas plus que ne le comportait un éblouissement congru. Sûrement, il aurait eu sujet de s'ébahir de l'ardeur avec laquelle elle négligeait une gloire arrivée à maturité pour se tourner vers une mince notoriété, si le miracle principal, insurpassable, n'était avant tout qu'une Olympienne de sa race se fût donné la peine de lire quoi que ce fût — et plus encore de le lire trois fois !

Etant donné le cours ultérieur des événements, Berridge devait plus d'une fois se sentir presque gêné pour elle, — puisqu'elle-même n'en éprouvait point de gêne. Il était jaloux pour le compte du type qu'elle incarnait, alors qu'elle y semblait insolemment indifférente. L'avantage de John (à moins que ce ne fût sa perte) était de pouvoir méditer à l'infini. Sa pensée vagabonde pouvait se permettre toutes sortes de libertés interdites à la jeune femme. Pour sa part, il n'avait pas attendu ce jour pour savoir comment il se serait comporté s'il avait été un Olympien. Tout d'abord, comme beau prélude à une carrière olympienne, il n'aurait jamais lu une ligne de sa propre prose, des choses qu'il écrivait. Aussi inapte à composer une œuvre comme la sienne qu'à y comprendre un traître mot, il n'aurait pas plus été capable de compter sur ses doigts qu'un Apollon de marbre à la tête parfaite et aux poignets mutilés. Il n'aurait accepté de connaître qu'une magnifique aventure personnelle, vécue grâce à de magnifiques données personnelles — rien de moins. Foin des chétives connaissances intellectuelles, des cas troublants, des coupages de cheveux en quatre, des problèmes ardus et des feuilletons à deux sous ! Par quelque côté qu'on les abordât, aucune de ces choses ne serait assez olympienne !

Même le grand dramaturge, malgré sa situation « assurée » en acier trempé et éprouvé, même lui n'était pas un Olympien. A preuve le regard, chargé d'un terrestre tourment, avec lequel il avait vu la Princesse lui tourner le dos (et pour qui, encore ?) et négliger l'appréciable privilège d'être distinguée par lui. Pourtant, la perspective d'entrer en relations personnelles avec une autorité ès passions aussi compétente — sans parler des autres séductions du dramaturge — eût pu offrir à une ardente jeune femme — et ardente, la Princesse l'était indéniablement — l'attrait total du romanesque ; à moins, ô prodige des prodiges, qu'elle ne cherchât le roman ailleurs, dans une direction très déterminée ? mais où le cherchait-elle, se demanda Berridge avec une intensité secrète, et comment s'arrangeait-elle pour conserver une si parfaite aisance dans l'instant où elle avait l'air de lui offrir, à *lui,* tout ? Comment était-elle assez libre pour lui prodiguer sa divine gentillesse, pour planer devant lui dans sa douce, éclatante et lisse sublimité, et dire : « Je vous serais tellement reconnaissante, si vous veniez me voir ! »

Suivit un laps de temps dont plus tard il devait perdre toute notion, ne jamais plus pouvoir refaire l'historique. Il supposa logiquement qu'une interruption avait dû se produire, un incident quelconque les avait maintenus un moment séparés ; et pourtant, durant cette séparation d'une demi-heure peut-être, ils ne s'étaient pas perdus de vue, leurs regards s'étaient croisés dans une communion profonde, à travers la grande pièce pleine de monde ; rencontrés, désireux de se rencontrer, et (par la plus extraordinaire façon de brûler les étapes) de proclamer une hâte intense, désireux d'employer ensemble toutes les parcelles de l'heure qui pouvait leur rester. Mais de l'employer... à quoi ? A quoi, sinon à s'avouer, comme les beaux personnages des vieilles légendes, avec une franchise extrême qui confinait à la crudité, l'impression qu'ils s'étaient faite mutuellement ? Par la suite, il n'aurait su dire si elle avait causé avec quelque autre personne, pas plus qu'il ne se rappela le moins du monde quelle contenance il avait eue lui-même, qui lui avait parlé, à qui il avait parlé, ou s'il était resté planté là, bouche bée, devant les gens, à se languir ?

Ah les Olympiennes n'étaient pas conventionnelles, certes non ! Cela faisait partie de leur haute bravoure et de leurs privilèges. Mais elles prouvaient aussi, de cette manière merveilleuse, qu'elles pouvaient communiquer en trois minutes à leurs élus, par la seule fulguration de leurs yeux, le même cynisme brillant. Plus tard, John devait se demander avec mélancolie s'il s'était vraiment comporté en imbécile, et il y eut motif ; car certainement, pendant une succession d'instants, flamba en lui le sentiment lucide qu'il ne pouvait tout de même pas exercer sur elle un attrait aussi puissant par la seule vertu de son navet joué au théâtre ou de son roman imprimé ; ce qui revenait à dire que c'est par lui-même qu'il lui plaisait, et à ce degré, et d'une façon point différente de celle dont toute déesse, à y regarder de près, dispensait tôt ou tard ses faveurs à un jeune berger avenant. Il aurait donc eu lieu de se demander un jour, avec une douleur encore plus aiguë, si vraiment, par un effet du miracle, il avait été pétrifié, devant cinquante paires d'yeux, dans l'attitude d'un berger avenant — et peut-être une ombre de fatuité aurait-elle continué de peser sur lui si sa conscience, à un moment donné, ne s'était éclaircie, par suite d'incidents plus étranges encore.

La personne qui motiva ce changement fut, comme il se devait, le brillant jeune homme dont John avait à présent l'impression qu'il occupait sa pensée, sous la dénomination du « jeune Lord » depuis bien plus de temps que lui, Berridge, n'en avait jamais passé dans une soirée mondaine. Ce personnage se dressa soudain devant lui, un objet bizarre à la main, et souriant, comme pour y faire allusion, avec une allégresse que notre ami jugea trop absurde pour être vraisemblable. L'objet était insolite, car un second coup d'œil plus attentif lui révéla qu'il s'agissait d'un livre. Or, depuis vingt minutes, Berridge avait l'ineffable sentiment que tous deux — la Princesse et lui — avaient abandonné derrière eux les platitudes de cet ordre, à des millions de milles, ou du moins des milliers d'années en arrière. Ce livre, supposa-t-il, ne pouvait être qu'une œuvre à lui. Il se rappela que la couverture de son volume était également d'un rouge criard et des souvenirs affluèrent en lui, d'affreuses fausses notes que réveillait sa nouvelle connaissance, l'évocation de personnes qui à diverses réunions mondaines, avaient brandi devant lui le volume avec ce même geste insinuant, cette expression malicieuse, cette intention menaçante. Ces gestes signifiaient (quelle rupture du charme, en un pareil instant !) qu'il devrait apposer sur l'horrible chose sa signature, agrémentée d'une citation ou de l'expression d'un sentiment approprié. C'est ainsi que les gens souriaient niaisement en se tortillant, c'est ainsi, lorsque de tels desseins les animaient, qu'ils faisaient la bouche en cœur et vous sollicitaient, et il fut navré de voir un type d'humanité comme le jeune Lord tomber assez bas pour sacrifier à la plus vulgaire des modes. Ce prompt déplaisir, chez Berridge, résultait d'ailleurs d'un problème plus ardu : comment diable trouverait-il moyen de rester à ses propres yeux un avenant berger, s'il consentait à reprendre pied dans ces viles actualités ? Tandis qu'il se le demandait, la parfaite ingénuité de son agresseur avait d'ailleurs placé l'incident sous un jour un peu différent :

— Par une chance extraordinaire, j'ai déniché un exemplaire du livre de mon amie, qui traînait ici sur une table. Je vois à la dédicace qu'elle l'a offert à Gloriani. Alors, si vous désiriez y jeter un coup d'œil...

Et le jeune Lord, tout fier d'avoir un lien quelconque avec cette œuvre insigne, la tendit à Berridge aussi candidement que si ç'avait été un spécimen naturel remarquable, une pomme ronde et rose poussée dans son propre verger, une pierre précieuse exceptionnelle, qu'il fallait admirer pour son poids et son éclat. Berridge accepta l'offre machinalement, soulagé de voir abolie sa pire crainte, mais son visage parfaitement vide trahit — il le sentit — le caractère d'anomalie qu'avait pour lui la sollicitation de son ami. Même il faillit déposer le livre sans l'examiner, avec la promesse de l'emprunter à leur hôte pour le lire chez lui à loisir ; mais l'expression, toute l'attitude de son compagnon, provoquèrent soudain en lui un soupçon différent et plus affreux encore : en un mot, l'effondrement immédiat du rêve où il avait vécu pendant la merveilleuse demi-heure écoulée. En effet, le jeune Lord, avec sa rudesse de Barbare, radieuse et opulente, incarnait, bien mieux que John Berridge l'avenant berger, le beau mortel mythologique « distingué » par la déesse. Notre héros se rendit compte que tout le comportement du jeune Lord, avec son risible tribut d'admiration, dénotait l'auguste simplicité, la bonne foi préhistorique eût-on pu dire, des lointaines créatures romanesques et décoratives, ces personnages marqués d'un exquis cachet arcadien, ces pâtres glorifiés, comme le cortège des paysans d' « Un Conte d'Hiver », qui n'accordaient aucune importance à la trouvaille d'un trésor sur un rivage à la Claude Lorrain, la découverte d'un royal enfançon enveloppé dans des langes de pourpre. La manifestation du jeune Lord semblait procéder un peu du même fabuleux style d'exhibition.

La Cime de l'Arbre, par Amy Evans — ces mots à peine croyables, flottèrent devant Berridge après qu'avec un effort suppliciant il eût abaissé les yeux sur l'importune page de titre — elle constituait un objet aussi étranger à la grâce insouciante d'une Arcadie hantée par les déesses, qu'un kodak balayé par les flots, épave d'un vaisseau naufragé, eût pu l'être aux yeux d'un insulaire des mers inexplorées. Rien n'aurait pu être plus dans le ton d'un insulaire, déplorablement dévié de ses intérêts et dignités natifs, que la volubilité avec laquelle l'enfant chéri de la Nature — comme John qualifiait le jeune Lord en pensée — enchaîna : « C'est son nom de plume, Amy Evans » — il n'aurait pu débiter ces mots autrement s'il avait été un scribouilleur au menton bleu. Pourtant, son incohérence maintenait intacte toute la poésie de sa propre situation et ne détruisait que celle des autres. L'allusion littéraire rejetait à sa chétive condition de plumitif l'auteur du *Cœur d'Or* et laissait à son interlocuteur ses privilèges d'Arcadien.

« Merci infiniment. » Berridge s'accrocha à ces mots pour se défendre contre le vertige. « Oui, je serai heureux de l'examiner », parvint-il à articuler avec une horrible grimace, lui sembla-t-il. Et il y eut un étrange et bref interlude, pendant lequel l'écrivain ne sut guère ce qui arrivait à qui que ce fût ou à quoi que ce fût. Il avait l'impression d'être seul en un lieu désolé dont la désolation elle-même ne le soustrayait point à la nécessité de fixer son regard sur la plus grise des pages imprimées. Rien à faire pour s'y dérober, puisque la grisaille imprimée n'empêchait pas les yeux de suivre des phrases effarantes dans le goût de la suivante :

« La beauté du visage, qui était celle de la glorieuse période où Phidias régnait en maître suprême et qui était redevable de sa note la plus exquise à ce retroussis en coquille de la lèvre supérieure qui, par on ne sait quel mystère, évoque toujours pour nous le sourire d'Astarté battue par les vents, quand elle surgit de l'onde amère à laquelle elle devait sa naissance et ses redoutables caprices... »

Ou encore :

« C'en fut trop pour la femme passionnée qui était en elle et elle s'abandonna sur le terrain en fleur qui avait été et n'était plus leur amour, avec un effet de funeste désolation qui peut-être procédait d'une convulsion plus physique, mais non point plus terrible, de la nature. »

Plus tard, il sembla à Berridge que les choses s'étaient passées ainsi — et il se rappela aussi d'autres détails plus simples ; par exemple un entracte se produisit dans le concert qui depuis un long temps, sauf par brefs intervalles, avait tenu les invités ostensiblement attentifs et immobiles, et dont, malgré sa haute qualité et le privilège censément attaché à son audition, John n'avait pas écouté une seule note. Il y eut un grand froufroutement, un remous et une chute bruyante à un niveau inférieur, plus marquée encore par le rapide déblaiement d'un chemin qui s'ouvrit vers le buffet, et une dispersion animée de la plupart des invités. A travers le bizarre chatoiement des apparences qui l'assaillaient toutes à la fois et lui semblaient irréelles, n'avait-il pas constaté que la Princesse n'était plus là, n'était même pas masquée à sa vue par l'immédiate multiplication de sa cour, la cour obséquieuse à qui ce changement de registre permettait enfin de se reformer autour d'elle ? Gloriani dans un geste galant et officiel avait offert le bras à la plus grande dame présente et John restait à présent seul avec une demi-douzaine de personnes mieux informées que les autres, occupées, isolément ou par couples, à inspecter les petits trésors disséminés dans l'atelier.

Il restait là, lugubre et consterné, tenant sous le bras un

stupide volume relié de rouge, à peu près comme il se fût cramponné à une pente verticale ou au meuble le plus rapproché pendant un violent tremblement de terre, ou en proie à un vertige provoqué par la dyspepsie ; encore qu'il ne fût pas conscient de cet agrippement instinctif et nerveux, jusqu'à ce que le prodige le plus merveilleux de tous fulgurât soudain devant lui : il vit la Princesse, revenue au seuil de la pièce, posée là un instant dans sa grâce exquise, cherchant des yeux quelqu'un ou quelque chose ; puis, l'ayant reconnu, elle fonça sur lui à travers l'atelier vide comme si c'était lui seul, lui et personne d'autre, qu'elle réclamait, par un incroyable miracle ! Elle était là, elle le prenait radieusement d'assaut comme si elle le connaissait et l'aimait depuis déjà dix ans, — dix ans durant lesquels elle n'avait d'ailleurs jamais tout à fait réussi, malgré ses efforts infatigables, à le guérir, à la façon dont les déesses se devaient de guérir les bergers — le guérir de sa timidité de mortel.

— Oh non, pas celui-là ! dit-elle tout de suite avec sa divine familiarité ; car en un clin d'œil elle avait « repéré » l'œuvre littéraire dont il semblait s'être emparé avec tant de dilection, et sur laquelle l'Amy Evans qui était en elle (comme elle aurait dit sans doute) souhaitait clairement faire tout de suite des réserves. Elle lui prit le livre des mains. Il le lâcha. A peine savait-il ce qu'il lui arrivait. Il comprit seulement qu'elle avait aperçu le volume qu'il fallait, celui qu'on aurait dû lui montrer, lui mettre sous les yeux — bleu, vert ou pourpre — et elle laissa entendre que son autre ami, son compagnon de l'Empyrée, comme Berridge l'avait intitulé en pensée dès le début, avait été bien gaffeur, le pauvre cher, avec sa hâte officieuse à présenter le volume rouge ! Elle fit comme si elle venait pour corriger l'erreur, impatiente de retrouver ce cher Monsieur Berridge et, après la fastidieuse musique, de causer avec lui de choses vraiment urgentes ; et devant la suprême étrangeté de ce comportement, la haute marée de la fable dorée emporta de nouveau Berridge ; et le prétexte, la requête, la bizarrerie du motif qu'elle invoquait s'effacèrent à la façon dont se dissipent les nuées enveloppantes dans les poèmes épiques et les idylles.

— Vous ignoriez peut-être que j'étais Amy Evans ? (elle sourit) ou même que j'écris en anglais — une langue que j'aime, je vous assure, autant que vous pouvez l'aimer et qui procure à un auteur (n'est-ce pas ? qui le saurait sinon vous ?) le plus vaste public ! J'adore (vous dites bien ainsi ?) vos millions d'Américains ; et d'autant plus qu'ils me croient vraiment Amy Evans, comme je le souhaite, car je veux être aimée pour moi — vous me comprenez ? — ils n'ont jamais essayé de percer à jour (vous dites bien ainsi ?) mon pauvre petit *nom de guerre* [1]. Mais c'est sur mon nouveau livre, le dernier, le *Gant de Velours,* que je voudrais être jugée par vous — si cette *corvée* [1] ne vous assomme pas trop ; quoique je reconnaisse que c'est une incursion dans le domaine romanesque, — car après tout, autant l'avouer tout de suite, c'est au cher vieux romanesque si décrié que vont toutes mes sympathies. Je vous enverrai mon *Gant de Velours* dès demain, si vous pouvez trouver une demi-heure à lui consacrer... et alors... alors !... »

Elle s'interrompit comme pour laisser à la phrase lourde de sous-entendus toute sa splendeur positive, éblouissante.

Quel qu'il fût, le sens de ces paroles ne pouvait être qu'extraordinaire, et le désir en lui (quel qu'il pût être !) qui pouvait le plus absolument y répondre fit que les lèvres de John articulèrent :

— Serez-vous très, très gentille pour moi ?

— Ah, gentille ! ah ! cher Monsieur Berridge ! Gentille ! » Elle eut un rire admirable. « Gentille » n'est rien en comparaison de ce que je... » Mais elle se domina. « Enfin, de ce que je voudrais être ! Vous *verrez,* ajouta-t-elle, ce que je voudrais être !... »

En effet, il le sentait, il ne pouvait pas ne pas le voir, en dépit de ses livres, des publics et des pseudonymes, en dépit de la perversité vraiment décadente, digne des anciens Romains et des Byzantins les plus irrépressiblement insolents, qui faisait qu'une femme créée pour vivre et respirer le roman, une femme plongée dans le roman et qui avait le génie du roman, tombait dans l'amateurisme et se mettait à griffonner son roman, avec fautes de syntaxe, tirages, publicité, articles de critique, droits d'auteur et autres détails futiles. Mais l'essence profonde de leur entretien palpitant n'était-elle point l'acte qu'elle accomplissait en cet instant, en fuyant les personnes réunies dans la pièce voisine et pour qui il n'était rien, le fait qu'avec sa

1. En français dans le texte.

crânerie[1] audacieuse et indifférente, elle leur avait tourné le dos à tous, dès que sa présence lui avait manqué ? Quelle preuve de faveur plus éclatante pouvait-elle lui donner, sinon de leur avoir (d'un ton assez cassant de sa voix argentine) interdit d'entraver sa liberté ou de la critiquer ? — De loin son regard l'avait cherché, lui, au nez de tous ceux qu'il avait confondus, de façon à leur laisser croire tout ce qu'ils voudraient, non point d'elle (pour ce qu'elle s'en souciait !) mais du nouveau champion avec lequel il faudrait désormais compter, l'invincible jeune lion du jour ! Bref, que pouvait-elle faire de plus éclatant, que d'avoir peut-être délibérément froissé le grand sculpteur vexé et l'illustre dramaturge effaré, à qui pour la première fois de leur vie, advenait une si étrange aventure ?

Tout cela témoignait de la grande aisance des vraiment grandes dames et de la parfaite facilité de toute chose, si seulement elles étaient assez grandes dames. Cette crânerie ne serait-elle pas le trait le plus délicieux pour John (il le sentait de plus en plus) dès qu'elle serait portée à son comble ? C'était un terrain sur lequel il s'était déjà risqué dans ses pièces de théâtre, sur scène, sur le plan artistique, mais sans jamais oser rêver qu'il obtiendrait de telles « réalisations » sur le plan mondain. Elégamment, galamment, il ne s'avisa pas que de cette expérience mondaine, ses futurs efforts d'auteur dramatique tireraient peut-être un jour ample profit, il se borna à savourer éperdument la conscience de tout ce que la Princesse l'incitait à croire. Et les paroles qu'Elle prononça autorisèrent une nouvelle palpitation de cette conscience, encore que les mots ne fussent rien en soi, tout étant dans le sous-entendu qui affleurait :

— Avez-vous vraiment un très vif désir de souper ici ?

Tandis qu'il ouvrait de grands yeux pour émettre une réponse charmée et se sentait au bord des larmes, elle poursuivit :

— Parce que si vous n'y tenez pas...

— Parce que si je n'y tiens pas ?...

Elle prit un temps, non qu'elle éprouvât la moindre timidité, mais pour le plaisir de le faire languir :

— Pourquoi ne partirions-nous pas ensemble, ne me laisseriez-vous pas vous reconduire en voiture, au logis ?

1. En français dans le texte.

— Vous viendriez... chez moi ? haleta John Berridge. Et la sueur qui perla à son front aurait pu être la rosée matinale sur une haute prairie du Mont Ida.

— Non — c'est vous qui feriez mieux de m'accompagner chez moi — voilà ce que je voulais dire. Mais j'irai certainement chez vous un jour, avec plaisir, si vous voulez bien.

Elle ne faisait pas plus d'embarras que cela pour accueillir une demande qui, à peine formulée, avait semblé à John la plus présomptueuse des libertés ; et (avant même qu'il n'eût le temps de se réjouir, soulagé de n'avoir point à s'en préoccuper davantage et à exprimer une humble contrition), elle lui déclara tout uniment, avec son affectueuse désinvolture, qu'elle voulait s'en aller, elle en aurait vite assez des raseurs présents, et sur un mot de lui tous deux s'esquiveraient par une porte dérobée, avec la certitude de trouver son auto dans la cour.

Que put-il répondre ? Ce dut être sans importance, car par la suite deux impressions subsistèrent dans sa mémoire : le souvenir du grand bruissement parfumé à ses côtés, tandis qu'ils traversaient le vaste atelier jusqu'à la plus proche et agréable échappatoire, la porte par où il était entré et qui donnait sur un escalier. L'autre image qu'il conserva fut celle du seul des hôtes de ce soir avec lequel il avait été en rapport direct. Jusqu'à ce moment, il avait souvent pensé à lui comme au compagnon de la Princesse, mais à présent il en eut une nouvelle vision qui sembla confirmer cette supposition.

Le jeune Lord avait reparu au bout d'une minute sur le seuil du passage qui aboutissait à la salle du souper et que la Princesse, quelques instants plus tôt, avait franchi. Berridge sentit qu'il était là, le vit là, s'étonna de sa présence avant même de lui jeter un regard direct. Il pensa que le jeune Lord était venu s'informer du motif de l'extraordinaire manifestation publique de son amie — ayant plus que quiconque le droit d'en ressentir de la curiosité, de l'inquiétude ou quelque autre sentiment. Sans doute se rendait-il compte de la situation, des symptômes remarquables qui la complétaient, et allait-il leur montrer — au point où ils en étaient ! — un visage fort différent de celui que jusqu'à présent comportait la belle sécurité de son enviable position. Voilà ce que se dit notre John Berridge, dans l'instant où il se flatta d'avoir provoqué le courroux d'un jeune cœur olympien, et voilà ce qu'il advint en cet instant, où rien au monde ne l'eût décidé à laisser paraître devant ce descendant sans doute vexé d'une antique lignée, un vulgaire sentiment de vanité chatouillée, de joie insolite. Toutefois son second mouvement, inévitable, fut — avouons-le — tout autre, car, au vrai, le « conquérant conscient qui était en lui », comme eût dit Amy Evans, ne pouvait renoncer à la suprême consécration probable. Il s'interdit les délices de prolonger sa vision trop loin, mais il mesura pleinement pendant cinq secondes la nature des sentiments, — envisagés dans toute leur âpre vérité — que l'observateur intéressé, là, dans l'encadrement de la porte, devait sans doute éprouver. Or, par un déconcertant phénomène, l'âpre vérité fut que le beau visage du jeune Lord s'illumina d'un sourire amusé, le plus encourageant, le moins envieux des sourires, apportant ainsi la touche finale à un étalage de haute franchise mondaine sans précédent dans l'expérience de notre héros. Non, jaloux, il ne l'était pas, il ne faisait pas à John Berridge l'honneur de ressentir à son égard la moindre étincelle de jalousie, mais il se réjouissait tellement de voir son immortelle maîtresse agir à sa fantaisie qu'il allait jusqu'à rayonner, positivement, dans ces circonstances singulières où elle prodiguait des caresses presques publiques à un gentleman qui, après tout, n'était pas le premier venu.

III

Tout cela avait de quoi confondre et ce petit trait aurait fait tomber des mains de notre ami la coupe enchantée qu'on lui présentait, si durant les dix minutes suivantes, il avait eu plus de liberté d'esprit. Mais comment garder son sang-froid, quand on sent positivement, avec un élancement tout au fond de soi, ou même un cri d'alarme étouffé, tout sens des proportions ébranlé d'un coup et aboli ? « Pas *tout droit* », implora l'ineffable jeune femme, quelques instants plus tard, sous la large marquise vitrée qui abrita leur brève halte, pendant qu'ils attendaient leur char de feu, lequel arriva avant que la phrase ne fût achevée. Le conducteur à casquette, décrivant un grand virage impeccable, s'arrêta au pied du perron et le valet de pied de la Princesse, avant de prendre place auprès de lui, tint la portière ouverte. Elle monta et, l'instant d'après, Berridge fut à ses côtés. Il ne put que proférer : « Comme vous voudrez, Princesse... Où vous voudrez. Certainement, prolongeons le trajet. Prolongeons tout... Ne hâtons pas plus qu'il n'est nécessaire le dénouement, si beau et si étrange qu'il soit appelé à être fatalement.

Ainsi parla-t-il, l'usage de l'anglais familier leur assurant la sécurité tandis que le *valet de pied* [1] imperturbable et vertical, face blême sous la lumière électrique, les enfermait et s'installait sur le siège où les rigides dos à livrée des deux hommes, visibles à travers la glace, formaient comme un mur protecteur.

1. En français dans le texte.

L'indestructible imagination de Berridge s'avisa que les grands gardiens en faction autour des sérails d'Orient devaient offrir la même garantie d'isolement.

Quand la voiture s'ébranla, sa compagne proposa de faire un tour, de rechercher ensemble quelques-uns des merveilleux spectacles nocturnes de Paris. Après quoi, bien qu'on le félicitât souvent de connaître à fond sa ville enchanteresse et de savoir s'y retrouver, il cessa de suivre ou de mesurer le parcours, satisfait de l'assurance exquise et spéciale que lui donnait leur promenade. Cela, c'était connaître Paris, par une pure et miraculeuse nuit d'avril, c'était planer au-dessus de la ville, du haut de vagues altitudes sacrées, étoilées de lampes, et contempler, en contrebas et au loin, le grand déroulement de son irrésistible histoire, scintillant çà et là à travers le fleuve, les ponts et les places fulgurantes, le long des quais, des boulevards et des avenues, autour des ronds-points et des squares monumentaux, l'histoire inscrite en syllabes de feu, esquissée, résumée, de plus en plus loin, dans l'obscur poudroiement lumineux d'avenues sans fin — c'était là une façon quintessenciée de reconnaître avec tendresse, avec transport, en palpitant — mille choses comprises, un flot de réponses transmises, un sentiment de possession familier, que l'on invoquait et qui s'affirmait.

— Venant de vous, vous savez, ce me serait un tel plaisir et je crois — j'en suis sûre ! — que cela servirait tant la chose, en Amérique !

Avait-elle continué de parler tandis qu'ils roulaient, ou y avait-il eu des pauses, des silences faciles, charmés et naturels, des interruptions et des chutes de conversation, mais pour aboutir à une confidence, une douceur plus intimes encore, comme le geste même de la Princesse, sa main gantée appuyée avec insistance sur le revers de sa main à lui, posée sur son genou, et qui de ce geste tirait on ne sait quelle fondante assurance ? L'insistance, il est vrai (il s'en rendit compte, encore qu'un instant il en eût le souffle coupé) semblait plutôt être celle d'Amy Evans. Se pouvait-il que ses propos, tandis qu'ils roulaient, eussent été du même ordre que ses dernières paroles ? En fait, il s'était borné à savourer le sentiment d'être enfermés tête à tête, dans l'intimité, toute sa conscience, tout son discernement des symptômes et des intentions s'émoussant profondément, exquisément, dans cette certitude. Mais alors, la circonstance présente n'était donc pas pour lui d'un romanesque aussi sûr, sublime, fou et fabuleux que semblaient l'attester les battements excités de son pouls ? La main de la Princesse reposait sur la sienne, précieuse preuve vivante, et l'admirable Paris tendait au-dessus d'eux, comme un dais qui les consacrait, sa nuit pourpre brodée d'or. Pourtant il attendit, ayant entrevu une lueur plus étrange encore, il attendit, tandis qu'elle lui abandonnait sa main qui exprimait la véhémence, l'admiration, la tendresse, et tout ce qu'elle voulait d'autre encore, puisque tout cela faisait partie de ce qu'il entendit tout à coup, lentement glacé à mesure qu'il saisissait le sens de ses paroles.

— Vous savez, cela se fait ici, de façon si charmante... C'est un hommage qu'un homme intelligent est toujours si heureux de rendre à une amie littéraire, et parfois, dans le cas d'un nom célèbre comme le vôtre, cela rendrait si grand service à un pauvre petit bouquin comme le mien ! »

Elle parlait avec tant d'humilité, et pourtant si gaiement, et, plus encore qu'auparavant, avec la confiance d'une admiratrice sincère et d'une camarade. Cela, oui, à travers le soudain frisson qui le secoua, fut ce qu'il distingua tout d'abord : elle lui révélait ainsi l'explication de sa conduite, ses conditions, bref son motif, déconcertant, déplorable, horrible, comparé à l'expérience infinie qu'il croyait qu'elle lui avait ménagée : et, par-dessus tout, elle agissait avec la lucide froideur que lui conférait sa souveraineté en général. De quoi lui parla-t-elle en particulier, tandis que, le souffle toujours coupé, il restait pantois ? Elle lui demandait un service et il l'avait précisément espéré, mais un service de quel ordre futile et lamentable ? (Le ciel leur pardonnât à tous deux !) Il sentit pénétrer en lui deux ou trois des mots qu'elle venait d'employer ; de sorte qu'au bout d'une pénible minute, le tremblement de sa voix, lorsqu'il les répéta, fut un peu comme si lentement, soigneusement, timidement, il retirait de sa chair un dard barbelé.

— Une amie littéraire ? reprit-il en écho. Il tourna plus encore son visage vers elle et le blanc des yeux de la Princesse, proches des siens, brilla faiblement dans l'obscurité comme la monture argentée de saphirs d'une eau profonde.

La question la fit sourire — ce qui, étant donné leurs rapports, fut comme une bouffée d'air frais sur le flux de chaleur, douloureux et gêné qui persistait en Berridge à travers le froid qui le glaçait : « Ah, bien sûr, vous n'admettez pas que je sois une littéraire !... et bien sûr, si vous êtes affreusement cruel, critique et incorruptible, vous ne voudrez pas qu'elle démontre en ma faveur ce que je souhaite tant !

« Où sommes-nous, où sommes-nous, au nom de toutes les illusions maudites et grotesques ? » se dit-il sans broncher. Sous cette forme se traduisit son désarroi de ne comprendre goutte aux paroles de la Princesse. Cette incompréhension, force lui fut de la révéler franchement, en reprenant, à propos de l'étrange malentendu dont il éprouvait une irritation que peut-être sa voix trahissait déjà :

— Qu'elle démontre ?... Qui, *elle*, chère Princesse ?

— Mais mon ami, je parle de votre préface, la charmante, l'amicale, l'irrésistible préface à tam-tam que j'étais en train de vous demander et que vous seriez un ange d'écrire pour moi !

Il comprit et sa gorge se contracta. De sa vie il n'avait, lui sembla-t-il, dû rien avaler de si amer.

— Vous m'avez demandé... si je serais disposé à vous écrire une préface ?

— Pour le *Gant de Velours* — après que je vous l'aurai envoyé et que vous aurez jugé si en toute conscience vous le pouvez ! Bien entendu, je ne vous demande pas de faire un faux serment ; mais... » et de nouveau, tant ils étaient proches, elle faillit l'effleurer, avec son sourire frais et parfumé. « Je voudrais tellement vous plaire et que vous le proclamiez, magnifiquement, publiquement !

— Vous... désirez me plaire, Princesse ?

— Mais, grands dieux, vous n'avez donc pas compris ?

Il fut frappé de constater que — s'il voyait clair à présent — rien n'était plus étrange que cet exquis abandon, dans l'instant même où elle le déposait de l'autre côté de l'abîme. Ce fut comme si d'abord elle l'avait soulevé dans ses bras admirables, emporté bien haut, bien haut, bien haut, en le serrant contre sa jeune gorge d'immortelle, tandis qu'il se laissait aller ; puis, par un extraordinaire effet de sa force native et de son essence étrangère, elle le reposait à terre, exactement à l'endroit où elle voulait qu'il fût — c'est-à-dire à mille lieues d'elle. Quand il se vit si absurdement face à face avec elle, pour un but si sordide, il se pénétra de la situation. Il sentit ses yeux se fermer de stupeur, de désespoir et de honte ; et sa tête, libérée du chapeau claque, qu'il avait, un peu auparavant, exposée à la douceur de la nuit, s'affaissa épuisée sur le dossier capitonné du siège.

Cet acte, l'abolition de la vision et, dans la mesure où il le put, de l'ouïe, lui furent pour l'instant une retraite, une évasion hors d'un état dont il se dit qu'il recourait à un euphémisme flatteur en le qualifiant en pensée d' « embarrassant » — un état qui lui fit souhaiter de mettre fin à cette humiliation et il se demanda si le dénouement le plus digne ne serait pas de prier la Princesse de faire arrêter l'auto et de descendre.

Il resta muet une longue minute ou peut-être beaucoup plus longtemps encore. Pendant ce temps, la voiture filait à une allure un peu accélérée, et il comprit, à travers ses paupières closes, que les lumières extérieures commençaient à se multiplier et qu'ils se rapprochaient des grands quartiers luxueux. Il le comprit, et aussi que sa retraite, son attitude qui semblait une méditation bienveillante, son air (il s'en avisa promptement) de s'être recueilli un instant dans l'intérêt de sa compagne, de ruminer, dans sa parfaite ingénuité, quelque phrase ronflante à grand effet, quelque formule sensationnelle à utiliser au service de la Princesse, et de se concentrer en vue de cet effort, — il comprit, dis-je, que sa défaillance n'était qu'une demi-dérobade, avec l'opiniâtre présence à ses côtés. La grave insistance de la Princesse, le souffle proche et frais de sa bonne foi rythmaient le silence de Berridge et l'avance de l'auto.

Oui, tout était merveilleusement bien. Il avait failli se montrer du dernier ridicule, un sot presque aussi grand que celui qu'avec une parfaite candeur elle essayait de faire de lui et sa seule réponse franche aurait dû être de se pencher en avant, de taper sur l'épaule du valet de pied en le sommant de faire stopper la voiture.

Mais — il continuait à le percevoir intensément — cette réponse ne s'adresserait qu'à la seule Amy Evans niaisement importune, cette Amy Evans totalement superflue — et pas du tout à sa compagne qui, elle, témoignait enfin d'une exquise patience et, de toute évidence, voyait dans son mutisme prolongé un prompt désir de l'obliger, une charmante, loyale impulsion de rêver un peu à ce qu'il pourrait faire pour elle, mettons « élégamment mais en toute conscience » (oh ! beauté de l'expression !) avant de s'engager. Elle était enchantée, il eut l'impression de sentir passer sur lui le souffle de son ravissement. Suspendue à ses lèvres, inclinée vers lui, telle Diane penchée sur Endymion endormi, elle attendait, tandis que « l'homme de lettres consciencieux qui était en lui » (comme elle aurait dit dans son langage précieux) luttait avec la consœur la plus peccable, la plus confuse et « dégonflée » mais — jugée selon l'idéal de Berridge — tellement plus *banale* [1]. Oui, à présent il pouvait tenir la tête haute, c'est-à-dire différer sa vraie réponse, il pouvait, aussi bien qu'elle, supporter la tension assez sensible qui marqua le reste de leur trajet. Il s'arrangerait pour faire de son muet détachement (cette apparence d'hommage, ce signe ostensible de prise en considération de la requête) une retraite en bon ordre. Pour elle, elle était à l'extrême pointe de sa fatuité naïve, Amy Evans, en quête de « piston », prête à combiner des niaiseries et à l'en croire capable ; ou du moins, si elle ne tombait pas jusqu'à cette platitude, ce n'était pas faute d'essayer par une désolante aberration de se muer en simple mortelle scribouilleuse pour magazines, à la seule façon dont elle avait décidé qu'elle pourrait le faire pour justifier la haute estime en laquelle elle se tenait.

Vu sous cet angle, rien n'aurait pu toucher Berridge davantage (si être touché au-delà d'un certain point n'avait signifié être atterré) que l'incapacité où elle était de déceler la nature de ses pensées ; et sans doute, au cours d'aucune des petites crises de sa vie, n'avait-elle trouvé dans ses propres pensées rien de plus émouvant que le bel acte auquel elle se complaisait en ce moment même (il le reconnut par la suite), l'acte de pénétrer majestueusement tous deux dans sa grande rue lisse, vide et fastueuse, à cette heure un désert, une profusion de becs de gaz lumineux et de pierre sculptée. Elle porta à ses lèvres la main qu'elle n'avait pas encore lâchée et l'y pressa un instant. Quant à lui, il ferma les yeux avec tout le détachement dont il était capable, tandis qu'il se rendait compte, en réprimant un cri de douleur, que c'était la faveur la plus expressive qu'Amy Evans lui conférait pour stimuler et récompenser son zèle. La voiture avait ralenti et allait s'arrêter. Entre temps, même après avoir abaissé de nouveau la main de Berridge, elle ne la lâcha point. Cela permit à notre héros (tandis qu'au bout d'un nouveau moment il se secouait pour prendre une conscience plus nette de ses entours) de nouer avec son amie des rapports plus actifs, de s'emparer de sa main à elle en retour, dans une intention d'autant plus manifeste que le gant de la Princesse avait glissé. Penché sur ses doigts sans

1. En français dans le texte.

rencontrer de résistance, il lui rendit aussi fermement et pleinement que pouvait l'exprimer toute sa sensibilité récupérée, sous sa moustache, il lui rendit la consécration que son poignet venait de recevoir ; après quoi seulement, continuant d'étreindre sa paume, et ayant baissé la glace, il enjoignit au valet de pied d'arrêter.

Ils étaient arrivés ; la haute *porte cochère* [1] fermée qui occupait la largeur du mur écussonné, attendait leur approche ; mais son geste fut suivi d'effet, l'auto stoppa aussitôt au bord de la chaussée. En un clin d'œil, le valet fut à la portière et l'ouvrit ; puis traversa vivement le trottoir pour presser le bouton de sonnette de la majestueuse porte. Berridge, sa main à présent détachée, sentit qu'il avait coupé l'amarre. Une fois descendu de voiture, il souleva de nouveau la glace qu'il venait de baisser, referma la portière qui l'avait libéré et dont la fenêtre était restée ouverte.

Pendant qu'il faisait ces mouvements, il eut la vision de sa compagne, toujours radieuse et splendide, mais qu'on eût dite momentanément abolie, suspendue, argentée et célestement brouillée comme la lune d'été obscurcie par le voile flottant d'une nuée. Ainsi lui apparut-elle tandis qu'il se penchait sur le rebord de la glace baissée, pour prendre congé. Il s'imprégna de cette vision d'une luminosité vague, intense, emplissant le halo que le reste de la voiture formait autour d'elle. Il sentit qu'elle se trouvait réduite à cet état pour la première fois de sa vie et que c'était lui, le pauvre John Berridge, qui après tout l'y avait mise.

— Bonne nuit, Princesse, je ne vous reverrai plus.

Le mot « vague » est insuffisant pour caractériser le désarroi de la Princesse, — encore qu'abritée dans son étroite niche elle resplendît, comme illuminée par la liquéfaction de ses perles, le chatoiement de ses larmes, et l'imprévu de sa surprise.

— Vous ne voulez pas entrer... quand vous n'avez pas encore soupé ?

Il lui sourit, avec un désir de bienveillance qui de sa vie n'avait été plus grand ; et au début ne put que lui sourire, sans prononcer un mot. Enfin il secoua la tête — peut-être mû aussi par une tristesse également grande.

1. En français dans le texte.

— J'ai l'impression d'avoir soupé, Princesse. Merci, je n'entrerai pas.

Elle le regarda et cette réponse lui arracha une longue plainte inquiète :

— Et vous n'écrirez pas ma préface ?

— Non, Princesse, je n'écrirai pas votre préface. Rien ne saurait m'induire à imprimer sur vous un seul mot. En fait, je ne suis pas sûr que je prononcerai jamais votre nom, de quelque façon que ce soit, aussi longtemps que je vivrai.

Un instant, il eut l'impression qu'il parlait à une idole miraculeusement humanisée, toute sacrée, toute gemmée, toute parée d'offrandes votives, mais rendue mystérieuse, dans les profondeurs de son sanctuaire, par l'épaisseur même des ornements accumulés.

Et : — Mais alors, c'est donc que je vous déplais ? Tels furent les sons merveilleux qu'exhala cette idole.

— Princesse, murmura en réponse son fervent, Princesse, je vous adore. Mais j'ai honte pour vous.

— Honte ?

— Vous êtes le Roman même — toutes les choses, et autant que je puis voir, tous les êtres qui vous entourent participent à la même essence romanesque ! Que vous faut-il de plus ? Votre préface — la seule qui vaille qu'on en parle — a été écrite, il y a des millénaires, par la plus admirable imagination de l'homme !

Humanisée, du moins pour quelques instants, elle comprit suffisamment pour déclarer qu'elle ne comprenait pas.

— Je ne comprends pas ! Vraiment pas !

— Vous n'avez pas besoin de comprendre ! Ne vous abaissez pas à ces choses vulgaires ! Laissez-les nous ! Contentez-vous de vivre, contentez-vous d'être ! Nous nous chargeons du reste !

Elle se déplaça, se rapprocha de la fenêtre.

— Mais, cher monsieur Berridge...

Il leva les deux mains, les agita vers elle, gentiment, dans un geste de profond et doux reproche : — Ne prononcez pas mon affreux nom ! Par bonheur, vous ne pouvez plus rien !

— Ah, *voyons* ! [1] ... Je souhaiterais tant !...

Il renouvela son geste, et quand il rabaissa ses mains, il les referma sur les siennes, à présent convulsivement agrippées au

1. En français dans le texte.

rebord de la glace. — Ne parlez pas, car lorsque vous parlez, vous dites vraiment de ces choses !... — C'est vous, le Roman, prononça-t-il de nouveau avec une conviction et une persuasion intenses. C'est tout ce que vous devez avoir en commun avec lui, poursuivit-il, tandis que ses mains, pour renforcer ses paroles, pressaient violemment les mains de la jeune femme.

Leurs deux visages, ainsi, se trouvèrent plus rapprochés que jamais, ce qui ne fit qu'ajouter à la vivacité de cette désastreuse incompréhension, d'où, par un phénomène d'imprévisible perversité, sa beauté même semblait tirer une parure. Ce fut pour Berridge un serrement de cœur et presque une angoisse : la terreur qu'elle ne proférât encore quelque parole qui prouverait lamentablement combien il avait peu réussi à atteindre ses facultés de perception. Et ses regards, chargés de blâme, d'imploration, croisèrent de tout près ceux de la Princesse, qui loin de se dérober, à présent tout embués et pleins de leur requête, semblaient presque le laver avec les larmes que leur coûtait leur échec. Il apaisa, il rassura ses mains, pour faire passer tendrement en elles son intention, tout à fait comme elle avait tantôt serré ses mains à lui pour manifester bravement son propre souhait. Durant cet instant, on eût dit qu'il s'agissait pour chacun d'eux de démontrer lequel pouvait plaider sa cause avec le plus de candeur et de passion. Uniquement occupée de son propos, elle n'en démordit point.

— Ah si seulement vous y pensiez, si seulement vous essayiez !...

C'en fut trop. Quoi ? Voilà qu'elle était capable de se figurer qu'il se dérobait, s'excusait et se retranchait derrière un prétexte fallacieux, faute d'avoir l'esprit, la virtuosité nécessaires pour trousser les quelques pages agréables qu'elle lui demandait et que n'importe quel Français, maître du métier, lui aurait si volontiers et si galamment promises ?... Mais si elle allait se compromettre ainsi, lui — par les dieux immortels ! — prendrait les devants de la façon la plus admirablement effective, la mettant ainsi dans l'impossibilité de déroger à nouveau.

Leurs visages étaient si proches qu'il pouvait se permettre les plus grandes libertés, fût-ce un instant. Le dos du chauffeur lui servait d'écran d'un côté et sa propre carrure, amplifiée par son manteau lâche, bloquait tout le champ de la fenêtre, en sorte qu'il n'avait aucun observateur à redouter d'aucune part. Avec un gémissement profond, final, irrépressible, écho du lancinant regret de ce qui aurait pu être, il exhala le cri étouffé, le cri insistant : « Le Roman, c'est vous ! »

Dans un élan intime et déréglé, il poussa son avantage, ses lèvres le scellèrent longuement, de toute la force de son autorité, sur les lèvres de la jeune femme, après quoi il s'arracha à elle et la voiture repartit, décrivit un puissant virage à travers la chaussée. Il n'entendit plus sa compagne proférer aucun son, comme si, divinement indulgente mais humainement défaite, elle avait renoncé à sa quête pour retomber à une stupeur infinie.

Lui aussi s'effaça mais put encore agiter son chapeau tandis qu'elle disparaissait dans la grande cour à l'architecture flamboyante dont les portes se refermèrent aussitôt derrière elle.

Le banc de la désolation

I

Elle lui avait, croyait-il, fait sa sommation, l'horrible, la vulgaire, l'intime menace, au cours de leur dernier et terrible entretien. Avec le peu d'audace ou de confiance qui restait à Hubert Dodd — confiance en ce qu'avec plus de combativité il aurait appelé la « force de sa position » — il avait préféré ne pas relever le défi. Au point où ils en étaient, plus question de ne pas comprendre ou de feindre l'incompréhension. Les mots laids, les mots affreux que formaient impitoyablement les lèvres de cette femme, étaient comme les doigts d'une main qu'elle aurait plongée dans sa poche, pour en extraire le monstrueux objet qui serait — comment le désigner ? — sa meilleure arme de combat.

— Si d'ici trois jours je ne reçois pas de vous une réponse très différente, je confierai l'affaire à mon avocat, et si cela peut vous intéresser, sachez que je l'ai déjà vu ! J'introduirai devant le tribunal une action contre vous, Hubert Dodd, pour rupture de promesse de mariage, aussi vrai que je m'appelle Kate Cookham !

Voilà, le coup était porté, fort et direct. Pourtant Hubert Dodd put se flatter que pour sa part, après l'avoir reçu, ou même déjà pendant qu'il s'abattait, il vit, comme si Kate Cookham avait pressé un bouton électrique, s'éclairer en pleine lumière les raisons éclatantes de sa propre conduite. Kate était là tout entière, avec la crudité de son indélicatesse native, son esprit dominateur, son absence de scrupules ; et c'était la femme capable de cette ignoble menace qui, à présent qu'il avait si bien compris sa vulgarité, lui reprochait de ne pas vouloir se lier à elle pour la vie ? La seule chose nette, flamboyante, c'était la réalité indéniable du dessein de Kate Cookham. Elle avait bien réfléchi à son cas, en avait mesuré l'odieuse, spécieuse recevabilité. Nul doute qu'elle avait pris l'avis le plus compétent que l'on pût obtenir à Properley où l'on apportait toujours un empressement de premier ordre à tout ce qui était de quatrième ordre. Bref, il était affreusement évident qu'elle passerait aux actes. De plus, elle était maligne, et sous certains rapports, adroite jusqu'à la maîtrise. Sinon, comment aurait-elle réussi à l'empaumer avec des moyens de séduction si limités ? Pouvait-il s'aveugler sur le fait que si elle entreprenait de plaider, elle aurait gain de cause ? Elle le savait, et son assurance prouvait sa cruauté. Qu'elle prétendît l'aimer n'était relativement rien en comparaison ; d'autres femmes l'avaient prétendu, et même d'autres femmes l'avaient vraiment aimé ; mais elle osait prétendre qu'il serait juste, salutaire et béni qu'il l'aimât, elle, une créature assez basse pour humer avec joie la sordidité du prétoire ! Dans les revendications de dommages-intérêts, les mensonges impudents et les baisers divulgués, les lettres d'amour lues au milieu de gros rires lubriques, elle voyait un baume à son ressentiment, un puissant stimulant à sa conduite ! Voilà ce qui donnait merveilleusement raison à Herbert Dodd. Voilà, se dit-il, ce que signifie pour une femme la possibilité d'imaginer une si noire machination ! En vérité, quelle conception diabolique et quelle nature effrayante !

Par bonheur, de toute évidence, lui aussi serait capable de plus de fermeté, à cause du sens accru qu'il prenait à présent de ces choses. Sans doute vivrait-il désormais abominablement soucieux, vivrait-il lucidement lugubre, vivrait-il peut-être même abjectement déshonoré selon l'opinion d'un monde ironique, mais du moins il vivrait sauvé. Cependant il eut beau s'agripper à cette vérité réconfortante, et bien qu'il eût déclaré à Kate avec force autres protestations et allégations, que sa future conduite était digne d'une serveuse de bar vindicative, une peur obscure couvait en lui, trop profonde pour lui conseiller un défi pur et simple, et lui donnait l'air de garder entrebâillée, jusqu'à ce qu'il pût se retourner, la porte d'un éventuel accord. Il avait raillé sa revendication, sa menace, son insolence de croire qu'elle pouvait l'intimider et le terrifier, « étrange façon de rappeler à la vie un amour défunt ! » Pourtant l'intérêt lui conseillait toujours, prudemment, mais aussi avec un sentiment d'impuissance, de gagner du temps, même si ce temps devait se passer en affres encore plus douloureuses ; et à présent il le gagnait en n'excluant pas absolument une possibilité de revirement. Se raviser, il n'y songeait pas le moins du monde ; mais, trait caractéristique de sa personnalité, il put durant trois ou quatre jours respirer un peu plus à l'aise, pour avoir laissé entrevoir à Kate une réconciliation possible.

En même temps, il ne put s'empêcher de lui dire — ce qui provoqua la riposte finale de la femme — les mots sur lesquels ils se séparèrent : « Serait-ce que vous-même seriez disposée à épouser, à vivre avec un homme qui, après le mariage, vous ferait sentir que vous avez exercé sur lui un odieux chantage ?

— Ne vous préoccupez pas de mes dispositions, avait riposté Kate. Vous saviez depuis six mois ce qu'il en est. Laissez-moi le soin de penser à quoi je suis disposée ! Je m'en occuperai pour ma part ! Voyez plutôt à quelle conclusion vous pouvez arriver pour la vôtre !

Plus tard, il devait se rappeler qu'il s'était demandé si, tandis que l'odieuse lucidité de cette femme se donnait libre cours, son propre visage tourné vers elle en silence avait trahi toute sa haine. Probablement pas. Aucune face humaine ne pouvait exprimer une telle somme de haine, surtout le visage beau, raffiné, de gentleman intellectuel qui, elle l'avait avoué à mainte reprise, avait eu tant de part à l'engouement qu'il lui avait inspiré à l'origine. — Franchement, que préféreriez-vous que je fasse ? lui avait-il demandé avec une suprême ironie. Que je vous épouse sordidement à la suite de ceci ou que je vous laisse le plaisir de faire belle figure devant le tribunal et d'obtenir, comme vous en avez la certitude, une énorme indemnité ? Ne seriez-vous pas très déçue, au fond, de n'avoir de moi rien de mieux qu'une malheureuse alliance d'or, toute simple, à dix shillings, et le résidu d'un verbiage sacrilège que, d'accord avec vous, je marmonnerais à l'autel ? Car je suppose, bien entendu, avait-il poursuivi sur un ton de rodomontade, que vous n'aviez pas la prétention qu'après cet acte impie, je ferais vraiment ma vie avec vous ?

— C'est toujours mon rêve comme ça l'a toujours été, Herbert Dodd, de faire la mienne avec vous ! Rappelez-vous à mon actif que je pourrai m'en accommoder, mon chéri, je me contenterai même de n'avoir de vous que cela ! s'était-elle écriée. Souvenez-vous, en l'inscrivant à mon actif, Herbert Dodd ! Souvenez-vous-en, souvenez-vous-en !

Là-dessus elle l'avait quitté, glacé d'effroi. Peut-être y eut-il dans ce cri un soupçon de prière ou de tendresse persistante et perverse, si absurde cela pût-il sembler ; mais en fait le grand visage net, laid, bistré de Kate, bien trop grand par rapport à sa tête, il le sentit plus que jamais (tout comme sa tête était bien trop grande pour son corps et tout comme ses chapeaux avaient une manière irritante de ne s'accorder ni par le choix ni par l'harmonie à aucune de ses dimensions), ce visage, disons-nous, sembla à Herbert Dodd aussi expressif que la devanture de son magasin lorsque le large volet lisse et jaunâtre était baissé. Il aimait voir sa devanture avec un bel étalage. Il avait un faible pour les beaux étalages, il était passé maître dans l'art de disposer de vingt façons les livres et les gravures anciennes, « raretés de grande classe » (comme son modeste catalogue les qualifiait) dont il faisait le commerce et que son oncle maternel, David Geddes, lui avait comme il se plaisait à le dire, « transmis par voie de succession ». Peu avant la mort du digne homme, sa mère, une veuve, avait soutiré à celui-ci le tout — le fonds de commerce, la clientèle et une assez vilaine petite maison dans une assez vilaine petite rue — au profit du plus jeune et du plus intéressant de ses fils, le « délicat », le littéraire, parmi ses cinq enfants disséminés par le monde et aux prises avec les difficultés de la vie. Herbert Dodd se complaisait aux heureux assemblages de ses livres, à leurs contrastes et leurs effets, à leurs harmonies, la variété de leurs cuirs et leurs couvertures de toile teintées et fanées, aux notes de couleur rares et à la grande lisibilité des étiquettes blanches aux chiffres admirablement dessinés, posées çà et là. Toutes ces choses lui procuraient une jouissance assez grande pour le consoler presque de n'avoir pas à déranger plus souvent, sur les instances d'un client, leur ordonnance concertée. Mais le store, ce déploiement de toile sali par le temps, cette housse des dimanches et des jours de fête où s'étalait son seul nom « Herbert Dodd, successeur » au-dessous du patronyme de son oncle tracé d'une écriture gothique avec de faibles enjolivures à la plume tout à fait désuètes, ce masque laid et inexpressif qui si facilement pouvait être pris pour le masque de la défaite, lui donnait toujours un vague frisson. Le genre de frisson — l'analogie était complète — que lui avait donné le dernier regard de Kate Cookham.

Il supposait que les gens qui avaient un travail prospère,

sûr et stable, dans quelque branche que ce fût, pouvaient en voyant la façade d'un magasin ainsi vide, penser tout simplement aux loisirs que s'offrait le commerçant. Mais pour cela, pour avoir les nerfs assez solides et le supporter, en d'autres termes — et Herbert Dodd, point dépourvu d'un tempérament littéraire, était capable de ce jeu de l'imagination ou même de cette analyse morbide — il fallait avoir les pieds sur un terrain stable, il fallait éprouver un peu de confiance, bien différente de celle qu'il avait connue jusqu'alors. Jamais il n'était encore resté insensible au plaisir de passer devant sa devanture, de l'autre côté de la rue, et de lui lancer un regard de biais, détaché ; mais en revanche, jamais il n'avait, plus longtemps qu'il n'était nécessaire, arrêté son regard sur le volet baissé. Ce volet baissé avait toujours l'air horriblement définitif, comme s'il ne devait jamais plus se relever. Grand et nu, étalant au beau milieu son nom qui le regardait fixement, il présentait un point de comparaison avec le visage menaçant de Miss Cookham.

Jamais elle ne portait de jolies voilettes à pois, transparentes, comme Nan Drury, et les mots « Herbert Dodd », qu'elle lui avait jetés à la tête deux ou trois fois en criant, un peu comme la femme mauvaise et hardie d'un de ces mélodrames sur la vie du grand monde qu'on jouait au Pavillon, tout au bout du Quai de Properley, pendant la belle saison, ces mots étaient affreusement, constamment sur ses lèvres. Pour rébarbative, elle l'était, elle, impossible de s'y méprendre !

Ce soir-là, solitaire dans la chambre de derrière, au-dessus de son magasin, il fut si incapable de trouver une issue à sa situation que, démoralisé et conscient de l'être, il céda aux larmes. Que Kate se montrât d'une si incroyable bassesse, il ne pouvait s'y résigner. Etre pris dans la lutte, dans de telles conditions, ajoutait à l'amertume de la coupe. Se pouvait-il qu'elle recourût à la plus vulgaire procédure juridique connue ? La plus vulgaire, la plus vulgaire ! ne cessait-il de se répéter, en puisant un réconfort dans le fait de pouvoir attribuer à sa tortionnaire un défaut auquel pour sa part il croyait fermement être resté étranger en dépit des difficultés ; car (oh, il ne méconnaissait pas les difficultés !) il ne savait que trop ce qu'il était, dans une sphère misérable, humiliée : le jeune propriétaire efflanqué d'une vieille affaire que le temps avait rétrécie plutôt que développée, l'achat et la vente de livres et gravures de seconde main, dans les bas quartiers d'une station balnéaire étendue sur la côte méridionale (une ville ancienne, par bonheur), tel était le champ obscur de sa vie. Mais il s'était appliqué à acquérir toute l'instruction qu'il avait pu, ses clients cultivés s'attardaient volontiers une demi-heure pour prolonger la conversation avec lui et il avait le sentiment, presque le scrupule, que c'était lui qui les retenait ; preuve qu'il possédait (comment s'aveugler sur ce point ?) un goût inné, cultivé et formé avec amour. Aussi loin que remontaient ses souvenirs, il y avait eu autour de lui des choses qui le faisaient souffrir alors qu'elles laissaient les autres indifférents ; et il avait gardé le plus clair de sa souffrance pour lui, ce qui lui avait appris, en un certain sens, comment souffrir et comment s'y complaire.

En tout cas, il n'avait jamais perdu le sentiment de certaines nuances, il avait tout fait pour le conserver et condamnait la vulgarité, de quelque ordre qu'elle fût. Durant une succession de mois étranges, accablants, il avait cru que les manières et le ton de Kate Cookham étaient irréprochables. Elle avait été gouvernante de jeunes enfants dans deux excellentes familles, et à présent elle donnait des leçons de littérature et d'histoire à des fillettes plus grandes que lui amenaient leurs mamans ; bref, venue un jour pour examiner sa collection de manuels scolaires, et prolongeant la séance comme tant d'autres clients, pour le seul plaisir de sa conversation, elle l'avait séduit cette première fois par son côté intellectuel assez prononcé (Dieu sait que même alors, ce n'avait pas été par ses attraits physiques !). Elle l'avait adroitement mis en valeur jusqu'au moment où Herbert était tombé dans ses lacs. Ç'avait été le plus bas des traquenards — lorsqu'il était venu à en décomposer les pièces — pour masquer une avidité effrontée. Mais ce qui maintenant le terrassait, ce qui le faisait s'effondrer sur une chaise, contre une table, et entre ses bras immobiles exhaler des sanglots faibles et effarés, c'était que le piège, quel qu'il fût, le retenait prisonnier dans un monstrueux étau d'acier. Voilà où il en était, voilà où il en était. Seul, dans le livide crépuscule estival, livide comme l'étaient ses fenêtres, il pleura, pleura. Il ne pourrait s'en tirer sans y laisser un membre. La seule question était de savoir quel membre il sacrifierait.

Plus tard, avant de sortir (car il en éprouva enfin le besoin) penché sur son lavabo, il effaça de son visage et de ses yeux les traces de sa faiblesse qui le trahissaient. Il fit effort pour se ressaisir et surprenant dans un vieux miroir terni son image prostrée et un peu fantomatique, il connut de nouveau, en un éclair, le feu d'une légitime colère. Qui donc était assuré contre un grossier traitement si un homme de son apparence vraiment élégante, peut-être un brin trop raffinée ou « efféminée », le type même du gentleman, ne pouvait l'être ? Il n'allait pas jusqu'à se targuer avec exagération d'être un gentleman ; mais il était prêt à soutenir envers et contre tous, avec une parfaite candeur et comme s'il revendiquait un grand avantage, que malgré sa propension à bredouiller, il était « à l'instar » d'un gentleman, que d'ailleurs il était assurément sur bien des points. Mais Kate Cookham, qu'avait-elle d'une « dame » et qui donc pouvait la prendre pour telle ? Comment alors avoir avec elle rien de commun, d'ordre intime et privé, sur le plan, le seul possible, d'une égalité commune ? Peut-être allait-il se trouver mutilé pour la vie ? Plus il y songeait, plus il se persuadait que c'était là le sort qui l'attendait. Mais ce fatal destin, à la longue, lui paraissait — circonstance atténuante — dériver de sa propre nature, du fait qu'il était par rapport à elle d'essence trop aristocratique. Oui, un homme dans sa situation ne pouvait s'offrir le luxe d'une conduite si désinvolte qui tôt ou tard, d'une façon ou d'une autre, entraînerait sa ruine. N'importe. Il ne pouvait se conduire autrement. Bien entendu, il connaîtrait des souffrances atroces — mais quand n'avait-il pas atrocement souffert ? Comment pourrait-il jamais traverser la vie sans souffrir ? Rien d'étonnant qu'une femme comme Kate Cookham eût été si désireuse de s'annexer une valeur aussi rare. En bonne justice, il eût fallu pour l'obtenir payer le prix le plus élevé, alors que c'était lui qui se trouvait dans la situation cauchemardesque du débiteur.

II

C'est en ces termes, bien entendu, qu'il s'épancha auprès de Nan Drury, comme il brûlait de le faire, dans l'espoir qu'elle l'aiderait peut-être à supporter ses maux — assis l'un près de l'autre, selon le temps et l'occasion, sur l'un des derniers bancs, l'un des plus reculés à l'ouest, de l'interminable digue. Tout le monde ne s'aventurait pas si loin, surtout dans cette saison creuse où — mis à part les êtres grégaires et tapageurs qui hantaient le quai agité et luisant à perte de vue — à peine si une ombre d'animation subsistait encore sur la Parade ensoleillée au cœur de l'hiver. Les couchers de soleil, que vous découvriez admirablement de là-bas, formaient l'un des principaux charmes de l'horizon plus « sympathique » de Properley, selon l'expression chère à Herbert Dodd, mais tout un chacun ne les appréciait pas aussi passionnément que lui, et aussi, il l'avait constaté, que Nan Drury ; sans parler du peu d'attrait qu'ils exerçaient directement sur Miss Cookham. Il avait attiré sur eux l'attention de sa tyrannique compagne et il lui avait encore enseigné nombre de choses, mais cela, c'était différent. En effet, le Land's End, qui se piquait de justifier son nom [1] avait forcément été (faute d'une retraite plus isolée et plus commode) le cadre principal de ce que Miss Cookham appelait « le temps de leurs amours » ou plus exactement le temps où elle l'avait courtisé, avec une franchise effrontée ; et désormais ce coin retiré lui permettait, à lui, victime d'une constante rigueur du sort, de goûter des périodes de consolation auprès

1. Le bout de la Terre (N. d. T.).

de la belle, de la douce Nan au cœur tendre. Il était décidé à lui faire à présent la cour, après la période où chacun des deux avait si admirablement aidé l'autre à ne point s'écarter du droit chemin. Il allait la courtiser de toutes ses forces, sans réserve, sans peine, débordant d'un amour romanesque, refuge éperdu contre l'empoisonnante réalité !

La Marina, longue de plusieurs lieues, pavée, illuminée, morcelée en jardins, garnie de bancs et abritée, renonçait à ses attractions plus ou moins célèbres pour finir en cet endroit, et la courbe concave du rivage doucement infléchi vers l'ouest s'évasait en une sorte de large baie avec une laideur intermédiaire entre la ville et la campagne. Plus loin, à mesure que déclinait le jour, la frange de la rive se muait en de riches épanouissements gris, bruns et d'un bleu lointain, peut-être le beau bleu de la côte du Hampshire. C'est là qu'à partir de ce terrible jour de mai, durant cet été néfaste, par réaction, il s'abandonna à une intimité avec un type de femme qui du moins lui plaisait, même si, selon toute probabilité, il devait être à jamais frustré de tout ce qui pouvait rendre la vie acceptable. C'est là — et aussi à la moindre occasion — que Nan commença à retirer, à plier et serrer dans sa poche, sa jolie et seyante voilette à pois ; comme si c'était la conséquence logique de l'orageuse rupture des fiançailles de son compagnon avec une autre femme, fiançailles balayées par une sombre rafale.

Elle supprima cet obstacle qui empêchait l'ami éprouvé de s'assurer si le duvet de pêche aux rondeurs harmonieuses de son visage résisterait à un examen plus serré de leur frais velouté. Sa façon impulsive, totale, de livrer une si grande partie de son charme, marqua tout à la fois le changement survenu dans la situation du couple et leur parfait respect des convenances jusqu'à ce jour. Par la suite, ils auraient pu dater l'instant où ils usèrent à fond de leur liberté, et la joie d'avoir désormais à se préoccuper de peu de chose hormis leur impuissance, leur pauvreté, leur ruine. Cet instant, ils auraient pu le dater à partir de l'heure où il lui relata le résultat scandaleux, vraiment épouvantable, de sa seconde et concluante « scène » avec la maîtresse femme qui avait pesé sur son destin. Il avait dû souscrire si formellement, oh ! si abjectement, aux dures conditions de sa rançon ! Brute cruelle, elle avait « transigé » à 400 livres — pas un sou de moins pour lui faire abandonner son projet de « procédure ». Aucun jury dans le pays ne lui aurait infligé moins de six cents livres, rubis sur l'ongle ! « Oh, elle connaissait bien son terrain, oui, merci ! » et il devrait s'estimer heureux de s'en tirer sans laisser plus de plumes ! Telle était donc la somme pour laquelle il avait dû humblement composer aux termes d'un accord scellé par une ultime discussion.

— Où donc, au prix d'une ruine qui durera toute votre vie, trouverez-vous quatre cents livres ? lui avait répété railleusement Miss Cookham tandis qu'il restait pantelant, comme sous l'étau de doigts lui serrant la gorge.

— C'est votre affaire, et j'aurais cru que vous vous en seriez assurée avant de vous résoudre à votre basse perfidie !... » Sur quoi elle avait émis (avec une gentillesse si fausse !) une conclusion à donner la nausée : « Bien sûr, — je vous le répète encore une fois — si cela vous gêne trop d'avoir à trouver cet argent, vous savez où me trouver, *moi* !

— Je mourrais de faim plutôt que de vous approcher d'une lieue !

A en croire Herbert, c'est en ces termes suaves qu'il avait riposté, et voilà donc où ils en étaient à présent, lui et elle, l'impécunieuse Nan Drury, attachés l'un à l'autre mais désespérés. Le père de Nan — de la firme Drury et Dean — remplissait — comme un trop grand nombre de ses concitoyens inquiets qui vous dévisageaient à travers la morne verrière des poussiéreux bureaux de Properley — les fonctions d'agent immobilier (ventes et locations), de cadastreur et de commissaire-priseur. Nan était la plus jolie des six enfants, avec deux frères, des propres à rien. Etant donné la façon dont leur protecteur naturel semblait fléchir sous l'accumulation de ses responsabilités, on ne pouvait pas dire qu'ils « vivaient » à proprement parler. La continuation de leur existence collective tenait du miracle, même pour eux, encore qu'ils eussent contracté l'habitude de ne pas commenter leur situation sans nécessité ou avec trop d'inquiétude, et même, d'année en année, ils avaient fini par s'y faire. La soucieuse roseur des joues de Nan lorsque Herbert lui parlait, ses lèvres si disjointes à cause de ses jolies dents, ses paupières si écartées, à cause de ses jolis yeux, tout cela qui aurait pu appartenir à quelque image de cire représentant la foi ingénue, rafraîchissait le brûlant sentiment d'impuissance qu'il ressentait, à peu près comme s'il avait posé la tête sur un oreiller de soie bien tendu. Elle employait il est vrai des tournures de phrases, des locutions familières qui affectaient son compagnon comme si affluant du dedans, elles crevaient la belle surface lisse. Mais le plaisir qu'elle lui donnait, le besoin qu'il avait d'elle, étaient indépendants de ces choses et presque uniquement déterminés par les affinités entre les manières et les impulsions heureuses — bien que rares — de Nan et les siennes propres. Avec l'élégance naturelle qui était sa marque personnelle, avec son raffinement de grâce faible et déshéritée qui l'aurait empêchée de passer inaperçue de n'importe qui et n'importe où — chapeau, voilette, boa de plumes, pommeau de parapluie à la mode et tout le reste — bref avec la distinction innée de son type aux traits réguliers, elle ne pouvait pas plus que lui tolérer la vulgarité.

En conséquence, il ne s'affecta guère des incessantes allusions qu'elle ne cessait de faire à l'époque où, comme elle disait, elle n'était pas encore « entrée dans sa vie », bien que pour sa part il soutînt avec insistance qu'elle n'y était entrée qu'après qu'il s'était tout à fait résolu à éliminer son autre amie. La Furie méthodique avait cherché avec emportement à le convaincre de trahison en excipant des nouvelles relations du jeune homme, alors qu'il avait le droit sacré de tenir la tête haute, devant lui-même tout au moins, du fait que Miss Cookham n'arrivait pas à établir une concordance de dates. Lors de leur rupture, il ignorait encore l'authentique beauté de Nan, rentrée au pays quelques semaines plus tôt après deux années passées auprès d'une tante décédée depuis à Swindon et terriblement exaspérante ; et avant cette absence, elle était encore un bout de petite fille insignifiante. Il ne l'avait découverte — sur l'honneur ! — que des jours et des jours, des jours sans nombre après avoir cherché à briser ses chaînes par sa grande lettre de dérobade — ce précieux document qui, aux dires des avocats-conseil de Miss Cookham, devait faire la joie d'un jury britannique et valoir à la plaideuse une fortune. De quelle façon ces gredins l'avaient soutenue, à croire qu'elle les avait postés derrière lui dès le début, dès qu'elle avait commencé son jeu ! Et de quelle façon leurs « instructions » pleuvaient, comme si elle en avait plein sa poche ! La date de la lettre, avec tout ce qui en découlait, et la date à laquelle elle s'était tout d'abord trahie aux yeux d'Hubert Dodd, quand il l'avait vue descendre du train de Brighton en compagnie de Bill Frankle, ce jour où il était allé faire une scène au bureau d'enregistrement de la gare, à propos d'une caisse du Pays de Galles qui s'était égarée, — tels étaient les faits flagrants, suffisants en soi et Dieu sait combien souvent il les invoquait au bénéfice de Nan Drury ! Qu'il ne cherchât pas l'occasion de les exposer à quelque autre — mettons à un tribunal comme on dit, — c'était son affaire, ou du moins la sienne et celle de Nan.

Peu importait, entre temps, si sur leur banc de désolation, tout le long de cet été, et, ajoutons-le, durant des étés et des étés à venir, sans parler des hivers, là et ailleurs, Nan céda à son habitude naïve de ne pas le contredire, de revenir sans cesse et trop complaisamment sur la malencontreuse malchance qui le jetait à l'affliction et au désespoir. « Je suis heureuse d'être dans ta vie, si terrible soit-elle, et quel que soit le moment où j'y serai entrée » et « Bien entendu, tu serais mort de faim — comme il est plus que probable que nous y serons condamnés, n'est-ce pas ? — plutôt que d'acheter le désistement de cette femme, en feignant un amour mensonger et odieux, non ? » et « Car enfin elle s'était jetée à ta tête quasiment avant que tu l'aies regardée, n'est-ce pas ? ou comme si tu ne lui avais pas montré que tu sentais ce qu'elle était en réalité, avant même d'avoir posé les yeux sur moi, n'est-ce pas ? » et « Oui, mais comment au nom du ciel, même en mettant au Mont de Piété les chaussures que tu as aux pieds, trouveras-tu à te procurer un shilling de plus — voilà ce que tu voudrais bien savoir, n'est-ce pas, mon pauvre chéri ? »

III

La créancière de Herbert Dodd, à l'heure qu'elle jugea convenable, transféra la base de ses opérations dans la capitale et se retira également sur cette scène impénétrable. Durant cinq mois exaspérants et misérables, il parvint à réunir les premières 200 livres sterling ; puis de nouveau se saigna de soixante-dix livres, après de longs retards et sous le sifflement de fouet que représentaient pour son oreille infortunée les mises en demeure de l'homme de loi londonien, où il percevait comme le claquement de langue de Miss Cookham. Ces mélancoliques efforts ressemblaient à l'ascension à quatre pattes d'une côte abrupte, en trébuchant, les genous nus, écorchés, en s'accrochant aux touffes d'herbe du talus pour lâcher prise ensuite — bref ils s'effectuèrent selon une méthode à laquelle la pauvre Nan aurait pu participer, si elle avait été un peu plus intelligente et un peu moins « à l'instar d'une lady ». Elle le faisait frémir avec sa morbide hantise de demander, d'une voix chevrotante, où il pourrait se procurer le reste, le reste pour éteindre l'inextinguible dette ; et cela, longtemps après que dans un accès de rage silencieuse, il avait suspendu les paiements — au début, non sans le noir pressentiment que sa carence l'exposerait peut-être à une « dénonciation publique ». Il s'en souciait à présent comme d'une guigne, et d'ailleurs, après qu'en faisant feu de tout bois il eut réussi à s'acquitter, pour la somme de deux cent soixante-dix livres, puis simplement retourné sans le décacheter un nouveau rappel de ses obligations, ce dernier signe de révolte, tardif mais réel, le premier qu'il eût risqué, ne fut, par un étrange mystère, suivi d'aucun effet ; ou du moins le seul effet fut qu'il se demanda avec une surprise tragiquement lugubre, si d'aventure un geste de ce genre n'aurait pas été efficace plus tôt.

En tout cas, à ce moment, il put mesurer sa ruine : sa maison, sa boutique, son fonds de commerce grevés de trois hypothèques exorbitantes. Ecrasé sous le poids des intérêts, son commerce s'effondra net, sans même qu'il eût la force d'un sursaut de protestation, d'un gémissant appel à l'aide. Les clients qui s'attardaient pour jouir des fines remarques qu'il avait l'habitude de jeter discrètement dans la conversation, lui auraient amplement fourni de quoi payer ces fameux intérêts s'il avait consenti à négliger tant soit peu les mérites immédiats de tel ou tel auteur ou l'état de tel ou tel volume pour s'épancher égoïstement à la ronde. A présent, et il s'en rendait compte, il dévisageait de façon bizarre le client qui essayait de marchander — et non comme autrefois avec un regard ironique qui commenterait une plaisanterie de mauvais aloi, mais d'un air de soumission assez hébété, comme si l'acheteur se trompait en feignant de penser, pour le plaisir de prolonger la conversation, qu'une misérable différence de quelques pence pouvait lui importer, à lui Herbert. Au cours de ce cauchemar sans fin, il subit les épreuves les plus invraisemblables, les plus lamentables. Il se vit courant avec la plus magnifique et totale incohérence vers la catastrophe dûment préparée. Au mépris des proportions, tout finit par être également pour lui une composante de cette catastrophe. Le banc de la désolation le recueillait, où chaque élément successif de son triste cas se découpait régulièrement pour lui en une silhouette noire mais absurde, profilée sur l'orient rougeoyant. A ces moments, son détachement dû à un triomphe de volonté le rendait insensible aux plats malheurs de la pauvre Nan ; ces malheurs n'allaient pas au même rythme que les années et les changements, et sonnaient comme des pois secs dans une crécelle d'enfant — toujours les mêmes pois, bien entendu, aussi longtemps que la crécelle ne crève pas, à force d'être agitée, ou cassée par quelqu'un dans un accès d'exaspération. Ils représentaient, ou du moins avaient longtemps représenté l'apport de Nan au plus superficiel de leurs deux plans d'activité, — le plan intellectuel, celui qui ne consistait pas simplement à ce qu'elle attendît avec docilité qu'il lui passât le bras autour de la taille.

Il y eut néanmoins des moments, au cours des deux premières années, où elle toucha en lui, encore qu'il eût soin de le dissimuler, un point assez sensible, des moments où (bien que, soyons justes ! elle s'abstînt de lui reprocher froidement sa conduite), elle lui servait un certain petit fruit acide cueilli tout exprès pour lui :

« Je m'étonne que du moment où elle ne se privait pas de consulter des hommes de loi, pour tomber à bras raccourcis sur toi, tu n'aies pas de ton côté pris un conseil autorisé, avant de te convaincre que tu n'avais aucune chance de t'en tirer ! Peut-être tes avocats auraient-ils été d'un autre avis — je me borne à dire *peut-être,* tu sais... » Elle se « bornait » à le dire, mais le disait quand même, au début environ tous les quinze jours. Plus tard, surtout après leur mariage, ces doléances s'exhalèrent à l'exclusion de presque tout le reste, semblait-il à Herbert Dodd ; et plus tard encore, quand il évoquait rétrospectivement les années les plus affreuses, les trois années où moururent leurs deux enfants et la longue période de gêne sordide qui aboutit à la mort de Nan, il eut le sentiment qu'elle répétait sa phrase à longueur de jour. Il devait aussi se rappeler la réponse qu'il lui servait toujours, jusqu'à ce que Nan finît par n'en plus tenir compte : « Qu'aurait fait ou voulu faire un avocat sinon de me traîner dans la hideuse arène publique ? » Il s'était invariablement exprimé en ces termes, « et c'est du moins ma fierté et mon honneur, le seul lambeau de respect de moi-même qui recouvre ma nudité, d'avoir abominé et évité ce dénouement, à tous les points de vue ! »

Cette phrase avait mis un point final à la question aussi longtemps qu'il s'en était soucié, et à l'époque où il avait cessé de se soucier de quoi que ce fût, elle s'était perdue dans le vain babillage à son foyer. Quand sa femme ne fut plus de ce monde, pendant une année de mortelle solitude, la phrase s'était vaguement éveillée comme un écho de choses lointaines, très lointaines, car il avait l'impression d'avoir vieilli non de dix ans mais de vingt. Pas seulement à cause du poids mort que formaient son fardeau de dettes, la persistance de la misère qu'il traînait. En dépit de tout ce que la vie avait apporté, en dépit de tout ce que la vie avait emporté, le banc de la désolation était toujours là, tout de même que l'éternel rougeoiement du ciel à l'orient tendait chaque soir son rideau indestructible. Herbert Dodd n'était jamais parti. Tout l'avait abandonné, mais lui n'avait jamais pu tourner le dos à rien — et maintenant, après sa journée de travail devant un pupitre crasseux de la Compagnie du Gaz, il se dirigeait le plus souvent, presque par toutes les saisons de ce Properley au climat tempéré, il se dirigeait d'un pas lent, tout droit vers le Land's End. Là, affaissé sur son banc de repos, il restait toute une heure, le regard perdu dans le vague. Les yeux rivés sur la mer d'un vert grisâtre, peut-être comptait-il et recomptait-il les grains de son rosaire de souffrances, usés et lisses à force d'avoir servi. Pour sa mémoire qui les égrenait, et avec leurs retours de chagrins, ils offraient une alternance de grains petits ou gros qui eût formé le digne accompagnement d'un pieux murmure, dans la pénombre d'une chapelle.

Nous l'avons déjà dit, une fois qu'il avait eu la lointaine vision de son naufrage total, il s'était vu, avec une froide clairvoyance, faire ponctuellement et infailliblement tous les gestes déplorables qui l'empêcheraient de surnager ; et de même, à présent, peut-être se perdait-il dans sa contemplation à cause du caractère absurde de sa vigile. Les fantômes des saisons défuntes, c'était désormais tout ce qui lui restait à contempler. Il évoquait à nouveau l'horrible, l'impuissante lucidité qu'il avait connue au moment de son mariage. Il avait attendu que le naufrage final et absolu lui en donnât le signal. De plus, un autre fait, d'ordre mineur, l'avait déterminé à épouser Nan : le fâcheux retentissement qu'avait eu sur l'entreprise commerciale de Drury et Dean la soudaine disparition de Mr. Dean, emportant la petite cassette d'étain où il avait trouvé moyen de comprimer tous les certificats de crédit de la firme. Ç'avait été, pour Herbert Dodd, la seule conduite possible — du moins il l'avait cru. Il n'aurait pas pu ne pas se marier, sans doute, pas plus qu'il n'aurait pu éviter de souffrir jusqu'à l'extrême limite de l'humiliation et presque de la misère, ou empêcher sa femme et ses enfants de mourir, étant donné le peu qu'il pouvait faire pour eux, lui l'homme écrasé sous les coups réitérés du sort. Mais au cours de ses méditations solitaires, il trouvait « drôle » de n'avoir entrevu aucun moyen précis d'assurer la subsistance des siens avant que n'eussent été sacrifiés le dernier lambeau de sa petite entreprise qui végétait si bas et visait si haut et la dernière bribe de « part » qui lui restait dans la vieille bicoque carrelée et charpentée au-dessus de sa tête.

Bien sûr, ce qui avait compté aussi, c'était que même après les deux ou trois années où elle avait touché son « indemnité »,

Kate Cookham, gorgée d'argent par le tribut infâme qu'elle avait exigé, n'avait succombé aux assauts d'aucun prétendant, pas plus Bill Frankle qu'un autre, pour autant qu'il pouvait s'en assurer. Elle avait jugé séant, du moins lui rendait-il cette justice, de « s'écarter de son univers », selon sa formule, une fois pour toutes, dès qu'elle avait commencé à le saigner régulièrement. A quelles pratiques lucratives consacrait-elle ses grands talents, à Londres ou ailleurs ? La curiosité de Dodd restait aussi froide à cet égard que s'était refroidi le bouillonnement de sa vaine révolte du début. Lorsqu'il songeait à ces années amères, il ne parvenait à évoquer d'elle que deux échos directs, tous deux transmis par Bill Frankle, cet aigrefin déçu, démasqué et à la fin remarquablement ingénieux, qui depuis longtemps courait le vaste monde mais reparaissait à Properley par intervalles, avec sa mine longue d'une aune. A leur première rencontre — car à Properley tout le monde finissait par se rencontrer, si cela pouvait s'appeler une rencontre, dans la triste obscurité de la Digue aux attractions désuètes — Herbert Dodd avait constaté tout de suite qu'aucun Pactole dont lui Herbert eût pu être la source lointaine n'avait renfloué Bill, ancienne connaissance répudiée. Or cela ne cadrait pas avec son calcul primitif des probabilités et il avait été encore bien plus intrigué quand, longtemps après, il avait appris par une voie détournée que Miss Cookham avait fait un séjour discret à Properley, et Frankle, qui l'avait vue et prétendait en savoir plus long qu'il ne disait, fut cité comme témoin du fait. Mais il n'avait pas recueilli lui-même le témoignage de Frankle, il s'était borné à s'ébahir et un peu de son étonnement subsistait encore.

Ce souvenir remontait aux sombres jours du krach du vieux Drury, aux quelques semaines d'intervalle entre la fuite scandaleuse de son associé et la réaction de Herbert conduisant Nan à l'autel pour recevoir la bénédiction nuptiale du Curé de Saint-Bernard, par un matin de décembre très froid et désolé, entouré de sept ou huit personnes fagotées, à faces moroses, au nez rougi. La pauvre Nan aussi avait fini par lui faire à peu près le même effet — nez rougi, fagotée — mais ceci rehaussait (il l'avait pensé alors et le pensait toujours) son propre courage en général, et morbide dans le cas particulier. Il s'était volontairement aveuglé. Il s'offrait de petits luxes intimes, immatériels, qu'il pouvait flatter par moments, même au milieu de ses pires vicissitudes. L'un de ces petits luxes consistait en ce que son esprit se refusait à accorder l'hommage d'une attention soutenue à certaines images, à certains noms, à certaines associations d'idées laides. Cela le servait, l'aidait ; mais après qu'une douzaine de mornes années se furent ainsi consumées, il s'était trouvé seul, ayant perdu jusqu'à sa chemise, comme si la longue vague de son infortune l'avait roulé bien loin, au-delà de tout, pour se retirer ensuite. Epave balayée par le flux, déposée au creux solitaire de son destin, il sentait à présent s'abolir en lui l'orgueil qui l'avait soutenu et qui ne l'incitait plus à la révolte, aux heures oisives, crépusculaires où, sa journée de travail achevée, les doutes d'autrefois s'insinuaient dans ses méditations et rôdaient pour s'imposer à sa mémoire irritée.

A présent ses soirées de sordide petit employé comportaient des loisirs, mais rien auprès de sa demeure ne sollicitait le jeu de son imagination engourdie et paralysée après cette longue période glacée. Des voix lointaines, tremblantes, s'élevaient alors dans le silence ; et parmi elles, peu à peu, il distingua la plus fréquente, le faible gémissement de sa femme. Dans la vie, il était devenu sourd à ses accents, mais maintenant, au bout de tant d'années, il écoutait, écoutait et semblait l'entendre comme s'il avait pressé un faible ressort brisé. Ce murmure formait à son oreille la perpétuelle question, celle que Nan avait fini par ressasser à la fin comme sous la hantise d'un tort subi, d'une odieuse injustice découverte, et dont — comble d'horreur — elle le rendait plus que tout autre, responsable. « Dire que tu ne t'es jamais assuré qu'elle ne pouvait rien contre toi ! Dire que tu ne t'en es jamais assuré, que tu as eu trop peur !... »

Cette obsession avait fini par tenir une telle place dans l'esprit légèrement obnubilé de Nan qu'elle excluait tout le reste. Pourtant, sur le moment, Herbert Dodd s'en était accommodé tant bien que mal, pressé par des questions plus urgentes que le goût de la malheureuse pour les litanies chagrines ; mais aujourd'hui cette question, ou plutôt le relent d'amertume qu'elle lui laissait, lui semblait être la seule chose qui subsistât de tout ce que la vie avait apporté et remporté.

Voilà. Echoué sur le banc de la désolation, plus rien ne lui restait en ce monde, sinon la faculté de capter cet écho, avec d'amples loisirs pour le faire. Qu'il ne se fût pas renseigné sur ce qui pouvait lui arriver, qu'il eût eu trop peur — y avait-il là un rapport avec son actuelle appréhension ? Pour répondre, il aurait fallu qu'il fût en état de dire en quoi consistait son appréhension actuelle. Il trouvait que l'effort n'en valait pas la peine, tant ses facultés cérébrales s'étaient affaiblies, encore que ce fût peut-être le problème qu'il essayait de résoudre, tandis que d'un œil fixe il contemplait la mer vert-de-gris.

IV

Il était rare que Herbert Dodd fût dérangé dans sa rêverie solitaire, ou qu'à ses époques préférées, en particulier le long vide automnal entre la saison des touristes et la saison des baigneurs, des promeneurs vagabonds s'aventurassent à l'ouest, assez loin pour heurter le sentiment bien établi qu'il avait de sa priorité. Pour lui, son banc, ce but de sa promenade, était sacré. Durant des années, il l'avait considéré comme le banc le plus éloigné, bien que d'autres, point très proches et différemment disposés, eussent pu prétendre à cette qualification. Déjà à distance, il pouvait discerner d'un œil jaloux toute occupation étrangère. Il s'abstenait d'avancer aussi longtemps que persistait le motif de sa contrariété. Cet empiètement qui dérangeait ses traditions l'exaspérait, que ce fût de la part d'un homme, d'une femme ou d'un couple de bêtas. C'était surtout les imbéciles de cette catégorie qui l'agaçaient, parce qu'autrefois il s'était assis là interminablement avec Nan, il s'était assis là avec... enfin, avec d'autres femmes, au temps de son aisance où les femmes pouvaient encore se soucier de lui ou compter pour lui, mais il n'avait jamais partagé ce banc avec un étranger équivoque ou renifleur.

Son ambiance actuelle, son ambiance misérable, était faite d'agitation et de sursauts effarés. Lui seul, croyait-il, détenait le secret, la dignité de rester assis là immobile, tête à tête avec son destin. Lorsqu'il lui arrivait de faire un tour ou de se reposer un instant quelque part, d'absurdes galants (bien que ce n'eût jamais été son genre ni celui de Nan) décampaient aussitôt avec une hâte aussi intempestive que l'avait été leur abandon amoureux. Alors, dès qu'ils avaient tourné le dos, il se laissait choir sur le banc de la désolation, devenu tel parce que lui, et lui seul, l'avait rendu tel par une triste adoption, et d'ailleurs, une fois qu'il s'y installait, notons que nul jamais n'osait s'y asseoir. Il voyait des gens sur la Marina, prendre cette liberté avec d'autres promeneurs au repos. Peut-être sa présence leur semblait-elle un voisinage trop farouche ou trop sordide ? Peut-être, à un compagnon de flânerie, eût-il fait l'effet d'un homme méchant, insociable, occupé, qui sait, à ruminer un crime ? ou plutôt (car somme toute il avait sûrement l'air inoffensif ?) à cultiver avec ferveur quelque remords insensé ?

Or, certain samedi d'octobre, il se mit en route de bonne heure comme d'habitude. Son pèlerinage touchait au but quand la lumière de l'après-midi lui révéla de très loin qu'une autre personne, par extraordinaire, usurpait son banc. Comme à l'accoutumée, son premier mouvement fut de faire un détour et d'attendre, d'autant que l'occupant du banc était bel et bien une dame et que les dames seules, à cette austère extrémité de l'Esplanade aux agréments variés, ne s'attardaient jamais longtemps ; mais il continua d'avancer en voyant l'inconnue se lever alors qu'il était encore à une quarantaine de mètres. Elle lui tournait le dos et marcha jusqu'au bord de la large terrasse dont la ligne extérieure longeait la succession de sièges espacés, et qu'une rampe métallique protégeait contre la brusque déclivité de la plage en contrebas. La dame s'arrêta, face à la mer, tandis que notre ami, ne voyant aucune raison de s'abstenir, se laissait tomber sur le siège qu'elle venait de quitter. A l'orient et plus loin sur la Promenade, d'autres bancs s'offraient aux vagues promeneurs. Toutefois, la personne qui s'imposait ainsi à sa vue eût frappé un observateur comme une présence point tout à fait vague, ou qui du moins l'était avec une intensité maligne, suggérant la préméditation.

Non que notre observateur s'en avisât tout de suite. Il se borna à remarquer, sans grand intérêt, que l'intruse était une « vraie » dame, vêtue (il était sensible à ces détails) avec une certaine recherche de bon ton, ou une intention d'harmonie, et qu'elle resta immobile durant plusieurs minutes, — si longtemps qu'il cessa de prendre garde à elle ; et comme elle n'était pas vis-à-vis de lui mais un peu à sa gauche, assez pour qu'il ne pût la voir de profil, il reporta son attention sur l'un de

« ses » couchers de soleil (encore que ce ne fût pas l'un des plus réussis). Ce spectacle l'absorba durant un temps qui permit à la dame de changer de pose, de se découvrir davantage. Le dos à présent tourné à la mer, face au personnage bizarre qui s'appropriait son coin de banc, elle le dévisagea longuement avant qu'il n'eût même remarqué son changement d'attitude. Mais il s'aperçut bientôt avec trouble qu'il faisait l'objet de son observation directe et soutenue. Plus il en prenait conscience, plus il se demandait qui elle était, ce qu'elle voulait, en un mot, ce qu'elle avait. Ce comportement lui suggéra ensuite que mue par quelque pensée singulière, elle l'avait positivement attendu. L'idée qu'aujourd'hui un être quelconque s'intéressât le moins du monde à lui était forcément singulière.

Oui, elle se dressait là, avec toute la largeur de la Marina entre eux, mais tournée de son côté, comme pour marquer franchement qu'elle en avait après lui. Et c'était, mais oui, une vraie dame ! Entre deux âges, de bonne apparence et de la meilleure condition, — tout en noir, d'un noir discret mais élégant à part la note claire des gants de chevreau blancs très frais et une jolie voilette à pois, seyante, où dominait le blanc, bien ajustée sur son visage.

Ce visage, Herbert le remarqua malgré sa vue basse, présentait des sourcils noirs, vigoureux et beaux et ce qu'il eût volontiers appelé « du caractère ». Toutefois, il était pâle. Derrière le réseau de tulle flatteur, la noirceur des sourcils s'accusait. D'une main, l'inconnue s'appuyait au parapet et de l'autre, tendue à bout de bras dans un geste raide, elle s'accotait visiblement au pommeau d'un petit parapluie luisant dont la pointe s'appuyait sur le dallage pour la soutenir. Ainsi cette personne mûre, distinguée, importante, regardait l'homme flasque, dépenaillé, dépourvu de distinction (oh, à présent, pour ce qu'il se souciait des apparences extérieures !...) échoué là devant elle, sur le banc.

Par un phénomène extraordinaire, son immense surprise, son trouble devant l'intérêt qu'il suscitait, l'aveuglèrent tout d'abord sur l'identité de l'étrangère, et pendant le long instant où il la regarda, firent dévier sa pensée. Et même lorsqu'il la reconnut enfin, le saisissement intérieur qu'il éprouva se consuma dans un silence ébahi. Herbert Dodd restait assis, immobile, faible, défaillant presque de stupeur, et pas une seconde, durant ce long instant, Kate Cookham n'aurait pu surprendre en lui un signe particulier d'intelligence ou de compréhension. Pourtant, elle décela bien quelque chose, il s'en rendit compte, car il la vit s'arc-bouter des deux mains pour résister au choc. Puis un prodige inouï se produisit, qu'il n'aurait su définir clairement par la suite, bien qu'il fût appelé à le méditer longuement. Elle vint à lui, se dressa devant lui, s'assit à son côté. Passif, frappé d'émerveillement, sidéré, sans rancune, il resta bouche bée, à s'imprégner de cette vision. Ce fut comme si de part et d'autre ils admettaient ouvertement (et trouvaient là un intime terrain d'entente) qu'en raison de leur ancien différend (ce différend qui les remettait face à face après des années atroces) il eût été impertinent, vain, blasphématoire, inadmissible, que rien existât désormais entre eux, hormis le silence.

Aujourd'hui, rapprochée de lui mais assise à une certaine distance (oh, elle ménageait sa susceptibilité !) elle lui présentait, par la brusque révélation de sa métamorphose, les meilleurs motifs qu'il aurait eus de ne pas la reconnaître à première vue. Tout simplement, elle était devenue une autre et la mise en scène à laquelle elle venait de procéder avec une solennité inquiète, avait eu lieu évidemment à l'intention de Herbert, dès l'instant où il acceptait qu'elle l'approchât, comme il semblait le faire. Il gardait d'elle le souvenir d'une personne plutôt massive et dénuée de grâce. Or, il avait sous les yeux une dame mince, fine, usée, presque émaciée qui compensait il est vrai ces ravages par une extrême distinction qu'il sut apprécier. Certes elle était étrangement vieillie, meurtrie par l'expérience, eût-on dit, par des aventures nombreuses ; mais son visage plus contracté, plus concentré, y avait gagné ; et si de tout temps Herbert lui avait connu des yeux remarquables, avaient-ils jamais brûlé pour lui avec cette sombre ardeur ? Bref, elle avait eu une vie, une carrière, une histoire. Il ne pouvait pas ne pas remarquer en elle une assurance profonde, latente, malgré son air actuel de quête et de gêne nerveuse. Elle avait fleuri, elle avait fleuri — mais l'apprendre sous cette forme détournée, n'était-ce pas en quelque sorte sentir qu'elle n'en faisait pas agressivement parade ? Sa présence n'éveilla donc aucune haine en lui. Elle lui démontrait (de façon « spectaculaire », eût-on dit) l'inanité de l'affaire restée pendante depuis tant d'années, et ces extraordinaires instants — combien longs ? combien brefs ? — reconstituèrent leurs relations, portèrent en puissance des virtualités nouvelles.

Néanmoins, au bout d'un moment s'éveilla en lui, comme la palpitation d'un nerf atteint, la conscience que sa propre attitude établissait un lien avec Kate Cookham. Il savait à présent qu'il ne désirait pas la voir partir, qu'il ne pourrait pas lui faire signe de partir sans qu'elle lui eût parlé, alors qu'elle-même en doutait encore ; et cette fois, comme à leur précédente et hideuse rencontre, il resta passif et lui laissa l'initiative. Il était encore sa chose, il l'était toujours. Sachant où et quand elle pouvait le joindre, elle avait choisi de se montrer à lui, et bien qu'il n'eût jamais envisagé la possibilité d'une rencontre, il l'affrontait à présent, comme si c'était la seule attitude qu'il pût humainement adopter. Oui, il était revenu s'affaisser là, selon une vieille habitude, sur le banc de la désolation, précisément parce qu'il était l'homme à qui rien d'important ne pouvait plus arriver ; et voilà que dans le désert gris de sa conscience lucide, la terre même tout à coup s'entr'ouvrait et flambait. Il s'avisa en outre qu'il n'y était pas préparé et que sa piteuse apparence devait le trahir. Il n'était pas en état de recevoir une visite — aucune visite. Ses maigres joues s'empourprèrent, il eut le sentiment de sa misère confrontée avec cette opulence. Mais s'il rougit, il resta où il était — sa visiteuse, à ce sujet du moins, pouvait être satisfaite. Seuls ses yeux se détournèrent enfin d'elle pour se reporter un moment sur la mer. Comme il n'en retirait aucun réconfort, dans un geste singulier, désespéré, il leva ses deux mains à la hauteur de son visage qu'il couvrit et protégea. Ce fut alors qu'elle lui parla.

— Je m'en irai si vous le désirez. » Elle attendit un peu « Je veux dire, tout de suite... maintenant que vous savez que je suis ici. Je voulais que vous le sachiez, j'ai pensé vous écrire — je craignais une rencontre due au hasard. Mais j'ai eu peur que si je vous écrivais, vous ne refusiez. Alors, j'ai choisi ce moyen — sachant que vous veniez ici.

Elle poursuivit, avec des pauses pour lui permettre de répondre, fût-ce d'un signe. « J'ai attendu plusieurs jours. Mais je me conformerai à votre volonté. Seulement, si vous me dites de partir, j'aimerais revenir. » De nouveau, elle s'arrêta. Il s'étonna de ne pas lui avoir coupé la parole. Elle le tenait envoûté, dans un envoûtement sans bornes. « Je suis venue, venue de Londres, tout exprès. Je prolongerai encore mon séjour, j'ai beaucoup de patience et je veux vous laisser du temps. Mais... puis-je vous dire qu'il s'agit d'une chose importante ? A présent que je vous vois, poursuivit-elle du même ton saccadé, je vois combien c'était inévitable. Je veux dire, mon désir de venir. Mais il faut que vous essayiez de voir clair en vous comme vous pourrez, conclut-elle, jusqu'à ce que vous vous habituiez à cette idée.

Elle se montrait si conciliante, si discrète, en vue de quelque dessein ultérieur déjà manifeste dans toute son attitude, qu'après avoir bien vérifié, de derrière ses mains en écran, que c'était la voix de Kate — oh, si raffinée à présent ! — qu'il entendait au bout de tant d'années, et sans déplaisir encore ! — il cessa de se couvrir le visage et soutint de nouveau son regard.

Plus que jamais, elle lui parut méconnaissable. Presque plus rien ne subsistait de cette figure dont tous les traits s'étaient jadis durcis pour lui. C'était à présent une personne agréable, grave, autoritaire mais raffinée et pour ainsi dire remodelée, elle dont le premier assaut, d'une outrageante vulgarité, l'avait fait frémir aussi longtemps qu'il avait été encore capable d'éprouver un frisson. Toute la conduite d'Herbert avait été en fonction de cette grossièreté atroce qu'il soupçonnait en elle, et voilà que, par un étrange miracle, elle s'en était dépouillée ; de sorte que, phénomène bizarre, quand il sentit qu'il ne devait pas la laisser partir, ce fut comme s'il tendait la main pour préserver son passé, le passé réel, odieux, inaltérable, exactement comme si elle avait été cause que ce passé existât, cause qu'il l'eût subi. Il eût été trop affreusement dupé par la vie s'il cessait d'avoir raison contre elle...

— Ça m'est égal, s'entendit-il prononcer. » L'indifférence lui sembla un instant l'extrême limite des concessions possibles, mais après coup il se rendit compte que très vite il avait ajouté : « Vous êtes venue tout exprès pour me voir ? » Il s'apprêtait à dire : « Que me voulez-vous ? » mais se garda, juste à temps, de marquer combien la question l'intéressait. S'il trahissait son intérêt, où serait sa revanche ? Cinq minutes plus tard, déjà il songeait avec appréhension à cette revanche, au lieu de la savourer dans la quiétude. Lorsqu'ils se parlèrent enfin, la pensée lui vint qu'après tant de précautions, de ménagements, de tact manifeste et toute la peine presque évidente qu'elle prenait pour avancer à tâtons et ne pas froisser ses cordes sensibles, elle était en train de comprendre, elle avait même compris, des choses dont il la croyait incapable au cours de toutes les années passées, avant cette étrange soirée. Ils causèrent, ils poursuivirent l'entretien, il ne la laissa pas battre en retraite, au risque de se compromettre lui-même et quelle que fût à ses yeux l'abjection de ce compromis. Toutefois, il se déroba, se cantonna dans les banalités que peuvent avoir en commun d'anciennes connaissances, évita le sujet brûlant. Cet aveu, cette preuve qu'elle était venue de Londres tout exprès pour le voir, qu'il y avait des raisons à cela, qu'elle avait rôdé autour de lui, l'avait guetté, s'était assurée de ses habitudes (et en faisait état comme si, au point où l'on en était, elles valaient la peine d'être mentionnées !) tout cela les occupa assez longtemps pour mettre en lumière un élément nouveau ; tandis que Herbert Dodd l'écoutait en affectant la rigidité et l'impassibilité, elle était assise là, craintive, de même que tantôt elle s'était dressée devant lui craintivement, et cette anxiété tenait à ce qu'elle supputait la possibilité de lui offrir on ne sait quelle chance mystérieuse. Mais que pouvait être cette chance ? Quoi que le destin eût pu faire de Kate Cookham, pendant cette étonnante exhibition, le témoin de sa nouvelle fortune souffrait le martyre, il grinçait des dents en secret à la pensée de devoir accepter *cela.* Car enfin, que signifiait l'attitude de cette femme, sinon qu'elle aurait voulu lui marquer de la compassion, si elle l'avait pu en toute sécurité ? Ah du moins, il se garderait bien de lui donner, à aucun degré, ce sentiment de sécurité !

Dans cette intention, il fit observer qu'elle voyait sans doute autour d'elle peu de changements qui ne fussent fâcheux. La localité ne faisait que péricliter, si vite que Dieu seul savait où s'arrêterait sa chute. Il ajouta que malgré tout il restait fidèle à Properley et l'aimait toujours malgré ses défauts. Après ces concessions superficielles à Kate, il ajouta encore quelques remarques légères et juste assez caustiques, sur des affaires locales, la disparition de points de repère et de personnalités importantes, la fréquence des orages, la politique vulgaire du conseil municipal qui se mettait au niveau des touristes de bas étage. Lorsqu'il eut ainsi sacrifié à la courtoisie et qu'elle eut dit spontanément qu'elle était descendue au Royal, l'hôtel vénérable, conservateur et exclusif entre tous, il découvrit alors un fait ahurissant. C'est que, en fin de compte, ses vicissitudes lui valaient — surprise entre les surprises ! — une « relation mondaine » et qu'il goûtait en cet instant le luxe d'une expérience sans précédent. De sa vie il n'avait mis le pied au Royal, sauf une seule fois pour livrer un colis, à un moment où s'était produit un « hiatus » dans la succession de ses jeunes commis impossibles et il avait rencontré, au milieu du hall, la cliente qui ce matin-là venait de lui acheter une édition complète de Crabbe. Il se flattait de mettre cet achat au compte de son astucieuse persuasion et de ses subtiles remarques sur cet auteur que d'un coup d'œil il se rappelait avoir gracieusement associé à Charles Lamb. La dame était d'ailleurs repartie deux jours plus tard sans le régler, mais elle lui avait envoyé un chèque de Londres, trois ou quatre mois plus tard.

Cela ne pouvait passer pour une relation mondaine ; et en vérité, il avait beau s'exhorter à rester étonnant, imperturbable, impénétrable, tout au fond de lui palpitait une intense vision, la possibilité de prolonger et de savourer jusqu'à satiété la sensation qu'il commençait de goûter. Il la savourerait — et en cela consistait le raffinement de son art — non seulement sans trahir son inquiétude par une seule question, mais même en jetant le doute dans l'âme de Kate (car au fond elle devait être très perplexe, quant à l'effet véritable de ses paroles sur lui). Elle pataugeait, de toute évidence, lorsqu'il l'eut en dix minutes amenée à comprendre qu'ils ne traitaient que de sujets absurdes et oiseux, par exemple l'état dit précaire du syndicat d'exploitation du théâtre Bijou au Pierhead — tout cela pour lui faire sentir qu'elle aurait peut-être voulu qu'il s'enquît du motif de ses avances, qu'elle le souhaitait peut-être passionnément, sans obtenir qu'il se départît de l'originalité remarquable qui consistait à ne pas l'interroger. Il ne souhaitait pas, et il y avait d'ailleurs là de quoi s'ébahir, lui infliger de châtiment pire que de la laisser ainsi désemparée mais il tenait à prolonger ce petit supplice assez longtemps pour s'étourdir lui-même sur sa propre situation. Pourtant, il resta conscient de cette situation, même après qu'elle eut brusquement, avec une résolution manifeste, interrompu cette conversation toute en faux-semblants, en disant :

— Je me demande si je pourrais vous décider à venir prendre une tasse de thé avec moi demain à cinq heures ?

Il ne répondit même pas, bien qu'il en crût à peine ses oreilles. Le lendemain étant un dimanche, la proposition avait sans nul doute trait à l'usage du *five o'clock tea* qu'il ne connaissait que par les romans mondains modernes et les alléchantes annonces publicitaires prônant le linge de table. De sa vie il n'avait participé à ce rite luxueux mais il lui opposa une façade d'indifférence pour impliquer fallacieusement qu'il en avait par-dessus la tête de sa « relation mondaine ».

— J'ai depuis bien longtemps renoncé à ma très modeste mais très intéressante petite affaire de librairie, peut-être le savez-vous.

Eperdue de confusion, elle fut incapable de parler, de trouver un mot convenable pour répondre à *cela,* d'autant que le ton dégagé et neutre de Herbert la mettait au défi de prendre la chose comme un revers de fortune.

Il n'y eut entre eux qu'un silence ; mais au bout d'un moment, elle revint à la charge :

— Si vous pouvez venir, je serai chez moi. Comme je vous l'ai dit, je suis venue de Londres tout exprès pour vous voir — dans d'autres conditions qu'aujourd'hui. Mais je vous laisse libre d'en décider...

Une subite inspiration lui vint ; il lui fallut d'ailleurs une minute ou deux pour se résoudre à la suivre, une minute ou deux où le tremblement de son pied croisé sur son genou atteignit à un paroxysme d'agitation nerveuse.

— Bien sûr, je sais que je vous dois une grosse somme. Si c'est pour cela que vous désirez me voir, poursuivit-il, je peux vous dire tout de suite que, pas plus à l'avenir que par le passé, je ne pourrai m'acquitter de la totalité de mes obligations. Jamais, déclara Herbert Dodd, je ne serai en mesure d'apurer ce compte !...

Tout en parlant, il l'avait regardée. Lorsqu'il eut achevé, il détourna de nouveau les yeux vers la mer et continua d'agiter son pied.

A présent, il comprenait ce qu'il avait fait, et pourquoi il l'avait fait. Et bien qu'il sentît le regard sombre de cette femme fixé sur lui pendant qu'il parlait et après, sa légère satisfaction n'en fut pas altérée. Elle continua de se taire, mais il ne se retourna pas vers elle. Il resta dans son coin, comme si c'était là son dernier mot — même si ce devait être le dernier échangé entre eux. Peu s'en fallut d'ailleurs que ce ne fût le cas, à voir la façon qu'elle eut de se relever, de reprendre ses esprits, son joli parapluie et son élégant petit réticule, à monture incrustée d'or. Elle se tint devant lui un instant encore, puis se dirigea vers la balustrade de la terrasse et lui tourna le dos comme la première fois, quoique à présent peut-être saisie d'une crainte différente. En effet, un quart d'heure plus tôt, quand elle n'avait pas encore mis Herbert Dodd à l'épreuve, elle ressentait de l'inquiétude ; mais l'épreuve faite, les choses ne s'en trouvaient pas facilitées et elle réfléchissait à ce qu'il lui restait à faire. Il la laissa à ses méditations. Jamais Herbert Dodd n'avait rien eu à attendre de plus intéressant que la décision qu'elle allait prendre et cela aussi corsa pour lui l'intérêt de la situation. Lorsque enfin elle revint vers lui, il ne broncha pas et ne lui donna aucun signe d'encouragement. Si du moins elle crut en surprendre un dans les yeux levés sur elle et qui croisèrent en silence son regard insistant, c'était son affaire.

— Il faut que vous réfléchissiez, dit-elle, prenez tout votre temps, mais sachez que je serai chez moi.

Ainsi, elle lui laissait l'initiative, elle tenait — malgré son idée de derrière la tête, — à lui faire tout de même une concession. Elle déployait une certaine adresse, ce qui fit qu'au bout d'un instant, il se leva à son tour et rougit de nouveau. Debout, l'usure de ses vêtements se trahissait davantage ; mais si Kate l'examina de pied en cap et observa tous ces lamentables détails, il ne le sut pas, ne put et ne voulut pas le savoir, son regard droit et dur rivé sur un vague point, au loin.

Répondre qu'il viendrait lui eût étranglé la gorge, mais une sorte de force indéfinissable émanait d'elle, si étrange qu'il fut encore moins capable de dire qu'il ne viendrait pas. Il eut donc recours à un moyen terme. « Etes-vous mariée ? » Il posa la question à brûle-pourpoint, encore qu'avant de la formuler elle lui eût paru plus pertinente que pendant l'instant où Kate Cookham fit attendre sa réponse.

— Non. Je ne suis pas mariée, dit-elle enfin, et elle marqua une nouvelle pause qui équivalait peut-être à lui demander à quoi rimait cette curiosité.

Il eût été bien embarrassé de lui répondre. Il se contenta donc, assez piteusement, il le sentit, de murmurer un « oh » qui continua à les laisser dressés l'un contre l'autre. Il se détourna, à cause de la pauvreté de la question, d'une platitude presque vulgaire qui laissa un sillage dans l'air ; et quand il fit à nouveau demi-tour, Kate s'était éloignée, comme si elle s'apprêtait à le quitter, mais elle s'arrêta une fois encore, pour lui lancer un dernier regard. Ce fut un peu gênant, mais une autre pensée heureuse vint à Herbert, qui consista à soulever son chapeau en silence, comme pour lui donner dignement congé. Il s'était exercé de longue date à un salut approprié, en prévision des grandes circonstances, et maintenant, surgie des limbes grisâtres du temps où il pouvait encore se soucier de ces choses, cette étincelle de savoir-vivre jaillit et produisit son effet. Peut-être d'ailleurs plut-elle à Kate Cookham, car en s'éloignant, son visage pâle tourné vers lui, elle lui rendit l'hommage de la docilité. Il resta figé dans sa dignité et elle s'en fut, presque humblement.

V

Rien au monde, le dimanche après-midi, n'aurait pu empêcher Herbert Dodd d'aller au rendez-vous. Il n'était pas démuni des trois ou quatre articles vestimentaires qui, sinon tout à fait à la hauteur de la circonstance, du moins ne la déshonoreraient pas. Seule une carence de genre eût pu le retenir, mais non un scrupule, un motif de fierté. D'ailleurs son impatience (car le temps lui sembla long) se tempérait à la pensée que son orgueil trouverait son compte à l'acceptation de cette démarche conciliatrice. Dès l'instant où il put se formuler la chose sous cette forme (celle de ne pouvoir, en bonne justice, refuser d'entendre ce qu'elle avait à lui dire avec tant de circonlocutions), il aurait dû se sentir à l'aise. Pour se le prouver, tandis qu'il traînait par les rues en ce dimanche automnal, sous un ciel pommelé de nuages, il sifflota un doux air de ménestrel que ses lèvres n'avaient pas modulé... depuis quand ? Cet intervalle de vingt-quatre heures, encore allongé par une nuit chargée de plus de souvenirs que d'oubli, lui avait paru interminable. Cependant notre ami, tiré à quatre épingles, pomponné et astiqué, éprouva un trouble sans précédent lorsque au Royal Hotel il fut introduit dans le salon de Miss Cookham. Oui, c'était là une aventure, et de sa vie il n'avait connu d'aventure, ce mot, pour lui, étant essentiellement un terme flatteur alors que, soumis au crible de la critique, aucun épisode isolé de sa carrière passée n'y pouvait prétendre.

Ce qui le frappa tout d'abord et lui donna surtout le sentiment d'une incursion dans le domaine de l'aventure, fut que non loin de son hôtesse, dans la pièce luxueuse où, tandis qu'il avançait, le crépuscule commençait à suspendre ses ombres, un monsieur était assis, qui se leva en même temps que Miss Cookham. Elle le nomma aussitôt, et Herbert Dodd lui trouva l'air d'une « grosse légume », à ce monsieur, plutôt rubicond et chauve, mais moustachu, sanglé dans son gilet, cravaté au maximum, avec un scintillement de chaînes, de bagues, de dents brillantes, dans un sourire vitreux, surmonté d'un monocle. Etrange expérience que d'être appelé à « rencontrer » comme on disait dans les romans mondains modernes, un personnage aussi prodigieux, ou qu'il eût été convié à vous rencontrer ! « Le capitaine Roper, Mr. Herbert Dodd. » — Oui, leur hôtesse les présenta, mais fit aussitôt une remarque encore plus déconcertante, apparemment, pour le capitaine Roper que pour le second visiteur tout pantelant : « Eh bien alors, au revoir jusqu'à la prochaine fois. » Sa main tendue à bout portant ne laissait au personnage ainsi apostrophé d'autre alternative que de poser sa tasse de thé (bien que Herbert constatât qu'elle était encore à moitié pleine) et de chercher d'un regard circulaire son chapeau. Miss Cookham avait son plateau à thé sur une petite table devant elle, ayant servi le capitaine Roper sans attendre Mr. Dodd ; et voilà qu'elle le congédiait, tout simplement, avec une noble, douce et indéniable fermeté, en connaissance de cause, eût dit notre héros, ce qui du coup, élargit la vision qu'il avait du nombre de choses diverses qu'une « relation mondaine » vous permet de découvrir, quant aux usages en vigueur parmi ces privilégiés de la fortune. Le capitaine Roper eût préféré prolonger sa visite, il eût préféré reprendre du thé, mais Kate, avec désinvolture, lui signifiait qu'elle l'avait assez vu ! Herbert avait, au cours de sa vie, connu bien des expériences, mais toutes vulgaires et jamais situation aplanie avec l'aisance qu'eut l'élégante retraite du capitaine. Le visiteur éconduit daigna même remarquer sa présence et prendre congé, avec une amabilité crispée, de ce vague individu sans beauté, sans lustre, adorné d'une chaîne très ordinaire, celle de sa vieille montre en argent passée dans la boutonnière d'un pardessus mal coupé, ce quidam à qui on le sacrifiait !

Après le départ du capitaine, Herbert, bien qu'il eût encore maint autre sujet d'ébahissement, s'étonna un peu moins de ce sacrifice public et ostentatoire ; car à peine la porte refermée derrière lui, Kate Cookham, qui attendait cet instant, sembla dire à travers toute la largeur de la pièce, à son ami de jeunesse, par la seule expression de ses beaux yeux : « Voilà ! Vous voyez de quoi je suis capable pour vous ! »

« Pour » lui, c'était là le prodige, et aussi qu'au bout de trois minutes, il s'en pénétrait comme sous l'intensité d'une lumière nouvelle, une lumière accordée à cette riche atmosphère intime de l'hôtel aux draperies de peluche, aux glaces multipliées, où la flamme de la cheminée et le crépuscule soulignaient l'impression d'intimité ; où les rideaux lâches, écartés, de la large baie permettaient d'apercevoir la vieille Esplanade que Herbert connaissait depuis toujours, l'espace vital qui lui était si familier, vu d'en bas, fouetté par le vent et la pluie, mais qu'au cours de ces longues années il n'avait jamais eu l'heur de contempler de si haut.

— C'est une connaissance à moi, mais un raseur, expliqua son hôtesse. Il a surgi à l'improviste hier, je ne l'avais pas invité et je l'ai prévenu avant votre arrivée que j'attendais un monsieur avec lequel je désirais rester seule. En général, je fonce droit au but ; vous savez, d'ailleurs, ajouta-t-elle avec force, combien je fonce droit ! Au reste, il avait déjà pris son thé.

Dodd qui regardait autour de lui avait remarqué en même temps que le reste, l'éclat, l'élégance distinguée (ou qui lui parut telle) du service à thé qu'elle manipulait, et les nuances variées, alléchantes, de certaines savoureuses friandises posées sur des assiettes. « Oh, mais il n'avait pas pris son thé ! » s'entendit-il répondre gravement, propos qui, il s'en aperçut aussitôt, trahit sa curiosité, l'ingénuité qui persistait en lui après tant de vicissitudes. S'il s'intéressait tant à ce qui se passait autour de lui, comment pouvait-il être orgueilleux, et s'il conservait son orgueil, comment éprouvait-il tant d'intérêt ?

En tout cas, il la fit rire aux éclats. Il se rendit compte que c'était la première fois depuis leur nouvelle rencontre, et aussi que ce rire ne lui sembla pas âpre. Il le trouva néanmoins assez désinvolte, car elle répliqua aussitôt, toujours souriante et comme si c'était un des motifs de son hilarité : « Oh, je crois que nous allons nous entendre ! »

Il eut ainsi la preuve qu'il avait un peu modifié la situation de Kate en lui indiquant une façon de se rapprocher alors qu'elle tâtonnait la veille encore, ce qui d'ailleurs ne rentrait aucunement dans les intentions de Herbert. Il était venu armé, décidé à ne rien lui faciliter du tout. Après qu'elle eut continué, avec un regain de gaieté : « Il faut en tout cas que vous buviez confortablement le vôtre ! », il ne lui resta plus qu'une réponse possible.

Son regard joua de nouveau avec les accessoires du thé où il crut puiser un mystérieux réconfort, mais il ne s'assit pas.

— Je suis venu, vous le voyez, mais je suis venu, ne vous déplaise, pour comprendre ; et si vous désirez être seule avec moi, si je romps le pain avec vous, il me semble que je devrais d'abord savoir au juste où j'en suis et à quoi vous pensez que je m'engage ?

Il avait longuement médité sa phrase, en particulier la tournure « rompre le pain », encore qu'en présence de Kate (évidemment cette présence modifiait tant de choses !) elle perdît un peu de l'importance qu'il lui attribuait. Néanmoins sa tâche s'en trouva facilitée, car Kate Cookham devint très grave.

— Vous ne vous engagez à rien. Vous êtes parfaitement libre. Ce n'est que moi qui m'engage.

Sur quoi, tandis qu'elle restait debout devant lui, comme si, très aimablement et avec déférence, elle attendait qu'il réfléchît et se décidât, il fut tenté de lui demander à quoi elle s'engageait, mais avant de poser sa question, une répartie plus mordante et meilleure lui vint à l'esprit : — Oh, alors, c'est différent !

— Oui, c'est différent, répondit Kate Cookham. Elle ajouta : Et maintenant, ne voulez-vous pas vous asseoir ?

Il se laissa choir à dessein dans le fauteuil que le capitaine Roper venait de quitter. Elle regagna son siège et reprit la parole.

— Je ne suis pas libre. Du moins, dit-elle par-dessus son plateau à thé, je ne suis libre que pour cela.

Devant eux, autour d'eux, il sentait la présence de toutes ces choses massives et brillantes, de sorte qu'il s'affaissa instinctivement dans son fauteuil comme sous le poids de son étonnement, de son acceptation résignée. Cependant les dernières paroles de Kate éveillaient en lui un sentiment de bizarre mécontentement : « Que pour cela ? »

« Cela », c'était tout, en ce moment, pour un homme longuement frustré, et comme si Kate s'était tout à coup méchamment moquée de lui, l'effet fut de déclencher une protestation. « Alors ce qui vous entoure, ce ne sont pas des richesses ?

— Des richesses ? Elle lui sourit en lui tendant sa tasse, toute triomphante de lui avoir arraché une question.

— Je veux dire, vous n'avez pas beaucoup d'argent ?...

Peu lui importait maintenant de trahir sa curiosité ; il tenait sa tasse à la main, et qu'était-ce là sinon une preuve d'intérêt ? Il avait capitulé devant la « relation mondaine ».

— Oui, j'ai de l'argent. Bien sûr, vous vous en étonnez, mais j'ai voulu exprès provoquer votre étonnement. C'est justement pourquoi je suis venue. Alors maintenant que vous le savez... » Elle se carra en face de lui dans un fauteuil à dossier plus droit et croisa les bras étroitement d'un geste qui la caractérisait, comme si elle cherchait à dominer ses nerfs.

— Vous êtes donc venue... pour me montrer que vous avez de l'argent ?

— C'était l'une de mes raisons. Pas des tas, ni même en quantité considérable — mais suffisamment, dit Kate Cookham.

— Suffisamment ? Je vous crois !

De nouveau il ne put s'empêcher de formuler sa pensée un peu crûment.

— Assez pour mes besoins. Je ne vis pas toujours sur ce pied, oh pas du tout ! mais je suis descendue exprès dans le meilleur hôtel. Pour vous montrer que j'en avais les moyens. Et maintenant, comprenez-vous ?

— Si je comprends ? balbutia-t-il.

Elle leva ses bras dénoués qui ensuite retombèrent.

— C'est pour vous que j'ai fait cela !... pour vous !

— Pour moi ?

— Ce que j'ai fait !... ce que j'ai fait ici, autrefois !

Il ouvrit de grands yeux, essayant de comprendre.

— Quand vous m'avez forcé à payer ?

— Les 270 livres... tout ce que j'ai pu obtenir de vous, comme vous me le rappeliez hier, de sorte qu'il m'a fallu renoncer au reste ! C'était mon idée !... continua-t-elle, c'était mon idée !

— De me saigner presque à mort ?

Oh, la glace était rompue à présent !

— De vous obliger à vous procurer de l'argent puisque vous en étiez capable, oui, vous en étiez capable ! Vous l'avez fait, vous l'avez fait ! quelle meilleure preuve ?

Herbert posa la tasse qu'il tenait. Il ne put qu'écarquiller les yeux. Elle aussi, à présent, avait changé d'attitude.

— J'ai fait cela ! je l'ai fait, vraiment...

Et la douloureuse et faible simplicité de l'aveu, qui semblait être tout ce qui lui restait à présent, résonna, monotone, à sa propre oreille.

— Et le voici — il n'est pas perdu, reprit-elle d'une voix grave.

— Le voici ? balbutia-t-il, mon pauvre argent, l'argent de mon agonie ? Mon sang ?

— Oh, c'est aussi mon sang à moi, sachez-le à présent !

Elle relevait la tête plus haut que jamais, comme pour affirmer son droit de parler de ce qui était aujourd'hui son bien le plus précieux. « Je l'ai pris, mais ceci... ma présence ici, dans les conditions actuelles... voilà ce que j'en ai fait ! Voilà quelle était mon idée ! »

Ses « idées » le confondaient et aussi qu'elle en tirât gloire.

— Quoi, pour acquérir les biens de ce monde à mes dépens, à moi, malheureux ?

Elle croisa les bras, en serrant un peu les coudes. Elle savait qu'il comprenait, qu'il avait parfaitement compris dès le commencement ce qu'elle désirait lui dire, si difficile, si monstrueux que fût l'aveu.

— Pas plus qu'à mes propres dépens mais pour faire avec votre argent ce que vous seriez incapable de faire vous-même !

— Moi ? Moi ? gémit-il, perplexe. Savez-vous... ou non ce qu'a été ma vie ?

Elle attendit et un instant, bien que la lumière eût encore décru dans la pièce qui bientôt ne serait plus éclairée que par les réverbères flamboyant sur l'Esplanade éventée, il surprit dans son œil sombre une lueur argentée qui dénotait l'impatience.

— Vous avez souffert et travaillé, dit-elle, et Dieu le sait, j'en ai fait autant. Certes, vous avez souffert, c'était inévitable. Nous devons tous souffrir, poursuivit-elle, pour faire, pour être ou pour obtenir quoi que ce soit.

— Et moi, ne vous déplaise, qu'ai-je fait, ou été ? ou obtenu ?

Herbert Dodd trouva presque désespérément naturel de poser la question.

Elle le dévora de nouveau d'un regard chargé de ses pensées : — N'avez-vous aucune imagination, ou ne pouvez-vous concevoir ?...

Et tandis que le défi de Kate s'enfonçait au plus profond de lui et que son visage s'empourprait : « C'était pour vous, c'était *pour vous !* s'écria-t-elle de nouveau, pour quoi d'autre ou pour qui d'autre aurait-ce pu être ? »

A présent sa vision des choses s'accélérait à un rythme qui lui fit répondre du tac au tac : — Ç'aurait pu être pour Bill Frankle !

— Oui... voilà bien comment vous m'avez jugée ? répondit Miss Cookham avec la même simplicité.

Il ne releva pas le propos. Sa pensée s'en était déjà détournée :

— Mais, à quoi bon ? Si vous avez fait cela pour moi... quel avantage en ai-je jamais retiré ?

— N'en profitez-vous pas maintenant ? riposta son amie. Sans lui laisser le temps de parler, elle ajouta avec un pâle sursaut de sa vivacité inquiète : Mais si vous ne voulez même pas prendre votre thé !...

De fait, il n'avait touché à rien, et s'il avait pu s'expliquer, il aurait argué très véridiquement que son appétit, très aiguisé à son arrivée, lui faisait soudain défaut. Ce qu'elle semblait décidée à lui faire accepter était bien au-delà du boire et du manger. Aussi la regarda-t-il par-dessus l'attirail du thé posé devant lui, pour demander d'un ton très grave et revêche :

— Dois-je entendre que vous m'offrez de me rembourser ?

— J'offre de vous rembourser avec les intérêts, Herbert Dodd !

Et sa façon d'accentuer le grand mot fut merveilleuse.

Un instant pétrifié, il garda les yeux fixés sur elle, après quoi, trop agité pour rester immobile, il repoussa son fauteuil et se leva. Tout d'abord, seules la détresse ou la consternation s'éveillèrent en lui. Une vague d'émotion profonde, irrésistible, le fit chanceler sous l'empire d'un grand trouble. Il chercha à se ressaisir et s'élança d'un pas automatique vers la fenêtre où il se planta pour regarder au dehors sans rien voir. La rue, la large terrasse, les bancs et plus loin la mer éternelle, les réverbères allumés ponctuant la nuit venteuse d'octobre, et les rares passants qui se trouvaient dehors à l'heure du thé, ces choses se fondirent, se confondirent avec l'hospitalité au coin du feu qui lui était offerte — ou bien était-ce cette douceur menaçante qui se confondait avec elles ? Elles semblèrent composer autour de lui, tracer autour de lui, toutes ensemble, le plus étrange cercle et la plus neuve des expériences, où l'inoubliable et l'inimaginable fusionnaient mystérieusement. « Oh ! oh ! oh ! » Il se retint de hurler.

Tandis qu'un voile épais obscurcissait sa vue durant un moment, il sentit qu'elle s'était levée, qu'elle l'observait, toujours prévenante, habilement patiente, et l'entendit reprendre la parole avec un calme et une précision étudiés.

— J'ai voulu veiller sur vous... ç'a été mon souhait dès la première heure, et vous y aviez tout d'abord consenti ! Je l'aurais fait, oh, je l'aurais fait ! je vous aurais aimé, aidé, protégé, vous n'auriez pas eu de soucis, pas de vilaine ruine humiliante, dans toute votre vie facile, oui, votre vie agréable et ouatée ! Je vous l'avais démontré, prouvé, fait comprendre, je me plaisais à le croire, et j'y avais puisé un bref bonheur ! Et tout à coup, du jour au lendemain, vous avez changé ! Tout a changé, vous avez rompu vos serments, vous m'avez fait clairement entendre que vous ne cherchiez plus qu'à vous débarrasser de moi ! Ma vue vous devenait odieuse et vous tâchiez de ne plus me voir du tout ! Vous agissiez comme si vous me détestiez ! Vous aviez rencontré une fille d'une grande beauté, j'en conviens, qui par comparaison faisait de moi un épouvantail et une importune !

A ces mots il se retourna brusquement.

— Non, Kate Cookham !

— Si, Herbert Dodd !

Elle se borna à secouer la tête avec calme et dignité dans le crépuscule à présent tombé, et ses souvenirs, son mobile, son caractère — ou peut-être uniquement son étonnante subtilité, son obstination et son « idée fixe » lui conféraient une grande, une extraordinaire assurance.

Toujours est-il qu'elle avait touché au trésor que constituait pour lui sa propre cause, sa cause terrible qui reprenait vie, à force de l'entendre, elle, plaider la sienne, et qui pouvait toujours se ramener à sa grande protestation d'innocence : « Non, non, jamais ! Je ne l'avais encore jamais vue ! je ne l'imaginais même pas en rêve ! Aussi, quand vous vous êtes montrée dure et agressive, quand vous avez semblé me provoquer, une seule pensée a pu me venir, basée sur les apparences et, du moins je l'ai cru à l'époque, vous n'en avez tenu aucun compte et n'avez nullement essayé de la refuter !

— Les apparences ?

Kate, très surprise, voulut savoir quelles étaient ces apparences.

— Comment n'aurais-je pas supposé que vous aimiez vraiment Bill Frankle ? Comment n'aurais-je pas cru que votre mobile, lorsque vous me réclamiez mon argent, était qu'il vous permettrait de l'épouser, faute de pouvoir m'épouser, moi ? Mon seul étonnement, à mesure que le temps passait, a été que ce mariage n'avait pas lieu, et peut-être ajouta-t-il avec une dérogation un peu gênée au style élégant, n'avait jamais été sur le tapis !

Elle l'écouta en ouvrant de grands yeux. Après qu'il eut parlé elle resta silencieuse si longtemps qu'il eut l'impression que quelque chose venait soudain de lui manquer comme lorsque le pied s'avance sans trouver un point d'appui. D'un mouvement saccadé il se retourna vers la fenêtre. Ce fut alors qu'elle lui dit, mais sans violence, sinon celle de sa lassitude devant une résistance qu'elle considérait comme un trait stupide — et pardonné. « Oh l'aveugle, la lamentable folie ! » Il ne répondit mot, la phrase pouvant également s'appliquer à la conduite de Kate. D'ailleurs, elle avait repris : « Sachez qu'il ne me restait guère le choix, entre votre découverte que vous me détestiez à cause d'une autre femme, ou tout simplement que vous me détestiez bien assez, à cause de moi-même !

Exprimé sous cette forme saisissante, le reproche le frappa et il se crut tenu de l'accepter sans protester ni même sans en être gêné — enfin, pas trop gêné — car quel que fût le motif qui l'avait amené chez Kate, ce n'était pas pour se parjurer en prétendant que (avec ou sans autre femme à la clef) il ne l'avait pas haïe pendant des années ! Voici que maintenant il prenait avec elle le thé — ou plutôt, au vrai, semblait ne pas le prendre ; mais rien n'était changé, et il lui laissa le soin d'exprimer cela à sa guise, tandis qu'il apercevait là-bas sur l'Esplanade, une connaissance à lui, un nommé Charley Coote qui à la faveur de cette heure creuse et d'un réverbère fulgurant, courtisait une jeune femme avec laquelle — toute son attitude l'attestait grotesquement — il n'avait jamais échangé un mot auparavant. Dodd se trouvait forcé d'accepter ce rappel d'un « amer » passé — mais il n'était pas revenu vers Kate de son plein gré pour évoquer et remuer des souvenirs ou pour récriminer. Quant à elle, l'enseignement qui se dégageait de sa démarche présente, c'était qu'en touchant à une chose, elle effleurait du même coup tout le reste. Bientôt en effet, et de façon accablante, elle toucha à tout, d'une main de plus en plus hardie.

— Mais même cela ne m'a pas détournée de mon désir, qui était de prendre soin de vous et n'a jamais et passionnément cessé de l'être ! Je n'avais pas un sou vaillant, rien à attendre de personne, ce n'était donc pas avec mon argent que je pouvais réaliser mon projet !

Et sa phrase se termina par ces paroles étonnantes :

— Mais je le pouvais avec le vôtre, si seulement je parvenais à vous le soutirer.

De nouveau il regarda dans le vide, fixement, les sourcils plus remontés que jamais. — Le mien ? Avais-je rien à moi ? Qu'ai-je jamais prétendu posséder, sauf un petit gagne-pain nu et maigre ?

Elle se tut un moment, par un visible effort de volonté. Seuls ses yeux se fixèrent sur une chaise où ses mains s'agrippèrent comme pour s'y cramponner, en la faisant un peu basculer vers elle.

— Vous prétendiez en avoir suffisamment pour m'épouser et c'est cette somme, rien de plus, que je vous ai réclamée par la suite, quand vous avez rompu !

Il faillit dire qu'il n'avait prétendu à rien, et moins encore au désir initial que l'on semblait lui attribuer. Durant dix secondes il fut sur le point de lui décocher en plein visage : « Je n'ai jamais rien rêvé de ce genre avant que vous-même, engouée de moi comme vous sembliez l'être, soyons francs, vous ne m'ayez circonvenu, brouillé les idées et forcé à récuser le témoignage de mes sens ! » Mais il sentit tout aussi vite que plutôt que de révéler l'affreuse, l'irréparable vérité, la vérité éteinte, mieux vaudrait se mordre la langue. Il reçut le choc de la vérité étrange et nouvelle, cette vérité si prodigieusement différente, belle et terrible, que nul souvenir lointain, nulle souffrance persistante ne pouvaient absolument altérer, et tout cela s'exprima à travers les paroles de Kate.

— Voilà. Me servir de cet argent pour vous, et me servir de vous en vue de votre propre avenir — voilà quel fut mon mobile ! J'ai mené ma vie, et ç'a été toute une affaire, je vous le jure ; et comme je vous l'ai dit sans que vous ayez eu l'air de bien me comprendre, je vous rapporte toute la somme au quintuple.

La sueur perla sur le front de Herbert.

— Tout est à moi ? balbutia-t-il comme transpercé par la douleur profonde, lancinante de cette constatation.

— Tout, dit Kate Cookham.

Il sut ainsi combien elle l'avait aimé, mais en même temps, une autre révélation prodigieuse se dégagea des faits : c'était elle, mille fois elle, Kate, qui en faisant le procès de sa jeunesse et de sa vanité à lui, la veille, sur le banc de la désolation — la scène de leur reprise de contact — lui avait ainsi interdit toute possibilité de faire un pas en avant. A nouveau, il évoqua avec une vivacité tragique, l'heure où elle l'avait jadis rencontré, isolé et accessible, après avoir fait sa connaissance dans la boutique. Et à partir de là, par une suite de maillons si bien ajustés qu'ils cliquetaient presque à son oreille, le destin, la peine et le prix qu'avaient payé les autres se conjugaient dans un ordre imposant et farouche. Ainsi, tout était à lui ? et il pouvait se poser la question, la perpétuelle question de Nan, de la pauvre Nan, la question de savoir si autrefois il aurait vraiment *dû* capituler ? Elle était devant lui, elle était entre eux, sa petite femme morte insatisfaite ; et voilà que par-dessus ses souffrances finales et sa tombe misérable, il devait, lui Herbert, accepter des présents ? Il les voyait, les présents (Kate en était toute hérissée) dans la silhouette vaillante, sincère et autoritaire de son actuelle compagne, qui lui en apportait la plus étrange preuve. Mais l'autre apparition était plus intense, comme si son fantôme agitait éperdument les bras. Avant qu'une demi-minute se fût écoulée, la seule pauvre chose qui subsistait de Nan et qui ainsi devenait une pauvre chose très puissante et importante, la question familière monta aux lèvres de Herbert comme pour profiter de l'occasion unique de s'exhaler :

— Pouvez-vous me jurer que si j'avais consulté des juristes compétents, je n'aurais pas pu relever votre défi ?

La question la fit blêmir mais après ce qu'elle avait dit, elle pouvait encore tenir la tête haute.

— Certainement, vous l'auriez pu, Herbert Dodd.

— On m'aurait expliqué que votre cause n'était pas juridiquement défendable ?

En dépit de sa pâleur, elle paya d'audace : — Vous parliez d'avis compétents...

Elle s'arrêta net. Il y aurait eu trop à ajouter. A quoi bon ? Elle dit, au contraire :

— On vous aurait répondu que mes arguments n'étaient pas valables.

— Je ne me suis même pas renseigné, observa son mélancolique visiteur.

— Evidemment, vous ne vous êtes même pas renseigné.

— Je n'aurais pas pu m'abaisser à une si outrageuse vulgarité ! poursuivit-il.

— Moi, j'ai pu, avec l'aide de Dieu ! dit Kate Cookham.

— Merci.

Il parvint à s'exprimer sur un ton qui le fit se sentir plus « gentleman » que jamais dans le passé et sans doute dans le futur. Ç'aurait pu être suffisant mais pour une raison mystérieuse, tandis qu'ils s'affrontaient ainsi, avec cette immense explication entre eux, cela ne suffit pas. L'explication était comme un trou subit ou une grande brèche désolée à travers laquelle soufflait sur eux un froid mortel. Trop de choses s'étaient éteintes, trop de choses nouvelles avaient roulé sur lui, et provoquaient au fond de son être un ébranlement qui le secouait jusqu'en son tréfonds. Il en fut chaviré et bien que Kate gardât les yeux fixés sur lui, il céda à son émotion, fondit en larmes, pleura misérablement devant elle, tout comme il avait pleuré sur lui-même à cette heure de sa jeunesse où elle l'avait plongé dans une vaine terreur. Alors elle se détourna, incapable de supporter cette vue, elle se jeta sur le sofa, et, gémissant en écho, cacha son visage sur son bras en coussin. Durant une minute, seul le bruit étouffé de leurs sanglots emplit la pièce. Mais Herbert, à travers ce désordre, repéra l'endroit où il avait déposé son chapeau. Sa canne et ses gants neufs tannés — ils avaient coûté deux shillings et trois pence et représenteraient des sacrifices — se trouvaient sur la chaise à côté de lui. Il les prit et, en silence, tout doucement — haletant, sur la pointe des pieds — gagna la porte et sortit.

VI

Une semaine plus tard, là-bas, sur le banc de la désolation, elle lui fit une déclaration encore plus singulière, que l'intervalle des jours écoulés, lourds de tension, avait rendue possible. Après l'avoir quittée à l'hôtel, le dimanche précédent, il s'en était allé, en proie à un trouble accru, droit devant lui, en dépit du vent d'ouest, suivant de près les rails métalliques de la Marina étalée devant lui, et son visage trop révélateur détourné des rares passants, vers la mer houleuse. Au Land's End, malgré l'obscurité à présent totale et la tempête peut-être imminente, son coin immémorial — si précaire que fût l'abri — l'avait accueilli de nouveau. Et ce fut sans doute alors, étranger à ce qui se passait autour de lui, affalé sur le banc durant cette station où la rafale ne pouvait rien ajouter à son agitation intérieure, qu'il commença de regarder en face son extraordinaire fortune, et à s'avouer qu'elle tenait à la fois du conte de fées et du cauchemar. Que visiblement, par on ne sait quel mystère, Kate fût toujours attachée à lui (en fait, attachée était un terme faible !) et lui en donnât l'indiscutable preuve en lui offrant cette aide pécuniaire, le plus moelleux des baumes à ses blessures, ses plaies et ses hontes, — tout cela, c'était le côté fabuleux, fantastique, un conte bleu, une manne céleste qu'il lui suffirait, semblait-il, d'avaler et de digérer pour se sentir rassasié ; mais le reste était pur cauchemar, et surtout, le plus effroyable, d'être l'obligé de celle par qui Nan et ses petites filles avaient connu la torture.

A présent, il ne s'intéressait plus à lui-même, et ce charme inextinguible, apparemment indestructible par quoi il avait séduit Kate, relevait du plus incroyable romanesque. Mais voilà que — la mine plus longue que jamais — il envisageait quand même l'acceptation virtuelle d'une munificence venant de la personne qu'au fond de lui, encore que peut-être de façon indirecte, il associait aux circonstances qui avaient provoqué la mort lamentable de sa charmante femme et de ses enfants, si charmants, eux aussi ! Il avait accepté cette « relation mondaine » — ou plutôt, il l'avait prise à l'essai, sans savoir ce qu'elle dissimulait si brillamment ; car dans sa pensée c'était devenu tout de bon une relation mondaine durant cette semaine, tandis qu'il errait par la ville, à ses heures de liberté, démoralisé, sans ressort, incapable d'un travail ou de quoi que ce fût, se permettant des libertés qui risquaient de lui attirer des ennuis, en proie à ce bizarre supplice de sentiments inconciliables. Tout à coup, avec effarement, il prenait conscience d'une tendresse, d'une patience et d'une cruauté dont il avait été l'objet. Tous ces grands faits évidents, troublants, on ne pouvait pas plus les mettre en question que les concevoir ou les expliquer et, moins encore, les perdre de vue.

Ce dimanche soir, il avait rôdé comme un fou, sans but, palpitant, et ce devint une règle pour lui les jours suivants aussi, car plus que jamais lui manquait toute autre ressource, tout refuge. Pas un endroit où s'abriter, où déposer, où libérer spasmodiquement et cadenasser tour à tour, pour ainsi dire, sa conscience gonflée qui faisait presque éclater la coquille grossière de sa sordide petite chambre en location. Seuls la voûte du ciel, le déploiement de la mer et du rivage lui donnaient le sentiment de l'espace. Bref, il pouvait battre le pays au hasard, mais jamais il ne pourrait revenir sur ses pas. A cette certitude, la certitude que c'était impossible — dût Kate l'attendre dix ans parmi ses peluches et ses bronzes — il se cramponnait désespérément. C'était un baume miraculeux pour son respect de soi, comme il eût dit. Il tiendrait Kate à distance, juste au point où il l'avait laissée — encore que son cœur cessât presque de battre dans les moments où il s'arrêtait net, n'importe où, pour se poser une question plus exaltante. La semaine s'écoula, sans que Miss Cookham se manifestât ; il ne la vit et n'entendit point parler d'elle, elle s'abstint de donner le moindre signe de vie. Il se dit qu'il fallait du courage pour ne pas retourner la voir, fût-ce par curiosité — car enfin après tout, prodige entre les prodiges, comment avait-elle fait fructifier de cette façon le produit de son extorsion ? De toutes ces années passées, obscures, c'était là le phénomène le plus bizarre. Mortellement las, Herbert s'affaissait sur les bancs une demi-douzaine de fois par soirée, tout exprès pour constater que ce courage requis, précisément, il l'avait.

Comme les jours se multipliaient sans qu'elle se montrât, il y eut aussi, et en particulier sur le banc de la désolation, des heures où il resta rigide et pétrifié devant la probabilité d'avoir tout perdu à jamais. Passait-il devant le Royal, il ne cillait pas, et lorsqu'il rencontra le capitaine Roper sur l'Esplanade, le surlendemain de leur présentation, il l'ignora ostensiblement — encore un privilège des « relations mondaines » ! — plutôt que de déroger à ses propres yeux en cherchant à savoir si Miss Cookham avait quitté Properley. Il avait évité au cours de sa vie bien des gens, de même qu'il avait fini par être évité ; presque à toutes les périodes de sa vie, il s'était trouvé dans l'un ou l'autre cas, mais jamais il n'avait rompu avec une relation aussi rare, ce qui contribua à lui donner la mesure de sa précieuse sincérité. S'il avait perdu le trésor que l'on avait fait miroiter à ses yeux, tant pis ! Le seul tribut qu'il rendit à cette offre fut un de ces grincements de dents, ces « broiements de mandibules » comme il eût dit, si violent qu'il crut presque l'entendre. Néanmoins, il n'aurait pas levé le petit doigt ; et si Kate s'était retirée le mardi ou le mercredi suivants, elle aurait été engloutie à nouveau dans l'obscurité d'où elle avait jailli, et ce chapitre innommable une fois clos, lever le doigt n'eût plus servi à rien. Voilà, en tout cas, quel genre d'homme il était encore — même après tout ce que la vie avait apporté et emporté, même si durant quelques heures éblouies, certains agréments de l'existence lui avaient semblé appréciables. Passées ses heures d'éblouissement, le relent de sa vieille amertume l'avait dégrisé (sinon, n'aurait-il pas éprouvé du mépris pour lui-même ?) et il pouvait se morfondre sur son banc, sans avoir rien à attendre en ce monde. Il avait donc eu tort de croire à sa dégradation ; et somme toute, on serait fondé à dire qu'il ne pouvait pas sombrer dans la déchéance aussi bas qu'il avait cherché à s'y laisser entraîner par ses malheurs.

Pourtant, le dimanche suivant, de nouveau face à face avec lui au Land's End, elle en vint très vite à lui dire : « Voyons, comme si je croyais que vous ignorez la force de la corde par laquelle vous me tenez ! » Et ce même matin, précisément, il n'aurait pas pu, il n'aurait vraiment pas pu jurer qu'il n'éprouvait pas un « insidieux résidu » comme il eût dit, un résidu de foi en ces événements prodigieux encore à venir, qui découleraient de leur entrevue. La journée était ensoleillée et venteuse, la mer d'une glaçure empourprée. Il n'avait pas voulu aller à l'église comme il en avait l'habitude le dimanche — l'église, dans son genre, c'était là aussi une relation mondaine, et surtout quand on avait des gants tannés à deux shillings et trois pence, flambant neufs ! Mais il s'habilla avec une recherche que ses ressources ne lui permettaient guère, fût-ce pour figurer à Saint-Bernard, à la frange de la société mondaine, locale ou de passage, et dans cet appareil il se dirigea vers l'ouest, tout absorbé, eût pu dire un observateur suivant le même chemin, par l'étude fascinée des mouvements de son ombre, la forme plus ou moins grotesque projetée devant lui et le plus souvent un peu à droite, sur l'asphalte blanchi de la Parade. L'ombre gigotait et dansait à une telle allure, tantôt étirée en hauteur, tantôt contractée, que les excentricités de son possesseur, à elles seules, eussent fourni les éléments d'une devinette intéressante : « Trouver l'état d'esprit, conjecturer la nature de l'agitation à laquelle est en proie la personne si remarquablement silhouettée. »

Peut-être d'ailleurs Herbert Dodd lui-même, grâce à l'aide efficace du soleil, essayait-il vaguement d'établir son horoscope immédiat. En tout cas, force lui fut de s'apercevoir que l'oscillation et le dansottement de son image faisaient parfois place à une parfaite immobilité, lorsqu'il s'arrêtait, les yeux fixés sur elle.

« Supposé qu'elle vienne, supposé qu'elle vienne ? » Il est révélé, du moins à nous lecteurs, qu'en cet instant, il respira bruyamment, respira avec violence, balancé entre l'espoir et la crainte. De bonne heure, en voyant l'annonce d'une belle journée, il s'était vaguement avisé que, compte tenu de toutes les autres virtualités, la venue de Kate serait assez « dans sa ligne », comme il se le formulait, et cette possibilité, à mesure qu'il avançait, se précisait au rythme d'une attente incertaine qui le rendait presque malade.

Tout le long de son petit pèlerinage, il fut hanté par le « passionnément, pas du tout » du problème sentimental que ses camarades de jeunesse prétendaient résoudre en effeuillant une marguerite. Mais à la fin il défaillit, tant il éprouva une impression bizarre lorsque, arrivé au point de son parcours où il allait enfin savoir à quoi s'en tenir, il aperçut son but immémorial. Son siège était occupé et elle lui gardait sa place — car ce ne pouvait être qu'elle, l'occupante des lieux ; sur quoi Herbert Dodd découvrit avec une évidence lumineuse, que s'il n'avait pas été très certain du retour de Kate, elle, pour sa part, n'avait jamais douté qu'il viendrait. Toute son énergie se banda alors en vue d'une possibilité de reconnaissance mutuelle ; en d'autres termes, il s'arrêta pour juger s'il pourrait supporter, comme note aiguë dominante de leurs rapports, cette éternelle démonstration qu'elle le menait à sa guise. Tandis qu'ils s'observaient franchement, à travers la longue distance, avant de conclure avec le maximum d'avantages mutuels, ce qui trancha la question pour lui fut la pensée que lorsqu'elle aimait, c'était avec une terrible passion. Même si ç'avait été simplement pour « se servir de lui » comme elle l'avait affirmé la dernière fois (et quel qu'en fût, de lui ou d'elle, le bénéficiaire, dans l'esprit de Kate) on aurait pu l'admettre puisque ce désir l'avait réduite à attendre ainsi, jour après jour, et dans des conditions si onéreuses, les hasards d'une nouvelle rencontre. Comment pouvait-elle être assurée de son consentement après sa réaction de la semaine précédente devant la dernière et monstrueuse preuve de loyauté de Kate ? Ce fut comme si, pour leur édification commune, il soumettait à présent cette influence à une épreuve suprême. Un instant, une impulsion lui vint, sublime, idéale : « A présent, je la vois, là, et je comprends qu'avec son assurance typique elle croit déjà tenir la victoire ; si je lui montrais qu'il ne suffit pas de m'attendre avec confiance ou de me siffler, si je lui montrais que ma laisse est plus longue qu'elle ne se le figure, et qu'entre nous tout continue à être impossible comme par le passé ? Si je le lui prouvais en lui tournant le dos et en m'en allant droit devant moi ? Cela, elle ne pourrait pas ne pas le comprendre !

Seule passa entre eux la muette appréhension que chacun éprouvait devant l'autre. A cette heure où se célébrait l'office divin, l'espace qui les séparait était vide (Herbert n'avait rencontré presque personne tout le long de la Promenade) et la brise chaude de soleil ne cessait de balayer l'atmosphère et le vaste horizon. A travers l'admirable limpidité de l'air il vit Kate qui l'observait, guettant ce qu'il allait faire. L'excès de tension fit qu'aucun des deux ne bougea. Elle, rigide, les yeux rivés sur lui, attendait, comme pour lui laisser le choix — non par dignité mais, perversité plus grande, par bonté. Cette attitude affecta néanmoins Herbert, comme une preuve qu'elle aussi savait, savait qu'il n'était pas vraiment libre, que c'était la plus mince des vaines parades, le plus misérable des héroïsmes creux. Sa détresse, sa solitude, le mal qu'on lui avait fait, sa rancœur épuisée, sa soumission fatale à toute marque d'intérêt, tout cela pesa sur lui trop lourdement pour permettre à son orgueil rien de plus qu'un faible battement d'ailes. Son brusque arrêt auquel il ne se résignait pas à mettre fin, aurait pu signifier qu'il n'était pas dans les dispositions qu'elle lui attribuait, si Kate Cookham avait voulu « le prendre ainsi ». Si elle avait mis fin à la scène en se levant, en s'en allant, en augmentant la distance entre eux, il l'aurait laissée s'évanouir définitivement dans l'espace. Or, quand elle se leva enfin, il devint manifeste — mais au bout de combien de temps ? notre chronique ne se hasarde pas à le dire — il devint évident que ce ne fut pas pour sceller leur séparation mais pour y mettre fin en s'avançant lentement vers lui, jusqu'à portée de voix. Bien qu'il eût toujours le visage détourné, il sentit son approche. Il se demanda ce qu'elle allait lui dire, sur quelle note elle romprait le silence de la semaine ; et lorsque sa voix lui parvint, il dut reconnaître une fois de plus cette qualité remarquable en elle, qui toujours lui faisait l'effet d'un art où elle était passée maîtresse.

— Il y a douze cent soixante livres — soyons précis — je vous ai apporté le tout, vous n'aurez plus qu'à tirer...

Ces mots rares, exquis, se perdirent dans la vaste ambiance lumineuse, réconfortante, et le silence dominical ; mais tandis qu'il les écoutait bouche bée, elle était déjà auprès de lui, dans sa réalité de dame distinguée et meurtrie par la vie, elle était là, prête à assumer la responsabilité de ses paroles, à les confirmer et, si tant est que fût concevable une grâce supérieure à la seule beauté de leurs syllabes, pour assurer leur matérialisation presque gênante. Oui, elle balança son petit sac élégant et gonflé comme si au-dessous du fermoir, le prodigieux pécule le cabossait, et Herbert sentit qu'il dévorait d'un regard fixe ce signe tangible des revendications de Kate. On eût dit qu'elle se préparait à l'ouvrir sur-le-champ pour qu'il y puisât, ou, si l'on choisissait de voir la situation sous un autre angle, qu'elle était prête à imposer à l'indigence de Herbert une aumône inouïe dans les annales de la charité publique. Rien ne comptait pour lui néanmoins, ni l'important capital, ni l'élégante fraction qui s'y ajoutait, rien n'égalait le mot bref, riche, rond, que la brise recueillit au moment où il tomba et qu'elle semblait à présent souffler entre eux « Tirer... Tirer ? »

Il restait pantois comme devant un vocable vide de sens, mais il découvrait, dans l'emploi de ce terme, plus de romanesque que dans tout autre mot de la langue. Lui, Herbert Dodd, vivrait dorénavant en tirant sur son compte comme ces bienheureux, presque affranchis des contingences matérielles, dont il avait vaguement entendu parler ; et tandis qu'avec Kate il retournait à l'endroit où elle était tout à l'heure, ses nerfs exaspérés eurent l'impression que le banc de la désolation lui-même allait être le théâtre de l'événement insigne, et que peut-être il mourrait avant de l'atteindre.

Lorsque, assis côte à côte, elle pressa en effet le fermoir de son sac, elle en retira, non une poignée d'or ni une liasse de billets craquants, mais une lettre oblongue, cachetée, en lui faisant remarquer que ses démarches ne s'étaient proposé que de la lui remettre et que ce document certifiait, avec force détails à l'appui, l'existence d'un compte à son nom, ouvert dans une banque londonienne.

Il prit la lettre sans y jeter un coup d'œil, la garda entre ses mains, de la même façon ostensible et gauche, durant la plus grande partie de leur entretien. Il semblait embarrassé de la tenir, la tournait et la tapotait avec nervosité, soulignant ainsi ostensiblement qu'il la conservait, bien qu'il se rendît compte, au fond, de l'étrange engagement — vraiment affreux, n'est-ce pas ? — auquel équivalait, de fait, son inertie. Car accepter une somme aussi considérable, il le pouvait, oui, mais pas sans rien donner en échange. En échange de quoi ? Il ne cessait de se le demander, tandis que Kate Cookham changeait de conversation et surtout, à sa manière noble, habile, triomphante, efficace, s'appliquait à marquer un point : non, vraiment, il ne devait pas feindre que cette preuve de l'intérêt continu qu'elle lui portait ne l'avait pas aidé à résoudre bien des problèmes depuis leur dernière entrevue ! Elle lui dit aussi qu'une intuition profonde avait dû lui révéler à son insu l'endroit où il la retrouverait, de même qu'elle avait pressenti en quel lieu elle pourrait le rejoindre. Bref, il sentit la flèche en plein cœur, elle avait créé entre eux une parité d'expériences. Il n'avait plus le droit de revendiquer pour lui seul toute la souffrance, elle avait traversé des épreuves qu'il ne pouvait même pas soupçonner, et puisqu'il renonçait à son droit de faire jamais plus allusion à l'Inoubliable, elle lui offrait tacitement d'être « quittes » et de repartir à zéro.

Il ne releva pas l'accusation de Kate, comme l'y incitait sa fierté, à présent bien compromise, l'accusation d'avoir joui toute la semaine de l'atmosphère d'aisance qui flottait autour d'elle. Tout ce qu'il put, fut de déclarer avec une ingénuité qui ne fut pas sans le servir, que bien sûr, il était revenu au lieu de leurs anciens rendez-vous, devenu depuis des années le refuge de sa solitude et le but de sa promenade les dimanches matin où le temps était trop beau pour aller à l'office divin, mais qu'il ne comptait pas du tout l'y retrouver, car cette supposition lui donnerait, n'est-ce pas, elle le comprenait bien, l'air mortifiant d'être allé à sa recherche. Qu'elle fût venue à lui, une fois qu'il était là, c'était autre chose, mais en somme... « Bien sûr, après tout, vous étiez venue pour moi, tout à l'heure, n'est-ce pas ? » Il sentit qu'il ricanait faiblement et sans grâce, dans un dernier sursaut de son honneur, pour confirmer l'impression qu'il cédait simplement à l'humilité de Kate. A cette heure et à ce diapason, assis là sur le banc de la désolation, l'humilité de Kate devint pour lui un élément encore plus prodigieux et étrange que les autres preuves tangibles, celles que les pointes des doigts de sa main gauche pouvaient palper grâce à l'aide de sa main droite ; mais le plus extraordinaire, c'était la façon dont Kate pliait sans cesse devant lui et en même temps, à un brusque détour, lui présentait le résidu de sa personnalité si habile et si forte.

— Venue à vous, Herbert Dodd ? répéta-t-elle, imperturbable. Il y a dix ans que je viens vers vous !

Juste avant cela, il avait vécu soixante secondes d'envie intense, toute une minute où il avait tenu son document bancaire, prêt à lui rendre coup pour coup, à prendre la folle liberté de lui dire : « Non, non, je ne peux pas renoncer à *elles,* je ne peux pas les ensevelir simplement tout au fond de mon âme, à jamais, sans qu'à l'avenir aucune croix ne marque pour moi cet ensevelissement ; alors, si c'est vraiment cela que signifierait notre accord, je suis obligé de décliner votre offre !

Mais ces mots n'avaient pas jailli, et quand, un peu plus

tard, elle eut parlé, le sang empourpra la face de Herbert Dodd comme si, malgré sa roideur et l'extravagance de Kate, il s'était sauvé de justesse.

De fait, tout s'arrêta, jusqu'à son maniement nerveux de la lettre de crédit. Kate imposa silence, elle imposa tout au moins la formalité décente et consciente d'un silence entre eux et plus tard il n'aurait pas su dire combien de temps il était resté assis, le regard perdu dans le vide. Un temps si long que Kate se leva comme si à présent elle avait épuisé toutes les formalités. Il ne lui avait rien donné en échange. Qu'attendre encore ? Déjà à deux ou trois reprises il l'avait déconcertée, mais jamais autant, sans doute, qu'elle ne l'attestait en ce moment, en quittant le banc et en se dirigeant de nouveau vers le parapet de la terrasse. En un certain sens, ingénieuse comme elle était, elle put simuler une attente, alors qu'il n'y avait pas grand-chose à attendre. Elle put lui faire face, une fois encore, après avoir détourné le regard vers la mer, comme si cette pause un peu guindée, point exempte de gêne, avait été de sa part un élégant scrupule de courtoisie. Elle s'était ressaisie. Après lui avoir laissé le temps d'un appel, elle put se convaincre qu'il s'était décidé et qu'elle n'avait plus rien à faire. — Eh bien, alors, lança-t-elle d'une voix claire à travers la large chaussée, alors adieu !

Là-dessus elle se rapprocha comme s'il allait se lever pour marquer expressément leur séparation ; mais adossé à son banc, sans bouger, les yeux à présent fixés sur elle, il la laissa un instant debout devant lui.

— Vous voulez dire que nous ne nous... que jamais plus nous ne...

La parole lui manqua.

— Si je veux dire ? » Elle s'attardait comme pour répondre aux questions éventuelles, mais de toute évidence, derrière sa voilette à pois, une irrépressible ironie se jouait, suscitée par cette interrogation.

— J'ai voulu dire, durant de longues années je crois, tout ce que je suis capable de vouloir dire ! J'ai voulu dire tant de choses que je ne peux rien vouloir ajouter de plus ! Et voilà.

— Mais si vous partez, implora-t-il, et il eut le sentiment de sa veulerie, quelque prétexte qu'il cherchât pour se justifier, mais si vous partez, ne vous reverrai-je plus ?

Elle attendit un peu et cette hésitation sembla étrange à

Herbert, comme si — bien qu'il fût tellement plus comblé par son tribut qu'elle ne l'avait été par le sien — quelque chose encore dépendait d'elle.

— Prenez-vous plaisir à me voir ? demanda-t-elle très simplement.

A ces mots il se leva. C'était plus facile que de parler, du moins avec une simplicité égale à la sienne ; et de nouveau, un moment, il regarda durement, en silence, sa lettre. Enfin, levant les yeux vers elle, tandis qu'il masquait de son mieux sous un air d'assurance leur tristesse gênée, consciente, il glissa l'enveloppe dans la poche intérieure de son pardessus, et l'y laissa en sécurité.

— Vous êtes prodigieuse !

Cependant il fronçait les sourcils, plus sombre que jamais.

— D'où provient tout cela ?

— Le prodige qu'a accompli mon pauvre moi ? interrogea Kate Cookham. Il vient de vous.

Herbert Dodd secoua la tête, lentement. Cette lettre pressée contre son cœur lui donnait un regain d'animation, lui ouvrait presque un nouvel horizon d'intérêt. — Je veux dire, tant d'argent... une somme aussi extraordinaire !

Elle prolongea un instant l'étonnement de Herbert.

— Elle vous semble si extraordinaire ?... Douze cent soixante livres ? Parce que, vous savez, ajouta-t-elle, c'est tout.

— C'est bien assez ! répondit-il en courbant un peu la tête à droite, d'un air pensif, le regard perdu sur l'horizon lointain, comme intimidé par ses propres paroles. Il sentait vaguement, attardée près de sa joue, la présence tout proche de Kate.

— Assez ? Alors, merci ! continua-t-elle un peu étrangement.

Il modifia légèrement son attitude.

— Il vous a fallu amasser plus de cent livres par an.

— Oui, acquiesça-t-elle, c'est ce que j'ai essayé d'avoir, année par année.

— Dire que vous avez pu vivre tout ce temps et mettre de côté une somme pareille !...

Oui, il se sentait libre d'éprouver une surprise fort agréable. Jusqu'à présent tous ses étonnements, dans la vie, étaient restés sans réponse, et ce changement n'indiquait-il pas, une fois encore, qu'on avait une « relation mondaine » ?

— Ah, mais je n'ai pas vécu sur le pied où vous m'avez vue l'autre jour !

— Oui, reprit-il, et il sentit aussitôt qu'il avait failli sourire, l'autre jour, vous meniez grand train !

— Pour une fois de ma vie, dit Kate Cookham. J'ai quitté l'hôtel, ajouta-t-elle après un silence.

— Ah... vous avez loué une chambre ? se surprit-il à demander, comme mû par un instinct de sociabilité.

Après l'ombre d'une hésitation, elle se surmonta, comme pour lui apprendre ce qu'il semblait le plus désireux de savoir.

— Oui — mais loin d'ici, bien sûr. Là-haut sur la colline. Elle ajouta : Au Mount, à *Castle Terrace.*

— Oh, je connais le Mount. Et Castle Terrace est très agréable et ensoleillée.

— Très agréable et ensoleillée, répéta Kate Cookham en écho.

— De sorte, poursuivit-il, que si ce n'est pas la même chose qu'au Royal, du moins vous avez vos aises.

— Je serais à l'aise partout, maintenant, répliqua-t-elle avec une certaine raideur.

— A cause de mon acceptation ?

— Appelez cela comme vous voulez !

Elle eut un faible sourire.

— J'espère en tout cas, reprit-il, qu'à présent vous pourrez vous reposer à fond. » Il parlait comme s'il cherchait à finir sur une note gaie, et se forçait à sourire, encore qu'avec une assez pauvre grimace, sans doute ; car dès l'instant où il « acceptait », il sentait qu'il ne devait pas, au dénouement, accepter d'un air boudeur ou lugubre. En même temps, il ne put pas ne pas sentir, dans ses plus secrètes fibres, que ce visage calme et observateur derrière la voilette à pois ne dissimulait pas l'impossibilité d'une conclusion, du moins pour lui.

Pour elle, c'était une autre affaire. A la fois formidable et secourable, le visage de Kate concluait, — mais en un sens, si étrangement voilé, enveloppé de secrets qu'elle taisait... Qu'avait-elle été forcée de faire, que n'avait-elle pas été forcée de faire, au cours de ces années ? Ce qu'elle lui avait dit — au fond, rien ! — n'était pas un récit de sa vie. Dans ce conflit de sensations contradictoires, il éprouva malgré lui un grand trouble.

— Mais je ne puis croire... je ne puis croire...

— Vous ne pouvez croire que j'ai gagné tant d'argent, en restant honnête ?

— Oh, mais vous avez été honnête ! concéda nettement Herbert Dodd.

Kate se départit de son immobilité pour esquisser un mouvement aussitôt réprimé ; et elle reprit, comme par une nouvelle générosité envers la déficience de pensée de Herbert.

— Tout a été possible, à cause de ma détresse et de ma haine !

— Votre haine ? » Car elle s'était interrompue comme devant un aveu trop difficile.

— La haine de tout ce que durant si longtemps je vous avais infligé.

Malgré toutes les lacunes de Herbert, une grande lumière sembla l'illuminer.

— Cela vous a permis d'imaginer des moyens ?...

— Cela m'a permis de tout imaginer ! Cela m'a fait travailler, dit Kate Cookham. Elle ajouta aussitôt : — Mais ça, c'est mon histoire.

— Et ne puis-je l'entendre ?

— Non, — parce que je ne peux entendre la vôtre.

— Oh ! la mienne ! fit-il avec un sentiment de capitulation étrange et aussi, résigné ; et il s'efforça de laisser entendre que l'eût-il voulu, il n'aurait pu la raconter, à cause de la splendeur de sacrifice et de misère qu'elle recélait.

Ces mots semblèrent exciter en elle, exactement, un sentiment d'envie.

— Ah, la mienne aussi, je vous assure...

Il éprouva un regain d'intérêt.

— Mais, alors nous pouvons en parler ?

— Jamais, répliqua-t-elle étrangement. Jamais, dit Kate Cookham.

Ils restèrent ainsi, face à face. Au bout d'un moment il avait saisi pourquoi. Ce qui était l'essentiel.

— Oui, je vois.

Ils restèrent ainsi confrontés ; puis, comme il comprenait avec une satisfaction jaillie du tréfonds de son être, ce fut elle qui, avec sa belle figure ravagée, conclut :

— Mais je pourrai prendre soin de vous.

— Vous l'avez fait ! dit-il, comme si rien ne subsistait plus en lui qu'une belle franchise reconnaissante.

— Oh, mais vous en aurez besoin à présent, dans un certain sens, répondit-elle, compréhensive.

Il attendit un moment, se laissa retomber sur son banc. Alors, tandis qu'elle restait debout, immobile, il leva les yeux vers elle. Avec le vague sentiment qu'il y avait trop de choses, et toutes terriblement, irrésistiblement, sans doute heureusement incluses au fond des yeux de Kate et dans toute sa personne. Il en fut affecté, au-delà de ses forces. Il se pencha en avant, posa ses coudes sur ses genoux, en pressant sa tête entre ses mains et resta ainsi, sans rien dire. Seulement, avec le sentiment de l'action continue, renouvelée et miraculeuse qu'elle avait accomplie, sachant qu'un bras était passé autour de lui et qu'à présent il se trouvait soutenu. Elle était là, à côté de lui, sur le banc de la désolation.

TABLE DES MATIÈRES

La composition
et l'impression de ce livre ont été effectuées
par l'imprimerie Aubin à Ligugé
pour les Éditions Albin Michel

AM

Achevé d'imprimer le 20 septembre 1984
N° d'édition 8522. N° d'impression L 17037
Dépôt légal, septembre 1984

Imprimé en France